Wer seinem Herzen folgt

MIRA® TASCHENBUCH
Band 20041
1. Auflage: April 2013

MIRA® TASCHENBÜCHER
erscheinen in der Harlequin Enterprises GmbH,
Valentinskamp 24, 20354 Hamburg
Geschäftsführer: Thomas Beckmann

Titel der nordamerikanischen Originalausgaben:

Published by arrangement with
HARLEQUIN ENTERPRISES II B.V./S.àr.l.

Konzeption/Reihengestaltung: fredebold&partner gmbh, Köln
Umschlaggestaltung: pecher und soiron, Köln
Redaktion: Mareike Müller
Titelabbildung: iStock; Thinkstock/Getty Images, München
Satz: GGP Media GmbH, Pößneck
Druck und Bindearbeiten: CPI – Ebner & Spiegel, Ulm
Printed in Germany
Dieses Buch wurde auf FSC®-zertifiziertem Papier gedruckt.
ISBN 978-3-86278-732-6

www.mira-taschenbuch.de

Sandra Brown

Nur wer Liebe lebt

Roman

Aus dem Amerikanischen von
Tatjána Lénárt-Seidnitzer

MIRA®

1. KAPITEL

Während des gesamten Dinners drehte sich das Tischgespräch nur um ein einziges Thema. Es war eine Art Festmahl, wie es gewöhnlich nur für Sonntage vorbehalten blieb, so als gäbe es Anlass zu feiern, statt zu trauern.

Sarah hatte sich in der Zubereitung des Essens selbst übertroffen. Es gab Schmorbraten und sogar herrlich lockere Hefebrötchen, frisch aus dem Backofen, um damit den sämigen würzigen Bratensaft aufzusaugen, und der Mandelpudding zum Nachtisch war sündhaft kalorienreich.

Doch Jenny fand keinen Geschmack an dem köstlichen Mahl, und sie brachte nur mit Mühe ein paar Bissen hinunter.

Beim Kaffee, den Sarah in die zarten Tassen mit dem gelben Schlüsselblümchenmuster schenkte, sprachen sie immer noch über die bevorstehende Reise von Hal nach Mittelamerika. Eine Reise von unbestimmter Dauer, die ihn praktisch zum Gesetzesbrecher werden lassen und vermutlich sein Leben gefährden würde.

Doch alle waren sehr angetan von dieser Reise, insbesondere Hal, dessen Wangen vor Aufregung glühten. „Es ist ein gewaltiges Unterfangen", verkündete er stolz. „Doch ohne den Mut der armen Seelen in Monterico wäre alles vergebens, was wir getan haben und tun werden. Ihnen gebührt die Ehre."

Sarah berührte liebevoll die Wange ihres jüngeren Sohnes, während sie sich nach dem Einschenken des Kaffees wieder an ihren Platz setzte. „Aber du hast diese unterirdische Eisenbahnlinie initiiert, um ihnen zur Flucht zu verhelfen. Das finde ich wundervoll. Einfach wundervoll. Nur gib auf dich acht, ja?" Ihre Unterlippe zitterte. „Du wirst dich doch nicht in ernste Gefahr begeben, oder?"

Hal tätschelte ihre zarte Hand, die seinen Arm ängstlich umklammert hielt. „Mutter, ich habe dir doch schon tausendmal gesagt, dass die politischen Flüchtlinge an der Grenze von Monterico auf uns warten. Wir nehmen sie dort nur in Empfang, führen sie durch Mexiko und dann …"

„Und dann schmuggelt ihr sie illegal in die Vereinigten Staaten", warf Bruce trocken ein.

Sarah warf ihm einen verärgerten Blick zu.

Bruce störte sich jedoch nicht daran. Er war an missbilligende Blicke von seiner Mutter gewöhnt. Er streckte die langen, jeansbekleideten Beine weit von sich und lümmelte sich in einer Art auf seinen Stuhl, die

Sarah stets irritierte. Während seiner Kindheit hatte sie unaufhaltsam an seinen Tischmanieren herumgemäkelt, doch ihre Strafpredigten waren erfolglos geblieben.

Er legte einen gestiefelten Fuß über den anderen und schaute seinen Bruder eindringlich an. „Ich frage mich nur, ob du immer noch mit solchem Feuereifer bei der Sache bist, wenn der Grenzschutz dir einen Tritt in den Hintern gibt und dich in den Knast befördert."

„Wenn du dich nicht gewählter ausdrücken kannst, dann verlass bitte den Tisch", fauchte Reverend Bob Hendren.

„Entschuldige, Dad." Ungerührt nippte Bruce an seinem Kaffee.

„Wenn Hal ins Gefängnis kommt", fuhr der Pastor fort, „dann geschieht es um einer guten Sache willen, an die er glaubt."

„Das hast du damals nicht gesagt, als du für mich die Kaution gestellt hast", wandte Bruce ein.

„Du wurdest wegen Trunkenheit festgenommen."

Bruce grinste. „Ich halte es für eine gute Sache, sich gelegentlich zu betrinken. Ich glaube daran."

„Bruce, bitte." Sarah stieß einen langen leidvollen Seufzer aus. „Versuche bitte, dich ausnahmsweise zu benehmen."

Jenny starrte hinab auf ihre Hände. Sie hasste diese Familienszenen. Bruce konnte sehr provozierend sein, doch sie hielt es für angebracht, dass er unverblümt die Risiken aufzeigte, die Hals Vorhaben beinhaltete. Außerdem wusste sie, dass sein Spott nur eine Reaktion auf das Verhalten seiner Eltern war, die Hal eindeutig bevorzugten.

Bruce gehorchte, indem er das Grinsen von seinem markanten Gesicht verschwinden ließ, aber er argumentierte weiterhin. „Dieser Liebesdienst ... diese Mission scheint mir nur ein geeigneter Weg zu sein, um sich umbringen zu lassen. Warum riskiert er seinen Kopf in einer Bananenrepublik, in der sie zuerst schießen und dann Fragen stellen?"

„Du kannst die Motive deines Bruders natürlich nicht verstehen", meinte Bob mit einer wegwerfenden Handbewegung.

Bruce richtete sich auf, stützte die Arme auf den Tisch und beugte sich eindringlich vor. „Ich kann schon verstehen, dass er diese Leute befreien will, die auf der schwarzen Liste stehen. Ich halte nur den Weg nicht für richtig." Ungehalten strich er sich mit einer Hand über das dunkelblonde Haar. „Und wie sollen sie überleben, wenn sie erst einmal in Texas sind? Wovon werden sie leben? Was werden sie anfangen? Hast du an Arbeit gedacht, an Unterkünfte, Verpflegung, Medizin, Kleidung? Glaub nur nicht, dass jedermann sie mit offenen Armen willkommen heißen wird, nur weil sie aus einem kriegserschütterten Land stammen. Man wird sie für Abschaum halten, wie alle anderen illegalen Einwanderer. Und sie auch so behandeln."

„All das legen wir in Gottes Hand", sagte Hal ein wenig unsicher. Seine Standfestigkeit geriet durch Bruce' Sachlichkeit stets ins Wanken. Immer, wenn er eine seiner Überzeugungen für unerschütterlich hielt, erschütterte Bruce sie mit seinen Argumenten in den Grundfesten wie ein Erdbeben. Manchmal glaubte er, dass das Schicksal Bruce dazu benutzte, um ihn zu prüfen. Oder war Bruce ein Werkzeug des Teufels, um ihn in Versuchung zu führen? Seine Eltern waren zweifellos von der zweiten Theorie überzeugt.

„Tja, dann hoffe ich nur, dass Gott mehr Verstand besitzt als du", meinte Bruce.

„Das reicht!", sagte Bob scharf.

Bruce stützte die Ellbogen auf den Tisch und führte seine Kaffeetasse an die Lippen. Er benutzte dabei nicht den zierlichen Henkel, sondern umfasste sie mit beiden Händen.

Irgendwie wirkte er fehl am Platze in der Pfarrhausküche mit der zarten Rüschengardine, dem blassgelben karierten Linoleumboden und dem gläsernen Schrank, der zerbrechliches Geschirr enthielt, das gut behütet und nur an Feiertagen benutzt wurde.

Seine Anwesenheit ließ die behagliche Küche überladen erscheinen. Und dabei war er gar nicht außergewöhnlich groß oder muskulös. Körperlich unterschieden Bruce und Hal sich kaum. Von Weitem und von hinten waren sie sich sogar zum Verwechseln ähnlich.

Doch da hörte die Gemeinsamkeit auch schon auf. Vor allem in ihren Ansichten und Charakteren unterschieden sie sich wie Tag und Nacht.

Bruce besaß eine überwältigende Persönlichkeit, ein undefinierbares gewisses Etwas, eine Ausstrahlung, die jeden Raum kleiner erscheinen ließ, sobald er eintrat. Drinnen wirkte er wie ein übergroßer Junge, dem die Kleidung zu klein geworden war, der weites Land und unendlichen Himmel brauchte. Und er schien den Wind in den Haaren und Kleidern hineinzubringen.

Jenny war ihm nie nahe genug gekommen, um es herauszufinden, aber sie glaubte, dass seine Haut nach Sonnenschein riechen musste. Die Spuren langer Stunden in der Sonne zeigten sich auf seinem Gesicht, besonders um die bernsteinfarbenen Augen. Die feinen Fältchen ließen ihn älter aussehen, als er war. Doch er hatte seine zweiunddreißig Jahre auch bis zur Neige ausgekostet.

Und an diesem Abend – wie immer, wenn Bruce irgendwo zugegen war – lag Uneinigkeit, wenn nicht sogar Streit in der Luft. Unfriede und Missvergnügen folgten ihm wie ein Schatten. Er war wie ein Raubtier, das durch den Dschungel zieht, die friedlichen Bewohner in Aufruhr versetzt und die Stille durchbricht, selbst wenn er es nicht darauf anlegte.

Sarah war sehr bekümmert, weil Bruce ihr köstliches Abschiedsessen für Hal verdarb, aber sie bemühte sich eisern, ihren aufsässigen Sohn zu ignorieren und den Frieden wieder herzustellen. „Bist du sicher, dass du all die Treffpunkte im Kopf hast?“, fragte sie Hal.

Während er mindestens zum hundertsten Male seine Reiseroute aufsagte, begann Jenny, den Tisch abzuräumen. Als sie sich über seine Schulter beugte, um seinen Teller zu entfernen, nahm er ihre Hand, drückte sie und führte sie an die Lippen, ohne jedoch seinen eifrigen Monolog zu unterbrechen.

Sie verspürte den Drang, sich hinabzubeugen, sein blondes Haar zu küssen, seinen Kopf an ihre Brust zu betten und ihn zu bitten, nicht zu gehen. Doch natürlich tat sie es nicht. Ein solches Verhalten wäre ungeheuerlich, und jeder am Tisch hätte sie für verrückt gehalten.

Sie unterdrückte ihre Gefühle und trug das restliche Geschirr zum Spülstein. Niemand bot ihr Hilfe an. Niemand achtete auf sie. Seit sie im Pfarrhaus wohnte, war es ihre Aufgabe, den Abwasch zu erledigen.

Eine Viertelstunde später, als Jenny sich die Hände abtrocknete, drehte sich das Gespräch immer noch um dasselbe Thema. Sie schlüpfte zur Hintertür hinaus, stieg die Verandastufen hinunter, durchquerte den Garten und stützte die Arme auf den weißen Zaun.

Es war eine herrliche Nacht, beinahe windstill, wie es im Westen von Texas höchst selten vorkam. Nur ein Hauch von Staub lag in der Luft. Der riesige Vollmond sah aus wie ein leuchtender Aufkleber, den jemand an den samtenen Himmel geheftet hatte. Die Sterne wirkten groß und zum Greifen nahe.

Es war eine Nacht für Liebende, für innige Umarmungen, für törichtes romantisches Geflüster. Es war keine Nacht für einen Abschied. Oder wenn Lebewohl gesagt werden musste, dann sollte es voller Leidenschaft und Bedauern geschehen, versüßt durch Koseworte statt geprägt von den Einzelheiten einer Reiseroute. Jenny fühlte sich rastlos.

Die Hintertür quietschte in den Angeln und schloss sich dann mit dem sanften weichen Knall von altem Holz auf altem Holz. Jenny drehte sich um und sah Bruce die Stufen hinunterschlendern. Sie wandte sich wieder ab, als er zu ihr trat und sich neben sie an den Zaun stellte.

Ohne zu sprechen, angelte er eine Zigarettenschachtel aus seiner Brusttasche, schüttelte sie, schloss die Lippen um einen Stängel und zog ihn aus der Packung. Ein Feuerzeug flammte kurz vor seinem Gesicht auf. Er steckte es zusammen mit der Schachtel zurück in die Hemdtasche, während er den Rauch tief in die Lungen einsog.

„Diese Dinger sind Sargnägel", bemerkte Jenny und starrte weiterhin geradeaus.

Einen Augenblick lang betrachtete er sie schweigend. Dann drehte er sich um und lehnte sich mit dem Rücken an den Zaun. „Ich bin noch nicht tot, und ich habe zu rauchen angefangen, als ich etwa elf war."

Sie blickte zu ihm auf, lächelte, schüttelte aber den Kopf. „Welche Schande! Denk doch nur einmal, was du deinen Lungen angetan hast. Du solltest aufhören."

„Ach ja?", entgegnete er mit diesem schiefen lässigen Grinsen, das die Herzen aller Frauen höherschlagen ließ – ob jung oder alt, ob ledig oder verheiratet. Es gab nicht ein einziges weibliches Wesen in La Bota, auf das Bruce Hendrens Lächeln die Wirkung verfehlte.

„Ja, du solltest aufhören. Aber du wirst es ja doch nicht tun. Ich weiß, dass Sarah dich schon seit Jahren darum bittet."

„Aber nur, weil sie sich an schmutzigen Aschenbechern und dem Geruch von Zigarettenrauch stört. Sie hat mich nie gebeten, aufzuhören, weil sie sich um meine Gesundheit sorgt." Ein Anflug von Bitterkeit lag in seinen Augen, den ein weniger empfindsamer Mensch als Jenny nicht bemerkt hätte.

„Nun, ich sorge mich um deine Gesundheit."

„Wirklich?"

„Ja."

„Bittest du mich aus diesem Grund, das Rauchen einzustellen?"

Sie wusste, dass er sie nur neckte, doch sie ging darauf ein. Sie reckte das Kinn ein wenig vor und erwiderte nachdrücklich: „Ja."

Er warf die Zigarette auf die Erde und drückte sie mit einer Stiefelspitze aus. „Da. Es ist vollbracht. Ich habe aufgehört."

Jenny lachte. Sie wusste nicht, wie auffallend hübsch sie war, wenn sie den Kopf zurückwarf und lachte. Ihr Hals bog sich graziös, hob ihre honigfarbene Haut hervor. Ihr weiches rotbraunes Haar schwang locker und seidig um ihre Schultern. Ihre grünen Augen funkelten. Ihre freche Nase rümpfte sich schelmisch. Sie hatte ein rauchiges Lachen, das eindeutig verführerisch wirkte, ohne dass sie sich dessen bewusst war.

Doch Bruce spürte es. Sein Körper reagierte auf den temperamentvollen Klang, und er konnte sich nicht dagegen wehren. Sein Blick fiel auf ihre blütenzarten Lippen und glänzenden Zähne. „Das ist das erste Mal, dass ich dich heute Abend lachen sehe."

Sie wurde sofort ernst. „Mir ist auch nicht nach Lachen zumute."

„Weil Hal abreist?"

„Natürlich."

„Weil ihr die Hochzeit wieder verschieben musstet?"

Jenny senkte den Kopf und kratzte mit dem Daumennagel über den Zaunpfahl. „Das auch, obwohl das nicht so wichtig ist."

„Warum nicht, zum Teufel?", entgegnete Bruce schroff. „Ich dachte, die Hochzeit sei der wichtigste Tag im Leben einer Frau. Zumindest einer Frau wie dir."

„Das ist es auch, aber verglichen mit der Mission, zu der Hal aufbricht ..."

Er stieß einen obszönen Fluch aus, der sie verstummen ließ. „Und was ist mit den anderen Malen?", hakte er brüsk nach.

„Du meinst die anderen Aufschübe?"

„Ja."

„Hal musste seinen Doktor machen. Es war wichtig für ihn, seine Dissertation zu beenden, bevor wir heiraten und ... und eine Familie gründen."

Wie immer brachte Bruce sie dazu, wie ein Dummkopf zu stammeln. Sie verspürte den Drang, ein Stück zurückzuweichen, doch so nahe stand er gar nicht neben ihr. Es schien nur so. Er übte immer diese Wirkung auf sie aus. Er raubte ihr den Atem, erweckte in ihr das Bedürfnis, die Hände fest miteinander zu verschlingen, so als würde sie dahinschmelzen, wenn sie es nicht täte. Er wühlte sie auf. Sie hatte nie den Grund dafür herausgefunden, aber es war so. Besonders an diesem Abend, als ihre Nerven bereits gespannt waren und ihre sorgsam gehütete Beherrschung ins Wanken zu geraten drohte, fiel es ihr schwer, seinem eindringlichen Blick zu begegnen. Er sah zu viel.

„Wann habt ihr eigentlich angefangen, miteinander zu gehen?", fragte Bruce unvermittelt.

„Miteinander gehen?" Ihr Ton deutete an, dass dieser Ausdruck nicht zu ihrem Wortschatz gehörte.

„Ja, du weißt schon, zusammen ausgehen, Händchen halten, schmusen im Kino. Eben miteinander gehen. Es muss passiert sein, während ich an der Uni war, denn ich kann mich nicht daran erinnern."

„Na ja, wir haben eigentlich nie angefangen, miteinander zu gehen. Es hat sich einfach so ergeben, könnte man sagen. Wir waren ständig zusammen. Wir wurden als Paar angesehen."

„Jenny Fletcher", sagte Bruce, kreuzte die Arme vor der Brust und starrte sie ungläubig an. „Willst du damit etwa sagen, dass du nie eine

Verabredung mit einem anderen Burschen hattest?“

„Nicht, weil ich nicht darum gebeten wurde“, verteidigte sie sich.

Er warf resignierend die Hände hoch. „Mensch, Mädchen! Das wollte ich auch nicht andeuten. Du hättest sämtliche junge Böcke in der Stadt dazu bringen können, nach dir zu lechzen.“

„Ich wollte aber nicht, dass sie nach mir lechzen. Das klingt sehr unwürdig.“

Bruce konnte nicht widerstehen, mit dem Handrücken über ihre Wange zu streichen, als sie äußerst reizvoll errötete. Sie wandte den Kopf ab, und er ließ die Hand sinken. „Ich glaube, ein Mann könnte durchaus deinetwegen seine Würde verlieren, Jenny“, murmelte er tiefsinnig. Dann fuhr er in unbeschwertem Ton fort: „Aber du bist mit keinem anderen Jungen ausgegangen, weil du es als Untreue gegenüber Hal empfunden hättest.“

„Das stimmt.“

„Selbst als ihr noch auf der Uni wart?“

„Ja.“

„Hm.“ Automatisch holte er die Zigarettenschachtel hervor. Dann erinnerte er sich und steckte sie zurück in die Tasche. „Wann hat Hal denn um deine Hand angehalten?“

„Vor ein paar Jahren. Ich glaube, wir waren im letzten Semester.“

„Du glaubst? Du kannst dich nicht erinnern, wann das war? Wie kannst du einen so weltbewegenden Augenblick vergessen?“

„Mach dich nicht über mich lustig, Bruce.“

„Hat die Welt sich etwa nicht bewegt?“

„Es ist nicht wie im Kino.“

„Dann hast du die falschen Filme gesehen.“

„Ich weiß, welche Filme du dir ansiehst“, sagte Jenny mit vorwurfsvollem Blick. „Die Art, die Sammy Mac Higgins nach der Polizeistunde im Hinterzimmer seiner Spielhalle zeigt.“

Bruce bemühte sich, trotz ihres hochmütigen Tones eine ernste Miene beizubehalten, gab dann den Versuch auf und ließ das blendende Lächeln auf seinem Gesicht erscheinen. „Ladys sind willkommen. Willst du mich nicht irgendwann einmal begleiten?“

„Nein!“

„Warum nicht?“

„Solche Filme würde ich mir nie im Leben ansehen. Sie sind abstoßend.“

Er beugte sich zu ihr vor. „Woher willst du das wissen, wenn du noch nie einen gesehen hast?“ Sie stieß mit einer Hand an seine Schulter, und er wich zurück, aber nicht ohne vorher ihren frischen blumigen Duft einzuatmen. Sein Lächeln schwand, und er forschte ernst in ihrem Gesicht. „Jenny, wann hat Hal dich gebeten, ihn zu heiraten?"

„Ich habe dir doch gesagt, es …"

„Wo wart ihr? Beschreibe die Umgebung. Was ist passiert? Hat er sich vor dir niedergekniet? War es auf dem Rücksitz seines Wagens? War es am Tage? Bei Nacht? Im Bett? Wann?"

„Hör auf! Ich habe doch gesagt, dass ich mich nicht erinnere."

„Hat er es überhaupt getan?" Seine Stimme klang so leise, dass sie aufhorchte.

„Wie meinst du das?"

„Hat er je die Worte laut ausgesprochen? ‚Jenny, willst du mich heiraten?' Hat er das je gefragt?"

Sie senkte den Blick. „Wir wussten schon immer, dass wir einmal heiraten würden."

„Wer wusste es schon immer? Du? Hal? Mom und Dad?"

„Ja. Alle." Sie drehte ihm den Rücken zu und setzte sich in Bewegung. „Ich muss ins Haus und …"

Seine warme harte Hand schloss sich um ihr Handgelenk und brachte sie zum Stehen. „Sag Hal, dass er nicht auf diese törichte Reise gehen soll."

Sie wirbelte herum. „Wie bitte?"

„Du hast es gehört. Sag ihm, dass er zu Hause bleiben soll, bei uns, wo er hingehört."

„Das kann ich nicht."

„Du bist die Einzige, auf die er vielleicht hört. Du willst doch nicht, dass er geht, oder? Oder?", wiederholte er mit mehr Nachdruck, als sie nicht antwortete.

„Nein!", rief Jenny und entriss ihm ihr Handgelenk. „Aber ich kann mich nicht zwischen Hal und eine Mission stellen, zu der er sich aus religiösen Gründen berufen fühlt."

„Liebt er dich?"

„Ja."

„Und du liebst ihn?"

„Ja."

„Und du willst ihn heiraten und ein Haus und Kinder und all das haben, ja?"

„Das ist meine Sache. Und die von Hal."

„Verdammt, ich will mich nicht in dein Privatleben einmischen. Ich versuche meinen kleinen Bruder davon abzuhalten, sich erschießen zu lassen. Ob es nun irgendjemandem gefällt oder nicht, ich bin immer noch ein Mitglied dieser Familie, und du wirst mir antworten."

Sie schreckte vor seinem Zorn zurück, doch sie fühlte sich auch beschämt, weil sie ihn aus Familienangelegenheiten ausschloss, wie seine Eltern es so oft taten. Im Grunde genommen war sie die Außenstehende, nicht er. Sie begegnete seinem Blick. „Natürlich will ich das, Bruce. Ich warte bereits seit Jahren darauf, ihn zu heiraten."

„Also gut", sagte er ruhiger, „dann sprich ein Machtwort. Stell ihm ein Ultimatum. Sag ihm, dass du nicht mehr hier sein wirst, wenn er zurückkommt. Lass ihn wissen, wie du dazu stehst."

Sie schüttelte den Kopf. „Er fühlt sich von einer höheren Macht gelenkt."

„Dann führe du ihn von diesem vermeintlich rechten Weg ab, Jenny. Ich denke genauso an Hal wie an dich. Herrje, wenn Präsidenten und Diplomaten und Söldner und der Himmel weiß wer dieses Chaos in Mittelamerika nicht beseitigen können, wie zum Teufel will Hal es dann anstellen? Er lässt sich da auf etwas ein, von dem er keine Ahnung hat."

„Der Himmel wird ihn beschützen."

„Du plapperst nur nach, was du von ihm gehört hast. Ich kenne die Bibel auch, Jenny. Sie ist mir eingebläut worden. Ich habe sogar eine Zeit lang die hebräischen Generäle studiert. Ja, sie haben ein paar wundervolle Schlachten gewonnen, aber Hal hat keine Armee hinter sich. Er hat nicht einmal die Unterstützung der U. S.-Regierung. Wir haben alle ein Gehirn, um vernünftig zu denken, und was Hal vorhat, ist unvernünftig."

Insgeheim stimmte Jenny ihm uneingeschränkt zu. Aber Bruce verstand es meisterhaft, Worte und Wahrheiten zu verdrehen, wie es ihm in den Kram passte. Sich seiner Denkweise anzuschließen, hieße sich dem Teufel auszuliefern. Außerdem musste ihre Loyalität Hal und der Mission gehören, der er sich verschrieben hatte. „Gute Nacht, Bruce."

„Wie lange lebst du jetzt schon bei uns, Jenny?"

Sie blieb erneut stehen. „Seit ich vierzehn war. Fast zwölf Jahre."

Die Hendrens hatten sie aufgenommen, als ihre Eltern ums Leben gekommen waren. Eines Tages, während des Schulunterrichts, war ein Gasofen in ihrem Haus explodiert, und es war bis auf die Grundmauern abgebrannt. Später erinnerte sie sich, dass sie in der Algebrastunde die Sirenen der Feuerwehr und des Krankenwagens gehört hatte. Damals hatte sie nicht gewusst, dass es für ihre Eltern und für ihre kleine Schwester, die wegen Halsschmerzen zu Hause geblieben war, bereits zu spät gewesen war. Ihr Daddy war in der Mittagspause nach Hause gefahren, um nach der kranken Tochter zu sehen.

Jenny war ganz allein auf der Welt zurückgeblieben und hatte nichts besessen außer den Kleidern, die sie an jenem Tag in der Schule getragen hatte. Die Fletchers waren mit ihrem Pastor und dessen Frau, Bob und Sarah Hendren, befreundet gewesen. Da Jenny keine lebenden Verwandten hatte, war nicht weiter über ihre Zukunft diskutiert worden.

„Ich erinnere mich, dass ich in den Herbstferien vom College nach Hause gekommen bin und dich hier vorgefunden habe“, sagte Bruce. „Mom hatte ihr Nähzimmer in ein Schlafzimmer verwandelt, das einer Prinzessin würdig wäre. Sie hatte endlich die Tochter, die sie immer wollte. Mir wurde aufgetragen, dich wie eine von uns zu behandeln.“

„Deine Eltern waren sehr gut zu mir“, gab Jenny leise zu.

„Hast du dich deswegen nie gegen sie aufgelehnt?“

Seine Frage empörte sie, und sie zeigte es. „Ich weiß überhaupt nicht, wovon du sprichst!“

„Oh doch, das weißt du. Es ist zwölf Jahre her, seit du eine eigene Entscheidung getroffen hast. Fürchtest du, dass sie dich rauswerfen, wenn du ihnen widersprichst?“

„Das ist doch albern“, rief Jenny verblüfft.

„Nein, es ist nicht albern, es ist traurig.“ Bruce reckte sein hartes eckiges Kinn vor. „Sie haben entschieden, wer deine Freunde sein dürfen und wer nicht, welche Kleider du trägst, welche Universität du besucht hast, sogar wen du heiraten wirst. Und jetzt sieht es ganz so aus, als würden sie entscheiden, wann die Hochzeit stattfindet. Wirst du sie auch deine Kinder planen lassen?“

„Hör auf, Bruce. Nichts davon ist wahr, und ich weigere mich, mir das länger anzuhören. Hast du etwa zu viel getrunken?“

„Leider nein. Aber ich wünschte, ich hätte es getan.“ Er trat zu ihr und ergriff ihren Arm. „Jenny, wach auf. Sie erdrücken dich. Du bist eine Frau, eine verdammt gut aussehende Frau. Was wäre schon, wenn du etwas tätest, das ihnen missfällt? Du bist keine vierzehn mehr. Sie können dich nicht bestrafen. Und wenn sie dich rauswerfen – was sie niemals tun würden –, na und? Du kannst woanders hingehen.“

„Eine unabhängige Frau sein, meinst du?“

„Ja, das trifft wohl den Kern.“

„Du meinst, ich sollte mich in der Stadt herumtreiben, so wie du es tust?“

„Nein. Aber ich halte es auch nicht für gesund, dass du neunzig Prozent deiner Freizeit mit Bibelstunden verbringst.“

„Mir gefällt die Kirchenarbeit."

„Unter Ausschluss von allem anderen?" Aufgeregt strich er sich mit den Fingern durch das Haar. „All die Arbeit, die du für die Kirche leistest, ist bewundernswert. Ich will deinen Verdienst nicht schmälern. Aber ich mag nicht mit ansehen, dass du vorzeitig verschrumpelst wie eine alte Jungfer. Du vergeudest dein Leben."

„Das stimmt doch überhaupt nicht. Ich werde ein Leben mit Hal führen."

„Nicht, wenn er nach Mittelamerika geht und sich umbringen lässt!" Er sah, dass sie erblasste, und fügte in sanftem Ton hinzu: „Es tut mir leid. Ich wollte mich nicht in all das einmischen."

„Eigentlich geht es dir um Hal, stimmt's?"

„Ja." Er ergriff ihre Hände. „Rede mit ihm."

„Ich kann ihn nicht umstimmen."

„Er muss auf dich hören. Du bist die Frau, die er heiraten will."

„Setz nicht zu viel Vertrauen in mich."

„Ich werde dich nicht für seine Entscheidung verantwortlich machen, wenn du das meinst. Versprich mir nur, dass du versuchen wirst, ihn von seinem Vorhaben abzubringen."

Jenny blickte zur Küche. Durch das Fenster sah sie, dass Hal immer noch mit seinen Eltern am Tisch saß, ins Gespräch vertieft. „Gut, ich verspreche es dir. Ich werde es versuchen."

„Gut." Bruce drückte ihre Hände und ließ sie dann los.

„Sarah hat gesagt, dass du über Nacht bleibst." Sie verschwieg ihm, dass sie selbst sein Zimmer für ihn vorbereitet hatte, dass sie es gelüftet und das Bett frisch bezogen hatte. Sie wollte ihn in dem Glauben lassen, dass seine Mutter sich die Mühe gemacht hatte.

„Ja. Ich habe ihr versprochen, zu dem großen Abschied morgen früh hier zu sein. Ich hoffe, dass es nie dazu kommt."

„Na ja, jedenfalls gefällt es Sarah, wenn du hin und wieder hier zu Hause schläfst."

Er lächelte wehmütig und berührte sanft ihre Wange. „Ach, Jenny, du bist ja so diplomatisch. Meine Mutter hat mich eingeladen und mir gleichzeitig aufgetragen, all die Trophäen vom Fußball und Basketball aus meinem Zimmer zu entfernen, während ich hier bin. Sie ist es leid, das Zeug abzustauben."

Mitgefühl stieg in Jenny auf. Sie schluckte schwer. Erst vor ein paar Wochen hatten Sarah und sie die Sporttrophäen von Hal sorgfältig in saubere Tücher gewickelt und in Kartons auf dem Dachboden verstaut. Schon seit zwölf Jahren wusste sie, wer der Lieblingssohn war. Doch

Bruce hatte selbst schuld. Er hatte eine Lebensweise gewählt, die seine Eltern nicht gutheißen konnte.

„Gute Nacht", sagte sie und wandte sich widerstrebend ab. Plötzlich wünschte sie, ihn in die Arme nehmen zu können. Er sah oft so aus, als ob er es brauchte, umarmt zu werden … eine lächerliche Vorstellung in Anbetracht seines Rufes als größter Sexprotz der Stadt. Doch reichte jene Art von Liebe? Wahrscheinlich nicht einmal für einen Draufgänger wie Bruce.

Aufmerksam lauschte Hal den Ausführungen seines Vaters über eine umfangreiche Spendenaktion, die zur Unterstützung der Flüchtlinge initiiert werden sollte. Er blickte auf, als Jenny die Küche betrat, und bedeutete ihr durch eine Kopfbewegung, sich ihm zu nähern.

Sie trat hinter seinen Stuhl, legte die Hände auf seine Schultern und stützte das Kinn auf seinen Kopf.

„Müde?", fragte Hal, als Bob verstummte. Die Hendrens blickten die beiden stolz und strahlend an.

„Ein bisschen."

„Dann geh doch ins Bett. Du musst morgen früh aufstehen, um mir nachzuwinken."

Sie seufzte und legte die Stirn auf seinen Kopf, damit seine Eltern ihre Verzweiflung nicht sahen. „Ich kann ja doch nicht schlafen."

„Nimm doch eine von den Schlaftabletten, die mir der Arzt verschrieben hat", schlug Sarah vor. „Sie sind mild, und eine kann nicht schaden. Mich entspannen sie immer so sehr, dass ich gut einschlafen kann."

„Komm." Hal schob seinen Stuhl zurück. „Ich bringe dich hinauf."

„Du hast uns noch nicht den Namen der Kontaktperson in Mexiko gegeben, mein Sohn", erinnerte Bob ihn.

„Ich gehe noch nicht schlafen, Vater. Ich komme gleich wieder."

Gemeinsam stiegen Jenny und Hal die Treppe hinauf. Vor dem Schlafzimmer seiner Eltern blieb er stehen. „Willst du nun eine Schlaftablette?"

„Ja. Ich weiß, dass ich sonst die ganze Nacht wach liegen werde."

Er ließ sie allein und kam einen Moment später mit zwei rosa Pillen in der Hand zurück. „Auf der Flasche steht eine oder zwei. Ich glaube, du solltest zwei nehmen."

Sie betraten ihr Zimmer, und Jenny knipste die Nachttischlampe an. Bruce hatte recht. Der Raum war wie für eine Prinzessin hergerichtet worden. Leider hatte Jenny kein Mitspracherecht, was die Dekoration anging. Selbst vor ein paar Jahren hatte Sarah nach eigenem Gutdünken die Gardinen erneuert.

Der Raum war zu mädchenhaft und verspielt für Jennys Geschmack. Sie hoffte nur, dass es ihr gestattet wurde, nach der Hochzeit mit Hal das Schlafzimmer einzurichten. Ein eigenes Haus stand außer Frage, denn es verstand sich von selbst, dass Hal das Pfarramt übernehmen würde, wenn Bob sich einmal zur Ruhe setzte.

„Nimm deine Pillen und zieh dir den Schlafanzug an. Ich warte und decke dich dann zu", sagte Hal.

Jenny ging ins Badezimmer und schluckte gehorsam beide Tabletten. Doch sie zog keinen Schlafanzug an. Sie schlüpfte in ein Negligé, das sie für eine besondere Gelegenheit wie diese gekauft und aufbewahrt hatte.

Sie musterte sich im Spiegel und beschloss, zur Tat zu schreiten, wie Bruce ihr nahegelegt hatte. Sie wollte nicht, dass Hal ging. Es war eine gefährliche törichte Mission. Sie hatte das Gefühl, dass sich ihr gesamtes Leben unwiderruflich ändern würde, wenn sie ihn nicht davon abhielt.

Das silbergraue Nachtgewand fühlte sich sündhaft aufreizend und sinnlich auf ihrer nackten Haut an. Sie strich mit ihren Händen über den seidigen Stoff. Hauchzarte Träger hielten das Oberteil mit dem tiefen Ausschnitt, das die Innenseite ihrer Brüste enthüllte. Hauteng umschmiegte es ihren Körper, sodass keine Rundung ihrer Gestalt verborgen blieb. Erst unterhalb der Hüften war es leicht ausgestellt, und der bogenförmige Saum reichte bis an die Knöchel.

Sie besprühte sich mit einem leichten blumigen Parfüm und bürstete sich das Haar. Dann schloss sie einen Moment lang die Augen und nahm all ihren Mut zusammen, bevor sie das Licht löschte und dann die Tür öffnete.

„Jenny, vergiss nicht ..." Hal vergaß, was immer er hatte sagen wollen, sobald er sie erblickte. „Was hast du ... Woher hast du das ... ähm ... das Ding?", stammelte er.

„Ich habe es für eine besondere Gelegenheit aufgehoben." Mit sinnlichen Bewegungen trat sie zu ihm. Sie legte die Hände auf seine Brust. „Jetzt ist sie wohl gekommen."

Er lachte verlegen, legte sehr locker die Arme um ihre Taille. „Vielleicht hättest du es bis nach der Hochzeit aufheben sollen."

„Und wann wird das sein?" Sie beugte sich zu ihm hinunter und presste die Lippen auf den Ausschnitt seines Baumwollhemdes, das er zu einer Jeans trug. Hal räusperte sich und strich ihr über die Wange.

„Sobald ich zurückkomme."

„Das hast du schon einmal versprochen."

„Und du warst immer sehr verständnisvoll. Diesmal werde ich mein Versprechen halten. Wenn ich zurückkomme …"

„Aber das kann Monate dauern."

„Möglich. Es tut mir leid."

„Ich will nicht so lange warten, Hal."

„Wie meinst du das?"

Jenny schmiegte sich dichter an ihn. „Liebe mich jetzt."

„Das tue ich."

„Ich meine … halt mich fest. Leg dich zu mir. Schlaf mit mir."

„Jenny, warum tust du das?", stöhnte er.

„Weil ich verzweifelt bin."

„Doch längst nicht so verzweifelt, wie du mich machst."

„Ich will nicht, dass du gehst."

„Ich muss."

„Bitte bleib. Heirate mich", flüsterte sie an seiner Kehle.

„Das werde ich, wenn alles vorüber ist."

„Ich brauche einen Beweis deiner Liebe. Schlafe heute Nacht mit mir."

„Ich kann nicht. Es wäre unrecht."

„Willst du mich denn nicht?"

Unwillkürlich presste Hal die Lippen auf ihren Hals. „Doch. Manchmal träume ich davon, wie es sein wird, mit dir im Bett zu liegen und … Doch, ich begehre dich, Jenny." Er küsste sie und ließ eine Hand zu ihrer Hüfte hinabgleiten.

Sie schmiegte sich noch dichter an ihn, rieb ihren Schenkel an seinem. „Bitte, liebe mich, Hal. Ich brauche dich heute Nacht." Sie bedeckte sein Gesicht und seinen Hals mit raschen feurigen Küssen.

Hal umfasste ihre Oberarme und schob sie von sich. „Jenny, sei vernünftig. Wir dürfen es nicht tun. Es wäre ein Verstoß gegen unsere Prinzipien. Ich breche morgen zu einer wichtigen Mission auf, und ich darf mich nicht von dir ablenken lassen, so begehrenswert du auch bist." Er beugte sich hinab und gab ihr einen züchtigen Kuss auf die Wange. „Außerdem sind meine Eltern unten. Jetzt sei ein braves Mädchen und geh schlafen."

Jenny schluckte schwer, ließ sich zum Bett führen und kletterte gehorsam hinein.

Er deckte sie zu und vermied es dabei entschlossen, ihre Brüste anzusehen. „Bis morgen früh." Er küsste sie sanft auf den Mund. „Ich liebe dich wirklich, Jenny. Deswegen tue ich nicht, worum du mich bittest." Er knipste das Licht aus, ging zur Tür und schloss sie hinter sich.

2. KAPITEL

Der Raum lag im Dunkeln. Jenny drehte sich auf die Seite. Heiße Tränen rannen über ihre Wangen und auf das Kopfkissen. Nie zuvor hatte sie sich so verlassen gefühlt, nicht einmal, als sie ihre Eltern verloren hatte. Sie war allein, mehr als je zuvor in ihrem Leben.

Sogar ihr Schlafzimmer erschien ihr fremd. Doch das lag vielleicht an der Wirkung der Schlaftabletten, die ihre Sinne betäubten. Sie versuchte, das Dunkel zu durchdringen und die Umrisse der Möbel zu erkennen, doch alles verschwamm vor ihren Augen. Sie fühlte sich, als würde sie schweben. Sie war sehr schläfrig, doch ein neuer Tränenstrom hielt sie wach.

Hal behauptete, sie zu lieben, doch er hatte sie einfach abgewiesen. Wie demütigend! Selbst wenn er große moralische Bedenken haben sollte, so hätte er sich zu ihr legen, sie umarmen und ihr einen Beweis seines angeblichen Verlangens geben können, damit ihr eine Erinnerung blieb, an die sie sich während seiner Abwesenheit klammern konnte.

Doch er hatte sie vollkommen zurückgewiesen. Wie unbedeutend musste sie für ihn sein. Er hatte Wichtigeres zu tun, als sie zu lieben und zu trösten.

Die Tür öffnete sich. Jenny drehte sich um und blickte mit tränenverschleierten Augen zum Lichtschein, der vom Flur ins Zimmer fiel. Eine Sekunde lang zeichnete sich die Silhouette eines Mannes ab. Dann betrat er den Raum und schloss die Tür hinter sich.

Jenny setzte sich auf und streckte ihm die Arme entgegen. Ihr Herz schlug höher vor Freude. „Hal!", rief sie glücklich.

Er trat ans Bett und sank auf die Kante. Seine Gestalt verschmolz beinahe völlig mit den dunklen Schatten im Raum.

„Du bist zurückgekommen", murmelte sie verwundert. Sie ergriff seine Hände und führte sie an die Lippen. „Ich habe mich so unglücklich gefühlt. Ich dachte, mir bricht das Herz. Ich brauche dich heute Nacht. Halte mich." Ihre Worte gingen in Seufzer über, und er zog sie in die Arme. „Ja, halte mich ganz fest."

„Jenny."

Die plötzliche Bewegung des Aufsetzens, die wenigen Worte, die sie gesprochen hatte, wirkten erschöpfend in ihrem halb betäubten Zustand. Benommen lehnte sie die Wange an seine Handfläche.

„Jenny", murmelte er erneut. Er strich mit dem Daumen über ihre Wangen und wischte die Tränen fort.

Als ihre Tränen versiegt waren, verbarg sie das Gesicht in seiner Halsbeuge. Er senkte den Kopf über ihren. Sein Gesicht fühlte sich rau an ihrer Schläfe an. Sie hob eine Hand und strich über die Stoppeln an seinem Kinn, und dabei streifte sie mit den Fingerspitzen seine Lippen.

Sie hörte ihn leise aufstöhnen. Das Geräusch schien aus weiter Ferne zu kommen, doch sie spürte, wie sein Körper sich versteifte. Er bog ihren Kopf zurück und senkte seinen Mund auf ihren. Besitzergreifend zog er sie an seine Brust. Sie hörte auf, zu denken, und gab sich ganz ihren sinnlichen Instinkten hin.

Er öffnete ihre Lippen. Sein Zögern war kurz. Ein Herzschlag verging, oder vielleicht zwei, und dann ließ er seine Zunge in die süßen geheimnisvollen Tiefen ihres Mundes vordringen.

Jenny wimmerte und klammerte sich benommen an ihn. Sie wusste nicht, ob es die Wirkung seines Kusses oder die der Schlaftabletten war, die all ihre Sinne so wundervoll betörte. Der Kuss hielt an, wurde mit jeder Sekunde, mit jedem hämmernden Pulsschlag leidenschaftlicher, bis sie glaubte, ihr Herz würde zerspringen.

War die Bettdecke hinabgerutscht? Es musste wohl so sein, denn ihre Haut wurde plötzlich gekühlt – und dann gewärmt von seiner Hand, die sie berührte, die ihre Brüste streichelte.

Sie spürte, dass ihr Kopf in das weiche Kissen sank und erkannte, dass er sie auf das Bett hinabgedrückt hatte. Er schob die Träger des Nachthemdes von ihren Schultern. Sie stöhnte auf, ohne zu wissen, ob es aus Protest oder Zustimmung geschah. Sie wusste nur, dass Hände über ihre nackte Haut glitten, ihren Körper erforschten, dass Fingerspitzen ihre Knospen streichelten.

Dann erwachten heiße überwältigende Gefühle in ihr, die sie überwältigten. Mit Lippen und Zunge liebkoste er sie, immer wieder, langsam und aufreizend, schnell und federleicht.

Sie wollte seinen Kopf umfassen und ihn an sich drücken. Doch ihre Arme waren schwer, lagen kraftlos auf dem Bett, wie von unsichtbaren Fesseln gehalten. Das Blut wallte wie flüssige Lava durch ihre Adern, doch sie hatte weder die Energie noch den Willen, sich zu bewegen.

Sie genoss sein Gewicht auf ihren nackten Brüsten, als er auf das Bett sank und sich halb auf sie legte. Kühn, aber unendlich sanft erforschte seine Zunge ihren Mund. Es war wundervoll. Er war wundervoll.

Geführt von seinen Händen, hob sie die Hüften und half ihm, ihr das Negligé abzustreifen. Entblößt und verletzlich lag sie unter ihm. Doch die Hände, die ihren ganzen Körper streichelten, waren behutsam und zärtlich, und sie machten jede Liebkosung zu einem kostbaren Geschenk.

Sogar ihre Zehen wurden von seinem Finger gestreichelt. Oder war es seine Zunge? Sanft massierte er ihre Waden, ihre Knie, ihre Schenkel. Sein Haar kitzelte sie angenehm am Bauch, während er mit den Lippen zart an ihrer samtenen Haut knabberte.

Und als seine Hand zwischen ihre Schenkel glitt, ließ sie sinnlich die Hüften kreisen und zeigte ihm somit ihre Bereitwilligkeit. Er liebt mich wirklich, dachte sie glücklich. *Er begehrt mich.*

Aufreizende forschende Finger streichelten sie. Ihre Haut wurde schlüpfrig, ihr Atem beschleunigte sich, ihr Puls begann zu rasen. Bis sie davonzuschweben schien, wie auf unsichtbaren Schwingen, in eine wundersame Welt der Leidenschaft.

Und dennoch war es nicht genug. Ihr verlangte nach mehr, viel mehr.

Seine Jeans fühlte sich rau, aber nicht unangenehm zwischen ihren Schenkeln an. Und dann spürte sie Haar, Haut, Männlichkeit. Harte Wärme und glatte Kraft, die sich an ihr rieb, suchte, sich vortastete, bis ihre Körper miteinander verschmolzen, schnell und unbeirrt, wie es ihnen bestimmt war.

Sie hörte einen Aufschrei, als ein brennender Schmerz sie durchzuckte, doch ihr wurde nicht bewusst, dass sie selbst diesen erstaunten Laut ausgestoßen hatte. Denn sie war zu sehr von der stählernen Männlichkeit fasziniert, die sie in sich spürte. Doch kaum hatte sie das Entzücken der Vereinigung erkannt, als er auch schon zurückwich.

„Nein! Nein!" Der Protest hallte durch ihren Kopf, doch sie war sich nicht sicher, ob sie die Worte wirklich ausgesprochen hatte. Sie war beseelt von dem einzigen Wunsch, dass es noch nicht enden möge.

Wie aus eigenem Antrieb glitten ihre Hände unter seine Jeans, pressten sich auf die harten Muskeln seines Gesäßes. Sie spürte den Schauer, der durch seinen Körper lief, hörte sein Aufstöhnen, spürte seinen warmen Atem an ihrer Wange und fühlte, dass er noch tiefer in sie eindrang.

Hingebungsvoll schmiegte sie sich an ihn. Er küsste ihr Gesicht, ihren Hals, ihre Brüste, und ihre Haut prickelte unter seinen Lippen. Überwältigende Empfindungen durchströmten sie, und ihr Körper bewegte sich zusammen mit seinem in vollkommener Harmonie. Die Spannung in ihren Schenkeln, ihrem Bauch, ihren Brüsten wuchs und wuchs immer mehr, und dann löste sie sich schließlich erneut.

Sein Körper über ihr straffte sich. In sich spürte sie jeden köstlichen Ausbruch seiner Liebe, und dann einen steten beständigen Druck, als er sie noch immer ausfüllte. Gesättigt, aber selbstsüchtig, schloss sich ihr Körper um ihn, hielt ihn gefangen wie eine seidige Faust.

Sie war schon beinahe eingeschlafen, als er sich von ihr löste. Er drehte sich auf die Seite und zog sie an sich. Sie kuschelte sich an ihn, erfüllt von einem Gefühl der Zufriedenheit und Zugehörigkeit, wie sie es nie zuvor verspürt hatte.

Noch immer benommen, noch immer verzückt, noch immer berauscht von dem wundervollen Erlebnis, lächelte sie verklärt, während sie in einen traumlosen Schlaf versank.

Jenny erwachte früh. Sie war allein. Irgendwann während der Nacht hatte er sie verlassen. Das war verständlich, und sie verzieh es ihm, obgleich sie gern in seinen Armen erwacht wäre. Doch die Hendrens hätten niemals gebilligt, was zwischen ihnen geschehen war. Sie wollte ihnen ersparen, dass sie es herausfanden. Genau wie er.

Schritte und Gesprächsfetzen hallten durch die Flure des alten Hauses. Es roch nach frisch aufgebrühtem Kaffee. Vorbereitungen für Hals Abreise waren im Gange. Offensichtlich hatte er noch nicht mit seinen Eltern gesprochen.

Die letzte Nacht änderte alles. Nun legte er gewiss genauso großen Wert auf eine rasche Hochzeit wie Jenny. Sie genoss die Erinnerungen an ihre Vereinigung. Sie schämte sich nicht dafür, auch wenn sie ihren Körper eingesetzt hatte, um Hal zum Bleiben zu veranlassen.

Er gehörte zu ihr. Er konnte sich weiterhin als zweiter Pfarrer betätigen, bis sein Vater in den Ruhestand trat und ihm das Amt völlig überließ. Sie war gut ausgebildet für die Frau eines Pfarrers. Gewiss sah er nun ein, dass das Schicksal es so für sie bestimmt hatte.

Aber wie mochten die Hendrens auf die Änderung seiner Pläne reagieren? Sie wollte ihn die unvermeidliche Debatte nicht allein durchstehen lassen. Eilig warf sie die Bettdecke beiseite. Es überraschte sie ein wenig, dass sie nackt war. Ach ja, er hatte ihr das Nachthemd ausgezogen. Und zwar recht hastig, dachte sie mit einem zufriedenen Lächeln.

Sie eilte ins Badezimmer und drehte die Wasserhähne der Dusche auf. Sie sah nicht anders aus als sonst, und dennoch hatte er unauslöschliche Spuren in ihr hinterlassen. Sie glaubte noch immer sein Gewicht auf sich zu spüren, das Spiel seiner Muskeln unter ihren Händen zu fühlen, das Stöhnen der Leidenschaft zu hören. Und ihr Körper reagierte heftig und spontan auf diese Erinnerungen.

Schnell zog sie sich an und stürmte die Treppe hinunter. Sie brannte darauf, Hal zu sehen. Als sie die Küche erreichte, klopfte ihr Herz vor Aufregung. Atemlos blieb sie auf der Schwelle stehen und betrachtete die Szene.

Die Hendrens saßen am Frühstückstisch. Auch Bruce war anwesend. Er saß auf der Stuhllehne und hatte den Oberkörper weit zurückgelehnt. Er hielt den Kopf gesenkt und starrte brütend in die Kaffeetasse, die er auf seiner Gürtelschnalle balancierte.

Wo mochte Hal stecken? Gewiss schlief er nicht mehr.

Bob hob den Kopf und erblickte Jenny.

„Wo ist Hal?", fragte sie.

Die drei am Tisch starrten sie stumm an. Eine düstere Vorahnung stieg in ihr auf, wie Gewitterwolken an einem bislang strahlend blauen Himmel.

„Er ist schon fort, Jenny. Gerade eben", sagte Bob sanft. Er stand auf, schob seinen Stuhl zurück, trat einen Schritt auf sie zu.

Sie wich zurück, so als fühle sie sich bedroht. Sie konnte nicht atmen. Sämtliche Farbe wich aus ihrem Gesicht. „Das ist unmöglich." Ihre Worte waren kaum zu hören. „Er hat sich nicht von mir verabschiedet."

„Er wollte dir eine herzzerreißende Abschiedsszene ersparen", erklärte Bob. „Er dachte, auf diese Art sei es leichter für dich."

Es durfte nicht wahr sein. Sie hatte sich alles so schön vorgestellt, hatte sich alles genau ausgemalt: Hals verklärte Miene bei ihrem Anblick, den innigen Blickaustausch zwischen ihnen, verbunden durch ein wundersames Erlebnis, das ein Geheimnis für den Rest der Welt war.

Doch er war fort, und sie sah nur drei Gesichter, die sich ihr zugewandt hatten. Sarah und Bob musterten sie voller Mitleid, Bruce hingegen mit einem erstaunlichen Mangel an Gefühl.

„Das glaube ich nicht!", rief Jenny. Sie stürmte durch die Küche, stolperte beinahe über einen Stuhl, schob ihn heftig beiseite und rannte zur Hintertür hinaus. Der Hof war leer. Kein Auto stand auf der Straße.

Hal war wirklich fort. Die Wahrheit traf sie schwer. Ihr war nach Schreien zumute. Ihr war danach zumute, sich auf den Boden zu werfen und mit den Fäusten auf die harte Erde zu hämmern. Sie verspürte eine überwältigende Enttäuschung.

Aber was hatte sie erwartet? Hal hatte seine Zuneigung zu ihr nie demonstriert. Nun, im nüchternen Tageslicht, erkannte sie, wie verblendet sie gewesen war. Er hatte ihr nicht versprochen, sie nicht zu verlassen. Er hatte ihre Liebe zueinander auf eine körperliche Weise besiegelt. Darum hatte sie ihn gebeten. Es war unrealistisch, mehr zu erwarten. Und es war typisch für ihn, ihr die Demütigung zu ersparen, die der vergebliche Versuch, ihn zum Bleiben zu veranlassen, bedeutet hätte.

Warum fühlte sie sich dann so verlassen? Beraubt. Verloren. Niedergeschlagen und zurückgewiesen. Und zornig.

Ja, verdammt zornig. Wie konnte er sie denn so verlassen, während sie sogar bedauerte, dass sie nicht die ganze Nacht hatten zusammen verbringen können?

Jenny stand auf dem unebenen Bürgersteig und starrte auf die leere Straße. Wie konnte er sie so ungerührt verlassen, ohne ihr Lebewohl zu sagen? War sie so unwichtig für ihn? Wenn er sie liebte ... Aber liebte er sie wirklich? Liebte sie ihn so, wie es sein sollte? Oder hatte Bruce recht? Waren sie und Hal einfach in eine Beziehung hineingeraten, die jeder von ihnen erwartete? Eine Beziehung, die bequem für sie war, weil sie ihr Sicherheit bot, und bequem für ihn, weil sie ihm genügend Zeit für seine geistlichen Pflichten ließ?

Welch erschreckender Gedanke! Jenny versuchte nun, ihn zu verscheuchen und das Glücksgefühl heraufzubeschwören, das sie in der vergangenen Nacht erlebt hatte.

Doch die Bedenken ließen sich nicht zerstreuen, und sie erkannte, dass sie gründliche Überlegungen anstellen musste, bevor Hal nach Hause zurückkehrte. Es wäre töricht, trotz ihrer Zweifel eine Ehe einzugehen. Die Vereinigung ihrer Körper war ein wundervolles Erlebnis für sie, doch sie wusste, dass es als Basis für eine Ehe nicht ausreichte. Und das Schlafmittel hatte sie berauscht. Vielleicht hatte sie die körperliche Liebe weltbewegender in Erinnerung, als sie in Wirklichkeit war. Vielleicht war alles nur ein erotischer, von Drogen hervorgerufener Traum.

Sie machte auf dem Absatz kehrt, um ins Haus zurückzugehen, und stieß beinahe mit Bruce zusammen, der sich ihr so leise genähert hatte, dass sie sich seiner Anwesenheit nicht bewusst geworden war. Sie zuckte zusammen unter seinem eindringlichen Blick.

Er musterte sie aus seinen goldbraunen Augen so starr und unbewegt, dass er sie an eine gefährliche Raubkatze erinnerte. Er stand reglos da, vollkommen reglos, bis er schließlich unwillkürlich einen Mundwinkel hochzog.

Jenny deutete diese verräterische Geste als Ausdruck des Bedauerns. Empfand er Mitleid für sie, weil es ihr nicht gelungen war, Hal zum Bleiben zu veranlassen? Würde jeder in der Stadt sie nun als erbarmungswürdige verlassene Geliebte ansehen, die sich nach einem Mann verzehrte, dem sein Lebenswerk wichtiger war als sie?

Verärgert über diese Vorstellung, wandte sie den Blick von seinem Gesicht ab, straffte die Schultern und wollte an ihm vorbeigehen.

Er verstellte ihr den Weg. „Ist alles in Ordnung, Jenny?" Seine dunkelblonden Brauen waren zusammengezogen, die Fältchen in seinen Augenwinkeln traten deutlich zum Vorschein, und seine Kinnpartie wirkte so hart wie sein Gesicht.

„Natürlich", antwortete sie fröhlich mit einem falschen Lächeln. „Warum sollte es das nicht sein?"

Er zuckte die Schultern. „Immerhin ist Hal gegangen, ohne sich von dir zu verabschieden."

„Aber er wird zurückkommen. Und es war richtig, dass er so gegangen ist. Ich hätte eine Abschiedsszene nicht ertragen." Sie fragte sich, ob ihre Behauptungen in seinen Ohren genauso unwahr klangen wie in ihren.

„Hast du mit ihm gesprochen?"

„Ja."

„Und?"

Ihr Lächeln schwand, und sie senkte den Blick. „Und ich fühle mich jetzt viel wohler. Er will mich heiraten, sobald er zurückkommt."

Es war nicht gelogen. Es war auch nicht ganz die Wahrheit, und sein forschender Blick verriet ihr, dass er nicht überzeugt war.

Hastig ging sie an ihm vorbei. „Hast du überhaupt gefrühstückt? Ich mache dir etwas. Zwei Eier, leicht angebraten?"

Bruce lächelte erfreut. „Du weißt noch, wie ich sie gern mag?"

„Natürlich." Jenny hielt ihm die Fliegentür auf. Sie stand sehr aufrecht und presste sich gegen den Holzrahmen, als er sich an ihr vorbeizwängte. Dennoch berührten sich ihre Körper. Nur flüchtig, doch mit verblüffender Auswirkung. Ihre Brüste richteten sich hart auf. Ihre Schenkel prickelten vor Wärme. Ihr Herz schlug rasend schnell.

Sie bemühte sich, ihre Erregung zu verbergen, indem sie hastig das Frühstück für Bruce zubereitete. Ihre Hände zitterten beinahe unkontrollierbar. Und sobald sie den gefüllten Teller vor ihn auf den Tisch gestellt hatte, floh sie in ihr Zimmer.

Nun, da ihr Körper zu sexueller Regsamkeit erweckt worden war, schien er nicht länger schlafen zu wollen. Aber besaß er kein Urteilsvermögen? Kein Unterscheidungsvermögen? Reagierte er nun auf jeden Mann, mit dem sie in Berührung kam?

Diese Vorstellung erweckte eine tiefe Beschämung in Jenny. Dennoch zog sie sich aus, kroch ins Bett und zog die Knie an. Im Geiste durchlebte sie die Ereignisse der vergangenen Nacht, und sie genoss die heftigen Empfindungen, die dabei ihren Körper durchströmten.

Drei hohe schlanke Bierflaschen standen ordentlich aufgereiht auf dem glänzenden Tisch. Sie waren leer. Vor etwa einer halben Stunde war Bruce zu Whisky übergegangen, doch die Schuldgefühle, die ihn quälten, ließen sich nicht einmal durch eine betäubende Menge von Alkohol schmälern.

Er hatte Jenny vergewaltigt.

Es war sinnlos, einen beschönigenden Ausdruck zu benutzen, um seine Schuld zu erleichtern. Er hätte sagen können, dass er sie geliebt, mit ihr geschlafen, sie entjungfert hatte. Doch sosehr sein Gewissen auch nach Ausflüchten suchte, er hatte sie vergewaltigt. Es war keine brutale Schändung gewesen, aber er hatte sie getäuscht, sich die körperliche Liebe erschlichen.

Er nahm noch einen Schluck. Der Whisky brannte ihm in der Kehle. Seit Jahren hatte er nichts bereut. Doch nun fühlte er sich überwältigt von Schuld. Aber was konnte er dagegen tun? Es ihr gestehen? Ihr sagen: „Ach übrigens, Jenny, neulich nachts, du weißt schon, bevor Hal fortgegangen ist. Das war nicht er, mit dem du geschlafen hast. Das war ich …"

Er stieß einen heftigen Fluch aus und leerte das Glas in einem Zug. Er konnte sich lebhaft vorstellen, wie sich ihr liebliches Gesicht vor Entsetzen verzerrte. Die Erkenntnis, dass sie mit ihm zusammen gewesen war, würde ihr vermutlich einen Schock versetzen, von dem sie sich nie wieder erholte. Der berüchtigtste Schürzenjäger im Westen von Texas hatte die süße Jenny Fletcher genommen. Nein, er durfte es ihr nicht sagen.

Er hatte schon früher schlimme Sachen getan. Ihm gefiel sein Ruf als Teufelskerl, und er gab sein Bestes, um ihn zu fördern, um den Leuten zu zeigen, dass er im Laufe der Jahre keineswegs sanfter geworden war. Manchmal übernahm er sogar die Verantwortung für Dinge, die er gar nicht begangen hatte. Dann ließ er sein lässiges Grinsen für sich antworten und seine Kumpel daraus ihre eigenen Schlüsse ziehen, ob das neueste Gerücht zutraf oder nicht.

Doch diesmal war er ganz tief gesunken.

Er winkte den Barkeeper heran, und dabei wurde er sich seiner Umgebung bewusst. Die stickige Luft in der Taverne roch nach Rauch und abgestandenem Bier. Grelle Neonlichter an den Wänden warben für die verschiedensten Getränkesorten. Ein trauriger Strang Lametta, übrig geblieben von Weihnachten, hing am wagenradförmigen Kronleuchter. Eine Spinne hatte ihr Netz zwischen den Speichen gesponnen. Waylon Jennings beklagte eine verlorene Liebe aus der Musikbox in der Ecke.

Es war billig. Es war verlottert. Es war ihm vertraut.

„Danke, Bert", sagte Bruce lakonisch, als der Barkeeper ihm ein neues Glas Whisky hinstellte.

„Schwerer Tag?"

Schwere Wochen, dachte Bruce. Seit einer Woche lebte er nun mit seiner Sünde, doch die Schuldgefühle waren nicht abgeklungen. Sie lasteten noch genauso schwer auf seiner Seele. Seele? Besaß er so etwas überhaupt?

Bert beugte sich über den Tisch und stellte die leeren Bierflaschen auf ein Tablett. „Hab was gehört, das dich interessieren könnte."

„Ja? Was denn?" Ein Wassertropfen hing an der Außenseite seines Glases. Er erinnerte ihn an Jennys Tränen. Mit dem Daumen wischte er ihn fort.

„Über das Stück Land westlich von der Mesa."

Trotz seiner düsteren Stimmung horchte Bruce interessiert auf. „Die alte Parson-Ranch?"

„Ja. Hab gehört, dass die Verwandtschaft bereit ist zu verhandeln."

Bruce zeigte Bert ein Lächeln, das einer Zahnpasta-Reklame alle Ehre gemacht hätte, und legte ihm ein Zehn-Dollar-Schein auf die Theke. „Danke, Kumpel."

Bert erwiderte das Lächeln und schlenderte davon. Er mochte Bruce und war froh, ihm helfen zu können.

Bruce Hendren war unbestritten einer der besten Ölspekulanten der Gegend. Er konnte das Öl riechen, wusste instinktiv, wo es sich befand. Er hatte zwar die Universität besucht und ein Examen in Geologie abgelegt, um offiziell anerkannt zu werden und Vertrauen zu erwecken, doch er besaß ein Geschick, das sich nicht aus Büchern erlernen ließ. Er hatte ein paar Löcher gebohrt, die trocken geblieben waren, aber sehr wenige. So wenige, dass er den Respekt von Männern gewonnen hatte, die länger in der Branche tätig waren, als er alt war.

Schon seit Jahren bemühte er sich um die Bohrrechte auf der Parson-Ranch. Das alte Ehepaar war verstorben, doch die Kinder hatten nicht nachgegeben und behauptet, sie wollten das Land ihrer Familie nicht durch Bohrtürme entweihen lassen. Natürlich war es nur eine Ausrede. Sie hatten ausgeharrt, um den Preis in die Höhe zu treiben.

„Hallo, Bruce."

Er war so in Gedanken versunken, dass er die Frau nicht bemerkt hatte, die an seinen Tisch getreten war und ihn nun mit der Hüfte streifte. Mit einem deutlichen Mangel an Interesse blickte er auf. „Hallo, Didi. Wie geht's?"

Wortlos legte sie einen Schlüssel auf die glänzende Tischplatte und schob ihn mit dem Zeigefinger zu Bruce hinüber. „Sonny und ich haben endlich Schluss gemacht."

„Ist es offiziell?"

In Didis Ehe hatte es schon monatelang gekriselt. Weder sie noch Sonny hielten die Gelübde ein, vor allem nicht den Treueschwur. Sie verhielt sich schon seit Längerem recht einladend gegenüber Bruce, doch er war nicht darauf eingegangen. Er kannte nur wenige Skrupel, doch einem Prinzip blieb er stets treu: niemals mit einer verheirateten Frau. Trotz allem glaubte er irgendwie an die Unantastbarkeit der Ehe.

„Ja, es ist offiziell. Ich bin wieder frei, Bruce." Didi lächelte. Ihre üppige Figur steckte in einer hautengen Jeans und einem tief ausgeschnittenen Sweater. Sie beugte sich zu ihm vor und bot ihm einen tiefen Blick auf ihren Brustansatz.

Statt sein Verlangen zu entfachen, erweckte sie in ihm das Bedürfnis nach einem Bad. Er dachte an Jenny. Sie war so sauber, so adrett, so feminin. Nicht aufgetakelt, nicht üppig, nicht sinnlich, einfach weiblich.

Didi strich mit einem langen Fingernagel über seinen Arm. „Bis später, Bruce", hauchte sie verführerisch und schwebte mit selbstsicherem Schritt davon.

Er zog spöttisch einen Mundwinkel hoch. Hatte er eine solch kühne Einladung jemals als attraktiv empfunden? Didis Unverfrorenheit war beinahe lächerlich.

Jenny wusste nicht einmal, dass sie sexy war. Sie benutzte einen so zarten Duft. Didis schweres Parfüm hingegen wirkte geradezu aufdringlich. Jennys Stimme war klar und rein und für ihn wesentlich verführerischer als Didis affektiertes Schnurren. Und Jennys ungeübte Liebkosungen hatten ihn wesentlich mehr erregt als jedes berechnende Vorspiel seiner früheren Geliebten.

Seine Gedanken wanderten zurück zu dem unschuldigen Schlafzimmer, das einem Kind gehören sollte, nicht einer Frau, die seidene Negligés trug. Er wusste genau, dass es Seide war, denn er kannte das unvergleichliche Gefühl von Seide an einem Frauenkörper. Doch Jennys Haut war genauso weich. Und ihr Haar. Und …

Ihre Jungfräulichkeit hatte ihn zutiefst verblüfft. Er hätte nicht gedacht, dass sein Bruder so lammfromm war. Wie konnte Hal, wie konnte irgendein Mann all die Jahre mit Jenny unter einem Dach gelebt haben, ohne mit ihr zu schlafen? Er musste Hals unerschütterliche Tugendhaftigkeit bewundern, doch er konnte sich nicht vorstellen, wie jemand sich selbst derart starre Moralvorschriften setzen konnte.

Jenny hatte es nicht getan. Sie war bereit gewesen, sich Hal in jener letzten Nacht hinzugeben. Nur ein Trottel hätte dieses kostbare Geschenk zurückweisen können.

Nie zuvor hatte Bruce ein derartiges Verzücken verspürt wie in dem Moment, als er in sie eingedrungen war. Nie zuvor war es so schön für ihn gewesen. Weil keine andere Frau wie Jenny war. Sie war unerreichbar, verboten, trotz seiner weitgesteckten Grenzen.

Er wusste es seit Jahren. Sie gehörte zu Hal. Es verstand sich von selbst. Bruce musste sich damit abfinden. Er konnte jede Frau haben, die er wollte. Nur nicht die eine, die er wirklich wollte.

Er war durch und durch schlecht. Ihm war nichts und niemand wichtig. Das sagten die Leute, und es entsprach größtenteils der Wahrheit. Doch Hal und Jenny waren ihm wichtig genug, um sich zurückzuhalten und deren Glück nicht zu stören.

Er hatte sein Geheimnis gut gehütet. Niemand wusste es. Niemand würde es je erraten. Am allerwenigsten Jenny. Ihre Gefühle für ihn waren rein schwesterlicher Art. Doch er hatte immer gespürt, dass sie sich auch vor ihm fürchtete. Er erweckte Unbehagen in ihr, und das machte ihm oft das Herz schwer. Ihre Angst war natürlich berechtigt. Er hatte einen skandalösen Ruf, und jede Frau, die Wert auf ihren unbescholtenen Namen legte, hielt sich von ihm fern, so als wäre seine Sinnlichkeit ansteckend.

Aber er fragte sich oft, was geschehen wäre, wenn Jenny früher in ihr Haus gezogen wäre. Wenn er nicht gerade zu der Zeit die Universität besucht hätte, wenn er nicht bereits als Wüstling ohnegleichen verschrien gewesen wäre, wenn sie Zeit gehabt hätten, eine Beziehung aufzubauen. Hätte Jenny sich dann ihm zugewandt? Wäre alles anders gewesen?

Er stellte es sich gern so vor. Denn er spürte, dass sich hinter Jennys Reserviertheit eine lebenslustige sinnliche Frau verbarg, die in einem unsichtbaren Käfig gefangen war. Vielleicht wollte sie daraus befreit werden. Vielleicht …

Du machst dir etwas vor, ermahnte Bruce sich. *Mit jemandem wie dir will sie nichts zu tun haben.* Er stand auf, warf einige Geldscheine auf den Tisch, und dabei dachte er plötzlich: Es sei denn, du änderst deinen Lebenswandel …

Er war in jener Nacht nicht mit Verführungsabsichten in ihr Zimmer gegangen. Er hatte sie weinen gehört und sie nur trösten wollen. Doch dann hatte sie ihn für Hal gehalten. Er hatte das dunkle Zimmer betreten und sich vorgenommen, den Irrtum aufzuklären.

Er hatte die Verzweiflung in ihrer Stimme gehört. Er hatte ihren Kummer nachempfunden. Sie sehnte sich nach Liebe und war abgewiesen worden. Er hatte ihre Bitte erfüllt und sie umarmt. Er hatte sie geküsst und die Nachgiebigkeit ihres Körpers gespürt, und da hatte es kein Zurück mehr gegeben.

Was er getan hatte, war unverzeihlich. Doch was er nun beabsichtigte, war beinahe genauso schlimm. Er wollte versuchen, sie seinem Bruder zu stehlen, der ihre Liebe zurückgewiesen hatte.

Nun, da Bruce sie einmal besessen hatte, konnte er nicht mehr auf sie verzichten. Er wollte nicht länger zulassen, dass seine Familie Jenny unterdrückte. Er konnte nicht mit ansehen, wie die Sehnsucht auf ihrem Gesicht allmählich zu Enttäuschung wurde, wie ihre Vitalität sich in Resignation verwandelte, wie all ihre Lebenslust in einem Käfig der Rechtschaffenheit erstickt wurde.

Er durchquerte das Lokal, trat zu Didi, die mit einem Mann in einer Nische saß. „Du hast etwas vergessen", sagte er und warf den Schlüssel auf den Tisch.

Sie blickte ihn verwirrt an. „Was soll das?"

„Ich brauche ihn nicht."

„Du Schuft!", zischte sie giftig.

„Hab nie etwas anderes behauptet", entgegnete Bruce gelassen. Er stieß die Tür auf, trat hinaus in die kühle Abendluft und atmete tief durch, um seinen Kopf vom Alkohol und dem stickigen Geruch der Taverne zu klären.

Er glitt hinter das Steuer seiner 63er Corvette Stingray, startete den Motor und brauste davon. Jeder Mann im Umkreis von hundert Meilen beneidete ihn um den klassischen Wagen, der innen wie außen schwarz wie die Nacht war. Mit sanftem Schnurren brauste er über die Schnellstraße und glitt dann beinahe lautlos durch die Straßen der Stadt.

Einen halben Häuserblock vom Pfarrhaus entfernt, fuhr Bruce an den Kantstein und stellte den Motor ab. In Jennys Zimmer brannte kein Licht mehr. Dennoch starrte er gedankenverloren eine volle Stunde lang das dunkle Zimmer an, wie er es schon in den vergangenen sechs Nächten getan hatte.

3. KAPITEL

Jenny blickte vom Altar auf, als eine große Silhouette in der Kirchentür auftauchte und sich dunkel vom Sonnenschein draußen abhob. Sie hatte nicht erwartet, ausgerechnet Bruce in der Kirche zu sehen. Doch es war er, der sich nun die dunkle Sonnenbrille abnahm und zu ihr hinüberschlenderte.

„Hallo. Vielleicht sollte ich meine Spende erhöhen. Kann sich die Kirche denn keinen Hausmeister leisten?" Er deutete mit dem Kopf zu dem Putzkorb neben ihren Füßen.

„Ich tue es gern." Verlegen steckte sie den Griff des Staubwedels in die Gesäßtasche ihrer Jeans.

Er grinste. „Es scheint dich zu überraschen, mich hier zu sehen."

„Allerdings. Wie lange ist es her, seit du zum letzten Mal in der Kirche warst?"

„Seit Ostern." Er setzte sich auf die erste Bank und streckte die Arme auf der Rückenlehne aus.

„Ach ja, ich erinnere mich. Wir haben am Nachmittag ein Picknick im Park veranstaltet."

„Und ich habe dich auf der Schaukel angeschubst."

Jenny lachte. „Ich habe geschrien, dass du mich nicht so hoch stoßen solltest, aber du hast einfach weitergemacht."

„Es hat dir gefallen."

Ihre Augen funkelten schelmisch. „Woher hast du das gewusst?"

„Instinkt." Er lächelte sie an, und sie erriet, dass er viele Instinkte hatte, wenn es um Frauen ging.

Bruce dachte zurück an den vergangenen Frühling, an jenen sonnigen warmen Ostersonntag. Jenny hatte ein gelbes Kleid getragen, weich und flatternd, das sich mit jedem Windstoß an ihren Körper geschmiegt hatte.

Es hatte ihm gefallen, sie dicht an seine Brust zu ziehen, während sie auf der uralten Schaukel mit den dicken Seilen gesessen hatte. Er hatte sie unnötig lange festgehalten und die Gelegenheit genutzt, den sommerlichen Duft ihres Haares einzuatmen und das Gefühl ihres schlanken Rückens an seiner Brust zu genießen.

Sie hatte mit kindlicher Freude gelacht, als er sie schließlich losgelassen hatte. Ihr Lachen klang noch immer in seinen Ohren. Heftige Frühlingsgefühle hatten ihn an jenem Tag durchströmt. Er hatte sich danach gesehnt, sich mit Jenny ins Gras zu legen, sie zu küssen, den Kopf in ihren Schoß zu legen und in ihr Gesicht aufzublicken. Ihn hatte danach verlangt, sie sanft und gemächlich und voller Zärtlichkeit zu lieben.

Doch sie war Hals Mädchen gewesen an jenem Tag, so wie immer. Und als Bruce es kaum noch hatte ertragen können, die beiden zusammen zu sehen, war er zu seinem Wagen gegangen und hatte sich ein Bier aus der Kühltasche geholt. Seine Eltern hatten ihre Missbilligung unmissverständlich demonstriert.

Schließlich, um niemandem die gute Laune zu verderben – vor allem nicht Jenny, die stets niedergeschlagen auf jeglichen Unfrieden in der Familie reagierte, war Bruce nach einem knappen Abschiedsgruß in seiner schwarzen Corvette davongebraust.

Nun verspürte er dieselbe Sehnsucht nach Jenny. Sonnenschein fiel durch das bunte Kirchenfenster und warf Regenbogenfarben auf ihr Gesicht und ihr Haar, das sie zu einem losen Zopf geflochten trug. Sie trug eine eng sitzende Jeans und abgetragene Turnschuhe, und sie sah äußerst reizvoll und verführerisch aus. Er fragte sich, ob die Kirchenwände wohl einstürzen würden, wenn er sie in die Arme nähme und küsste. „Wer hat diesmal die Blumen gestiftet?“, fragte er, um sich von seinen Gelüsten abzulenken.

Jedes Jahr wurde ein Kalender in der Gemeinde herumgereicht, und die Mitglieder trugen sich für jeweils einen Sonntag ein, an dem sie die Blumen für den Altar spendeten.

Jenny blickte auf die Karte, die an dem Strauß roter Gladiolen hing. „Die Randalls. ‚In Erinnerung an unseren geliebten Sohn, Joe Wiley‘, steht hier.“

„Joe Wiley Randall“, murmelte Bruce gedankenverloren mit einem Lächeln auf dem Gesicht.

„Kanntest du ihn?“

„Na klar. Er war in der Schule ein paar Klassen über mir, aber wir sind ab und zu zusammen losgezogen.“ Er blickte über die Schulter zurück. „Dort in der vierten Reihe haben wir an einem Sonntag mal gesessen. Als der Klingelbeutel herumgereicht wurde, hat Joe Wiley sein Kaugummi drangeklebt. Wir fanden es herrlich. Wir haben uns köstlich über die Gesichter der Leute amüsiert, als ihre Finger am Kaugummi kleben blieben.“

Mit funkelnden Augen setzte Jenny sich neben ihn. „Und was ist passiert?“

„Ich bekam eine ordentliche Tracht Prügel. Er wahrscheinlich auch.“

„Nein, ich meine die Karte. Da steht doch: In Erinnerung an …“

„Ach so. Er ging nach Vietnam.“ Einen langen Augenblick starrte

Bruce auf den Blumenstrauß. „Ich kann mich nicht erinnern, ihn nach seinem Hochschulabschluss noch einmal gesehen zu haben." Er schwieg eine Weile. „Er war ein höllisch guter Basketballspieler", sagte er gedankenverloren. Dann zog er den Kopf ein, als ob ihn der Zorn des Himmels wie ein Blitzschlag treffen könnte. „Oh je, so etwas sagt man nicht in der Kirche, stimmt's?"

Jenny lachte. „Was macht das schon für einen Unterschied? Du sagst es doch ständig." Dann wurde sie ernst und blickte ihn forschend an. „Du bist gläubig, oder?"

„Ja, auf meine Art schon", antwortete Bruce in selten ernsthaftem Ton. „Aber ich weiß, was die Leute über mich reden. Sogar meine eigenen Eltern halten mich für einen Heiden."

„Das tun sie ganz bestimmt nicht."

Er blickte sie zweifelnd an. „Na, und was denkst du von mir?"

„Dass du ein typischer Pfarrerssohn bist."

Er lachte laut auf. „Das ist eine sehr vereinfachte Darstellung, meinst du nicht?"

„Keineswegs. Als Kind hast du dich aufsässig verhalten, um bloß nicht für einen Musterknaben gehalten zu werden."

„Ich bin inzwischen erwachsen, aber ich will trotzdem kein Musterknabe sein."

„Das könnte dir auch niemand vorwerfen", neckte sie und piekte ihn mit dem Zeigefinger ins Bein. Hastig zog sie die Hand wieder zurück. Sein Oberschenkel war hart, und er erinnerte sie zu sehr an harte jeansbekleidete Muskeln auf ihren nackten Beinen. Um ihre Verwirrung zu überspielen, fragte sie: „Weißt du noch, wie du versucht hast, mich zum Lachen zu bringen, als ich im Kirchenchor gesungen habe?"

„Ich?", entgegnete er empört. „So etwas habe ich nie getan."

„Doch. Du hast da hinten in der letzten Reihe gesessen, mit einem von deinen Mädchen, und Grimassen geschnitten und …"

„Mit einem von meinen Mädchen? Das klingt ja, als hätte ich einen ganzen Harem gehabt."

„Hast du das nicht?"

Bedeutungsvoll ließ er den Blick über ihren Körper wandern. „Es ist immer Platz für eine mehr. Willst du dich bewerben?"

In gespieltem Zorn sprang Jenny auf und stemmte die Hände in die Hüften. „Würdest du jetzt bitte verschwinden? Ich habe zu arbeiten."

„Ja, ich auch." Bruce seufzte und stand auf. „Ich habe soeben die Bohrrechte für die alte Parson-Ranch erworben."

„Ist das gut?" Jenny wusste nur wenig von seinem Beruf. Sie hatte nur gehört, dass er etwas mit Öl zu tun hatte und als erfolgreich angesehen wurde.

„Sehr. Wir fangen demnächst zu bohren an."

„Meinen Glückwunsch."

„Heb ihn dir auf, bis der erste Brunnen sprudelt." Er zupfte spielerisch an einer Strähne ihres Haares, die sich aus dem Zopf gelöst hatte. Dann wandte er sich ab und schlenderte zur Tür.

„Bruce?"

„Ja?" Er blieb stehen und drehte sich zu ihr um. Er sah sehr markant und gut aus, windzerzaust und sonnengebräunt, verwegen und gefährlich. Er hatte die Daumen in die Gürtelschlaufen seiner Jeans gehakt und den Kragen seiner Lederjacke hochgeschlagen.

„Ich habe vergessen zu fragen, warum du vorbeigekommen bist."

Er zuckte flüchtig die breiten Schultern. „Aus keinem bestimmten Grund. Bis bald, Jenny."

„Bis bald."

Er starrte sie einen Augenblick lang an, bevor er die Sonnenbrille aufsetzte und zur Tür hinaustrat.

Jenny kämpfte mit dem feuchten Bettbezug, den ihr der starke Wind zu entreißen drohte. Die Laken, die sie bereits auf die Leine gehängt hatte, blähten sich wie Segel und umflatterten sie wie riesige Flügel.

Als sie den letzten Zipfel mit einer Wäscheklammer befestigte und erschöpft die Arme sinken ließ, erklang ein monsterhaftes Gebrüll. Eine drohende Gestalt zeichnete sich hinter dem Laken ab und umfing sie mit starken Armen. Sie schrie leise auf.

„Jetzt habe ich dich erwischt", knurrte der bisher unkenntliche Angreifer ihr ins Ohr und zog sie an sich.

„Lass mich los."

„Sag Bitte."

„Bitte!"

Bruce gab sie frei, spähte um das Laken herum und lachte über ihre Bemühungen, sich aus dem Stoff zu winden, der sich um ihren Körper geschlungen hatte.

„Bruce Hendren, du hast mich soeben zu Tode erschreckt!"

„Gar nicht wahr. Du wusstest doch genau, dass ich es bin."

„Aber nur, weil du schon einmal so etwas mit mir gemacht hast." Jenny versuchte ungehalten, sich das windzerzauste Haar aus den Augen zu streichen. Es war genauso sinnlos wie ihr Bemühen, ernst zu bleiben. Schließlich gab sie es auf und lachte mit ihm. „Eines Tages …"

Sie sprach nicht weiter, doch sie drohte ihm mit dem Zeigefinger.

Blitzschnell umfasste er ihren Finger und hielt ihn gefangen. „Was ist eines Tages, Jenny Fletcher?"

„Eines Tages bekommst du noch deine gerechte Strafe."

„Darauf würde ich nicht wetten." Er hob ihren Finger an den Mund, biss spielerisch hinein und stieß dabei ein kannibalisches Knurren aus.

Der Anblick ihres Fingers zwischen seinen kräftigen weißen Zähnen brachte sie ganz durcheinander, und als er schließlich ihre Hand losließ, wich sie hastig zurück, so als wäre sie einer Flamme zu nahe geraten.

Sie fragte sich, warum er wohl ins Pfarrhaus gekommen war, obgleich er recht häufig vorbeischaute, seitdem Hal fort war. Ein paar Mal war er gekommen, um all den Kram aus seinem ehemaligen Zimmer zu entfernen, der Sarah störte – obgleich er alles mit einer Wagenladung hätte fortschaffen können. Einmal hatte er einen Kuchen gebracht, den er auf einer Wohltätigkeitsveranstaltung erstanden hatte und nicht allein aufessen konnte. Ein anderes Mal hatte er sich die Schleifmaschine von seinem Vater ausgeliehen, um damit seinen Wagen zu polieren. Und mehrmals hatte er einfach nur gefragt, ob Post von Hal gekommen sei.

Jedes Mal brachte er einen triftigen Grund vor, doch Jenny vermutete ein tiefer liegendes Motiv. Vielleicht kam er um seiner Eltern willen, und das rührte sie. Es sah ihm gar nicht ähnlich, ein solches Interesse an den Vorgängen im Pfarrhaus zu zeigen. Gewöhnlich verbrachte er seine Freizeit zusammen mit seinen Kumpeln in den Kneipen der Stadt … wenn er sich nicht gerade in weiblicher Gesellschaft befand.

Und je mehr Zeit Jenny mit ihm verbrachte, desto mehr störte sie der Gedanke an seine Frauengeschichten. Dieser Anflug von Eifersucht war natürlich völlig unangebracht, und sie konnte sich nicht erklären, woher er plötzlich stammte.

„Ist der Wäschetrockner kaputt?", fragte Bruce, schwang sich den leeren Korb über die Schulter und folgte Jenny zur Hintertür.

„Nein, aber ich mag den Geruch der Wäsche, wenn sie an der frischen Luft trocknet."

Er lächelte, während er ihr die Tür aufhielt. „Du bist ein schwieriger Fall, Jenny."

„Ich weiß. Hoffnungslos altmodisch."

„Das mag ich gerade an dir."

Erneut verspürte sie den Drang, mehr Abstand zu ihm zu gewinnen. Wenn er ihr so nahe stand, wenn er sie so eindringlich ansah, fiel ihr das Atmen schwer. „Möchtest du … möchtest du ein Glas Limonade?"

„Gern." Bruce brachte den Korb in die Waschküche, während sie

Eiswürfel in zwei Gläser gab und die sprudelnde Limonade darübergoss.

„Wo sind meine Eltern?"

„Sie besuchen einige Leute im Krankenhaus." Die Erkenntnis, dass sie und Bruce allein in dem alten Haus waren, beunruhigte Jenny seltsamerweise. Ihre Hand zitterte ein wenig, als sie sein Glas vor ihn auf den Tisch stellte. Sie sank ihm gegenüber auf einen Stuhl und nippte nervös an ihrem kalten Getränk. Sie sah ihn nicht an, aber sie spürte seinen Blick auf sich ruhen. Hätte ich bloß etwas unter das T-Shirt gezogen, dachte sie unwillkürlich. Und prompt richteten sich ihre Brüste auf und spannten sich unter dem weichen Stoff.

„Jenny?"

Sie zuckte zusammen. „Was?" Sie bemühte sich um eine gleichgültige Miene und presste unter dem Tisch die Knie zusammen.

„Hast du von Hal gehört?"

Sie schüttelte heftig den Kopf, als Antwort auf seine Frage und um die heftigen Gefühle abzuschütteln, die sie durchströmten. „Nicht seit seiner Karte vor einem Monat. Meinst du, dass es etwas zu bedeuten hat?"

„Ja." Bruce lächelte, als sie erschrocken den Kopf hob. „Dass alles in Ordnung ist."

„Keine Nachricht ist eine gute Nachricht?"

„Ja, so ähnlich."

„Bob und Sarah nehmen sich sehr zusammen, aber sie sind beunruhigt. Wir hatten nicht erwartet, dass er die Grenze von Monterico überschreiten müsste. Wir hatten gehofft, dass er inzwischen längst auf dem Rückweg ist."

„Vielleicht ist er es ja und hatte nur keine Gelegenheit, uns zu benachrichtigen."

„Vielleicht." Es tat ihr weh, dass Hal seine wenigen Nachrichten an die ganze Familie adressiert hatte. Er hatte geschrieben, dass in Monterico schlimme Zustände herrschten, dass er sich aber in Sicherheit befinde. Er hatte nicht ein einziges persönliches Wort für sie hinzugefügt, und das enttäuschte sie, vor allem nach den Geschehnissen in jener letzten Nacht.

„Vermisst du ihn?", fragte Bruce sanft.

„Schrecklich." Sie schaute ihn an, senkte jedoch sogleich wieder den Blick. Sie konnte nicht lügen, wenn sie in seine Augen schaute. Sie vermisste Hal zwar, aber nicht schrecklich. In gewisser Weise erleichterte es sie sogar, dass er nicht da war. Und das erschien ihr seltsam.

Wollte sie ihn nicht mehr, nachdem sie mit ihm geschlafen hatte? Sie sehnte sich zwar danach, diese überwältigende Erfahrung, diesen Sinnestaumel erneut zu erleben, doch sie war nicht sonderlich erpicht darauf, Hal zu sehen. Wahrscheinlich lag es daran, dass sie ihm noch immer zürnte, weil er sie ohne Abschied verlassen hatte. Es war die einzige Erklärung für sie.

„Es geht ihm bestimmt gut. Hal kommt immer unbeschadet davon." Bruce lehnte sich zurück und balancierte den Stuhl auf den Hinterbeinen. „Als Hal etwa acht war und ich zwölf, wohnte uns gegenüber eine Familie mit einer sehr übergewichtigen Tochter. Alle Kinder in der Schule nannten sie Fettsack und Schweinchen und lauter solche hässlichen Dinge. Ein paar Jungen warteten immer an der Ecke auf sie und hänselten sie, wenn sie nach Hause ging."

Jenny lauschte selbstvergessen seiner tiefen rauen Stimme. Seine Finger glitten gemächlich an seinem Glas hinauf und hinunter, das an der Außenseite feucht und schlüpfrig war. Die Härchen auf seinem Handrücken hoben sich hell von der gebräunten Haut ab. Seltsam, es war ihr nie zuvor aufgefallen. Die Art, wie er das Glas streichelte, wirkte faszinierend, und sie konnte sich lebhaft vorstellen …

„Eines Tages ging Hal mit ihr nach Hause und griff die Jungen an, als sie das Mädchen wieder zu hänseln begannen. Er holte sich eine aufgeschlagene Lippe und ein blaues Auge. Aber Mom und Dad erklärten ihn zu einem Helden. Mom gab ihm eine doppelte Portion Nachtisch, und Dad lobte ihn für seine gute Tat in den Himmel. Und ich dachte mir: Wenn das reicht, um sie glücklich zu machen, dann kann ich es auch."

„Und was hast du getan?"

„Am nächsten Tag habe ich der Bande hinter der Garage aufgelauert. Ich hatte doppelten Grund, mit ihnen abzurechnen. Einerseits, weil sie meinen kleinen Bruder verdroschen hatten, und andererseits, weil sie wieder einmal das arme Mädchen verhöhnten. Ich stürmte also hinter der Garage hervor und knallte dem Ersten den Deckel einer Mülltonne ins Gesicht. Dem Zweiten schlug ich mit der Faust in den Magen, dass ihm die Luft ausging. Und dem Dritten trat ich in … na ja, dahin, wo es kleinen Jungen wehtut."

Jenny lächelte unwillkürlich. „Und was dann?" Wie ging es weiter?"

„Nun, ich erwartete, genauso gelobt zu werden wie Hal am Tag zuvor." Er schüttelte mit einem wehmütigen Lächeln den Kopf. „Ich erhielt eine Strafpredigt und eine Tracht Prügel, wurde ohne Abendessen in mein Zimmer geschickt, durfte zwei Wochen lang mein Fahrrad nicht benutzen und bekam kein Taschengeld."

Die Vorderbeine seines Stuhls trafen mit einem harten Knall auf den Boden. „Du siehst also, Jenny, dass ich zu einem Unruhestifter und Aufwiegler erklärt worden wäre, wenn ich diese Mission in Mittelamerika übernommen hätte. Hal hingegen wird als Heiliger angesehen.“

Ohne nachzudenken, legte Jenny ihre Hand auf seine. „Es tut mir so leid, Bruce. Ich weiß, dass es sehr wehtut.“

„Jenny? Wir sind zurück. Wo bist du?“ Die Hendrens kamen zur Vordertür herein.

Bruce und Jenny blieben voneinander gefesselt. Sie lösten ihre Hände und Blicke erst, als seine Eltern die Küchentür erreichten.

„Ach, hier bist du ja. Hallo, Bruce.“

Jenny sprang auf und erbot sich, Kaffee zu kochen. Auch Bruce erhob sich.

„Ich muss gehen. Ich wollte nur wissen, ob ihr etwas von Hal gehört habt. Ich komme ein andermal vorbei. Bis dann.“ Es gab keinen Grund mehr, seinen Besuch auszudehnen. Er war wirklich gekommen, um nach Hal zu fragen, aber hauptsächlich, um Jenny zu sehen.

Er hatte sie gesehen. Sie hatte sogar seine Hand genommen. Er fühlte sich wohl.

Jenny beugte sich in ihren Wagen und stellte einen Karton mit Lebensmitteln auf den Rücksitz. Ein lang gezogener lauter Pfiff ließ sie so hastig herumwirbeln, dass sie beinahe mit dem Kopf an die Karosserie stieß.

Bruce saß auf einem schweren Motorrad, mit einem unverschämten Ausdruck auf dem Gesicht, der zu seinem Pfiff passte. Ein glänzend schwarzer Sturzhelm baumelte in seiner Hand. Er trug ein blaues Hemd mit abgeschnittenen Ärmeln. Entweder hatte der Wind sämtliche Knöpfe abgerissen, oder Bruce hatte es versäumt, sie zu schließen. Ein verblichenes rotes Tuch war um seinen Hals geknöpft. Er sah aus wie ein Bandit. Die Hells Angels hätten ihn vermutlich mit offenen Armen empfangen und zu ihrem Anführer erwählt.

Fasziniert musterte Jenny die hellbraunen Härchen auf seiner Brust. Es fiel ihr sehr schwer, den Blick von all der entblößten gebräunten Haut zu lösen. „Du bist nicht sehr nett“, schalt sie.

„Vielen Dank. Du auch nicht.“

„Wieso nicht?“

„Du trägst eine enge Jeans, die jeden Mann auf dumme Gedanken bringen könnte.“

Sie blickte an sich hinab und entgegnete: „Nur gewisse Männer. Solche mit einer schmutzigen Fantasie."

„Hm. Damit bin ich wohl gemeint."

„Wem der Schuh passt ... Kein anderer Mann hat mir heute nachgepfiffen."

„Dann hat kein anderer Mann gesehen, wie du dich bückst."

Sie warf ihm einen vernichtenden Blick zu. „Elender Sexist!"

„Und ich bin stolz darauf."

„Was wäre, wenn ich mich bei dir anschleichen und so pfeifen würde?"

„Ich würde dich in die Büsche ziehen."

„Du bist unverbesserlich."

„Das habe ich schon öfter gehört." Seine Zähne blitzten im Sonnenschein, als er lächelte. Er beugte sich vor und stützte die Hände auf die Lenkstange. Seine Armmuskeln spannten sich. „Hast du Lust auf eine Fahrt?"

Jenny schloss entschieden die hintere Tür und öffnete die Fahrertür. Sie musterte das Motorrad mit einem abschätzenden Blick. „Du bist ja verrückt."

„Nein, nur unverbesserlich. Komm schon, Jenny, es wird 'ne Wucht."

Sie schüttelte den Kopf. „Ich steige nicht auf das Ding."

„Warum nicht?"

„Ich traue deiner Fahrweise nicht."

„Aber ich bin stocknüchtern."

„Ausnahmsweise?", konterte sie. „Ich bin einmal mit dir im Wagen gefahren und habe dabei mein Leben riskiert. Selbst die Polizei salutiert dir nur, wenn du vorbeisaust. Sie weiß, dass sie dich nicht einholen kann."

Er zuckte die Schultern. „Ich fahre eben gern schnell. Aber ich fahre sicher."

„Ich fahre sicherer. Nein danke." Sie stieg in ihren Wagen. „Außerdem schmilzt die Eiscreme", sagte sie durch das geöffnete Fenster, während sie anfuhr.

Bruce begleitete sie nach Hause. Er fuhr abwechselnd hinter ihr und neben ihr und vor ihr, und sie musste mehrere Male abbremsen, um nicht mit ihm zusammenzustoßen. Sie bemühte sich um eine strenge missbilligende Miene, doch sie lachte, als sie das Pfarrhaus erreichten.

Er stellte das Motorrad neben ihren Wagen und nahm den Sturzhelm ab. „Siehst du? Völlig harmlos. Komm, fahr mit." Die Sonne schien auf sein Haar und ließ es wie poliertes Mahagoni leuchten.

Seine Augen, von dichten Wimpern umrahmt, wirkten bezwingend.

Jenny zögerte. Der Karton Lebensmittel auf ihren Armen wurde immer schwerer.

„Wann hast du zum letzten Mal etwas Spontanes getan?", fragte er herausfordernd.

Als ich Hal verführt habe, schoss es ihr durch den Kopf. Doch sie wollte nicht an Hal denken. Er war nun seit zehn Wochen fort. Bruce kam häufig ins Pfarrhaus. Er tauchte stets unerwartet auf, so wie vorhin auf dem Parkplatz des Lebensmittelgeschäfts. Hätte sie es nicht besser gewusst, dann hätte sie geglaubt, dass er ihr folgte. „Ich kann wirklich nicht", sagte sie ausweichend.

„Natürlich kannst du. Beeil dich. Ich helfe dir auch, die Lebensmittel zu verstauen." Er nahm ihr den Karton ab und trug ihn rasch in die Küche, und als alles fortgeräumt war, drängte er mit einem unwiderstehlichen Lächeln: „Komm mit, Jenny, bitte!"

Bob und Sarah waren nicht zu Hause und konnten sie daher auch nicht zurückhalten. „Also gut", gab sie mit einem tiefen Seufzer nach, und ihr Herz klopfte vor Vorfreude.

Er nahm ihre Hand und zog sie aus dem Haus, bevor sie es sich anders überlegen konnte. „Ich habe sogar einen Helm für dich." Er setzte ihn ihr auf und schloss die Schnalle unter ihrem Kinn. Einen Moment lang begegneten sich ihre Blicke. Doch bevor sie das Funkeln in seinen Augen deuten konnte, wandte er sich ab und bestieg das Motorrad. „Steig auf und leg die Arme um mich."

Sie befolgte seine Anweisungen, doch als sie seine entblößte Haut unter dem offenen Hemd berührte, zog sie hastig die Hände zurück.

„Entschuldigung", murmelte sie, als wäre sie mit einem Fremden in einem Fahrstuhl zusammengestoßen.

„Schon gut. Du musst dich gut festhalten." Bruce nahm ihre Hände, legte sie kurz oberhalb seiner Taille zusammen und drückte sie an sich. Dann startete er das Motorrad und fuhr an.

Jennys Kehle war wie ausgedörrt. Sie hielt ihre Hände völlig unbewegt, obgleich sie den Drang verspürte, über die harten Muskeln und feinen Härchen seiner Brust zu streicheln.

Der warme Wind zerrte an ihnen, als sie die Stadt verließen und mit voller Geschwindigkeit über die Schnellstraße brausten. Es war äußerst aufregend, nur die Räder zwischen sich und dem Asphalt zu wissen und die Vibrationen des Motors im ganzen Körper zu spüren.

„Wie gefällt's dir?", rief Bruce durch den Fahrtwind über die Schulter zurück.

„Es ist herrlich!", antwortete sie wahrheitsgemäß.

Er bog von der Schnellstraße in eine schmale Landstraße ein und fuhr schließlich durch ein Tor. Auf einem sanften Hügel in der ansonsten flachen Umgebung stand ein Haus im typisch viktorianischen Stil. In dem umzäunten Garten wuchsen Büsche und verschiedenartige Bäume, die Schatten spendeten. Die Veranda, die an drei Seiten um das Haus lief, wurde von den Balkons im zweiten Stock vor der Sonne abgeschirmt. Eine zwiebelförmige Kuppel überdachte eine vordere Ecke. Das Bilderbuchhaus war sandfarben gestrichen, mit Akzenten in Rost und Schiefergrau.

An einer Seite befand sich eine Garage. Dort stand die Corvette, zusammen mit einer Reihe anderer Fahrzeuge. Dahinter befand sich ein Stall. Mehrere Pferde grasten auf der angrenzenden Weide.

„Das ist mein Haus", sagte Bruce schlicht. Er stellte das Motorrad ab und ließ Jenny absteigen.

Sie starrte das Haus an, während sie den Helm abnahm. „Hier lebst du also?"

„Ja. Seit zwei Jahren."

„Ich wusste bis jetzt gar nicht, wo du wohnst. Du hast uns nie eingeladen." Sie drehte sich zu ihm um. „Warum nicht, Bruce?"

„Ich wollte eine Absage vermeiden. Meine Eltern halten es für eine Lasterhöhle und würden nie einen Fuß hineinsetzen. Hal wäre wahrscheinlich nicht gekommen, weil er weiß, dass sie dagegen sind. Es schien mir für alle einfacher, gar nicht erst zu fragen."

„Und was ist mit mir?"

„Wärst du denn gekommen?"

„Ich glaube schon", antwortete Jenny, doch beide wussten, dass sie es nicht getan hätte.

„Jetzt bist du ja hier. Möchtest du es dir ansehen?" Seine Frage klang zögernd. Trotz all seiner Verwegenheit wirkte er nun sehr verletzlich.

Jenny zögerte nicht. „Ja, aber natürlich. Können wir gleich reingehen?"

Er lächelte und führte sie die Stufen zur Haustür hinauf. „Es wurde kurz nach der Jahrhundertwende erbaut und hatte eine ganze Reihe von Besitzern, die es alle ein bisschen mehr verfallen ließen. Es war geradezu baufällig, als ich es kaufte. Ich war eigentlich nur an dem Land interessiert. Ich wollte das Haus abreißen und ein neues, ganz modernes bauen. Aber dann fing es an, mir zu gefallen. Es scheint hierher zu gehören, und deshalb habe ich es restauriert."

„Es ist wundervoll“, bemerkte Jenny, während sie durch die hohen, luftigen, sonnigen Räume wanderten.

Bruce hatte es schlicht dekoriert und alles in Altweiß gestrichen – die Wände, die Fenster, die Türen, die Portiere, die das Wohnzimmer und das runde Esszimmer von der Eingangshalle trennte. Die Fußböden aus Eichenholz waren seidenglänzend poliert. Die Möbel, eine geschmackvolle Mischung aus Alt und Neu, waren mit Betonung auf Bequemlichkeit ausgewählt und arrangiert.

Die Küche war ein Wunder des Weltraumzeitalters, doch all die modernen Geräte waren geschickt hinter einer Fassade mit antikem Charme verborgen. Die obere Etage enthielt drei Räume, von denen nur einer vollständig eingerichtet war.

Von der Tür aus musterte Jenny das Zimmer, in dem Bruce schlief. Es war in warmen Erdtönen gehalten. Auf dem massiven Bett lag eine unregelmäßig geformte Decke aus Wildleder, die weich wie Butter aussah. Durch eine Verbindungstür erhaschte sie einen Blick in ein luxuriös ausgestattetes Bad mit einem großen Fenster über der riesigen Wanne.

Bruce folgte ihrem Blick. „Es gefällt mir, im Wasser zu liegen und die Landschaft zu betrachten. Von dort sieht der Sonnenuntergang wirklich spektakulär aus. Oder nachts, wenn Vollmond ist und die Sterne blinken, ist es ein atemberaubender Anblick.“

„Das Haus passt zu dir, Bruce. Zuerst dachte ich, es sei nicht der Fall, aber doch, seltsamerweise passt es sehr gut zu dir.“

Ihre Bemerkung schien ihn zu freuen. „Komm, sieh dir den Swimmingpool an.“ Er führte sie die Treppe hinunter und hinaus auf einen gefliesten Patio.

Der Swimmingpool war tief und strahlend blau wie ein Saphir und von einem farbenprächtigen Blumenmeer umgeben. Rote Geranien wucherten in Tontöpfen. In einer Ecke war ein Kakteengarten mit leuchtend gelben und rosa Blüten angelegt. Silberne Salbeibüsche mit weißen und violetten Hochblättern säumten die Mauer.

„Es ist prachtvoll“, flüsterte Jenny beeindruckt.

„Möchtest du schwimmen?“

„Ich habe keinen Badeanzug mitgebracht.“

„Möchtest du schwimmen?“ Seine Stimme klang rau und sanft, verführerisch und hintergründig.

Ihr Herz schien einen Schlag lang auszusetzen. Ihr stockte der Atem. Sie stand wie erstarrt da, gefesselt von seinem eindringlichen Blick und dem betörenden Klang seiner Einladung. Es war natürlich undenkbar.

Sie dachte dennoch daran. Und eine Woge der Wärme stieg in ihr auf.

Im Geiste sah sie ihn und sich nackt im Sonnenschein. Sie malte sich aus, wie sie ihn berührte, sah ihre Hände über seine muskulösen Arme gleiten, sah ihre Finger über die weichen Härchen auf seiner Brust streicheln. Sie malte sich aus, wie seine kräftigen Hände sanft ihre Brüste liebkosten, über ihren Bauch zu ihren Schenkeln glitten …

„Ich muss zurück." Sie wirbelte herum und rannte förmlich über den Patio und durch das Haus, so als wäre ihr der Teufel auf den Fersen.

Auf der Veranda holte Bruce sie ein, und sie stand steif neben ihm, während er die Haustür verschloss. Als er ihren Arm nahm, um sie die Stufen hinabzuführen, zuckte sie zurück. „Was ist mit dir, Jenny?"

„Nichts. Gar nichts." Nervös befeuchtete sie sich die trockenen Lippen. „Mir gefällt dein Haus." Sie verstand selbst überhaupt nicht, warum sie sich so seltsam benahm. Sie wusste, dass sie keine Angst vor ihm zu haben brauchte. Schließlich kannte sie ihn bereits seit Jahren, und sie hatte unter einem Dach mit ihm gelebt, wenn er in den Semesterferien von der Universität nach Hause gekommen war. Sie waren immer wie Geschwister gewesen. Irgendwie.

Warum erschien er ihr dann plötzlich wie ein Fremder, und gleichzeitig wie jemand, den sie besser kannte als jeden anderen Menschen auf der Welt? Sie verspürte eine unerklärliche Verbindung zu ihm. Heftige Gefühle für ihn tobten in ihr. Fremdartige sinnliche Gefühle, die sie beunruhigten und ihr dennoch so berechtigt erschienen.

„Du bist jederzeit willkommen", sagte er, während sie das Motorrad bestiegen. „Halt dich gut fest, Mädchen." Er fuhr los und brauste so schnell dahin, dass die Landschaft vor ihren Augen verschwamm.

Ihr blieb nichts anderes übrig, als sich an ihn zu klammern. Ohne Scheu legte sie die Hände auf seinen Bauch und presste sich an seinen Rücken. Ihre Schenkel umschmiegten seine Hüften, und sie stützte das Kinn auf seine Schulter.

Als sie in die Straße des Pfarrhauses einbogen, drosselte er beträchtlich die Geschwindigkeit. Doch er fuhr auf den Bürgersteig hinauf und schlängelte sich zwischen den Maulbeerbäumen hindurch, die ein großzügiger Bürger vor Jahrzehnten angepflanzt hatte. Es waren keine Fußgänger in Sicht, und daher bestand keine Gefahr, doch Jenny kreischte: „Du bist verrückt, Bruce Hendren!"

Sie waren beide atemlos vor Lachen, als er vor dem Pfarrhaus anhielt und den Motor abstellte. „Willst du morgen wieder mitfahren?", fragte er über die Schulter hinweg.

Jenny stieg ab. Ihre Knie waren weich vor Aufregung, und sie musste sich an seiner Schulter festhalten, um nicht das Gleichgewicht zu verlieren. „Auf keinen Fall. Diese Rückfahrt war lebensgefährlich!"

Bruce hatte sie noch nie so übermütig erlebt. Ihre Wangen glühten, ihre Augen funkelten, und ihr Lächeln wirkte strahlend. Verschwunden war die zurückhaltende Maske, hinter der sie sich gewöhnlich verbarg. Zum ersten Mal kam ihre abenteuerlustige Ader zum Vorschein, die er in ihr vermutet hatte. Er stieg vom Motorrad und nahm seinen Helm ab. „Du wirst dich schon bald daran gewöhnen." Er half ihr mit ihrem Helm, und es schien ganz natürlich, dass er mit den Fingern ihr angedrücktes Haar auflockerte. „Beim nächsten Mal durchbrechen wir die Schallgrenze."

Er legte einen Arm um ihre Schultern. Ihre Knie waren noch immer weich, und sie lehnte sich an ihn und schlang ihren Arm um seine Taille. Gemeinsam taumelten sie zur Hintertür.

Sie öffnete sich, Bob kam aus dem Haus. Anklagend blickte er erst Bruce, dann Jenny an.

Seine steinerne Miene ließ sie abrupt stehen bleiben. „Was ist?", fragten sie wie aus einem Munde. Doch sie ahnten es bereits.

„Mein Sohn ist tot."

4. KAPITEL

Jenny?", flüsterte Bruce eindringlich, doch er erhielt keine Antwort. „Jenny, bitte weine nicht. Soll ich dir von der Stewardess etwas bringen lassen?"

Sie schüttelte den Kopf und nahm das feuchte Papiertuch von den Augen. „Nein danke, Bruce. Es ist alles in Ordnung." Doch es war nichts mehr in Ordnung, seit Bob Hendren ihnen am vergangenen Nachmittag mitgeteilt hatte, dass Hal von einem Exekutionskommando in Monterico erschossen worden war.

„Ich werde nie begreifen, warum zum Teufel ich dich mitgenommen habe", sagte Bruce voll bitterer Selbstvorwürfe.

„Ich musste mitkommen."

„Ich fürchte, dadurch wird alles nur noch schlimmer für dich."

„Nein, das stimmt nicht", widersprach Jenny und betupfte sich die geröteten geschwollenen Augen. „Ich konnte einfach nicht zu Hause sitzen und warten. Ich wäre verrückt geworden, wenn ich nicht mitgekommen wäre."

Dafür hatte er Verständnis. Die Reise nach Monterico, um die Leiche zu identifizieren und in die Vereinigten Staaten zu überführen, bedeutete ein grausiges Unternehmen. Ihnen stand eine Menge Papierkram mit dem Außenministerium bevor, ganz zu schweigen von den Verhandlungen mit der Militärjunta in Monterico. Doch alles schien besser, als zu Hause zu sitzen und den erbärmlichen Kummer der Hendrens zu ertragen.

„Jenny, wo hast du nur gesteckt?", hatte Sarah geschluchzt, als Jenny und Bruce ins Wohnzimmer gestürmt waren, nachdem Bob ihnen die Todesnachricht überbracht hatte. „Dein Wagen steht vor der Tür ... Wir haben überall gesucht ... Ach, Jenny!" Sarah war in Jennys Arme gesunken und hatte herzzerreißend geweint.

Bruce hatte sich auf das Sofa gesetzt, mit gespreizten Beinen und gesenktem Kopf, und auf den Fußboden zwischen seinen Stiefeln gestarrt. Niemand hatte ihn über den Verlust seines Bruders hinweggetröstet. Niemand hatte ihn beachtet. Sein Vater hatte nur vorwurfsvolle Blicke auf die beiden Sturzhelme im Flur geworfen.

Jenny hatte Sarahs hellbraunes Haar zurückgestrichen. „Es tut mir leid, dass ich nicht hier war. Ich ... ich bin mit Bruce Motorrad gefahren."

„Du warst mit Bruce zusammen?" Sarah hatte den Kopf gehoben und ihn angeblickt, so als wäre seine Anwesenheit eine riesige Überraschung für sie, so als hätte sie ihn nie zuvor gesehen.

„Woher weißt du denn von Hal, Mom?“, hatte er leise gefragt.

Sarah hatte völlig apathisch gewirkt, mit ausdrucksloser Miene und bleicher Haut.

„Ein Vertreter des Außenministeriums hat vor einer halben Stunde angerufen“, hatte Bob daher erklärt. Er war plötzlich um Jahre gealtert. Seine Schultern hingen kraftlos herab und ließen ihn wie einen alten Mann aussehen. Sein Kinn sah plötzlich wabbelig und schlaff aus. Seine Augen waren nicht mehr so klar und lebhaft wie früher. Seine Stimme, die eindrucksvoll und überzeugend von der Kanzel predigte, zitterte nun. „Die faschistische Regierung hat Hal und einige Mitglieder seiner Gruppe festgenommen, zusammen mit einigen der Rebellen, die sie befreien wollten. Sie wurden alle erschossen. Unsere Regierung legt offiziell Protest ein.“

„Unser Sohn ist tot!“, hatte Sarah geschrien. „Was nützen da Proteste? Nichts wird uns Hal zurückbringen. Er ist tot!“

Jenny hatte ihr insgeheim zugestimmt. Die beiden Frauen hatten sich den ganzen Abend lang Halt suchend aneinander geklammert und geweint.

Die Nachricht hatte sich schnell in der Gemeinde verbreitet. Unzählige Mitglieder waren gekommen, um ihr Beileid auszusprechen. Das Telefon hatte unablässig geklingelt. Einmal hatte Jenny aufgeblickt und Bruce den Hörer abnehmen sehen. Er war irgendwann zwischendurch nach Hause gefahren und hatte sich eine dunkle Hose, ein Hemd und ein Jackett angezogen. Er hatte an der Wand gelehnt und sich während des Telefonats über die Augen gestrichen. Er hatte müde ausgesehen. Müde und sehr traurig.

Jenny hatte sich nach der verrückten Motorradfahrt nicht einmal gekämmt. Doch niemandem war ihr aufgelöster Zustand aufgefallen. Alle waren desinteressiert, wie Roboter durch das Haus geschlichen. Niemand hatte fassen können, dass Hal ihnen auf so grausame, brutale und unwiderrufliche Weise genommen worden war.

„Du siehst erschöpft aus.“ Bruce war hinter Jenny getreten, als sie sich in der Küche eine Tasse Kaffee eingeschenkt hatte. „Hast du überhaupt etwas gegessen?“

Unzählige gefüllte Schüsseln, gebracht von den Mitgliedern der Kirchengemeinde, hatten auf dem Tisch gestanden. Doch allein die Vorstellung, etwas zu essen, hatte Jenny mit Abscheu erfüllt. „Nein. Ich möchte nichts. Und du?“

„Ich bin wohl auch nicht hungrig.“

„Wir sollten aber etwas essen", hatte Bob bemerkt, der mit Sarah am Arm zu ihnen getreten war.

„Ein Mann namens Withers vom Außenministerium hat angerufen, Dad", hatte Bruce ihm mitgeteilt. „Ich fliege morgen hin und überführe Hals Leiche." Sarah war wimmernd auf einen Stuhl gesunken, und Bruce hatte sie traurig angesehen. „Dieser Withers trifft sich mit mir in Mexico City. Er wird mich begleiten und mir helfen. Ich rufe an, sobald ich Näheres weiß, damit ihr die Beerdigung vorbereiten könnt."

Sarah hatte die Arme auf den Tisch gefaltet, den Kopf darauf gebettet und erneut geweint.

„Ich komme mit dir, Bruce", hatte Jenny ruhig verkündet.

Die Reaktion der Hendrens auf diese Mitteilung war nicht so ruhig ausgefallen. Doch Jenny hatte sich nicht von ihrem Entschluss abbringen lassen.

Und nun befand sie sich auf dem Flug nach Mexico City, demselben Flug, den Hal vor knapp drei Monaten genommen hatte. Bruce saß dicht neben ihr, auf dem mittleren Sitz, obwohl der Platz am Gang frei war, so als wolle er sie vor dem Rest der Welt abschirmen. Als ihr Papiertuch zerriss, gab er ihr ein Taschentuch aus der Brusttasche seines Jacketts.

„Danke."

„Danke mir nicht, Jenny. Ich kann es nicht ertragen, dich weinen zu sehen."

„Ich fühle mich so schuldig."

„Schuldig? Um Himmels willen, warum?"

Sie starrte aus dem Fenster des Flugzeugs. „Ich weiß nicht. Aus tausend Gründen. Weil ich böse auf ihn war, als er abgereist ist. Weil ich verletzt war, dass er mir keine persönliche Karte geschickt hat ..."

„Jeder fühlt sich wegen solcher Dinge schuldig, wenn jemand stirbt. Das ist ganz natürlich."

„Ja, aber ... ich fühle mich schuldig, weil ... weil ich noch lebe." Mit tränenverschleierten Augen blickte sie ihn an. „Weil ich gestern so viel Spaß mit dir hatte, während Hal schon tot war."

Dieses Schuldgefühl quälte auch ihn, doch das wollte er ihr nicht gestehen. Er legte einen Arm um sie und zog sie an seine Brust. Tröstend streichelte er über ihr Haar, als sie den Kopf an seine Schulter bettete. „Du darfst dich nicht schuldig fühlen, weil du lebst. Hal hätte das nicht gewollt. Er ist freiwillig zu dieser Mission aufgebrochen. Er kannte das Risiko und ist es bewusst eingegangen."

Aber warum musste er sterben? fragte er sich insgeheim. *Warum, ver-*

dammt? Er hatte Jenny in einem fairen Kampf für sich gewinnen wollen. Dass sie plötzlich durch Hals Tod zu haben war, bedeutete keinen Triumph für ihn. „Warum warst du so böse auf Hal, als er abgereist ist? Weil er sich nicht von dir verabschiedet hat?", fragte er, obgleich er die Antwort fürchtete. Bereute sie womöglich, was passiert war?

Lange Zeit schwieg sie. Dann erklärte sie stockend: „In der letzten Nacht vor seiner Abreise ist etwas geschehen, das uns einander sehr nahe gebracht hat. Aber am nächsten Morgen ist er gegangen, ohne sich zu verabschieden, so als wäre es nie geschehen. Ich hatte gehofft, dass er die Reise absagen würde." Sie atmete tief durch. „Ich habe mich zurückgesetzt gefühlt, weil er es nicht getan hat. Eigentlich habe ich nicht geglaubt, dass ihm meine Gefühle wichtiger waren als seine Mission, aber ..."

Sollte er es ihr gestehen? Sollte er ihr erklären, dass sie sich zu Unrecht verletzt fühlte, weil Hal gar nichts von jener Liebesnacht wusste? Dass Hal ihren Zorn gar nicht verdiente? Dass sie sich auch nun nicht schuldig zu fühlen brauchte, weil er selbst der einzig Schuldige war ... wie immer?

Bruce war sehr versucht, es ihr zu sagen. Aber nein, es war unmöglich. Sie musste erst einmal Hals Tod überwinden. Wie hätte sie die Erkenntnis verkraften können, dass sie mit einem falschen Mann geschlafen hatte? Wie konnte eine Frau sich das verzeihen? Wie konnte sie je dem Mann verzeihen, der sie getäuscht hatte?

Jenny musste die Anspannung seines Körpers wohl gespürt haben, denn plötzlich richtete sie sich auf und wich ein wenig zurück. „Ich sollte dich nicht damit belästigen. Was mich im Innersten angeht, interessiert dich wohl herzlich wenig."

Er hätte ihr gern gestanden, wie sehr es ihn interessierte. Dass er sie so intim kannte, wie es nur möglich war. Dass er sich jede Linie ihres Körpers eingeprägt hatte. Dass er ihre leidenschaftlichen Laute so gut kannte wie seine eigene Stimme, weil er sie im Geiste immer wieder hörte, wenn er nachts allein im Bett lag und an sie dachte.

Was bin ich bloß für ein Schuft! schoss es ihm plötzlich durch den Kopf. Sein Bruder war tot, doch er dachte daran, wie es war, mit Jenny zu schlafen. „Wir werden bald landen", sagte er brüsk, um sein schlechtes Gewissen zu überspielen.

„Dann sollte ich mein Gesicht herrichten."

„Dein Gesicht ist wundervoll."

Erstaunt wandte sie sich ihm zu. Sie blickte ihn an, und dabei wurde ihr bewusst, dass niemand ihm für all die Dinge gedankt hatte, um die er sich gekümmert hatte. Er hatte die unangenehmen Aufgaben übernommen, ohne dass er überhaupt darum gebeten worden war. „Du warst uns allen eine große Hilfe, Bruce. Deinen Eltern. Mir.“ Sie legte eine Hand auf seinen Arm. „Ich bin froh, dass wir dich haben.“

„Ich bin auch froh, dass ihr mich habt“, sagte er mit einem sanften Lächeln.

Es war richtig, ihr nicht zu sagen, dass er in jener Nacht ihr Liebhaber gewesen war. Früher hätte er nicht seinem Bruder das Verdienst für die Sinnesfreuden überlassen, die er Jenny bereitet hatte. Doch er hatte sich verändert. Und daher ließ er sie in dem Glauben, dass sie mit Hal geschlafen hatte. Um ihr zu ersparen, dass zu ihrer Trauer auch noch Beschämung hinzukam.

Die Hauptstadt von Monterico war hässlich, lärmend und heiß. Stählerne Skelette erinnerten an Häuser, die einmal gestanden hatten und nun nur noch Ruinen waren. Schutthaufen machten einige Straßen unpassierbar. Politische Parolen, in Blutrot gemalt, schrien die grausige Geschichte des Bürgerkrieges von sämtlichen Reklametafeln.

Soldaten in Arbeitshosen, Kampfstiefeln und Panzerhemden patrouillierten durch die Straßen. Ihre Gesichter wirkten mürrisch, ihr Verhalten war arrogant und grob. Die Zivilbevölkerung kuschte. Mit angstvollem Blick und verstohlenen Bewegungen ging sie ihrem Tagwerk nach.

Jenny hatte noch nie einen so deprimierenden Ort gesehen. Sie begann, Hals Beweggründe und seine Entschlossenheit zu verstehen, dieses Elend zu beseitigen und der Unterdrückung des menschlichen Geistes ein Ende zu bereiten.

Withers, der Vertreter des Außenministeriums, der sie in Mexico City empfing, erwies sich als Enttäuschung. Sie hatte einen Mann erwartet, der allein durch sein Auftreten Autorität ausstrahlte und Respekt hervorrief. Doch Mr Withers sah aus, als könnte er nicht einmal einem starken Windstoß standhalten, geschweige denn einer feindlichen Regierung trotzen. Sie konnte ihn sich eher als Zielscheibe grausamer Witze vorstellen denn als Widersacher einer Militärjunta. Doch er hatte sie freundlich und voller Mitgefühl empfangen und brachte ihr Respekt entgegen.

Jenny überließ Bruce die meisten Verhandlungen. Doch während er sich um die behördlichen Dinge kümmerte, ließ er sie nie aus den Augen. Er war ständig an ihrer Seite, meistens mit einem beschützenden Arm um ihre Schultern oder einer zärtlichen Hand an ihrem

Ellbogen. Sie verließ sich auf seine Stärke, und sie fragte sich, warum ihm niemand Einfühlungsvermögen zutraute. Die Leute glaubten, dass ihm alles gleichgültig wäre. Doch sie irrten sich. Er trauerte um seinen Bruder. Und er behandelte Jenny mit äußerster Rücksicht.

Bei der Ankunft auf dem Flughafen von Monterico wurden Jenny, Bruce und Mr Withers auf den Rücksitz eines alten Fords verfrachtet. Vorn saßen der Fahrer und ein Soldat mit einem Maschinengewehr unter dem Arm. Die beiden waren Vertreter der derzeitigen Regierung, und sie machten sich nicht die Mühe, ihre Verachtung gegenüber den Passagieren zu verbergen.

Nach einer weitschweifigen Fahrt durch die Stadt wurden sie vor einem Gebäude abgesetzt, das ursprünglich eine Bank beherbergt hatte und nun als Regierungssitz diente. Drinnen kreisten Ventilatoren an der Decke, doch sie bemühten sich vergeblich, die stickige Luft erträglich zu machen. Doch zumindest bildete die ehemalige Schalterhalle einen Schutz vor der sengenden Sonne. Jennys Bluse klebte ihr am Leib. Bruce hatte längst das Jackett ausgezogen, die Krawatte abgenommen und die Hemdsärmel hochgerollt.

Ein Soldat deutete mit seinem Gewehr auf eine schäbige Couch und murrte dabei etwas vor sich hin, das sie als Befehl auffassten, sich zu setzen. Mr Withers wurde zu Verhandlungen mit dem militärischen Befehlshaber in einen Nachbarraum geführt.

Als er zehn Minuten später aus dem Büro trat, wischte er sich aufgeregt mit einem Taschentuch über die Stirn. „Davon wird Washington erfahren“, verkündete er empört.

„Wovon?“, hakte Bruce nach. Er stand mit gespreizten Beinen da, sein Jackett über die Schulter geschlungen, das Hemd geöffnet und die eindrucksvolle breite Brust enthüllt, mit einem finsteren Ausdruck auf dem Gesicht, und er sah furchterregender aus als jeder der Soldaten.

Mr Withers erklärte, dass Hals Leiche die Stadt noch nicht erreicht hatte. „Das Dorf, in dem die … ähm …“

„Exekution“, warf Bruce offen ein.

„Nun, ja, das Dorf, in dem sie stattgefunden hat, ist durch Guerilla-Kämpfe abgeschnitten. Aber man erwartet, dass die Leiche bei Einbruch der Dunkelheit eintrifft.“

„Bei Einbruch der Dunkelheit!“, rief Jenny entsetzt. Den ganzen Nachmittag in dieser kriegserschütterten Stadt verbringen zu müssen war eine erschreckende Vorstellung.

„Ich fürchte, ja, Miss Fletcher.“ Mr Withers warf Bruce einen nervösen Blick zu. „Vielleicht auch früher. Niemand scheint es genau zu wissen."

„Und was sollen wir in der Zwischenzeit anfangen?", fragte sie.

Er räusperte sich und schluckte. „Warten."

Und das taten sie. Endlose Stunden lang, die sich zäh und eintönig dahinzogen. Sie durften das Gebäude nicht verlassen. Als Mr Withers seine diplomatische Macht einsetzte, um ihnen Essen und Trinken zu besorgen, wurden ihnen altbackene Schinkenbrote und rostiges Wasser gebracht.

„Das sind bestimmt die Überreste aus den Gefangenenlagern", sagte Bruce angewidert und warf sein Brot in den nächsten übervollen Papierkorb.

Auch Jenny konnte ihr Brot nicht essen. Der Schinken hatte eine leicht grünliche Farbe. Doch sie tranken das Wasser, aus Angst vor zu großem Flüssigkeitsentzug. Sie schmachteten in der Nachmittagshitze, während die Soldaten sich und ihre Gewehre an die Wände lehnten und Siesta hielten.

Bruce schritt unruhig umher und schimpfte unablässig auf Monterico im Allgemeinen und ihre Bewacher im Besonderen. Jenny mit dem rötlich schimmernden Haar und den grünen Augen stellte eine reizvolle Neuheit in diesem Land dar, dessen Bevölkerung überwiegend dunkel war – braune Haut, schwarzes Haar, tiefbraune Augen. Jedes Mal, wenn einer der großspurigen Soldaten einen lüsternen Blick in ihre Richtung warf, trat ein drohendes Funkeln in Bruce' Augen.

Die Wachen wussten nicht, dass er fließend Spanisch sprach. Als einer der Soldaten eine zotige Bemerkung über Jenny zu seinem Kumpel machte, stürmte Bruce mit geballten Fäusten auf ihn zu.

Mr Withers hielt ihn am Ärmel zurück. „Um Himmels willen, Mann, machen Sie keine Dummheiten! Sonst müssen wir drei Leichen zu Ihren Eltern zurückschicken."

Er hatte natürlich recht, und Bruce kehrte widerstrebend zu seinem Platz auf der Couch zurück. Fest umfasste er Jennys Hand. „Bleib immer in meiner Sichtweite, was auch geschieht."

Gerade als die Sonne über dem dichten Dschungel in der Ferne versank, ratterte ein großer Militärlaster die Straße hinauf und hielt vor dem Regierungsgebäude. Der Fahrer und seine Kumpane stiegen lässig aus, zündeten sich Zigaretten an, scherzten miteinander, streckten sich nach einer offensichtlich langen staubigen Fahrt. Der Mann mit dem dicksten Bauch und höchsten Rangabzeichen watschelte ins Büro des Befehlshabers.

„Es ist wohl so weit, denke ich“, sagte Mr Withers hoffnungsvoll.

Er hatte recht. Der Befehlshaber kam aus seinem Büro, wedelte mit einem Stapel Papiere, bedeutete ihnen, ihm hinauszufolgen. Die Plane des Lasters wurde zurückgeschlagen, und der Befehlshaber kletterte auf die Ladefläche. Withers folgte ihm. Dann Bruce.

„Du nicht“, sagte er, als Jenny einen Fuß auf die Ladeklappe setzte.

„Aber, Bruce …“

„Nein“, beharrte er entschieden.

Vier Särge befanden sich im Laster. Hal lag im dritten, der geöffnet wurde. Jenny erkannte es an dem Ausdruck, der auf Bruce' Gesicht trat, als der Deckel hochgehoben wurde. Er presste die Augen fest zu, biss die Zähne zusammen, und sein Gesicht verzerrte sich. Withers stellte ihm eine kurze Frage, und er nickte.

Als Bruce die Augen wieder öffnete, ließ er den Blick durch den Lastwagen gleiten, so als könne er es nicht ertragen, seinen Bruder noch einmal anzusehen. Aber dann tat er es doch. Und seine Miene wurde weich, Tränen traten ihm in die Augen. Er streckte eine Hand aus und berührte liebevoll das Gesicht seines Bruders.

Dann gab der Befehlshaber einen schroffen Befehl auf Spanisch, und der Sarg wurde versiegelt. Bruce und Withers wurden von der Ladefläche geführt, und vier Soldaten stiegen hinauf, um den Sarg herauszuholen.

Nachdem Bruce aus dem Laster gesprungen war, legte er sofort die Arme um Jenny. Nun erst wurde ihr bewusst, dass sie weinte. „Bringen Sie uns hier raus“, sagte er zu Withers, der in der Nähe wartete. „Lassen Sie den Sarg zum Flughafen bringen und uns sofort aufbrechen.“

Withers eilte davon, um den Auftrag auszuführen.

Bruce legte einen Finger unter Jennys Kinn und hob ihren Kopf. „Ist alles in Ordnung?“

„War er …? Ist sein Gesicht …?“

„Nein.“ Er lächelte sanft und strich ihr das Haar zurück. „Er sieht unberührt aus, als ob er schläft. Unglaublich jung. Sehr friedvoll, fast glücklich.“

Sie schluchzte auf und barg das Gesicht am Kragen seines Hemdes. Er senkte den Kopf auf ihren und hielt sie fest. Seine Hände streichelten tröstend über ihren Rücken. Er wusste, wie sie litt. Er fühlte sich, als läge ein Teil von ihm in dem Sarg.

Withers räusperte sich laut und verlegen. „Mr Hendren?“ Er wartete, bis Bruce den Kopf hob, und sagte dann hastig: „Sie bringen den

Sarg jetzt zum Flughafen.“ Er deutete auf einen klapprigen Lieferwagen, der sich einen Hügel hinaufquälte.

„Gut. Ich will Jenny schleunigst von hier fortbringen. Wir können Mexico City in etwa …“

„Ähm, es gibt da ein Problem.“

Bruce hatte sich bereits in Bewegung gesetzt. Er blieb abrupt stehen und wirbelte herum, mit Jenny im Arm. „Was für ein Problem?“, fragte er düster.

Withers trat unruhig von einem Fuß auf den anderen. „Sie lassen nach Einbruch der Dunkelheit kein Flugzeug starten.“

„Was?“, explodierte Bruce. Die Sonne war inzwischen untergegangen. Die Finsternis war undurchdringbar.

„Sicherheitsmaßnahmen“, erklärte Withers. „Sie wollen die Startbahnbeleuchtung nicht einschalten. Vielleicht erinnern Sie sich, dass die Landebahn getarnt war, als wir ankamen.“

„Ja, ja, ich erinnere mich“, entgegnete Bruce gereizt. „Wann können wir aufbrechen?“

„Morgen früh, sobald es hell ist.“

„Wenn nicht, dann werde ich Himmel und Hölle in Bewegung setzen. Ich kann auch gemein werden. Die haben noch keinen hinterhältigeren Guerilla-Kämpfer als mich kennengelernt. Und wenn die glauben, dass ich Jenny zumute, die Nacht in dem Bankgebäude zu verbringen, dann irren sie sich gewaltig.“

„Nein, nein, das ist nicht nötig. Sie haben uns Zimmer in einem Hotel besorgt.“

„Das kann ich mir denken“, fauchte Bruce. „Wir suchen uns selbst ein Hotel.“

Doch das Angebot war sehr begrenzt, und schließlich stiegen sie doch in dem Hotel ab, das die Regierungsvertreter für sie vorgesehen hatten.

Wenn die Zimmer so schäbig wie die Eingangshalle ausgestattet waren, dann stand ihnen eine unbequeme Nacht bevor. Der Ventilator an der Decke drehte sich mit protestierendem Quietschen. Die Gardinen waren zerschlissen, und die Säume hingen auf den schmutzigen Fußboden. Ein Stapel Zeitschriften lag schon so lange ungelesen auf einem Tisch, dass die Titelseiten verblasst und von Staub bedeckt waren. Nicht gepflegte Pagen, sondern mürrische Soldaten mit Maschinengewehren stolzierten in der Halle umher. Die Atmosphäre war bedrohlich und deprimierend zugleich.

Nach einer Besprechung mit der ungekämmten Concierge kehrte

Withers mit drei Zimmerschlüsseln zurück. „Wir sind alle auf demselben Flur untergebracht", verkündete er glücklich.

„Na, ausgezeichnet! Ich lasse uns Champagner und Kaviar aufs Zimmer bringen, und dann feiern wir eine Party."

Withers wirkte geradezu gekränkt über Bruce' Stichelei. „Miss Fletcher, Sie haben das Zimmer Nummer neunzehn."

Bruce fing den Schlüssel ab, bevor Jenny ihn übernehmen konnte, und blickte auf das Schild an seinem eigenen Schlüssel. „Miss Fletcher kommt mit mir in Nummer fünfundzwanzig. Komm, Jenny." Er nahm ihren Arm und führte sie zur Treppe.

„Aber sie haben doch genaue Anweisungen wegen der Zimmer gegeben", protestierte Withers und trottete ihnen wie ein lästiger Hund hinterher. „Die Zimmer sind uns zugeteilt worden."

„Zur Hölle mit denen! Glauben Sie etwa, dass ich Jenny allein lasse und denen ausliefere? Denken Sie doch einmal nach, Mann!"

„Aber das bedeutet einen Verstoß gegen unsere Vereinbarungen."

„Es ist mir völlig egal, wenn dieser Verstoß gegen Ihre Vereinbarungen den Dritten Weltkrieg auslöst!"

„Ich bezweifle ernsthaft, dass sie Miss Fletcher etwas antun würden. Schließlich sind es keine Wilden."

Bruce wirbelte herum und starrte Withers hart an. „Sie bleibt bei mir." Und dagegen gab es keine Widerrede.

In Zimmer fünfundzwanzig war es heiß, stickig und staubig, wie offensichtlich in ganz Monterico. Bruce trat ans Fenster und spähte hinaus. Wie er vermutet hatte, wurden sie bewacht. Zwei Soldaten standen unten auf der Straße. Ihre Zigaretten glühten in der Dunkelheit.

Er ließ das Fenster offen und schloss nur die Läden. Zumindest ein wenig kühle Nachtluft drang in den Raum. „Withers hat gesagt, dass man uns das Abendessen aufs Zimmer bringt."

„Wenn es so wie das Mittagessen ist, dann kann ich es kaum erwarten." Jenny warf ihre Handtasche lustlos auf das Bett und sank auf die Kante. Sie ließ die Schultern hängen, aber zumindest hatte sie ihren Sinn für Humor nicht ganz verloren.

„Zieh doch die Schuhe aus und leg dich hin."

„Einen Augenblick ausruhen wäre nicht schlecht", gab sie zu und legte sich auf die geblümte Bettdecke.

Eine halbe Stunde später klopfte ein Soldat an die Tür, stieß sie auf und brachte ein Tablett herein. Jenny, die eingenickt war, fuhr erschrocken auf. Ihr Rock rutschte hoch. Er starrte sie gierig an.

Bruce ignorierte Withers' Warnung. Er nahm dem Soldaten das Tablett ab und schob ihn aus dem Zimmer. Er verschloss die Tür und stellte einen Stuhl unter die Klinke. Solche Maßnahmen konnten zwar keine Maschinengewehrkugeln aufhalten, aber er fühlte sich dennoch wohler.

Das „Dinner“ war ein Eintopf aus Reis, Hähnchenfleisch, Bohnen und genügend Pfefferschoten, um Jenny die Tränen in die Augen zu treiben. Ihr war ohnehin nicht nach Essen zumute. Nach zwei Bissen legte sie die Gabel nieder.

„Iss“, befahl Bruce.

„Ich habe keinen Hunger.“

„Iss trotzdem, Jenny. Zumindest das, was sich nicht bewegt.“

Sie gab nach und pickte sich die Streifen Hähnchenfleisch heraus.

Trüber Rotwein begleitete das Mahl. Bruce nippte daran und verzog das Gesicht. „Ich glaube, der ist eigentlich als Reinigungsmittel gedacht.“

„Spricht da der Säufer von La Bota?“

„Nennt man mich so?“

„Manchmal.“

Er reichte ihr ein gefülltes Glas. „Trink. Ich traue dem Wasser hier nicht, und in dieser Brühe können bestimmt keine Bakterien überleben.“

Sie nippte daran, zog eine Grimasse, über die er lachte, und nippte erneut. Sie schaffte nur fünf Schlucke. „Mehr geht wirklich nicht“, sagte sie und schüttelte sich vor dem sauren Nachgeschmack.

Bruce stellte das Tablett neben die Tür. Er lauschte einen Augenblick. Es war alles still auf dem Flur. Doch es waren gewiss Wachposten aufgestellt worden, wenn nicht direkt vor der Tür, dann an der Treppe.

Jenny spähte ins Badezimmer. „Meinst du, dass die Dusche funktioniert?“

„Das kommt auf einen Versuch an.“

„Glaubst du, dass ich mir von dem Wasser eine Infektion holen könnte?“

Er lachte. „Wir müssen es wohl riskieren.“ Er zupfte an seinem verschwitzten Hemd. „Mir bleibt jedenfalls keine andere Wahl.“

„Mir wohl auch nicht.“ Sie trat ins Bad, schloss die Tür, zog sich aus und stellte sich widerstrebend in das gelblich verfärbte Duschbecken. Zu ihrer Überraschung war das Wasser heiß und die Seife amerikanische Exportware. Sie wusch sich sogar die Haare damit, aus Mangel an Shampoo.

Nachdem sie sich abgetrocknet hatte, wusch sie ihre Unterwäsche im Waschbecken aus, da sie sich sonst nicht hätte überwinden können, sie am folgenden Morgen wieder anzuziehen. Sie hängte BH, Slip und Bluse über die einzige Handtuchstange. Dann schlüpfte sie in ihren Unterrock, um darin zu schlafen, und zog sich die Kostümjacke an. Es war ein lächerlicher Aufzug, doch ihr blieb keine andere Wahl.

Verlegen betrat sie das Zimmer und fingerte nervös an den Knöpfen der Kostümjacke, als Bruce sie anblickte. Hatte er sie jemals mit nassen Haaren gesehen? „Ich … da ist nur ein Handtuch. Es tut mir leid."

„Gar kein Problem. Ich trockne an der Luft." Er sprach in gelassenem Ton, doch sein Blick ruhte auf dem breiten Spitzenbesatz ihres Unterrocks, kurz oberhalb ihrer Knie.

Sie ging zum Bett und er ins Badezimmer. Sie erinnerte sich an ihre Unterwäsche, die zum Trocknen auf der Stange hing, und ihre Wangen glühten. Es war albern. Sie hatten im selben Haus gelebt. Ihre Wäsche war zusammen gewaschen und aufgehängt worden, wenn er von der Universität heimgekommen war. Er hatte sie im Nachthemd und Morgenrock und verschiedenen Stadien der Entkleidung gesehen.

Doch diesmal war es anders. Und die Vorstellung, dass er ihre Unterwäsche sah, ließ eine Woge der Wärme durch ihren Körper rieseln.

Als er aus dem Badezimmer kam, hatte sie sich die Kostümjacke ausgezogen und lag unter der Bettdecke. Er trug nur seine Hose. Sein Brusthaar glitzerte feucht. Das Haar tropfte nicht mehr, war aber feucht und zerzaust. Er löschte das Licht und setzte sich auf die Bettkante. „Bequem?"

„In Anbetracht der Umstände, ja."

Er nahm ihre Hand und verschränkte seine Finger mit ihren. „Du bist wirklich beachtlich, Jenny Fletcher", sagte er sanft.

„Wie meinst du das?"

„Du hast heute die Hölle durchgemacht, aber du hast dich mit keinem Wort beklagt." Mit der anderen Hand wickelte er sich eine Locke ihres Haares um einen Finger. „Ich finde dich sagenhaft."

„Ich dich auch." Ihre Stimme zitterte. „Du hast um Hal geweint."

„Er war mein Bruder. Trotz unserer Differenzen hatte ich ihn gern."

„Ich muss immer daran denken, wie …" Sie verstummte und presste die Lippen zusammen, als eine Träne über ihre Wange kullerte.

„Denk nicht daran, Jenny!" Er strich ihr über die Wange.

„Ich muss aber!"

„Nein, du musst nicht. Du wirst nur verrückt, wenn du es tust."

„Du hast auch daran gedacht, Bruce. Sicher. Das weiß ich. Wie war es kurz vor seinem Tod? Hatte er Angst? War er …?"

Er legte einen Finger auf ihre Lippen. „Natürlich habe ich daran gedacht. Und ich glaube, dass er es tapfer ertragen hat. Ich bin sogar sicher. Er hatte einen unerschütterlichen Glauben. Er hat getan, wozu er sich berufen fühlte. Ich glaube nicht, dass dieser Glaube ihn verlassen hat."

„Du hast ihn bewundert", flüsterte Jenny in plötzlicher Einsicht.

„Ja, das habe ich. Unsere Reaktionen waren immer unterschiedlich. Ich war heftig, Hal war friedlich. Vielleicht braucht es mehr Mut, sanft und duldsam zu sein, als draufgängerisch."

Jenny schmiegte eine Hand an seine Wange. „Er hat dich auch bewundert."

„Mich?" Es klang ungläubig.

„Ja. Deinen Kampfgeist, deinen Trotz, wie immer du es nennen willst."

„Vielleicht", sagte er ein wenig nachdenklich. „Ich möchte es gern glauben." Er zog die Decke über ihre Schultern. „Du musst jetzt schlafen." Er löschte das Licht und gab ihr nach kurzem Zögern einen Kuss auf die Stirn. Dann zog er den einzigen einigermaßen bequemen Sessel ans Fenster und sank hinein. Kurz darauf waren beide eingeschlafen.

„Was war das?" Jenny setzte sich mit einem Ruck im Bett auf. Das Zimmer lag im Dunkeln, doch immer wieder zuckte grelles Licht zum Fenster herein.

Hastig trat Bruce ans Bett. „Es ist alles in Ordnung, Jenny." Er setzte sich und versuchte, sie in die Kissen hinabzudrücken, doch sie war wie erstarrt. „Es ist mehrere Meilen entfernt. Es geht schon seit einer halben Stunde so. Tut mir leid, dass es dich geweckt hat."

„Das ist kein Donner", sagte sie rau.

„Nein."

„Das sind Kämpfe."

„Ja."

„Oh, Himmel!" Sie bedeckte das Gesicht mit den Händen und sank in die Kissen. „Ich hasse diesen Ort. Es ist heiß und schmutzig, und sie töten anständige wundervolle Leute wie Hal. Ich will nach Hause!", rief sie. „Ich habe Angst, und ich hasse mich dafür. Aber ich kann es nicht ändern."

Bruce legte sich neben sie und zog sie an sich. „Die Kämpfe sind weit weg. Morgen früh fliegen wir ab, und du brauchst nie wieder an Monterico zu denken. Und ich bin bei dir." Er streichelte beruhigend über ihr Haar. „Ich lasse nicht zu, dass dir etwas geschieht. Solange ich lebe, werde ich dich beschützen."

Seine Worte und der raue sanfte Klang seiner Stimme trösteten sie. Seine Kraft war wie ein Rettungsring, an den sie sich klammerte. Als er sich auf den Rücken drehte und sie an seine Brust zog, kuschelte sie sich an ihn. Instinktiv suchte sie Anlehnung an einen Menschen, der größer und stärker war als sie. Sie lehnte die Wange an seine muskulöse Brust und vergrub die Finger in seinem Haar, während sie den anderen Arm fest um seine Taille schlang.

Er hielt sie fest umschlungen und flüsterte ihr die zuversichtlichen Worte zu, die sie hören wollte. Ihr weißer Unterrock, der sich um die aufreizende Rundung ihrer Hüften schmiegte, hob sich schwach vom dunklen Raum ab. Ihre Brüste fühlten sich weich an seiner Brust an.

Immer wieder rann ein Schauer durch ihren Körper, und dann küsste er ihr Haar, während er ihre bloßen Schultern streichelte. Er genoss ihre glatte Haut unter seinen Fingern und bemühte sich, die Berührung unpersönlich zu halten.

Dann schlief sie ein. Er merkte es an ihrem regelmäßigen warmen Atem, der seine Brust streifte. Und dann legte sie im Schlaf ein Bein über ihn. Ihr Schenkel ruhte auf seinem, und ihr Knie berührte beinahe seinen Hosenschlitz. Er biss die Zähne zusammen und unterdrückte sein heftiges Verlangen. Er starrte auf ihre Hand, die entspannt in seinem Schoß lag, und er sehnte sich verzweifelt danach, dass sie ihn berührte.

Er lauschte dem Grollen der fernen Kämpfe, bis es verstummte. Er beobachtete die Morgendämmerung, die am Horizont hereinbrach. Und noch immer hielt er Jenny umschlungen. Die Verlobte seines Bruders. Aber seine große Liebe.

5. KAPITEL

Hals Beerdigung erweckte großes Aufsehen in der Öffentlichkeit. Alle, die daran teilnahmen, hielten ihn für einen Märtyrer. Diejenigen, die zuvor seinen Fanatismus kritisiert hatten, hielten nun ehrfürchtig die Köpfe gesenkt. Fernsehteams aus allen größeren Städten von Texas liefen wie Ameisen auf dem Friedhof umher und bauten ihre Kameras auf.

Jenny konnte immer noch nicht fassen, dass seine Mission mit seinem Tod geendet hatte. Sie erwartete, jeden Augenblick aus einem Albtraum zu erwachen.

Seit sie und Bruce aus Monterico zurückgekehrt waren, herrschte ein wahres Chaos im Pfarrhaus. Das Telefon stand nicht still. Ständig trafen Besucher ein. Regierungsvertreter kamen, um sie und Bruce nach den Zuständen in Mittelamerika zu befragen.

Jenny hatte sehr wenig geschlafen, seit sie in jenem Hotelzimmer in Monterico erwacht war. Als sie erkannt hatte, dass sie nur in ihrem Unterrock in Bruce' Armen gelegen hatte, war sie hastig und verlegen ins Badezimmer geflüchtet. Eine knisternde Spannung war zwischen ihnen erwacht. Seitdem mied sie seinen forschenden Blick, und das schien ihn zu irritieren.

Sie waren in einem klapprigen Wagen zum Flughafen gefahren und dann in das Flugzeug mit Hals Sarg gesetzt worden. In Mexico City hatte Mr Withers sich eifrig um ihren Anschlussflug nach El Paso gekümmert.

Bruce hatte am Fenster des Flughafengebäudes gestanden, mit hängenden Schultern und angespannter Miene ins Leere gestarrt und Kette geraucht. Als er einen erstaunten Blick von Jenny aufgefangen hatte – seit jenem Abend vor Hals Abreise hatte sie ihn nicht mehr rauchen gesehen –, hatte er einen Fluch ausgestoßen und die Zigarette im nächsten Aschenbecher ausgedrückt.

Sie hatten kaum miteinander gesprochen während des Fluges nach El Paso. Die anschließende Fahrt nach La Bota, während der sie dem Leichenwagen mit Hals Sarg gefolgt waren, hatten sie in düsterem Schweigen zurückgelegt.

Seitdem hatten sie sehr wenig miteinander gesprochen. Die Kameradschaft, die einmal zwischen ihnen bestanden hatte, existierte nicht länger. Aus unerklärlichen Gründen fühlte Jenny sich in seiner Nähe unbehaglicher denn je zuvor. Er betrat einen Raum, sie verließ ihn. Er blickte sie an, sie wandte das Gesicht ab. Sie wusste nicht, warum sie ihn so sorgfältig mied, aber sie wusste, dass es mit jener Nacht im Hotelzimmer in Monterico zusammenhing.

Nun starrte sie auf den blumenbedeckten Sarg und verscheuchte die Erinnerungen an jene Nacht. Sie wollte nicht an jenen Augenblick denken, als sie in seinen Armen erwacht war und sich geborgen und heiter gefühlt hatte ... bis sie erkannt hatte, wie unrecht dieses Gefühl der Heiterkeit war.

Sie wollte nicht riskieren, Bruce wieder nahe zu kommen. Seine Kraft zog sie an wie ein Magnet, und selbst in diesem Augenblick hätte sie sich auf ihn gestützt, wenn nicht seine Eltern zwischen ihnen gestanden hätten.

Der Bischof beendete die Beerdigung mit einem langen Gebet. Während der Heimfahrt weinte Sarah leise an Bobs Schulter. Bruce starrte brütend aus dem Fenster. Jenny knetete stumm ihr Taschentuch.

Mehrere Frauen von der Kirche waren bereits im Pfarrhaus eingetroffen, um die Trauergemeinde mit Kaffee, Kuchen, Punsch und Pasteten zu bedienen. Der Besucherstrom schien gar nicht enden zu wollen. Jenny war es schließlich leid, Beileidsbekundungen zu hören. Sie verließ das Wohnzimmer und ging in die Küche, um sich dort zu beschäftigen.

Nachdem die meisten Besucher das Haus verlassen hatten, kehrte Jenny ins Wohnzimmer zurück. Zu ihrer Erleichterung waren nur noch die Hendrens anwesend. Sie sank in einen Sessel, lehnte den Kopf zurück und schloss die Augen, bis das Klicken von Bruce' Feuerzeug sie aufblicken ließ.

„Ich habe dich gebeten, in diesem Haus nicht zu rauchen", fauchte Sarah vom Sofa her. Ihre Augen waren trocken, aber von dunklen Ringen umrahmt. Sie sah runzelig und verfallen aus, wie ein Schatten ihrer selbst. Ihre Miene wirkte so bitter, dass es an Gehässigkeit grenzte.

„Entschuldige bitte", sagte Bruce zerknirscht. Er ging zur Haustür und schnippte die Zigarette in die Nacht hinaus, die unbemerkt hereingebrochen war. „Alte Gewohnheit."

„Musst du deine hässlichen Gewohnheiten in dieses Haus bringen? Hast du keine Achtung vor deiner Mutter?", fragte Bob.

Bruce hielt auf dem Weg zu seinem Sessel inne, verblüfft über Bobs harten, verdammenden Ton. Sein Körper spannte sich, doch er entgegnete sanft: „Ich achte euch beide."

„Du hast vor gar nichts Achtung", widersprach Sarah brüsk. „Du hast mir nicht ein einziges Mal gesagt, dass der Tod deines Bruders dir leidtut. Ich habe kein Mitgefühl von dir bekommen."

„Mom, ich …“

Sie ignorierte seinen Einwand und fuhr unbeirrt fort: „Allerdings weiß ich auch nicht, warum ich es von dir erwartet habe. Seit dem Tag deiner Geburt hast du mir nichts als Sorgen bereitet. Du hast nie Rücksicht auf mich genommen, wie Hal es getan hat.“

Jenny setzte sich abrupt auf. Sie wollte Sarah ins Gedächtnis rufen, dass Bruce sich um sämtliche Formalitäten gekümmert hatte, die nach Hals Tod erledigt werden mussten. Doch sie kam nicht zu Wort.

„Hal wäre in einer Krise wie dieser ständig an meiner Seite geblieben.“

„Ich bin nicht Hal, Mom.“

„Glaubst du, dass du mir das erst sagen musst? Du könntest deinem Bruder nicht das Wasser reichen.“

„Sarah, bitte nicht“, warnte Jenny.

„Hal war so gut, so gut und so lieb.“ Sarahs Schultern begannen zu zittern, und sie brach in Tränen aus. „Wenn mir einer meiner Söhne genommen werden musste, warum dann ausgerechnet Hal?“

Jenny schlug bestürzt eine Hand vor den Mund. „Oh mein Gott!“

Bob sank vor der Couch auf die Knie und tröstete seine Frau.

Lange Zeit starrte Bruce mit ungläubiger Miene auf seine Eltern hinab. Dann verhärtete sich sein Gesicht. Er wirbelte auf dem Absatz herum und stürmte aus dem Haus.

Ohne nachzudenken, rannte Jenny ihm nach. An seiner Corvette, die am Straßenrand stand, holte sie ihn schließlich ein.

Er zerrte sich die dunkle Anzugjacke vom Leib und riss sich die Weste auf. „Geh zurück, wo du hingehörst!“, schrie er Jenny an. Er zwängte sich auf den niedrigen Sitz des Sportwagens und drehte den Zündschlüssel herum. Heftig trat er auf die Kupplung und legte den ersten Gang ein.

Sie riss die Beifahrertür auf und sprang hinein, als er gerade das Gaspedal durchtrat. Der Wagen schoss davon wie eine Rakete und schleuderte um die nächste Kurve.

Bruce schaltete in den vierten Gang hinauf, sobald sie die Stadtgrenze erreichten. Jenny wagte nicht, auf den Tachometer zu blicken. Er griff zum Radio, lenkte den Wagen mit einer Hand, bis er einen Sender gefunden hatte, der harte Rockmusik ausstrahlte. Er drehte die Lautstärke voll auf.

„Du hast einen großen Fehler begangen“, schrie er über den ohrenbetäubenden Lärm hinweg. „Du hättest zu Hause bleiben sollen.“ Er griff zum Handschuhfach vor ihren Knien und holte einen silbernen

Flachmann hervor. Er klemmte sich die Flasche zwischen die Beine, schraubte sie auf und hob sie an die Lippen. Er nahm einen langen Schluck. Sein Gesicht verriet, dass es sich um sehr starken Alkohol handelte. Er trank wiederholt, während er mit nur einer Hand am Steuer über die Schnellstraße raste.

Die Wagenfenster waren geöffnet, und der Wind raubte Jenny den Atem und zerrte ihr Haar aus dem sittsamen Knoten, zu dem sie es für die Beerdigung hochgesteckt hatte. Es war ihr unerklärlich, wie es Bruce gelungen war, eine Zigarette anzuzünden, doch die Spitze glühte vor seinem finsteren Gesicht, das nur von der Armaturenbeleuchtung erhellt wurde.

„Na, hast du Spaß?“, fragte er in sarkastischem Ton.

Scheinbar unberührt wandte sie den Kopf ab und starrte aus dem Fenster. Die hohe Geschwindigkeit jagte ihr Angst ein, doch sie schwieg beharrlich.

Plötzlich bog Bruce von der Schnellstraße in eine unbefestigte holprige Seitenstraße ein. Ohne Rücksicht auf die Corvette raste er durch die unzähligen Schlaglöcher. Jenny hielt sich am Sitz fest, um nicht mit dem Kopf gegen das Dach zu stoßen.

Sie fuhren bergauf. Sie spürte den Höhenunterschied, obgleich ringsumher nichts zu sehen war. Völlige Dunkelheit umgab sie, und die Scheinwerfer beleuchteten lediglich den holprigen Weg. Sogar der Mond hatte sich hinter einer Wolke verkrochen, so als ob er verhindern wollte, dass irgendjemand Zeuge dieser wilden Szene wurde, die Bruce Hendren veranstaltete.

Bruce trat so heftig auf die Bremse, dass Jenny beinahe durch die Windschutzscheibe geschleudert wurde und der Wagen mehrere Meter mit blockierten Reifen rutschte, bevor er zum Stillstand kam.

Er drehte den Zündschlüssel herum. Abrupt trat völlige Stille ein, denn das lärmende Radio verstummte zusammen mit dem Motor. Er lehnte einen Ellbogen auf den Fenstersims, nahm die Zigarette aus dem Mund und setzte den Flachmann an die Lippen. Er trank ausgiebig und schmatzte dann zufrieden mit den Lippen.

Er wandte sich an Jenny, die ihn mit stummem Vorwurf musterte. „Entschuldige. Wo sind nur meine Manieren geblieben? Whisky?“ Er hielt ihr die Flasche hin. Sie reagierte nicht. „Nein?“ Er zuckte die Schultern. „Schade.“ Er trank erneut. „Zigarette?“ Er hielt ihr die Packung hin. „Nein, natürlich nicht. Du bist ja die Lady ohne Laster. Die makellose Miss Jenny Fletcher. Unbefleckt. Unberührbar. Geschaffen nur für Heilige wie den lieben Verstorbenen, Hal Hendren.“ Er zog tief an seiner Zigarette und blies ihr den Rauch mitten ins Gesicht.

Jenny zeigte noch immer keinerlei Reaktion.

Verärgert warf er die Zigarette aus dem Fenster. „Mal sehen, was dich aus der Fassung bringt. Was dich vor Schreck schreien lässt. Was könnte dich dazu bringen, aus meinem Wagen zu verschwinden, aus meiner Sicht und aus meinem verdammten Leben?“, schrie er aufgebracht.

Er atmete ein paar Mal tief durch und beherrschte sich mühsam. Als er weitersprach, zitterte seine Stimme noch immer vor Wut und Schmerz, doch er wirkte ruhiger. „Was kann dich so sehr anekeln, dass du aus Angst um deine Tugend vor mir flüchtest? Ein Schwall schmutziger Ausdrücke vielleicht? Soll ich sie in alphabetischer Reihenfolge aufsagen oder so, wie sie mir gerade in den Sinn kommen?“

„Du kannst mich nicht anekeln, Bruce!“

„Wollen wir wetten?“

„Und ich lasse dich jetzt nicht im Stich, was du auch sagst oder tust.“

„Ach nein? Du bist entschlossen, mich zu retten, wie?“ Er lachte höhnisch. „Verschwende nicht deine Zeit.“

„Ich lasse dich nicht allein“, sagte sie sanft.

„Wir werden ja sehen.“ Er stürzte sich zu ihr hinüber, umfasste ihren Nacken mit einer Hand und riss sie an sich. Seine Lippen pressten sich hart und unerbittlich auf ihre.

Jenny wehrte sich nicht. Selbst als seine Zunge auf erniedrigende Weise in ihren Mund eindrang, leistete sie keinen Widerstand.

Bruce hob das Oberteil ihres zweiteiligen schwarzen Strickkleides und schob eine Hand darunter. „Du kennst bestimmt meinen Ruf im Umgang mit Frauen“, stieß er wild an ihrem Hals hervor. „Ich bin rücksichtslos, skrupellos. Ein Jungfrauenschänder, ein Ehebrecher, eine wild gewordene Sexmaschine. Ich bin angeblich so scharf, dass es mir schwerfällt, meine Hose geschlossen zu halten.“ Er drängte ein Knie zwischen ihre Schenkel. „Weißt du, was das für dich bedeutet, Jenny? Nichts Gutes. Du steckst in argen Schwierigkeiten, Mädchen.“

Erneut küsste er wild ihren Mund, während er seine Hand unter dem Oberteil auf ihre Brust presste. Dann zerrte er den BH hinunter, massierte grob ihre entblößte Brust und rieb mit dem Daumen über die zarten Knospen.

Trotz ihrer Entschlossenheit, nicht zu reagieren, versteifte sich ihr Körper unwillkürlich. Doch sie wehrte sich nicht. Sie leistete Widerstand durch Passivität.

Das brachte Bruce abrupt zur Vernunft. Er sank in sich zusammen wie ein aufblasbares Spielzeug, das jemand mit einer Hutnadel angestochen hatte. Er atmete ein paar Mal tief durch. Der Sauerstoff klärte seinen Kopf vom Alkohol und vom Zorn.

Zerknirscht schob er den BH zurück über ihre Brust und zog die Hand unter ihrem Oberteil hervor. Er rutschte auf den Fahrersitz hinüber und stieg aus.

Nach einer Weile, als sie sich wieder gefasst hatte, stieg auch Jenny aus dem Wagen. Nun erkannte sie die Umgebung. Sie befanden sich auf der Mesa, einer meilenweiten Hochebene. Unterhalb lag still und dunkel die Prärie. Der warme trockene Wind zerrte an ihrem Kleid und ihren Haaren.

Bruce saß auf der Motorhaube und starrte ins Leere. Sie trat zu ihm, stellte sich dicht vor ihn, versperrte ihm den Blick. Ihre Knie berührten sich beinahe.

Er hob den Kopf, blickte sie kurz an, ließ das Kinn dann auf die Brust sinken. „Es tut mir leid."

„Ich weiß." Sie strich ihm das Haar aus der Stirn.

„Wie konnte ich …?"

„Es macht nichts, Bruce."

„Doch." Er legte sanft eine Hand auf ihre Brust. Seine Berührung hatte nichts Sinnliches an sich. Es war, als würde er die Schulter eines verletzten Kindes berühren. „Habe ich dir wehgetan?"

Seine Hand wirkte warm und wohltuend, und sie legte ihre Hand auf seine. „Nein."

„Doch."

„Nicht so sehr, wie sie dir wehgetan hat."

Sie blickten sich tief in die Augen. Ein namenloses Gefühl sprang wie ein Funke zwischen ihnen über. Sie ließ die Hand sinken. Er senkte seine ebenso schnell.

Jenny setzte sich neben ihn auf die Motorhaube. „Sarah hat es nicht so gemeint, Bruce."

Er lachte hart auf. „Oh doch."

„Sie ist vollkommen außer sich. Ihr Kummer hat gesprochen, nicht sie."

„Nein, Jenny." Er schüttelte traurig den Kopf. „Ich weiß, wie sie zu mir stehen. Sie wünschten, ich wäre nie geboren. Ich bin der lebende Beweis, dass sie irgendwie versagt haben. Eine ständige Beleidigung für ihre Prinzipien. Auch wenn es nicht ausgesprochen wird, weiß ich, was sie denken. Wahrscheinlich denken es alle. Bruce Hendren hat den Tod verdient. Sein Bruder nicht."

„Das ist nicht wahr!"

Er stand auf, trat an den Rand der Mesa, steckte die Hände tief in die Hosentaschen. Sein weißes Hemd leuchtete in der Dunkelheit.

Jenny folgte ihm. „Wann hat es angefangen?"

„Als Hal geboren wurde. Vielleicht auch früher. Ich kann mich nicht genau erinnern. Ich weiß nur, dass es immer so war. Hal war immer das Lieblingskind. Ich war das schwarze Schaf."

„Sag so etwas nicht."

„Es ist doch wahr, oder?", entgegnete er schroff. „Denk doch nur, was ich mit dir getan habe. Ich hätte fast die Frau vergewaltigt, die ich …" Er brach abrupt ab und presste die Lippen fest zusammen, und sie fragte sich, was er wohl hatte sagen wollen.

„Ich weiß, warum du das getan hast, und warum du getrunken hast und so schnell gefahren bist: Du wolltest beweisen, dass sie recht haben. Aber das haben sie nicht." Sie trat näher zu ihm. „Du bist nicht ein genetischer Unfall in einer makellosen Familie. Ich weiß nicht, was zuerst kam – deine Unartigkeit, mit der sie nicht umzugehen verstanden, oder ihre Verachtung, die dich unartig gemacht hat."

Sie zog ihn am Ärmel und zwang ihn, sie anzusehen. „Ist es nicht ganz offensichtlich? Du hast dein Leben lang auf sie reagiert. Du legst es darauf an, schlecht zu sein, weil du weißt, dass die Leute es von dir erwarten. Du legst es darauf an, das schwarze Schaf zu sein. Deine Eltern haben Hal bevorzugt, weil seine Persönlichkeit ihnen besser gefiel. Du hast versucht, ihre Anerkennung zu gewinnen, und als es nicht klappte, hast du genau das Gegenteil getan. Es ist ihr Versagen, nicht deins."

„Du hast alles ganz genau durchschaut, wie?"

„Ja. Sonst hätte ich heute Abend Angst vor dir gehabt. Aber ich wusste, dass du mir nichts antun würdest. Ich habe dich in letzter Zeit beobachtet. Ich habe dich in Monterico erlebt. Ich kenne dich inzwischen besser. Du bist längst nicht so schlecht, wie du die Leute glauben machen willst. Du konntest nur nicht mit Hals Artigkeit konkurrieren, und deshalb hast du dir das Ziel gesetzt, dich auf andere Weise hervorzutun. Ich frage mich nur, wie weit du es noch treiben wirst."

„Wie meinst du das?"

„Wie weit wirst du noch gehen, um ihnen zu beweisen, dass du nichts wert bist? Menschen ohne Selbstachtung begehen oft Dummheiten."

„Wie schnell fahren, zu viel trinken und gefährlich leben?"

„Genau."

„Ach, Unsinn. Du kannst jeden fragen, wie viel Selbstachtung ich habe. Sie werden dir alle sagen, wie arrogant ich bin."

„Ich rede nicht davon, wie du dich gibst, sondern wie du im Innern fühlst. Ich habe deine andere Seite kennengelernt, Bruce, deine empfindsame Seite, die du sonst niemandem zeigst."

„Und du glaubst, ich begehe eine langsame Art von Selbstmord?"

„Das habe ich nicht behauptet."

„Aber das hast du gemeint. Und damit hast du deine psychologische Analyse einen Schritt zu weit getrieben."

„Das mag sein. Es tut mir leid. Ich bin nur besorgt um dich, weil ich dich mag."

Er entspannte sich sichtbar und blickte sie sanft an. „Ich weiß deine Besorgnis zu schätzen, aber du brauchst nicht zu befürchten, dass ich mich umbringe. Es gefällt mir nun einmal, schnell zu fahren und viel zu trinken und ... Was war doch gleich das Dritte?", fragte er neckend.

Doch Jenny blieb ernst. „Ich glaube, deine Eltern mögen dich auch."

Sein Humor verflog. Mit ausdrucksloser Miene blickte er hinaus auf die öde Landschaft. „Merkt Mom denn nicht, dass ich mich um sie kümmern wollte, um alle beide? Ich wollte zu ihnen gehen und sie trösten. Ich wollte, dass sie mich trösten."

Jenny legte eine Hand auf seinen Arm, doch er entzog ihn abrupt.

„Ich bin ihnen nicht nahe gekommen, weil ich wusste, dass sie mich nicht in ihrer Nähe haben wollten. Deshalb habe ich versucht, ihnen meine Liebe und mein Mitgefühl auf andere Weise zu beweisen. Sie bemerkten es nicht."

„Ich habe es bemerkt. Und ich bin dir dankbar."

„Aber du hast mich auch nicht nahe kommen lassen, Jenny", sagte er brüsk und schaute sie eindringlich an.

Hastig wandte sie den Blick ab. „Ich weiß gar nicht, was du meinst."

„Natürlich weißt du das. In Monterico hast du dich auf mich verlassen. Du hast dich gefühlsmäßig und körperlich auf mich gestützt. Aber seit wir zurück sind, bin ich wieder der Aussätzige. Hände weg, heißt es jetzt wieder. Keine Berührung. Kein Gespräch. Himmel, du hast mich nicht einmal angesehen."

Er hatte recht, doch sie wollte es nicht eingestehen.

„Hat dein abweisendes Verhalten irgendetwas mit der letzten Nacht in Monterico zu tun?"

„Natürlich nicht. Wie kommst du denn darauf?"

„Wir haben immerhin zusammen geschlafen."

„Aber nicht so!", rief sie nachdrücklich.

„Eben. Aber du verhältst dich, als wäre es so gewesen." Er trat einen Schritt auf sie zu. „Weshalb fühlst du dich so schuldig?"

„Ich fühle mich nicht schuldig."

„Denkst du etwa nicht, dass es unrecht war, in meinen Armen zu schlafen, nur mit einem Unterrock bekleidet? Hast du etwa nicht das Gefühl, dass wir dadurch Hal gegenüber untreu waren?“

Sie wandte ihm den Rücken zu. „Ich hätte nicht so mit dir zusammen sein dürfen.“

„Warum nicht?“

„Das weißt du selbst.“

„Weil du weißt, was jeder von einer Frau hält, die eine Nacht mit mir verbracht hat.“

Sie schwieg.

„Wovor hast du Angst, Jenny? Dass jemand von jener Nacht erfährt?“

„Nein.“

„Dass dein Name auf die Liste von Bruce Hendrens Geliebten gesetzt wird?“

„Nein.“

„Hast du Angst vor mir?“, fragte er bekümmert.

Jenny drehte sich zu Bruce um und bemerkte den gequälten Ausdruck auf seinem Gesicht. „Nein, Bruce.“ Um es zu beweisen, trat sie zu ihm, legte die Arme um seine Taille und lehnte die Wange an seine Brust.

Augenblicklich schloss er die Arme um sie und zog sie an sich. „Ich könnte es dir nicht verdenken, vor allem nach heute Abend. Aber es wäre schlimmer für mich als alles andere.“

Sie hätte ihm sagen können, dass sie weniger Angst vor ihm als vor ihrer Reaktion auf ihn hatte. Wenn sie bei ihm war, verließ sie den goldenen Käfig, in dem sie im Pfarrhaus lebte, und wurde zu einem anderen Menschen. Er ließ ihr Herz höherschlagen, ihren Atem schneller und ihre Handflächen feucht werden. Sie war nicht sie selbst, wenn sie mit ihm zusammen war. Bei ihm vergaß sie, wer sie war und woher sie kam, und sie lebte nur für den Augenblick.

Es schien beinahe, als hätte sie all die Jahre Bruce geliebt anstatt Hal. Und die Nacht in Bruce' Armen war ihr beinahe so wundervoll erschienen wie die Vereinigung mit Hal. Doch damit konnte sie sich nicht abfinden. Wie war es denn nur möglich, dass sie nur eine Woche nach Hals Tod daran dachte, wie es sein mochte, mit Bruce zu schlafen? Erschrocken über diese Vorstellung, löste sie sich von ihm. „Wir sollten nach Hause fahren. Sie werden sich schon Sorgen machen.“

Bruce wirkte enttäuscht, doch er begleitete sie ohne Widerrede zum Wagen.

Er schraubte den Flachmann zu und legte ihn zurück ins Handschuhfach. Dann warf er die Zigaretten aus dem Fenster.

„Umweltverschmutzer!“, schalt Jenny.

„Frauen“, seufzte er, während er den ersten Gang einlegte. „Euch kann man’s auch nie recht machen.“

Sie lächelten einander zu. Es war alles in Ordnung zwischen ihnen.

Als sie nach einer gemächlichen Rückfahrt das Pfarrhaus erreichten, ging er um den Wagen herum und öffnete ihr die Beifahrertür. Er legte einen Arm um ihre Taille, während er sie zur Haustür brachte, und sie tat es ihm gleich.

„Danke, Jenny.“

„Wofür?“

„Dass du mir ein guter Freund bist.“

„In letzter Zeit warst du es für mich oft genug.“

„Trotzdem danke.“ Sie standen sich einen kurzen Augenblick gegenüber. Es widerstrebte ihm zu gehen. „Also dann, gute Nacht.“

„Gute Nacht.“

„Es könnte eine Weile dauern, bis ich vorbeikomme.“

„Das verstehe ich.“

„Ich werde dich anrufen.“

„Es ist sehr traurig, dass gerade jetzt diese Kluft zwischen dir und deinen Eltern besteht, wo ihr euch am meisten braucht.“

Bruce seufzte bekümmert. „Tja, so ist das Leben nun einmal. Wenn du irgendetwas brauchst, dann ruf mich.“

„Ja.“

„Versprochen?“

„Versprochen.“

Er drückte ihre Hand, beugte sich hinab und gab ihr einen zarten Kuss auf die Wange. Seine Lippen verweilten einen Augenblick, bevor er sich abwandte. Oder vielleicht bildete sie es sich auch nur ein.

Das Haus lag im Dunkeln. Die Hendrens schliefen bereits. Leise stieg Jenny die Treppe hinauf und betrat ihr Zimmer. Sie musterte die kindliche Dekoration und fragte sich: Was nun … was soll ich mit dem Rest meines Lebens anfangen?

Sie dachte über die Frage nach, während sie sich auszog, und das Problem hielt sie stundenlang wach.

Im Morgengrauen wusste sie die Antwort. Doch wie sollte sie es den Hendrens beibringen?

Bob toastete gerade Brot, als Jenny die Küche betrat. Sie lächelte über seine Schürze, als sie ihn auf die Wange küsste. Nachdem sie sich eine Tasse Kaffee eingeschenkt hatte, setzte sie sich zu Sarah, die eine Portion Rührei auf ihrem Teller hin und her schob.

„Wo warst du gestern Abend?"

Kein „Guten Morgen". Kein „Hast du gut geschlafen?" Nur diese schroffe Frage.

„Wir", entgegnete Jenny mit Nachdruck, „sind spazieren gefahren."

„Du bist spät zurückgekommen", bemerkte Bob wie nebenhin.

Doch Jenny wusste, dass dieses Gespräch keineswegs belanglos war. Eine feindselige Atmosphäre lag in der Luft. „Woher wisst ihr, wann ich gekommen bin? Ihr habt doch schon geschlafen."

„Mrs Hicks ist heute Morgen vorbeigekommen. Sie hat gesehen ... sie hat dich und Bruce gestern Abend gesehen."

Jenny blickte von einem zum anderen, verblüfft und verärgert zugleich. Mrs Hicks war die neugierigste Nachbarin in der Straße. Sie liebte es, Gerüchte zu verbreiten. „Was hat sie gesagt?"

„Nichts", antwortete Bob voller Unbehagen.

„Ich will es wissen. Was hat sie gesagt? Was immer es war, es hat euch offensichtlich aufgeregt."

„Wir sind nicht aufgeregt, Jenny", widersprach Bob. „Wir möchten nur nicht, dass die Leute anfangen, deinen Namen mit Bruce in Verbindung zu bringen."

„Mein Name steht bereits mit Bruce in Verbindung. Er ist ein Hendren. Euer Sohn", erinnerte Jenny ärgerlich. „Ich habe zwölf Jahre meines Lebens im Haus der Hendrens verbracht. Wie könnte mein Name nicht mit seinem in Verbindung stehen?"

„Du weißt, was wir meinen, Liebes." Sarahs Augen schimmerten feucht. „Du bist alles, was uns geblieben ist. Wir ..."

„Das ist nicht wahr!", rief Jenny zornig. „Ihr habt Bruce. Ich muss sagen, dass ich mich für euch beide schäme. Ist dir gar nicht klar, Sarah, wie weh du ihm gestern Abend getan hast? Dir gefällt vielleicht nicht alles, was er tut, aber er ist trotzdem dein Sohn. Du hast ihm den Tod gewünscht!"

Sarah senkte den Kopf und brach in Tränen aus. Bob streichelte ihre Schulter, um sie zu trösten. „Sie hat inzwischen erkannt, was sie da gesagt hat. Es tut ihr leid", erklärte er.

Jenny nippte an ihrem Kaffee, bis Sarahs Tränen versiegten. Dann stellte sie die Tasse ab. „Ich habe beschlossen, fortzugehen."

Einige Sekunden lang rührten beide sich nicht, starrten sie nur ungläubig an. „Fortgehen?“, flüsterte Sarah schließlich.

„Ich werde ausziehen und mir ein eigenes Leben aufbauen. Jahrelang habe ich darauf gewartet, dass Hal und ich heiraten. Wenn es dazu gekommen wäre und wir Kinder …“ Sie ließ den Satz unvollendet. „Aber da wir es nicht getan haben, habe ich keinen Grund mehr, zu bleiben. Ich muss mir eine Zukunft aufbauen.“

„Aber deine Zukunft liegt bei uns“, widersprach Bob.

„Wir brauchen dich, Jenny!“, rief Sarah und umklammerte mit kalter Hand Jennys Arm. „Du erinnerst uns an Hal. Du bist wie unsere eigene Tochter. Du kannst es uns nicht antun. Bitte, nicht jetzt. Gib uns erst Zeit, uns mit Hals Tod abzufinden. Du kannst nicht gehen!“

Schuldgefühle stiegen in Jenny auf. Die Hendrens hatten sie aufgenommen und ihr ein Heim gegeben. Schuldete sie ihnen nicht etwas? Zeit? Ein paar Wochen? Ein paar Monate? „Also gut“, sagte sie entmutigt. „Aber ich werde nicht unter der Zensur von Mrs Hicks oder sonst jemandem leben. Ich war mit Hal verlobt und habe ihn geliebt, aber er ist tot. Ich muss mein eigenes Leben führen.“

„Du kannst immer kommen und gehen, wie es dir beliebt“, versicherte Bob. „Deswegen haben wir dir den Wagen gekauft.“

Jenny meinte eine andere Art von Freiheit, doch es hatte wohl keinen Sinn, ihnen das zu erklären. „Meine zweite Bedingung ist, dass ihr euch beide bei Bruce wegen gestern Abend entschuldigt.“

Sie wollten protestieren, doch Jenny starrte sie so hart und unerbittlich an, dass sie den Blick abwandten. „Also gut, Jenny“, gab Bob schließlich nach. „Wir tun es für dich.“

„Nein, nicht für mich. Für ihn und für euch.“ Sie stand auf und ging zur Tür. „Ich glaube, Bruce wird euch verzeihen, weil er euch lieb hat.“

6. KAPITEL

Jennys Einkaufswagen stieß ratternd mit einem anderen zusammen. Das Paket Waschpulver kippte um. Konservendosen rollten klappernd umher. Die Rolle Haushaltspapier fiel auf den Eierkarton.

„Hallo."

„Das hast du mit Absicht getan", schalt sie.

Bruce grinste spitzbübisch. „Es ist ein wahrer Glücksfall, einer hübschen Frau im Supermarkt zu begegnen. Man fährt in ihren Einkaufswagen, sie ist vielleicht verärgert, aber auf jeden Fall verwirrt. Gewöhnlich versuche ich, die Räder miteinander zu verhaken." Er blickte hinab und runzelte die Stirn. „Du warst zu schnell für mich."

„Du hast kein Gewissen, Bruce Hendren."

„Gar keins."

„Ich bin fasziniert. Was passiert dann?"

„Du meinst, nachdem …?"

„Nachdem du in ihren Einkaufswagen gefahren bist und die Räder verhakt hast und sie verwirrt ist. Was tust du dann?"

„Ich nutze ihre Verwirrung und frage sie, ob sie mit mir ins Bett will."

„Aha." Jenny schob ihren Wagen an seinem vorbei in den Gang mit der Tiernahrung. Da die Hendrens kein Haustier hatten, wirkte die Beachtung, die sie den Regalen schenkte, recht ungebührlich.

Bruce schob seinen Wagen neben ihren. „He, du hast gesagt, dass du fasziniert bist."

„Das war ich auch. Aber ich hatte gedacht, du würdest die Verführung etwas subtiler einleiten."

„Warum?"

Sie drehte sich zu ihm um und blickte ihn verblüfft an. „Du meinst, es ist so einfach?" Sie schnippte mit den Fingern. „Einfach so?"

„Nicht immer. Manchmal erfordert es mehr Zeit und Mühe. Du zum Beispiel. Ich wette, du bist ein schwieriger Fall."

„Wieso meinst du das?"

„Willst du mit mir ins Bett gehen?"

„Nein."

„Siehst du, ich hatte recht. Mit der Zeit entwickelt man einen sechsten Sinn dafür. Ich wusste sofort, dass ich bei dir gemächlich und behutsam vorgehen muss. Ich habe es daran gesehen, wie du die Stirn gerunzelt hast, als das Waschpulver auf die Dose Champignons gekippt ist. Ein untrügliches Anzeichen dafür, dass du nicht so leicht zu haben bist."

„Bruce Hendren, du bist unmoralisch."

„Schamlos." Er zwinkerte ihr zu. „Aber ich bin ehrlich." Er musterte sie von Kopf bis Fuß. „Du siehst schrecklich aus."

„Ist das ein Beispiel für deine behutsame Vorgehensweise?"

„Du weißt, wie ich es meine. Du siehst müde aus. Viel zu dünn. Was tun sie dir an?"

„Nichts." Sie mied seinen Blick. Doch sie wusste, dass sie ihn nicht täuschen konnte. Die Hendrens hatten ihrer Unabhängigkeitserklärung nicht richtig zugehört. Jeden Morgen beim Frühstück hielten sie eine Liste mit den verschiedensten Aufgaben bereit.

Zunächst war ihr aufgetragen worden, all die Beileidsbekundungen zu beantworten. Diese Aufgabe hatte sie beinahe gern übernommen und als Vorwand benutzt, um Bruce anzurufen und zu bitten, die Briefe abzuholen und zur Post zu bringen. Somit hatte sie seinen Eltern Gelegenheit verschafft, sich bei ihm zu entschuldigen, und er hatte ihnen bereitwillig verziehen.

Jennys Pflichten im Pfarrhaus waren schier endlos. Die Hendrens hatten sogar vorgeschlagen, dass sie die Mission ihres geliebten Sohnes fortsetzen und den politischen Flüchtlingen in Mittelamerika helfen solle. Allein der Gedanke an eine solche Kampagne ermüdete sie, und sie weigerte sich strikt, bei öffentlichen Veranstaltungen Reden zu halten. Doch sie hatte ein Rundschreiben aufgesetzt, in dem sie die Probleme in Monterico darstellte und um Spenden bat.

Sie wusste, dass vor Erschöpfung dunkle Ringe unter ihren Augen lagen, dass sie aus Appetitmangel zu dünn geworden war, dass sie blass aussah, weil sie sich zu wenig an der frischen Luft aufhielt.

„Ich mache mir Sorgen um dich", sagte Bruce sanft.

„Ich bin nur müde, genau wie alle anderen. Hals Tod, die Beerdigung – all das wirkt sich eben aus."

„Aber das ist zwei Wochen her. Du verbringst mehr Zeit im Pfarrhaus als je zuvor. Das ist ungesund."

„Aber nötig."

„Die Kirchenarbeit ist deren Berufung, nicht deine. Sie machen dich noch zu einer alten Frau, wenn du es zulässt."

„Ich weiß." Müde strich sie sich mit der Hand über die Stirn. „Ich habe ihnen gesagt, dass ich ausziehen will, aber …"

„Wann?"

„Am Tag nach der Beerdigung."

„Warum hast du es nicht getan?"

„Sie haben sich so aufgeregt, dass ich nicht konnte. Und es wäre

herzlos gewesen, direkt nach Hals Tod auszuziehen."
„Und jetzt?"
Jenny lächelte und schüttelte den Kopf. „Ich habe ja nicht einmal Arbeit – jedenfalls keine bezahlte. Ich habe sie so lange für mich entscheiden lassen, dass ich nicht weiß, wie ich allein zurechtkommen soll."
„Ich habe eine Idee." Bruce ergriff ihren Arm. „Komm mit."
„Ich kann die Einkäufe nicht hier lassen."
„Diesmal hast du keine Eiscreme als Entschuldigung. Ich habe dich vor der Tiefkühltruhe abgefangen."
„Aber ich kann nicht einen vollen Einkaufswagen einfach hier stehen lassen."
„Ach, herrje!" Gereizt drehte er den Wagen herum und schob ihn zum Eingang des Ladens. „He, Zack!"
Der Geschäftsführer blickte über die halbhohe Trennwand seines Büros. „Hallo, Bruce!"
„Miss Fletcher lässt ihre Einkäufe hier stehen. Wir holen sie später."
Bruce nahm sich einen Schokoladenriegel vom Regal und winkte damit dem Geschäftsführer zu. Dann legte er einen Arm um Jennys Schultern und schob sie auf die Straße hinaus.
„Hast du den gestohlen?"
„Na klar." Er entfernte das Papier und biss in den Riegel.
„Aber …"
Er brachte sie zum Schweigen, indem er ihr das restliche Stück in den Mund steckte. „Hast du etwa noch nie einen Schokoladenriegel geklaut?" Als sie den Kopf schüttelte, erklärte er: „Dann wurde es höchste Zeit. Jetzt bist du meine Komplizin bei einem Verbrechen." Er öffnete die Beifahrertür seiner Corvette und schob sie hinein.
Bruce stellte seinen Wagen auf den Parkplatz vor einem Bürogebäude. Er holte einen Leinensack hervor und stülpte ihn über die Parkuhr, wie es die Stadtverwaltung an Feiertagen tat.
„Kannst du das so einfach tun?", fragte Jenny besorgt.
„Ich hab's gerade getan." Er zwinkerte ihr zu, nahm sie beim Ellbogen, führte sie in das Gebäude und schloss eine Tür auf.
Sie trat vor ihm ein, doch an der Schwelle blieb sie stehen und blickte sich entsetzt um. Der Raum lag im Halbdunkel, doch als Bruce zum Fenster ging, das staubige Rollo öffnete und den Sonnenschein hereinließ, sah es nur noch schlimmer aus.
Noch nie hatte sie eine solche Unordnung gesehen. Ein altes Sofa stand an einer Wand. Die rosafarbene Polsterung war grau vor Staub und völlig durchgesessen. Hässliche Metallregale nahmen eine andere

Wand ein. Sie waren vollgestopft mit vergilbten Papieren, die Eselsohren aufwiesen, und verstaubten Kladden. Der Schreibtisch an der gegenüberliegenden Wand hätte schon vor Jahren ausrangiert werden müssen. Ein Stapel Spielkarten hielt eine Ecke hoch, an der ein Stück vom Bein abgebrochen war. Die Tischplatte war mit unzähligen Kratzern, alten Zeitschriften und leeren Kaffeetassen übersät. Sämtliche Aschenbecher waren voll zum Überlaufen und stanken.

Langsam drehte Jenny sich zu Bruce um. „Was ist das denn?"

„Mein Büro", sagte er beschämt.

„Du führst ein Geschäft von dieser Müllhalde aus?"

„So würde ich es nicht gerade bezeichnen."

„So hätte Dante die Hölle beschrieben, wenn er noch lebte."

„So schlimm?"

„Allerdings." Jenny ging zum Schreibtisch und wischte mit einem Finger einen Zentimeter Staub von der zerkratzten Platte. „Hast du hier jemals reinigen lassen?"

„Ich glaube. Ach ja, einmal habe ich eine Firma engagiert. Der Bursche, den sie mir schickten, war echt in Ordnung. Wir haben angefangen zu trinken und ..."

„Schon gut, ich verstehe." Sie ging um den übervollen Papierkorb herum zu einer Tür, die vermutlich zu einem Schrank führte.

„Ach, Jenny, lieber nicht." Er hob eine Hand, um sie zurückzuhalten, doch es war bereits zu spät.

Ein riesiger Wandkalender schwang heraus, als sie die Tür öffnete, und tippte ihr an die Schulter. Erschrocken sprang sie zurück. Als der Kalender zum Stillstand kam, starrte sie entsetzt auf das Foto einer nackten Rothaarigen mit riesigen Brüsten.

Bruce räusperte sich verlegen. „Ein paar Kumpel haben ihn mir zu Weihnachten geschenkt."

Jenny schloss die Schranktür und drehte sich zu ihm um. „Warum hast du mich hergebracht?"

„Komm, setz dich", sagte er und eilte zum Sofa, um den Staub abzuklopfen.

„Ich will mich nicht setzen. Ich will hier raus, damit ich wieder frische Luft atmen kann. Warum hast du mich hergebracht?"

„Na ja, du hast gesagt, dass du Arbeit willst, und da habe ich mir gedacht ..."

„Das kann doch nicht dein Ernst sein!"

„Hör mir zu, Jenny. Ich brauche jemanden, der ..."

„Du brauchst eine Abbruchkolonne, und danach kannst du ganz

von vorn anfangen.“ Sie eilte zur Tür.

Bruce stellte sich ihr in den Weg und ergriff ihre Schultern. „Ich meine doch nicht, dass du hier aufräumen sollst. Ich lasse alles in Ordnung bringen. Ich dachte, du könntest das Telefon beantworten und überhaupt Büroarbeit leisten.“

„Du bist bisher auch ohne jemanden ausgekommen. Wer nimmt denn jetzt eigentlich deine Anrufe entgegen?“

„Ein Auftragsdienst.“

„Warum willst du das ändern?“

„Es ist verdammt unbequem, sich jede Stunde melden zu müssen.“

„Dann trag ein Funkgerät.“

„Das habe ich versucht.“

„Und?“

„Ich hatte es am Gürtel, aber ich habe es verloren.“

„Hm. Ich kann mir denken, dass es unbequem war, es am Gürtel zu tragen.“ Sie versuchte, an ihm vorbeizukommen.

Er hielt sie eisern fest. „Jenny, bitte hör mir zu. Du brauchst einen Job. Ich biete dir einen an.“

„Einem Schimpansen könnte man beibringen, hier zu sitzen und das Telefon zu beantworten. Außerdem hast du einen Auftragsdienst.“

„Aber ich weiß nicht, ob er zuverlässig ist. Außerdem sind noch andere Dinge zu erledigen.“

„Was zum Beispiel?“

„Korrespondenz. Sogar eine ganze Menge.“

„Wer erledigt das jetzt? Du?“

„Nein. Eine Freundin.“

Sie musterte ihn mit einem vielsagenden Blick.

Er seufzte. „Sie ist etwa achtundsiebzig und kurzsichtig, und sie benutzt eine uralte Schreibmaschine. Das große T steht immer eine halbe Zeile höher als die anderen Buchstaben.“

Sie blickte sich um. „Du hast ja nicht einmal einen Computer.“

„Ich kaufe einen, wenn du willst.“

Sein Angebot war durchaus reizvoll, doch sie schüttelte den Kopf. „Ich kann nicht, Bruce.“

„Warum nicht?“

„Deine Eltern brauchen mich zu sehr.“

„Genau. Zu sehr. Glaubst du, du tust ihnen einen Gefallen, indem du sie von vorn bis hinten bedienst? Sie sind erst in den mittleren Jahren, aber wenn sie keine Aufgabe im Leben haben, werden sie sehr schnell altern. Ich weiß nicht, wie es ist, ein Kind zu verlieren, aber ich kann mir vorstellen, dass die Versuchung sehr groß ist, sich einfach seinem Kummer hinzugeben. Wenn du sie weiterhin so umsorgst, werden sie genau das tun und ihr Leben nie wieder in den Griff bekommen."

Er hatte recht. Mit jedem Tag schienen die Hendrens mehr zu verfallen und sich zunehmend auf Jenny zu verlassen. „Wie viel würdest du mir zahlen?"

Ein breites Grinsen trat auf sein Gesicht. „Geldgierige kleine Hexe, wie?"

„Wie viel?", beharrte sie ungerührt.

„Mal sehen." Er rieb sich das Kinn. „Dreihundertfünfzig die Woche?"

„Also gut. Arbeitszeit von neun bis fünf, mit anderthalb Stunden Mittag. Zwei Wochen bezahlter Urlaub. Und freitags arbeite ich nur bis Mittag."

„Du stellst ja harte Forderungen", meinte Bruce stirnrunzelnd, doch im Innern war er erfreut. Er hätte das Gehalt verdoppelt und sämtliche Bedingungen erfüllt, nur um sie von der Herrschaft seiner Eltern zu befreien.

„Ich werde keinen Fuß in dieses Büro setzen, bevor es nicht gereinigt wird, und zwar äußerst gründlich."

„Jawohl, Madam."

„Und der Kalender muss entfernt werden."

Er zog ein enttäuschtes Gesicht. „Hmm, Mist. Ich hatte sie richtig ins Herz geschlossen." Er zuckte die Schultern. „Also gut. Sonst noch was?"

„Ja. Wie soll ich es deinen Eltern beibringen?"

„Lass ihnen keine Wahl." Er streckte seine Hand aus. „Ist es also abgemacht?"

„Abgemacht." Sie reichte ihm die Hand.

„Ein Händedruck reicht nicht, um ein Abkommen mit einer tollen Frau zu besiegeln." Er senkte den Kopf und küsste sie auf den Mund, während er eine Hand auf ihre Taille legte und sie zart mit dem Daumen streichelte.

Der Kuss war lang. Bruce öffnete die Lippen, erweckte in ihr die aufregende Erwartung, dass seine Zunge jeden Augenblick in ihren Mund vordringen könnte. Doch es geschah nicht. Und als er den Kopf hob, lächelte er sie nur an.

Später, nachdem er sie vor dem Supermarkt abgesetzt und sie ihre Einkäufe erledigt hatte, fragte sie sich, warum sie sich nicht gegen den Kuss gewehrt hatte, warum sie Bruce anschließend nur mit verklärtem Blick, zitternden Lippen, weichen Knien und klopfendem Herzen angesehen hatte. Und sie musste sich eingestehen, dass ihr der Kuss gefallen hatte, dass sie sich nicht davor hatte schützen können, selbst wenn sie es gewollt hätte.

Die Hendrens reagierten natürlich entsetzt auf die Ankündigung von Jennys Anstellung. Klappernd ließ Sarah ihre Gabel auf den Abendbrotteller fallen. „Du willst arbeiten?"

„Und ausgerechnet für Bruce?", fügte Bob hinzu.

„Ja. Ich fange am Montag an. Wenn ihr bis dahin noch etwas für mich zu tun habt, dann lasst es mich wissen." Jenny erhob sich vom Tisch und verließ die Küche, bevor die Hendrens ihre Verwirrung überwunden hatten.

Pünktlich um neun Uhr am Montagmorgen betrat Jenny das Büro. Die Tür war unverschlossen und sie trat ein, ohne zu wissen, was sie erwartete. Sie war auf alles gefasst. Einen Augenblick lang glaubte sie, sich im Zimmer geirrt zu haben. Der Raum war nicht nur gereinigt, sondern völlig verwandelt worden.

Die einst schmutzig-grauen Wände waren hellbeige gestrichen. Das scheußliche Sofa war durch zwei Ledersessel in warmem Schokoladenbraun ersetzt worden. Dazwischen stand ein Tisch aus Walnussholz. Der Fußboden, einst mit Linoleum ausgelegt, bestand nun aus glänzendem Parkett, und in der Mitte lag ein Orientteppich. Die hässlichen Metallregale waren verschwunden. Eine hölzerne Schrankwand mit offenen und geschlossenen Fächern nahm deren Platz ein. Die Oberfläche des Schreibtisches, der nun zusammen mit einem thronähnlichen Lederstuhl den Raum beherrschte, glänzte wie eine Kunsteisbahn. Ein Strauß taufrischer Blumen stand darauf.

„Die Blumen sind für dich."

Jenny wirbelte herum und sah Bruce in der geöffneten Schranktür stehen. „Wie hast du das geschafft?", fragte sie verblüfft.

„Mit meinem Scheckbuch. Das wirkt heutzutage besser als jeder Zauberstab. Gefällt es dir?"

„Ja, es sieht toll aus, aber … Ich hätte nicht so viel kritisieren sollen. Du hast dich in schreckliche Unkosten gestürzt."

„Du hast mich nur angespornt, das zu tun, was schon seit Jahren fällig war. Ich musste meine Kunden in der Kneipe nebenan empfangen, weil ich mich wegen dieser Müllhalde geschämt habe, wie jemand es genannt hat, den wir alle kennen und lieben." Er grinste, als sie verlegen den Blick senkte. „Ich habe übrigens eine Auswahl Kalender für dich."

Ihr stockte der Atem, als er den ersten hochhielt.

„Das ist Mr Oktober", verkündete er und unterdrückte ein Lachen. Das muskulöse Modell trug nur ein Suspensorium, einen Football-Helm und ein schelmisches Grinsen. „Football-Saison, verstehst du. Möchtest du die anderen Monate sehen?"

„Nein danke, das reicht. Was hast du sonst noch?"

Bruce legte den Kalender beiseite und griff zum nächsten. „Keine Köpfe, nur Körper." Ein schwellender Bizeps und eine muskulöse eingeölte Brust füllten das Bild aus, das er hochhielt. Jenny zog eine Grimasse und schüttelte den Kopf. „Oder Ansel Adams", sagte er und schlug den dritten Kalender auf.

„Häng den Adams auf. Aber lass die beiden anderen im Schrank liegen", wies Jenny ihn mit spitzbübischer Miene an.

Bruce starrte sie entgeistert an, und dann brachen beide in Lachen aus.

„Bruce, das Büro ist wundervoll. Es gefällt mir."

„Gut. Ich möchte, dass du dich hier wohlfühlst."

„Danke für die Blumen." Sie trat hinter den Schreibtisch und setzte sich auf den Lederstuhl.

Er zeigte ihr, wo er das Briefpapier aufbewahrte und fuhr den neuen Computer hoch. „Du kannst mit diesen Briefen hier anfangen." Er öffnete einen Aktendeckel. „Ich hoffe, du kannst meine Handschrift entziffern. Gertie hat's geschafft."

„Die Freundin mit dem hohen T?"

„Genau. Ich fahre jetzt hinüber zur Parson-Ranch."

„Wie sieht's dort aus?"

„Die Proben sind vielversprechend. Wenn wir nicht auf Öl stoßen, dann bin ich ein Erzengel." Er setzte sich die Sonnenbrille auf und ging zur Tür. Die Klinke in der Hand, drehte er sich noch einmal um. „Mächtiger, du siehst gut aus, wie du da sitzt." Und dann war er verschwunden.

Ein paar Minuten vor zwölf Uhr kehrte Bruce mit einer großen Papiertüte ins Büro zurück. „Mittagspause!", rief er, während er zur Tür hineinstürmte.

Jenny bedeutete ihm mit einer schnellen Handbewegung, ruhig zu sein. Sie telefonierte gerade und machte sich eifrig Notizen. „Ja, in Ordnung, ich habe alles notiert und werde es Mr Hendren ausrichten, sobald er kommt. Danke." Sie legte den Hörer auf und reichte Bruce die Nachricht.

Er überflog sie und verkündete erfreut: „Ausgezeichnet! Ich warte schon lange auf die Erlaubnis, dieses Grundstück zu prüfen. Du hast mir Glück gebracht." Er grinste und stellte die Tüte auf den Tisch. „Und ich habe dir den Lunch gebracht."

„Kann ich diese bevorzugte Behandlung jeden Tag erwarten?"

„Auf keinen Fall. Aber heute ist ein besonderer Anlass. Wir müssen deinen ersten Arbeitstag feiern."

„Ich sollte eigentlich nach Hause gehen und nach Sarah und Bob sehen."

„Die kommen schon zurecht. Du kannst sie später anrufen, wenn es sein muss."

Seine übermütige Stimmung wirkte ansteckend. Sie packte das Essen aus, das aus dem einzigen Delikatessengeschäft der Stadt stammte.

„Und zur Krönung ..." Er verschwand im Wandschrank und kehrte mit einer eiskalten kleinen Flasche Sekt zurück.

„Wo hast du die denn her?"

„Aus dem Kühlschrank."

„Da drinnen ist ein Kühlschrank?"

„Ein winziger. Hast du nicht nachgesehen?"

„Nein. Ich war beschäftigt." Jenny deutete auf den Stapel Briefe, der auf seine Unterschrift wartete.

„Dann hast du ein Glas Sekt verdient." Er öffnete die Flasche. Der Korken knallte, doch es schäumte kein Tropfen über. Bruce füllte zwei Pappbecher.

„Ich sollte eigentlich nicht, Bruce", wandte sie ein, nahm aber einen Becher entgegen.

„Wieso nicht?"

„Du wirst es vielleicht nicht glauben, aber im Pfarrhaus wird gewöhnlich kein Sekt zum Mittagessen serviert", entgegnete sie. „Ich bin nicht daran gewöhnt."

„Gut. Vielleicht wirst du ja betrunken, ziehst dich nackt aus und tanzt auf dem Schreibtisch." Er musterte ihren Körper, und sein Blick ließ erkennen, dass ihm diese Vorstellung gefiel.

„Tust du so etwas oft?", fragte sie verlegen.

„Was? Mitten am Tag Sekt trinken? Nein."

„Woher weißt du dann, dass du nicht auch betrunken wirst, dich ausziehst und nackt auf dem Schreibtisch tanzt?"

„Weil wir nicht tanzen würden, wenn wir beide nackt auf dem Schreibtisch wären."

Ihr Herz schien einen Schlag lang auszusetzen. Nur mit Mühe gelang es ihr, den Blick von seinen faszinierenden vielsagenden Augen zu lösen. Sie stellte fest, dass ihre Hand zitterte.

Bruce stieß mit seinem Becher an ihren. „Nimm einen Schluck", drängte er mit rauer Stimme. Sie tat es. Der Sekt prickelte kühl auf ihrer Zunge. „Schmeckt er dir?"

„Ja." Sie nahm noch einen Schluck.

Er neigte sich näher zu ihr, bis ihre Nasen sich beinahe berührten. Seine Augen glühten. „Wie wär's jetzt mit …"

„Womit?", hakte sie atemlos nach, als er verstummte.

„Heißes Pastrami?"

Das Sandwich hatte ihr nie besser gemundet. Es war sogar der köstlichste Lunch, den sie je zu sich genommen hatte. Während des Essens berichtete er ihr einiges über sein Geschäft und freute sich über ihre intelligenten Fragen.

Er konnte sie nicht dazu bringen, mehr als einen halben Becher Sekt zu trinken. Als sie den Lunch beendeten, sammelte er die leeren Kartons ein und verstaute sie sorgfältig in der Papiertüte. „Ich würde es nie wagen, dein Büro zu verunreinigen", erklärte er mit einem schiefen Grinsen, bevor er ging.

Im Laufe der Tage entwickelte sich eine gewisse Routine, obgleich das Leben mit Bruce stets spontan und unberechenbar und voller Überraschungen war.

Er hinterließ Jenny kleine Geschenke, die eigentlich unbedeutend waren, aber für sie großes Gewicht erhielten, da sie nie umworben worden war. Als sie genau eine Woche bei ihm beschäftigt war, fand sie am Morgen einen kleinen Kuchen mit einer einzigen Kerze auf ihrem Schreibtisch. Ein anderes Mal stand eine rote Rose neben der Kaffeemaschine. Und eines Morgens hätte sie beinahe vor Schreck laut aufgeschrien, als sie die Bürotür öffnete. Auf dem Schreibtischstuhl hockte ein riesiger Teddybär.

Sie wusste, dass die ganze Stadt über sie tuschelte. Die Bankangestellten reagierten schockiert, als sie begann, Bruce' Geschäftskonten zu führen. Der Postmeister, den sie seit Jahren kannte, verhielt sich noch immer freundlich, doch er warf ihr seltsame Blicke zu, seit sie die Post für Bruce anstatt für die Kirche erledigte.

Und Bruce ging inzwischen regelmäßig zur Kirche, was die Stadt erst recht in Aufruhr versetzte.

Jenny gefiel die Herausforderung, die ihre Arbeit bedeutete, und nach zwei Wochen meisterte sie jede Situation wie ein Profi.

„Hendrens Enterprises“, meldete sie sich in geschäftsmäßigem Ton, als das Telefon klingelte.

„Jenny, Darling, wir haben Grund zu feiern!“, rief Bruce lachend.

Sie hörte das Stampfen der Bohrtürme im Hintergrund. „Seid ihr auf Öl gestoßen?“

„Ja, wir sind auf Öl gestoßen!“, bestätigte Bruce, und die Arbeiter um ihn herum brachen in laute Jubelrufe aus. „Sweetheart, ich bringe dir das größte und zarteste Steak mit, das ich auftreiben kann. Ich bin in einer Stunde im Büro.“

„Ich habe etwas in der Stadt zu erledigen. Warum treffen wir uns nicht lieber irgendwo?“

„Also gut. Im ‚Waggon Wheel‘, um halb eins?“

„Ja, in Ordnung. Ich werde da sein.“

7. KAPITEL

Ziellos wanderte Jenny durch die Hauptstraße, ohne ihre Umgebung wahrzunehmen. Bruce fuhr an ihr vorüber, erblickte sie, rief ihren Namen und hupte. Sie drehte sich nicht um. Sie reagierte überhaupt nicht.

Er stellte seinen Lieferwagen, mit dem er zur Bohrstelle gefahren war, am Straßenrand ab und lief zu ihr zurück. Seine Stiefel und Hosenbeine waren mit Schlamm bedeckt. „Hej, Jenny, du gehst in die falsche Richtung. Wollten wir uns nicht im ‚Waggon Wheel‘ treffen? Es ist schon halb eins durch.“ Sein Lächeln schwand, als sie ihn mit leerem Blick ansah. „Jenny, was ist denn los? Was hast du?“

„Bruce?“, flüsterte sie leise, verwirrt. Sie blinzelte, blickte um sich, schien nun erst zu merken, wo sie überhaupt war.

„Was ist passiert?“, fragte er besorgt. „Bist du krank?“

Sie schüttelte den Kopf und senkte den Blick. „Nein, aber mir ist nicht nach Essen zumute. Es tut mir leid. Ich freue mich sehr wegen der Ölquelle, aber mir ist wirklich nicht …“

„Hör schon auf, dich zu entschuldigen. Zum Teufel mit dem Essen. Sag mir, was mit dir los ist.“ Sie schwankte plötzlich, und er zog sie an sich. „Komm, wir gehen in den Drugstore. Ich bestelle dir eine Cola.“

Sie taumelte neben ihm her, auf ihn gestützt, und in dem kleinen Lokal sank sie sogleich auf die grüne Sitzbank.

„Zwei Cola, bitte, Hazel!“, rief er der Kellnerin zu und sah sofort wieder in Jennys Gesicht.

Hazel stellte die eisgekühlten Getränke auf den Tisch. „Wie geht’s denn so, Bruce?“

„Fein“, antwortete er knapp, ohne den Blick von Jenny zu lösen, die auf ihre Hände hinabstarrte.

Hazel zuckte die Schultern und kehrte zurück hinter den Tresen. Sie hatte gehört, dass Bruce sich angeblich seit dem Tod seines Bruders verändert habe. Nun sah sie es mit eigenen Augen. Sonst war er immer zu Scherzen und einem kleinen Plausch aufgelegt. Doch nun hatte er nur Augen für Jenny Fletcher, und seine Miene wirkte ernst.

„Jenny, trink deine Cola. Du bist blass wie ein Geist.“ Er schob ihr das Glas hin, und sie sog gehorsam am Strohhalm. „Und jetzt erzähl mir, was los ist.“

Lange Zeit hielt sie schweigend den Kopf gesenkt. Als sie schließlich aufblickte, schimmerten Tränen in ihren Augen, liefen dann über ihre Wangen. „Ach, Bruce“, flüsterte sie rau, „ich bin schwanger.“

Bruce schluckte schwer, doch ansonsten zeigte er keinerlei Reaktion. „Schwanger?"

Sie nickte. „Ich war gerade beim Arzt. Er hat mir das Ergebnis mitgeteilt."

Er wischte sich die feuchten Handflächen an den Hosenbeinen ab. „Du hast es nicht gemerkt? Ist deine Periode nicht ausgeblieben?"

Ihre Wangen erglühten. Sie senkte den Kopf. „Doch, aber ich dachte, es wäre wegen Hals Tod und all der Aufregungen danach. Ich habe einfach nicht gedacht …" Niedergeschlagen murmelte sie: „Bruce, was soll ich bloß tun?"

Was für eine Frage! Ihn auf der Stelle heiraten, das sollte sie tun. Ein Baby! Freude durchströmte ihn. Er wollte aufspringen und auf die Straße rennen und in die Welt hinausschreien, dass er Vater wurde.

Doch er sah Jennys verzweifelte Haltung, hörte ihr leises Weinen, und er wusste, dass er seine wahren Gefühle nicht zeigen durfte. Er durfte sich nicht zu dem Kind bekennen, das er mit der Frau gezeugt hatte, die er liebte, die er immer geliebt hatte. War das die Strafe für all die Sünden, die er auf sich geladen hatte?

Sag es ihr, drängte eine innere Stimme. *Sag's ihr jetzt.* Er sehnte sich danach, sie in die Arme zu schließen, ihr zu gestehen, dass er sie und sein Kind liebte, ihr zu versichern, dass er sich um sie beide kümmern wollte, solange er lebte.

Doch er durfte es nicht tun. Die Tatsache, dass sie schwanger war, hatte schon genügend Verzweiflung in ihr ausgelöst. Er durfte ihr nicht noch mehr Kummer bereiten, indem er ihr sagte, dass der Vater ein anderer war, als sie glaubte. Vorläufig musste er sich damit zufrieden geben, ihr Freund zu sein.

„Weinen hilft nichts, Jenny." Er reichte ihr ein Taschentuch.

Sie betupfte sich die Augen und blickte sich verlegen um. Sie hatten das kleine Café für sich allein. Hazel war in eine Zeitschrift vertieft. „Alle werden mich für ein Flittchen halten. Und was werden die Leute von Hal denken?" Erneut senkte sie den Kopf.

„Niemand wird dich für ein Flittchen halten." Bruce rührte eine Weile stumm den Strohhalm in seinem Glas. Dann räusperte er sich. „Ich wusste gar nicht, dass ihr so eine Beziehung hattet."

„Hatten wir auch nicht", sagte sie sehr leise. „Bis zu dem Abend, bevor er abfuhr. Weißt du noch, dass du mir gesagt hast, ich solle ihn überreden, nicht fortzugehen? Nun ja, ich hab's versucht, aber es hat nicht geklappt."

„Was ist passiert?", hakte er nach. Er wusste, dass es nicht fair war, sie darüber auszufragen, doch er musste einfach wissen, wie sie zu jener Nacht stand.

„Er ist mit mir hinaufgegangen. Ich habe ihn angefleht, nicht fortzugehen. Aber er wollte sich nicht erweichen lassen.“ Sie senkte den Blick und holte tief Luft. „Dann habe ich versucht, ihn zu verführen. Aber er ist gegangen.“

„Dann verstehe ich nicht …“

„Eine Weile später ist er zurückgekommen, und wir … wir haben uns geliebt.“

Einen Augenblick lang schwiegen sie, beide in Gedanken versunken. Jenny erinnerte sich an ihre grenzenlose Freude, als sich die Tür geöffnet und sie seine Silhouette im Lichtschein erkannt hatte. Bruce erinnerte sich an dasselbe, jedoch aus seiner Perspektive.

„Und das war das erste Mal, dass du …?“

„Das erste und das einzige Mal.“

„War es schön für dich, Jenny?“ Sie blickte ihn an, und er erklärte hastig: „Ich meine, wenn du noch unberührt warst … Hat es dann nicht wehgetan?“

„Ein bisschen, zuerst.“ Sie lächelte, verklärt und geheimnisvoll wie Mona Lisa. „Es war wundervoll, Bruce. Das Schönste, was ich je erlebt habe. Ich habe mich nie einem anderen Menschen so nahe gefühlt. Und was auch geschieht, ich werde es nie bereuen.“

Nun war er es, der den Kopf senkte. Ein dicker Kloß saß ihm in der Kehle. Er war den Tränen nahe. Er sehnte sich danach, sie in die Arme zu schließen, ihr zu gestehen, dass er genau wusste, wie sie empfand. Weil es ihm genauso ergangen war. „Du musst ja schon ziemlich weit sein.“

„Im vierten Monat.“

„Und du hast keine unangenehmen Symptome bemerkt?“

„Jetzt, wo ich es weiß, erkenne ich sie. Vorher habe ich einfach nicht darauf geachtet. Ich war müde und lustlos. Nach der Rückkehr aus Monterico habe ich Gewicht verloren, aber inzwischen habe ich wieder zugenommen. Manchmal war mir ein bisschen schlecht. Und meine Brüste …“ Sie hielt verlegen inne.

„Sprich weiter“, drängte er sanft. „Was ist mit deinen Brüsten?“

„Nun, sie sind empfindlich und irgendwie gespannt, weißt du?“

Er grinste. „Nein, das weiß ich nicht.“

Jenny lachte. „Wie könntest du auch?“ Erschrocken schlug sie eine Hand vor den Mund. „Wie kann ich nur über etwas so Ernstes lachen!“

„Was solltest du sonst tun? Außerdem finde ich, dass es ein Grund zum Feiern ist. Es geschieht nicht jeden Tag, dass ein Mann auf Öl stößt und erfährt, dass er … Onkel wird."

Jenny ergriff seine Hand und drückte sie fest. „Danke, dass du so denkst, Bruce. Als ich vom Arzt kam, war ich entsetzt. Ich wusste nicht, wohin ich gehen oder an wen ich mich wenden sollte. Ich habe mich so einsam und verlassen gefühlt."

„Du brauchst nicht so zu fühlen, Jenny. Du kannst dich jederzeit an mich wenden."

„Ich weiß deine Einstellung wirklich sehr zu schätzen. Vielen Dank Bruce."

Wenn sie nur von seiner wahren Einstellung wüsste! Er war unglaublich glücklich und unsagbar traurig. Er wurde Vater, aber niemand durfte es erfahren. Nicht einmal die Mutter des Kindes. „Was hast du vor?"

„Das weiß ich nicht."

„Heirate mich, Jenny."

Sprachlos starrte Jenny ihn an. Ihr Herz klopfte wild. Sie wusste, dass Bruce aus Mitleid, vielleicht auch aus Familiensinn handelte, doch aus lauter Verzweiflung war sie versucht, sein Angebot anzunehmen. Aber natürlich war es unmöglich. „Ich kann nicht."

„Warum nicht?"

„Tausend Gründe sprechen dagegen."

„Und ein sehr guter spricht dafür."

„Bruce, ich kann nicht zulassen, dass du dein Leben für mich und das Kind ruinierst. Niemals. Nein, danke."

„Lass mich bitte selbst entscheiden, was mein Leben ruiniert." Er drückte ihre Hand. „Sollen wir heute Nacht durchbrennen oder bis morgen warten? Wir verbringen die Flitterwochen, wo immer du willst. Außer in Monterico", fügte er grinsend hinzu.

Tränen schimmerten in ihren Augen. „Du bist wirklich wundervoll, weißt du das? Aber ich kann dich nicht heiraten."

Sein Gesichtsausdruck wurde sehr ernst. „Wegen Hal?"

„Nein. Nicht nur. Wegen dir und mir. Wir würden aus völlig falschen Gründen heiraten, das weißt du selbst. Bruce Hendren und Jenny Fletcher. Welch ein Witz!"

„Magst du mich nicht mehr?", fragte er mit seinem charmantesten Lächeln.

Sie lächelte ebenfalls. „Du weißt, dass es nicht darum geht. Ich mag dich sehr."

„Du wärst erstaunt, wie viele Ehepaare ich kenne, die sich nicht ausstehen können. Wir hätten eine bessere Basis als die meisten."

„Aber Frau und Kind passen wohl kaum zu deinem Lebensstil."
„Ich werde meinen Lebensstil ändern."
„So ein Opfer kann ich dich nicht bringen lassen."
Bruce seufzte. Er sah ein, dass er ihr Zeit lassen musste, sich an die Schwangerschaft zu gewöhnen, bevor sie in Erwägung ziehen konnte, einen Mann zu heiraten, der als Schürzenjäger berüchtigt war. Doch für ihn war es nur ein vorübergehender Aufschub. Nichts konnte ihn davon abhalten, sie zu heiraten und dem Kind ein liebevolles Heim zu bieten. „Wenn du mir also das Herz brechen und mich abweisen willst, was wirst du dann anfangen?"
„Kann ich weiterhin für dich arbeiten?"
„Wie kannst du das überhaupt fragen?"
„Danke, Bruce." Jenny lehnte sich zurück an die Bank und strich unbewusst mit den Händen über ihren Bauch, der noch völlig flach war.
Sie ist so verdammt zart, dachte er. Sie war so eng gebaut. Womöglich ergaben sich dadurch Probleme bei der Geburt. Sein Blick wanderte hinauf zu ihren Brüsten. Sie waren nicht auffällig größer geworden, aber sie wirkten prall und reif.
„Deine Eltern müssen es erfahren."
Widerstrebend löste er den Blick von ihren Brüsten. „Möchtest du, dass ich es ihnen sage?"
„Nein. Das muss ich tun. Wenn ich nur wüsste, wie sie es aufnehmen werden."
„Sie werden entzückt sein. Wie sollten sie es sonst aufnehmen?" Es fiel ihm sehr schwer, doch er fügte hinzu: „Sie werden ein lebendes Vermächtnis von Hal bekommen."
„Irgendwie glaube ich nicht, dass es so einfach ist. Sie sind sehr moralisch gesinnt. Das brauche ich dir nicht erst zu sagen."
„Aber mein Vater predigt sein ganzes Leben lang von Barmherzigkeit. Von Gnade und liebevoller Vergebung." Er legte seine Hand auf ihre. „Sie werden dich nicht verdammen, Jenny. Da bin ich ganz sicher."
Sie lächelte ihn an, doch sie war längst nicht so zuversichtlich wie er.
Bevor sie das Café verließen, bestand Bruce darauf, dass sie ein Glas Malzmilch trank, damit sie bei Kräften blieb. Sie stießen auf die Ölquelle und das Baby an.
Er begleitete sie zu ihrem Wagen und schloss ihr die Tür auf. „Fahr nach Hause und mach ein Nickerchen."
„Aber ..."
„Keine Widerrede. Ich gebe dir heute Nachmittag frei. Ruh dich aus. Heute Abend sehe ich nach dir."

„In der Zwischenzeit werde ich Sarah und Bob die Neuigkeit mitteilen müssen."

„Sie werden sich genauso über das Baby freuen wie ich", sagte er. Doch er wusste, das war unmöglich. Niemand konnte sich so freuen wie er. Er durfte nicht aussprechen, wie glücklich er war, wie sehr er Jenny und das Kind liebte.

Doch er gab der Versuchung nach, sie in die Arme zu schließen. Sie lehnte sich willig an ihn, und sie hielten sich umschlungen, im hellen Tageslicht, ungeachtet der neugierigen Blicke.

Bruce war sehr wichtig für Jenny geworden, in geradezu beunruhigendem Ausmaß. Doch sie brauchte einen Freund, und er hatte sie nicht im Stich gelassen. Daher stützte sie sich auf seine Stärke, klammerte sich Trost suchend an ihn. Und sie lauschte dem steten kraftvollen Pochen seines Herzen und genoss seinen einzigartigen Geruch.

Bruce schmiegte sie an sich, genoss das Gefühl ihrer vollen Brüste an seiner Brust. Es tat ihm weh, dass er nicht die Hände auf ihren Bauch legen und törichte Dinge zu dem Baby sagen konnte. Es tat ihm weh, dass er nicht ihre Brüste streicheln und ihr sagen konnte, wie er sich danach sehnte, das Baby daran saugen zu sehen. Vor allem aber tat es ihm weh, sie gehen zu lassen. Doch schließlich gab er sie frei. „Versprich mir, dass du dich hinlegst, sobald du nach Hause kommst."

„Ich verspreche es."

Er half ihr in den Wagen und legte ihr den Sicherheitsgurt an. „Um dich und das Baby vor Fahrern wie mir zu schützen", sagte er selbstspöttisch.

Er blickte ihr nach, als sie davonfuhr, und fragte sich, ob sie ihm noch immer danken würde, wenn sie wüsste, dass er für ihre heikle Lage verantwortlich war.

Um kurz nach sieben fuhr Bruce vor dem Pfarrhaus vor. Von außen sah alles wie gewöhnlich aus. Jennys Wagen stand neben dem seiner Eltern. In der Küche und im Wohnzimmer brannte Licht. Dennoch spürte er, dass irgendetwas nicht stimmte.

Er klopfte an die Haustür und öffnete sie. „Hallo!", rief er und trat ein. Er fand seine Eltern im Wohnzimmer.

„Hallo, Bruce", sagte Bob tonlos. Sarah sagte gar nichts. Sie wickelte sich immer wieder ein Taschentuch um den Zeigefinger.

„Wo ist Jenny?"

Bob schluckte einige Male. „Fort."

„Fort? Was soll das denn heißen? Ihr Wagen ist doch noch hier."

Bob strich sich mit der Hand über das Gesicht. „Sie hat es vorgezogen, alles hierzulassen, abgesehen von ihren Kleidern."

Bruce wirbelte auf dem Absatz herum und stürmte die Treppe hinauf. Er nahm zwei Stufen auf einmal, wie früher als Kind. Es war ein Verstoß gegen die Hausordnung, doch es kümmerte ihn nun genauso wenig wie früher.

„Jenny?" Sie war nicht in ihrem Zimmer. Er riss den Kleiderschrank auf und fand sämtliche Bügel leer. „Verdammt!", brüllte er wie ein verwundeter Stier und stürmte die Treppe hinunter ins Wohnzimmer. „Was ist passiert? Was habt ihr getan? Was habt ihr zu ihr gesagt? Hat sie euch von dem Baby erzählt?"

„Ja", sagte Bob. „Wir sind entsetzt."

„Entsetzt? Ihr erfahrt, dass Jenny euer erstes Enkelkind in sich trägt, und ihr reagiert entsetzt?"

„Sie behauptet, dass es von Hal ist."

Wäre es nicht sein Vater, der Jennys Aufrichtigkeit und Tugend derart anzweifelte, hätte Bruce ihn aus dem Sessel gezerrt und zusammengeschlagen. Doch unter den gegebenen Umständen stieß er nur ein Knurren aus und trat drohend einen Schritt vor. Dass es wirklich nicht Hals Kind war, zählte in diesem Augenblick nicht. Jenny glaubte es. Sie glaubte, dass sie die volle Wahrheit gesagt hatte. „Ihr zweifelt daran?"

„Natürlich", sagte Sarah. „Er hätte nie etwas so … so … so etwas getan. Schon gar nicht in der Nacht vor seiner Abreise nach Monterico, wie sie behauptet."

„Es mag dich vielleicht überraschen, Mom, aber Hal war in erster Linie ein Mann und erst in zweiter ein Missionar."

„Soll das heißen …?"

„Es heißt, dass er den gleichen Apparat hatte wie jeder andere Mann seit Adam. Die gleichen Triebe. Die gleichen Bedürfnisse. Es wundert mich nur, dass er so lange gewartet hat, bevor er mit Jenny ins Bett gegangen ist." Hal war zwar nie mit ihr ins Bett gegangen, doch Bruce dachte in diesem Augenblick nicht gerade logisch.

„Bruce, um Himmels willen, halt den Mund", mahnte Bob. „Wie kannst du es wagen, so grob mit deiner Mutter zu reden? Du weißt, dass sie das krank macht."

„Also gut. Mir ist es egal, was ihr über mich denkt, aber wie konntet ihr Jenny aus dem Haus treiben?"

„Wir haben sie nicht vertrieben. Sie hat beschlossen zu gehen."

„Ihr müsst etwas getan haben, das sie zu diesem drastischen Schritt getrieben hat. Was war es?"

„Sie hat erwartet, dass wir ihr glauben, Hal hätte … hätte so etwas getan", antwortete Bob. „Deine Mutter und ich haben eingeräumt, dass es möglich sein könnte. Wie du betont hast, war er ein Mann. Aber wenn er es getan hat, dann muss sie ihn derart in Versuchung geführt haben, dass er nicht widerstehen konnte."

Bruce konnte nicht begreifen, wie Hal ihr hatte widerstehen können. Ihm selbst wäre es niemals gelungen. „Was auch geschehen ist, es wurde aus Liebe getan." Das entsprach der Wahrheit.

„Das glaube ich wohl. Trotzdem hätte Hal sich nicht von seiner Mission ablenken lassen, wenn er nicht versucht worden wäre. Und möglicherweise war er immer noch abgelenkt, oder er fühlte sich schuldig oder war irgendwie im Konflikt mit sich selbst, als er nach Monterico kam. Vielleicht war er deswegen so unvorsichtig, dass er sich festnehmen und töten ließ."

„Allmächtiger", stöhnte Bruce. Er sank gegen die Wand, als hätte er einen Tiefschlag erhalten. Er starrte sie an und fragte sich, wie diese selbstgerechten, engstirnigen und unnachsichtigen Menschen seine Eltern sein konnten. „Das habt ihr Jenny gesagt? Ihr habt sie für Hals Tod verantwortlich gemacht?"

„Sie ist verantwortlich", sagte Sarah. „Hals Überzeugungen waren so standhaft, dass sie ihn verführt haben muss. Kannst du dir vorstellen, wie sehr wir uns betrogen fühlen? Wir haben sie wie unsere eigene Tochter aufgezogen. Dass sie uns so etwas antun konnte … Ein uneheliches Kind … Es wird Hals würdiges Andenken für immer zerstören." Sie presste die Lippen zu einer schmalen Linie zusammen und wandte den Kopf ab.

Die Einstellung seiner Eltern machte Bruce krank. Er hätte ihnen am liebsten ins Gesicht gesagt, wie unchristlich und scheinheilig sie waren. Doch wozu seine Energie verschwenden? In seinen Augen waren sie hoffnungslose Fälle. Und ihm blieb keine Zeit. Er musste Jenny finden. „Wo ist sie hin?"

„Das wissen wir nicht." Bobs Ton verriet, dass es ihn auch nicht interessierte. „Sie hat ein Taxi gerufen."

„Ihr beide könnt mir nur leidtun", sagte Bruce, bevor er aus dem Haus stürmte.

Jenny hatte gelernt, sich dem Schaukeln des Busses anzupassen, statt sich dagegen zu wehren, sodass ihr nicht länger schlecht war. Die monotone Bewegung wirkte beinahe einschläfernd und lenkte ihre Gedanken von der Zukunft ab.

Welche Zukunft? Sie hatte keine. Die Hendrens hatten ihre Einstellung deutlich zum Ausdruck gebracht. Für sie war Jenny eine gefallene Frau, die ihren geliebten Sohn verführt und von seiner Berufung abgelenkt hatte.

Brennende Tränen stiegen in ihr auf. Sie schloss die Augen und lehnte den Kopf zurück. Sie hätte gern geschlafen, doch das war unmöglich. Sie war zu aufgewühlt, und die anderen Passagiere um sie herum wurden zunehmend unruhig und gesprächig. Nur allmählich achtete sie darauf, was gesprochen wurde.

„Sieh dir das bloß mal an!“

„Ein Verrückter.“

„Hat unser Fahrer ihn gesehen?“

„Für wen hält der sich eigentlich?“

Neugierig geworden, schlug Jenny die Augen auf und spähte aus dem Fenster. Sie sah nichts außer ihrem eigenen Spiegelbild in der Glasscheibe und undurchdringliche Finsternis dahinter. Doch dann entdeckte sie einen Sportwagen, der gefährlich nahe neben dem Bus fuhr. Sie erblasste.

„Das muss ein absolut Verrückter sein, mein Gott“, murmelte jemand.

Plötzlich bremste der Busfahrer und fuhr an den Straßenrand. „Meine Damen und Herren“, sagte er ins Mikrofon neben dem Lenkrad, „es tut mir leid, aber ich muss einen ungeplanten Halt einlegen. Offensichtlich will ein betrunkener Autofahrer uns von der Straße abdrängen. Ich werde versuchen, ihn zur Vernunft zu bringen. Bleiben Sie ruhig. Wir fahren gleich weiter.“

Die Passagiere beugten sich auf ihren Sitzen vor, um besser sehen zu können. Jenny hingegen kauerte sich zusammen, mit klopfendem Herzen. Der Busfahrer öffnete die automatische Tür und wollte aussteigen. Doch schon stürmte der „Verrückte“ herein.

„Bitte, Mister“, flehte der Busfahrer, offensichtlich besorgt um die Sicherheit seiner Passagiere, „wir sind nur harmlose Leute und …“

„Keine Sorge. Ich bin kein Räuber. Ich werde niemandem etwas tun. Ich werde Sie nur von einem Ihrer Fahrgäste befreien.“ Aufmerksam musterte Bruce die Passagiere, die ihn ängstlich anstarrten. „Es tut mir leid wegen der Unannehmlichkeiten“, sagte er freundlich, während er den Gang entlangschritt. „Es wird nur eine Minute dauern.“ Als er Jenny erblickte, atmete er erleichtert auf. „Nimm deine Sachen. Du kommst mit mir zurück.“

„Nein, Bruce. Ich habe dir alles in einem Brief erklärt. Ich habe ihn abgeschickt, bevor ich abgefahren bin. Du hättest mir nicht folgen sollen."

„Nun, ich habe es aber getan, und zwar nicht umsonst. Jetzt komm bitte mit mir."

„Nein."

Alle Augen waren auf sie gerichtet.

Ungehalten wie ein Vater, der ein weggelaufenes Kind wiedergefunden hat, stützte er die Hände in die Hüften. „Wenn du die schmutzige Wäsche vor all diesen netten Leuten waschen willst, dann ist es mir recht. Aber überleg es dir lieber noch einmal, bevor wir zu den pikanten Einzelheiten kommen."

Jennys Blick wanderte über die anderen Passagiere, die sie mit unverhohlener Neugier anstarrten.

„Was hat sie gemacht?", piepste ein kleines Mädchen. „Ist es was Schlimmes?"

„Sie brauchen nicht mit ihm zu gehen, Miss", sagte der Fahrer besorgt. Er wollte sich nicht nachsagen lassen, dass er ein hilfloses Opfer aus seinem Bus entführen ließ.

Jenny blickte Bruce an. Seine Augen funkelten, und er wirkte so standhaft wie der Fels von Gibraltar. Er würde es auf eine Szene ankommen lassen. Sie wusste, dass er nicht nachgeben würde, und sie wollte nicht Ursache für eine Schlägerei in einem Bus werden. „Also gut. Ich komme." Sie trat in den Gang und nahm ihren kleinen Koffer. „Ich habe noch einen Koffer im Gepäckfach", teilte sie dem Fahrer mit.

Alle Blicke folgten ihnen, als die drei den Bus verließen. Der Fahrer öffnete das Gepäckfach und reichte ihr den Koffer. „Sind Sie sicher, dass Sie mit ihm gehen wollen? Er wird Ihnen doch nichts antun, oder?"

Sie lächelte ihn beruhigend an. „Nein, nein, keine Sorge. Er wird mir nichts tun."

Nach einem finsteren Blick zu Bruce stieg der Fahrer wieder ein. Einen Augenblick später schwenkte der Bus wieder auf die Fahrbahn.

Steif wandte Jenny sich an Bruce. „Das war ja eine tolle Nummer. Was hast du dir eigentlich davon erhofft?"

„Genau das, was ich erreicht habe. Dich aus dem Bus zu holen und zu verhindern, dass du wie ein verängstigtes Kaninchen davonläufst."

„Vielleicht bin ich das ja", rief sie und ließ den Tränen freien Lauf, die seit der Szene im Pfarrhaus in ihren Augen brannten.

„Was wolltest du überhaupt in Dallas? Etwa abtreiben lassen?"

„Wie kannst du so etwas Scheußliches nur denken?"

„Was wolltest du denn dann? Das Baby kriegen und dann weggeben?"

„Nein."

„Es verstecken?" Er trat näher. „Willst du das Baby nicht, Jenny? Schämst du dich dafür?"

„Nein." Sie legte beide Hände auf ihren Bauch. „Natürlich will ich es. Ich habe es jetzt schon lieb. Es ist mein Kind, Bruce."

Bruce atmete erleichtert auf, doch seine Stimme hatte noch immer einen zornigen Unterton. „Warum bist du dann weggelaufen?"

„Ich wusste nicht, was ich sonst tun sollte. Deine Eltern haben ausdrücklich betont, dass sie mich nicht mehr in ihrer Nähe haben wollen."

„Ja und?"

„Ja und? Nicht jeder ist mutig oder verrückt genug, um einem Bus nachzujagen oder mit neunzig Meilen pro Stunde auf einem Motorrad über die Schnellstraße zu jagen. Dir ist es egal, was die Leute von dir denken. Aber ich bin nicht wie du. Mir ist es nicht egal. Und ich habe Angst."

„Wovor? Vor einer Stadt voller kleinlicher Menschen? Was können sie dir schon antun? Über dich klatschen? Dich verachten? Und wenn schon! Oder hast du Angst, den Namen meines Bruders zu beschmutzen? Es gefällt mir auch nicht, dass ein paar Heuchler schlecht von ihm denken werden. Aber er ist tot. Er wird es nie erfahren. Und sein Werk wird weitergeführt. Du selbst hast mit deinem Rundschreiben und dem Spendenaufruf dafür gesorgt. Bitte komm zu dir, Jenny. Sei nicht so hart zu dir selbst. Du selbst bist dein schlimmster Feind."

„Was schlägst du also vor? Dass ich zurückkomme und in deinem Büro arbeite?"

„Ja."

„Und soll ich mit meinem Zustand protzen?"

„Sei stolz darauf."

„Und soll mein Kind sein ganzes Leben lang mit Schimpfwörtern bezeichnet werden?"

„Jeder, der dieses Kind anders als wundervoll bezeichnet, riskiert sein Leben", stieß Bruce heftig hervor.

„Aber du wirst nicht immer da sein, um es zu schützen. Es wird schwer für dieses Kind, in einer Kleinstadt aufzuwachsen, in der jeder seine Herkunft kennt."

„Es wäre noch schwerer in einer Großstadt, in der seine Mutter niemanden kennt. An wen würdest du dich um Hilfe wenden, Jenny? In

La Bota sind dir die Gesichter vertraut, auch wenn einige von ihnen vielleicht feindselig dreinblicken."

Sie mochte sich nicht eingestehen, wie sehr ihr davor gegraut hatte, in eine fremde Stadt zu ziehen, ohne viel Geld, ohne Arbeitsplatz, ohne Unterkunft, ohne Freunde oder Verwandte.

„Wird es nicht langsam Zeit, dass du ein bisschen Rückgrat beweist, Jenny? Seit du vierzehn warst, lässt du andere Leute deine Entscheidungen treffen."

„Diese Diskussion hatten wir vor ein paar Monaten schon einmal. Ich habe versucht, mein Leben selbst in die Hand zu nehmen. Jetzt siehst du, was für ein Chaos ich daraus gemacht habe."

Bruce wirkte gekränkt. „Ich dachte, die Liebesnacht sei wundervoll für dich gewesen. Als Resultat bekommst du ein Baby. Ist das für dich wirklich ein Chaos?"

Sie senkte den Kopf. „Nein. Es ist wundervoll. Der Gedanke an das Kind erweckt Ehrfurcht in mir."

„Dann halte an dem Gedanken fest. Komm mit mir nach La Bota. Bring das wundervolle Baby zur Welt und pfeif auf die Leute, denen es nicht gefällt."

„Auch auf deine Eltern?"

„Ihre Reaktion heute Abend war überstürzt. Wenn sie darüber nachdenken, werden sie schon zur Vernunft kommen."

Nachdenklich starrte Jenny ins Leere. „Wahrscheinlich hast du recht. Ich kann keine Zukunft für mich und das Baby finden. Ich muss mir eine aufbauen, stimmt's?"

Er grinste. „Besser hätte sogar ich es nicht ausdrücken können."

„Ach, Bruce", seufzte sie, und plötzlich fühlte sie sich sehr erschöpft. „Noch einmal danke."

Er schmiegte die Hände um ihr Gesicht und wischte mit den Daumen über ihre Wangen. „Du könntest alles sehr viel leichter für dich machen, wenn du mich einfach heiraten würdest. Das Baby hätte einen Daddy, und alles wäre geordnet und gesetzlich."

„Ich kann nicht, Bruce."

„Sicher nicht?"

„Ganz sicher."

„Es ist nicht das letzte Mal, dass ich dich frage." Er hob ihr Gesicht und küsste sie zart. Seine Lippen waren feucht und geöffnet, und diesmal drang auch seine Zunge in ihren Mund vor. Nur die Spitze. Gerade genug, um ihr den Atem zu rauben und ihren Herzschlag zu beschleunigen. Gerade genug, um ihre Brüste spontan anschwellen zu lassen.

Langsam streichelte er mit der Zunge über ihre Lippen. Dann wich er zurück, nahm ihren Arm und führte sie zu seinem Wagen.

„Wie hast du mich überhaupt gefunden?“, fragte Jenny, während er ihr Gepäck hinter den Sitzen verstaute.

„Ganz einfach. Ich habe bei der Taxizentrale nach dem Fahrer gefragt, der dich abgeholt hat. Er hat mir gesagt, dass er dich zum Busbahnhof gebracht habe. Dort habe ich am Fahrkartenschalter erfahren, dass du eine Karte nach Dallas gelöst hast. Und da ich nicht bis nach Dallas hinterherfahren wollte, musste ich den Bus irgendwie zum Anhalten bringen.“ Sie waren eingestiegen, und er fuhr los. „Und jetzt müssen wir dir als Erstes eine Unterkunft besorgen.“

„Hast du irgendeine Idee?“

„Du könntest bei mir einziehen.“ Er warf ihr einen spitzbübischen Blick zu.

„Nächster Vorschlag“, entgegnete sie schroff.

Er schmunzelte. „Ich glaube, ich kann dich bei Roxy unterbringen.“

„Roxy Clemmons?“, hakte Jenny entsetzt nach.

„Ja. Kennst du sie?“

„Nur vom Hörensagen.“ Als eine von seinen Geliebten. Sie wandte den Kopf ab und starrte aus dem Fenster. Enttäuschung und Verzweiflung stiegen in ihr auf.

Er hatte sie so zärtlich und innig geküsst. Seine Umarmung hatte herzlich und beschützend gewirkt. Ihr gefiel es allmählich, wenn er sie berührte, wenn er sie küsste. Seine Liebkosungen überwältigten sie. Doch für ihn war es nichts Besonderes. Er tat mit ihr nur, was er mit Hunderten von Frauen zuvor getan hatte. Wollte er sie nun unter einem Dach mit Roxy unterbringen, damit er sie alle beide ohne Umstände besuchen konnte?

„Du scheinst nicht gerade begeistert von dem Vorschlag zu sein“, bemerkte Bruce.

„Mir bleibt kaum eine andere Wahl, oder?“

„Ich habe dir eine Alternative vorgeschlagen. Du hast abgelehnt.“

Jenny schwieg eisern. Sie war verärgert und wusste selbst nicht recht, warum. Wieso fühlte sie sich beleidigt? Hatte sie unbewusst gehofft, dass sich eine feste Beziehung zwischen ihnen entwickeln würde? Weil er sie ein paar Mal geküsst hatte? Wegen der Nacht in Monterico? Oder weil sie sich schon immer zu ihm hingezogen gefühlt hatte?

Wenn er glaubte, dass sie sich in die lange Kette seiner sexuellen Abenteuer einreihen ließ, dann täuschte er sich. Mit Frauen wie Roxy Clemmons hatte sie nichts gemeinsam.

8. KAPITEL

Die Straßen lagen verlassen da, als sie La Bota erreichten. Bruce lenkte den Wagen auf den Parkplatz einer Apartment-Anlage.

„Was ist das hier?“, fragte Jenny.

„Deine neue Adresse, hoffe ich. Komm.“ Er führte sie zu einer Wohnung mit dem Schild „Büro“ neben dem Eingang und klingelte.

Roxy Clemmons öffnete. Sie warf Jenny einen erstaunten Blick zu und lächelte dann Bruce an. „Hallo, Bruce. Was gibt's?“

„Dürfen wir reinkommen?“

„Natürlich.“ Roxy ließ die beiden eintreten und schloss die Tür.

„Tut mir leid, dass wir dich so spät stören“, sagte Bruce.

„Himmel, du weißt doch, dass du jederzeit willkommen bist.“

„Roxy, das ist Jenny Fletcher.“

„Ja, ich weiß. Hallo, Jenny. Freut mich, Sie kennenzulernen“, sagte Roxy in erstaunlich freundlichem Ton.

„Freut mich auch, Miss Clemmons.“

„Nennen Sie mich doch Roxy. Möchtet ihr etwas trinken? Ich habe kaltes Bier, Bruce.“

„Klingt gut.“

„Jenny?“

„Nein danke.“

„Eine Cola?“

Jenny wollte nicht unhöflich wirken, und daher erwiderte sie mit einem kleinen Lächeln: „Ja, gern.“

„Setzt euch und macht es euch bequem.“

Roxy verschwand durch eine Pendeltür in der Küche. Ihre Hüften zeichneten sich wohl gerundet unter einer engen Jeans ab. Ihre vollen Brüste wippten unter dem T-Shirt. Sie war barfuß. Ihr kupferfarbenes Haar war auf reizvolle Art zerzaust. Sie sah aus, als käme sie gerade aus dem Bett oder wäre auf dem Weg dorthin. Sie war eine Frau, bei der ein Mann sich wohlfühlen und entspannen konnte. Freundlich, herzlich und willig. Der Gedanke löste ein Gefühl der Übelkeit in Jenny aus. Bruce hatte sich auf das Sofa gesetzt und blätterte in einer Zeitung.

„Setz dich doch, Jenny“, sagte er, als er merkte, dass sie verlegen mitten im Raum stand.

Widerstrebend sank sie auf die Kante eines Sessels.

Roxy kehrte mit den Getränken zurück, und nachdem Bruce einen langen Schluck Bier genommen hatte, verkündete er: „Wir suchen eine Wohnung. Hast du was frei?“

Verblüfft blickte Roxy von Jenny zu Bruce. „He, das ist großartig. Meinen Glückwunsch. Aber was ist mit deinem Haus?“

Er lachte. „Mit meinem Haus ist alles in Ordnung. Du hast mich missverstanden. Jenny wird allein einziehen.“

„Ach so!“ Roxy lächelte Jenny an. „Sie haben Glück. Ich habe eine Zweizimmerwohnung frei.“

„Wie groß ist das Schlafzimmer?“, fragte Bruce. „Jenny bekommt ein Baby. Ist auch Platz genug für eine Wiege?“

Roxy reagierte schockiert. Mit offenem Mund starrte sie Bruce an. Dann glitt ihr Blick unwillkürlich zu Jennys Bauch.

„Sehen wir uns die Wohnung an“, schlug sie vor, sobald sie sich von der Überraschung erholt hatte. Sie schlüpfte in ein Paar Sandalen. „Dann könnt ihr entscheiden, ob es das Richtige ist.“ Sie holte den Wohnungsschlüssel aus dem Büro und ging voraus, den Fußweg zwischen den Gebäuden entlang. „Die Lage ist gut“, sagte sie über die Schulter. „Ruhig, aber nicht so einsam, dass Sie Angst haben müssten, Jenny.“

Jenny hörte gar nicht richtig zu. Sie warf Bruce mörderische Blicke zu, weil er dieser ... dieser Frau ihren Zustand verraten hatte. Am folgenden Morgen wusste gewiss die ganze Stadt, dass sie schwanger war.

„Da sind wir.“ Roxy schloss die Wohnung auf und schaltete das Licht ein. „Puh, ist es stickig hier! Ich habe nicht mehr gelüftet, seit die Maler hier waren.“

Es roch nach Farbe und Desinfektionsmittel, doch das störte Jenny nicht. Dafür war die Wohnung blitzsauber.

„Das ist natürlich das Wohnzimmer, und hier ist die Küche.“ Roxy führte sie durch eine halbhohe Pendeltür. Die Einbauschränke waren glänzend sauber.

Nachdem sie auch das Badezimmer und das Schlafzimmer besichtigt hatten, fragte Jenny: „Wie hoch ist die Miete?“

„Vierhundert im Monat, plus Wasser und Strom.“

„Vierhundert!“, rief Jenny erschrocken. „Ich fürchte ...“

„Unmöbliert?“, hakte Bruce nach.

„Du meine Güte!“ Roxy schlug sich mit der Hand an die Stirn. „Ich habe mich vertan. Unmöbliert kostet sie zweihundertfünfzig.“

„Das klingt schon besser“, sagte Bruce.

Jenny überschlug ihr Einkommen und ihre Ausgaben. Wenn sie sparsam lebte, konnte sie sich die Wohnung leisten. Sie hatte Glück, dass sie überhaupt so schnell etwas gefunden hatte, noch dazu in einer der besseren Wohngegenden der Stadt. Sie versuchte zu vergessen, dass eine von Bruce' Geliebten nur wenige Türen entfernt wohnte. „Muss ich einen Vertrag unterschreiben?"

„Dann nehmen Sie sie also?", fragte Roxy.

„Ich glaube schon."

„Fantastisch!", rief Roxy erstaunlich erfreut. „Wie schön, dass wir Nachbarn werden. Kommen Sie, gehen wir zurück ins Büro."

Eine Viertelstunde später hielt Jenny eine Kopie des Mietvertrages und den Wohnungsschlüssel in der Hand.

„Sie können morgen schon einziehen", verkündete Roxy. „Ich werde gleich morgen früh hinübergehen und lüften."

„Danke." Jenny schüttelte ihr herzlich die Hand, und dann brachte Bruce sie zu seinem Wagen und setzte sie hinein.

Er kehrte zu Roxy zurück, die an ihrer Wohnungstür wartete. „Danke, dass du wegen der Miete mitgespielt hast."

„Es war zwar ein schwacher Wink, aber ich habe ihn verstanden." Roxy lächelte ihn an. „Weihst du mich nun in die Einzelheiten eurer Beziehung ein, oder muss ich meine lebhafte Fantasie spielen lassen?"

„Neugierig?"

„Und wie!"

Bruce lachte. „Wir reden ein andermal darüber. Danke für alles, was du getan hast."

„Gar keine Ursache, Bruce. Wozu sind Freunde schließlich da?"

Er gab ihr einen flüchtigen Kuss auf den Mund und tätschelte ihren Po, bevor er sich abwandte und in seinen Wagen stieg.

Jenny saß steif wie eine Statue auf dem Beifahrersitz. Sie hatte das Gespräch nicht verfolgen können, aber sie hatte gesehen, wie die beiden sich angelächelt hatten, wie er Roxy geküsst und auf welch vertrauliche Art er sie angefasst hatte. Und obgleich sie sich einredete, dass es ihr gleichgültig war, verspürte sie Eifersucht.

„Morgen früh werden wir als Erstes die Möbelgeschäfte abgrasen", verkündete Bruce.

„Du hast schon genug für mich getan. Ich kann nicht verlangen, dass du …"

„Du hast es ja auch nicht verlangt. Ich biete es freiwillig an. Mach heute Abend eine Liste von allem, was du brauchst."

„Ich kann mir nicht viel leisten. Nur das Nötigste." Plötzlich fiel ihr siedend heiß ein, dass sie für diese Nacht keine Unterkunft hatte. „Wohin fahren wir jetzt eigentlich?"

„Ich nehme an, dass du nicht zurück ins Pfarrhaus willst."

„Nein."

„Du könntest mit zu mir kommen.“
„Du hast keinen Platz.“
„In dem großen Haus?“
„Du hast nur ein Bett.“
„Ja und? Wir haben schon einmal in einem Bett geschlafen“, sagte er rau. Sie schwieg, und nach einigen Sekunden seufzte er. „Ich bringe dich in einem Motel unter.“ Kaum hatte er es ausgesprochen, als er auch schon vor einem Motel anhielt. „Warte hier.“

Jenny beobachtete, wie er die hell erleuchtete Rezeption betrat. Durch die breite Glastür sah sie, dass der Nachtportier ihn mit einem breiten Grinsen und einem herzlichen Händedruck begrüßte. Ohne Umschweife überreichte er ihm einen Schlüssel. Dabei beugte er sich vertraulich vor und sagte etwas.

Dann spähte der Nachtportier durch das Fenster zum Wagen. Jenny sah seine überraschte Miene, als er sie erkannte. Mit einem Grinsen machte er erneut eine Bemerkung. Bruce reagierte mit einem äußerst finsteren Gesichtsausdruck.

„Was hat er denn gesagt?“, wollte Jenny gleich darauf wissen.
„Nichts.“
„Er hat etwas gesagt. Ich habe es gesehen.“
Bruce antwortete nicht, sondern fuhr geradewegs zu dem Motelzimmer, ohne die Nummern über den Türen zu beachten.
„Du warst schon einmal hier“, vermutete sie.
„Jenny, bitte …“
„Stimmt's?“
„Vielleicht.“
„Oft?“
„Ja.“
„Mit anderen Frauen?“
„Ja.“
Ihre Brust schien sich zusammenzuschnüren, sodass sie kaum sprechen konnte. „Du hast also deine Geliebten hergebracht, und jetzt hält der Portier mich für eine von ihnen. Was hat er über mich gesagt?“
„Es ist völlig egal, was er …“
„Mir ist es nicht egal!“, rief sie. „Sag's mir.“
„Nein.“ Bruce stieg aus, zerrte ihr Gepäck hinter den Sitzen hervor und trug es zum Motelzimmer. Er schloss die Tür auf, knipste das Licht an und warf die Koffer auf das Bett.
„Was hat er gesagt?“, fragte Jenny von der Tür her.
Er wirbelte herum und sah ihre entschlossene Miene. Sie sah müde

und verletzlich aus, aber gleichzeitig zornig. Ihre Wangen waren blass, und ihre Lippen zitterten. Er begehrte sie mehr denn je, doch er konnte sie nicht haben, und das ärgerte ihn maßlos. „Also gut, wenn du's wissen willst. Er hat gesagt, dass es diesmal in der Familie bleibt."

Empörung wallte in ihr auf. „Da siehst du, was du angestellt hast! Erst erzählst du Roxy, die überall als eine von deinen Flittchen bekannt ist, dass ich schwanger bin. Dann bringst du mich in ein Motel, wo du regelmäßig mit deinen Frauen absteigst. Morgen weiß es die ganze Stadt, dass ich mit dir hier war und sogar hier übernachtet habe. Ich will nicht für eine von deinen Geliebten gehalten werden."

„Warum nicht? Weil ich so verrucht bin? Weil ich so schlecht bin? Weil ich das schwarze Schaf in der Pfarrerfamilie bin, das immer in der Patsche sitzt und sich immer mit den falschen Frauen einlässt?"

Jenny wich zurück, als er auf sie zutrat, doch eine Kommode versperrte ihr den Weg. „So habe ich es nicht gemeint."

„Ach nein?", höhnte Bruce. „Nun, du hast allen Grund, vor mir auf der Hut zu sein. Ich bin wirklich schlecht. Verdammt schlecht." Er schmiegte eine Hand um ihren Nacken, vergrub die Finger in ihrem Haar und bog ihren Kopf zurück. „Weil ich viele Frauen hierher gebracht habe. Aber ich habe keine so begehrt wie dich."

Er umfasste ihr Handgelenk mit eisernem Griff, aus dem sie sich nicht befreien konnte, und presste ihre Hand auf seinen Hosenschlitz, damit sie das Ausmaß seines heftigen Verlangens fühlte. „So sehr begehre ich dich. Ich will dich schon seit Langem, und ich bin es leid, es zu verbergen. Macht es dir Angst? Ekelt es dich an? Möchtest du schreien? Möchtest du weglaufen und dich im Pfarrhaus verkriechen?"

Er küsste sie mit kaum beherrschter Wildheit. Seine Zunge drang tief in ihren Mund vor, wich dann zurück, drang erneut ein, in Nachahmung einer Vereinigung.

Und dann gab er sie abrupt frei. Er stürmte aus dem Raum und schlug mit einem heftigen Knall die Tür hinter sich zu.

Jenny taumelte zum Bett und sank darauf nieder. Sie konnte nicht leugnen, dass sie enttäuscht war, weil er das Begonnene nicht zu Ende geführt hatte. Sie fühlte sich schwach und aufgewühlt vor Verlangen.

Sie nahm all ihre Kraft zusammen und schleppte sich ins Badezimmer. Sie zog sich aus und trat unter die Dusche. Der Wasserstrahl war heiß und stechend. Ihre Haut prickelte immer noch heftig, als sie ein Nachthemd aus dem Koffer holte und anzog.

Sie legte sich ins Bett, schloss die Augen und versuchte sich zu beruhigen. Doch die Erinnerung war noch zu frisch. Sie glaubte, noch immer seine Lippen auf ihren zu spüren, den Beweis seines Verlangens in ihrer Hand zu fühlen, die Bewegungen seiner Zunge zu spüren.

Als das Telefon neben dem Bett klingelte, zuckte sie zusammen. „Hallo?“

„Es tut mir leid.“

Einen Augenblick herrschte Schweigen. Jennys Brüste prickelten unter ihrem Nachthemd. „Schon gut.“

„Ich habe die Beherrschung verloren.“

„Ich habe dich provoziert.“

„Habe ich dir wehgetan?“

„Nein.“

„Aber ich war grob. Und ordinär.“

„Ich hab’s überlebt.“

„Ich bereue nicht, dass ich dich geküsst habe. Es tut mir nur leid, wie ich es getan habe.“ Nach einer kurzen Pause fügte Bruce sehr sanft hinzu: „Jetzt weißt du wenigstens, was ich für dich empfinde.“

Seine Worte rührten sie beinahe zu Tränen. „Bruce, ich bin im Moment nicht bereit, mich damit auseinanderzusetzen. Es ist so viel passiert.“

„Ich weiß. Schlaf dich erst einmal richtig aus. Das Büro bleibt morgen geschlossen. Ich hole dich ab, lade dich zum Frühstück ein, und dann gehen wir einkaufen. Halte dich um Punkt zehn Uhr bereit.“

„In Ordnung.“

„Gute Nacht, Jenny.“

„Gute Nacht, Bruce.“

„Guten Morgen, Jenny.“

„Hm?“

„Ich habe Guten Morgen gesagt.“

Jenny gähnte herzhaft, streckte sich unter der Bettdecke und schlug die Augen auf. Dann setzte sie sich abrupt auf.

Bruce saß auf der Bettkante und lächelte sie an. „Willkommen im Land der Lebenden.“

„Wie spät ist es?“

„Zehn nach zehn. Ich habe um Punkt zehn geklopft, aber du hast nicht geantwortet. Deshalb habe ich mir den Ersatzschlüssel aus der Rezeption geholt und bin hereingekommen.“

„Es tut mir leid.“ Sie strich sich mit einer Hand über die Augen und zog die Decke höher über die Brüste. „Ich war erschöpft.“

„Hungrig?“

„Und wie!“

„Ich bestelle schon einmal das Frühstück im Café, während du dich anziehst.“ Bruce gab ihr einen Kuss auf die Nasenspitze und stand auf.

„Ich komme sofort!“, rief sie ihm nach, als sich die Tür hinter ihm schloss.

Jenny sah frisch und erholt aus, als sie ein paar Minuten später das Café betrat. Sie trug einen Faltenrock und eine legere Hemdbluse. Ihre zierlichen Ledersandalen mit hohen Absätzen erweckten Bruce' Aufmerksamkeit, als sie an seinen Tisch trat. Er wusste, dass sie ihren Gehaltsscheck für neue Garderobe ausgegeben hatte, und sie kleidete sich nun mit wesentlich mehr Pfiff als früher.

„Bin ich zu spät dran?“

„Dein Essen ist gerade erst gekommen. Deine Schuhe gefallen mir übrigens.“

„Sie sind neu.“ Jenny betrachtete die gefüllten Teller auf ihrem Platz. „Soll das alles für mich sein?“

„Ja“.

„Du erwartest doch wohl nicht, dass ich so viel esse, mein Lieber.“

„Zumindest das Meiste. Fang an. Ich plane inzwischen unseren Einkaufsbummel.“

„Willst du nichts essen?“

„Ich bin schon fertig.“ Bruce hielt den Kopf über einen Notizblock gebeugt, während er eine umfangreiche Liste der benötigten Haushaltsgegenstände anfertigte.

Jenny war fasziniert von dem gewinnenden Bild, das er abgab. Sein Haar war zerzaust und wies die verschiedensten Schattierungen von Braun auf. Sein Gesicht war glatt rasiert, und der Geruch seines Rasierwassers übertraf sogar das Aroma des frischen Kaffees, den die Kellnerin ihr einschenkte. Er trug eine Jeans und ein legeres Hemd, doch über der Stuhllehne hing ein Jackett aus Rohseide. Es war eine seltsame Kombination, doch sie passte hervorragend zu ihm. Er sah überwältigend gut und gefährlich sinnlich aus.

Nachdem sie das Frühstück beendet hatte, war auch seine Liste fertig, und er zählte die Geschäfte auf, in denen er einzukaufen vorhatte.

„Vergiss mein Budget nicht“, ermahnte sie ihn.

„Vielleicht gibt dir dein Chef ja eine ordentliche Gehaltserhöhung.“

Abrupt blieb sie auf dem Weg zu seinem Wagen stehen und drehte sich mit trotziger Miene zu ihm um. „Eines möchte ich gleich klarstellen, Bruce. Ich will keine Almosen von dir.“

„Willst du mich heiraten?“

„Nein."

„Dann halt den Mund und steig ein."

Bruce hatte einen teuren Geschmack, und Jenny hätte genau das ausgewählt, was ihm gefiel – wenn Geld keine Rolle gespielt hätte.

„Dieses Sofa kann ich mir nicht leisten. Das andere kostet nur die Hälfte."

„Es ist auch potthässlich."

„Es ist funktionell."

„Es ist hart und ungemütlich. Das hier hat so schöne kuschelige Polster und ist so bequem."

„Deswegen ist es auch so teuer. Bequemlichkeit ist nicht so wichtig."

„Das hängt davon ab, was man auf dem Sofa tun will", wandte Bruce mit einem schelmischen Grinsen und vielsagendem Blick ein.

„Ich nehme das andere", erklärte sie entschieden.

Die gleiche Diskussion ergab sich wegen des Bettes, der Stühle, des Esstisches, der Bettwäsche, des Geschirrs, der Töpfe und Pfannen, ja sogar wegen des Büchsenöffners. Bruce achtete stets nur auf die Qualität, während Jenny sich vom Preis lenken ließ.

„Müde?", fragte er, als sie in seinen Wagen stiegen und sie den Kopf zurücklehnte.

„Ja." Sie seufzte. „Ich hätte nie gedacht, dass es so anstrengend ist, eine Wohnung einzurichten."

„Ich habe vereinbart, dass heute Nachmittag alles geliefert wird. Heute Abend hast du ein gemütliches Zuhause."

„Wie hast du das denn geschafft?"

„Durch Drohungen, Bestechung, Erpressung – alles, was mir nur einfiel." Er grinste, doch sie glaubte es ihm trotzdem.

Als er vor der neuen Wohnung anhielt, rief sie verblüfft: „Das sieht ja aus wie mein Wagen!"

„Das ist dein Wagen."

„Wie kommt der denn hierher?"

„Ich habe ihn herschleppen lassen." Bruce öffnete die Fahrertür ihres Wagens und holte den Schlüssel hervor, den der Abschleppdienst wie vereinbart unter die Fußmatte gelegt hatte. Er warf ihn ihr zu. „Offen gesagt ist es für mich nur ein billiger Haufen Blech, aber ich weiß, dass du an ihm hängst."

„Bruce, ich will nichts von deinen Eltern haben."

„Herrje, sie haben dir diesen Wagen vor Jahren geschenkt. Was sollen sie mit drei Autos – wo meine Mutter kaum fährt?"

Entschieden schob sie ihn beiseite und stieg ein. „Ich bringe ihn zurück."

Er beugte sich zur Tür hinein und erklärte in fröhlichem Ton: „Denk daran: Ich bin dein einziges Transportmittel."

Sie seufzte. „Das ist Erpressung."

„Ganz genau."

Sie musste unwillkürlich lachen und stieg wieder aus. Kaum hatten sie die Wohnung betreten, als auch schon die ersten Möbel eintrafen.

„Aber das muss ein Irrtum sein", erklärte Jenny, sobald sie die Tür öffnete und die Lieferung sah.

„Kein Irrtum, Miss", widersprach der Mann und trug einen Stuhl an ihr vorbei. „Bringt das Sofa rein!", rief er seinen Kollegen zu.

„Aber das ist nicht das richtige", protestierte Jenny.

„Es steht auf dem Lieferschein." Er stellte den Stuhl ab und reichte ihr einen grünen Schein.

Sorgfältig betrachtete sie die Rechnung. „Oh nein! Bruce, da ist ein schrecklicher ..." Sie brach ab, als sie sein Lächeln sah. Er hatte es sich auf der kuscheligen Couch bequem gemacht, die er ausgewählt hatte. „Was hast du nur getan!"

„Ich würde es einfach Sabotage nennen", entgegnete er ungerührt.

Es war genau das treffende Wort. Hinter ihrem Rücken hatte er sämtliche Sachen bestellt, die ihr gefielen, die sie sich aber nicht leisten konnte. „Wie soll ich das alles bezahlen?"

„Kredit. Was du heute bezahlt hast, ist die Anzahlung. Ich habe monatliche Raten für dich vereinbart, die du dir leisten kannst. Wo liegt also das Problem?"

„Ich kann es nicht zulassen, Bruce. Du drängst mich zu Entscheidungen, die meiner Vernunft widersprechen. Aber das lasse ich mir nicht länger gefallen. Ich bleibe nicht in dieser Wohnung, wenn ich all diese Möbel behalten muss."

„Also gut", sagte er ungerührt. Er ging zur Wohnungstür und stieß einen durchdringenden Pfiff aus. „He, Jungs, ladet alles wieder auf und bringt es in mein Haus. Sie hat beschlossen, mich zu heiraten, anstatt allein hier zu wohnen."

„Himmel!", stöhnte Jenny und barg das Gesicht in den Händen. „Ich gebe mich geschlagen!"

Lachend schloss er die Tür und trat auf sie zu.

„Hast du denn nichts Besseres zu tun, als mich zu bemuttern?"

„Mir fällt nichts ein."

„Seit Hal fort ist, bist du wundervoll zu mir. Warum tust du das alles für mich, Bruce?“

Sein Blick wanderte über ihr Gesicht. Mit einem Finger strich er ihr eine Locke aus der Stirn. „Weil mir deine Haarfarbe gefällt. Besonders, wenn die Nachmittagssonne darauf scheint, so wie jetzt.“ Er trat näher. Sie hob unwillkürlich den Kopf, um besser in sein Gesicht aufblicken zu können. „Und mir gefallen deine Augen. Und ich liebe dein Lachen.“

Er öffnete ihren Gürtel und ließ ihn achtlos zu Boden fallen. Sie erschauerte unter seinem Blick. „Mir gefällt deine Figur.“ Er legte die Hände um ihre Taille. „Und mir gefällt dein Mund.“ Er senkte den Kopf und gab ihr unzählige zärtliche Küsse.

Ihre Lippen öffneten sich einladend, und seine Zunge drang in ihren Mund vor. Verschwunden war die Wildheit des vergangenen Abends, doch diese sanfte Liebkosung erregte sie ebenso. Unwillkürlich schmiegte sie sich an ihn.

Er stöhnte auf. Sein warmer Atem streifte ihre Wange, als er die Lippen zu ihrem Ohr wandern ließ und aufreizend daran knabberte.

Sie erkannte, dass sie im Begriff stand, sich völlig zu vergessen. „Bruce, wir sollten nicht …“

„Scht. Scht.“

Die besänftigenden Laute erinnerten Jenny an irgendetwas. Doch bevor sie ergründen konnte, was es war, küsste er erneut ihren Mund und verscheuchte all ihre Gedanken.

Bruce hob ihre Arme und legte sie sich auf die Schultern. Dann ließ er die Hände von ihren Ellbogen über ihre Achselhöhlen hinab zur Außenseite ihrer Brüste gleiten. Sanft massierte er sie mit den Handballen, und sie seufzte leise.

„Gefällt es dir?“

Sie nickte und neigte den Kopf, sodass ihre Wange auf seiner Brust ruhte. Der Kuss vertiefte sich. Er schlang die Arme um sie, zog sie näher an sich. Er legte die Hände auf ihre Hüften und presste sie an sich, sodass sie das volle Ausmaß seines Verlangens spürte.

Jenny stöhnte leise auf und rieb sich an ihm. Eine beinahe schmerzliche, aber wundervolle Erregung durchströmte sie.

„Jenny, ich will dich.“ Er schob eine Hand zwischen ihre Körper, umschmiegte ihre Brust, massierte sie liebevoll. Mit dem Daumen streichelte er die empfindsame Knospe, die sich hart aufrichtete. „Hm, das ist schön“, murmelte er. „Ich will es sehen, will es schmecken.“ Er senkte den Kopf, küsste ihre Brust durch den dünnen Stoff der Bluse, streichelte die harte Knospe mit der Zunge. „Ich will dich lieben.“ Er ließ die Lippen zu ihrer Kehle hinaufgleiten. „Ich will lieben." Erneut küsste er ihre Lippen, fordernd und heftig.

Ein lautes Klopfen an der Tür ertönte. „He, ihr zwei, macht auf! Ich habe die Einweihungsparty vorbereitet! Überraschung!"

Bruce hob den Kopf und murmelte einen unterdrückten Fluch. Dann atmete er tief durch und lächelte bedauernd. „Wir dürfen ihre Gefühle nicht verletzen."

Jenny löste sich aus seinen Armen, und er ging zur Tür.

Roxy stürmte in die Wohnung, eine Flasche Wein in einer Hand und eine Tüte in der anderen.

„He, was ist das denn alles?", fragte Bruce und nahm ihr die Tüte ab. Er spähte hinein. „Chips, Popcorn und Käse."

„Wie gesagt – eine Party", verkündete Roxy fröhlich. „Hallo, Jenny. Ist die Wohnung in Ordnung?"

„Alles bestens, danke."

„He, das sieht ja toll aus." Roxy stieß einen anerkennenden Pfiff aus, während sie die neuen Möbel betrachtete. „Habt ihr Gläser? Kommt, lass uns auf die neue Wohnung anstoßen." Ohne Umschweife marschierte sie in die Küche, mit Bruce auf den Fersen.

Jenny blieb nichts anderes übrig, als ihnen zu folgen, obgleich es eng in der kleinen Küche zu dritt war.

Bruce riss eine Tüte Chips auf, nahm einen heraus und hielt ihn Roxy hin. Lachend biss sie ab, während sie gleichzeitig versuchte, die Weinflasche zu öffnen. Die restlichen Stücke steckte er sich in den Mund.

Jenny hielt sich still im Hintergrund. Sie war nicht in Partystimmung.

„Diesen Service biete ich natürlich nicht allen Mietern", erklärte Roxy, während sie die Preisschilder von den neuen Gläsern entfernte. „Aber da Sie eine Freundin von Bruce sind und er ein Freund von mir ist …" Sie quiekte, als er von hinten die Arme um sie schlang und sie fest an sich drückte.

„Darauf kannst du wetten", bestätigte er. „Freunde bis zum Ende."

„Lass mich bloß los, du Dummkopf, und schneide den Käse!"

Jenny fühlte sich wie ein fünftes Rad am Wagen. Sie störte sich an dem neckischen Geplänkel und den vertraulichen Berührungen zwischen den beiden. Doch was hatte sie erwartet? Schließlich waren die beiden Geliebte. Sie wusste es. Und dennoch tat es ihr weh, es mit ansehen zu müssen. Hatte Bruce schon vergessen, dass er sie vor wenigen Augenblicken leidenschaftlich geküsst und ihr gesagt hatte, wie sehr er sie begehrte? Konnte er seine Zuneigung so rasch von einer Frau auf eine andere richten? Offensichtlich ja.

Als der Wein eingeschenkt war, stießen sie auf die neue Wohnung an. Jenny nahm nur einen Schluck des billigen Getränks, stellte ihr Glas hastig wieder ab und eilte ins Badezimmer. Sie schaffte es gerade noch bis zur Toilette, als sie sich auch schon übergeben musste.

Wenige Augenblicke später klopfte Bruce an die Badezimmertür.

„Ich komme gleich!“ Sie spülte sich den Mund aus, wusch sich das Gesicht und kämmte sich.

„Bist du böse auf uns?“, fragte er, sobald sie die Tür öffnete. „Ich weiß, was du vom Trinken hältst, und es ist deine Wohnung. Wir wollten dich nicht beleidigen.“

In diesem Augenblick, als er sie so zerknirscht anblickte, erkannte sie, dass sie ihn liebte. All die Jahre lang hatte sie sich selbst getäuscht. Sie hatte sich eingeredet, dass ihre Zuneigung zu ihm verschwinden würde, wenn sie sich nur von ihm fernhielt. Doch die ganze Zeit über hatten die Gefühle für ihn in ihr geschlummert wie eine Auster in ihrer Schale, waren gewachsen mit jedem Blick, jedem Wort, jeder Berührung, bis ihre Liebe zu ihm wie eine seltene kostbare Perle herangereift war.

Sie sehnte sich danach, sich an ihn zu schmiegen, seine Arme um sich zu spüren, sich an ihn zu klammern. Doch es durfte nicht sein. Jenny Fletcher und Bruce Hendren? Unmöglich! Sie war schwanger von einem anderen Mann, von seinem Bruder. Und ganz davon abgesehen, passten sie überhaupt nicht zueinander. Jegliche romantische Beziehung zwischen ihnen war völlig hoffnungslos.

„Nein, Bruce, darum geht’s nicht“, sagte sie mit einem schwachen Lächeln. „Ich fühle mich nur nicht besonders gut.“

Er erstarrte. „Ist es das Baby? Ist es schlimm? Hast du Krämpfe? Oder etwa Blutungen? Soll ich einen Arzt rufen?“

„Nein. Ich bin nur müde. Ich war den ganzen Tag auf den Beinen, und es war einfach zu viel für mich.“

„Ich sollte im Morgengrauen erschossen werden. Ich hätte dich ins Bett stecken müssen, sobald wir nach Hause gekommen sind.“

„Da hatte ich noch kein Bett.“

Er ging nicht auf ihren Scherz ein. „Ich hätte dich hineinstecken sollen, sobald es geliefert wurde.“ Er nahm ihre Hand und zog sie ins Wohnzimmer. „Sag Gute Nacht, Roxy. Jenny muss sich ausruhen.“

Roxy sprang vom Sofa auf und musterte Jenny. „Sie sind blass wie ein Geist“, sagte sie und legte eine Hand auf Jennys Wange. „Kann ich irgendetwas für Sie tun?“

Ja, gehen Sie, hätte Jenny am liebsten gerufen, und lassen Sie die Finger von Bruce! Sie wusste, dass ihr Unwohlsein nur auf Eifersucht beruhte, doch sie konnte sich nicht dagegen wehren. „Nein danke. Mir wird's wieder besser gehen, sobald ich im Bett bin."

Trotz Jennys Protesten bezogen Roxy und Bruce das Bett mit der neuen gestärkten Bettwäsche. „Morgen sollten Sie die Laken vielleicht waschen, damit sie weicher werden", schlug Roxy vor. „Wenn Sie Hilfe brauchen, dann rufen Sie mich. Ich bin tagsüber meistens zu Hause. Okay?"

„Danke", murmelte Jenny, obwohl sie wusste, dass sie niemals einen Gefallen von Roxy Clemmons annehmen würde.

„Schließ hinter uns ab", sagte Bruce an der Wohnungstür. „Und wenn du mich brauchst, auch wenn's mitten in der Nacht ist, dann geh zu Roxy und ruf mich an.

„Mach dir keine Sorgen um mich."

„Das tue ich aber", beharrte er. „Morgen bekommst du ein Telefon."

„Ich habe aber keins beantragt."

„Ich hab's heute Morgen getan. Und jetzt geh schlafen. Gute Nacht." Sanft küsste er sie auf den Mund. Seine Zunge glitt so zart und flüchtig über ihre Lippen, dass sie nicht sicher war, ob sie es sich nur eingebildet hatte. Er trat hinaus in die Nacht und nahm Roxys Arm. „Komm, ich bringe dich nach Hause."

Jenny verschloss die Tür hinter ihnen. Er ging also mit Roxy nach Hause. Zweifellos hatten sie vor, die Party dort fortzusetzen. Im Geiste sah sie die beiden vor sich, wie sie sich eng umschlungen hielten und leidenschaftlich küssten.

Lange Zeit lag Jenny in ihrem neuen Bett und fand keinen Schlaf. Die Vorstellung von Bruce und Roxy zusammen quälte sie. Es war sehr spät, als sie hörte, wie die Corvette vor ihrer Wohnungstür angelassen wurde und davonfuhr.

9. KAPITEL

Der nächste Tag war ein Sonnabend, sodass Jenny in aller Ruhe aufstehen und frühstücken konnte. Noch im Morgenmantel kochte sie eine Kanne Kaffee mit der neuen Kaffeemaschine, die sie am Vortag zusammen mit Bruce ausgesucht hatte.

Sie hob gerade die erste Tasse an die Lippen, als es an der Tür klopfte. Widerstrebend öffnete sie einen Spaltbreit.

„Hallo", sagte Roxy fröhlich. „Ich habe Sie doch nicht geweckt, oder?"

„Nein."

„Ein Glück. Sonst hätte Bruce mich umgebracht. Ich habe gerade diesen leckeren Kuchen gebacken. Für mich allein ist es zu viel, aber wenn ich ihn nicht mit jemandem teile, esse ich doch alles auf." Sie klopfte sich auf die üppigen Hüften. „Und später bereue ich es dann."

Um nicht unhöflich zu sein, trat Jenny beiseite und brachte ein Lächeln zustande. „Kommen Sie rein. Ich habe gerade Kaffee gekocht."

„Großartig." Roxy legte den eingewickelten Kuchen auf den neuen Esstisch und setzte sich auf einen Wiener Stuhl. „Sie haben einen tollen Geschmack", bemerkte sie, während sie sich in der Wohnung umblickte. „Ihre Einrichtung gefällt mir. Eine wunderbare Mischung aus Gemütlichkeit und Eleganz."

„Vielen Dank, Roxanne, aber Bruce hat mir bei der Auswahl geholfen."

„Er hat auch einen tollen Geschmack", meinte Roxy mit einem Augenzwinkern.

Jenny wusste nicht recht, was das bedeuten sollte. Sie schenkte Roxy eine Tasse Kaffee ein. „Möchten Sie Sahne und Zucker?"

„Schwarz mit Süßstoff, sagte die Dicke und biss herzhaft in die Sahnetorte", antwortete Roxy selbstspöttisch, während sie den Kuchen auswickelte. „Haben Sie ein Messer und zwei Teller?"

„Der sieht gut aus", sagte Jenny höflich.

„Ja, nicht wahr? Ich habe das Rezept aus einer Zeitschrift." Roxy biss herzhaft in ihr Stück. Jenny aß etwas zurückhaltender, doch es schmeckte ihr ausgezeichnet. „Soll ich Ihnen heute bei irgendetwas helfen? Zum Beispiel die Bettwäsche in die Waschküche tragen?"

„Nein danke."

„Wirklich nicht? Ich habe Zeit."

„Ich komme schon allein zurecht."

„Möchten Sie noch ein Stück?“ Roxy hielt das Messer über den Kuchen.

„Nein danke. Aber es ist nett von Ihnen, dass Sie ihn mitgebracht haben.“

Roxy legte das Messer ab und stützte die Ellbogen auf den Tisch. Forschend blickte sie Jenny an. „Sie mögen mich nicht, stimmt's?“

Entgeistert starrte Jenny sie an. Ihr ganzes Leben lang hatte sie Konfrontationen vermieden, und nun suchte sie fieberhaft nach einer diplomatischen Antwort.

„Machen Sie sich nicht die Mühe, es zu leugnen. Ich weiß es, und ich weiß auch, warum. Weil ich mit Bruce geschlafen habe.“

Jenny errötete und senkte verlegen den Blick.

„Nun, sparen Sie sich die Feindseligkeit und die kühle Höflichkeit. In Wahrheit war ich nie mit ihm im Bett. Überrascht Sie das?“ Roxy lachte über Jennys verblüffte Miene. „Es würde die meisten Leute überraschen. Es liegt auch nicht daran, dass ich nicht wollte. Bruce ist ein sehr aufregender Mann. Jede normale Frau würde ihn gern einmal ausprobieren.“ Er hat einfach das gewisse Etwas.

Jenny schluckte schwer.

„Hat er Ihnen erzählt, wie wir uns kennengelernt haben?“

Jenny schüttelte den Kopf.

„Es war bei einer Tanzveranstaltung nach einem Rodeo. Todd, mein Ex-Mann … Wussten Sie, dass ich verheiratet war?“

Erneut schüttelte Jenny den Kopf.

„Tja, ich war's. An dem Abend war Todd wütend, weil er sich nicht auf einem von den verdammten Bullen halten konnte und das Preisgeld einem anderen Burschen überlassen musste. Er ließ es an mir aus, wie immer. Er schlug mich halb tot.“

„Er hat Sie geschlagen?“

„Ja, sehr oft. Nur an dem Abend war er richtig betrunken und vergaß sich. Bruce hörte mich draußen auf dem Parkplatz schreien. Er schlug Todd zusammen und warnte ihn, es nie wieder zu tun.“ Gedankenverloren sammelte Roxy die Krümel auf ihrem Teller zusammen und steckte sie sich in den Mund. „Es ging schon seit Jahren so. Todd wurde wütend, betrank sich und schlug mich. Aber ich habe ihn wirklich geliebt. Außerdem hatte ich sonst niemanden. Ich hatte kein Geld und wusste nicht, wohin.“

„Und Ihre Eltern?“

„Meine Mutter starb, als ich zehn war. Mein Vater war Ölspekulant. Er schleppte mich von einem Ölfeld zum anderen. Als ich dann mit sechzehn heiratete, hielt er seine väterliche Pflicht für erfüllt. Er verschwand nach Alaska. Seitdem habe ich nie wieder von ihm gehört. Also war ich von Todd abhängig. Eines Abends wurde er so wütend, dass ich fürchtete, er würde mich tatsächlich umbringen. Er hatte mir schon öfter damit gedroht, aber an dem Abend meinte er es wohl ernst. Bruce hatte mir seine Telefonnummer gegeben. Ich rief ihn an. Er holte mich, brachte mich ins Krankenhaus, ließ mich zusammenflicken und bezahlte die Rechnung."

„Und was geschah dann?", fragte Jenny gespannt.

„Danach blieb ich über einen Monat bei Bruce. Damals fingen die Leute an, zu behaupten, dass wir was miteinander hätten. Todd wurde wütend. Er beschuldigte uns, schon seit Monaten hinter seinem Rücken eine Affäre zu haben. Er fuhr nach Mexiko und ließ sich scheiden. Das war mir ganz recht. Nur hatte ich wirklich nichts, und ich konnte nicht ewig bei Bruce bleiben. Er überredete ein paar seiner Freunde, diesen Apartment-Komplex mit ihm zusammen zu kaufen. Er setzte mich als Geschäftsleiterin ein. Ich bekomme ein Gehalt und wohne hier mietfrei."

Jenny starrte sie entsetzt an. Sie hatte zwar von solchen Geschichten gehört, aber nie jemanden kennengelernt, der so etwas Schreckliches tatsächlich erlebt hatte.

„Bruce ist der beste Freund, den ich je hatte", fuhr Roxy fort. „Er war der erste Mensch in meinem Leben, der sich um mich gekümmert hat. Ich verdanke ihm alles, sogar mein Leben. Wenn er mich gebeten hätte, es ihm im Bett zurückzuzahlen, hätte ich es getan. Und wahrscheinlich hätte ich es genossen. Aber er hat mich nie gebeten, Jenny. Er wusste wohl von Anfang an, was ich erst später erkannt habe: dass unsere Freundschaft darunter gelitten hätte. Und die ist uns beiden wichtiger als eine Affäre." Sie legte eine Hand auf Jennys. „Sie brauchen also nicht eifersüchtig auf mich zu sein."

Jenny senkte den Blick. „Sie haben die Situation missverstanden. Bruce und ich haben nicht … wir sind nicht …"

„Vielleicht noch nicht." Roxy hegte keinerlei Zweifel an der künftigen Beziehung zwischen Bruce und Jenny, seit sie ihn am vergangenen Abend in ihrer Wohnung erlebt hatte. Nie zuvor hatte sie einen derart liebeskranken Mann gesehen. Ununterbrochen hatte er von Jenny geredet, bis sie ihn schließlich kurzerhand hinausgeworfen hatte.

„Ich war so unhöflich zu Ihnen", murmelte Jenny zerknirscht.

„Ach was. Vergessen Sie's. Ich bin es gewöhnt, als gefallene Frau behandelt zu werden."

„Ich mag Sie“, verkündete Jenny spontan, und es entsprach der Wahrheit.

„Gut. Und jetzt essen Sie diese kalorienreiche Versuchung auf, bevor ich es tue. Sie können es sich leisten, aber ich – weiß der Himmel – nicht.“

Lachend nahm Jenny sich ein Stück. „Ich habe Bruce versprochen, tüchtig zu essen, damit ich zunehme.“

„Er sorgt sich um das Baby.“

„Wirklich?“

Roxy grinste. „Er meint, Sie sind zu zart gebaut, um es auszutragen. Ich musste ihm mehrmals versichern, dass es keine Probleme geben wird.“

„Ich sorge mich nicht darum. Aber ich fürchte, dass die Leute das Kind bestrafen werden, für das, was ich getan habe.“

„Vergessen Sie die Leute.“

„Das sagt Bruce auch immer.“

„Und er hat recht. Freuen Sie sich auf das Baby?“

„Ja, sehr“, antwortete Jenny mit leuchtenden Augen.

„Wenn seine Mama und sein Onkel es so lieben, wird das Kind keine Probleme haben.“

„Haben Sie keine Kinder?“

Roxys Miene wurde ernst. „Nein. Ich wollte immer, aber Todd hat … nun, er hat mich einmal so verletzt, dass ich eine Totaloperation haben musste.“

„Oh, Himmel! Das tut mir aber leid!“, rief Jenny mitfühlend.

Roxy zuckte die Schultern. „Ach, ich wäre sowieso zu alt, um Kinder zu bekommen. Und Gary sagt, dass es ihm nichts ausmacht.“

„Gary?“

„Mein Freund.“ Roxys Fröhlichkeit kehrte zurück. „Bruce hat ihn mir vorgestellt. Er arbeitet bei der Telefongesellschaft. Er müsste eigentlich bald kommen, um Ihr Telefon zu installieren.“

Nach Roxys überschwänglicher Beschreibung von Gary hatte Jenny einen überwältigend gut aussehenden Traummann erwartet. In Wirklichkeit hatte er große Ohren, eine lange Nase und schief stehende Zähne. Doch er wirkte auf Anhieb sympathisch und sehr humorvoll. Sobald er eintraf, wurde ihr klar, dass er und Roxy wahnsinnig ineinander verliebt waren.

„Ich wollte eigentlich gestern Abend zur Einweihungsparty kommen“, verkündete er, während er Jenny herzhaft die Hand schüttelte. „Aber ich musste Überstunden machen. Wo sollen die Telefone hin?"

„Die? Mehrere?"

„Drei."

„Drei?", rief Jenny entsetzt.

„So hat Bruce es bestellt. Ich schlage Wohnzimmer, Schlafzimmer und Küche vor."

„Aber …"

„Wenn Bruce es so will, sollten Sie sich fügen", meinte Roxy.

Jenny seufzte. „Na gut. Da wird mir wohl nichts anderes übrig bleiben."

Während Gary sich an die Arbeit machte, brachten Roxy und Jenny all die neue Bettwäsche und die Handtücher in die Waschküche. Und während die Maschine lief, unterhielten sie sich ununterbrochen. Gegen Mittag hatten beide das Gefühl, sich schon seit Jahren zu kennen. Und trotz ihrer unterschiedlichen Herkunft verstanden sie sich prächtig.

„Hat jemand Hunger?" Bruce steckte den Kopf zur Tür herein, die Gary auf dem Weg zu seinem Lieferwagen offen gelassen hatte.

Vor lauter Erleichterung über die Gewissheit, dass er kein Verhältnis mit Roxy hatte, drehte Jenny sich mit einem strahlenden Lächeln zu ihm um und lief ihm entgegen. Dicht vor ihm blieb sie stehen.

„Komm doch näher", sagte er sanft.

Sie trat zu ihm und umarmte ihn. „Hallo", murmelte sie verlegen, als sie zurückwich.

„Hallo." Bruce musterte forschend ihr Gesicht. „Sag mir, was ich getan habe, umso eine Begrüßung zu verdienen, damit ich's noch einmal tun kann."

„Ich bin böse auf dich."

„Dann bleib böse. Es gefällt mir. Umarme mich noch mal."

„Einmal reicht."

„Aber ich kann deine Umarmung nicht erwidern, weil ich die Hände voll habe. Also musst du mich zweimal umarmen."

Das erschien ihr irgendwie einleuchtend. Erneut legte sie die Arme um ihn und verschränkte die Hände hinter seinem Rücken. Sie legte den Kopf in den Nacken und blickte zu ihm auf.

„Und jetzt sag mir, warum du böse bist."

„Was soll ich mit drei Telefonapparaten anfangen?"

„Dir eine Menge Schritte ersparen." Bruce küsste sie schnell. „Aber du hast dich gefreut, mich zu sehen. Das habe ich gemerkt. Warum?"

„Weil du etwas zu essen mitgebracht hast“, witzelte sie und deutete auf die Tüten in seinen Händen.

„Magst du Cheeseburger?“

„Mit Zwiebeln?“

„Ja“, antwortete er zögernd.

„Wundervoll!“

Zu viert hatten sie einen äußerst ausgelassenen Lunch. „Ich glaube, ihr Männer habt das geplant“, meinte Roxy argwöhnisch und biss in ein dickes frittiertes Kartoffelstäbchen.

„Ich habe nichts geplant“, beteuerte Bruce und legte die Hand aufs Herz. „Du etwa, Gary?“

„Ich doch nicht! Reich mir noch so ein Dingsda mit Ketchup.“

„Roxy und ich hätten ja auch schon etwas anderes vorhaben können“, meinte Jenny in hochmütigem Ton.

Lächelnd gab Bruce ihr einen Kuss auf den Mund. „Wir sind einfach mal davon ausgegangen, dass ihr es nicht hattet.“

„Ach ja? Ihr solltet euch lieber nicht so sicher sein, dass wir immer für euch da sind“, warnte Roxy. „Stimmt’s, Jenny?“

„Stimmt genau.“

Nie zuvor hatte Jenny sich so glücklich und frei gefühlt. Trotz der Schwangerschaft war ihr zumute, als sei eine schwere Last von ihr abgefallen. Sie hatte das Pfarrhaus hinter sich gelassen wie eine Schlange ihre alte Haut.

Dennoch ging sie regelmäßig zur Kirche, begleitet von Bruce. Sie saßen stets in der hintersten Reihe. Wenn Bob sie von der Kanzel aus gesehen haben sollte, so ließ er sich nichts anmerken. Genauso wenig wie Sarah, die stets in der zweiten Reihe saß.

Jenny und Bruce spürten die neugierigen Blicke der Kirchgänger und hörten deren Getuschel, sie grüßten jeden mit höflicher Freundlichkeit. In Bruce’ Begleitung fiel es Jenny nicht schwer, sich selbstsicher zu geben.

Allmählich vertiefte sie sich immer mehr in die Büroarbeit. Außer dem Telefondienst und der Korrespondenz kümmerte sie sich inzwischen auch um die Ablage und stellte Nachforschungen an, um die Bruce sie nie gebeten hatte.

„Du arbeitest zu viel“, sagte er eines Abends, als er ins Büro kam und sie unvermutet noch immer dort antraf.

„Wie spät ist es denn?“

„Längst fünf Uhr durch.“

„Diese Unterlagen sind so interessant, dass ich die Zeit ganz vergessen habe."

„Erwarte bloß nicht, dass ich dir etwa Überstunden bezahle."

„Ich schulde dir die Zeit. Ich war heute in der Mittagspause beim Arzt und musste so lange warten, dass ich zu spät zurückgekommen bin. Also hör auf, mich zu nerven."

„Du bist in letzter Zeit ganz schön aufsässig. Sei lieber vorsichtig. Sonst verwerfe ich noch die Idee, dich zu heiraten, und suche mir lieber ein nettes unterwürfiges Mädchen, das mich mit dem Respekt behandelt, den ich verdiene."

„Verdient hättest du eine Tracht Prügel."

„Hm, das klingt … interessant." Bruce trat hinter sie an den Aktenschrank und schlang die Arme um ihre Taille.

„Sag mir bloß nicht, dass du eine masochistische Ader hast."

Er lachte. „Was weißt du denn schon davon?"

„Eine Menge. Roxy hat ein Buch darüber, mit genauen Anweisungen."

„Roxy verdirbt dich. Ich hätte sie dir nicht vorstellen dürfen. Sieh dir ihre Bücher bloß nicht mehr an."

„Keine Sorge. Ich habe nicht die Absicht, mich mit Peitschen oder Ketten abzugeben. Außerdem fürchte ich, dass diese knappe schwarze Lederkleidung nicht besonders gut an meiner neuen Figur aussehen würde."

„Ich finde, deine neue Figur würde in allem gut aussehen. Sie ist wundervoll." Er legte die Hände auf ihren Bauch und massierte ihn sanft, bevor er sie zu ihren Oberschenkeln gleiten ließ.

Jenny drehte sich entschieden um, doch dadurch erhielt sie auch nicht mehr Bewegungsfreiheit. „Ich muss gehen, Bruce."

„Später." Er schob ihr Haar mit der Nase beiseite und erforschte genüsslich ihr Ohr.

„Es ist schon spät. Ich muss nach Hause!"

„Später." Er stützte die Hände auf den Aktenschrank und lehnte sich an Jenny, während er sie auf den Mund küsste. Ihr Widerstand schmolz dahin. Er schmiegte die Hände um ihren Hals und vertiefte den Kuss.

„Bruce, bitte nicht", protestierte Jenny schwach, als er schließlich ihren Mund freigab.

„Warum nicht?"

„Weil es ungesund ist."

Aufreizend rieb er sich an ihr. „Da bin ich aber ganz anderer Meinung." Der Beweis seines äußerst gesunden Zustandes presste sich auf das Dreieck zwischen ihren Schenkeln.

„Wir sollten nicht ..." Sie stöhnte unwillkürlich auf, als er sich erneut bewegte. „Wir sollten nicht so etwas tun, hier in deinem Büro."

„Wo dann? In meinem Haus?"

„Nein."

„In deiner Wohnung?"

„Nein."

„Wo denn sonst?"

„Nirgendwo." In letzter Zeit riefen seine Küsse und Liebkosungen stets Erinnerungen an jene Liebesnacht in ihr hervor. Sie fühlte sich genauso erregt wie damals, doch irgendwie schien es ihr, als würde sie Hal betrügen.

„Bitte, Jenny."

„Nein."

„Ich brauche es. Ich war nicht mehr mit einer Frau zusammen, seit ..." Er brach abrupt ab. Beinahe hätte er gesagt: Seit ich mit dir geschlafen habe. „Seit sehr langer Zeit."

„Und wessen Schuld ist das?"

„Deine. Ich will nur dich. Lade mich heute Abend zu dir ein."

„Nein."

„Du hast die Wohnung jetzt schon seit drei Wochen, und mich hast du erst zwei Mal eingeladen."

„Und das war zwei Mal zu viel. Du bleibst immer viel zu lange und kannst dich überhaupt nicht benehmen", entgegnete sie atemlos, denn er küsste aufreizend ihren Hals. „Die Leute sehen uns zusammen und werden anfangen zu reden."

„Sie haben sonst nichts, worüber sie reden könnten. Die Football-Saison ist vorbei."

„Verstehst du denn nicht? Wenn herauskommt, dass ich schwanger bin, werden alle annehmen ..." Sie verstummte.

Er hob den Kopf. „Was werden sie annehmen?"

„Dass das Kind von dir ist."

„Und wäre das so schrecklich?"

„Ich will nicht, dass dir die Schuld für etwas zugeschoben wird, das du nicht begangen hast."

„Ich würde es nicht als Schuld ansehen. Ich würde mich geehrt fühlen, als Vater deines Kindes angesehen zu werden."

„Aber es wäre nicht recht, Bruce."

„Mir sind schon oft Dinge unterstellt worden, mit denen ich nichts zu tun hatte. Wenn die Leute die Tatsachen verdrehen wollen, dann kann man nicht viel dagegen unternehmen."

„Das glaube ich nicht."

„Hast du etwa nicht angenommen, Roxy sei meine Geliebte?"

„Nein."

„Du kannst nicht überzeugend lügen, Jenny. Du hast sie sogar als eine von meinen Flittchen bezeichnet. Und als ich dich aus dem Bus geholt habe, hast du die ganze Fahrt über geschmollt."

„Wenn ich geschmollt habe, dann deshalb, weil du mich wie ein Verrückter verfolgt und aus dem Bus geschleift hast!"

„Du bist richtig niedlich, wenn du dich so ereiferst." Er gab ihr einen Kuss auf die Nasenspitze. „Aber du kommst mir nicht davon, indem du das Thema wechselst. Du hast geglaubt, dass ich ein Verhältnis mit Roxy habe. Gib's zu."

„Kannst du es mir verdenken?", entgegnete Jenny trotzig. „Du kannst ja nicht die Hände von ihr lassen.

Bruce schmiegte die Hände zärtlich um ihre Brust. „Ich kann die Hände auch nicht von dir lassen. Wie wir beide wissen, ist das kein Beweis dafür, dass wir miteinander schlafen."

„Und das bringt uns zurück zum ursprünglichen Thema. Du solltest mich nicht ständig anfassen." Ihre Stimme klang wenig überzeugend, selbst in ihren eigenen Ohren.

„Gefällt es dir nicht, wenn ich dich anfasse?" Mit dem Daumen streichelte er über die Unterseite ihrer Brüste, während seine Finger weiterhin auf ihren Lippen ruhten. „Mir gefällt es sehr", flüsterte er, und dann zog er sie an sich und gab ihr einen unwiderstehlichen Kuss. „Lade mich zum Essen ein. Was ist schon dabei?"

„Wenn Bruce Hendren eine Frau in ihrer Wohnung besucht, steckt automatisch mehr dahinter als nur ein Abendessen."

„Das ist nur Gerede."

„Das auf Tatsachen beruht."

„Also gut. Ich gestehe. Ich möchte einen Abend mit dir allein verbringen und ein bisschen mit dir schmusen. Was ist daran falsch?"

„Alles."

Bruce seufzte. „Ich habe es auf die nette Art versucht, aber du willst ja gezwungen werden. Ich lasse dich nicht aus diesem Büro, bevor du mich nicht zum Dinner einlädst. Ich kann bis zum Jüngsten Tag hier stehen und dich küssen. Nur werde ich dabei sehr erregt." Er drängte die Beine zwischen ihre und schmiegte sich an sie. „Bald bin ich mit Küssen nicht mehr zufrieden. Ich werde mich dazu getrieben fühlen, die Knöpfe deiner Bluse zu öffnen. Ich habe gezählt. Es sind vier. Es dürfte drei Sekunden dauern, höchstens dreieinhalb. Dann werde ich wissen, ob dein BH lila oder hellblau ist. Und dann ..."

„Du bist unmöglich!" Jenny schob ihn von sich. „Du erpresst mich wieder einmal. Also komm am Freitagabend um sieben."

„Um sechs."

Sie warf ihm einen verzweifelten Blick zu, nahm ihre Handtasche und ging zur Tür.

„Jenny?" Sie drehte sich um. „Welche Farbe hat dein BH denn nun?"

„Das ist mein Geheimnis."

„Aber nicht mehr lange."

10. KAPITEL

Nervös strich Jenny ihren Rock glatt. Sie befeuchtete sich die Lippen. Sie zupfte ihr Haar zurecht. Dann holte sie tief Luft und öffnete die Wohnungstür.

Bruce stand auf der Schwelle, in einer braunen Cordhose, einem sandfarbenen Hemd und einer sportlichen Kamelhaarjacke. Die Kleidung passte hervorragend zu seinem brünetten Haar, das seidig glänzte, aber wie gewöhnlich zerzaust war, so als käme er gerade aus dem Bett. Seine Augen glänzten wie Rauchtopas, als er Jenny musterte. „Bist du der Nachtisch?", fragte er lächelnd. „Wenn ja, dann lasse ich das Hauptgericht aus."

Verlegen senkte sie den Blick. Den ganzen Vormittag über hatten sie völlig unbefangen und kameradschaftlich im Büro zusammengearbeitet, doch nun herrschte eine unerklärliche knisternde Spannung zwischen ihnen. „Sind die für mich?" Sie deutete auf den großen Strauß langstieliger Rosen in seiner Hand.

„Hast du eine Zwillingsschwester?"

„Nein."

„Dann sind sie wohl für dich." Er reichte ihr die Blumen, und sie ließ ihn eintreten. Nach zwei Schritten blieb er abrupt stehen und blickte sich überrascht um.

Das Wohnzimmer hatte sich seit seinem letzten Besuch sehr verändert. Mit Roxys Hilfe hatte Jenny die Wohnung in ein richtiges Zuhause verwandelt. Mehrere Grünpflanzen, antike Kerzenständer aus Messing, ein Schaukelstuhl, eine stoffbespannte Wand und Sofakissen in demselben Muster sorgten für eine behagliche Atmosphäre. Mit sechsundzwanzig Jahren hatte sie zum ersten Mal ihren Wohnbereich nach eigenem Geschmack dekoriert, und sie war stolz auf das Ergebnis. Im Gegensatz zu ihrem alten Zimmer im Pfarrhaus war nirgendwo eine Rüsche zu sehen. Die Einrichtung wirkte schlicht und elegant, aber dennoch gemütlich. „Gefällt's dir?", fragte sie gespannt.

„Und wie! Ich möchte am liebsten heute noch einziehen. Für mein Haus habe ich einem Dekorateur eine astronomisch hohe Summe gezahlt. Ich hätte es dir überlassen sollen. Ich wusste gar nicht, dass du ein verborgenes Talent für solche Dinge hast." Bruce blickte sie eindringlich an. „Alles sieht großartig aus."

„Danke."

„Besonders du." Unverhofft beugte er sich zu ihr vor und küsste sie, drängend und kühn.

Nach einer Weile wich Jenny atemlos zurück. „Ich sollte lieber die Blumen ins Wasser stellen, bevor sie verwelken.“ Sie eilte in die Küche und suchte nach einer passenden Vase. Doch sie fand keine, und daher stellte sie die Rosen in einer Saftflasche auf den Tisch im Wohnzimmer.

„Ist das Kleid neu?“, erkundigte Bruce sich.

Ja. Roxy hat es für mich ausgesucht und mich zum Kauf überredet.“

„Ich bin froh, dass sie es getan hat.“

Der lange Rock mit dem kniehohen Seitenschlitz und die Bluse mit dem kleidsamen Tellerkragen waren aus ungefärbter Rohseide und wichen völlig von ihrem bisherigen Stil ab. Ein breiter bestickter Gürtel war um ihre Taille geschlungen, und sie trug die hochhackigen Spangensandaletten, die Bruce so gut gefielen. Ihre Haare waren locker hochgesteckt, sodass zarte Löckchen ihr Gesicht und ihren Hals umrahmten.

„Es ist der neue Look“, erklärte sie verlegen, als er sie aufmerksam musterte. „Ich habe mich nur dazu überreden lassen, weil die Bluse so weit und lang ist, dass ich sie später auch über dem Rock tragen kann, wenn man meinen Zustand sieht.“

„Dreh dich um.“ Langsam drehte sie sich um sich selbst. „Es gefällt mir. Aber unter all dem Stoff verschwindest du beinahe.“

„Unsinn! Ich habe zwei Pfund zugenommen.“

„Das ist gut. Was sagt der Arzt? Ist alles in Ordnung?“ Er musterte sie besorgt. „Die Hälfte der Zeit ist um, und man merkt dir immer noch nichts an.“

„Das meinst aber nur du! Du solltest mich mal ohne Kleider sehen.“

„Das möchte ich gern.“

Hastig erklärte sie: „Ich meine, dass ich schon ein bisschen Bauch habe. Der Arzt sagt, das Baby entwickle sich gut. Er hat genau die richtige Größe für den fünften Monat.“

„Er“

„Der Arzt hält es für einen Jungen, wegen des Herzschlags. Normalerweise haben Jungen einen langsameren Herzschlag als Mädchen.“

„Dann bin ich völlig anormal“, flüsterte Bruce. „Mein Herz rast.“

„Warum?“

„Weil ich immer noch daran denke, dich ohne Kleider zu sehen.“

Sein vielsagender Blick zog sie an wie ein Magnet und erweckte in ihr den Drang, sich in seine Arme zu schmiegen. Doch sie beherrschte sich eisern und drehte sich hastig zur Küche um. „Ich muss nach dem Essen sehen.“

„Was gibt’s denn? Es riecht unheimlich lecker.“ Bruce folgte ihr durch die Pendeltür. Sie beugte sich gerade über den Backofen, und ihr reizvoller Anblick erweckte in ihm Gelüste, die stärker waren als das Hungergefühl in seinem Magen.

„Gefüllter Schweinebraten, Spargel mit zwei Soßen, Kartoffeln mit Petersilienbutter, heiße Brötchen, Eis und Schokolade."

Sobald sie das Blech mit den Brötchen in den Ofen geschoben hatte, drehte er sie zu sich um. „Willst du mich beeindrucken?"

„Wie kommst du denn darauf?"

„Du hast dir wirklich sehr viel Mühe gegeben. Warum, Jenny?"

„Ich koche einfach gern, und ... und ja ... deine Eltern haben mich nie etwas Neues ausprobieren lassen. Sie wollten immer das Gleiche essen, und ..."

Er brachte sie mit einem Kuss zum Schweigen. Dann murmelte er leise in ihr Ohr: „Darf ich mir den Nachtisch aussuchen?"

„Nein."

„Ich nehme dich", sagte er dennoch. „Du bist das Süßeste, was ich je gekostet habe." Bruce drängte sich an sie, und sie wich zurück, bis sie mit dem Rücken gegen den Schrank stieß. Leidenschaftlich schmiegte er seinen Körper an ihren.

Der Geruch von Hefeteig erfüllte die kleine Küche. „Bruce, die Brötchen brennen an", brachte Jenny atemlos hervor.

„Wen kümmert das schon?"

„Mich." Sie schob ihn von sich. „Sie haben mich viel Arbeit gekostet."

Seufzend trat er zurück, damit sie das Blech aus dem Ofen nehmen konnte. „Stört es dich, wenn ich meine Jacke ausziehe?"

„Ist dir warm?"

Er blickte ihr tief in die Augen. „Mir ist sogar heiß, Darling."

In Hemdsärmeln setzte Bruce sich an den Tisch. Jenny füllte seinen Teller und wartete gespannt auf sein Urteil. Nach dem ersten Bissen verkündete er: „Hm, absolut köstlich! Besser als alles, was meine Mutter je gekocht hat."

Sie lächelte erfreut und begann ebenfalls zu essen. „Hast du sie gesehen, Bruce?"

„Wen? Ach, du meinst meine Eltern? Nein. Jedenfalls habe ich nicht mit ihnen gesprochen. Du?"

„Nein. Ich fühle mich schuldig, weil ich diesen Keil zwischen euch getrieben habe."

Er lachte auf. „Jenny, dieser Keil ist schon da, seit ich ein Kleinkind war."

„Aber mein Auszug und die Schwangerschaft haben die Lage verschlimmert. Das gefällt mir nicht. Ich hatte gehofft, ihr würdet euch näherkommen. Sie brauchen dich jetzt."

Er ließ den Blick durch die Wohnung wandern. „Weißt du, ich glaube, sie wären eifersüchtig, wenn sie wüssten, wie du lebst."

„Eifersüchtig? Wieso denn das?"

„Ich glaube, sie wollten, dass du sie genauso brauchst, wie sie dich brauchen. Aber das ist nicht der Fall. Sie hatten immer Angst, du könntest das entdecken. Deswegen haben sie versucht, dich durch Verpflichtungen an sich zu binden."

„Das ist unfair, Bruce. Sie sind wirklich nicht so selbstsüchtig."

„Versteh mich nicht falsch. Ich will nicht sagen, dass sie es bewusst getan haben. Sie wären entsetzt, wenn sie sich darüber klar würden. Aber denk doch einmal nach. Ich war nicht so, wie sie sich ihren Sohn gewünscht haben, und deshalb haben sie mich fallen lassen und all ihre Hoffnungen in Hal gesetzt. Zum Glück entsprach er genau ihren Vorstellungen und ließ sich vollkommen von ihnen formen. Und dann kamst du. Du warst ein liebes, gehorsames, kleines Mädchen, das eine charmante Schwiegertochter für sie abgeben würde."

„Ich bin sicher, dass sie nicht mehr so empfinden."

„Da bin ich ebenso sicher. Und so ist es besser für alle. Du bist frei. Deswegen hast du sie nicht weniger lieb." Er schüttelte bedächtig den Kopf. „Das konnte ich ihnen nie begreiflich machen. Ich habe sie lieb. Ich wollte, dass sie mich lieb haben. Hätten sie mir ein bisschen Zuneigung gezeigt, wäre ich nicht so aufsässig gewesen. Es hätte nicht nötig getan. Du hast auf deine Weise rebelliert. Vielleicht geht ihnen diesmal ein Licht auf."

„Das hoffe ich. Es gefällt mir gar nicht, dass sie allein in dem großen Haus sind. Vor allem hoffe ich, dass sie bald über den Tod von Hal hinwegkommen."

„Und was ist mit dir, Jenny? Bist du denn darüber hinweg?"

Sie legte ihr Besteck auf ihren leeren Teller. „Ich vermisse ihn. Wir standen uns sehr nahe. Wir haben uns oft stundenlang unterhalten. Er war ein herzensguter Mensch."

„Liebst du ihn noch?"

Ich weiß nicht, ob ich ihn überhaupt jemals geliebt habe, hätte Jenny beinahe gesagt. Jahrelang hatte sie geglaubt, Hal zu lieben. Aber stimmte es wirklich? Sie hatte eine tiefe Zuneigung für ihn empfunden, aber seine Küsse hatten sie nie so erregt wie Bruce' Küsse. Abgesehen von jener letzten Nacht, in der sie anscheinend beide einfach den Kopf verloren hatten. Ihr Herz hatte nicht jedes Mal bei seinem Anblick zu klopfen begonnen. Sie hatte nie dieses sehnsüchtige schmerzliche Verlangen nach Hal verspürt, wie Bruce es in ihr erweckte. „Auf eine gewisse Weise werde ich Hal immer lieben", sagte sie ausweichend.

„Wenn er noch lebte, würdest du ihn dann heiraten wollen?"

„Nun, schließlich muss ich an das Baby denken ..."

„Und wenn das Baby nicht wäre?"

Nach kurzem Zögern erwiderte Jenny leise: „Nein, ich glaube nicht. Seit ich allein lebe, ist mir klar geworden, dass Hal und ich nicht füreinander bestimmt waren. Gute Freunde, ja. Wie Geschwister vielleicht. Aber ich bin nicht die Frau, die zu Hals Lebensweise gepasst hätte."

Sorgsam verbarg Bruce seine Erleichterung und stand auf. „Ich helfe dir beim Abwasch."

„Aber du hast doch deinen Nachtisch noch gar nicht gegessen."

„Den hebe ich mir für später auf. Damit die Vorfreude noch ein bisschen wachsen kann."

„Köstlich", murmelte Bruce und ließ genüsslich einen Löffel voll Eiscreme im Mund zergehen. „Geradezu sündhaft."

Jenny saß neben ihm auf dem Sofa im Wohnzimmer und beobachtete ihn. „Dann ist es also wahr, was behauptet wird?"

„Was denn?"

„Dass der Weg zum Herzen eines Mannes durch den Magen führt."

„Das ist wohl einer der Wege, aber es gibt einen anderen, der viel mehr Spaß bringt. Soll ich ihn dir zeigen?"

Mit zitternder Hand schenkte sie ihm eine Tasse Kaffee ein. „Sahne oder Zucker?"

Er schmunzelte. „Du hast mir schon jahrelang Kaffee eingeschenkt. Du weißt doch, dass ich ihn schwarz trinke."

„Ich habe es vergessen."

„Unsinn. Du bist nur nervös." Er stellte die leere Eisschale auf den Tisch und lehnte sich zurück in die Polster, mit der Kaffeetasse in der Hand. „Du steckst voller Widersprüche."

„Wieso?"

„Du bist schwanger, und trotzdem wirst du ganz nervös, wenn das Thema Sex auch nur angedeutet wird. Irgendwie süß."

„Ach, du hältst mich für prüde und altmodisch? Ein Überbleibsel aus der viktorianischen Ära im Zeitalter der sexuellen Aufklärung?"

„Verdreh mir nicht das Wort im Mund. Das habe ich wirklich nicht gemeint. Deine Unschuld ist bezaubernd."

„Ich bin wohl kaum unschuldig", murmelte sie mit gesenktem Kopf.

„Du hast gesagt, du warst noch Jungfrau in der Nacht, als ...“

„Ja.“

Bruce stellte seine Kaffeetasse auf den Tisch. Er rückte näher zu Jenny und legte einen Arm auf die Rücklehne. Sanft streichelte er über ihre Wange. „Du musst in der Nacht sehr bewegt gewesen sein, um das aufzugeben, was du so lange behütet hattest.“

„Ich habe in meinem ganzen Leben nie so empfunden wie in jener Nacht.“

Sein Herz schlug plötzlich schneller. „Sag mir, wie du gefühlt hast.“

Gedankenverloren erklärte sie: „Es war, als wäre ich nicht mehr ich selbst. Ich hatte keine Hemmungen mehr. Ich hatte alle Beschränkungen abgelegt, die ich mir normalerweise auferlege. Ich habe einfach nur für den Augenblick gelebt. Verstehst du, was ich meine?“

„Ja, vollkommen“, antwortete er wahrheitsgemäß.

„Es erschien mir nicht unrecht, was wir taten. Es war wundervoll. Ich wollte lieben und geliebt werden. Es war nicht genug, unsere Liebe in Worte zu fassen. Ich wollte sie demonstrieren.“

„Und Hal war willig?“

„Zuerst nicht.“

Er schmiegte eine Hand um ihre Wange. „Aber du hast ihn überredet.“

„Das ist eine wirklich nette Art zu sagen, dass ich ihn verführt habe.“

„Also gut, du hast ihn verführt. Und dann?“

Sie lächelte scheu. „Dann war er mehr als willig. Er hat sich vorher nie so verhalten.“

„Wie?“

Jenny schloss die Augen und befeuchtete sich die Lippen, bevor sie erwiderte: „Begierig, sinnlich. Ein bisschen wild.“ Sie lachte verlegen. „Ich weiß nicht, wie ich es beschreiben soll.“

„Grob? Zu grob?“

„Nein.“

„Zärtlich?“

„Ja, unglaublich zärtlich, aber ... aber auch leidenschaftlich.“

„Hattest du Angst, als er dir das Nachthemd auszog?“ Bruce hätte sich ohrfeigen können für seine Achtlosigkeit, als sie ihn erstaunt anblickte. „Ich meine, du hattest doch bestimmt ein Nachthemd an, oder?“

Seine sanfte raue Stimme hatte so faszinierend gewirkt, dass sie bis gerade eben wie hypnotisiert darauf reagiert hatte. Doch seine letzte Frage riss sie aus ihrer Benommenheit. „Ich sollte nicht mit dir darüber reden, Bruce.“

„Warum nicht?"

„Es ist peinlich. Außerdem ist es Hal gegenüber unfair. Warum willst du das alles wissen?"

„Weil ich neugierig bin."

„Das ist krankhaft!"

„Nein, Jenny." Er beugte sich über sie, stützte eine Hand auf die Armlehne neben ihr und hielt sie somit gefangen. „Ich will wissen, wie du darüber denkst."

„Warum?"

Er beugte den Kopf, bis sein Atem ihre Lippen streifte. „Weil ich mit dir schlafen will. Aber du widerstehst mir ständig. Ich will wissen, was dich in jener Nacht veranlasst hat, nicht mehr du selbst zu sein, deine Hemmungen und Beschränkungen abzulegen, nur für den Augenblick zu leben. Kurz gesagt, Jenny, was macht dich an?"

Gegen ihren Willen erregte sie der sinnliche Klang seiner Stimme und die Härte seines Körpers, der an ihrem lehnte. Ihr Atem beschleunigte sich, und sie konnte den Blick nicht von seinen Augen lösen.

„War es die Umgebung? War sie so romantisch, dass du dich nicht zurückhalten konntest?"

Sie schüttelte den Kopf. „Es ist in meinem Zimmer passiert."

„Das ist – weiß der Himmel – nicht verführerisch."

„Es war dunkel."

Bruce griff an ihr vorbei und löschte die Stehlampe in der Ecke. Es wurde beinahe finster. Nur die Kerzen auf dem Couchtisch tauchten den Raum in einen schwachen Schein. Sie warfen flackernde Schatten an die Wände und auf sein markantes Gesicht. „War es so?"

„Nein, völlig dunkel. Ich konnte nichts sehen."

„Du konntest das Gesicht deines Liebhabers nicht sehen?"

„Nein."

„Wolltest du es nicht?"

„Doch", murmelte Jenny und wandte den Kopf ab.

„Dann ist es jetzt besser. Sieh mich an." Er drehte ihr Gesicht zu sich herum und blickte ihr in die Augen.

Dann presste er den Mund hart auf ihren. Sie öffnete die Lippen, ließ seine forschende Zunge eindringen, schlang die Arme um ihn und massierte die harten Rückenmuskeln unter seinem Hemd.

„Was hat er zu dir gesagt, Jenny? Hat er dir all die Dinge gesagt, die du hören wolltest?"

Während seine Lippen mit ihren spielten, dachte sie angestrengt nach. „Er hat gesagt ... Er hat gar nichts gesagt."

„Nichts? Hat er dir nicht gesagt, wie wundervoll und begehrenswert du bist?"

„Das bin ich gar nicht."

„Doch, Jenny, du bist so wundervoll", flüsterte er ihr ins Ohr. „Du fühlst doch, wie erregt ich bin. Wie kannst du glauben, dass du nicht begehrenswert bist? Ich begehre dich, mehr als je zuvor irgendeine Frau." Er streichelte ihren Hals. „Hat er dir nicht gesagt, dass deine Haut so weich wie Seide ist?" Er küsste ihre Kehle. „Und dass du himmlisch riechst?"

Sie sträubte sich nicht, als er ihre Bluse aufknöpfte und sie ihr von der Schulter streifte. Er streichelte sie zärtlich, und sie schloss die Augen und genoss seine sanften Liebkosungen.

„Er hätte dir sagen sollen, dass deine Brüste wundervoll sind. So weich und prall und vollkommen." Er öffnete ihren BH und schob ihn beiseite. „All das hätte er dir sagen sollen, denn es ist wahr." Er umschmiegte ihre Brüste mit den Händen, senkte den Kopf und küsste sie.

Jenny hatte nicht gewusst, dass Liebkosungen so zärtlich und doch so leidenschaftlich sein konnten, dass Lippen so fieberhaft knabbern und saugen konnten, ohne Schmerzen zu verursachen, dass eine Zunge so flink und dennoch gemächlich streicheln konnte. Wogen der Erregung durchströmten ihren Körper. Sie hatte die Grenzen der Vernunft längst überschritten, und es gab kein Zurück mehr. Sie war seinem legendären Charme zum Opfer gefallen. Sie gehörte nun auf die lange Liste seiner Geliebten. Doch irgendwie hatte sie das Gefühl, dass es dieses Mal auch für ihn anders war.

„Hat es dir gefallen, seinen Körper an deinem zu spüren, Jenny?"

„Ja."

„Und seine Haut an deiner zu spüren?"

„Er hat sich nicht ausgezogen", gestand sie atemlos, während er weiterhin ihre Brüste liebkoste.

„Und du?"

„Ich war …"

„Nackt?"

„Ja."

„Und wie hast du dich dabei gefühlt?"

„Ich habe mich nicht geschämt. Ich wollte nur …"

„Was?"

„Ihn auf mir fühlen."

Bruce stützte sich auf und blickte ihr tief in die Augen. „Knöpf mein Hemd auf."

Sie zögerte nur einen kurzen Moment. Dann senkte sie den Blick und öffnete einen Knopf nach dem anderen. Sie seufzte, leise und sehnsüchtig, als seine gebräunte Brust enthüllt war. Die Brustwarzen schimmerten dunkel im schwachen Kerzenschein. Sie schob das Hemd von seinen Schultern und streichelte genüsslich seine glatte straffe Haut.

Allmählich senkte Bruce sich auf sie hinab, bis seine behaarte Brust ihre zarten Brüste berührte. Ihre Lippen vereinten sich ebenso wie ihre Körper. Er rollte sich ein wenig zur Seite, um sie nicht mit seinem ganzen Gewicht zu belasten. Er spürte das Pochen ihres Herzens an seinem und die Spitzen ihrer Brüste an seiner Haut. Er liebte Jenny so sehr, und er konnte kaum glauben, dass sie endlich sein wurde.

„Bist du jetzt froh, dass wir das weiche Sofa haben?"

„Hmm. Hattest du das im Sinn, als du es ausgesucht hast?"

„Das und viel mehr. Jenny, fass mich an."

Sie legte ihre Hand auf seine Brust, und seine Brustspitze zog sich unter ihren streichelnden Fingern zu einer kleinen harten Perle zusammen.

„Jenny, lass mich dich lieben."

„Bruce …"

„Ich werde dir nicht wehtun. Ich verspreche es. Komm, lass uns ins Bett gehen."

Als Antwort hob sie ihm die Hüften entgegen. Er sah es als Zustimmung an. Er stand auf, nahm Jenny bei der Hand und zog sie von der Couch hoch.

Ein lautes Klopfen an der Wohnungstür ertönte. Bruce blieb auf dem Weg ins Schlafzimmer abrupt stehen. „Zum Teufel!"

Jenny ließ seine Hand los, stürzte zum Sofa und schlüpfte hastig in ihre Bluse. Den BH stopfte sie unter das nächste Kissen.

Anscheinend kümmerte er sich nicht um seinen verräterischen Aufzug. Mit wehenden Hemdschößen stürmte er zur Tür und riss sie auf. Roxy und Gary standen auf der Schwelle. „Steht das Gebäude in Flammen?"

„Nein."

„Dann Gute Nacht."

Bruce versuchte, ihnen die Tür vor der Nase zuzuschlagen, doch Roxy stemmte sich dagegen. „Aber es geht um Leben oder Tod. Wenn Gary und ich nicht heute Abend heiraten, bringe ich mich um."

„Heiraten?", rief Jenny und eilte herbei. Vor Verblüffung vergaß sie ihr zerzaustes Haar und ihre glühenden Wangen.

Roxys Augen funkelten belustigt bei Jennys Anblick. „Stören wir etwa bei etwas Wichtigem?“, fragte sie mit unschuldigem Augenaufschlag.

Bruce starrte sie finster an.

„Tut mir leid, Kumpel“, murmelte Gary.

„Dann verschwindet schleunigst wieder.“

„Bruce, hast du nicht gehört, was Roxy gesagt hat? Wir wollen heiraten.“

„Genau.“ Roxy hakte sich bei Gary unter. „Das heißt, wenn ihr mit uns nach El Paso fahrt.“

Bruce blickte von ihr zu ihm. Allmählich verflog seine Verärgerung. „Ihr meint es wirklich ernst, wie? Ihr wollt wirklich heiraten!“

„Ja!“

„Ja … He, das ist ja großartig!“ Bruce schüttelte Gary die Hand und umarmte Roxy.

„Herzlichen Glückwunsch, Gary.“ Jenny umarmte ihn stürmisch, und seine großen Ohren wurden feuerrot. Dann drückte sie Roxy an sich. „Ich bin ja so glücklich für dich.“

„Ich auch, Mädchen. Er ist das Beste, was mir je passiert ist. Ich verdiene ihn gar nicht.“

„Und was hat es nun mit der Fahrt nach El Paso auf sich?“, fragte Bruce.

„Wir haben von dort einen Flug für morgen Nachmittag nach Acapulco reserviert. Gary ist ja so altmodisch“, neckte Roxy. „Er findet, wir sollten heiraten, bevor wir auf Hochzeitsreise gehen. Deshalb fahren wir heute Abend zu einem Friedensrichter in El Paso, und ihr sollt unsere Trauzeugen sein.“

Bruce grinste. „Ich bin dabei. Und du, Jenny?“

Es war bereits zehn Uhr durch. Nie zuvor hatte sie mitten in der Nacht eine spontane Fahrt durch eine Gegend angetreten, in der es nichts als Sand und Steppengras und Hasen gab. Doch die Idee reizte sie irgendwie. Außerdem hatte sie Roxy und Gary ins Herz geschlossen und wollte Zeuge ihrer Trauung werden. „Es klingt großartig“, antwortete sie eifrig.

„Ich glaube, wir haben alles!“ Roxy winkte mit einer Flasche Sekt und verschloss ihre Wohnungstür, nachdem das Gepäck im Kofferraum von Garys Wagen verstaut war. „Mrs Burton wird sich um alles kümmern, während ich weg bin, Bruce“, erklärte sie, als sie sich neben Gary auf den Beifahrersitz setzte. „Und es ist ja auch nur für eine Woche.“

„Kein Problem. Jenny und ich sind ja auch da. Also mach dir keine Sorgen. Konzentrier du dich nur auf deine Flitterwochen."

„Das habe ich auch vor." Roxy kuschelte sich an Gary. Sie berührte ihn an einer intimen Körperstelle, sodass er zusammenzuckte. Der Wagen geriet ein wenig ins Schlingern.

„So geht's nicht", verkündete Bruce. „Gary kann nicht fahren und gleichzeitig mit Roxy schmusen. Also fahren wir lieber bei mir vorbei und nehmen den Lincoln. Dann könnt ihr beide während der ganzen Fahrt nach El Paso den Rücksitz haben."

„Das ist wirklich eine tolle Idee, Bruce!", rief Roxy begeistert. „Bist du einverstanden, Honey?" Gary nickte nachdrücklich.

„Außerdem brauchen wir nur die halbe Zeit, wenn Bruce fährt", bemerkte Jenny trocken.

„Wenn du nicht aufhörst, so vorlaute Bemerkungen von dir zu geben, muss ich dich durch drastische Maßnahmen zum Schweigen bringen." Bruce zog sie unerbittlich an sich und verschloss ihren Mund mit einem heißen anhaltenden Kuss, bis der Wagen vor seiner Garage anhielt.

„Die Zeit ist um!", rief Roxy.

Bruce fluchte leise vor sich hin, als Jenny sich aus seinen Armen löste. „Ich musste sowieso irgendwann mal Luft holen", murmelte sie, während sie ihre Kleidung zurechtzupfte.

Alle fanden diese Bemerkung höchst witzig und lachten herzhaft, während sie das Gepäck von Garys Wagen in den Lincoln umluden.

„Macht's euch gemütlich da hinten", empfahl Bruce, während er das alte, aber auf Hochglanz polierte Fahrzeug in Bewegung setzte.

„Das haben wir auch vor", erwiderte Roxy. Sie ließ sich in eine Ecke des Rücksitzes fallen und zog Gary mit sich.

Bruce lachte, während er auf die Schnellstraße einbog. „Das war das Letzte, was wir bis El Paso von den beiden hören." In diesem Augenblick erklang ein zufriedenes Seufzen von hinten. „Oder vielleicht auch nicht", korrigierte er sich.

Der Lincoln raste mit neunzig Meilen oder mehr auf der Überholspur dahin, doch Jenny fühlte sich sicher. Die Straße wies kaum Kurven auf, und die Sicht war ausgezeichnet.

„Bequem?", fragte Bruce nach einer Weile.

„Hmm. Ja."

„Schläfrig?"

„Nicht besonders."

„Du bist schrecklich still."

„Ich denke nur nach."

„Dieser Wagen ist geradezu ein Schlachtschiff. Ich finde, du sitzt schrecklich weit weg."

Jenny lächelte und rückte näher an ihn.

„So ist's schon besser." Er legte einen Arm um ihre Schultern und bedeckte ihre Brust mit einer Hand.

„Bruce!" Hastig schob sie seine Hand fort.

„Ich habe diesen Trick während der Schulzeit entwickelt und perfektioniert. Sag bloß nicht, dass er inzwischen nicht mehr funktioniert."

„Bei mir nicht."

„Bei den netten Mädchen hat es nie geklappt", murrte er und zog seinen Arm zurück, bis seine Finger auf ihrem Nacken lagen. „Worüber hast du nachgedacht?"

Sie ließ den Kopf an seine Schulter sinken, und ihre Hand landete auf seinem Bein. „Über dieses Abenteuer. Es macht mir richtig Spaß. Ich habe noch nie etwas so Wildes und Leichtsinniges getan."

„Wir fahren doch nur über die Schnellstraße. Und ansonsten findet nur ein bisschen harmloses Geschmuse statt – zwischen zwei Menschen, die sich offensichtlich lieben und bald heiraten werden."

„Ich habe doch nicht gesagt, dass ich dich heiraten werde."

„Ich habe von Roxy und Gary gesprochen." Verlegen zog sie ihre Hand von seinem Bein fort und versuchte, von ihm abzurücken.

„Bleib hier. Ich lasse dich nicht los", flüsterte, er eindringlich. „Es freut mich, dass du dachtest, ich hätte uns gemeint. Sind wir zwei Menschen, die sich lieben, Jenny?"

„Ich weiß es nicht", murmelte sie mit gesenktem Kopf.

„Ich kann natürlich nur für mich sprechen. Ich liebe dich, Jenny."

Verblüfft hob sie den Kopf, und er löste den Blick von der Straße und schaute ihr einen Augenblick lang tief in die Augen.

„Ich weiß, was du denkst", sagte Bruce, während er seine Aufmerksamkeit wieder ganz auf die Straße richtete. „Dass ich es schon zu vielen Frauen gesagt habe. Zu sehr vielen. Und es stimmt. Ich habe alles Mögliche gesagt, um eine Frau ins Bett zu kriegen. Ich habe es getan, weil ich betrunken war oder heiß oder verärgert oder traurig. Manchmal habe ich es auch getan, obwohl ich gar nicht wollte, weil mir die Frau leidtat und ich wusste, dass sie einen Mann brauchte. Ich war nie besonders wählerisch."

Erneut blickte er zu ihr hinüber. „Aber ich schwöre dir, Jenny, dass ich nie geliebt habe. Du bist die einzige Frau, die ich je lieben werde. Es fing vor langer Zeit an. Vor Jahren. Aber es hatte keinen Sinn, es zu zeigen. Du wärst entsetzt weggelaufen, wenn ich mich dir ernsthaft genähert hätte. Meine Eltern hätten Wutanfälle gekriegt. Aber vor allem war Hal da, und ich wollte ihm nicht wehtun."

Tränen standen ihr in den Augen. „Warum erzählst du mir das alles jetzt?"

„Meinst du nicht, dass es Zeit wird, dass du es erfährst?" Er drückte einen Kuss auf ihre Schläfe. „Liebst du mich, Jenny?"

„Ich glaube ... ich meine ... ja. Ich weiß es. Aber ich bin so verwirrt."

„Verwirrt?"

„Ja. Bis vor ein paar Monaten war mein Leben so geordnet. Seit der Nacht, als Hal fortging, ist alles ganz anders als vorher. Diese Nacht hat mich verändert. Ich kann es nicht erklären."

Einen Moment lang schloss er die Augen. Er wollte ihr sagen: Du hast dich verändert, weil wir uns geliebt haben und es wundervoll war, weil unsere Körper uns verraten haben, was wir insgeheim wussten, aber jahrelang ignoriert haben. Doch er konnte es ihr nicht sagen. Sie hatte schon genug erlitten. Er wollte ihr nicht noch größeren seelischen Schmerz zufügen.

„Ich bin wie ein Tier, das in Gefangenschaft aufgewachsen ist und nun plötzlich freigelassen wird. Ich muss mich erst ganz allmählich daran gewöhnen", erklärte Jenny. „Bitte mich nicht um eine Bindung. Es ist alles so kompliziert. Ich hatte kaum Zeit, meine Gefühle für Hal zu ergründen, bevor mir klar wurde, wie ich in Wirklichkeit für dich empfinde." Ihre Hand lag wieder auf seinem Bein, und ihre Finger gruben sich in die harten Muskeln. „Ich weiß nur, dass ich es nicht ertragen könnte, wenn du jetzt aus meinem Leben verschwändest."

Er legte seine Hand auf ihre. „Du weißt, was passiert wäre, wenn Roxy und Gary uns nicht unterbrochen hätten, oder?"

„Wir hätten uns geliebt."

„Wir wären immer noch dabei."

„Und es wäre falsch."

„Wie kannst du das sagen, nachdem wir gerade zugegeben haben, dass wir uns lieben?"

„Es geht noch um jemand anderen."

„Hal?"

„Sein Kind", sagte sie leise.

Bruce schwieg einen langen Augenblick, bevor er rau entgegnete: „Das Kind ist auch deins. Es ist ein Teil von dir, Jenny. Ich liebe dich. Ich liebe das Kind. So einfach ist es."

Sie bettete den Kopf an seine Schulter und gestand: „Ich wollte mit dir schlafen. Aber sogar das verwirrt mich."

„Wieso?“

„Weil ich nicht genau weiß, ob ich dich will oder nur eine weitere Liebesnacht wie die mit Hal. Es klingt gemein, das weiß ich, aber irgendwie kann ich euch in meiner Vorstellung nicht voneinander trennen.“

Sein Herz schlug höher. „Sieh zu, dass du zu einer Bindung bereit bist, bevor wir zusammen schlafen. Wenn ich dich erst einmal habe, lasse ich dich nie wieder gehen.“

Sie lächelte zu ihm auf, ein verführerisches Lächeln, das seinen Herzschlag beschleunigte. Er bremste und brachte den Wagen auf dem Seitenstreifen zum Stehen.

„Warum halten wir an?“, fragte Gary benommen vom Rücksitz her.

„Ich bin hungrig“, sagte Bruce.

„Wie kann man jetzt nur ans Essen denken?“, murrte Roxy.

„Ich habe nicht an Essen gedacht.“ Bruce zog Jenny in die Arme und senkte den Mund auf ihren.

Es dauerte eine beträchtliche Weile, bevor der Lincoln die Fahrt nach El Paso fortsetzte.

11. KAPITEL

„Ich finde, es war unheimlich romantisch“, verkündete Jenny mit einem herzhaften Gähnen.

„Ich finde, wir haben wie eine Räuberbande ausgesehen. Wenn ich der Friedensrichter gewesen wäre, hätte ich die Tür vor uns verrammelt“, entgegnete Bruce.

Sie hatten den armen Mann aus dem Bett geholt, und er hatte sich mürrisch bereit erklärt, die Trauung vorzunehmen. Danach war das Brautpaar zu einem Hotel gefahren worden, wo es bis zum Abflug nach Acapulco am Nachmittag bleiben wollte. Nachdem Bruce mehrere Tassen Kaffee in einer Bar getrunken und den Lincoln aufgetankt hatte, befanden sie sich nun auf der Rückfahrt.

Er musterte Jenny und lachte. Irgendwann während der Nacht hatte sie den Versuch aufgegeben, ihr Haar hochgesteckt zu halten. Völlig zerzaust hing es ihr auf die Schultern. Rock und Bluse waren hoffnungslos zerknittert. Sie sah aus wie ein Starlet aus einem französischen Film in der Szene am Morgen danach.

„So witzig sehe ich aus?“

„So reizend. Leg dich hin und schlaf ein bisschen.“ Er klopfte mit der Hand auf sein Bein.

„Ich habe Angst, dass du einschläfst, wenn ich dir keine Gesellschaft leiste.“

„Keine Sorge. Der Kaffee wird mich wach halten. Außerdem bin ich daran gewöhnt, so wilde und leichtsinnige Dinge zu tun.“ Sie zog eine Grimasse, und er lachte. „Komm.“

Jenny legte sich auf die Seite, bettete den Kopf auf sein Bein und streckte sich so weit wie möglich aus. Sie schloss die Augen und seufzte. „Das tut gut.“

Er zog ihre Bluse aus dem Gürtel, schob die Hand darunter und massierte sanft ihren Rücken.

Sie seufzte erneut. „Du verwöhnst mich zu sehr.“

„Das tue ich mit Vergnügen.“ Ihre Haut war glatt wie Satin. Und warm. Allmählich ließ er die Hand weiter nach vorn gleiten, bis er ihre volle Brust berührte. „Wo ist dein BH?“

„Ich musste ihn unter dem Sofakissen verstecken, als du die Tür geöffnet hast. Und dann hatte ich keine Gelegenheit mehr, ihn hervorzuholen.“

„Das freut mich“, murmelte er zufrieden.

„Mich auch.“

Er streichelte sie zärtlich. Nicht, um sie zu erregen, sondern um sie zu entspannen. Er war glücklich darüber, dass sie ihm inzwischen so weit vertraute, um diese intime Berührung zuzulassen. Eine Weile später merkte er an ihren regelmäßigen Atemzügen, dass sie eingeschlafen war.

Er konnte der Versuchung nicht widerstehen und strich mit den Fingerspitzen über ihre Knospe. Es war eine federleichte Berührung, doch sie reichte, um eine spontane Reaktion hervorzurufen, sogar im Schlaf. Jenny bewegte sich unruhig, rieb ihren Kopf an seinem Schoß, bis sie wieder still lag.

Er biss die Zähne zusammen und atmete tief durch, um sein Verlangen zu zügeln. „Keine Sorge, Jenny", flüsterte er. „Solange dein Kopf in meinem Schoß liegt, schlafe ich bestimmt nicht ein."

„Wo sind wir?" Jenny setzte sich auf und blinzelte gegen das helle Sonnenlicht. Sie ließ den Kopf kreisen und streckte sich.

„Beinahe zu Hause. Ich dachte mir, dass du vielleicht Hunger hast. Ich bin jedenfalls halb verhungert."

Sie blickte aus dem Fenster und sah, dass sie auf dem Parkplatz vor einem Café standen. „So, wie ich aussehe, kann ich unmöglich da reingehen!"

„Unsinn! Du siehst reizend aus." Er stieg aus, streckte sich, ging um den Lincoln herum und öffnete die Beifahrertür.

Sie versuchte vergeblich, ihre zerknitterte Kleidung zu glätten und ihr Haar zu ordnen. „Ich sehe schrecklich aus", klagte sie, während er ihr aus dem Wagen half. Sie taumelte und lehnte sich an ihn. „Oh, mein Fuß ist eingeschlafen. Du musst mich stützen."

„Aber gern", flüsterte Bruce ihr ins Ohr. „Übrigens habe ich mir Freiheiten erlaubt, während du geschlafen hast."

„Das sieht dir ähnlich!", sagte sie in vorwurfsvollem Ton, doch ihre Augen funkelten belustigt.

„He, was haben wir denn da?" Bruce griff hinter den Sitz und holte die ungeöffnete Sektflasche hervor. „Wir haben ganz vergessen, damit anzustoßen."

Jenny seufzte und nahm ihm die Flasche ab. „Die trinken wir zum Frühstück."

„Ich hätte dich nicht auf den Geschmack bringen sollen. Es wird sehr teuer, dich zu unterhalten. Hätte ich dich bloß an Bier oder etwas anderes gewöhnt!"

Unbekümmert und müde taumelten sie die Stufen zum Café hinauf.

Gerade als Bruce die Türklinke ergreifen wollte, kam ein anderes Paar heraus. Bob und Sarah Hendren.

Es war ihnen zur Tradition geworden, jeden Sonnabend auswärts zu frühstücken, schon seit ihre Kinder groß genug waren, um sich selbst zu versorgen. Bobs Beruf ließ ihnen so wenig Zeit für sich selbst, dass sie sich die ganze Woche auf diese Gelegenheit freuten und überlegten, in welches Restaurant sie nächstes Mal gehen sollten.

Wie angewurzelt standen sie nun da und starrten Bruce und Jenny an. Bruce' Bartstoppeln kümmerten die beiden weniger, doch Jennys aufgelöste Erscheinung schockierte sie offensichtlich. Mit vollkommen zerknitterter Kleidung, wirrem Haar, verschmierter Wimperntusche und einer Flasche Sekt im Arm hatten sie Jenny noch nie gesehen.

„Hallo, Mom, Dad", sagte Bruce und brach somit als Erster das gespannte Schweigen.

„Guten Morgen", wünschte Bob mit ausgesprochenem Mangel an Höflichkeit.

Sarah sagte gar nichts. Sie starrte weiterhin Jenny an. Seit sie ihr vorgeworfen hatte, Hal verführt zu haben, waren sie sich nicht mehr begegnet, und ihre Miene verriet, dass sie die Beschuldigung nun als bestätigt ansah.

„Es ist nicht so, wie es aussieht", erklärte Jenny eindringlich. „Wir ... Bruce und ich ... Wir haben nur ..."

„Wir haben Freunde nach El Paso gefahren", erklärte Bruce, als sie verstummte, „weil sie unbedingt letzte Nacht heiraten wollten. Wir sind gleich wieder zurückgefahren und gerade erst angekommen."

Jenny lachte nervös. „Der Sekt war für die Hochzeit. Aber wir haben ihn ganz vergessen. Seht ihr? Er ist noch nicht einmal geöffnet. Und jetzt wollten wir ..."

„Du bist ihnen keine Erklärung schuldig", unterbrach Bruce sie gereizt. Er war nicht auf Jenny ärgerlich. Er wusste, dass ihr die Situation peinlich war, und er hätte es ihr gern erspart. Aber er war zornig auf seine Eltern. Er konnte ihnen nicht verdenken, dass sie von ihm das Schlimmste dachten, aber sie hatten kein Recht, Jenny so vorschnell zu verurteilen.

„Du warst für mich wie eine Tochter", sagte Sarah mit zitternder Stimme. Tränen traten in ihre Augen, und sie presste fest die Lippen zusammen.

„Das möchte ich immer noch sein", versicherte Jenny ernst. „Ich habe euch sehr lieb, und ich habe euch vermisst."

„Uns vermisst? Wir haben von deiner neuen Wohnung gehört. Du hast es ja nicht einmal für nötig gehalten, uns die Adresse mitzuteilen, geschweige denn, uns zu besuchen."

„Weil ich annahm, dass ihr mich nicht sehen wollt."

„Du hast uns genauso schnell vergessen wie Hal."

„Ich werde Hal nie vergessen. Ich habe ihn geliebt. Und ich trage sein Kind in mir."

Diese sanfte Erinnerung brach den Damm von Sarahs Tränen, und sie lehnte sich schluchzend an Bob.

„Sarah vermisst dich schrecklich, Jenny", erklärte er leise. „Ich weiß, dass wir die Nachricht von dem Baby sehr schlecht aufgenommen haben. Inzwischen hatten wir aber Zeit, es uns zu überlegen. Erst vorhin haben wir darüber gesprochen und uns vorgenommen, dich anzurufen und uns zu versöhnen. Es ist unsere christliche Pflicht, die Familie zusammenzuhalten." Missbilligend musterte er Bruce, die Flasche Sekt und Jenny. „Aber wenn ich dich jetzt so sehe, dann bin ich mir einfach nicht mehr sicher." Traurig schüttelte er den Kopf und wandte sich ab, einen Arm schützend um Sarah gelegt.

„Bitte", flehte Jenny und streckte eine Hand aus.

„Jenny, nicht", sagte Bruce sanft und hielt sie zurück. „Lass ihnen Zeit, damit ins Reine zu kommen." Er führte sie zum Wagen zurück. Sie war nicht in der Verfassung, um sich in der Öffentlichkeit zu zeigen.

Und sobald sie eingestiegen war, brach sie in Tränen aus. Sie hatte das einengende, erdrückende Leben, das sie vor Hals Abreise geführt hatte, hinter sich gelassen. Doch welchen Preis hatte ihre Befreiung gefordert! Sie hatte die Liebe und Anerkennung der Menschen verloren, die ihr am meisten bedeuteten.

Jenny ließ den Tränen freien Lauf und achtete nicht darauf, wohin Bruce fuhr – bis er den Motor des Lincolns abstellte. Sie hob den Kopf, wischte sich über die Augen und stellte erstaunt fest: „Wir sind ja bei dir zu Hause. Was wollen wir denn hier?"

„Ich werde dafür sorgen, dass du ein ordentliches Frühstück isst. Und keine Widerrede", fügte er hinzu, als sie zu einer Entgegnung ansetzte. Er hielt ihr die Wagentür auf und sie stieg aus.

Sie war ohnehin zu erschöpft, um zu widersprechen. Schweigend folgte sie ihm ins Haus und die Treppe hinauf ins Schlafzimmer.

„Das Badezimmer gehört für zehn Minuten dir." Bruce kramte in einer Schublade und holte ein T-Shirt heraus. „Nimm eine heiße Dusche, und dann zieh dir das an. Wenn du in zehn Minuten nicht unten bist, komme ich dich holen." Er gab ihr einen raschen Kuss und verschwand.

Das Wasser war wohltuend heiß, die Seife duftete herrlich, das

Shampoo schäumte mild, das Handtuch war weich. Als Jenny sich das T-Shirt über den Kopf zog, fühlte sie sich besser und sehr hungrig.

Zögernd und äußerst verlegen blieb sie in der Küchentür stehen. Das T-Shirt reichte ihr zwar bis zur Mitte der Oberschenkel, aber sie trug nur ein Höschen darunter, und ihr Haar war nass.

Bruce schien weder ihre knappe Bekleidung noch ihre Verlegenheit zu bemerken. „Steh nicht so da herum. Fass mit an."

„Was soll ich denn tun?"

„Den Toast buttern."

Sie tat es, und kurz darauf saßen sie am Tisch, und Jenny machte sich heißhungrig über ihre Portion Spiegelei mit Schinken her. Sie fing einen belustigten Blick von Bruce auf und erklärte hastig: „Du bist ein guter Koch."

„Nur zu, iss ruhig tüchtig."

Nachdem sie ihren Teller geleert hatte, war sie so müde, dass sie kaum noch die Tasse mit Kräutertee heben konnte, den er für sie aufgebrüht hatte.

„Komm, bevor du umfällst", sagte er und stand auf.

„Wohin?"

„Ins Bett." Er hob sie auf die Arme.

„In dein Bett?"

„Ja."

„Ich sollte mich anziehen und nach Hause fahren. Lass mich runter, Bruce."

„Nicht, bevor wir am Bett sind."

Sie brachte nicht die Energie auf, ihn zurückzuhalten. Der kurze Schlaf während der Fahrt hatte nicht gereicht. Sie konnte sich nicht erinnern, sich jemals so erschöpft gefühlt zu haben. Ihr Kopf fiel an seine Brust, und ihre Augen schlossen sich. Er war so stark. So verlässlich. So vertrauenswürdig. Und sie liebte ihn.

Sanft legte Bruce sie auf das sauber duftende Laken und deckte sie zu. „Schlaf gut", wünschte er und strich ihr das Haar aus der Stirn.

„Was hast du jetzt vor?"

„Abwaschen."

„Das ist aber nicht fair. Du bist die ganze Nacht gefahren, und dann hast du auch noch gekocht", murmelte sie schlaftrunken.

„Du kannst es ein andermal gutmachen. Du und das Baby müsst euch jetzt erst einmal ausruhen." Er küsste sie sanft auf die Lippen, doch sie merkte es nicht mehr. Sie schlief bereits.

Als Jenny erwachte, wusste sie zunächst nicht, wo sie sich befand. Sie blieb reglos liegen und blickte sich um, bis sie Bruce' Schlafzimmer erkannte. Da fiel ihr wieder ein, was alles geschehen war, seit er am vergangenen Abend mit den Rosen vor ihrer Tür gestanden hatte.

Nun war es wieder Abend. Durch das Fenster sah sie den Mond und den strahlend hellen Abendstern am Himmel stehen.

Sie gähnte, drehte sich auf den Rücken, stieß die Bettdecke beiseite und streckte sich. Das T-Shirt hatte sich um ihre Taille gewickelt, und ihre Beine waren entblößt. Sie drehte sich auf die andere Seite, und ihr stockte der Atem.

Bruce lag reglos neben ihr auf dem Rücken, auf Armeslänge entfernt. Er hatte die Hände unter dem Kopf gefaltet und beobachtete sie. Es schien unangemessen, etwas zu sagen, und daher erwiderte sie nur seinen stummen Blick.

Er hatte geduscht. Er roch nach derselben Seife, die sie benutzt hatte. Sein Gesicht war glatt rasiert. Sie sehnte sich danach, durch sein Haar zu streichen, das wie immer zerzaust aussah. Doch es schien ebenso unangemessen, ihn zu berühren. Daher blickte sie ihn nur genauso eindringlich an wie er sie.

Verlangen erwachte zwischen ihnen. Sie wusste, dass er alles an ihr wahrnahm – ihre Haare, ihr Gesicht, ihre Brüste, deren Knospen sich unter dem T-Shirt aufrichteten, so als wollten sie um seine Aufmerksamkeit betteln. Genauso wenig entging ihm, dass ihr Höschen unter dem hochgerutschten Hemd hervorlugte. Unter seinem glühenden Blick erwärmten sich ihre erogenen Körperstellen und begannen zu prickeln.

Fasziniert musterte sie seinen nackten Oberkörper. Gemächlich wanderte ihr Blick über seine breiten Schultern, die muskulöse Brust, seinen festen flachen Bauch.

Er trug eine verwaschene Jeans, die seine langen Beine wie eine zweite Haut umschmiegte. Und der Schlitz stand offen.

Jenny schloss die Augen und atmete tief durch. Er war bedeckt, aber dennoch … Ihr Herz klopfte wild. Als sie die Augen wieder öffnete, fiel ihr Blick unwillkürlich auf seinen Schoß. Mit jedem Atemzug hob und senkte sich sein Bauch, und das Spiel seiner Muskeln wirkte hypnotisierend und erotisch.

Sie war fasziniert. Sie fühlte sich gezwungen, ihn zu berühren. Warum widerstehen? Sie streckte die Hand aus. Ihre Fingerspitzen streichelten über den schmalen Haarstreifen, der von seiner Brust hinablief, und umkreisten seinen Nabel.

Bruce war so warm und lebendig. Energie strahlte von ihm aus. Sie fühlte sich schwach und wehrlos gegen seine männliche Anziehungskraft. Ihre Hand glitt weiter hinab. Die Haare in der Öffnung seiner Jeans waren dunkler und dichter und lockiger.

Sie zögerte. Sie wandte den Kopf und blickte ihm voll ins Gesicht. Tränen glitzerten in seinen Augen. Er hatte sich nicht bewegt, hatte kein Wort gesagt, doch aus seinen Augen sprachen tiefe Gefühle.

Ihm war nie Liebe entgegengebracht worden. Er war nie mit Zuneigung und Zärtlichkeiten überschüttet worden. Selbstlose Liebkosungen waren ihm versagt geblieben.

Jenny zögerte nicht länger. Sie dachte nicht nach. Ihre Hand verschwand in seiner Jeans.

Bruce stöhnte auf. Er senkte die Arme und umklammerte das Laken mit den Händen. Mit verklärter Miene schloss er die Augen. Ein heftiges Verlangen durchströmte ihn. Er hakte die Daumen in den Bund der Jeans, schob sie sich von den Hüften und streifte sie sich ab.

Jenny blickte hinab auf ihre Hand. Er füllte sie reichlich aus, hart und heiß. Mit ungeübtem, aber eifrigem Blick bewunderte sie ihn.

Spontan drehte sie sich um, legte sich dicht neben ihn, bettete ihre Wange auf seinen Schenkel. Sie war erfüllt von Liebe zu ihm, und sie wollte ihm zeigen, wie wundervoll sie ihn fand. Sie hob den Kopf, beugte sich über ihn und küsste ihn.

Was dann geschah, übertraf all ihre Vorstellungskraft. Sie merkte kaum, dass Bruce ihr den Slip abstreifte. Sie spürte seine streichelnden Hände auf ihren Beinen, zwischen ihren Schenkeln. Er berührte sie auf höchst intime, aufreizende Weise. Und dann spürte sie seinen Mund, warm und feucht und sanft.

Sie liebkosten einander mit Lippen und Zungen. Die raue Wirklichkeit entschwand. Sie entrückten in eine wundersame samtene Welt, in der es keine Probleme, keine Hässlichkeiten, keine Härte gab. Es war ein strahlendes vollkommenes Reich der Harmonie und Schönheit.

Als Bruce sich umdrehte und behutsam auf sie niedersank, flüsterte er: „Mach die Augen auf, Jenny. Sieh mich an."

Sie blickte zu ihm auf, und mit einer raschen Bewegung drang er tief in sie ein. Er lächelte sie an und beobachtete die wechselnden Ausdrücke, die über ihr Gesicht huschten, während er sich rhythmisch bewegte. Er sah das Staunen in ihren Augen, als er das Tempo änderte und ihre Erregung mehr und mehr steigerte. Und er sah das verklärte Leuchten auf ihrem Gesicht, als sie schließlich Erfüllung fanden.

Er senkte den Kopf, schmiegte seine Wange an ihre. „Ich liebe dich", flüsterte er dicht an ihrem Ohr.

„Ich liebe dich auch, Bruce." Sie streichelte mit den Fingerspitzen über seine Stirn, seine Augen, seine Wange, seine Lippen. „Es war wundervoll."

„Du bist wundervoll." Er hob den Kopf, küsste sie innig auf den Mund. Dann schob er ihr T-Shirt hinauf, zog es ihr über den Kopf und streichelte ihre Brust. „Ich liebe dich schon sehr lange, Jenny."

„Ich habe gespürt, dass etwas zwischen uns war. Ich wusste nur nicht, was."

„Verlangen."

Sie lächelte und strich mit den Fingern durch sein Haar. „Was immer es war, ich hatte Angst davor."

„Ich dachte, du hättest Angst vor mir gehabt."

„Nein. Nur vor den Gefühlen, die du in mir erweckt hast."

„Hast du mich deshalb immer gemieden?"

„War es so offensichtlich?"

„Hmm. Du hast mich nie in deine Nähe gelassen."

„Du warst zu gefährlich. Wenn ich allein mit dir in einem Raum war, konnte ich nicht atmen. Es war, als hättest du all den Sauerstoff verbraucht." Jenny stöhnte auf, als er den Kopf senkte und mit der Zunge über die Spitze ihrer Brust streichelte. „Du raubst mir immer noch den Atem."

„Und ich kann kaum verheimlichen, was du mir antust." Er bewegte sich in ihr. Er war wieder hart.

Sie schmiegte die Hände um seine Hüften und presste ihn an sich. Sie wollte ihn all die Zeiten in der Vergangenheit vergessen machen, in denen er Liebe gebraucht und nicht bekommen hatte. Sie wollte sich darauf konzentrieren, ihm Vergnügen zu bereiten. Doch seine Liebkosungen erregten sie zu sehr. Sein Verlangen war gewachsen, und er füllte sie wieder aus. Sie genoss jede seiner kraftvollen Bewegungen und hob sich ihnen entgegen.

Und dann spürte sie eine andere Bewegung in ihrem Innern, zunächst so schwach, dass sie glaubte, es sich nur eingebildet zu haben. Doch dann wurde das Flattern stärker. Sie geriet in Panik. Ihr Körper erstarrte unter Bruce. „Nein, hör auf." Sie ergriff seinen Kopf und hob ihn von ihrer Brust. Sie entwand sich ihm und presste die Schenkel fest zusammen.

Sein Atem ging rasch. Es dauerte einen Moment, bis er in die Wirklichkeit zurückkehrte. „Jenny, was ist? Habe ich dir wehgetan?"

Sie drehte ihm den Rücken zu, zog die Knie an die Brust, rollte sich zusammen und begann, zu weinen.

Angst stieg in Bruce auf. Er hatte sich noch nie so hilflos gefühlt. Er legte eine Hand auf Jennys Schulter, doch sie zuckte zurück. „Soll ich einen Arzt rufen?“ Als Antwort erklang nur ein Schluchzen. „Um Himmels willen, Jenny, sag mir wenigstens, ob du Schmerzen hast?“

„Nein.“

„Was ist denn dann? Warum sollte ich aufhören? Habe ich dir wehgetan?“

„Das Baby hat sich leicht bewegt“, flüsterte sie tonlos.

Bruce atmete erleichtert auf. „War es das erste Mal?“

Jenny nickte stumm.

Er lächelte vor sich hin. Sein Kind hatte gesprochen. Doch Jenny war offensichtlich besorgt. Erneut berührte er ihre Schultern, und diesmal ließ er die Hand liegen, als sie sich abwehrend versteifte. Er legte sich neben sie, versuchte, sie in die Arme zu schließen. „Das ist kein Problem, Jenny. Es schadet dem Baby nicht, wenn wir vorsichtig sind.“

Abrupt setzte sie sich auf und starrte ihn an. „Du begreifst überhaupt nichts, wie?“ Sie zerrte die Decke vom Bett, wickelte sich darin ein und trat ans Fenster. Mit dem Rücken zu ihm starrte sie hinaus.

Er war verletzt und verärgert. Er sprang auf, zog sich mit ruckhaften Bewegungen die Jeans an und stürmte zu ihr. „Anscheinend begreife ich wirklich nicht. Warum erklärst du es mir nicht?“

Sie drehte sich zu ihm um. Er stand sehr nahe vor ihr. Sein Haar war zerzaust, und seine Jeans stand wieder offen. Er sah so männlich und verführerisch aus, dass es ihr schwerfiel, seiner Anziehungskraft zu widerstehen. „Vielleicht hast du keine Bedenken gegen so unzüchtiges Verhalten, aber ich schon.“

„Du hältst es für unzüchtig, was wir getan haben?“, hakte er in zornigem Ton nach.

„Seit sich das Baby bewegt hat, ja.“

„Ich finde es wundervoll. Es ist schade, dass du mich nicht daran teilhaben lässt.“

„Es ist das Baby eines anderen, Bruce! Ist dir nicht klar, zu was für einer Frau mich das macht?“ Beschämt und verzweifelt senkte sie den Kopf. Tränen rannen ihr über die Wangen, und Schluchzer schüttelten ihre Schultern.

„Zu was für einer Frau macht es dich denn?“

Jenny schüttelte den Kopf und schluckte schwer. Es gelang ihr nicht, ihre Gedanken in Worte zu fassen. Schließlich brachte sie stockend hervor: „Was wir getan haben … Ich kenne mich nicht mehr … Ich liebe dich, aber ich trage das Kind deines Bruders in mir."

„Hal ist tot. Wir leben."

„Ich wollte es nicht eingestehen, aber deine Eltern haben recht. Ich habe versucht, ihn von seiner Mission abzubringen. Er wollte nicht mit mir schlafen. Ich habe ihn geküsst und ihn gebeten, bei mir zu bleiben und mich zu heiraten."

„Aber du hast mir erzählt, dass er gegangen und später zurückgekommen ist."

„Das stimmt."

„Dann kannst du dir nicht vorwerfen, ihn verführt zu haben. Er hat seine eigene Entscheidung getroffen."

„Aber vielleicht ist er nur zurückgekommen, weil er mir noch einmal Gute Nacht sagen wollte. Aber ich war so verzweifelt, und das muss er gespürt haben."

„Es war trotzdem seine eigene Entscheidung."

„Wenn es nicht passiert wäre, würde er vielleicht noch leben. Ich habe nicht an eine mögliche Schwangerschaft gedacht, aber vielleicht hat er es getan. Vielleicht hat er sich Sorgen gemacht und war deswegen so unachtsam, dass er deshalb gefangen genommen werden konnte. Ich habe ihn verführt, obwohl ich in Wirklichkeit dich geliebt habe und nur zu schwach war, um es einzugestehen. Und jetzt schlafe ich mit dir, obwohl ich Hals Kind in mir trage. Ich bin schuld daran, dass mein Baby niemals seinen Vater kennenlernen wird."

Bruce kehrte zum Bett zurück und sank auf die Kante. Er stützte die Ellbogen auf die Knie und das Kinn in die Hände, während er zu Boden starrte. „Du brauchst dich nicht schuldig zu fühlen."

„Versuch nicht, es zu beschönigen. Ich verachte mich."

Er hob den Kopf und erklärte eindringlich: „Du bist nicht schuldig, Jenny. Du hast Hal nicht verführt und ihn auch nicht von seiner Mission abgelenkt. Du bist nicht schuld an seinem Tod, und du brauchst dir nichts vorzuwerfen." Er holte tief Luft und gestand leise, aber ohne Zögern. „Dein Baby ist nicht von Hal. Es ist von mir. Ich bin in jener Nacht in dein Zimmer gekommen. Du hast mit mir geschlafen."

Jenny starrte ihn mit großen Augen an. Langsam glitt sie an der Wand hinab und sank auf den Fußboden. „Das ist unmöglich."

„Es ist die Wahrheit."

Heftig schüttelte sie den Kopf. „Hal ist in mein Zimmer gekommen. Ich habe ihn gesehen."

„Es war dunkel im Zimmer. Du hast nur eine Silhouette gesehen. Ich war es. Ich bin an deiner Tür vorbeigekommen und habe dich weinen gehört. Dann wollte ich Hal holen, aber er war in das Gespräch mit Mom und Dad vertieft. Deswegen habe ich nach dir gesehen. Bevor ich etwas sagen konnte, hast du mich mit ‚Hal' angesprochen." Ich wusste nicht, was ich tun sollte.

„Ich glaube dir nicht", sagte sie tonlos.

„Woher weiß ich dann, wie es war? Du hast dich aufgesetzt und mich in die Arme gezogen. Du hattest Tränen auf dem Gesicht. Du warst verzweifelt und brauchtest Trost. Ich hätte mich zu erkennen geben sollen, als du mich ‚Hal' nanntest, aber ich habe es nun einmal nicht getan. Und ich bin froh darüber. Ich glaube nicht, dass er dir gegeben hätte, was du gebraucht hast."

„Ich habe mit Hal geschlafen!", rief sie verzweifelt.

„Hal war unten und hat über seine Mission geredet, statt sich um seine Verlobte zu kümmern. Du hast uns beide verwechselt. Wir waren uns von der Statur her sehr ähnlich, und wir hatten beide Jeans und ein Hemd an. Ich habe nichts gesagt, damit du mich nicht an meiner Stimme erkennen konntest."

„Aber ich hätte den Unterschied gemerkt."

„Woran denn? Du hattest keine Vergleichsmöglichkeit. Ich war dein erster Liebhaber."

Sie erinnerte sich sehr gut, wie eifrig sie diesen Liebhaber gedrängt hatte, sie zu umarmen, sie zu küssen. Und sie erinnerte sich, wie benommen sie sich von den Schlaftabletten gefühlt hatte, wie traumartig ihr alles erschienen war.

„Du hast Hal erwartet, und deshalb ist es dir gar nicht in den Sinn gekommen, dass es jemand anders hätte sein können."

„Mein Gott, Bruce, ich fasse es nicht! Wie konntest du so gemein sein? Wie konntest du mich so täuschen? Wie konntest du nur …"

Bruce stand vom Bett auf, trat zu ihr und hockte sich vor ihr nieder. „Weil ich dich liebe. Weil ich dich genauso gebraucht habe, wie du die Liebe eines Mannes gebraucht hast. Ich hatte dich schon seit Jahren begehrt. Zuerst wollte ich dich nur einen Moment in den Armen halten und mich dann zu erkennen geben. Aber nachdem ich dich geküsst und gestreichelt hatte, gab es einfach kein Zurück mehr. Ich wollte deinen Kummer durch meine Liebe vertreiben. Zum ersten Mal im Leben hatte ich das Gefühl, etwas Gutes zu tun. Es war sauber und richtig, Jenny. Das hast du selbst gesagt."

„Ich dachte, ich hätte von Hal gesprochen."

„Aber ich bin es gewesen. Denk an jene Nacht zurück und vergleiche sie mit vorhin. Du weißt, dass ich nicht lüge." Er stand auf und wanderte rastlos im Raum umher.

Jenny blickte zum Bett hinüber. Es war schrecklich, aber sie glaubte ihm. „Warum hast du es mir nicht längst gesagt, Bruce?"

„Zuerst dachte ich, du würdest Hal noch lieben. Ich wollte auf keinen Fall, dass du denkst, du wärst ihm untreu geworden."

„Aber das bin ich."

„Das bist du nicht, verdammt!"

Sie atmete tief durch und stand auf. „Inzwischen sind Monate vergangen. Warum hast du es mir nicht irgendwann früher gesagt?"

„Ich wollte dir nicht wehtun."

„Glaubst du etwa, dass es mir jetzt nicht wehtut?"

„Das sollte es nicht. Es ist mein Vergehen, Jenny, nicht deins. Du bist unschuldig, und ich wollte dich schonen."

„Warum?"

„Weil du einen masochistischen Hang dazu hast, die Schuld anderer auf dich zu nehmen. Die meiner Eltern, Hals, meine." Er seufzte tief. „Aber das ist nicht der einzige Grund. Ich habe mich Hal gegenüber verpflichtet gefühlt, es dir nicht zu sagen. Ich habe genommen, was rechtmäßig ihm gehörte … Und ich wusste, dass ich einen sehr hohen Preis für dich bezahlen musste. Schlechte Menschen wie ich kommen nie ungestraft davon."

„Wie meinst du das? Inwiefern bist du denn schon gestraft worden?"

„Weil du bei deinem ersten Höhepunkt Hals Namen gerufen hast. Weil du die ganze Zeit über gedacht hast, dass er dich zum ersten Mal in Ekstase gebracht hat. Weil ich dir meine Liebe nicht zeigen konnte, als du in Monterico in meinen Armen geschlafen hast. Und vor allem, weil du gedacht hast, dass mein Kind von einem anderen sei, und weil ich mich bis jetzt nicht zu ihm bekennen konnte."

Sie hätte ihm beinahe verziehen. Sie wäre beinahe dem Zittern seiner Stimme und den heftigen Gefühlen in seinem Blick erlegen. Sie hätte sich beinahe in seine Arme geworfen und seine Liebe akzeptiert. Doch sie konnte es nicht. Er hatte eine schreckliche Schuld auf sich geladen, die sie nicht so einfach verzeihen konnte. „Und warum erzählst du es mir jetzt?"

„Weil ich nicht zulassen kann, dass du dir die Schuld an Hals Tod gibst. Er ist mit reinem Gewissen zu seiner Mission aufgebrochen. Sein Tod hatte nichts mit dir zu tun. Ich kann nicht zulassen, dass du dich für den Rest deines Lebens dafür verantwortlich fühlst und glaubst, du habest unser Kind zu einem Waisen gemacht." Er nahm ihre Hand, die sich kalt und schlaff anfühlte. „Ich liebe dich, Jenny."

Sie entriss ihm die Hand. „Liebe ist nicht auf Lügen und Täuschungen aufgebaut. Du hast mich seit Monaten belogen. Du hast mich zum Narren gehalten."

„Ich habe dich zu einer Frau gemacht. Du solltest endlich aufhören, alles mit schlechtem Gewissen und Schuldgefühlen zu betrachten. Jene Nacht war das Beste, was uns beiden je passiert ist. Sie hat uns befreit."

„Befreit?", schrie Jenny aufgebracht. „Jene Nacht wird mich für den Rest meines Lebens belasten!"

„Bezeichnest du das Baby etwa als Last?"

„Nein, nicht das Baby. Die Schuld, mit einem Bruder geschlafen zu haben, während ich mit dem anderen verlobt war."

Bruce stieß einen heftigen Fluch aus. „Sind wir jetzt schon wieder bei diesem Punkt angelangt?"

„Ja. Und ich bin es leid. Bring mich nach Hause."

„Nein. Nicht, bevor wir zu einer Einigung gekommen sind."

„Bring mich nach Hause", beharrte sie. „Sonst nehme ich mir den Schlüssel von einem deiner Wagen und fahre selbst."

„Du bleibst hier, oder ich ..."

„Drohe mir nicht. Ich habe keine Angst mehr vor dir. Was könntest du mir schon Schlimmeres antun, als du bereits getan hast?"

Zornig presste er die Lippen zusammen. Dann trat ein kalter harter Blick in seine Augen. Abrupt wandte er sich ab. Er ging zum Schrank, riss ein Hemd von einem Bügel und nahm ein Paar Stiefel heraus. „Zieh dich an", sagte er schroff. „In fünf Minuten fahren wir."

12. KAPITEL

Bruce schwieg beharrlich während der gesamten Fahrt in die Stadt. Er fuhr sehr schnell. Vor Jennys Wohnung trat er hart auf die Bremse. Er beugte sich zur Beifahrertür hinüber und stieß sie auf.

„Jenny?“, sagte er tonlos, als sie wortlos ausstieg. „Ich habe einige schreckliche Dinge getan, größtenteils aus Bosheit. Aber diesmal habe ich versucht, das Richtige zu tun. Für dich und unser Baby.“ Er lachte hart auf. „Selbst wenn ich mich noch so bemühe, etwas richtig zu machen, geht es daneben. Vielleicht ist es wahr, was die Leute über mich sagen. Ich tauge eben nichts.“ Er knallte die Tür zu, legte heftig einen Gang ein und trat das Gaspedal durch. Der Lincoln schoss davon.

Lustlos betrat Jenny ihre Wohnung. Sie fühlte sich ausgelaugt. War es erst einen Tag her, dass sie und Bruce das Dinner bei Kerzenschein veranstaltet hatten? Ja, die Eiscremeschalen und Kaffeetassen standen noch auf dem Tisch. Doch das alles schien nun eine Ewigkeit zurückzuliegen.

Sie durchquerte die Wohnung und ging ins Schlafzimmer. Es wirkte kalt und leer und ungemütlich. Ganz anders als das Schlafzimmer in Bruce' Haus. Sie wollte nicht daran denken, doch die Erinnerungen stürmten ungebeten auf sie ein, an jede Berührung, jeden Kuss, jedes Wort.

Sie erinnerte sich an den hoffnungslosen Ausdruck auf seinem Gesicht, mit dem er davongefahren war. Hatte er wirklich versucht, das Richtige zu tun? Liebte er sie wirklich? Um ihr nicht wehzutun, hatte er die Wahrheit verschwiegen und darauf verzichtet, Anspruch auf sein Kind zu erheben. War ein derartiges Opfer nicht der größtmögliche Liebesbeweis? Und wenn er sie liebte, warum war sie dann eigentlich so aufgebracht?

Bruce war ihr einziger Liebhaber. Vermittelte ihr dieses Wissen nicht ein wohliges erhebendes Gefühl? Sie hätte es ahnen müssen. An diesem Abend hatte sie dasselbe Entzücken verspürt wie in jener Nacht. War ihr sein Körper nicht vertraut erschienen? Hatte sie nicht beide Male ein Gefühl der Zusammengehörigkeit verspürt, so als wäre er eine Erweiterung ihrer selbst?

Beschuldigte sie Bruce nur der Täuschung, um ihr eigenes Gewissen zu erleichtern? Weil sie jahrelang Hal und die Hendrens getäuscht hatte? Sie hatte deren Hochzeitsplänen zugestimmt, trotz des Wissens, dass ihre Liebe zu Hal nicht als Grundlage für eine Ehe ausgereicht hätte.

Konnte sie Bruce nicht verzeihen, dass er ein paar Monate lang sein Geheimnis gewahrt hatte? Sie war bereit gewesen, ihres ein Leben lang zu hüten. Und andere zu täuschen. Wäre Hal nicht gestorben, dann hätte sie ihn geheiratet, dann hätte sie sich weiterhin selbst verleugnet und unterdrücken lassen.

Bruce hingegen beflügelte ihren Geist und forderte sie heraus, sie selbst zu sein. Er hatte in ihr den Mut erweckt, ihr Glück zu verfolgen. Er hatte sie gelehrt, sich eine eigene Zukunft aufzubauen. War das allein nicht Grund genug, ihn zu lieben?

Vielleicht rufe ich ihn morgen an, dachte Jenny. *Ich sollte mich wirklich für meine Intoleranz entschuldigen und mich mit ihm aussprechen.*

Müde zog sie sich aus und schlüpfte ins Bett. Doch sie konnte nicht einschlafen. Die Welt schien verhindern zu wollen, dass sie Ruhe fand. Sirenen heulten durch die Straßen der Stadt, und als ihr gerade die Augen zufielen, klingelte das Telefon.

Sie zögerte. Vielleicht war es Bruce. Sie wusste nicht recht, ob sie schon bereit war, sich mit ihm auszusöhnen. Beim sechsten Klingeln gab sie nach und griff zum Hörer. „Hallo?"

„Miss Fletcher?"

Es enttäuschte sie ein wenig, dass es nicht Bruce war. „Ja?"

„Hier ist Deputy Sheriff Rawlins. Wissen Sie zufällig, wo ich die Hendrens erreichen kann?"

„Haben Sie es im Pfarrhaus versucht?"

„Natürlich."

„Es tut mir leid. Dann weiß ich auch nicht, wo sie sein können. Kann ich Ihnen helfen?"

„Ich muss sie dringend finden. Ihr Sohn hatte einen Unfall."

Jenny erstarrte. Übelkeit stieg in ihr auf, und einen Moment lang war ihr schwarz vor Augen. „Ihr Sohn?", wiederholte sie mit unnatürlich hoher Stimme.

„Ja. Bruce."

„Aber er war gerade ... Ich habe ihn doch gerade noch gesehen."

„Es ist vor ein paar Minuten passiert."

„War es ... Ist er ... tot?"

„Das weiß ich noch nicht, Miss Fletcher. Die Ambulanz ist gerade auf dem Weg ins Krankenhaus. Es steht recht schlimm um ihn. Sein Wagen ist mit einem Zug zusammengeprallt. Deswegen muss ich seine nächsten Angehörigen benachrichtigen."

Mit eiskalter Hand dämpfte Jenny den entsetzten Aufschrei, der sich ihrer Kehle entrang. Die nächsten Angehörigen ... der offizielle Ausdruck der Polizei im Falle eines Todesopfers.

„Miss Fletcher?"

„Ich weiß nicht, wo Bob und Sarah sind. Aber ich fahre sofort ins Krankenhaus." Sie legte den Hörer auf.

Ihre Knie gaben nach, als sie aus dem Bett glitt. Sie taumelte zum Schrank und zerrte das erstbeste Kleidungsstück hervor. Sie musste sich beeilen. Sie musste Bruce sagen, dass sie ihn liebte, bevor … Nein, er durfte nicht sterben. Sie wollte nicht daran denken.

Warum hatte er es nur getan? Hatte ihre Zurückweisung ihn derart getroffen? Ich tauge eben nichts, waren seine letzten Worte gewesen. War dieser Unfall ein Versuch, die Welt von ihm zu erlösen?

„Nein!", schrie Jenny auf und rannte durch die dunkle Wohnung zur Tür. Tränen strömten ihr über die Wangen, und ihre Hände zitterten so sehr, dass es ihr kaum gelang, den Schlüssel ins Zündschloss ihres Wagens zu stecken.

Aus einiger Entfernung sah sie den Unfallort, den die Polizei abgeriegelt hatte. Der silbergraue Lincoln war von den Schienen gezogen worden. Er sah aus wie ein Stück Aluminiumfolie, das ein zorniger Riese in der Faust zusammengeknüllt und dann weggeworfen hatte. Es schien unvorstellbar, dass Bruce lebend aus diesem Metallwrack geborgen worden war.

Jenny stellte ihren Wagen vor dem Krankenhaus ab und rannte über den Parkplatz zur Unfallstation. „Bruce Hendren?", fragte sie atemlos an der Aufnahme.

Die Schwester blickte vom Schreibtisch auf. „Er ist schon im OP."

Dem Himmel sei Dank, dachte Jenny und atmete auf. Wenn er operiert wurde, dann lebte er also noch. „Welcher Stock?"

„Dritter."

„Ich danke Ihnen." Jenny wandte sich ab und rannte zum Fahrstuhl.

„Miss?", rief die Schwester ihr nach. „Es dauert wahrscheinlich sehr lange."

„Ich warte auf jeden Fall."

In der dritten Etage bestätigte die Stationsschwester, dass Bruce sich im OP befand. „Sind Sie mit ihm verwandt?", fragte sie höflich.

„Ich bin im Haus seiner Eltern aufgewachsen. Ich gehöre quasi zur Familie."

„Aha. Wir konnten seine Eltern bisher noch nicht erreichen."

„Sie werden bestimmt bald nach Hause zurückkehren und dann hierherkommen."

„Ein Streifenwagen wartet dort auf sie, um sie herzubringen."

Jenny nagte an der Unterlippe. „Das wird sie sehr erschrecken. Sie haben erst vor ein paar Monaten ihren jüngeren Sohn verloren."

„Das tut mir leid", sagte die Schwester mitfühlend. Sie deutete zum Warteraum. „Setzen Sie sich doch dort hinein. Wir werden bestimmt bald erfahren, wie es Mr Hendren geht."

Wie ein Roboter bewegte Jenny sich zum Warteraum und sank auf das Sofa. Vielleicht hätte sie zum Pfarrhaus fahren und dort warten sollen, um den Hendrens persönlich die Unfallnachricht zu überbringen. Aber sie konnte das Krankenhaus nicht verlassen. Sie musste einfach in Bruce' Nähe bleiben.

Hatte sie ihn zu einer Verzweiflungstat getrieben? Genau wie seine Eltern am Abend von Hals Beerdigung, hatte sie ihn zurückgewiesen. Sie hatte ihn grausam ausgeschlossen, als er ihr sein Herz geöffnet hatte. Die Hendrens mochten zu ignorant sein, um zu erkennen, was sie ihm das ganze Leben lang angetan hatten, doch sie hätte es besser wissen sollen.

Er war in dem Glauben fortgegangen, dass er durch und durch schlecht sei. Wie oft hatte er bereits den Sinn seines Lebens angezweifelt? Spielte er nicht jedes Mal mit dem Tod, wenn er sich hinter das Steuer eines Wagens setzte und sämtliche Geschwindigkeitsbegrenzungen überschritt?

Bruce, bitte verzeih mir, dachte sie inbrünstig. *Ich liebe dich. Du bist der wichtigste Mensch für mich auf der Welt.*

„Miss Fletcher?"

Jenny zuckte zusammen. Mit geschlossenen Augen hatte sie um Bruce' Leben gebetet. Sie blickte auf, in der Erwartung, einen Arzt vor sich zu sehen. Doch vor ihr stand ein Polizist in Uniform.

„Ich bin Deputy Rawlins", stellte er sich vor. „Wir haben vorhin zusammen telefoniert. Und das hier ist Mr Hanks. Es ist seine Familie, die von Bruce gerettet wurde."

Jenny wischte sich die Tränen aus den Augen. Nun erst bemerkte sie den Mann, der hinter dem Deputy gestanden hatte und nun vortrat. Sein Monteuranzug stand in krassem Gegensatz zu der sterilen Krankenhausatmosphäre. Seine Augen waren feucht von Tränen.

„Gerettet?", flüsterte sie kaum hörbar. „Das verstehe ich nicht."

„Seine Frau und seine Kinder sind mit dem Wagen auf den Schienen liegen geblieben. Bruce ist hinter ihnen gefahren und hat sie gerade noch rechtzeitig von den Gleisen schieben können. Der Zugführer hat natürlich abgebremst, so sehr er konnte, aber er ist nicht mehr zum Stehen gekommen." Der Deputy räusperte sich. „Bruce hat großes Glück gehabt, dass der Zug ihn an der Beifahrerseite getroffen hat und dass es nicht sein Sportwagen war. Der wäre komplett zerquetscht worden."

Erneut rannen Tränen über Jennys Wangen. Bruce hatte also nicht versucht, sich das Leben zu nehmen. Er hatte vielmehr anderen das Leben gerettet. Sie blickte zu Mr Hanks auf. „Wie geht es Ihrer Familie?"

„Sie sind noch ziemlich erschüttert, aber dank Mr Hendren sind sie unverletzt. Ich möchte ihm gern selbst sagen, wie dankbar ich ihm bin. Ich bete zu Gott, dass er es übersteht."

„Darum bete ich auch."

„Wissen Sie", sagte Mr Hanks und schüttelte bekümmert den Kopf, „ich habe immer schlecht von Bruce Hendren gedacht, wegen all der Geschichten, die man so hört. Über sein Trinken und die Frauen und so. Ich habe ihn in seinem flotten Wagen durch die Stadt rasen sehen und ihn für einen Verrückten gehalten." Er seufzte. „Jetzt ist mir eine harte Lektion erteilt worden. Jetzt habe ich gelernt, dass man einen Menschen nicht verurteilen soll, den man nicht kennt. Er hätte den Wagen meiner Frau nicht von den Gleisen schieben müssen. Aber er hat's getan." Erneut traten Tränen in seine Augen. Beschämt bedeckte er sie mit einer Hand.

„Am besten gehen Sie jetzt nach Hause, Mr Hanks", schlug der Deputy freundlich vor und legte ihm eine Hand auf die Schulter.

„Danke, Mr Hanks", sagte Jenny leise.

„Wofür? Wenn mein alter Wagen nicht liegen geblieben wäre ..."

„Trotzdem danke", beharrte Jenny sanft, und er nickte ihr ernst zu, bevor er sich vom Deputy hinausführen ließ.

Beinahe zwei Stunden saß Jenny bereits im Warteraum, ohne Nachricht über Bruce, als Bob und Sarah eintrafen. Sie sprachen kurz mit der Schwester am Empfang. Dann wandten sie sich dem Warteraum zu, aufeinander gestützt, mit kummervollen verzweifelten Gesichtern. Sie zögerten, als sie Jenny sahen.

Mit vorwurfsvoller Miene blickte sie ihnen entgegen und dachte dabei: Ihr habt ihn nie geliebt, aber jetzt kommt ihr, um an seinem Sterbebett zu weinen.

Doch sie konnte die beiden nicht beschuldigen, ohne sich selbst Vorwürfe zu machen. Hätte sie nicht so sehr um ihr geruhsames wohlbehütetes Leben gebangt, dann hätte sie sich schon vor Jahren zu Bruce bekannt. Und an diesem Tag, als er ihrer Liebe und Vergebung bedurft hatte, war er abgewiesen worden. Er hatte sich dafür entschuldigt, dass er ihr die wundervollste Nacht ihres Lebens geschenkt hatte, und sie hatte sich geweigert, seine Entschuldigung zu akzeptieren. Wie konnte sie den Hendrens deren Unzulänglichkeit vorwerfen, wenn ihre eigene viel verletzender auf Bruce gewirkt hatte?

Jenny stand auf und streckte die Hände aus. Mit einem erleichterten Seufzer taumelte Sarah in ihre Arme. „Seht, Sarah, es wird alles gut. Ich weiß es."

Schluchzend erklärte Sarah: „Wir haben einen erkrankten Freund außerhalb der Stadt besucht. Als wir nach Hause zurückkamen, stand der Wagen des Sheriffs vor der Tür. Wir wussten, dass etwas Schreckliches passiert ist. Zuerst Hal und jetzt Bruce. Ich kann es nicht ertragen."

Jenny setzte sich mit ihr zusammen auf das Sofa. „Wäre es wirklich so schlimm für euch, wenn Bruce stirbt?" Sie konnte selbst kaum fassen, dass sie diese kühne Frage stellte. Doch wenn Grausamkeit nötig war, um ihnen bewusst zu machen, wie ungerecht sie ihren Sohn behandelt hatten, dann musste sie eben grausam sein. Diesen Kampf führte sie für Bruce. „Er glaubt bestimmt, dass es euch nicht kümmert."

„Aber er ist doch unser Sohn! Wir haben ihn lieb!", rief Sarah.

„Habt ihr ihm das jemals gesagt? Habt ihr ihm je gesagt, dass ihr ihn schätzt?" Bob senkte schuldbewusst den Blick. Sarah schluckte schwer. „Ihr braucht nicht zu antworten. Solange ich bei euch gelebt habe, habt ihr es nie getan."

„Wir ... wir hatten es schwer mit Bruce", erklärte Bob.

„Weil er nicht in die Form passte, in die ihr ihn pressen wolltet. Er hat sich immer zurückgesetzt gefühlt. Ihr wolltet ihn, so wie er war, nicht akzeptieren. Er wusste, dass er eure Erwartung nicht erfüllen konnte, und deswegen hat er den Versuch aufgegeben. Er gibt sich hart und kalt und zynisch, aber das ist seine Verteidigung. Er sehnt sich verzweifelt nach Liebe von euch, seinen Eltern."

„Ich habe versucht, ihn zu lieben", flüsterte Sarah. „Aber er hat nie lange genug stillgehalten. Er war nie so liebevoll wie Hal. Er war nie so artig. Es ist schwer, ihn zu lieben. Seine wilde Ader hat mir immer Angst gemacht."

„Ich weiß, was du meinst." Mit einem kleinen Lächeln tätschelte Jenny verständnisvoll Sarahs Hand. „Ich habe gelernt, hinter seine Fassade zu sehen, und ich liebe ihn."

„Wirklich?", fragte Bob verblüfft.

„Ja. Ich liebe ihn sehr."

„Wie kannst du das, so kurz nach Hals Tod?"

„Ich habe Hal geliebt, aber eher wie einen Bruder. Erst als Bruce und ich mehr Zeit miteinander verbrachten, wurde mir klar, dass ich ihn schon sehr lange liebe. Wie ihr hatte ich früher Angst vor ihm."

„Es wird wohl eine Zeit lang brauchen, bis wir uns an den Gedanken gewöhnen, dass du und Bruce zusammen seid."

„Ich habe auch einige Zeit gebraucht."

„Wir wissen, dass wir nicht fair dir gegenüber waren", gestand Sarah mit leiser Stimme. „Wir wollten dich für uns behalten, um die Leere in unserem Leben zu füllen, die Hals Tod verursacht hat."

„Ich muss mein eigenes Leben führen."

„Das ist uns jetzt klar. Wir können dich nur behalten, indem wir dich gehen lassen."

„Ich werde nicht weit gehen", versicherte Jenny mit einem Lächeln. „Ich habe euch beide lieb, und es hat mir sehr wehgetan, dass diese Kluft zwischen uns war."

„Das Baby war ein Schock für uns, Jenny." Bobs Blick glitt zu ihrem Bauch hinab. „Das kannst du sicherlich verstehen. Aber nun, es ist auch Hals Kind. Aus diesem Grund akzeptieren und lieben wir es."

Jenny setzte zu einer Entgegnung an, doch in diesem Augenblick ertönte eine andere Stimme von der Tür her.

„Reverend Hendren?" Dr. Mabry, der Chirurg, betrat in grüner OP-Kleidung den Warteraum. Er wirkte erschöpft. „Er lebt", verkündete er, und alle atmeten erleichtert auf. „Aber sein Zustand ist sehr kritisch. Er hatte innere Blutungen. Es war eine sehr schwere Operation, aber wir haben ihn wieder ganz ordentlich zusammengeflickt. Wir mussten ihm mehrere Blutkonserven geben. Der rechte Oberschenkel und das rechte Schienbein sind gebrochen, und er hat am ganzen Körper Prellungen und Fleischwunden."

„Wird er am Leben bleiben, Dr. Mabry?", fragte Sarah mit verzagter Stimme.

„Die Chancen stehen recht gut, weil er so stark und zäh wie ein Bulle ist. Dass er den Unfall und die Operation überlebt hat, ist ein gutes Zeichen. Meiner Ansicht nach besteht Anlass zur Hoffnung. Doch jetzt entschuldigen Sie mich. Ich muss zurück in den OP."

„Dürfen wir zu ihm?", fragte Jenny besorgt.

Dr. Mabry zögerte einen Augenblick. „Nun gut. Sobald er auf die Intensivstation verlegt worden ist, kann einer von Ihnen für ein paar Minuten zu ihm. Ich komme später zurück." Er wandte sich ab und eilte mit großen Schritten den Korridor hinab.

„Ich gehe zu ihm", sagte Sarah. „Ich muss ihm sagen, wie viel er uns bedeutet."

„Natürlich, Darling“, stimmte Bob zu. „Geh du.“

„Nein, ich gehe zu ihm“, entgegnete Jenny entschieden. „Ihr hattet euer ganzes Leben Zeit, ihm zu sagen, dass ihr ihn lieb habt. Aber ihr habt es nicht getan. Ich hoffe, dass ihr es den Rest eures Lebens wieder gutmachen könnt. Heute Abend gehe ich zu ihm. Er braucht mich. Und was das Baby angeht, Sarah und Bob ... Es ist nicht von Hal. Es ist von Bruce.“

Bob und Sarah starrten sie fassungslos an.

Doch Jenny ließ sich nicht länger von Konventionen einschüchtern. Sie legte beiden eine Hand auf die Schulter und erklärte: „Wir haben euch lieb, und wir möchten gern eine richtige Familie mit euch zusammen sein. Wenn ihr uns aber nicht so akzeptieren könnt, wie wir sind, dann ist es auch gut. Es wäre euer Schaden.“ Sie lächelte unter Tränen. „Ich liebe Bruce, und er liebt mich, und ich fühle mich nicht schuldig deswegen. Wir werden heiraten und unser Kind jeden Tag seines Lebens wissen lassen, dass wir es so lieben, wie es ist.“

Und als Dr. Mabry eine halbe Stunde später zurückkehrte, war es Jenny, die mit ihm zu Bruce ging.

„Was geht denn hier vor?“

„Wir nehmen ein Bad.“

„Ihr veranstaltet eine Überschwemmung.“

„Das ist Trents Schuld. Er planscht so gern.“

„Und wer hat ihm das beigebracht?“ Liebevoll lächelte Jenny ihren Ehemann und ihren sieben Monate alten Sohn an, die zusammen badeten. Trent saß auf dem Schoß seines Vaters, den Rücken an dessen angezogene Oberschenkel gelehnt, die pummeligen Füßchen auf dessen Bauch gestützt. Sie betrat das Badezimmer und hockte sich vor die Wanne. Trent lachte sie an, zeigte dabei stolz seine beiden Vorderzähne. Er deutete mit dem Finger auf sie und krähte vergnügt.

„Ich empfinde genauso, mein Sohn“, sagte Bruce. „Sie ist hinreißend, stimmt's?“

„Sie wird euch gleich zeigen, wie hinreißend sie sein kann, wenn ihr nicht sofort herauskommt und diese Überschwemmung beseitigt.“ Jenny bemühte sich, streng zu klingen, doch sie lachte, als sie Trent aus der Wanne hob.

„Pass auf, er ist schlüpfrig wie ein Aal“, warnte Bruce, während er aufstand.

„Das weiß ich nur zu gut.“ Es kostete sie einige Mühe, ihren zappelnden Sohn festzuhalten, während sie ihn in ein Handtuch wickelte.

Sie hatte längst den Versuch aufgegeben, trocken zu bleiben. Sein kleiner fester Körper hatte ihren Bademantel bereits durchnässt.

Sie trug ihn hinüber in das Kinderzimmer, das Bruce nach ihren Anweisungen in liebevoller Eigenarbeit eingerichtet hatte. Sie waren sehr stolz auf das Resultat.

Als Bruce in einem Bademantel zu ihnen trat, hatte sie Trent bereits gewickelt und einen Schlafanzug angezogen. „Sag Daddy Gute Nacht", forderte sie ihn auf und hielt ihn hoch.

Bruce nahm ihn ihr aus den Armen, drückte ihn an sich und küsste ihn zärtlich auf die Wange. „Gute Nacht, mein Sohn. Ich hab dich lieb."

Trent war sehr müde. Sein Köpfchen mit den blonden Ringellocken fiel auf Bruce' Schulter, und er gähnte herzhaft.

„Er war wirklich reif fürs Bett", sagte Jenny, nachdem Trent eingeschlafen war und sie mit Bruce in das Schlafzimmer ging. „Und das bin ich auch." Sie breitete die Arme aus und ließ sich rückwärts auf das Bett fallen. „Ihr beide habt mich völlig geschafft."

„Ach ja?" Eingehend musterte er sie von Kopf bis Fuß. Ihr Bademantel hatte sich geöffnet. Aufreizend lugten ihre wohlgeformten glatten Schenkel und ihre vollen Brüste hervor. Ohne Umschweife knotete er seinen Bademantel auf und ließ ihn auf den Teppich fallen. Dann legte er sich auf sie.

„Du solltest wirklich lernen, deine Schüchternheit zu überwinden, Bruce."

Er schmunzelte, während er mit den Lippen an ihrem Ohr spielte.

Sie hatte kurz vor ihm gebadet, und ihre Haut duftete herrlich. „Warum Zeit mit Vorgeplänkel vertun? Ich bin dafür, mir gleich zu nehmen, was ich mir so unendlich ersehne."

„Und du ersehnst mich?"

„Hmm." Er bedeckte ihren Hals mit zarten Küssen. „Immer. Die längsten drei Monate meines Lebens waren die nach Trents Geburt."

„Vergiss nicht die Wochen davor."

„Die habe ich nicht vergessen. Ich glaube, dass der Arzt uns früher als nötig Enthaltsamkeit auferlegt hat. Er wollte sich rächen."

„Wofür?"

„Ach, nichts."

Jenny zog an seinen Haaren, bis er den Kopf hob. „Wofür? Sag's mir."

„Also gut. Vor ein paar Jahren ging ich mit einer seiner tüchtigen Krankenschwestern. Als ich mit ihr Schluss machte, war sie außer sich und verließ die Stadt. Das nimmt er mir immer noch übel."

„Mit wie vielen Frauen bist du denn eigentlich … gegangen?"
Seine Miene wurde ernst. „Ist das wirklich wichtig, Jenny?"
„Das hängt davon ab, ob du es vermisst. Das Herumtreiben."
„Was meinst du wohl?" Er schob mit seinem Körper ihren Bademantel beiseite, und sie spürte sein Verlangen.
„Ich glaube nicht."
„Da hast du recht", bestätigte Bruce und küsste sie mit hungriger Leidenschaft, die jeglichen Zweifel verscheuchte.
Ihr Puls raste, als er schließlich den Kopf hob. „Ich liebe dich, Bruce."
„Und ich liebe dich."
„Weißt du eigentlich, was heute für ein Tag ist?"
Er überlegte. „Der Unfall?"
„Ja. Heute vor einem Jahr."
„Wieso weißt du das?"
„Weil es der Tag war, an dem ich glaubte, dich verloren zu haben. Zuerst habe ich nur gebetet, dass du lange genug lebst, damit ich dir sagen konnte, wie sehr ich dich liebe und wie viel du mir bedeutest. Als du dann die Operation überstanden hast, wurde ich mutiger und betete, dass du bis ins hohe Alter lebst."
Er lächelte. „Ich hoffe ja sehr, dass dein Gebet erhört wird."
„Das hoffe ich auch. Und ich danke dem Schicksal für jeden einzelnen Tag, den wir zusammen verbringen dürfen."
Sie besiegelten ihre Liebe mit einem innigen Kuss.
„Als ich auf der Intensivstation zu mir kam, sah ich als Erstes dein Gesicht. Da konnte ich doch nicht sterben und dich verlassen."
„Wie viel weißt du eigentlich von den ersten Tagen nach dem Unfall?" Seltsamerweise hatten sie bisher kaum darüber gesprochen. Mit Jennys liebevoller Fürsorge und geduldigem Zuspruch war er innerhalb einiger Monate völlig genesen. Die Ärzte hatten sogar gescherzt, dass es ihm nun besser ging als je zuvor, da er nicht mehr rauchte und wesentlich weniger trank.
Sein Geschäft florierte. Er hatte inzwischen zwei Angestellte. Eine Sekretärin, die Jennys Position kurz vor Trents Geburt übernommen hatte, und einen Geologen, der Erdproben analysierte. Doch es war nach wie vor Bruce, der spekulierte, der mit Investoren verhandelte, der die Geschäfte abschloss, der das Öl fand. Das vergangene Jahr war so betriebsam gewesen, dass Jenny nur selten an die trostlosen ersten Tage nach dem Unfall dachte. Und sie hatte ihn nie nach seinen Eindrücken gefragt.

„Ich weiß nicht viel. Nur, dass du immer da warst. Und ich erinnere mich an den ersten Besuch meiner Eltern. Sie haben beide meine Hand genommen und mich auf die Wange geküsst. Mir hat es sehr viel bedeutet."

Jenny unterdrückte ihre Tränen der Rührung. „Du wärst stolz auf mich, wenn du gesehen hättest, wie ich mich gegen sie behauptet und ihnen gesagt habe, dass das Baby von dir ist."

„Sie haben sich wirklich sehr geändert. Sie sind verrückt nach Trent und halten ihn für das wundervollste Baby auf der ganzen Welt."

„Wie sie wohl auf die Idee gekommen sein können? Wir müssen aufpassen, dass er von ihnen und Roxy und Gary nicht schändlich verzogen wird." Jenny lachte. „Weißt du, wann ich zum ersten Mal gemerkt habe, dass deine Eltern uns akzeptieren würden?"

„Als Dad uns im Krankenzimmer getraut hat?" Meinst du den Moment?

„Nein." Sie lächelte versonnen, als sie daran zurückdachte. „Vorher schon, als Gary aus El Paso anrief und wissen wollte, warum wir nicht am Flughafen waren, um sie von der Hochzeitsreise abzuholen. Ich hatte die beiden durch deinen Unfall völlig vergessen. Bob bot freiwillig an, sie abzuholen. Da wusste ich, dass sie uns auch akzeptieren würden, wenn sie sogar Roxy akzeptieren können."

„Du hast ein paar Pluspunkte bei ihnen gewonnen, als du den Hal-Hendren-Fonds für politische Flüchtlinge gegründet hast."

„Und du hast noch mehr Pluspunkte bekommen, als du die saftige Spende geleistet hast."

„Nur, weil du darauf bestanden hast, dass ich genauso viel stifte, wie ich für unsere Eheringe ausgegeben habe."

„Das hättest du sowieso getan."

„Ich weiß nicht recht", murmelte Bruce und blickte hinab auf ihren Diamantring. „Das war ein verdammt teurer Ring."

Jenny piekte ihn zärtlich, und sie lachten beide. Sie fasste in sein zerzaustes Haar und sah ihn liebevoll an.

„Weißt du eigentlich, dass ich dich anbete, Jenny? Du hast erst Licht in mein Leben gebracht durch deine Liebe."

„Dieses Licht wird für immer scheinen, denn so lange werde ich dich lieben."

„Schwörst du's?"

„Ich schwöre." Sie küsste ihn, und Verlangen flammte zwischen ihnen auf. „Aber du bist trotzdem ein Unruhestifter", flüsterte sie an seinen Lippen.

„Findest du?“

„Hmm. Sieh nur, was du angerichtet hast.“ Sie nahm seine Hand und legte sie auf ihre Brust.

Er spürte, wie hart die Knospe hervorstand. „Das habe ich geschafft?“

„Ja. Und dabei war ich doch früher so ein braves Mädchen.“

Verschmitzt raunte er ihr zu: „Ich bin wirklich ein böser Junge.“

Als endlich ihre Körper miteinander verschmolzen, schien die Zeit stillzustehen, und die Erde schien sich schneller zu drehen, während sie den Gipfel der Leidenschaft erklommen. Es dauerte lange, bis sie wieder zu Atem kamen. Dann stützte Bruce sich auf die Ellbogen und blickte lächelnd in ihr strahlendes Gesicht.

Jenny erwiderte sein Lächeln, verklärt und verführerisch, und sie flüsterte mit rauer Stimme: „Du bist wirklich ein wunderbarer Mann, Bruce Hendren.“

– ENDE –

Barbara Delinsky

Süß ist der Rausch der Sinnlichkeit

Roman

Aus dem Amerikanischen von
Dorothee Halves

MIRA®

1. KAPITEL

Ihr Instinkt warnte sie, aber Marni Langan hatte schon vor langer Zeit die Erfahrung gemacht, dass man nicht blindlings seinen Instinkten gehorchen durfte. Deshalb ließ sie sich, wenn auch widerstrebend, die Argumente ihrer Mitarbeiter vortragen.

„Es ist eine fantastische Idee, Marni", versuchte Edgar Welles sie zu überzeugen. „Sie wissen doch selbst, dass die Titelseite das Aushängeschild einer neuen Zeitschrift ist. Und wenn die erste Nummer gut ankommt, dann ist der Erfolg so gut wie gesichert. Mit Ihrem Bild auf dem Titel wird ‚Class' ein Erfolg, daran besteht kein Zweifel."

„Ein Public-Relations-Manager muss natürlich von seiner Idee überzeugt sein", bemerkte Marni trocken.

„Es war nicht nur Eds Idee", stellte Anne Underwood richtig. Sie war die Chefredakteurin von „Class" und hatte mit einem ausgesuchten tüchtigen Redaktionsstab das Konzept der Zeitschrift entwickelt. „Sie wären die ideale Titelfrau für ‚Class', denn Sie sind der Idealtyp aller attraktiven erfolgreichen Frauen über dreißig, die wir als Zielgruppe ansprechen wollen."

„Ich bin gerade eben einunddreißig", wandte Marni ein. „Und als Fotomodell bin ich erst recht ungeeignet."

Cynthia Cummings, die für das Layout verantwortlich war, hatte sofort ein Gegenargument parat. „Sie sind kein professionelles Model, okay, aber Sie sehen so aus."

„Ach wo. Mit meinen eins fünfundsechzig bin ich viel zu klein."

„Das Foto soll Sie ja nur bis zur Taille zeigen, also spielt Ihre Körpergröße überhaupt keine Rolle", belehrte Cynthia ihre Chefin. „Mit Ihrem ebenmäßigen, fotogenen Gesicht, Ihrem makellosen Teint und diesem wunderschönen kastanienbraunen Haar machen Sie jedem Topmodel Konkurrenz. Wir hätten Sie gar nicht erst gefragt, wenn wir nicht von unserer Idee überzeugt wären."

Anne pflichtete der Cheflayouterin bei. „Cynthia hat recht", sagte sie und drehte sich in ihrem Stuhl zu Marni um, die zwischen ihren Mitarbeitern saß, statt der Versammlung am Kopf des langen Konferenztisches vorzusitzen. „Wir alle haben viel in dieses neue Projekt investiert, zwar kein Geld, aber harte Kämpfe und unzählige Arbeitsstunden. Glauben Sie, dass wir unseren Ruf als Journalisten und die Existenz unseres neuen Magazins mit einer spleenigen Idee aufs Spiel setzen wollen? Wir haben uns etwas dabei gedacht, als wir Sie ausgewählt haben."

„Das glaube ich, Anne“, sagte Marni ruhig, „trotzdem kann ich mich nicht mit dem Gedanken anfreunden, tausendfach und in schreienden Farben ein Foto von mir an den Kiosken zu sehen. Ich mag so etwas nicht.“

Edgar lächelte ihr zu. Marni war ihm während der drei Jahre, die sie nun schon zusammenarbeiteten, wie eine Tochter ans Herz gewachsen. Außerdem war die Arbeit mit ihr angenehmer und unkomplizierter als mit ihrem Vater, dessen autoritärer Führungsstil oft zu Missstimmungen und Reibereien unter den Angestellten geführt hatte. Seit Jonathan Langan seiner Tochter die Leitung des Unternehmens übertragen hatte und nur noch aus formalen Gründen Vorstandsvorsitzender der Langan Corporation war, gab es eine lockere ungezwungene Kollegialität in dem Betrieb. Bei der Belegschaft hatte dies eine erstaunliche Einsatzbereitschaft und Kreativität freigesetzt.

„Sie sind jung und arbeiten viel zu viel, Marni“, sagte Edgar mit einem väterlichen Unterton. „Es wird Zeit, dass Sie auch mal ins Rampenlicht treten.“

„Daraus mache ich mir nun wirklich nichts, Edgar, das sollten Sie wissen.“

„Ich weiß, dass Sie sich lieber unauffällig im Hintergrund halten und keine Publicity mögen. Aber diesmal geht es um etwas ganz Besonderes, um etwas völlig Neues im Langan-Imperium. Ich glaube, es würde sich für Sie lohnen, dafür Ihr schönes Gesicht hinzuhalten, Marni. Langan ist zwar kein Neuling im Verlagsgeschäft, aber mit dieser aufwendigen Frauenzeitschrift betreten wir absolutes Neuland. ‚Class‘ ist ein Abenteuer für uns alle – für die Redaktion, für die Werbung, für das ganze Unternehmen. Sie wollen doch auch, dass es ein Erfolg wird, oder?“

„Natürlich. Aber ich würde tausendmal lieber Aktionärsversammlungen leiten oder Reden vor dem Verlegerverband halten als dies hier.“ Marni warf Edgar einen beschämten Blick zu. „Auch wenn es arrogant klingt …“

„Wenn man jemandem Arroganz verzeihen kann, dann Ihnen“, meldete sich jetzt Steve O’Brien, Chef der Medienabteilung. Er hatte Marni seit ihrem Eintritt ins Unternehmen unterstützt, wo immer es ging, und war einer der entschlossensten Fürsprecher des neuen Projektes gewesen. „Innerhalb von drei Jahren haben Sie unseren Gewinn fast verdoppelt. In drei Jahren! Das ist eine beachtliche Leistung.“

Marni zuckte mit den Schultern. Natürlich war sie stolz auf die Geschäftsbilanz, aber es lag ihr nicht, sich mit Zahlen zu brüsten. „Es waren mehr als drei Jahre“, schmälerte sie Steves Lob. „Seit meinem Eintritt ins Unternehmen – und das war vor sieben Jahren – hat mein Vater mir im Medienbereich völlig freie Hand gelassen.“

Steve winkte ab. „Stellen Sie Ihr Licht nicht unter den Scheffel, Marni. Ob drei, fünf oder sieben Jahre, Sie haben Wunder vollbracht. Und deshalb gehört Ihr Bild auf den Titel von ‚Class‘.“

Marni wollte protestieren, aber Edgar schnitt ihr das Wort ab. „Eine Sitzung im Fotostudio – was ist schon dabei? Kurz und schmerzlos.“

Marni zog eine Grimasse. „Schmerzlos? Ich hasse es, fotografiert zu werden.“

„Versteh ich nicht“, erwiderte Dan Sobel, der Bildredakteur. „Dabei sind Sie so fotogen.“ Er musterte Marni mit den Augen eines Profis. „Sie haben so viel mehr zu bieten als andere Frauen, die die Titelseiten von Glamourmagazinen geziert haben. Meine Güte denken Sie allein an das Titelfoto von Martha Mitchell! Und das stammte sogar von dem berühmten Scavullo.“

Marni hob abwehrend die Hände. „Schrecklich!“

„Sie erinnern sich also an das Bild. Und? Wovor haben Sie noch Angst? Wenn Martha Mitchell gut für ein Titelbild war, dann gehört Ihr Foto an jede Wand dieser Stadt. Oder wollen Sie das Gegenteil behaupten?“

Marni blieb Steve die Antwort schuldig. „Lassen wir das“, winkte sie ab. Nach kurzem nachdenklichem Schweigen wandte Marni sich an Anne. „Eine andere Sache beschäftigt mich allerdings auch noch. Es handelt sich um den Fotografen. Warum nicht Avedon oder Scavullo, sondern den Außenseiter Webster? Sind Sie überzeugt, dass er der Richtige ist?“

„Absolut. Sie haben seine Arbeiten gesehen, und wir haben uns auch noch einmal alle seine Titelfotos angeschaut. Sie unterscheiden sich von denen der bekannten Starfotografen durch Originalität, Frische und Lebendigkeit. Selbst wenn Avedon oder Scavullo frei gewesen wären, hätten wir uns für Webster entschieden. Er muss ein sehr sensibler Mann sein. Man merkt seinen Fotos an, dass er Frauen mag, dass er gern mit ihnen arbeitet und Freude daran hat, ihre Schönheit zur Geltung zu bringen. Webster hat eine ganz besondere Art, mit den Models und seiner Kamera umzugehen.“

„Hmm“, machte Marni, aber niemand schien ihre Skepsis zu bemerken.

„Wir haben ein Riesenglück, dass er zugesagt hat“, sprang Dan der Chefredakteurin bei. „Denn bisher hat er sich stets geweigert, in festem

Auftrag für ein bestimmtes Magazin zu arbeiten.“

„Und warum erweist er uns die Ehre?“, fragte Marni nach.

„Weil ihm unser Konzept gefällt, deshalb. Er meint, dass ein Bedarf für eine Zeitschrift besteht, die für die reiferen Jahrgänge gemacht ist. Da er selbst vierzig ist, könne er sich mit dieser Zielgruppe identifizieren.“

„Das soll nun einer glauben“, mokierte sich Marni. „Ein vierzigjähriger Mann wird von den Zwanzigjährigen doch geradezu angehimmelt. Und umgekehrt. Bei Frauen in seinem Alter sieht es da schon anders aus. Mr Webster soll uns nicht weismachen, dass er sich nicht mehr für junge knackige Mädchen interessiert. Wir wissen doch, dass es Männer gibt, die begierig nach der ‚Vogue‘ oder nach ‚Harpers Bazaar‘ greifen, sobald ihre Ehefrauen die neueste Ausgabe mit nach Hause bringen.“

Dan lächelte. „Da kann ich Ihnen nicht widersprechen, und ich glaube auch nicht, dass unser Fotograf sich der Schönheit eines neunzehnjährigen Models verschließt. Aber er hat sich mit dem Problem des törichten Jugendkults auseinandergesetzt. In unserem Gespräch erwähnte er, wie schwer sich ältere Prominente unserer Gesellschaft beim Fotografieren taten. Sie wollten auf den Fotos unbedingt wie zwanzig aussehen, während er die spezielle Schönheit ihres Alters herausarbeiten wollte. Webster behauptet, dass die schönsten Frauen, die er fotografiert hat, um die fünfundvierzig waren.“

„Der Mann gefällt mir immer besser“, bemerkte Anne mit strahlender Miene, und Marni lächelte ihr beifällig zu. Anne war fünfundvierzig und überaus attraktiv.

„Ich glaube, dass Webster noch aus einem anderen Grund für uns arbeiten möchte“, fuhr Dan fort. „Mit vierzig zieht ein Mann für gewöhnlich Bilanz. Er hält Rückschau auf seine bisherige Laufbahn und stellt die Weichen für die Zukunft. Frank Webster war in den letzten zehn Jahren enorm erfolgreich, aber er hat sich seinen Erfolg schwer erkämpft. Er hatte keinen Lehrmeister, keinen Fürsprecher und keinerlei Beziehungen, als er anfing. Seinen Ruf verdankt er einzig und allein seiner Leistung und seinem zähen Alleingang. Er hatte nie einen festen Vertrag mit einer der großen Zeitschriften, sondern hat immer frei gearbeitet. Gut, inzwischen ist er ein Topfotograf, der sich vor Aufträgen nicht retten kann. Aber ich kann mir denken, dass er sich jetzt einen festen, gut bezahlten Platz suchen will, der weniger Stress und mehr Freizeit verspricht. Und wenn ‚Class‘ Erfolg haben sollte, dann könnte Websters Name ein Markenzeichen werden, so wie Avedon oder Scavullo.“

„Hat er denn schon zugesagt, über einen längeren Zeitraum für uns zu arbeiten?“, fragte Marni. Sie blickte ihre Mitarbeiter eindringlich an. „Das wäre eine Grundbedingung, denn wir waren uns alle einig, dass ‚Class‘ ein unverwechselbares Gesicht bekommen muss. Der Charakter darf sich nicht von einer Nummer zur anderen verändern, und das hängt überwiegend vom Stil der Fotos ab.“

„Wir arbeiten gerade einen Vertrag aus“, teilte Steve mit. „Feste Verpflichtung für zwölf Nummern. Mit Verlängerungsmöglichkeit. Webster will unterschreiben.“

Marni presste die Lippen zusammen und nickte. „Also gut. Ich habe keine Einwände gegen Webster.“ Sie hatte von Anfang an keine Einwände gegen ihn gehabt, nur dass er ausgerechnet sie fotografieren sollte, das passte ihr noch immer nicht. Aber sie konnte den Argumenten ihres Stabs nichts mehr entgegensetzen.

Sie blickte in die Runde und rang sich ein Lächeln ab. „Und da ich Ihnen allen mehr Objektivität und Fachkompetenz zutraue als mir selbst, stelle ich mich widerstrebend als Versuchskaninchen zur Verfügung. Hoffentlich lässt der Termin mir noch Zeit für eine Schönheitsoperation mit anschließender Schlankheitskur.“

Zwei Wochen später war der Vertrag unterschrieben und der Fototermin angesetzt. Marni sah dem Ereignis mit gemischten Gefühlen entgegen. Sie fühlte sich von dem Drängen ihrer Mitarbeiter überfahren, aber nun hatte sie einmal zugesagt und konnte die Sache nicht mehr rückgängig machen.

Marnis Nervosität wuchs, je näher der Termin rückte. Natürlich brachen ihr kurz vorher zwei Fingernägel ab, ihr sonst schulterlanges rotbraunes Haar wurde ihrer Meinung nach viel zu kurz geschnitten, und zu guter Letzt entdeckte sie auf ihrer Wange einen winzigen roten Fleck, der sich zu einem Pickel zu entwickeln drohte.

Zum Glück brauchte sie sich nicht um die Kleiderfrage zu kümmern. Das tat Marjorie Semple, die Moderedakteurin von „Class“. Marni musste lediglich frisch und ausgeruht in Websters Studio erscheinen, wo sie fotogerecht hergerichtet würde, bevor man sie dem Fotografen auslieferte.

„Was? Müsst ihr wirklich alle dabei sein?“, fragte sie Anne entsetzt, als sie am Morgen vor dem aufregenden Ereignis erfuhr, dass zahlreiche Mitarbeiter bei der Fotositzung dabei sein würden.

„Ja“, entgegnete Anne bestimmt. „Zumindest beim ersten Mal. Webster weiß zwar, wie wir uns das Bild wünschen, aber unsere Anwesenheit soll ihm klarmachen, dass dieses Foto entscheidend für Erfolg oder Misserfolg von ‚Class' ist."

„Ich dachte, Webster sei ein Profi, einer der besten. So groß scheint euer Vertrauen in sein Können ja nicht zu sein."

„Wir wissen, dass er gut ist. Betrachten Sie unser massives Auftreten einfach als eine Public-Relations-Kampagne. Man muss die Trommeln rühren, um Aufmerksamkeit zu erregen."

„Muss eure PR unbedingt auf Kosten meiner Nerven gehen? Ich werde jetzt schon nervös, wenn ich an den riesigen Aufmarsch denke. Und dann auch noch Websters Mannschaft! Bin ich denn ein öffentliches Schaustück? Meine Güte, zu was habe ich mich da überreden lassen?"

„Zu einer Sache, die ein Riesenerfolg wird. Sie werden sehen, Marni, die Fotositzung mit Webster ist eine Kleinigkeit gegen all das Kopfzerbrechen vorher. Sie werden nicht zum ersten Mal fotografiert. Die Fotos für die Pressemitteilungen waren großartig."

„Das waren harmlose Studioporträts in Schwarz-Weiß, Anne. Dies hier ist etwas ganz anderes."

„Ja, es ist leichter. Denn es wird nichts anderes von Ihnen verlangt als Ihre Anwesenheit. Der Rest wird von Profis erledigt."

Marni seufzte ergeben. Es führte zu nichts, das leidige Thema wieder und wieder zu erörtern. „Okay, Anne. Aber um eines möchte ich Sie bitten: Halten Sie den Rahmen so klein wie möglich. Ich will kein Massenpublikum. Edgar zum Beispiel braucht nun wirklich nicht mit dabei zu sein. Er wollte mich ins Studio begleiten, aber das kann ebenso gut Steve tun. Ihn auszuschließen wäre unfair. Immerhin hatte er die Idee zu ‚Class'."

Aber nicht Steve, sondern Edgar fuhr am Dienstagmorgen in der Firmenlimousine vor dem eleganten Wohnhaus in der Fifth Avenue vor, in dem sich Marnis Eigentumswohnung befand. Steve hatte zu einer Konferenz nach Atlanta fliegen müssen und wollte nach seiner Rückkehr direkt vom Flughafen aus zu Websters Studio fahren. Damit war der Begleiterstab bereits um eine Person gewachsen, und Marni fragte sich beunruhigt, wer alles in Anne Underwoods Redaktionsteam aufmarschieren würde.

Während der Fahrt holte Edgar Papiere aus seinem Aktenkoffer hervor und besprach mit Marni die Werbekampagne für das neue Objekt. Sie kannte die Kalkulationen in- und auswendig, war Edgar aber sehr dankbar für sein Ablenkungsmanöver.

Die Fahrt von der Ost- zur Westhälfte Manhattans dauerte wegen des dichten Verkehrs länger als erwartet, und Marni wurde trotz Edgars Gesellschaft zusehends nervöser. Zumindest, so dachte sie erleichtert, schaffe ich mit meinem Äußeren die notwendige Distanz. Zwar hatte sie einen winzigen Moment lang vorgehabt, ungeschminkt, in Jeans, Sweatshirt und Tennisschuhen zu dem Fototermin zu gehen, sich dann aber doch für die elegante Garderobe entschieden, die einer Frau ihrer Position und dem Frauenbild von „Cass" weit mehr entsprach.

Nervös zupfte Marni den Kragen ihrer blassvioletten Seidenbluse zurecht und strich den im Farbton etwas dunkleren engen Rock glatt. Zu dem Rock trug sie eine schmal geschnittene, hüftlange Kostümjacke und darüber einen weiten warmen Mantel aus cremefarbener Kaschmirwolle.

Elegant, selbstsicher, die Atmosphäre von Reichtum und Erfolg verbreitend, würde sie Websters Studio betreten und das Künstlervolk mit ihrer Ausstrahlung beeindrucken.

„Da wären wir", sagte Edgar munter, als er die Limousine vor einem riesigen alten Lagerhaus am Hudson River anhielt. Marni blickte befremdet durch die getönte Scheibe des Luxuswagens. Das rote Backsteingebäude wirkte nicht gerade einladend.

„Von außen macht es nicht viel her", bemerkte Edgar, „aber Sie werden staunen, was sich hinter diesen tristen Mauern verbirgt. Es gibt Hunderte solcher Künstlerlofts in New York. Wahre Wunderwerke der Innenarchitektur."

„Ich werd's ja sehen." Marni schien nicht überzeugt. Sie öffnete widerstrebend die Wagentür und ließ sich von dem Chauffeur beim Aussteigen helfen.

Eine schwere Eisentür führte in die von Heizkesseln und Frachtpaletten versperrte Lagerhalle. Edgar und Marni bahnten sich einen Weg zu dem großen Lastenaufzug, der sie rumpelnd in die fünfte Etage beförderte.

Die Tür des Fahrstuhls öffnete sich, und sie traten in einen hell erleuchteten, weiträumigen Empfangsraum, an dessen weißen Wänden gerahmte Fotos hingen – Proben von Frank Websters Arbeit.

„Miss Langan? Guten Tag. Hallo, Mr Welles, wie geht's?"

Eine atemberaubend schöne junge Frau mit pechschwarzen Haaren und strahlenden bernsteinfarbenen Augen kam von ihrem Empfangspult und ging mit einem fast scheuen Lächeln auf Marni zu. „Ich bin Angie. Hoffentlich haben Sie ohne allzu große Mühe zu uns gefunden."

Marni ergriff Angies ausgestreckte Hand und nickte nur. Jetzt war ihr doch beklommen zumute. Wäre Websters Empfangssekretärin eine ältere bedächtige Dame mit grau meliertem Haar und einer schon etwas pummeligen Figur gewesen, dann wäre ihre Selbstsicherheit nicht schon in den ersten fünf Minuten ins Wanken geraten.

Angies makellose Schönheit und ihre hochgewachsene schlanke Gestalt, die in dem schmalen schwarzen Minikleid voll zur Wirkung kam, machte Marni bewusst, dass sie nicht in diese Welt gehörte und fehl am Platz war. Während Angie geradezu den Idealtyp eines Models verkörperte, kam Marni sich völlig deplatziert vor.

Angie ließ sich von Marnis Schweigen nicht irritieren. „Kommen Sie, Miss Langan und Mr Welles. Die Mannschaft ist so gut wie vollständig."

Marni und Edgar folgten Angie durch den Vorraum zu einer Tür, die ins Studio führte. Es hatte riesige Ausmaße und war genauso hell erleuchtet wie der Eingangsbereich. Den Blickpunkt bildete eine breite weiße Papierwand, die sich in einem leichten Bogen von der Decke bis zum weiß lackierten Fußboden spannte. Über den ganzen Raum verteilt standen Scheinwerfer und Lampen, silbrig glänzende Reflexionsschirme und anderes Studiozubehör. Vor dem weißen Hintergrund war ein Stativ mit Kamera aufgebaut.

Marni blieb wenig Zeit, all das aufzunehmen. Schon eilte Anne herbei und stellte sie Websters Chefassistenten und seinen anderen Mitarbeitern vor. „Frank muss jeden Moment wieder da sein", sagte sie. „Angie ruft ihn gerade herunter."

Auf Marnis fragenden Blick hin erklärte Anne, dass Websters Wohnung sich über dem Studio befand. „Er musste noch ein paar wichtige Anrufe erledigen. Ah, da ist er ja schon. Kommen Sie, ich mache Sie mit ihm bekannt."

Marni drehte sich neugierig um. Doch als sie den großen dunkelhaarigen Mann erblickte, setzte ihr Puls einen Schlag aus. Ihr Herz begann wild zu rasen. Ihre Hände wurden schweißnass.

Meine Güte – diese Ähnlichkeit, durchfuhr es sie. Schlagartig kam ihr ein Gesicht aus der Vergangenheit in den Sinn, es waren diegleichen Züge, diegleichen blauen Augen, und doch war es anders ... Nein, sie musste sich täuschen. Er konnte es nicht sein. Nicht er. Webster war ein häufig vorkommender Name.

Aber auch er sah sie forschend und lange an. Sein Blick sagte ihr, dass sie sich nicht geirrt hatte. Er war es.

Marni fühlte sich einer Ohnmacht nahe. „Oh nein!", flüsterte sie hilflos.

Anne deutete Marnis Schock auf ihre Art. „Keine Panik", raunte sie ihr ins Ohr, „ich weiß, er sieht umwerfend gut aus, aber er nutzt es nicht für sich aus. Webster ist wirklich ein hochanständiger netter Kerl."

Marni hörte nicht, was Anne sagte. Sie stand wie gelähmt da und starrte Frank Webster entgeistert an, der langsam auf sie zuging und den Blick fest auf sie gerichtet hielt. Doch in seinen Augen zeigte sich weder Schock noch Überraschung.

Natürlich nicht. Denn er hatte es gewusst. Es gab nur eine Langan Corporation und nur eine Marni Langan. Webster hingegen war ein so geläufiger Name, dass ihr nicht der geringste Verdacht gekommen war. Frank Webster ... erst jetzt ging Marni auf, dass sie seinen Vornamen nie gekannt hatte. Ihre Eltern hatten ihn als „den da" oder als den „wilden Bengel" abqualifiziert, und für sie, Marni, war er immer nur „Web" gewesen.

„Frank", sagte Anne munter, „das hier ist unser Star. Marni Langan."

Webster war einen halben Meter vor Marni stehen geblieben und bemerkte den schockierten Ausdruck auf ihrem Gesicht. „Ich weiß", sagte er mit überraschend sanfter Stimme, „wir kennen uns bereits."

„Sie kennen ..." Anne wusste vor Überraschung nicht, was sie sagen sollte. Völlig verblüfft wandte sie sich an Marni. „Davon haben Sie mir ja gar nichts ..." Sie sprach nicht weiter. Marnis plötzliche Blässe, ihr starrer Gesichtsausdruck und das leichte Zittern ihrer Hände waren beängstigend. „Marni geht es Ihnen nicht gut?", fragte sie besorgt.

Webster antwortete an Marnis Stelle. „Ich glaube, sie braucht ein paar Minuten für sich allein." Er fasste sie sanft beim Arm. „Wir sind gleich wieder da. Meine Sekretärin bringt sofort Kaffee und einen kleinen Imbiss. Das dürfte die Mannschaft bei Laune halten, bis wir so weit sind."

Websters Griff wurde fester, als er Marni durch das Studio führte. Ob er fürchtete, dass sie sich sträubte und eine Szene machte? Oder ob er ganz einfach spürte, dass sie einen Halt brauchte? Marni ging widerstandslos mit ihm. Sie war viel zu aufgewühlt, um zu irgendeiner Abwehr fähig zu sein. Ihr war nicht einmal bewusst, dass ihr befremdete, neugierige und betroffene Blicke folgten, als sie an Websters Arm das Studio verließ.

Frank Webster schloss die Tür hinter ihnen, und augenblicklich erstarb das Stimmengewirr aus dem Studio. Sie waren von wohltuender Stille umgeben. Marni befand sich in einem weitläufigen hellen Korridor mit vielen Türen, an dessen Ende eine hölzerne Wendeltreppe nach oben führte.

Ohne Protest, fast wie in Trance, ging Marni mit Webster die Treppe hinauf, die wiederum vor einer Tür, endete. Dahinter erstreckte sich ein riesiger Wohnbereich, dessen einfache, jedoch erlesene Einrichtung

Marni normalerweise begeistert hätte.

Doch ihre jämmerliche Verfassung ließ sie ihre Umgebung kaum wahrnehmen. Das durch ein Glasdach fallende Oberlicht verbreitete eine Stimmung von Leichtigkeit und Heiterkeit, und trotzdem fühlte Marni sich wie in einem düsteren Kerker eingeschlossen. Im Gefängnis ihrer Erinnerungen.

Webster führte sie zu einem mit weichen Kissen gepolsterten Chromsessel. „Mach es dir bequem, Marni. Ich glaube, ein Drink wird dir jetzt guttun, nicht?“

Sie nickte schwach und setzte sich. Von ihrem Sessel aus beobachtete sie, wie Webster zur Bar hinüberging. Seine Bewegungen waren noch genauso geschmeidig und kraftvoll wie damals. Er wirkte größer, aber das war vermutlich auf den Ernst und die männliche Reife zurückzuführen, die er jetzt ausstrahlte.

Wie sehr er sich auch äußerlich verändert hatte! Statt der ausgeblichenen Jeans und des verwaschenen T-Shirts von damals trug er nun ausgezeichnet sitzende Designer-Jeans und ein sportliches Wollhemd italienischer Herkunft.

Ein ruhiges zurückhaltendes Selbstbewusstsein ging von ihm aus. Das Älterwerden war Frank gut bekommen.

Frank kam von der Bar zurück und drückte Marni ein Glas mit trockenem Sherry in die Hand. „Eigentlich ist es für Alkohol ja noch zu früh, aber ich glaube, du kannst ihn brauchen.“

Marni sagte nichts. Wortlos nahm sie das Glas und trank einen kräftigen Schluck. Sie ließ Frank keinen Moment aus den Augen.

Ihr eindringlicher Blick schien ihm Unbehagen zu bereiten. Er setzte sich ihr gegenüber auf ein kleines Sofa, stützte die Ellbogen auf die Schenkel und verschränkte die Hände unter dem Kinn. „Du hast es nicht gewusst, nicht wahr?“, fragte er leise.

Marni trank noch einen Schluck und schüttelte dann den Kopf.

„Das tut mir leid“, sagte er. „Ich war der festen Überzeugung, dass du einen wesentlichen Anteil an der Entscheidung hättest, mich für ‚Class‘ zu engagieren.“

„Ich habe so gut wie alle Entscheidungen getroffen, die unser neues Objekt betreffen“, hörte Marni sich sagen. Ihre Stimme klang dünn und fremd. „Auch deine Einstellung habe ich befürwortet. Ich hatte jedoch keine Ahnung, dass du hinter dem Namen Frank Webster steckst.“

Websters Lächeln war kühl. „Ja, ich habe meinen Weg gemacht. Aus dem hergelaufenen Nichtsnutz von damals ist ein Fotograf geworden.“

„Dann sind wir also beide die Erfolgsleiter hinaufgeklettert“, sagte

Marni mit einem bedrückten Lächeln. Wie an einem Rettungsring klammerte sie sich an ihrem Glas fest und leerte es auf einen Zug. „Und ich wäre jetzt besser bei einer Vorstandssitzung aufgehoben als hier."

„Was willst du damit sagen?"

„Ich will damit sagen, dass ich von Anfang an ein schlechtes Gefühl bei diesem Unternehmen hatte. Und mein Instinkt hat mich nicht getrogen."

„Soll das heißen, dass dein Instinkt dich vor dem Namen Frank Webster gewarnt hat und du ihn ursprünglich nicht anheuern wolltest?"

„Nein. Aber ich habe mich mit Händen und Füßen gegen diese absurde Titelbild-Idee gewehrt. Ich hätte nicht nachgeben dürfen."

„Und warum nicht? Ich finde die Idee, dich auf den Titel zu bringen, hervorragend", warf Frank ein.

Marni fuhr hoch. Auf ihre Wangen traten hektische rote Flecke. „Das kann nicht dein Ernst sein!", sagte sie mit bebender Stimme. Hatte Frank denn völlig die Vergangenheit vergessen?

„Es ist mein Ernst", erwiderte er ruhig, lehnte sich zurück und streckte den Arm auf der Rückenlehne des Sofas aus. Seine Hemdsärmel waren aufgerollt, und Marni fixierte gebannt seinen gebräunten sehnigen Unterarm mit dem feinen dunklen Haarflaum.

„Du bist genau die Richtige für den Titel, Marni. Dein kluges, klassisch-schönes Gesicht, dein beruflicher Erfolg und dein sagenhaftes Image als durchsetzungsfähige Karrierefrau entsprechen haargenau dem Konzept von ‚Class'." Frank machte eine Pause. „Du mit deiner Position ziehst die Leser doch scharenweise an."

Die plötzliche Schärfe seiner Stimme und sein sarkastischer Unterton empörten Marni. Sie sprang abrupt auf, sank aber, von einem Schwindelgefühl erfasst, gleich wieder in den Sessel zurück. Mit vornüber gebeugtem Kopf, das Gesicht in die Hände gestützt, saß sie da.

Sofort war Frank bei ihr. „Tief einatmen." Seine tiefe weiche Stimme drang wie aus weiter Ferne zu ihr. „Entspann dich, Marni." Er begann behutsam ihren Nacken zu massieren, damit sich ihre Verspannung wieder löste.

Seine Berührungen riefen einen Strom von Erinnerungen hervor. Erinnerungen an zarte Liebkosungen, an ungestüme Leidenschaft, an Trauer und Verzweiflung.

Der Schmerz, den sie jahrelang verdrängt und schon fast vergessen hatte, brach erneut in Marni auf. Sie schob brüsk Franks Hände fort und setzte sich wieder kerzengerade hin. „Rühr mich nicht an!", fuhr sie ihn an. Ihre Augen funkelten vor Zorn.

Ihre Worte trafen Frank wie Schläge, aber so, wie sie aussah, schien sie selbst zu leiden. Von Neuem sank sie in sich zusammen, die Arme wie Schutz suchend an den Leib gepresst.

Marni musste sich ungeheuer zusammenreißen, um nicht in Tränen auszubrechen. Sie schluckte ein paarmal, atmete tief durch und setzte sich wieder auf. Erst dann hob sie das Gesicht.

„Ich wusste von nichts. Aber du, Frank Webster, du wusstest Bescheid. Trotzdem hast du dich auf diese Sache eingelassen. Warum?"

„Meinst du meinen Vertrag mit ‚Class'? Wer würde bei einem so großartigen Konzept Nein sagen?"

„Du hast dich nicht gescheut, einen Vertrag mit der Langan Corporation abzuschließen?", fragte Marni fassungslos.

„Nein. Wenn dein Vater das Unternehmen noch leiten würde, dann hätte ich natürlich dankend abgelehnt, bevor er mir die Tür gewiesen hätte. Aber er scheint sich ja weitgehend aus dem Geschäft zurückgezogen zu haben. Oder ist er von euch dazu gedrängt worden, damit ihr endlich nach Herzenslust schalten und walten könnt?"

„Er kommt regelmäßig zu den Vorstands-Versammlungen nach New York", erklärte Marni ärgerlich, als müsse sie Jonathan Langan vor Websters sarkastischen Bemerkungen in Schutz nehmen.

Frank lachte bitter auf. „Du willst doch nicht etwa behaupten, dass dein alter Herr vergeben und vergessen hat? Das kann ich einfach nicht glauben."

Marnis Miene verdüsterte sich. „Nein, Dad wird es nie vergessen. Er wusste natürlich ebenso wenig wie ich, dass der berühmte Fotograf Frank Webster der Web von damals ist."

„Der hergelaufene Nichtsnutz, der Bengel …", ergänzte Frank und lachte trocken auf.

Marni schien ihn nicht zu hören. „Keiner von uns wird es je vergessen", sagte sie im Flüsterton, „du doch sicher auch nicht. Warum hast du unser Angebot nicht sofort abgelehnt? Weshalb hast du unterschrieben? Musstest du unbedingt alte Wunden aufreißen?"

Webster zuckte gleichmütig mit den Schultern. „Ich erklärte dir bereits, dass ich das Konzept von ‚Class' fantastisch finde und mich damit identifizieren kann. Eine bahnbrechende neue Zeitschrift mit meinen Fotos – das ist eine vielversprechende Chance für meine Karriere."

Marni schüttelte ungläubig den Kopf. „Der anspruchslose, abenteuerlustige Web, ehrgeizig und karrieresüchtig, wer hätte das gedacht?", spottete sie.

„Man verändert sich eben", sagte er kurz angebunden.

Marni war über seinen zynischen Unterton erschrocken. Aber hatte nicht auch Traurigkeit durchgeklungen, Trauer, Bedauern und Reue?

Marnis nächste Frage kam so leise, dass sie für Frank kaum zu verstehen war. „Hat es dich nicht merkwürdig berührt, als du erfuhrst, dass du mich fotografieren sollst?"

„Doch. Es war ein ziemlicher Schock."

„Trotzdem hast du den Auftrag akzeptiert. Warum?"

Webster antwortete nicht sofort, sondern überlegte eine Weile. Er wollte Marni eine ehrliche Antwort geben. Aber statt einer umständlichen Erklärung sagte er nur zwei Worte: „Aus Neugier."

In fassungsloser Überraschung starrte Marni ihn an. Rachsucht, Hochmut, Sadismus – solche Motive hätte sie ihm eher abgenommen, und es wäre ihr lieber gewesen, wenn er klare Fronten geschaffen hätte.

Aus Neugier … Ob Frank wirklich meinte, was er sagte? Er war auch damals schon ein Charmeur gewesen.

2. KAPITEL

Die Vergangenheit wurde immer lebendiger in Marnis Erinnerung. Sie konnte den Blick nicht von dem Mann wenden, der ihr Leben nachhaltig geprägt hatte, mit dessen Namen sie höchstes Glück und tiefste Tragik verband.

„Nein, Frank, es geht nicht", sagte sie schließlich. „Es ist unmöglich."

Webster stand auf und ging ein paar Schritte auf und ab. Ihm war elend zumute. Genauso elend wie Marni, deren fahle Gesichtsfarbe ihre Erschütterung verriet. Er empfand plötzlich das Gleiche wie sie und fühlte sich von Erinnerungen und Schuldgefühlen verfolgt. Auf der anderen Seite konnte man das, was einmal geschehen war, nicht ungeschehen machen. Frank hatte die Last der Vergangenheit abgelegt und lebte in der Gegenwart. Mit zunehmender Reife war er zu der Erkenntnis gelangt, dass man seine eigene Vergangenheit annehmen muss, wenn man nicht daran zerbrechen will.

Er hatte es auf seine Weise getan, hatte sich nach einer langen Zeit des Grübelns und der Selbstvorwürfe sozusagen selbst aus dem Sumpf gezogen und mit verbissener Arbeitswut von seiner Trauer und seinen Schuldgefühlen abgelenkt, bis er die Tragödie von damals als einen nicht rückgängig zu machenden Teil seines Lebens akzeptiert hatte.

Er hatte sich durchgekämpft, war sogar erfolgreich geworden, hatte sich einen Namen gemacht. Frank Webster hatte sich in persönlicher wie in beruflicher Hinsicht von seiner Jugend gelöst und war erwachsen geworden.

„Du kannst jetzt keinen Rückzieher mehr machen, Marni", sagte er bedauernd. „Unten sitzt eine ganze Arbeitscrew untätig herum."

„Das ist mir vollkommen gleichgültig", entgegnete sie trotzig. „Für den Verdienstausfall deiner Leute komme ich selbstverständlich auf, und meine beziehen ohnehin feste Gehälter."

Webster ließ sich nicht anmerken, wie sehr ihn ihre boshafte Spitze getroffen hatte. Er hörte ihr mit unbewegter Miene zu.

„Wir werden dir ein Profimodel für die Titelaufnahme schicken", sagte Marni abschließend.

„Da sehe ich schwarz. Ist dir bekannt, dass Topmodels Monate im Voraus ausgebucht sind? Und dann musst du bedenken, wie beschränkt bei eurer speziellen Vorstellung die Auswahl ist. Vergiss nicht, dass ihr einen Produktionstermin einhalten müsst."

„Keine Sorge, wir haben ganz bewusst sehr großzügig geplant. Notfalls verschieben wir den Drucktermin. Bei diesem Objekt, in das wir alle ungeheuer viel investiert haben, soll nichts unter Stress geschehen. Wir wollen keine halben Sachen …“

„Du nimmst mir das Wort aus dem Mund“, entgegnete Webster. „Ein Berufsmodel als Business-Titelfrau wäre ganz gewiss eine halbe Sache. Nun mal ehrlich, Marni, warum willst du nicht?“

„Das fragst du noch? Ich würde für das Titelbild posieren, wenn nicht ausgerechnet du der Fotograf wärst.“

Websters Miene verhärtete sich. Zugegeben, zuerst hatte er selbst Bedenken gehabt bei der Nachricht, dass er die Juniorchefin von Langan Corporation fotografieren sollte. Aber inzwischen war er fest dazu entschlossen. Warum, das wusste er selbst nicht genau. Neugier war gewiss eines seiner Motive. Es interessierte ihn, wie Marni sich in den vergangenen vierzehn Jahren entwickelt hatte, wie sie aussah, wie sie lebte.

Aber auch Stolz und Verletzlichkeit, vielleicht sogar Rachegedanken hatten ihn zu seinem Entschluss bewogen. Die Langans hatten ihn seinerzeit wie Dreck behandelt, und jetzt wollte er ihnen zeigen, wer er war.

Auch Marni sollte ihn von seiner neuen Seite kennenlernen. Auch sie war eine Langan. Obwohl … obwohl sie Gefühle in ihm weckte, die ihn maßlos irritierten. Und das hatte er am allerwenigsten erwartet. Seine Empfindungen waren konfus und schwer einzuordnen. Ein Grund mehr, mit Marni zu arbeiten.

Beim Fotografieren würde er ihr näherkommen und sich über seine Gefühle klar werden.

„Was stört dich an mir?“, fragte er herausfordernd. „Es wäre nicht das erste Mal, dass du für mich lächelst.“

Marnis Gesicht erstarrte. „Warum musst du mich daran erinnern? Warum bist du so erschreckend zynisch? Wenn ich dich anschaue, sehe ich den Web von damals. Wenn ich mit dir spreche, höre ich Web. Und deshalb kann ich nicht mit dir arbeiten, verstehst du?“

„Ehrlich gesagt, nein“, antwortete Webster viel zu unüberlegt. „Ich dachte, dass du in diesem Alter und in einer so machtvollen Position Kontrolle über dein Gefühlsleben hättest. Musst du dich nicht jeden Tag Stresssituationen stellen? An schwierigen Aufgaben wächst man – Regel Nummer eins für den Erfolgsmenschen.“

Marni fand Franks Spott unerträglich. „Ich bin auch nur ein Mensch“, verteidigte sie sich schwach.

„Ahaaa“, sagte er gedehnt und betont ironisch.

Marni hielt es nicht mehr aus. „Was willst du von mir?“, brach es aus ihr hervor.

Ihr hilfloser Ausbruch tat Webster weh. Obwohl er sich mit aller Macht dagegen sträubte, drängten sich ihm die Bilder der Vergangenheit auf. Er ließ den Blick über Marnis Gesicht schweifen, über ihre Brüste, ihre Taille, ihre Hüften … seine Gedanken schweiften zurück …

… ein Sommer voll Zärtlichkeit und erwachender Leidenschaft, zerstört durch einen schrecklichen Unfall. Eine zarte Bindung, von der hasserfüllten Ablehnung einer trauernden Familie beendet.

Doch das war Vergangenheit. Die Gegenwart erforderte Vernunft und einen kühlen Kopf.

„Lass uns an die Arbeit gehen, Marni“, sagte Webster ruhig. „Reiß dich zusammen. Geh nach unten ins Studio und tritt auf wie die Verlegerin der Zeitschrift, die wir auf den Markt bringen wollen. Vertrau dich meinen Leuten an, lass dich herrichten und setz dich vor die Kamera, damit wir endlich anfangen können, okay?“

Ohne dass es ihm bewusst war, war Websters Stimme hart und bestimmend geworden. Zwar hatte er sich innerlich auf diesen Tag vorbereitet, aber nun merkte er, dass auch er nicht gegen seine Gefühle gewappnet war. Wie Marni fühlte er sich zerrissen und angespannt. Von Neuem versuchte er, auf Distanz zu gehen, aber diesmal vergriff er sich völlig im Ton.

„Ich bin gespannt, ob du gelernt hast, dir selbst treu zu sein und eine Sache mit Haltung durchzustehen“, sagte er mit schneidender Stimme.

Marni konnte die Tränen kaum noch zurückhalten. „Du bist ein Widerling, Frank Webster, ein seelenloses Ungeheuer!“, zischte sie. Dann stand sie auf, strich sich ihren Rock glatt und ging mit hocherhobenem Kopf zur Tür. „Irgendwas muss dir fehlen, das normal empfindende Leute haben“, sagte sie, ohne sich dabei umzusehen.

„Stimmt genau! Habe ich dir das nie erzählt?“, rief Webster ihr nach.

Marni blieb stehen und drehte sich um. „Du hast mir überhaupt nichts über dich erzählt“, sagte sie leise. „Mir wird erst jetzt richtig klar, dass wir beide nur ein … ein …“ Sie brach ab. Ihre Nerven waren so überreizt, dass sie nicht die richtigen Worte fand. Ohne ihren Satz zu beenden, ging sie hinaus.

Im Zeitlupentempo stieg Marni die Wendeltreppe hinunter. Mit jedem Schritt gewann sie ein Stück ihrer Selbstbeherrschung zurück. Vor der Tür zum Studio blieb sie einen Moment stehen und atmete tief durch. Niemand sollte ihr etwas anmerken. Sie hatte sich entschlossen, Frank Websters Herausforderung anzunehmen.

Er wollte das Foto. Gut, er sollte sein Foto haben. Sie, Marni Langan, war immer noch die Verlegerin und Herausgeberin – und die Geldgeberin des ganzen Unternehmens. Sie würde sich nicht noch einmal schwach vor Webster zeigen.

Anne eilte sofort zu ihr, als Marni das Studio betrat. „Alles in Ordnung?“, fragte sie und musterte ihre Chefin besorgt.

„Ja, alles okay. Wir können anfangen.“ Marni setzte ein gezwungenes Lächeln auf.

„Oh, es tut mir so leid, Marni“, beteuerte Anne. „Ich wusste nicht, dass Sie ihn persönlich kennen.“

„Schon gut, Anne. Bis vor Kurzem wusste ich es ja selbst nicht einmal.“

„Haben Sie den Schock überwunden?“

Marni blickte ins Leere. „Den Schock? Oh … ja, ja. Es war eher eine Überraschung.“

„Aber keine angenehme, nicht wahr? Sie mögen ihn nicht besonders, stimmt's?“

„Das tut nichts zur Sache“, antwortete Marni ausweichend.

„Wenn Sie wüssten, wie peinlich mir das Ganze ist“, meinte Anne entschuldigend. „Da hofieren wir diesen Mann, beknien ihn und preisen ihn als Geheimtipp an, und nun …“

„Schon gut, Anne. Frank Webster ist ein Top-Mann und die richtige Wahl für ‚Class‘. Meine persönlichen Gefühle sind völlig unwichtig. Business ist Business.“

Marni war wieder in die Rolle der souveränen Karrierefrau geschlüpft und glaubte sie perfekt zu spielen. Anne ließ sie in dem Glauben. Ihr war der schmerzliche Ausdruck in Marnis Augen aufgefallen, und sie ahnte, dass sich in Websters Wohnung mehr abgespielt hatte als nur ein Arbeitsgespräch.

„Dann können wir also anfangen.“ Anne winkte Websters Assistenten heran.

Während der nun folgenden Stunde gab sich Marni willenlos in die Hände der Maskenbildnerin, des Stylisten und der Friseuse. Fasziniert beobachtete sie den Prozess ihrer Verwandlung. Ihr Haar wurde auf Wickler gedreht, zurechtgezupft, in Form gebürstet, gesprayt und gelackt. Sie musste ihr Kostüm ablegen und eine saphirblaue Seidenbluse mit einem farblich abgestimmten Rock anziehen. Der Schmuck im Barockstil war nicht ganz ihr Geschmack, aber überraschenderweise gefiel sie sich mit der Halskette, den ungewohnten Ohrclips und dem schweren Armband.

Zum Schluss wurde sie von der Maskenbildnerin geschminkt. Grundierung, Lidschatten, Wimperntusche, hauchfeine Lidstriche und eine Andeutung von Rouge und Lippenstift vervollständigten die erstaunliche Verwandlung.

Das Resultat war atemberaubend. Als Marni aus der Garderobe ins Studio trat, wurde sie mit bewundernden „Aaahs“ und „Ooohs“ empfangen.

Für eine Weile war sie in eine unwirkliche Welt der Illusion eingetaucht, aber unwillkürlich wurde ihr nun wieder der Grund bewusst, aus dem sie hier war. Angst kroch in ihr hoch. Sie spürte, wie sie sich zunehmend verkrampfte. Irgendwie musste es ihr gelingen, sich abzuschirmen. Mit Atemübungen, an die sie sich aus einem Yogakurs erinnerte, verlangsamte sie ihren rasenden Herzschlag. Während der Kamera-Assistent sie zu dem hochbeinigen Hocker vor der Papierwand führte, stellte sie sich vor, ganz allein über eine Blumenwiese zu laufen.

Frank erschien im Studio und gab seinen Gehilfen Anweisungen. Unwillkürlich stieß Marni die Luft aus.

Lampen wurden aufgebaut und hin und her geschoben. Hier ein Reflektor und dort ein kleines Spotlight. Marni saß regungslos auf ihrem Hocker, während Frank geschäftig um sie herumlief, sie aus allen Winkeln betrachtete und sie mit seinem Belichtungsmesser anvisierte.

Seine Gegenwart machte Marni nervös. Sie schloss die Augen und zog sich in ihre Innenwelt zurück. Unentwegt sagte sie sich Meditationsformeln auf, damit ihre Gedanken sich beruhigten. Sie atmete – ein, aus, ein, aus. Ganz ruhig, entspannen.

Die Schutzmauer brach immer wieder ein. Marni war nie besonders gut in Yoga gewesen.

Sie stellte sich einen rauschenden Wildbach vor, um die nervtötenden Geräusche im Studio nicht zu hören. Eine Hirtenflöte, Vogelgezwitscher. Doch ein wehmütiges Liebeslied drang an ihre Ohren, das ihr merkwürdig bekannt vorkam.

Sie riss die Augen auf. „Diese Musik … muss das sein?“

Web lächelte. „Natürlich nicht. Ich dachte, es würde dich entspannen und beruhigen.“

„Es stört mich. Ich mag dieses Lied nicht.“

„Möchtest du etwas anderes hören?“

„Nein. Ich brauche Ruhe.“

„Ich bin es aber gewöhnt, bei Musik zu arbeiten. Sonst komme ich nicht in die richtige Stimmung.“

„Na schön, dann leg ein anderes Band ein, nur nicht dies“, flüsterte Marni in flehendem Ton. Erleichtert registrierte sie, wie Frank zu seinem Assistenten ging und mit ihm sprach. Wenig später ertönte ein unverfänglicher Song aus einem Musical.

Marni atmete auf, aber plötzlich stand Frank dicht vor ihr und sah sie an. Sie verkrampfte sich.

Jetzt legte er ihr die Hände auf die Schultern. Als sie zurückzuckte, wurde sein Griff fester. „Ich möchte, dass du dich entspannst, Marni." Seine Stimme klang weich und sanft, und sein Gesicht war nur Zentimeter von ihrem entfernt. Er strich mit den Händen über ihre angespannten Nackenmuskeln und massierte sie behutsam. „Wenn wir hier etwas Vernünftiges zustande bringen wollen, musst du vor allen Dingen entspannt sein."

Die Hintergrundmusik brach unvermittelt ab. „Ich kann nicht entspannen, wenn du mir so nahe kommst", flüsterte Marni.

„Du wirst dich daran gewöhnen müssen. Tuchfühlung ist bei diesem Job unvermeidlich. Ich muss deine Haltung verändern, dein Gesicht in eine andere Richtung drehen, verschiedene Perspektiven ausprobieren."

„Du kannst mir auch sagen, was ich tun soll. Anzufassen brauchst du mich nicht."

Er fuhr mit seiner sanften Massage fort. „Es gefällt mir aber, dich zu berühren. Du bist eine schöne begehrenswerte Frau, Marni."

Sie schloss die Augen. „Bitte, Frank, treib deine Spielchen nicht zu weit."

„Es sind keine Spielchen. Ich meine es ernst."

Marni wehrte sich verzweifelt gegen die Gefühle, die seine Berührungen in ihr auslösten. „Hör auf damit! Ich halte das nicht aus!"

Aus dem Lautsprecher ertönte jetzt rhythmische Beatmusik, und Marni riss in panischem Schrecken die Augen auf. „Auch das noch. Du verlangst doch wohl nicht, dass ich mich nach der Musik bewege?"

Frank lächelte. „Wäre das denn so schrecklich?"

Ein entschlossener, rebellischer Ausdruck trat in Marnis Augen. „Schrecklich oder nicht – diese Mätzchen mache ich nicht mit. Ich bin weder ein Model noch eine Tänzerin. Denkst du, ich will mich vor den Augen all dieser Leute lächerlich machen?"

Webster lächelte noch immer. Marni war in der Tat eine Schönheit geworden. Es war absurd, aber er empfand so etwas wie Besitzerstolz. Zögernd hob er die Hand und ließ sie wieder auf Marnis Schulter sinken. „Reg dich nicht auf, Marni. Du musst nicht tanzen und keine Verrenkungen machen, wenn du Hemmungen hast. Versuch, in die

Musik einzutauchen, und lass dich von mir führen. Wir werden zusammen dahinschweben, und die Fotos entstehen wie von selbst. Na, wie hört sich das an?“

Marni war alles andere als überzeugt. Franks Lächeln wurde ihr unerträglich, und das Hintergrundgemurmel der wartenden Mitarbeiter, die genüsslich Kaffee tranken und belegte Brötchen verspeisten, erschien ihr wie höhnischer Spott.

„Mir ist nicht nach Schweben zumute“, flüsterte sie.

„Wonach ist dir dann zumute?“

Diese anzügliche Frage brachte Marni vollends aus der Fassung. Was maßte der Mann sich an! Anspielungen auf vergangene Zeiten sollte er sich tunlichst verkneifen. Wütend sah sie ihn an, aber sie fand in seiner Miene kein Anzeichen von Ironie. Sein Gesicht war ernst und drückte Verständnis und Anteilnahme aus. Er schien ihr tatsächlich helfen zu wollen. Ja, er bemühte sich ernsthaft, die Situation für sie beide erträglich zu machen.

Zum ersten Mal betrachtete Marni Franks Gesicht aufmerksam. Ihr fielen die kleinen Fältchen um seine Augenwinkel auf und die markanten Linien seines Mundes. Die rauer gewordene Oberfläche seiner Haut verriet sein Alter. Sein kräftiger Bartwuchs deutete sich in den dunklen Schatten um Mund und Wangen an. Web war ein Mann geworden. Frank Webster – ein reifer Mann von vierzig Jahren.

„Im Moment ist mir nach überhaupt nichts zumute“, sagte sie kaum hörbar. „Aber wir müssen es wohl hinter uns bringen.“

„Ertrage den kleinen Schmerz … es ist die Schwelle zum Gipfel …“

Marnis Kopf fuhr hoch. In ihren Augen glänzten Tränen. „Wie kannst du nur so …“

Er beugte sich über sie und berührte ihre Wange leicht mit den Lippen. „Ich will, dass du dich zurückerinnerst, Marni. Weißt du noch – das erste Mal am Strand, und dann … im Wald und in dem kleinen Bootshaus? Ich erinnere mich an jede einzelne Minute.“

Marni fühlte sich wie gelähmt. Dass sie in ihrer Hilflosigkeit von einem guten Dutzend Neugieriger beobachtet wurde, versetzte sie in Panik. „Lass mich los, Frank“, flehte sie und schloss erschöpft die Augen. Nicht auszudenken, wenn sie hier vor versammelter Mannschaft die Fassung verlöre.

Er nahm die Arme von ihren Schultern und wischte eine Träne aus ihrem Augenwinkel. „Dräng es nicht zurück, Marni“, sagte er so leise, dass nur sie es hören konnte. „Erinnere dich, wie gut es war, wie zart und neu und aufregend. Stell dir vor, wir wären jetzt zusammen wie damals, nur wir beide. Spürst du es, das prickelnde Gefühl des Unerlaubten? Niemand weiß um unser Geheimnis, und wir fühlen uns sehr, sehr sicher in dem Bewusstsein, einander zu gehören."

„Und dann ... vergisst du das Ende der Geschichte?" In Marnis Blick standen Leid und Trauer.

„Denk an das Schöne, Marni. Sieh mich an und denk an das, was wir hatten. Zeig deine Stärke und deine Lebensfreude. Ich möchte in deinen Augen den Ausdruck wacher weiblicher Neugier und Kraft wiederfinden, der mich von Anfang an an dir fasziniert hat. Zeig mir, wer du wirklich bist, Marni." Er sah sie eindringlich an. Dann trat er ein paar Schritte zurück und schaute durch seine Kamera.

Augenblicklich stürzten Franks Mitarbeiter auf Marni zu, fuhren ihr mit Puderquasten und Rougepinseln im Gesicht herum, legten Lipgloss auf und richteten ihre Frisur. Während der Prozedur dachte sie nur an Flucht. Aber ihr fehlte die Kraft.

Und dann ging es los. Frank blickte durch den Sucher seiner Kamera, gab den Beleuchtern noch einige Anweisungen und lächelte Marni dann ermutigend zu. „Zum Eingewöhnen ein paar Frontalaufnahmen. Schau her zu mir, Marni."

Ihr war eiskalt, und sie fühlte sich völlig unbeholfen. „Ich weiß nicht, was für ein Gesicht ich machen muss. Soll ich lächeln?"

„Ganz wie du willst. Hauptsache, du bist entspannt. Den Kopf ein bisschen höher, etwas mehr nach links ... so ist es gut." Klick.

Marni hatte keine Lust zu lächeln. Sie blickte ernst, fast finster, in die Kamera. Wozu lächeln, wenn einem zum Weinen zumute war?

„Und jetzt befeuchte die Lippen mit der Zunge." Klick. „Gut so. Noch einmal." Klick. Klick.

„Siehst du, es geht doch. Wirf den Kopf nach hinten. Ja. Du bist am Meer. Eine Brise verweht dir das Haar." Klick. „Es ist eine laue Sommernacht. Du spürst das Salz der Gischt auf den Lippen ..."

Klick.

Marni starrte in die Linse. Frank rief Erinnerungen wach, die sie vergeblich zu verdrängen versuchte. Glück, Schmerz und Trauer spiegelten sich in ihrem Gesicht wider. Strand, Sommernächte, Jugend, Tod. Noch einmal durchlebte und durchlitt sie die Vergangenheit. Es war eine Qual.

Frank verließ das Stativ mit der Kamera und sah Marni prüfend an. Ihre Körperhaltung schien ihn mehr zu interessieren als ihr seelischer Zustand. Er ging um sie herum, rückte sie auf dem Hocker zurecht, drehte und wendete ihren Kopf, bog ihre Schulter zur Seite und brachte ihre Arme und Beine in eine andere Stellung.

Nach einem aufmunternden Lächeln trat er wieder hinter die Kamera und blickte durch den Sucher. Unzufrieden schüttelte er den Kopf und drehte am Objektiv. Schließlich hob er das Stativ hoch und kam näher an Marni heran.

„Okay, Marni", sagte er mit einschmeichelnder Stimme. „Jetzt wende den Kopf bitte zur Seite und sieh nicht in die Kamera. So ist es richtig. Und nun schließ die Augen. Du denkst an weichen Sand, an Sterne und einen vollen Mond. Lass dich von deinen Erinnerungen und von der Musik davontragen."

Die Melodie eines gefühlvollen populären Schlagers tönte durch den Raum. „Sehr schön, Marni. Und nun drehst du dich langsam zu mir um. Öffne die Augen ... ein kleines Lächeln ..."

Web drückte nicht auf den Auslöser. Denn Marni weinte.

Anne sprang alarmiert auf, um Marni beizustehen, aber Frank hielt sie mit einer Handbewegung zurück. Er ließ die Kamera stehen und stellte sich schützend vor Marni. „Na, so habe ich mir das nicht gerade vorgestellt", meinte er in absichtlich scherzhaftem Ton, um seine Betroffenheit zu überspielen und Marni aufzuheitern.

„Es ... es tut mir leid." Sie schluckte und blinzelte ein, zwei Mal, dann hatte sie sich, zumindest nach außen, wieder in der Kontrolle. Die Musik spielte noch immer, und aus dem Augenwinkel sah Marni Füße, die den Rhythmus klopften, und ein paar Leute, die sich im Takt wiegten und leise mit den Fingern schnippten. Die heitere Sorglosigkeit der Crew verstärkte in ihr das Gefühl der Isolation nur noch mehr.

„Frank, ich fühle mich erbärmlich", flüsterte sie. „Ich komme mir vor wie auf einem Präsentierteller."

„Ach wo. Komm, wir versuchen es noch mal."

Die ganze Prozedur ging von vorn los. Pudern, Rouge, Lippenstift. Pose.

„Sehr schön, wie du das machst, Marni. Siehst du, es geht doch", redete Webster ihr zu, während er unablässig auf den Drahtauslöser drückte. „Wirf den Kopf zurück. Schön! Die Schultern entspannen. So ist es richtig. Nun hoch mit dem Kopf und den Blick direkt in die Kamera. Bravo! Schon viel besser! So gefällst du mir."

Frank hatte den ersten Film fast verbraucht. Er wusste, dass die letzten Fotos passabel sein würden. Aber seine Vorstellung von einem ganz bestimmten Ausdruck und Lebensgefühl war noch nicht getroffen.

Er wusste, dass es nicht an der Frisur, nicht an der Kleidung oder am falschen Make-up lag. Sogar Marnis Pose stimmte – sie hatte schnell gelernt. Aber was er anstellen musste, um den Schmerz aus ihrem Blick zu verbannen, das wusste er nicht.

Dass er intime Erinnerungen wachgerufen hatte, um Marni und sich für das Foto einzustimmen, war offensichtlich ein Fehler gewesen. Anscheinend war in ihrem Gedächtnis das Schöne nicht vom Tragischen zu trennen. Deshalb versuchte Frank es jetzt mit einem sachlichen, geschäftsmäßigen Ton. Er erörterte mit Marni das Konzept von „Class" und das Image, das die Zeitschrift erhalten sollte. Dann verschoss er noch einmal einen ganzen Film, wobei er Objektive und Filter wechselte und den Assistenten und Beleuchtern ständig neue Anweisungen gab.

Marni musste von ihrem Hocker aufstehen und in verschiedenen Haltungen posieren. Zuerst frontal und bewegungslos, dann locker, das Gewicht auf ein Bein verlagert. Eine Hand auf der Hüfte, dann alle beide. Die Hände vor dem Schoß gefaltet, hinter Rücken und Kopf verschränkt.

Ihre Beine begannen zu zittern, und sie bat Frank, sich wieder setzen zu dürfen. Allmählich fühlte sie sich dem Ganzen hilflos ausgeliefert. Aus einer Stunde wurden zwei, dann drei.

Marnis Erschöpfung war ihr zunehmend anzusehen. Frank gönnte ihr eine kurze Pause, in der sie sich umziehen und mit einem Glas Orangensaft erfrischen konnte.

Dann ging es weiter. Die Ruhepause war nur ein Tropfen auf den heißen Stein gewesen. Schon nach wenigen Minuten fühlte Marni sich wieder völlig ausgelaugt. Sie strapazierte ihre Selbstbeherrschung bis zum Letzten, denn aufgeben wollte sie nicht.

Der Kaffee wurde kalt, die Sandwiches unansehnlich und trocken. Die Stimmung der Crew war inzwischen auf den Nullpunkt gesunken. Kein fröhliches Wippen, kein Hüftzucken mehr zur Studiomusik. Die Gespräche waren verstummt, nur ab und an noch ein unzufriedenes Gemurmel. Mit jeder Minute, die verstrich, wurden die Anwesenden missmutiger.

Frank legte eine Kurzkonferenz ein und überlegte gemeinsam mit Anne, Edgar, Dan und Marni, wie sie die Fotositzung zu einem befriedigenden Abschluss bringen konnten. Das Ergebnis war Ratlosigkeit.

Frank griff zu seinem letzten Hilfsmittel. Er schaltete einen kleinen Deckenventilator an, der Marnis Haar verwehte und sie frisch und unternehmungslustig erscheinen ließ. Sie folgte gehorsam seinen Anweisungen und wiegte sich zum Takt der Musik, schwenkte anmutig die

Hände, senkte das Kinn, neigte das Gesicht zur Seite und nach vorn.

Ringsum beifälliges Gemurmel, aber Marni konnte nicht mehr. Sie wollte auch nicht mehr. Hatte sie es nötig, sich gegen ihren Willen manipulieren und demütigen zu lassen? Wer hatte hier das Kommando? Schließlich bezahlte sie alle diese Leute. Warum also sollte sie leiden? Ihr Gesichtsausdruck wurde entschlossen und rebellisch. Lange würde sie sich dieses Theater nicht mehr gefallen lassen.

Marni gab sich keine Mühe mehr, sich hinter einer lächelnden Maske zu verbergen. Es war ihr egal, ob Frank Webster mit ihr zufrieden war oder nicht.

Währenddessen bemerkte Frank eine erstaunliche Veränderung in Marnis Gesicht. Endlich, endlich hatte er den Ausdruck, den er wollte. Das war Marni – direkt und ehrlich, frei und entschlossen. Das Mädchen von damals und die Frau, die sie heute war. Sie strahlte eine Aura von Macht und Erfolg aus.

Den Atem anhaltend, näherte er sich ihr mit der Kleinbildkamera, die er inzwischen wegen des größeren Bewegungsspielraums benutzte. „Das ist es", rief er aufgeregt. „Bleib so, genau so will ich dich, Prinzessin."

Marni hielt mitten in der Bewegung inne und erstarrte. Prinzessin – so hatte er sie zärtlich in den Momenten höchster Leidenschaft genannt. *Prinzessin* hatte er geflüstert, wenn sie ihm ihre Liebe geschenkt hatte.

Jetzt verlor Marni endgültig die Kontrolle über ihre Gefühle, ihre aufrechterhaltene Selbstbeherrschung fiel in sich zusammen. Sie schlug die Hände vors Gesicht und begann haltlos zu weinen …

3. KAPITEL

Marni Langan war in dem Alter, in dem man die Welt umarmen möchte.

Siebzehn. Sie hatte gerade die Highschool beendet und war voller Lebenshunger. Vor ihrem Eintritt ins Wellesley College im Herbst verbrachte sie zusammen mit ihren Eltern und Geschwistern die Sommerferien in Maine. Die Langans fuhren alljährlich in ihr Sommerhaus in Camden, wo die jungen Leute segelten, schwammen, fischten und mit Freunden Grillpartys am Strand feierten.

Marnis acht Jahre älterer Bruder Fabian freute sich dieses Jahr ganz besonders auf die Ferien, denn es war sein erster Urlaub vom anstrengenden Geschäftsleben. Fabian war nach seinem Examen in Betriebswirtschaft vor acht Monaten als Manager in das väterliche Unternehmen eingetreten, das Jonathan Langan dreißig Jahre zuvor gegründet hatte. Sein Vater hatte ihm das Privileg eines langen Sommerurlaubs unter der Bedingung zugestanden, dass er auch von Camden aus Kontakt mit der Firma hielt.

Marnis zwei Jahre ältere Schwester Tanya betrachtete die Ferien als verdienten Lohn nach ihrem zweiten Semester am College. Tanya zog das Nichtstun dem trockenen Studium vor, zu dem ihre Eltern sie mehr oder weniger gezwungen hatten. Wäre es nach ihr gegangen, dann wäre sie lieber in der Welt herumgereist, hätte sich auf Jetset-Partys getummelt und mit gut aussehenden Männern geflirtet.

Tanya und Marni unterschieden sich nicht nur äußerlich wie Tag und Nacht. Ihre Wesensarten und Ziele waren grundverschieden. Während Tanya sehnsüchtig darauf wartete, dass ein Millionär sie aus der elterlichen Abhängigkeit befreite, war Marni ruhiger und sehr zielstrebig, dabei lebenslustig und immer zu Spaß und Vergnügen aufgelegt.

Sie war ehrgeizig und strebte eine solide Ausbildung an. Ihr schwebten ein paar Jahre Berufstätigkeit vor, und dann wollte sie heiraten. Aber für sie kam nur eine Liebesheirat infrage.

Doch das lag in weiter Ferne. Marni hatte in jenem Sommer alles andere im Kopf, als sich einen Ehemann zu angeln. Sie war jung, neugierig und unternehmungslustig, ging auf die Partys ihrer gesellschaftlich gleichgestellten Freunde und traf sich mal mit dem einen, mal mit dem anderen jungen Mann.

Sie dachte nicht im Entferntesten an eine engere Beziehung. Die verwöhnten jungen Männer, mit denen sie verkehrte, waren ihr zu oberflächlich und zu dumm. Man konnte mit ihnen weder über weltpolitische Ereignisse noch über die letzten Börsennachrichten diskutieren, und von den Sachbuch-Bestsellern hatten sie erst recht keine Ahnung.

Marni wollte sich weiterentwickeln, sie wollte interessante Leute kennenlernen und ihren Horizont erweitern, bevor sie irgendwann in ferner Zukunft eine Familie gründete und sich in einer Traumvilla in Connecticut niederließ.

Zum Auftakt der Sommersaison veranstalteten die reichen New Yorker Familien wie jedes Jahr ein großes Fest, um ihre Landhäuser, die den Winter über leer gestanden hatten, wieder in Besitz zu nehmen und neu zu beleben. Die Wiedersehensfreude der jungen Leute war groß, denn die meisten hatten sich ein Jahr lang nicht gesehen.

Nach den Partys ging es erst richtig los mit dem Ferienvergnügen. Segeltouren auf dem Atlantik, Picknickausflüge in den teuersten und luxuriösesten Autos, viele Stunden am Strand, Ausflüge in die Eisdielen und Restaurants der Stadt und Nächte am Lagerfeuer.

Marni und Tanya hatten jede ihre eigene Clique, aber aus naheliegenden Gründen schlossen sie sich, wann immer sich eine Gelegenheit bot, Fabian und seinen Freunden an.

Fabian hatte aus denselben verständlichen Gründen nichts dagegen. Er selbst zog zwar die Gesellschaft zwanzigjähriger und noch älterer Mädchen vor, aber die meisten jungen Männer in seiner Clique mochten die Teenager sehr gern.

Seit Fabian ins Erwachsenenleben eingetreten war, fühlte er sich in dieser Runde nicht mehr sonderlich wohl. Er suchte etwas anderes, fühlte sich rastlos und unausgefüllt. Kein Wunder, dass er mit Web Freundschaft schloss, nachdem er ihn näher kennengelernt hatte. Webs voller Name lautete Frank Webster, aber er war bei allen nur als Web bekannt.

Web arbeitete in jenem Sommer im Camden Clubhotel. Eigentlich war er als Badewärter angestellt, aber als Allroundtalent machte er sich nützlich, wo immer es nötig war.

Fabian machte Webs Bekanntschaft, als er eines Morgens im Swimmingpool des Hotels badete. Sie unterhielten sich eine Weile, und Fabian stellte fest, dass Web weitaus interessanter und anregender war als die jungen Männer, mit denen er sonst zusammen war.

Web war sechsundzwanzig und führte ein freies ungebundenes Leben. Seine Unbeschwertheit und sein ungewöhnlicher Lebensstil faszinierten Fabian, der seit seiner Kindheit in die streng geregelten Gewohnheiten seiner Gesellschaftsschicht eingebunden war und trotz seines Reichtums wirkliche Freiheit nie kennengelernt hatte.

Während Fabian im Ausland von Luxushotel zu Luxushotel gejettet war, hatte Web die Welt auf Frachtern oder Passagierschiffen bereist – je nachdem, wo er Arbeit fand. Während Fabian unter dem wachsamen Blick seines Vaters mit internationalen Berühmtheiten Konversation gemacht hatte, hatte Web über diese Leute in Büchern gelesen, wo immer er sich gerade aufhielt. Beide hatten denselben Bildungsstand, wobei Web mit seiner praktischen Intelligenz und Lebenserfahrung Fabian noch überlegen war. Die beiden jungen Männer freundeten sich an, und Fabian verbrachte mehr und mehr Zeit in Webs Gesellschaft.

So blieb es nicht aus, dass auch Marni Fabians neuen Freund kennenlernte. Vom ersten Moment an fühlte sie sich magisch von ihm angezogen.

Web war reif. Er war interessant und sah gut aus. Er war unbeschwert und verwegen – ein Abenteurer, den etwas Geheimnisvolles umgab. Zugleich war er nachdenklich und überlegte sich, was er sagte. Er sprach nie laut, und seine Stimme hatte einen angenehmen weichen Klang.

Web war frei, sein eigener Herr. Dass er auch ein Stromer, ein wurzelloser Vagabund war, machte ihn für Marni nur noch aufregender. Sie verliebte sich in Web. Fabian nannte es eine Jungmädchenschwärmerei, aber es war mehr.

Marni wich ihrem Bruder nicht mehr von den Fersen und folgte ihm, wohin er ging. Zuerst war sie noch diskret und tat, als wolle sie die beiden Männer nicht stören. Trotzdem trug sie beim Baden ihren hübschesten Bikini und achtete darauf, dass ihr Liegestuhl in Webs Sichtweite stand.

Dann wurde sie mutiger. Unter dem Vorwand, sie hätte nichts Interessantes vor und würde sich zu Hause langweilen, schloss sie sich Fabian und Web an und ging mit ihnen segeln.

Sie quetschte sich auf den Rücksitz von Fabians Sportwagen, wenn er an Webs freiem Tag mit ihm nach Bar Harbor fuhr. Als Grund gab sie an, dass sie auch eine Abwechslung von der Monotonie in Camden gebrauchen könne.

Mit angespannter Miene sah sie den beiden in Webs Zimmer beim Schachspiel zu und behauptete, sie würde das Spiel nur begreifen, wenn zwei Meister es ihr vormachten.

Von anderen Vergnügungen der beiden Freunde blieb Marni ausgeschlossen. Aber sie wusste von ihren nächtlichen Motorrad-Rasereien am Strand oder von ihren Sauf- und Billardtouren in den örtlichen Kneipen. Sie wusste, dass sie manchmal nachts Langusten aus den Fangkörben der Hummerfischer stahlen und im Mondlicht am Strand über einem Holzfeuer kochten.

All das und die Tatsache, dass ihre Eltern Fabians neuen Umgang aufs Höchste missbilligten, steigerte die Faszination, die Web auf Marni ausübte.

Sie war nie rebellisch gegen ihre Eltern gewesen, die bei der Erziehung ihrer Kinder streng auf Wohlverhalten geachtet hatten. Aber insgeheim hatte es sie geärgert, dass ihre Eltern schon bei den harmlosesten Streichen die Augenbrauen tadelnd hochzogen.

Und nun Web, dieser hergelaufene Typ, der eine drohende Gefahr für die Tugend ihrer Kinder verkörperte! Insgeheim frohlockte Marni, dass ihre Eltern machtlos gegen seinen verderblichen Einfluss waren. Es gelang den Langans nicht, ihren Sohn von seinen undurchsichtigen Vergnügungen abzubringen.

„Wer ist dieser Mann?", fragte Adela Langan ihren Sohn eines Morgens, als Fabian sich übernächtigt an den Frühstückstisch setzte. „Was hat er gelernt? Woher kommt er?"

„Von überall und nirgends", lautete Fabians ausweichende Antwort. Seit er Web kannte, genoss er die wachsende Unabhängigkeit von seinen Eltern. „Ein Universitätsstudium kann er nicht vorweisen, aber er weiß verdammt viel. Mehr, als man an einem College lernen kann."

Jonathan Langan teilte die Besorgnis seiner Frau. „Dieser Mann ist kein Umgang für dich, Fabian. Wahrscheinlich ist er im Laufe seiner ... ähm ... schillernden Karriere schon öfters mit dem Gesetz in Konflikt geraten."

„Mag sein", erwiderte Fabian grinsend, „aber er bereichert meine Bildung. Betrachtet ihn einfach als eine Art Abendschule in Lebenserfahrung."

Diese Sichtweise wollten die Langans nicht annehmen. Web war ihnen weiterhin ein Dorn im Auge. Sie kamen nicht auf die Idee, ihn zu sich nach Hause einzuladen, um sich persönlich ein Bild von ihm zu machen. Fast schien es, als seien sie froh, einen Sündenbock für all die Meinungsverschiedenheiten gefunden zu haben, die sich zwangsläufig ergeben, wenn ein Sohn erwachsen wird und seinen eigenen Weg sucht.

Die Missbilligung der Langans tat der Freundschaft zwischen den beiden jungen Männern keinen Abbruch, und Marnis Bewunderung für Web wuchs mit jedem Versuch ihrer Eltern, ihn in Misskredit zu bringen.

Sie sah ihn von einer Aura des Abenteuers und prickelnder Geheimnisse umgeben. Fast betete sie ihn an. Wenn sie ihn nur ansah, verspürte sie dieses neue erregende Gefühl, das sie für Liebe hielt.

Aber nicht nur Webs Persönlichkeit faszinierte Marni. Er sah auch noch fantastisch aus. Allein seine Augen, deren tiefes Blau in dem sonnengebräunten Gesicht eine unglaubliche Intensität besaß. Durch sein dichtes dunkelbraunes Haar zogen sich sonnengebleichte blonde Strähnen. Webs markante Gesichtszüge verrieten Lebenserfahrungen, die Marni und ihre Geschwister höchstens aus Romanen kannten. Die Bewegungen seines durchtrainierten Körpers zeigten Stärke und Selbstsicherheit. Für Marni war Web der Inbegriff eines Mannes. Sie war nicht nur in ihn verliebt, sie begehrte ihn.

War es Einbildung oder Tatsache, dass auch er ihr ein gewisses Interesse entgegenbrachte? Wenn er sie ansah, schien in seinem Blick mehr als nur freundliches Wohlwollen zu liegen ...

Doch wie wollte sie herausfinden, ob er mehr für sie empfand als Sympathie? Web blieb betont auf Distanz und vermied jede körperliche Nähe. Manchmal, wenn sie segelten oder am Strand mit der Clique Volleyball spielten, kam es zu kurzen unverfänglichen Berührungen, die sich Marni jedoch unauslöschlich einbrannten.

Sie ließ nichts unversucht, um Webs Interesse auf sich zu lenken. Mit kosmetischen Tricks und einer bewussten Auswahl ihrer Kleidung bemühte sie sich, älter zu erscheinen, als sie war. Aber Web schien es nicht einmal zu bemerken. Marnis Verliebtheit schlug zunehmend in Frustration um. Außer der Möglichkeit, einen direkten Vorstoß zu wagen, fiel ihr nichts mehr ein.

Dann endlich kam die Gelegenheit.

Fabian und Web hatten schon seit Längerem eine Bergwanderung geplant. Ausgerechnet am Abend vor Webs freiem Tag kündigte sich bei Fabian eine Magenverstimmung an. Er hoffte, dass es sich über Nacht bessern würde. Marni erkannte ihre Chance. Früh am nächsten Morgen schlich sie sich in Fabians Zimmer, um sich nach seinem Gesundheitszustand zu erkundigen. Fabian konnte vor Übelkeit kaum den Kopf heben.

„Ich springe für dich ein“, schlug Marni mit unschuldiger Miene vor. „Es wäre schade, wenn Web deinetwegen auf den Ausflug verzichten müsste. Er hat bestimmt keine Lust, allein zu gehen.“

„Kommt nicht infrage“, protestierte Fabian energisch und schloss gleich darauf stöhnend die Augen. „Oh Mann, geht's mir schlecht!“

Marni reichte ihm die halb geleerte Tasse mit kaltem Pfefferminztee, die auf seinem Nachttisch stand. „Was spricht dagegen? Willst du Web seinen freien Tag verderben? Ich gehe mit ihm.“

„Das tust du nicht! Du wärst für ihn nur ein Klotz am Bein. So eine Bergtour ist kein Spaziergang.“

Marni verdrehte die Augen. „Fabian, wann hörst du endlich auf, mich wie deine schwache kleine Schwester zu behandeln? Ich habe mehr Kraft als du, wenn du in Hochform bist. Vergiss nicht, dass ich ein paar Jährchen jünger bin als du."

„Danke für das Stichwort, Schwesterherz. Wie kommst du eigentlich auf die Idee, dass Web auf die Gesellschaft eines Teenagers Wert legen könnte? Ich weiß genau, dass du nicht aus sportlichem Ehrgeiz so scharf auf diesen Ausflug bist."

Marni hatte sich an Fabians Hänseleien hinsichtlich ihrer Schwärmerei für Web gewöhnt und überhörte seine Anspielung. Sie blickte ihn entschlossen an. „Ich gehe jetzt rüber zu Web", verkündete sie. „Er soll selbst entscheiden, ob er mich mitnehmen will oder nicht."

„Das sieht mir ganz nach einem weiblichen Trick aus", bemerkte Web mit einem schwer zu deutenden Lächeln, als Marni ihm ihren Vorschlag unterbreitet hatte. „Oder hat dich plötzlich das Bergsteigerfieber gepackt?"

„Es macht mir Spaß, in den Bergen herumzuklettern. Ich habe solche Touren schon öfter gemacht."

„So? Wann war denn die letzte?"

„Als ich im Sommercamp war."

„Wann, Marni?"

„Vor ... vor fünf Jahren."

„Aha." Web grinste belustigt. „Das müssen ja gewaltige Berge gewesen sein, die ihr Teenies da bewältigt habt."

„Sie waren mindestens so hoch wie der lächerliche Hügel, den ihr euch vorgenommen habt", versetzte Marni schlagfertig.

Web schüttelte lachend den Kopf. „Oh Marni, Marni, wenn du dir etwas in den Kopf gesetzt hast ... Wissen deine Eltern eigentlich, dass du hier bist?"

„Was haben die denn damit zu tun?"

„Wissen sie es?", wiederholte Web seine Frage.

„Sie wissen, dass ich den ganzen Tag unterwegs bin", antwortete Marni ausweichend, worauf Web nur leicht die Augenbrauen hob.

„Na ja ... ich habe ihnen erzählt, dass ich mit Freunden eine Fahrt nach Old Orchard mache", gestand sie zögernd. „Was soll's? Schließlich bin ich fast erwachsen", setzte sie in einem fast aufsässigen Ton hinzu.

Web sah sie überrascht an. Er musterte Marni vom Kopf bis zu den Füßen und ließ den Blick langsam über ihre weiblichen Rundungen schweifen.

Marni fühlte, wie ihr das Blut in den Kopf schoss. Sie registrierte mit einem gewissen Triumphgefühl, dass Web sie zum ersten Mal so ansah.

„Oh ja“, sagte er gedehnt, „für deine siebzehn Jahre bist du schon ... sehr erwachsen ...“

Der begehrliche Ausdruck in Webs Augen ließ Marnis Herz schneller schlagen. Trotzdem – die Anspielung auf ihr Alter war deutlich genug gewesen. Mit einem resignierten Schulterzucken ging Marni zur Tür. „Ich weiß zwar nicht, was mein Alter mit einem Ausflug in die Berge zu tun hat, aber wie du willst. Es war nur ein Vorschlag.“ Ohne ein weiteres Wort verließ Marni Webs Zimmer und ging den langen Hotelflur hinunter.

„Marni, warte!“

Sie drehte sich um und sah, wie Web seinen fertig gepackten Rucksack schnappte, die Zimmertür abschloss und auf sie zugelaufen kam.

Bei herrlichem klarem Wetter erreichten sie gegen zehn ihr Ziel. Web parkte Marnis Wagen bei einem Rastplatz am Fuß des Berges, und dann begann der Aufstieg. Der Wanderpfad war steil und nicht ohne Hindernisse, aber Marni hielt mühelos mit Web Schritt. An schwierigen Stellen nahm er sie bei der Hand und führte sie. Sie brauchte keine Hilfe, doch sie genoss das Gefühl, von ihm behütet und umsorgt zu werden.

Es war ein wundervoller Tag, der schönste Tag in ihrem Leben. Sie und Web, ganz allein, umgeben von der Schönheit und Stille einer unangetasteten Natur. Die Sonne stieg höher, und nach und nach zogen sie ihre Jacken und Pullover aus und packten sie in die Rucksäcke. Der Aufstieg wurde steiler und beschwerlicher, und Marni stimmte erleichtert zu, als Web nach zwei Stunden strammen Marsches eine Lunchpause vorschlug.

Sie suchten einen schattigen Lagerplatz, und zu Webs Überraschung ergänzte Marni Webs Lunchpaket mit den Leckerbissen, die die Köchin der Langans am Vorabend für Fabian zubereitet hatte. Als besondere Zugabe holte sie eine Flasche Wein aus dem elterlichen Weinkeller aus dem Rucksack.

„Hmm, ein guter Tropfen“, lobte Web, „delikat und frisch wie du.“

„Falls das ein Kompliment sein soll, vielen Dank“, antwortete Marni betont lässig. Sie saß gegen einen Baum gelehnt, Web dicht neben ihr. Um ihre innere Erregung zu verbergen, suchte sie krampfhaft nach einem Gesprächsstoff. „Ein hübsches Plätzchen hier ... findest du nicht? So ruhig und friedlich.“

Web biss in sein Schinkensandwich und trank anschließend einen Schluck Wein. „Mir gefällt es. Aber ich wusste gar nicht, dass du die

Natureinsamkeit so schätzt. Ich dachte, du seist eher ein Typ, der Action und Unternehmungen mag."

Marni war sich nicht sicher, ob Web seine Antwort spöttisch oder ernst meinte. Sie merkte, wie schwierig es war, eine Unterhaltung mit ihm zu führen, ohne ständig ironische Anspielungen hinter seinen Bemerkungen zu vermuten. Nahm Web sie ernst, oder machte er sich über sie lustig? Oder war sie nur befangen und verunsichert?

„He, Marni, du sagst ja gar nichts. Wo bist du mit deinen Gedanken?"

„Ich dachte gerade daran, wie wenig wir voneinander wissen", antwortete sie ernst. „Du hältst mich zum Beispiel für eine, die immer auf Action aus ist. Okay, ich bin gern unter Leuten, aber ich brauche Orte wie diesen hier, wo ich entspannen und abschalten kann ..." Was in deiner Gesellschaft natürlich nicht einfach ist, fügte sie in Gedanken hinzu.

Web sah Marni nachdenklich an. Sie war eine erstaunliche Mischung aus Jugend und Reife, aus frischer Mädchenhaftigkeit und weiblicher Verführung. Er fühlte sich wohl in ihrer Gesellschaft, aber er wusste, dass er sich in Acht nehmen musste. „Deine letzten Ferien vor dem großen Schritt ins Leben, nicht? Freust du dich aufs College?"

Marnis Augen strahlten auf. „Oh ja, und wie! Besonders weil ich in Wellesley angenommen worden bin. Das stand auf meiner Wahlliste an erster Stelle. Ich hatte unwahrscheinliches Glück."

Web lächelte. „Stell dein Licht nicht unter den Scheffel, Marni. Es wird nicht nur Glück gewesen sein. Soweit ich weiß, zählen für die Aufnahmekommission in Wellesley vor allem die Abschlussnoten. Ich weiß von Fabian, dass du die Beste in deinem Jahrgang warst."

Marni fühlte sich nicht länger verunsichert. Web hatte ihr gezeigt, dass er sie ernst nahm, und sie beantwortete freimütig seine Fragen nach ihren Studienplänen. Ihren Traum von der Familienidylle in einem Landhaus in Connecticut behielt sie lieber für sich. Web war bestimmt nicht der Typ, der sich für derartige Ideen begeistern konnte.

„Erzähl mir von dir, Web", bat sie, „du warst schon überall, hast so viel erlebt ... dein Leben muss wahnsinnig aufregend sein."

Web lachte. „Meinst du? Na ja, langweilig war es bisher noch keinen Moment." Er begann zu erzählen. Von den unzähligen Jobs, mit denen er sich über Wasser gehalten hatte. Von seinen Reisen und abenteuerlichen Erlebnissen. Und von den gefährlichen Situationen, in die er geraten war.

Marni hing gebannt an seinen Lippen. Connecticut – was für ein spießiger Jungmädchentraum! In diesem Moment hatte sie ganz andere Zukunftsfantasien.

4. KAPITEL

Schließlich beendeten Marni und Web das Picknick. Er trank seinen letzten Schluck Wein und streckte sich im Gras aus. „Ende der Märchenstunde. Jetzt wird erst mal Siesta gehalten. Dieser Wein hatte es in sich. Nicht gerade der ideale Trunk für eine Bergtour."

Marni, die bäuchlings dicht neben ihm lag, sah ihn überrascht an. „Hey, Web, machst du etwa schlapp? Wir sind doch noch lange nicht oben." Sie bemühte sich, unternehmungslustig zu wirken. In Wirklichkeit wurde ihr bei der Vorstellung von einer gemeinsamen Siesta mit Web ganz schwindlig.

Web richtete sich halb auf und musterte Marni mit einem forschenden Blick. „Wer sagt, dass ich nicht mehr weiter will? Bis oben ist es nur noch ein kurzes Stück, und der Rückmarsch ist ein Kinderspiel. Wenn du mich allerdings noch lange so ansiehst, dann können wir die Gipfelbesteigung vergessen."

„Wie … wie sehe ich dich denn an?"

„Das weißt du genau, Marni Langan. Sieh dich vor – ich bin auch nur ein Mensch."

Ein Gefühl von Triumph und Verlegenheit überkam Marni. „Entschuldige, Web. Ich hatte nicht die Absicht …"

„Natürlich nicht! Wie kannst du in deinem Alter auch wissen, wie gewisse Blicke auf Männer wirken."

„Wie denn?", fragte sie naiv.

„Oh, Marni. Die Augen verraten deine geheimsten Wünsche. Du bist die Verführung in Person. Ich hätte es wissen müssen."

„Oh …" Marni blickte betreten zur Seite, und ein langes verlegenes Schweigen folgte.

Web streckte die Hand aus und berührte Marnis Arm. „Komm, sei wieder fröhlich und zieh nicht so ein Gesicht." Er rückte ein Stück an sie heran.

„Ich ziehe kein Gesicht", protestierte sie. Doch sie protestierte nicht, als er sie an sich zog und ihren Kopf an seine Schulter drückte. „Es tut mir leid, dass ich mich nicht richtig benehme. Vielleicht hätte ich doch nicht mitkommen sollen."

„Du bist aber mitgekommen, und jetzt sind wir beide hier." Web strich Marni eine Haarsträhne aus der Stirn und berührte dabei ihr Ohr. Sie erschauerte bei der Berührung.

Wie aus weiter Ferne hörte sie seine Stimme. „Marni, es wird Zeit, dass wir miteinander reden.“ Wieder strich er ihr übers Haar, und diesmal war es eine zärtliche Liebkosung. „Du bist siebzehn, und ich bin sechsundzwanzig. Genau dies ist unser Problem.“

„Es ist mein Problem“, widersprach Marni.

„Glaubst du das wirklich? Glaubst du, dass nur du …?“ Web sprach nicht weiter.

Marnis Herz begann zu rasen. Eine vage Hoffnung stieg in ihr auf. „Ja, stimmt es etwa nicht?“

„Nein, ganz und gar nicht. Sag nicht, du hättest es nicht gewusst.“ Web hob den Kopf und beugte sich über Marni. „Wie kann man einer schönen Frau widerstehen?“, sagte er mit tiefer rauer Stimme.

„Ich bin ein Mädchen“, kam es im Flüsterton.

„Das versuche ich mir vergeblich einzureden. Was meinst du, wie viel Selbstbeherrschung es mich die letzten Wochen gekostet hat, dich nicht anzurühren. Ich hätte mich nicht auf dieses Abenteuer einlassen dürfen. Es ist viel zu gefährlich. Mein Gott, ich hätte es wissen müssen.“

Marni schwebte auf Wolken. Ihr Körper entspannte sich, und sie schmiegte sich glücklich an Web. „Gibt es Gesetze, die den Altersunterschied bestimmen?“, fragte sie, von seinem Geständnis ermutigt.

„Nein, aber es gibt einen gesunden Menschenverstand. Und der sagt mir, dass wir hier nicht so nah beieinanderliegen dürfen. Was wir tun, ist Wahnsinn.“

„Was tun wir denn? Was ist daran so schlimm?“ Marni fuhr mit einer Hand leicht über Webs Brust. Sie spürte seine festen Muskeln und die Wärme seiner Haut.

Web richtete sich abrupt auf. Seine Augen brannten, und sein Atem ging heftig. „Hör zu, Marni“, stieß er heiser hervor, „ich bin keiner von deinen Schulfreunden oder Collegeboys, mit denen du herumspielen kannst. Ich bin ein erwachsener Mann, Kleines, ein Mann mit Erfahrungen. Glaub mir, würde ich mit einer anderen Frau hier liegen, dann täte ich etwas anderes, als dieses alberne Spielchen zu treiben.“

Was Web sagte, machte ihn für Marni nur noch aufregender und begehrenswerter. Ihr Körper vibrierte vor Erregung, das Blut rauschte in ihren Schläfen.

Sie wusste nicht, woher sie die Kraft zum Sprechen nahm. „Ist es wirklich nur ein Spiel, Web?“, fragte sie leise.

Er kniete sich neben sie und sah ihr forschend ins Gesicht. Ihre Wangen waren gerötet, und ihre Augen glänzten vor Verlangen. „Ich verstehe“, sagte er mit tiefer sinnlicher Stimme. „Du willst nicht spielen. Du willst alles, nicht wahr?“

Marnis Atem ging schneller. „Ich … ich möchte nur einen Kuss von dir, Web“, flüsterte sie. Sämtliche Kraft schien aus ihrem Körper gewichen zu sein.

„Nur einen Kuss?“ Web beugte sich über Marni. „Okay, Marni Langan. Dann bekommst du deinen Kuss.“

Sein Gesicht kam näher, und dann spürte Marni die federleichte Berührung ihrer Lippen. Es war, als durchzucke sie ein heißer Strom, und sekundenlang fühlte sie sich wie gelähmt.

Web hob den Kopf und sah sie an. Sie hatte die Augen geschlossen. In Erwartung seines Kusses war ihr voller rosiger Mund leicht geöffnet. Er küsste sie noch einmal, doch diesmal hielt er sich nicht zurück. Sein Kuss war drängend und leidenschaftlich, und einem Instinkt gehorchend, erwiderte Marni das sinnliche Spiel seiner Zunge.

Noch nie hatte sie einen Mann so geküsst, und noch nie hatte der Kuss eines Mannes derart erregende Gefühle in ihr geweckt. Von einem Punkt in ihrem Körper breitete sich eine Welle fast schmerzhaften Verlangens aus, das nach Erfüllung strebte.

Ihr Atem ging stoßweise, als Web den Mund von ihren Lippen löste und sie von Neuem ansah. „Du küsst nicht gerade wie eine Siebzehnjährige, Marni.“

Sie lächelte, stolz und zugleich verlegen. Was sollte sie antworten? Web musste nicht unbedingt wissen, dass sie absolut unerfahren in der Liebe war. „Ich verkehre eben in heißen Kreisen“, brüstete sie sich. Es fiel ihr nicht leicht, Webs amüsiertem Blick standzuhalten.

„So, so. Dann hast du mir also einen wichtigen Teil deiner Lebensbeichte vorenthalten.“ Wieder senkte er den Mund über ihre Lippen, und sein zweiter Kuss war noch atemberaubender als der erste. „Wie schön du bist, Marni“, flüsterte er und ließ die Hand tastend über ihre Brust gleiten. „Schön und jung und leidenschaftlich.“

Seine Worte berauschten Marni. Sie schlang ihm die Arme um den Nacken und zog ihn an sich. „Küss mich noch einmal, Web.“

Er lächelte. „Es gefällt dir, nicht wahr?“ Er bedeckte ihr Gesicht und ihren Hals mit kleinen zärtlichen Küssen, ließ die Zunge liebkosend über ihre Lippen streichen und dann tief in ihren warmen Mund eindringen.

Marni stöhnte leise auf und presste sich verlangend an Web.

„Es gefällt dir“, murmelte er, „und ich gebe es ungern zu, aber mir gefällt es auch.“ Während er Marni von Neuem küsste, ließ er die Hand langsam über ihre Brüste wandern. Er streichelte ihren Bauch und ihre Schenkel, und dann näherte er sich mit der Hand der Stelle ihrer höchsten Erregbarkeit.

Marni schob instinktiv das Becken vor und drängte sich Web entgegen. Er hielt in seinen Liebkosungen inne und umfasste ihr Gesicht. „Sei ehrlich zu mir, Marni – ich muss es wissen. Ist es das erste Mal?“

Im ersten Moment wollte Marni ihn anlügen. Aber was nützte es – er hätte die Wahrheit ohnehin herausgefunden. Es hatte keinen Sinn, ihm etwas vorzumachen. „Ja“, flüsterte sie und blickte verlegen zur Seite.

Sekundenlang verharrte Web regungslos. Dann ließ er sich stöhnend zur Seite rollen. „Oh, Marni!“, entfuhr es ihm.

Sie fuhr hoch. „Spielt es denn eine Rolle, Web? Ich will es. Alle meine Freundinnen haben schon ...“

„Deine Freundinnen sind mir gleichgültig“, schnitt er ihr das Wort ab. „Du bist siebzehn und Fabians Schwester – das ist der Punkt. Du hast dir den Falschen ausgesucht, Marni.“

„Möchtest du es denn nicht auch?“, forderte sie Web heraus. Ihre Frage beantwortete sich von selbst, als ihr Blick auf die verräterische Stelle zwischen Webs Schenkeln fiel. Sie versuchte, seinen Widerstand mit verführerischen Blicken zu brechen. „Bitte, Web, tu es für mich. Ich bin alt genug, und ich will es. Jetzt und mit dir.“

Er war drauf und dran, ärgerlich zu werden. Aber Marnis entschlossener Ernst stimmte ihn weich. Er streckte die Hand aus und streichelte ihre Wange. „Ich will dir sagen, was wir jetzt tun werden, Marni. Einen Wettlauf auf den Berg und zurück. Danach sollten wir beide wieder zur Vernunft gekommen sein.“ Er lächelte ihr zu und stand auf. „Komm, auf geht's.“

Von nun an passte Web doppelt auf, dass er Marni keinen Schritt zu nahe kam. Er sorgte dafür, dass sie nie allein zusammentrafen, und Marni achtete strikt darauf, sich ihm nicht aufzudrängen. Sie hielt sogar bewusst Abstand, denn ein sicheres Gefühl sagte ihr, dass die Zeit für sie arbeiten würde. Das Bewusstsein, dass Web sie begehrte, machte sie zuversichtlich.

Web ahnte nichts von Marnis Taktik. Er wusste nur, dass sein Bemühen, ihr aus dem Weg zu gehen, das genaue Gegenteil der erhofften Wirkung erzielte. Je mehr er Marni mied, desto stärker wurde sein Wunsch, mit ihr zu schlafen.

Nicht ihre Mädchenhaftigkeit faszinierte ihn, ganz im Gegenteil, er war noch nie darauf erpicht gewesen, Jungfrauen zu verführen. Nein, Marni besaß einen ganz anderen Zauber, etwas, das er vergeblich bei den Frauen gesucht hatte, mit denen er bisher zusammen gewesen war.

Er fühlte sich magisch von ihr angezogen. Und so kam schließlich der Moment, auf den Marni gewartet hatte. Während einer Party in einem Bootshaus mit Fabians Clique zog Web sie unvermittelt nach draußen in einen entlegenen Winkel und küsste sie mit der ganzen Leidenschaft, die sich in ihm angestaut hatte.

Marni schob ihn sanft von sich und spielte die Überraschte. „Nanu, wie komme ich zu der Ehre?“

„Soll das ein Protest sein?“

„Nein, keineswegs. Ich wundere mich nur. Du hast in der letzten Zeit einen großen Bogen um mich gemacht.“

Web umfasste ihr Gesicht und sah ihr tief in die Augen. „Ja, ich habe alles unternommen, um nicht in deiner Nähe zu sein. Aber du gehst mir nicht aus dem Sinn.“ Er vergrub die Hände in ihrem Haar und strich mit den Lippen über ihre Wange.

Der Duft seiner Haut, seine erregende Nähe entfachten ein glühendes Verlangen in Marni. Sie schlang Web die Arme um den Hals und schmiegte sich an ihn, um ihm so nah wie möglich zu sein.

„Es ist zwecklos, dass ich mich dagegen wehre“, murmelte Web. „Ich will dich. Nachts liege ich wach und denke sehnsüchtig an den Tag in den Bergen zurück, an deine Küsse, deinen wundervollen Körper, an dein Lächeln und das Strahlen in deinen Augen. Weiß der Himmel, was es ist ... der Funke ist übergesprungen.“

„Ich weiß“, flüsterte Marni, atemlos vor Glück.

„Und – wie soll es nun weitergehen?“

„Das fragst du noch?“

„Ja. Wir wollen es beide. Aber deine Eltern würden uns umbringen, wenn sie es herauskriegen.“

„Was macht es für einen Unterschied, ob meine Eltern mich umbringen oder ob ich vor Sehnsucht nach dir sterbe? Oh, Web, wenn du wüsstest, was für Qualen ich leide, wenn ich an dich denke. Wie soll ich das aushalten? Du bist der Mann, der ...“

„... der im Begriff ist, eine Familientragödie heraufzubeschwören. Deine Eltern können mich ohnehin schon nicht leiden. Wenn ich nun auch noch ihre jüngste Tochter verführe ...“

„Du und mich verführen?“ Marni ließ die Hand an Webs Körper hinabwandern und strich über die Stelle, an der sie sein männliches Verlangen deutlich erkannte. „Ist es nicht eher umgekehrt?“ Sie wusste nicht, woher sie den Mut nahm, als sie fortfuhr, Webs schwellende Männlichkeit zu streicheln. „Ich habe dies noch nie bei einem Mann getan“, flüsterte sie, erregt von Webs spürbarer Reaktion. „Es ist ein wahnsinniges

Gefühl, Web. Fast, als würde ich dich schon in mir spüren.“

Web konnte sein Verlangen kaum noch zügeln. Rhythmisch bewegte er die Hüften. Es war unglaublich, wie schnell und instinktiv sie erfasst hatte, wie eine Frau einen Mann auf das Höchste erregen kann.

„Ich will mit dir schlafen, Web“, flüsterte Marni, „und du willst es auch.“

Einen kurzen Moment zögerte er noch. „Kannst du nachts unbemerkt das Haus verlassen?“, fragte er dann.

„Ja, kein Problem.“

„Gut. Um zwei bin ich am Strand. An der kleinen Bucht am Kiefernwald. Weißt du, welche Stelle ich meine?“

Überwältigt von der soeben getroffenen Entscheidung, brachte Marni kein Wort heraus. Sie nickte stumm und blieb allein in der Dunkelheit zurück, während Web sich wieder zu den jungen Leuten im Bootshaus gesellte.

Webs Silhouette hob sich schwach gegen den Nachthimmel ab. Er stand wartend gegen eine Kiefer gelehnt und fragte sich wieder und wieder, ob das, was er tat, richtig war.

Aber für einen Rückzieher war es jetzt zu spät. Web hörte Schritte. Langsam, zögernd kam Marni auf ihn zu. Doch dann, als sie vor ihm stand, warf sie stürmisch die Arme um seinen Nacken, und auch Web umarmte sie, hob sie hoch in die Luft und gab ihr einen Kuss. Abrupt stellte er sie wieder auf die Füße und ließ sie los.

„Bist du dir noch immer so sicher?“, fragte er.

Statt zu antworten, zog Marni sich ihr T-Shirt über den Kopf. Ihre straffen vollen Brüste leuchteten in dem matten Mondlicht und Web betrachtete fasziniert ihren wundervollen jugendlichen Körper. Dann umfasste er ihre Taille und ließ die Hände langsam höher wandern. Er streichelte Marnis Brüste, bis die zarten Knospen hart hervortraten. Marni drängte sich an ihn und stieß ein leises lustvolles Stöhnen aus.

Web löste sich für einen kurzen Moment aus der Umarmung und streifte rasch sein T-Shirt ab. Als er Marni wieder an sich zog und sie seinen warmen Körper an ihrem spürte, stöhnte sie auf.

„Oh, Web“, stieß sie hervor und bedeckte seinen Hals mit Küssen. Verlangend presste sie sich an ihn und ließ die Hände forschend an seinem Rücken hinabgleiten.

Web erbebte. „Langsam, Marni. Ich möchte, dass wir uns Zeit lassen.“ Er neigte den Kopf und küsste sie. Das erregende Spiel seiner Zunge und die langsam kreisenden Berührungen, mit denen er mit den Fingerspitzen ihre Brust liebkoste, steigerten Marnis Verlangen ins Unerträgliche. Sie fühlte alle Kraft aus ihrem Körper weichen.

„Ich kann nicht mehr warten, Web“, flüsterte sie, „dieses Gefühl ist … es ist einfach …“

Web lächelte. „Ich weiß, Marni. Es ist stärker als alle anderen Gefühle. Mir geht es genauso wie dir. Komm, ich will dich ganz spüren.“

Er kniete sich vor ihr hin und streifte ihre Shorts hinunter. Sie trug keinen Slip. „Marni, Marni, du weißt wirklich, was du willst“, murmelte er atemlos.

Dann lagen sie beide nackt und eng umschlungen am Boden. Mit lockenden sinnlichen Liebkosungen erforschte einer den Körper des anderen. Marni war von Webs Kraft und Männlichkeit berauscht. Der Duft seiner Haut verband sich mit dem würzigen Geruch der Kiefern und des Meeres zu einer betäubenden Mischung. Alle ihre Sinne waren geöffnet. Sie fühlte sich lebendiger als je zuvor in ihrem Leben.

Und sie fühlte sich umworben, beschützt und geliebt. Web sprach kein Wort, aber seine einfühlsamen Zärtlichkeiten signalisierten mehr als die glühendsten Liebesbeteuerungen. Leidenschaftlich und doch einfühlsam entdeckte er ihren Körper, ließ keinen Zentimeter aus.

Marni überließ sich ohne Scheu seinen Liebkosungen, sie empfand keine Scham, sich ihm ungehemmt hinzugeben. Web verlieh ihr ein Gefühl der Sicherheit. Sie spürte, dass seine Zärtlichkeiten aufrichtig und tief empfunden waren.

Ihr ganzer Körper vibrierte vor Verlangen nach diesem einzigartigen Mann. Ihre Sehnsucht hatte einen Punkt erreicht, wo alles in ihr nach Erfüllung drängte. Sie umfasste Webs Hüften und zog ihn zu sich herunter. Und dann fühlte sie seine tastenden Finger zwischen ihren Schenkeln und schrie vor Wollust auf.

„Oh, Marni … Marni“, flüsterte Web, während er mit der Hand behutsam weiter vordrang. „Meine Prinzessin … du bist bereit für mich … so bereit. Womit habe ich das verdient?“

„Komm zu mir“, flehte Marni, „jetzt … bitte …“

„Gleich, Prinzessin. Ich muss dich schützen.“ Web langte hinter sich und zog ein kleines in Stanniol verpacktes Päckchen aus der Tasche seiner Jeans. Wenig später war er wieder bei Marni.

Sie lag in atemloser Erwartung da, als er sich über sie beugte und sich vorsichtig auf sie legte. Sanft strich er mit dem Daumen über Marnis Wange. „Küss mich, Prinzessin.“

Marni schloss die Augen. Ihre Lippen teilten sich. Ganz langsam und behutsam drang Web in sie ein. Sie hielt den Atem an. Ein unbeschreibliches wundervolles Gefühl durchströmte sie. Aber zugleich war es auch frustrierend. Denn Marni spürte in sich einen hemmenden Widerstand und drängte sich Web ungeduldig entgegen.

Sein Atem ging heftig. Er hielt einen kurzen Moment inne und gab Marni einen kleinen zärtlichen Kuss. „Jetzt, Prinzessin, jetzt komme ich zu dir. Ein kurzer Schmerz, und dann ...“ Mit einer kräftigen Bewegung drang Web ganz in Marnis Schoß ein. Sie schrie auf. Aber der stechende Schmerz dauerte nur kurz und wich einem berauschenden Lustgefühl.

Web bewegte sich nicht. „Alles in Ordnung?“, fragte er leise und lächelte zu ihr hinab.

„Alles in Ordnung“, flüsterte sie.

„Entspann dich, Prinzessin. Der Schmerz ist überwunden. Jetzt gib dich deiner Lust hin.“

Marni war unfähig, zu sprechen, denn jetzt, als Web sich langsam in ihr zu bewegen begann, trat sie in jene Welt ein, in der das Denken ausgelöscht wird und nur die Sinne herrschen.

Alles, worum ihre Gedanken eben noch gekreist waren, schwand aus ihrem Gedächtnis – der Zorn ihrer Eltern, der Neid ihrer Freundinnen, Tanyas Eifersucht, Fabians Vorwürfe. Sie vergaß Vergangenheit und Zukunft, denn nur die Gegenwart zählte. Nur dieser einmalige kostbare Augenblick, in dem sie mit Web vereint war.

Ihr pulsierender Körper schien mit seinem zu einem Ganzen zu verschmelzen. Sie versank immer tiefer in einem nicht endenden, schwindelerregenden Strudel. „Ich liebe dich ... oh, Web, ich liebe dich“, rief sie wieder und wieder in ihrem übermächtigen Glücksgefühl. Instinktiv passte sie ihre Bewegungen Webs Rhythmus an, der schneller und drängender wurde. Ihre Erregung wuchs von Sekunde zu Sekunde, bis sie glaubte, es nicht mehr ertragen zu können.

Ihre Körper bewegten sich in völligem Einklang, in dem gleichmäßigen Auf und Ab einer langsam anrollenden Woge. Dann plötzlich hielt Marni mitten in der Bewegung inne. Ihr Körper spannte sich und bäumte sich Web entgegen.

In ihr schien etwas zu zerreißen. Ein tosender Wirbel riss sie davon und trug sie dem Gipfel höchster Lust entgegen. Und dann zerstob um sie her der schillernde Funkenregen eines märchenhaften Feuerwerks. Eine sinnliche Wärme durchströmte sie. Sie schien zu schweben.

Im selben Moment drang Web tief und kraftvoll in sie ein, bevor er erschauernd auf sie niedersank.

Eine Ewigkeit verstrich, bis sie in die Wirklichkeit zurückkehrten.

Schweigend, eng umschlungen, zu einem untrennbaren Ganzen verbunden, lagen sie beieinander. Schließlich löste Web sich behutsam aus Marnis Umarmung und ließ sich zur Seite rollen. Er wandte sich Marni zu und streichelte zärtlich ihr Gesicht. „Marni … Prinzessin“, flüsterte er, „dass ich dir begegnet bin …“

Glücklich seufzend schmiegte Marni den Kopf an seine Brust. Sie spürte, dass sie Web glücklich gemacht hatte, und ein Gefühl grenzenloser Freude und siegreichen Triumphs stieg in ihr auf. Vor allem aber war sie Web dankbar für das, was er ihr gegeben hatte. Sie liebte ihn und hätte es ihm jetzt, wo ihre rauschhafte Leidenschaft abgeklungen war, gern noch einmal gesagt.

Aber sie brachte nicht den Mut auf. Weder wollte sie sich einer Enttäuschung aussetzen noch Web in Verlegenheit bringen. Denn er hatte das Wort „Liebe“ nicht ausgesprochen.

Es wäre töricht gewesen, den Zauber des Augenblicks zu zerstören. Marni war restlos glücklich. Hier lag sie in den Armen des Mannes ihrer Träume. Ihr Wunsch hatte sich erfüllt. Was wollte sie mehr?

Noch lange lagen Marni und Web beieinander, wie benommen von der gegenseitigen Nähe und der milden Nachtluft. Das an- und abschwellende Geräusch der Brandung versetzte sie in jenen angenehmen halb wachen Zustand, der den Wünschen und Gedanken keine Grenzen setzt.

Sie liebten sich noch einmal, doch diesmal mit der Gewissheit, dass sie sich frei und ungehemmt einander hingeben konnten.

In den folgenden Tagen und Wochen trafen Marni und Web sich regelmäßig. Sie waren vorsichtig und wählten mit Bedacht die Zeiten und Treffpunkte aus, damit niemand Verdacht schöpfte.

Diesen Liebesstunden fieberten sie beide jedes Mal entgegen. Web konnte sich Marnis Zauber ebenso wenig entziehen wie sie sich dem Reiz seiner reifen sinnlichen Männlichkeit. Marnis Liebe und Bewunderung für Web wuchsen von Mal zu Mal, und sie erschien ihm wie ein leuchtender Sonnenstrahl in seinem Leben.

Bald bemerkten die Langans die Veränderung an ihrer Tochter. Sie ahnten die Ursache, doch Marni entzog sich ihren Fragen mit geschickten Ausflüchten. Fabian wusste Bescheid, aber er hatte seine Schwester und Web viel zu gern, als dass er ihnen Vorhaltungen machte. Tanya war schlicht und einfach eifersüchtig. Sie hatte gleich zu Ferienbeginn einen Jüngling aus Fabians Freundeskreis zu ihrem ständigen Begleiter erwählt, doch als sie von Marnis und Webs Romanze erfuhr, interessierte sie sich plötzlich für Web und setzte alles daran, ihn Marni auszuspannen. Dass er nicht anbiss, verletzte ihre Eitelkeit, und Marni hatte einiges auszustehen. Die wiederum machte im Vollgefühl ihrer Stärke keine Bemühungen, Tanya zu besänftigen.

Sie ahnte nicht, dass Tanya es ihr Jahre später bitter heimzahlen würde. Und sie ahnte ebenso wenig, dass der glücklichste Sommer ihres Lebens mit einer Katastrophe enden sollte.

Es war an einem Abend im späten August. Web und Fabian hatten sich vorgenommen, in die Universitätsstadt Orono zu fahren und das dortige Nachtleben zu testen. Natürlich wollte Marni mitfahren, aber diesmal blieb Fabian unerbittlich.

Er versuchte Marni klarzumachen, dass es klüger wäre, zur Abwechslung einen Abend zu Hause zu bleiben und die brave Tochter zu spielen, zumal die Eltern ihn fortwährend nach ihrer Beziehung zu „diesem Abenteurer“ fragten.

Als Marni noch immer nicht aufgab, zog Fabian sich aus der Affäre, indem er Web bat, die Fahrt mit dessen Motorrad zu machen.

Eine Stunde später war er nicht mehr am Leben.

5. KAPITEL

Es klopfte an der Garderobentür. Anne ging öffnen. „Bitte, Frank, nicht jetzt“, sagte sie mit gedämpfter Stimme. „Marni hat sich gerade wieder gefangen. Ich weiß nicht, was mit ihr los ist. Von einem neuen Fototermin will sie jedenfalls nichts wissen. Wir müssen uns wohl doch nach einem Model umsehen.“

„Da bin ich noch nicht so sicher. Lassen Sie mich zu ihr, Anne. Ich möchte mit ihr reden.“

Anne verließ widerstrebend den Raum und ließ Marni mit Frank allein. Er blieb an der Tür stehen.

„Geht’s dir besser?“, fragte er teilnahmsvoll.

Marni war von ihrem Zusammenbruch nichts mehr anzusehen. Sie war wieder in die Rolle der beherrschten Karrierefrau geschlüpft. „Es geht“, sagte sie ruhig.

„Das nächste Mal werde ich dafür sorgen, dass nicht so viele Leute dabei sind“, versprach er. „Kein Wunder, dass du die Fassung verloren hast.“

„Als wäre das das Problem gewesen!“ Marni schüttelte den Kopf. „Nein, Frank, es gibt kein nächstes Mal. Du weißt, warum.“

„Zu viele Erinnerungen?“ Marni nickte.

„Wenn du dich ihnen nicht stellst, wirst du sie nie verarbeiten.“

„Bis heute hatte ich keine Probleme damit.“

„Das mag ja sein, aber du hast die Vergangenheit nicht bewältigt, sondern nur verdrängt.“

„Nenn es, wie du willst. Bisher ist es mir jedenfalls recht gut gelungen, damit zu leben. Ich will nicht mehr an die Vergangenheit erinnert werden. Es ist besser so.“

„Meinst du nicht, dass dies eine Gelegenheit wäre, darüber zu reden, Marni? Du und ich, wir haben beide versucht, unsere Erinnerungen auszulöschen. Aber sie verfolgen uns. Mich hat dieses Wiedersehen genauso aufgewühlt wie dich. Zwischen uns ist nichts geklärt.“

Marni hob abwehrend die Hände. „Bitte hör auf. Dies ist nicht der richtige Moment, die Vergangenheit aufzuarbeiten. Ein langer Arbeitstag liegt noch vor mir, und ich habe genug Zeit mit dieser Farce vertrödelt.“

Frank ging einen Schritt auf sie zu. Seine Gesichtszüge waren plötzlich hart und seine Stimme verdächtig ruhig. „Du nennst also das, was ich tue, eine Farce. Für eine Marni Langan ist mein Beruf ein läppischer Zeitvertreib, den man nicht ernst zu nehmen braucht. Hör mal, Marni, ich verdiene mit dieser Farce mein Geld, und ich bin ziemlich erfolgreich."

Marni erkannte zu spät, dass sie einen wunden Punkt berührt hatte. „Entschuldige", lenkte sie ein, „so war das nicht gemeint. Ich habe großen Respekt vor deiner Arbeit und weiß, dass du einer der Besten bist. Hätten wir dir sonst diesen Auftrag erteilt? Mit der Farce meinte ich mein Versagen. Mich als Model zu nehmen und dann noch unter diesen Umständen – das konnte ja nicht gut gehen." Marni ergriff ihre Handtasche und wollte sich an Frank vorbeischieben. „Entschuldige mich jetzt bitte. Ich muss ins Büro zurück."

„Heute Abend gehen wir zusammen essen", bemerkte er im selbstverständlichsten Ton. „Wenn wir weiter zusammenarbeiten wollen, müssen wir vorher einiges bereinigen."

„Nein!" Marni drängte sich an Frank vorbei und fasste nach dem Türgriff. „Unsere Zusammenarbeit ist beendet, und ich will dich nicht wiedersehen. Wir würden nur unnötig Salz in die Wunden streuen."

„Ich hole dich um halb neun bei dir zu Hause ab." Webster gab den Weg frei, und Marni ging ohne ein weiteres Wort hinaus.

„Wir sehen uns morgen früh bei mir im Büro", teilte sie draußen dem unschlüssig wartenden Team mit. „Bis dahin haben Sie genügend Zeit, sich eine andere Lösung für das Titelbild zu überlegen. Es muss ja nicht unbedingt ein Model sein. Attraktive Karrierefrauen gibt es genug."

Frank lächelte in sich hinein. Marni war noch immer die Alte. Verletzlich, wie sie war, konnte sie auch Autorität zeigen und sich durchsetzen. Aber in diesem speziellen Fall würde er alles daransetzen, dass sie nachgab. Und wenn er es nur deswegen tat, um sich selbst etwas zu beweisen.

Marni wandelte nervös in ihrem Wohnzimmer auf und ab und sah immer wieder auf die Uhr. Sie ging ins Bad, überprüfte ihr Make-up und ihre Frisur, zupfte an ihrer Seidenbluse, ging ins Wohnzimmer zurück und setzte sich auf die Sofakante, wo sie steif und verkrampft verharrte.

Es war kurz vor halb neun. Das Telefon läutete. Marni sprang auf und nahm den Hörer ab. Halb hoffte, halb fürchtete sie, Frank hätte es sich anders überlegt und sagte das Treffen im letzten Moment ab. „Hallo?"

Marnis Herz begann, wild zu schlagen, als der Portier des Apartmenthauses den Besuch eines Mr Frank Webster meldete. „Ich erwarte ihn. Schicken Sie ihn bitte herauf, Joe."

Als es an ihrer Wohnungstür läutete, zitterten Marnis Knie. Sie strich ihren Rock glatt – denselben, den sie schon morgens und den ganzen Tag im Büro getragen hatte – und ging öffnen. Frank sollte wissen, dass sie dieses Dinner als Verlängerung ihres Arbeitstages betrachtete, als ein Geschäftsessen und nicht mehr.

Es verschlug ihr die Sprache, als sie einen Gentleman in marineblauem Mantel und dezentem dunklen Anzug erblickte. Websters Aufzug entsprach genau dem strengen geschäftsmäßigen Stil, in dem Marni sich den Abend vorstellte, aber nun war sie doch überrascht.

„Guten Abend, Frank. Komm bitte herein." Zögernd öffnete sie die Tür und ließ ihn in die Wohnung eintreten.

Er sah mit einem belustigten Lächeln an sich herab. „Deiner Miene nach muss ich ja einen schockierenden Anblick bieten."

„Ganz und gar nicht. Ich ... ich bin nur überrascht. So elegant habe ich dich noch nie ..."

„Du hast doch wohl nicht erwartet, dass ich dich in Jeans und T-Shirt zum Essen ausführen würde, oder?"

„Natürlich nicht. Es ist nur ..."

„Vierzehn Jahre, Marni, das scheinst du zu vergessen. Irgendwann werden wir alle mal erwachsen."

Schon war er wieder bei dem Thema, das Marni um jeden Preis vermeiden wollte. Sie ignorierte die Bemerkung und nahm zu den Floskeln Zuflucht, die sie als geübte Gastgeberin meisterhaft beherrschte. „Gib mir deinen Mantel. Kann ich dir einen Drink anbieten?"

Eigentlich hatte sie gleich essen gehen wollen, aber jetzt konnte sie das Angebot nicht mehr zurücknehmen. Was hatte sie überhaupt geplant? Sie hatte sich auf diesen Abend eingelassen, ohne sich über ihre Erwartungen klar zu sein.

Frank reichte ihr seinen Mantel, den sie an die Garderobe hängte, und folgte ihr ins Wohnzimmer. „Einen Drink? Ja, gern. Einen Bourbon auf Eis, wenn du hast."

Während Marni an der Hausbar mit unsicheren Bewegungen die Flasche öffnete und aufpassen musste, dass sie den Whisky nicht verschüttete, schaute Frank sich in der Wohnung um. Mit Kennerblick bewunderte er die leichten, in Weiß gehaltenen Möbel, die kostbaren Kelim-Teppiche und die ausgewählten Bilder namhafter Künstler, die von verdeckten Punktstrahlern angeleuchtet wurden. Der große Raum strahlte Geschmack und eine heitere Eleganz aus.

„Schön hast du es hier", sagte er, „eine herrliche Wohnung. Allein dieser großzügige Raum mit der breiten Fensterfront zum Park. Ich muss schon sagen, du lebst wie eine Fürstin."

„Gezwungenermaßen", erklärte Marni, während sie ihm seinen Drink reichte. „Seit ich die Firma leite, habe ich Repräsentationspflichten. Dinner, Cocktailpartys, Empfänge ..."

Frank setzte sich auf das breite cremefarbene Sofa und trank einen Schluck. „Macht es dir Spaß?"

„Was?"

„Als Gastgeberin zu repräsentieren."

„Mal ja, mal nein. Du weißt ja, ich bin in dieser Atmosphäre aufgewachsen. Es ist mehr oder weniger Routine."

Er nickte. Dann legte er den Arm auf die Rückenlehne des Sofas und musterte Marni. Ihr war anzusehen, dass sie sich unbehaglich fühlte. Die Konversation tröpfelte dahin, und keiner wusste so recht, was er sagen sollte. Web hatte solche Gesellschaftsspiele noch nie gemocht. Er beschloss, nicht länger wie die Katze um den heißen Brei herumzuschleichen.

„Ich bin froh, dass wir uns heute Abend sehen, Marni. Eigentlich hatte ich nicht damit gerechnet, dass du mich empfangen würdest. Es wäre für dich einfach gewesen, in letzter Minute ein wichtiges Geschäftstreffen vorzuschieben."

Marni sah ihm fest in die Augen. Auch sie war jetzt entschlossen, offen mit ihm zu reden. „Ehrlich gesagt hatte ich an so etwas gedacht, aber du hattest recht – es wäre töricht, den Kopf in den Sand zu stecken. Da wir uns nun schon einmal unter so merkwürdigen Umständen wieder begegnet sind, sollten wir die Chance nutzen, uns auszusprechen." Marni hielt einen Moment inne. „Wir hatten nie die Gelegenheit dazu", setzte sie leise hinzu.

An ihrem verspannten Gesichtsausdruck sah Frank, dass sie sich nur mühsam beherrschen konnte. Es tat ihm weh, sie so zu sehen. Er war nicht mit der Absicht gekommen, von Neuem ihre Gefühle aufzuwühlen. „Bitte, Marni, nicht jetzt. Lass uns nicht darüber reden."

„Hast du nicht selbst gesagt, dass zwischen uns nichts geklärt ist und wir uns aussprechen müssen?"

„Ja. Später, wenn wir beide wirklich dazu bereit sind. Nicht heute Abend. Nach dem Schock von heute früh sind deine Nerven noch viel zu angespannt."

„Warum dann dieser Abend?", fragte Marni verwirrt.

„Weil ich mit einer alten Freundin Wiedersehen feiern möchte. Ich möchte mich mit dir unterhalten. Mich interessiert, wie du lebst, was du tust, wie es dir seit damals ergangen ist. Und ich möchte dir von mir erzählen. Vierzehn Jahre sind eine lange Zeit. Wir haben uns beide weiterentwickelt und sind reifer geworden. Ich erhoffe mir von diesem Abend, dass wir uns besser kennenlernen."

„Weshalb?“

„Um unsere Zusammenarbeit zu erleichtern.“

Marni setzte sich kerzengerade in ihrem Sessel auf. „Frank, fang bitte nicht wieder damit an. Du weißt, das Thema ist für mich erledigt.“

„Ja, ja, ich weiß. Du willst dich nicht von mir fotografieren lassen, und ich kenne deine Gründe. Du hast Angst, die Erinnerungen an früher könnten dich von Neuem aus dem Gleichgewicht bringen. Glaub mir, ich bin auch nicht unberührt geblieben. Unser Wiedersehen hat Bilder in mir heraufbeschworen, die ich glaubte, längst vergessen zu haben. Und es hat alte Wunden aufgerissen …“

Marnis Augen wurden feucht. „Ich weiß“, flüsterte sie, „nach dem Unfall lagst du schwer verletzt im Krankenhaus, und ich habe mich nicht um dich …“

Beschwörend hob Frank die Hand. „Bitte, Marni, ich will nichts davon hören. Rühr nicht an die Vergangenheit, nicht jetzt. Gib uns ein wenig Zeit. Lass uns diese Chance nutzen, uns als die kennenzulernen, die wir geworden sind. Wenn wir vertrauter miteinander sind, können wir alte Erinnerungen durch neue ersetzen.“

Marni schien in sich zusammenzufallen. Der Schmerz in ihren Augen machte Frank betroffen. Welche Kraftanstrengung musste es sie kosten, ihre Verletzlichkeit hinter der Maske der souveränen Businessfrau zu verbergen.

Frank suchte nach den richtigen Worten, um sie von seinem Standpunkt zu überzeugen. „Ich verstehe deine Gefühle“, begann er vorsichtig. „Du hältst es für unmöglich, unsere Beziehung auf eine neue Basis zu stellen. Sie ist von einer für uns beide unvergesslichen Tragödie belastet. Aber das muss nicht so sein. Es kann sich ändern, wenn wir gemeinsam konstruktiv etwas schaffen, das uns von der Vergangenheit löst. Lass uns einen Bogen zwischen gestern und heute schlagen.“

Aus einer tiefen Angst heraus weigerte Marni sich, Franks Gedankengang zu folgen. „Ich verstehe nicht, worauf du hinauswillst“, sagte sie und hielt den Blick gesenkt.

„Ich will, dass wir diesen Fotojob wie zwei vernünftige Erwachsene anpacken und zu Ende führen. Ohne dass uns die Vergangenheit und verletzte Gefühle im Weg stehen.“ Frank seufzte. „Ach, vielleicht will ich dir auch nur etwas beweisen. Damals war ich nichts. Ich bin herumzigeunert und hatte nie mehr als hundert Dollar in der Tasche. Ihr habt mich um meine Freiheit beneidet, aber ich kam mir neben euch minderwertig und unwichtig vor. Es war nicht nur das Geld. Ihr hattet ein Familienleben, ein Zuhause und gesellschaftliches Ansehen.“

Marni war von diesem Bekenntnis überrascht. Persönliches hatte Frank nie von sich preisgegeben. Er schien ernster und nachdenklicher geworden zu sein. In seinen Augen lagen Schmerz und eine unergründliche Sehnsucht. Diese tiefblauen strahlenden Augen, die sie einst so fasziniert hatten ... und noch immer verzauberten ...

Auf einmal wurde Marni bewusst, dass ihre wieder aufgebrochenen Gefühle nicht nur Trauer waren. Es war mehr. Sie blickte lange in Franks Augen, die sie magisch gefangen hielten. Liebte sie ihn noch immer? Nein, aber dieses Gefühl, dieses süße schmerzende Gefühl tief in ihrem Innern war wieder da.

„Ich möchte dir meine Welt zeigen, Marni", unterbrach er ihre Gedanken. „Denn ich bin stolz auf das, was ich mir aufgebaut habe. Du magst deine Zweifel haben, aber mein Leben hat sich seit jenem Sommer in Camden grundlegend verändert." Franks Blick waren die traurigen Erinnerungen anzumerken, aber er bekam sich schnell wieder in die Gewalt. „Gib mir eine Chance, Marni", fuhr er fort. „Ich verspreche dir, dich zu nichts zu drängen ..." Er machte eine Pause und sah Marni lächelnd an. „Erinnere dich, ich habe dich nie zu etwas gedrängt."

Das Blut schoss Marni in die Wangen. „Stimmt", sagte sie.

„Siehst du. Und ich gebe dir mein Wort, dass ich es auch diesmal nicht tun werde. Du weißt, wie viel mir meine Arbeit und besonders dieser Auftrag bedeuten. Aber wenn du meinst, du kannst es nicht, werde ich deine Entscheidung respektieren. Ist das ein fairer Vorschlag?"

Einer so vernünftigen und sachlich vorgebrachten Argumentation konnte Marni nicht widersprechen. Sie lächelte zögernd und nickte schließlich. „Ich denke schon."

Frank sah sie prüfend an, als zweifle er an ihren Worten. Dann wurde ihm klar, dass er die erste Schlacht gewonnen hatte. Ein zentnerschwerer Stein fiel ihm vom Herzen. Er lächelte Marni zu. „Ich habe für neun Uhr einen Tisch für uns reservieren lassen. Falls dir nicht der Appetit vergangen ist, müsste ich schnell im ‚Délice' anrufen und Bescheid sagen, dass wir noch kommen."

Marni zeigte zum Telefon. „Ich komme um vor Hunger, und mit einem Hamburger aus dem Schnellimbiss lasse ich mich nach einem so turbulenten Tag nicht abspeisen." Sie stand auf und ging ins Bad, wo sie rasch ihr Make-up aufbesserte und um ein paar kräftigere Farbtöne ergänzte. Missmutig betrachtete sie ihr Spiegelbild. Sie wünschte, sie hätte sich etwas Eleganteres, Aufregenderes angezogen. Aber zum Umziehen war es jetzt zu spät.

„Ich hoffe, ich habe die richtige Wahl getroffen", sagte Frank, nachdem der Empfangschef des französischen Nobelrestaurants Marni und ihn respektvoll begrüßt und zu ihrem Tisch geführt hatte.

„Absolut. Die Atmosphäre und die Küche des ‚Délice' sind kaum zu überbieten. Ich war schon öfter mit Geschäftsfreunden hier."

Marni war von Franks sicherem weltmännischem Auftreten überrascht. Der amüsierte Blick, den er ihr zuwarf, verunsicherte sie ein wenig. Er musste aus ihrer Bemerkung herausgehört haben, dass dies hier eigentlich ihre Welt war, dass sie Frank noch immer einem anderen, ihrer Schicht fremden Umfeld zuordnete. In der Tat – es fiel ihr schwer, Frank in einem neuen Licht zu sehen. Sie würde sich erst daran gewöhnen müssen, dass er auf der sozialen Leiter aufgerückt war.

Er bestellte zwei Aperitifs, und dann wählten sie ihre Menüs aus. „So, und jetzt will ich alles über Marni Langan und ihr Imperium hören. Du hast eine Blitzkarriere gemacht."

„Was ist schon dabei, in ein Familienunternehmen einzutreten?", wehrte Marni ab. „Erzähl du zuerst. Deine Karriere ist viel interessanter. Wie bist du auf die Idee gekommen, Fotograf zu werden?"

„Über Umwege, fast durch Zufall. Du hast mich als entwurzelten Abenteurer in Erinnerung, und der war ich ja auch. Damals hatte ich keinerlei Zukunftsperspektive und lebte in den Tag hinein. Weißt du, Marni, so tragisch jener Unfall war, er hat mir die Augen über mich geöffnet. Während der Monate im Krankenhaus hatte ich Zeit genug für eine Bestandsaufnahme, und das Ergebnis war ziemlich ernüchternd. Zehn Jahre zielloses Herumtreiben – das musste mit einem bösen Erwachen enden. Ich begann, mir Gedanken über meine Zukunft zu machen. So konnte es nicht weitergehen. Ich brauchte einen Beruf, der mich wirklich ausfüllte und meinem Leben einen Sinn gab."

Frank erzählte von seiner Idee, seine Abenteuer aufzuschreiben und zu vermarkten. „Abenteuerberichte gehen immer gut, dachte ich mir, besorgte mir stapelweise Papier und setzte mich an den Schreibtisch. Meine Schriftstellerkarriere endete mit der Erkenntnis, dass man zum Schreiben Talent braucht. Ich hörte auf, als ich ein Meister im Zielwerfen zum Papierkorb geworden war."

Marni lachte. „Das war der erste Umweg. Wie ging es weiter?"

„Es ging mit der Überlegung weiter, dass Reiseberichte illustriert werden müssen. Wenn ich sie schon nicht selbst schreiben konnte, warum dann nicht die Fotos machen?"

„Klingt einleuchtend", war Marnis belustigter Kommentar. „Konntest du denn fotografieren?"

„Natürlich nicht. Ich hatte nie eine Kamera in der Hand gehabt. Das hat mich aber nicht abgehalten. Ich kaufte mir einen gebrauchten Fotoapparat und ein paar Handbücher, und dann ... dann machte es klick. Im wörtlichen und im übertragenen Sinn."

Marni sah ihn gebannt an, wie damals, als er ihr von seinen Schiffsabenteuern erzählt und an den spannendsten Stellen eine Pause gemacht hatte, um ihre Neugier anzufachen.

„Du hattest mit deinen ersten Fotos gleich Erfolg? Das ist unglaublich – bei der Konkurrenz!"

„Na ja, ich bin nicht gleich oben eingestiegen. Anfangs habe ich mir meine Reiseerfahrungen zunutze gemacht und bei Ausgrabungen in einem entlegenen Teil New Mexicos fotografiert, von denen ich zufällig gehört hatte."

„Und hast die Bilder an National Geographic verkauft!", entfuhr es Marni.

„Falsch."

„An wen ..." In diesem Moment kam der Kellner mit dem Essen, und Marni räusperte sich und schwieg. „An wen dann? Spann mich nicht auf die Folter", platzte sie los, als sich der Kellner entfernt hatte.

„An niemanden", kam es trocken.

„Oh, Web ... nun sag schon, wann hattest du deinen großen Durchbruch?"

„Du bist noch immer eine Romantikerin, Marni. Du willst die märchenhafte Erfolgsstory, stimmt's? Dabei wissen wir beide, dass man nur mit Zähigkeit und einer gehörigen Portion Fleiß und Ausdauer ans Ziel kommt. Ein bisschen Glück hatte ich wohl auch ..."

Marni erfuhr von Webs Begegnung mit einem Fotografen, der bei Filmaufnahmen in der Nähe des Ausgrabungsortes die Standfotos machte. „Er hatte sich bei der Arbeit den Fuß verrenkt und brauchte dringend einen Assistenten. Bei ihm habe ich gelernt, wie man Menschen fotografiert, und ich merkte schnell, dass hier meine Stärke lag. Durch Bob Grossman – so hieß der Fotograf – bekam ich Kontakt zu Zeitungen in Los Angeles, die mir ein paar Fotos abkauften. Ich wusste, dass ich noch unglaublich viel lernen musste. Aber das war der Anfang meiner Karriere als Porträt- und Modefotograf. Ich sparte jeden Dollar für eine bessere Ausrüstung, und allmählich ging es bergauf."

Marni war sichtlich beeindruckt. „Und jetzt bist du ganz oben! Alle Achtung, Frank! Deine berühmten Kollegen haben bedeutend mehr Zeit gebraucht, bis sie es geschafft hatten, stimmt's?"

„Stimmt. Aber wer so spät anfängt wie ich, muss sich eben etwas beeilen.“ In seinem Lächeln lag ein Anflug von Melancholie. „Es ist schon traurig, dass ich außer meinen Arbeiten wahrscheinlich nichts auf dieser Welt zurücklassen werde.“

Marni stutzte. Sie lernte immer neue Seiten an Frank kennen. „Du meinst … eine Familie?“

„Ja. Meine Arbeit ließ mir keine Zeit, mich nach einer Frau umzusehen und eine Familie zu gründen.“ Er legte die Gabel aus der Hand und schenkte Marni Wein nach. „Und wie sieht es mit deinem Privatleben aus?“

Marni mied seinen Blick. „Genau wie bei dir. Ich bin mit Langan Corporation verheiratet.“

„Komisch“, sagte Frank, „ich hatte mir dich mit einem Ehemann und Kindern und einer prachtvollen Villa auf dem Land vorgestellt.“

Marni lachte kurz auf. „Ich auch. Aber es ist nun mal anders gekommen. Das Unternehmen lastet mich voll aus.“

„Das klingt ja ziemlich resigniert. Hast du deine Träume aufgegeben?“

Marni spießte ein Stück Fleisch auf die Gabel, hob die Hand und ließ sie wieder sinken. „Ich bin viel zu beschäftigt, um darüber nachzudenken.“

„So schlimm? Unternimmst du denn gar nichts in deiner Freizeit?“

„Ab und zu.“ Marnis Blick ging ins Leere. Nie war ihr so klar gewesen wie jetzt, wie unausgefüllt ihr Leben war. Sie lenkte schnell von sich ab. „Freizeit – das dürfte doch für dich auch ein Fremdwort sein.“

Frank stimmte ihr zu. Er sei schon dankbar, dass er sich seit Kurzem die Wochenenden freihalten und in sein Haus nach Vermont fahren könne. „Ich brauche Ruhe und Einsamkeit, um aufzutanken und dem New Yorker Stress gewachsen zu sein“, erklärte er. „Fährst du gar nicht mehr nach Camden?“

Marnis Miene wurde abweisend. „Nein, es bedeutet mir nichts mehr.“

Frank merkte zu spät, dass er Marni schon wieder, ohne es zu wollen, empfindlich getroffen hatte. Er schwieg verlegen und suchte nach einem anderen Thema. Als er kurz den Kopf wandte, sah er zu seiner großen Erleichterung ein Ehepaar, das er kannte, auf sie zukommen. Damit war die Situation gerettet.

„Frank, wir haben uns eine Ewigkeit nicht gesehen!“, wurde er überschwänglich begrüßt. „Und nun ausgerechnet hier! Du scheinst entdeckt zu haben, dass es auch noch was anderes als Arbeit gibt.“

Er lachte. „Das habe ich meiner Begleiterin zu verdanken.“ Höflich stellte er Marni vor. „Miss Langan ist eine Freundin aus meiner bewegten Sturm- und Drangzeit. Wir hatten uns aus den Augen verloren und haben uns durch einen Zufall nach Jahren wieder getroffen. Jetzt feiern wir Wiedersehen."

Nach einer kurzen Plauderei zog sich das Paar zurück und ging an seinen Tisch.

„Das war der Chef des Farblabors, in dem ich meine Abzüge machen lasse", erklärte Frank. „Bei ihm lassen alle Profis arbeiten – seine Leute sind hervorragende Handwerker. Ich habe ihm eine Menge zu verdanken. Als ich anfing, hat er persönlich meinen Fotos den letzten Schliff gegeben und genau das herausgearbeitet, was meine Bilder ausdrücken sollten: Persönlichkeit, Ausdruck, Tiefe. Henry hat mir zu einer eigenen persönlichen Handschrift verholfen." Frank lächelte. „Als Gegendienst habe ich seiner Tochter ihre Flausen von einer Karriere als Fotomodell ausgetrieben. Es war ein schweres Stück Arbeit, aber jetzt ist die gute Susan von ihrer Magersucht befreit, verheiratet und glückliche Mutter eines Babys."

„Ich komme aus dem Staunen nicht heraus", lachte Marni. „Du scheinst dich neben der Fotografiererei auch noch als Psychotherapeut zu betätigen."

„So kann man es nennen", stimmte Frank ihr mit einem vieldeutigen Lächeln zu. „Manchmal erfordert es der Beruf, und gelegentlich habe ich sogar Erfolg."

Seine Anspielung war deutlich genug, aber Marni sagte nichts. Sie genoss den Abend viel zu sehr, als dass ihr der Sinn nach einer erneuten Auseinandersetzung stand. Franks Gesellschaft tat ihr wohl. Sie fühlte sich durch die Unterhaltung angeregt und belebt.

Inzwischen hatte der Kellner ihre Gedecke abgeräumt und den Mokka serviert. Frank waren zu dem Thema „Fotomodelle" einige lustige Anekdoten eingefallen, und er war wieder mitten im Erzählen.

„Ich könnte dir stundenlang zuhören", sagte Marni mit derselben Bewunderung wie vor Jahren in den Bergen. „Dein Leben ist noch genauso interessant und abwechslungsreich wie damals. Man kann ganz neidisch werden."

„Nun mach aber mal einen Punkt, Marni! Weißt du eigentlich, wie sehr du bewundert wirst, wie viele Frauen dich um deine außergewöhnliche Stellung beneiden? Was du erreicht hast, bleibt für Millionen ein ferner Traum. Du hast Enormes geleistet und kannst stolz darauf sein. Warum bist du so unzufrieden?"

Natürlich ahnte er, was Marni zu ihrem Glück fehlte. Warum sollte es ihr anders gehen als ihm selbst? Beide hatten sie beim Aufbau ihrer Karriere das Entscheidende versäumt – privates Glück. Sie waren erfolgreich und wohlhabend, aber einsam.

Frank verharmloste das heikle Thema mit einer scherzhaften Bemerkung. „Ich weiß, was es ist“, sagte er in das beklemmende Schweigen hinein. „Du vermisst in deinem Glaspalast das Flair des Abenteuers. Und deshalb werden wir jetzt einen Bummel durch das nächtliche New York unternehmen.“ Über den Tisch hinweg streichelte er Marnis Wange. „Wie wär’s zur Abwechslung mal zu Fuß, statt in den Polstern der Präsidentinnenlimousine? Ich wette, du hast seit Ewigkeiten nicht Manhattans Nachthimmel über dir gesehen, die kühle Luft in deinem Gesicht gespürt und die Geheimnisse und Gefahren der Großstadt erlebt.“

Ein mädchenhaftes Lächeln ging über Marnis Gesicht. Franks flüchtige Liebkosung und seine ironisch-humorvollen Worte ließen in ihrer Erinnerung das Bild vom Strand bei Camden erstehen. Ein verliebtes Paar bei Nacht, heimliche Vertrautheit, leises Flüstern, leidenschaftliche Küsse, glückliches Schweigen …

Marnis Unsicherheit Frank gegenüber verflog immer mehr. In diesem Moment wünschte sie sich, dass der Abend nie zu Ende ginge. Sie fühlte Franks Blick auf sich gerichtet und sah ihn an. Seine lächelnden Augen zogen sie völlig in ihren Bann. Er war ein besonderer Mann, mit keinem anderen vergleichbar.

Ganz gleich, was sie durchlitten hatte und vielleicht wieder durchleiden würde – seine Gegenwart erfüllte sie mit neuem Leben, und das allein war ein wundervolles Gefühl.

„Normalerweise liegt die dynamische Karrierefrau nach einem Tag wie diesem im Bett“, sagte sie lächelnd. „Dabei war früher ich die treibende Kraft bei solchen Unternehmungen … erinnerst du dich?“

Frank machte ein überraschtes Gesicht, enthielt sich aber wohlweislich eines Kommentars. Er war mit dem bisherigen Verlauf des Abends mehr als zufrieden. Die erhoffte Annäherung war geglückt – es konnte nur noch besser werden.

6. KAPITEL

Es war eine kalte Februarnacht, und Marni zog ihren Mantel fest um sich, als ihr ein starker Windstoß ins Gesicht blies. Sie protestierte nicht, als Frank den Arm um sie legte und sie an sich zog. Es war ein so schöner Traum, aus dem sie nicht erwachen wollte. Sie bildete sich ein, am Strand von Camden entlangzuwandern, spätnachts, während eines ihrer heimlichen Treffen. Neben ihr ging der Mann, den sie liebte, und ihr Körper vibrierte vor Sehnsucht nach seiner Umarmung. Sie waren unterwegs zu der Stelle unter den Kiefern … die Sommernacht hüllte sie in ihre Wärme ein …

Nein, es war Winter. Sie waren in New York, im Stadtteil Soho, jenem ehemals ärmlichen Arbeiterviertel mit seinen altertümlichen Fabrikgebäuden und Lagerhallen, welches New Yorker Künstler und die Schickeria für sich erobert hatten.

Franks Stimme riss Marni in die Gegenwart zurück. „Ich habe so viel über mich geredet, dass du gar nicht zu Wort gekommen bist. Dabei bin ich begierig, zu erfahren, wie du es schaffst, dieses Riesenunternehmen zu leiten. Und dazu noch so erfolgreich. Ein mutiger Schritt, den du da gemacht hast!“

„Mutig? Freiwillig wäre ich bestimmt nicht in die Firma eingetreten. Aber was blieb mir übrig?“

Frank begriff. „Du musstest Fabian ersetzen, nicht wahr?“

„Ja. Meine Eltern wollten es so. Sein Nachfolger musste unbedingt jemand aus der Familie sein. Deshalb wurde nichts aus Wellesley. Ich wurde auf eine Hochschule für Wirtschaftswissenschaft geschickt.“

„Und warum nicht Tanya?“

„Tanya?“ Marni lachte trocken auf. „Tanya ist ein hoffnungsloser Fall. Dad hat sie nicht mal als Nachfolgerin in Erwägung gezogen. Vielleicht hat sie das gekränkt, jedenfalls hat sie danach erst recht verrückt gespielt. Sie ist aus mehreren Colleges rausgeflogen und hat ihr sogenanntes Studium dann an den Nagel gehängt. Momentan hält sie nach einem neuen Ehemann Ausschau – dem dritten. Finanziell hat sie dank der großzügigen Abfindung ausgesorgt. Sie verbringt ihre Zeit vorwiegend auf Partys und mit Shopping.“

„Hobbys, denen du nicht viel abgewinnen kannst, stimmt's?“

„Stimmt genau. Zum Glück kann man sagen. Ich lege keinen großen Wert darauf, Tanya öfter zu begegnen, als unbedingt sein muss.“

„Ihr habt euch nie besonders gut verstanden, nicht?“

„Nein. Solange ich zurückdenken kann, haben wir uns gegenseitig geärgert und gestritten. Tanya hat immer versucht, sich zwischen Fabian und mich zu drängen. Ich glaube, sie war eifersüchtig, weil wir beide trotz des größeren Altersunterschieds einen so guten Draht zueinander hatten. Ach, ich weiß auch nicht, sie muss mich als eine Art Bedrohung empfunden haben. Dabei war sie hübscher als ich und kam viel besser bei den Jungen an. Trotzdem, irgendwie war sie immer neidisch – als hätte sie Angst gehabt, ich könnte ihr etwas wegnehmen."

Frank war erstaunt, wie schnell Marni ihre innere Barriere überwunden hatte und wie frei sie plötzlich über alles reden konnte. „Hmm", meinte er nachdenklich, „vielleicht hat sie sich nach deiner Geburt zurückgesetzt gefühlt. Immerhin war sie zwei Jahre lang das einzige Mädchen und wurde wahrscheinlich maßlos verwöhnt."

Marni seufzte. „Kann sein. Aber ist es nicht traurig, dass zwei Schwestern so wenig füreinander übrig haben? Du als Einzelkind musst das unbegreiflich finden."

„Ich bin kein Einzelkind."

„Was?" Marni blieb stehen und sah ihn überrascht an. „Aber du … du hast nie etwas von einer Familie erwähnt. Ich dachte …"

„… dass ich wie die schöne Venus einer Muschel entstiegen bin?", ergänzte Frank lachend. „Meine Familie war zwar weniger … nun … weniger intakt als deine, aber ich habe immerhin einen Stiefbruder. Du hast ihn sogar heute Morgen gesehen. Lee ist mein Manager, mein Agent, Finanzberater und vieles mehr."

Marni lachte unsicher. „Dann seid ihr also auch ein Familienbetrieb. Das hätte ich nie für möglich gehalten." Warum wusste sie so wenig über Frank, den sie so gut zu kennen glaubte? „Für mich warst du immer der typische Einzelkämpfer. Ohne Pflichten und ohne Familienbindung."

„So habe ich mich auch lange empfunden", bestätigte Frank. Nun endlich erklärte er Marni den Grund für sein unstetes Wanderleben. Er hatte seinen Vater, einen durchreisenden Handelsvertreter, nie gekannt. Obwohl seine Mutter zwei Jahre nach seiner Geburt einen Mann geheiratet hatte, der Frank nie hinter den ehelich geborenen Sohn Lee zurückstellte, war Frank nie von der Idee losgekommen, seinen Vater zu suchen.

„Deshalb mein jahrelanges Herumvagabundieren. Verrückt, nicht? Ich wusste ja nicht mal seinen Namen, und er hatte sowieso keine Ahnung von meiner Existenz. Wahrscheinlich bin ich nur vor der Wahrheit davongelaufen."

Marni war von der Geschichte betroffen. „Siehst du denn deine Mutter noch manchmal?"

„Sie ist vor ein paar Jahren gestorben."

„Oh, das tut mir leid, Frank." Erst an Franks Schicksal erkannte Marni, was es bedeutete, elternlos zu sein. Sie bekam ein schlechtes Gewissen ihren eigenen Eltern gegenüber, mit denen sie oft Streit hatte. Musste sie nicht dankbar sein, dass sie noch lebten und immer für sie da waren, wenn sie ein Problem hatte?

„Die … die Sache mit deinem Vater – quält sie dich noch immer?"

„Nein, schon lange nicht mehr. Seit ich etwas aus mir gemacht habe, brauche ich meiner Identität nicht mehr nachzujagen. Ich bin Frank Webster, und darauf bin ich stolz."

„Mit Recht", sagte Marni leise und fing einen Blick von ihm auf, dem sie nicht lange standhalten konnte.

Frank und Marni gingen schweigend weiter und bogen nach ein paar Blocks in die Fifth Avenue ein. Ab und zu blieben sie vor einem Schaufenster stehen. Auf der Straße fuhren Autos vorüber, deren diffuses Scheinwerferlicht den Bürgersteig erhellte.

„Du verstehst es glänzend, das Gespräch von dir abzulenken", brach Frank das Schweigen. „Wo waren wir stehen geblieben? Ach ja, Tanya. Sie vergnügt sich, und du hältst das Unternehmen am Laufen. Was hättest du beruflich tun wollen, wenn … wenn es anders gekommen wäre?"

„Macht man sich darüber mit siebzehn Gedanken? Eine Wirtschaftskarriere wollte ich jedenfalls nicht."

„Und wie sieht es heute aus? Würdest du lieber etwas anderes machen?"

„Nein. Du hast vielleicht einen anderen Eindruck, aber ich bin zufrieden. Seit ich meinen Geschäftssinn entdeckt und Erfolg aufzuweisen habe, macht mir der Job sogar Spaß. Er ist risikoreich, aber ich betrachte das Risiko als Herausforderung. Meinen Entscheidungsspielraum nutze ich, um neue Projekte zu entwickeln."

„Wie zum Beispiel ‚Class'."

„Richtig." Marni wunderte sich über sich selbst. Wie kam es, dass sie so frei und ohne Schmerz über Dinge redete, die sie all die Jahre ängstlich in sich vergraben hatte? Sie merkte, welch lösende Wirkung dieser Spaziergang hatte, wo sie ihre Gedanken frei schweifen lassen konnte und zu ganz neuen Einsichten kam. Die Vergangenheit erschien ihr nicht mehr als drückende Last, sondern als Teil ihres Lebens, den sie akzeptieren musste.

Sie erinnerte sich an Franks Worte. War er vielleicht tatsächlich so etwas wie ein Therapeut? Seine Gegenwart entspannte sie und verlieh ihr ein Gefühl von Sicherheit. Er hatte die seltene Gabe, ein Gespräch in eine bestimmte Bahn zu lenken, ohne dass man sich überrumpelt fühlte.

Er war schon immer ein einfühlsamer Gesprächspartner gewesen, der vor allem gut zuhören konnte. Wieder sah Marni sich mit ihm am einsamen Strand in einem jener unvergesslichen Momente vollkommener Vertrautheit. Aber jetzt floss die Erinnerung in die Gegenwart ein, die ihr wie die Fortsetzung eines unterbrochenen Zeitlaufs erschien.

„Komm, Marni, ich möchte dir eine neue Fotogalerie zeigen." Frank legte Marni den Arm fester um die Schultern und führte sie in eine Seitenstraße. Sie waren noch keine hundert Meter gegangen, als aus einem dunklen Torweg hinter ihnen ein erstickter Schrei drang. Sie blieben stehen und lauschten angespannt. Wieder ertönte ein Schrei, diesmal schon schwächer.

Frank zögerte keinen Augenblick. Er schob Marni in einen dunklen Ladeneingang. „Warte hier und rühr dich nicht!", flüsterte er ihr zu, bevor er zurückrannte.

Marni stand atemlos in ihrem Versteck und hörte vom Torweg her Geräusche. Es klang nach einem Handgemenge. Dann lief jemand – nein, es mussten zwei sein – eilig in die entgegengesetzte Richtung der Straße davon.

Marni steckte den Kopf vor und sah zwei männliche Gestalten wegrennen. Eine davon war Frank. Sie wagte sich aus der Nische und näherte sich vorsichtig der Stelle des Überfalls.

„Marni, Marni!", schrie Frank plötzlich. „Marni, wo bist du?" Seine Stimme war von Panik erfüllt, während Marni erleichtert aufatmete.

„Hier, Frank. Im Torweg", rief sie zurück. „Ein Glück, dass du wieder da bist."

„Verdammt hast du mir einen Schrecken eingejagt!" Er kam humpelnd heran und sah Marni neben einer jungen Frau knien, die nach Luft rang. Beruhigend redete Marni auf sie ein.

Frank hielt sich den Arm. „Ist sie verletzt? Hat der Kerl sie …?" Er hatte die zerrissenen Kleider der Frau gesehen und befürchtete Schlimmes.

„Nein, ihr ist nichts passiert. Du bist wohl gerade rechtzeitig gekommen."

Die überfallene Frau brach in haltloses Schluchzen aus, und Frank legte ihr besänftigend die Hand auf die Schulter. „Ich rufe die Polizei. Ihr beide wartet so lange hier."

Er lief zur nächsten Straßenecke und versuchte vergeblich, ein Auto oder Taxi anzuhalten. Alle Wagen fuhren vorbei. Ein Streifenwagen war auch nicht in Sicht. Frank lief die Straße hinauf, bis er eine Telefonzelle fand. Er wählte den Notruf, beschrieb den Ort des Überfalls und ging schnell zu den beiden Frauen zurück. In seiner Hand begann es schmerzhaft zu pochen. Blut tropfte auf das Pflaster. Hastig wickelte er seinen Schal um die Verletzung, die er bis jetzt nicht gespürt hatte.

Es stellte sich heraus, dass Frank mehr Hilfe brauchte als das Opfer des Überfalls. Während zwei der eingetroffenen Streifenpolizisten den Durchgang mit ihren Taschenlampen nach Beweisstücken absuchten und ein anderer die junge Frau verhörte, entdeckte der Beamte, der Frank und Marni befragte, das durch den Schal sickernde Blut. Es verbreiterte sich schnell zu einem großen dunklen Fleck.

„Mann, Sie sind ja verletzt! Wie ist denn das passiert?“ Er hob vorsichtig den Schal, und eine klaffende Schnittwunde kam zum Vorschein.

Marni wurde kreidebleich und schrie leise auf. „Frank, davon hast du ja gar nichts …“

Beim Anblick der Wunde wurde es Frank schwarz vor Augen, aber er riss sich zusammen. „Nicht der Rede wert. Der kleine Kratzer ist in ein paar Tagen verheilt. Der Kerl hatte ein Messer dabei und wollte Ernst machen. Ich musste ihn wohl oder übel laufen lassen.“

„Ein harmloser Kratzer ist das nun wirklich nicht“, entgegnete der Beamte. Sein Kollege kam hinzu und inspizierte die Verletzung. „Wir fahren Sie jetzt ins Krankenhaus und lassen Sie erst mal verarzten. Danach nehmen wir Ihre Personalien auf und protokollieren Ihre Aussage.“

„Miss La Veque, kommen Sie bitte. Wir schreiben im Wagen das Protokoll und bringen Sie dann nach Hause.“ Der Fahrer des ersten Streifenwagens half der jungen Frau hoch, die sich beschämt Frank und Marni zuwandte.

„Es war ein sträflicher Leichtsinn von mir, nachts allein durch die Straßen zu laufen. Ich weiß, wie gefährlich das ist. Und nun sind Sie die Leidtragenden. Es tut mir schrecklich leid. Wie kann ich Ihnen nur danken?“

„Indem Sie das nächste Mal, wenn Sie allein unterwegs sind, an mich denken und sich ein Taxi nehmen.“ Frank versuchte zu lächeln, aber das Lächeln wirkte durch seine Schmerzen gekünstelt. „Erholen Sie sich von dem Schock und lassen Sie sich von den Herren sicher nach Hause bringen. Alles Gute, Denise, und passen Sie auf sich auf.“

Denise La Veque setzte sich auf den Rücksitz des Streifenwagens. Ein hilfloses Winken durch die Scheibe, und der Wagen setzte sich langsam in Richtung Fifth Avenue in Bewegung.

Frank saß mit zurückgelehntem Kopf in den Polstern. Er war bleich, und auf seiner Stirn standen kleine Schweißtropfen.

„Tut es weh?“, fragte Marni und nahm seine verletzte Hand vorsichtig in ihre.

Er zuckte unmerklich zurück. „Nicht der Rede wert“, murmelte er zwischen zusammengepressten Zähnen.

Marni glaubte ihm nicht. „Du bist ein wirklicher Held“, sagte sie ohne ein Zeichen von Spott in der Stimme. Sein spontanes Eingreifen verdiente in der Tat Bewunderung, wenn man an die sonst übliche Gleichgültigkeit der New Yorker dachte, die sich in brenzligen Situationen für gewöhnlich blind und taub stellten.

„Wahre Helden stellen den Feind“, sagte Frank grimmig, „und in der Regel sind es gut aussehende Polizisten, wie man aus den einschlägigen Fernsehserien weiß.“

Der Beamte auf dem Beifahrersitz drehte sich um und sah Frank gekränkt an. „Wir können nicht überall gleichzeitig sein, Mister. Sie sollten mal ’ne Nachtschicht mit uns mitfahren – dann würden Sie anders reden.“

„Nichts für ungut, Officer, ich weiß, dass Sie einen schweren Job haben.“ Frank schloss die Augen, und der Rest der Fahrt verlief in Schweigen.

Der Wagen hielt vor dem Krankenhaus. Die Schwester der Notaufnahme benachrichtigte über die Gegensprechanlage sofort den Stationsarzt. „Gehen Sie bitte dort hinein. Der Doktor kommt gleich. Und Sie“, wandte sie sich an Marni, die Franks Hand nicht losließ, „Sie warten besser hier draußen.“

Marni schüttelte energisch den Kopf. „Ich bleibe bei ihm.“ Unter dem entrüsteten Blick der Schwester begleitete sie Frank in den Behandlungsraum, wo sie ihm aus dem Mantel half und mit äußerster Behutsamkeit seinen Ärmel hochkrempelte.

Als der Arzt eintrat, lehnten sie Hand in Hand an dem Untersuchungstisch. Der Arzt musterte sie amüsiert. „Wen von Ihnen soll ich denn nun unters Messer nehmen?“

Frank hielt ihm die umwickelte Hand entgegen, während Marni sich aufrecht hinstellte, jedoch neben ihm stehen blieb.

„Zeigen Sie mal her.“ Frank musste sich hinlegen, und der Arzt löste vorsichtig den Schal von der Wunde. „Nicht gerade der ideale Verband“, murmelte er, als er den blutverklebten Wollstoff Stück für Stück entfernte.

Stöhnend verzog Frank das Gesicht, worauf sich Marnis Züge ebenfalls schmerzhaft verzerrten. Sie sah ihm besorgt ins Gesicht und ergriff seine rechte Hand. Als der Arzt die tiefe Schnittwunde zu reinigen begann, wandte sie sich ab und zog hörbar die Luft ein.

Frank wandte den Kopf. „Hältst du es noch aus?“, fragte er mit gequältem Lächeln. „Du bist ja ganz grün im Gesicht.“

„Ich bin okay, aber du …“ Marni wandte sich mit flehender Miene an den Arzt, der die Wunde jetzt auf die Schnitttiefe hin untersuchte. „Sehen Sie denn nicht, dass er wahnsinnige Schmerzen hat, Doktor? Geben Sie ihm doch ein Mittel!“

„Marni“, bremste Frank sie, „es ist schließlich nur die Hand.“

„‚Nur‘ sagt er auch noch! Als wäre das nicht schlimm genug! Ist der Knochen verletzt, Doktor?“

„Der Knochen nicht, aber die Sehne des kleinen Fingers. Bei Ruhigstellung verheilt so etwas, aber es braucht seine Zeit.“ Der Arzt drückte die Wundränder gegeneinander. „Und das hier muss genäht werden.“

Als der Arzt die Betäubungsspritze aufzog, drehte Marni das Gesicht weg. Nun war Frank es, der tröstend ihre Hand drückte. „Beiß die Zähne zusammen, Marni. Gleich ist es vorbei. So – du kannst die Augen wieder aufmachen.“

Der Arzt sah schmunzelnd zwischen den beiden hin und her. „Sie können jetzt einen Moment entspannen, Ma'am. Die Spritze muss eine Weile wirken, dann werde ich die Wunde nähen.“

Frank grinste, aber Marni war nicht zum Witzeln zumute. „So komisch kann ich das hier nicht finden“, erregte sie sich. „Wenn ich allein an die Infektionsgefahr denke! Wer weiß, was für Bakterien an diesem widerlichen Messer geklebt haben? Und dann – wie willst du mit einer kaputten Hand fotografieren?“

Nun wurde auch Frank ernst, und er sah den Arzt fragend an. „Ich bin Fotograf. Was meinen Sie, kann ich …?“

„Sie brauchen sich keine Sorgen zu machen“, beruhigte ihn der Arzt. „Gegen mögliche Infektionen bekommen Sie natürlich eine Spritze, und Ihre Hand werde ich Ihnen so verbinden, dass Daumen, Zeige- und Mittelfinger frei bleiben. Die Schiene und der Verband werden Sie anfangs stören, aber Sie werden sich dran gewöhnen.“

„Siehst du, ich werde mich daran gewöhnen“, zog Frank Marni auf, die verlegen zur Seite blickte. Sie schämte sich ihres hysterischen Benehmens, aber irgendwie hatte sie ihre Anspannung loswerden müssen.

Ängstlich richtete sie den Blick wieder auf Franks Hand. Der Arzt war dabei, die Wunde zu nähen. Millimeter für Millimeter schloss sich der klaffende Schnitt.

„Tut es weh?“, flüsterte sie.

Frank schüttelte den Kopf. „Ich merke überhaupt nichts.“

„Wenigstens einer, der nicht leidet“, war Marnis trockener Kommentar. Sie neigte sich über sein Gesicht und strich ihm eine Haarsträhne aus der Stirn. Seine Hand lag noch immer in ihrer.

Er schloss die Augen und spürte ihre Wärme in sich überströmen. Ihre Nähe ließ ihn seine Schmerzen vergessen. Er fühlte sich umsorgt.

Als Marni und Frank in den Krankenhausflur traten, kamen ihnen die Polizisten schon aus dem Warteraum entgegen. Sie fragten Frank nach seinem Befinden und ob er sich noch fit genug fühle, mit aufs Revier zu kommen.

„Hat das nicht Zeit bis morgen?“, kam Marni ihm mit der Antwort zuvor. „Er braucht jetzt Ruhe.“

Frank drückte ihre Hand. „Lass nur, das schaffe ich auch noch. Ich will es hinter mich bringen. Jetzt wirkt noch die Betäubung. Wer weiß, wie ich mich morgen fühle.“

Marni sah ihn besorgt an. „Du sagst aber Bescheid, wenn du Schmerzen bekommst, okay?“

Er zwinkerte ihr zu. „Das ist, glaube ich, nicht nötig. Du wirst es von selbst merken.“ Er genoss das Gefühl, bemuttert zu werden. In seinem ganzen Leben hatte sich noch nie jemand solche Sorgen, um ihn gemacht, und er wunderte sich, wie sehr es ihm gefiel.

Viel weniger gefiel ihm, dass sie bis in die frühen Morgenstunden auf dem Revier festgehalten wurden. Hunderte von Fotos musste er sichten, aber auf keinem erkannte er den Täter wieder. Seine Hand und sein Kopf begannen zu schmerzen, und Marni wurde immer unruhiger. Auch ihr war die Erschöpfung anzumerken. Am liebsten hätte Frank sie nach Haus geschickt, aber er wusste, dass sie nicht von seiner Seite weichen würde.

„Nichts!“, sagte er müde, als er schließlich das letzte Album zuklappte. „Ich bin mir ziemlich sicher, dass sein Foto nicht dabei war.“

„Hab ich mir fast gedacht“, brummte der wachhabende Beamte. „Diese Typen, die blitzartig zuschlagen und dann wegrennen, sind am schwersten zu fassen. Daher führen wir sie so selten in den Verbrecherkarteien. Kann aber auch gut sein, dass es ein Ersttäter war.“

Marni interessierte sich zu dieser Stunde herzlich wenig für die Probleme der New Yorker Verbrechensbekämpfung. „Brauchen Sie uns noch?“

„Nein. Ich habe Ihre Aussagen und weiß, wo ich Sie notfalls erreichen kann. Vielen Dank für Ihre Mithilfe. Ich rufe Ihnen ein Taxi."

Kurz darauf kam das Taxi, und schweigend gingen Frank und Marni hinaus und setzten sich in den Wagen.

Marni beugte sich vor und nannte dem Fahrer Franks Adresse. Erst als der Wagen vor dem Backsteingebäude auf der Westseite hielt, merkte Frank, wo er war. „Denk nicht, dass ich dich allein nach Haus fahren lasse", protestierte er. „Nicht nach dieser Horrornacht!"

„Ich habe auch nicht die Absicht, nach Hause zu fahren." Marni lächelte ihm zu. „Komm, großer Held, steig aus. Ich brauche jetzt einen Drink."

Frank wusste nicht, wie ihm geschah. Die Rollen schienen sich vertauscht zu haben. Jetzt war es Marni, die fürsorglich den Arm um ihn legte und ihn beschützte. Er ließ sich wie ein Kind ins Haus und zum Fahrstuhl führen. In seiner Hand begann der Schmerz zu pochen.

Kaum hatten sie die Wohnung betreten, als Frank geradewegs auf die Hausbar zusteuerte und nach der Whiskyflasche griff. Er schenkte zwei Gläser voll und trank einen kräftigen Schluck, bevor er Marni ihr Glas reichte. Dann ging er zum Sofa und ließ sich in die Kissen fallen. „Komm, Marni, setz dich zu mir."

Sie runzelte die Stirn. „Du hast Schmerzen, das sehe ich dir an. Warum nimmst du nicht eine von den Schmerztabletten, die der Arzt dir mitgegeben hat?"

„Die machen nur benommen. Ein Aspirin tut's auch."

Marni seufzte. „Wenn du meinst. Hast du denn Aspirin im Haus?"

„Ich glaube, ja." Frank wollte aufstehen.

Marni drückte ihn sanft in die Kissen zurück. „Bleib sitzen. Wo ist dein Arzneischrank?"

„Im Bad. Es geht vom Schlafzimmer ab. Vom Flur die dritte Tür links."

Marni eilte hinaus. Als sie das Schlafzimmer betrat, klopfte ihr Herz unwillkürlich schneller. Zuerst fiel ihr Blick auf das breite französische Bett. Als täte sie etwas Unerlaubtes, ging sie eilig weiter, wobei sie jedes Stück der geschmackvollen Einrichtung registrierte.

Der Raum strömte dieselbe zurückhaltende Eleganz aus wie der Wohnbereich. Braun und Weiß waren die vorherrschenden Farben. Der satte Ton des flauschigen Teppichbodens kontrastierte zu den abgestuften Weißtönen der alten kostbaren Patchworkdecke auf dem Bett. Eine schlichte Mahagoni-Schrankwand füllte die eine Schmalseite des Raums. Vor dem gegenüberliegenden Fenster standen neben einem niedrigen, mit Zeitschriften bedeckten Glastisch zwei moderne Stühle aus Chrom und Plexiglas. Das Glanzstück bildete eine wunderschöne antike Kommode, über der abstrakte Grafiken hingen.

Marni fand, dass die maskuline Atmosphäre genau Franks Wesen entsprach. Sie riss sich aus ihren träumerischen Gedanken los und ging ins angrenzende Bad, wo sie in dem Schränkchen über dem Waschbecken die Tablettenpackung fand.

Als sie ins Wohnzimmer zurückkam, lag Frank ausgestreckt auf dem Sofa. Sie hatte ein Glas Soda, setzte sich auf die Kante des Sofas und schob Frank gleich zwei Aspirin in den Mund, die er mit einem kräftigen Schluck hinunterspülte. Bei dem Versuch, das Glas auf den Couchtisch zurückzustellen, machte er eine unbedachte Bewegung und stöhnte leise auf.

Marni sah ihn besorgt an. „Weißt du was? Ich bringe dich jetzt ins Bett. Da bist du besser aufgehoben als hier auf dem Sofa. Komm. Keine Widerrede!"

„Du bist strenger als eine Oberschwester", beschwerte er sich. Aber er stand gehorsam auf und ließ sich es gern gefallen, dass Marni ihn wie einen Schwerkranken ins Schlafzimmer und bis ans Bett führte.

Behutsam knöpfte Marni Franks Hemd auf. Als sie es ihm von den Schultern gestreift hatte, schlug Frank die Überdecke zurück und ließ sich auf das Laken fallen. Von Müdigkeit und Schmerzen übermannt, legte er den Arm über das Gesicht und schloss die Augen.

Das Oberhemd hilflos in der Hand haltend, stand Marni da, den Blick auf Franks nackten Oberkörper gerichtet. Er war schön, vielleicht noch attraktiver als vor vierzehn Jahren. Seine Schultern waren breiter, seine Haut glänzte matt. Ein Bild von einem Mann.

Marni spürte dasselbe Verlangen in sich aufsteigen wie damals, als sie sich in Web verliebt hatte. Liebte sie ihn noch immer? Sie wusste es nicht, aber er zog sie stärker an als alle Männer, die sie nach ihm kennengelernt hatte. Darüber hinaus weckte er in ihr ein Gefühl von Fürsorglichkeit und Zugehörigkeit, das ihr erst recht neu war.

Marni setzte sich auf die Bettkante und strich ihm leicht über den Arm. „Kann ich noch irgendetwas für dich tun, Frank?"

Er nahm die Hand von den Augen. „Nein, vielen Dank … das heißt …" Ein jungenhaftes Lächeln huschte über sein Gesicht. „Natürlich könntest du etwas für mich tun, aber das, woran ich denke …" Er brach ab und fing an zu lachen. „Welch eine Ironie des Schicksals! Wenn ich mir vorstelle, dass ich seit unserem Wiedersehen von nichts anderem geträumt habe, als hier mit dir im Bett zu liegen und dich zu lieben."

Marnis Herz setzte einen Schlag aus. Frank griff nach ihrer Hand, und die Berührung brannte wie Feuer auf ihrer Haut.

„Und nun bist du tatsächlich da, und ich …“ Wieder brach er ab und sah sie nur wortlos an.

Marni spürte, dass Frank eine Antwort von ihr erwartete, irgendein Zeichen der Bestätigung. Aber obwohl sie seinen Wunsch teilte, hatte sie Angst, es ihm zu sagen. Sie hatte Angst, ihren Gefühlen nachzugeben und den Folgen – ungewiss, wie sie waren – nicht gewachsen zu sein.

„… und du bist außer Gefecht gesetzt. Frank Webster, der kampfunfähige Herzensbrecher.“ Marni lachte. Ihr fiel nichts Besseres ein, als das heikle Thema mit liebevollem Spott zu entschärfen und Frank daran zu erinnern, weshalb sie hier war. Sie langte über seinen Kopf hinweg nach dem zweiten Kissen, rollte es zusammen und schob es unter seine verletzte Hand. Dann stand sie auf.

„Du gehst doch nicht etwa?“, fragte er alarmiert.

„Nein, ich setze mich dort drüben auf den Stuhl und halte Nachtwache.“

„Willst du dich denn ganz um deinen Schlaf bringen? Leg dich hin. Das Bett ist breit genug.“

Marni zögerte einen winzigen Moment. Die Versuchung war groß, aber konnte sie sich selber trauen? „Ich will dich nicht stören“, redete sie sich heraus. „Vielleicht später, wenn du eingeschlafen bist.“ Sie deckte Frank zu, setzte sich auf den Stuhl beim Fenster und hielt sich so lange wach, bis Franks ruhige Atemzüge verrieten, dass er schlief. Dann sackte ihr Kopf vornüber, und sie nickte ein.

7. KAPITEL

Eine gute Stunde später wachte Marni steif und fröstelnd auf. Es dauerte eine Weile, bis sie wusste, wo sie war. Überlegungen, wo sie den Rest der Nacht verbringen würde, stellte sie jetzt nicht mehr an. Taumelig stand sie auf, knipste das Licht aus und legte sich neben Frank ins Bett. Eingehüllt in die weiche Steppdecke, schlief sie sofort wieder ein.

Ein ungewohntes Geräusch weckte sie aus ihrem Tiefschlaf. Sie blinzelte verschlafen. Wieder brauchte sie einen Moment, um sich zu orientieren. Tageslicht fiel durch pastellfarbene Vorhänge in das Zimmer herein. Ein Männeroberhemd hing über der Stuhllehne.

Sie drehte sich zur Seite und blickte in Franks lächelnde Augen. Sie waren von tiefen Ringen umschattet, und der dunkle Schatten seines Morgenbartes unterstrich noch sein elendes Aussehen. „Wie geht's dir?“, war Marnis erste Frage.

Wohlig reckte er sich. Zumindest waren die Gliederschmerzen verschwunden, was seine Stimmung augenblicklich hob. „Besser. Viel besser. Jetzt kann ich den Schmerz wenigstens schon lokalisieren.“ Wie einen Fremdkörper betrachtete er seine verbundene Hand. „Du liebes bisschen, was für ein Monstrum von Verband! Das werde ich gleich ändern. Ein paar Meter Mull weniger, und ...“

„Du lässt es so, wie es ist!“, sagte Marni streng. „Der Arzt wird schon seinen Grund gehabt haben, die Hand so dick zu verpacken.“

„So kann ich niemals arbeiten“, beschwerte sich Frank. „Du wirst es lernen. Sei froh, dass es die linke Hand ist. Wäre es die rechte, hättest du allen Grund zu jammern.“

Dem konnte Frank nicht widersprechen, aber Marni merkte ihm an, dass er weiterhin mit sich unzufrieden war. Er strich sich über das stoppelige Kinn. „Ich muss aussehen wie der letzte Landstreicher.“

„Vergiss nicht, dass du nach dem gestrigen Abenteuer ganz anders aussehen könntest. Gemessen an den schrecklichen Umständen, siehst du fantastisch aus.“ Marnis Stimme wurde sanft. „Ich habe dich noch nie am frühen Morgen gesehen. Verschlafen und unrasiert. Weißt du, dass dies unsere erste gemeinsame Nacht war?“

„Ich weiß.“ Bedauernd lächelte Frank. „Leider war das Gemeinsame darauf beschränkt, dass wir im selben Bett geschlafen haben.“ Er strich leicht mit dem Finger über Marnis Lippen. „Ich habe dir nicht mal einen Kuss gegeben. Wenn du wüsstest, wie schwer mir das gefallen ist. Aber ich hatte das Gefühl, du könntest etwas dagegen haben.“

Marni musste lachen. „Genau wie ich bei dir – damals ..."

„Ja, damals. Du warst ein heißblütiger Teenager. Jetzt scheinen die Vorzeichen sich umgekehrt zu haben. Nun ja, du hast dir neue Prioritäten gesetzt. Anders kann ich mir dein Desinteresse nicht erklären."

Desinteresse? Marnis Selbstbeherrschung schmolz unter Franks Blick. „Wer kann diesen Augen widerstehen?", flüsterte sie. „Weißt du, dass ich zuallererst in deine Augen verliebt war? Wie du mich angesehen hast..."

„Wie denn?"

„Du weißt es, Frank. Du wolltest mich, leugne es nicht."

Er richtete sich halb auf und beugte sich über Marni. „Ja, es ist wahr, und ich will dich auch jetzt. Du hast etwas ... etwas so Besonderes an dir. Ja, du bist eine ganz außergewöhnliche und besondere Frau."

Während er sprach, kam sein Gesicht näher und näher auf Marni zu. In Erwartung eines Kusses öffnete sie bereitwillig den Mund.

Der Kuss war sanft, ein zärtliches behutsames Wiedererkennen. Für Marni bedeutete er Vertrautheit, Rückkehr zu ihren wahren Gefühlen für Frank. Die verflossenen Jahre waren wie ausgelöscht. Sie tauchte ein in die Vergangenheit, die mit der Gegenwart verschmolz.

Frank hatte ähnliche Empfindungen wie sie. Marnis weich nachgebende Lippen, ihre unvergleichliche Art zu küssen ließen ihn alles vergessen, was sich zwischen ihrem letzten und diesem Kuss ereignet hatte.

Sie hatten sich wieder gefunden. Ihre anfängliche Zurückhaltung wich von Stunde zu Stunde einer zunehmenden Vertrautheit. Sie kannten sich, waren aufeinander eingespielt wie ein Liebespaar, das sich nie getrennt, dessen Leidenschaft nie nachgelassen hatte.

In hungrigem Verlangen suchte einer den Mund des anderen. Ihre Zungen spielten ein erregendes, nicht enden wollendes Spiel, das ihre Sinne zum Vibrieren brachte. Ihr leidenschaftlicher Kuss war mehr als der Austausch sinnlicher Zärtlichkeiten. Für sie beide war er die Wiederentdeckung von Gefühlen, die sie jahrelang schmerzhaft vermisst hatten.

Marni stöhnte auf, als Frank sich auf sie legte. Sie war viel zu erregt, um sich gegen seine intimen Liebkosungen zu sträuben. Den linken Ellenbogen aufgestützt, streichelte er mit aufreizenden Bewegungen ihre Brüste, bis er durch den Stoff der Bluse hindurch die hart werdenden Knospen spürte.

„Bitte zieh dich aus, ich muss dich spüren", stieß er heiser hervor und zog die Bluse aus dem Rockbund.

Marni kam seinem Wunsch bereitwillig nach. Sie konnte es nicht abwarten, Franks Zärtlichkeiten auf ihrer nackten Haut zu fühlen. Allzu lange hatten ihre Sinne danach gehungert. Als Frank sie nun an den sensibelsten Stellen zu streicheln begann, stöhnte sie vor Wollust auf und presste sich an ihn. Die Arme um seinen Hals geschlungen, vergrub sie die Hände in seinem Haar, als wolle sie Frank nie wieder loslassen.

Seine sinnlichen Berührungen steigerten ihre Erregung zur Ekstase. Sie spürte den harten Druck seiner Männlichkeit auf ihrem Schenkel, und der Knoten in ihrem Innern weitete sich zu einem sehnsuchtsvollen Schmerz aus.

Aufreizend langsam ließ Frank die Lippen von ihrem Mund über ihren Hals gleiten und schloss sie um die erregte Spitze ihrer Brust. Ein heißer Strom schoss durch ihren Körper und setzte sich bis ins Innerste ihres Schoßes fort. Ihr Begehren wuchs ins Unerträgliche.

„Frank, oh Frank, ich halte es nicht mehr aus“, rief sie mit heiserer Stimme.

Er schob die Hand unter ihren Rock und tastete sich langsam vor, bis er das weiche Haar zwischen ihren Schenkeln berührte. Ihr Becken zuckte, und in hingebungsvollem Genuss bewegte sich Marni unter den Liebkosungen seiner Finger. Plötzlich spannte ihr Körper sich, sie warf den Kopf zurück und schrie auf. Auf dem Höhepunkt der Lust drängte sie sich Frank noch einmal aufstöhnend entgegen, dann blieb sie in völliger Entspannung liegen.

Lächelnd sah er zu ihr hinab, als sie die Augen öffnete. Tränen standen darin. Er streichelte ihre Wange und küsste sie. „Wie geht es dir, Prinzessin?“

Der vertraute Kosename rief keine Schmerzen mehr in ihr hervor, im Gegenteil, er stimmte Marni glücklich. „Es geht mir wundervoll“, sagte sie ein wenig verschämt, „aber ... das wollte ich nicht. Ich wollte, dass wir ... dass du auch ... Bist du jetzt sehr frustriert?“ Marni spürte, dass seine Erregung abgeklungen war.

„Verwundete Helden brauchen Schonung, Prinzessin. Ich habe vierzehn Jahre ohne dich ausgehalten. Da kann ich mich auch noch etwas länger gedulden.“

Sie saßen zusammen beim Frühstück in der Küche. Als Frank seinen ersten Schluck Kaffee trank, lächelte er Marni anerkennend zu. „Kaffee kannst du kochen. Dafür kriegst du eine Eins.“

Marni wehrte ab. „Gib die Note der Kaffeemaschine und der Rösterei.“

Dann probierte Frank das Rührei. „Mmh, locker und saftig, genau richtig! Das gibt wieder eine Eins.“

Marni lachte. „Benote mich nicht auch noch für den Toast und die Orangen. Daran habe ich nun wirklich kein Verdienst."

„Nun, der Toast hätte verbrennen können."

„Da kennst du deinen Toaster schlecht."

„Die Orangen sind mit bewundernswerter Präzision in Scheiben geschnitten."

„Da hast du allerdings recht. Das Lob ehrt mich zutiefst. Ich bin natürlich stolz auf mich." Sie sah Frank amüsiert beim Essen zu. „Pass auf, dass du dich nicht verschluckst. Du schlingst wie ein ausgehungerter Wolf."

„Genau so fühle ich mich auch. Ich habe einen Riesenappetit."

„Das ist der erste Schritt zur Besserung. Möchtest du den Rest von meinem Rührei? Ich bin satt." Marni reichte ihm ihren Teller, den er ebenfalls leer aß.

Dann folgte noch ein dick mit Butter und Honig bestrichener Toast. „So – und was nun?"

„Bist du etwa noch immer hungrig?", staunte Marni.

„Nein. Ich meine uns beide. Bleibst du noch ein bisschen?"

Dieselbe Frage hatte Marni auch schon beschäftigt. Am liebsten hätte sie das ganze Wochenende bei Frank verbracht, aber sie wollte nichts überstürzen. War nicht sowieso alles viel zu schnell gegangen? „Ich denke, ich sollte mich allmählich auf den Weg machen. Nach dieser aufregenden Nacht brauche ich ein bisschen Ruhe." Sie deckte den Tisch ab und räumte das Geschirr in die Spülmaschine. „Meinst du, du kommst allein zurecht?"

„Da mach dir keine Sorgen." Frank zögerte. „Marni, ich habe eine andere Bitte. Könnten wir es nicht noch einmal mit dem Foto versuchen?"

Sie stieß einen Seufzer aus. „Warum nur? Muss unbedingt mein Bild auf dem Titel erscheinen?"

„Ja. Es würde mir unendlich viel bedeuten, dich zu fotografieren und der Welt dein Gesicht so zu zeigen, wie ich es sehe und liebe. Das mag dir seltsam erscheinen, aber ich sehe dich als Mann und als Fotograf. Noch nie hat mir ein Auftrag so sehr am Herzen gelegen wie dieser. ‚Class' ist eine Zeitschrift mit Zukunft, und Marni Langan gehört auf den Titel der ersten Nummer. Es mag arrogant klingen, aber ich weiß, dass ich als Einziger deine ganze Persönlichkeit in einem Foto ausdrücken kann, deine äußere Schönheit und die innere."

Marni sagte nichts, und Frank verlegte sich aufs Bitten. „Gib mir eine Chance, Marni. Schlag meinen Wunsch bitte nicht ab."

Jetzt lächelte sie. „Es sind nicht allein deine Augen, Frank Webster“, murmelte sie verhalten. „Der Klang deiner Stimme hat mich schon immer schwachgemacht. Es ist nicht fair, meine Schwächen auszunutzen.“

In dem Moment wusste er, dass er gewonnen hatte. Er ging auf Marni zu und umarmte sie. „Passt es dir Dienstagvormittag?“

„Ruf mich an. Ich muss erst in meinem Terminkalender nachsehen.“

Frank rief Samstagabend, Sonntagfrüh und dann noch einmal nachmittags an. Es ging nicht um den Fototermin – den hatte Marni ihm schon am Sonnabend bestätigt. Der Grund seiner Anrufe war ganz einfach Sehnsucht. Zuerst versuchte er, Marni mit einer Einladung zum Brunch aus der Wohnung zu locken. Sie verschanzte sich hinter der Ausrede, dass ein Aktenkoffer voller Arbeit auf sie warte. Die Einladung zum Nachmittagsspaziergang durch den Central Park schlug sie ebenfalls aus.

„Ich verstehe“, meinte Frank vieldeutig, „du musst dich von mir ausruhen. Ich rufe dich morgen Abend wieder an, um sicherzustellen, dass du nicht im letzten Moment einen Rückzieher machst.“

Hatte er Marnis Gedanken erraten? Tatsächlich hätte sie ihre Zusage am liebsten wieder zurückgenommen. Gestern noch auf rosaroten Wolken schwebend, hatte sie jetzt plötzlich Angst vor der nächsten Begegnung. Wie würde sich diese Beziehung weiterentwickeln? Wie stellte Frank sich die Zukunft vor? Er hatte ihr deutlich zu verstehen gegeben, dass er sich eine Fortsetzung wünschte. Eine Fortsetzung mit welchem Ziel?

Sie waren beide nicht mehr so jung, dass ihnen eine unverbindliche Romanze genügte. Marni hatte aus Franks Bemerkungen herausgehört, dass ihm sein Privatleben für Spielchen zu wichtig war. Ob er gar nicht ahnte, dass ein riesiges Problem ihre Beziehung belastete? Dieses Problem waren Marnis Eltern.

Von Grübeleien geplagt, sah sie dem Dienstag mit gemischten Gefühlen entgegen. Als Montagabend das Telefon läutete, sann sie nach einer plausiblen Entschuldigung, mit der sie sich endgültig aus der Affäre ziehen könnte.

Aber der Anrufer war nicht Frank, sondern ihre Mutter. Marni stockte der Atem, als sie Adela Langans aufgeregte Stimme hörte. „Marni, Liebes, warum hast du nicht angerufen und es uns erzählt? Gerade habe ich mit Tanya telefoniert. Das ist ja eine unglaubliche Geschichte!“

Ein eisiger Schreck durchfuhr Marni. Was wusste ihre Mutter? Und wie, um alles in der Welt, hatte Tanya es erfahren? Sie war die Letzte, die sich für Marnis Arbeit interessierte.

„Wovon redest du, Mutter?“, fragte sie ruhig. Sonderbar – ärgerlich hatte Adela Langans Stimme nicht geklungen, eher besorgt.

„Wovon ich rede? Das fragst du noch? Ich rede von dieser hässlichen Geschichte, in die du Freitagnacht hineingeraten bist. Tanya hat mir die Zeitungsnotiz am Telefon vorgelesen. Das sind ja keine erfreulichen Neuigkeiten. Tagelang hört man nichts von dir, und dann das ...“

Marni war völlig perplex. Sie hatte nicht im Mindesten damit gerechnet, dass die Presse über den Vorfall berichten würde, und dann noch mit voller Namensnennung. Sicher hatte man auch Frank erwähnt. Marni hatte keine Ahnung, ob ihre Eltern seinen richtigen Namen kannten und vielleicht schon Querverbindungen gezogen hatten, oder ob sie ihn auch nur als Web in Erinnerung hatten.

„Was stand denn in dem Artikel?“, fragte sie vorsichtig.

„Dass du und dieser Fotograf ein schreckliches Verbrechen verhindert habt. Und dass dein Begleiter gefährlich verletzt wurde.“

„Eine Schnittwunde an der Hand, Mutter“, warf Marni ein.

„Schlimm genug. Nun, ich bin heilfroh, dass dir nichts passiert ist. Seit wann spazierst du eigentlich nachts zu Fuß durch New York? Und wer ist dieser Mann? Du hast noch nie von ihm gesprochen. Laut Tanya ist er einer der besten und gefragtesten Fotografen. Dann habe ich sicher schon Fotos von ihm gesehen, ohne auf den Namen zu achten. Webster ...“, Mrs Langans Stimme wurde hart, „ich mag es nicht einmal aussprechen.“

Marni schwieg beklommen. Ohne dass ihre Mutter etwas von Franks Identität ahnte, hatte sie mit der letzten Bemerkung ihren Hass auf den „Mörder“ ihres Sohnes zum Ausdruck gebracht. Schon der Name Webster genügte, um eine Verbindung herzustellen.

„Bist du mit diesem Mann befreundet?“, kam es vom anderen Ende der Leitung, als Marni noch immer nichts sagte.

„Er soll für unsere neue Zeitschrift arbeiten. Da gibt es viel zu besprechen.“

„Aber du gehst mit ihm aus! Ein Fotograf, Marni. Ist das der richtige gesellschaftliche Umgang? In dieser Branche geht es recht locker zu, wie man weiß. Genau wie im Filmgeschäft, wo die hübschen jungen Starlets reihenweise in die Betten der Regisseure hüpfen, um sich eine Rolle zu ergattern. Pass bloß auf!“

„Mutter!“, seufzte Marni. „Deine Fantasie geht schon wieder mit dir durch. Findest du nicht, dass du ein wenig übertreibst?“

„Es kann nicht schaden, die Dinge realistisch zu sehen.“

„Sei unbesorgt, das tue ich.“ Marnis Stimme klang gereizt. „Ich bin kein Teenager mehr, sondern einunddreißig Jahre alt.“

„Ist ja gut, Darling“, sagte Mrs Langan beschwichtigend, „reg dich nicht auf. Ich wollte bloß hören, wie es dir geht, denn ich habe mir Sorgen gemacht. Ist das nicht verständlich?“

„Ja, Mutter. Mir geht es gut. Kein Grund zur Beunruhigung.“

„Na schön. Wir sehen uns hoffentlich bald mal zum Tee. Arbeite nicht zu viel. Bis bald, Darling.“

Kaum hatte Marni den Hörer aufgelegt, als das Telefon wieder klingelte. Diesmal war es Frank. „Du bist ja so kurz angebunden“, sagte er auf Marnis knappe Begrüßung hin. „Nervös?“

„Nein, nur müde. Ich hatte einen langen Tag.“

„Bleibt es bei morgen?“

Einen winzigen Moment zögerte sie. „Ja, es bleibt dabei.“

Wie Frank versprochen hatte, waren Marni und er bei dem zweiten Fototermin fast allein. Außer Anne und der Visagistin waren nur noch Franks Assistent und ein anderer Mann anwesend, der sich unauffällig im Hintergrund hielt.

„Lee“, rief Frank ihm zu. „Komm, ich möchte dich Marni vorstellen. Ihr habt euch beim letzten Mal nicht kennengelernt.“ Der Mann begrüßte Marni mit einem warmen Lächeln. „Marni, dies ist mein Bruder Lee.“

Marni reichte Lee die Hand und musterte ihn neugierig. Äußerlich ähnelte er Frank überhaupt nicht. Er war bei Weitem nicht so attraktiv wie sein Halbbruder, hatte aber diegleiche schöne Stimme und eine sehr angenehme Ausstrahlung. Lee war Marni auf Anhieb sympathisch. „Ich freue mich, Sie kennenzulernen, Lee. Frank hat mir schon viel von Ihnen erzählt.“

„Hoffentlich genauso viel Positives wie er mir von Ihnen“, meinte Lee mit einem kumpelhaften Seitenblick zu seinem Bruder. „Haben Ihnen nicht die Ohren geklungen? Er hat in der letzten Woche fast nur von Ihnen geredet.“ Er zwinkerte Marni zu. „Keine Sorge, Marni. Bei mir sind solche Bekenntnisse gut aufgehoben – einen Vertrauten braucht schließlich jeder, nicht wahr?“

Marni nickte zustimmend. Ihr wurde schmerzlich bewusst, dass sie seit Fabians Tod keinen Menschen mehr hatte, dem sie ihre kleinen Geheimnisse und Probleme anvertrauen konnte. Fabian …

In Marnis Blick zeigte sich eine Mischung von Trauer und Aufbegehren. Wieder hatte sich der Kreis geschlossen, aus dem es keinen Ausweg zu geben schien. Fabian. Fabian und Web. Der Sommer in Camden. Eine verbotene Liebe. Tod und Trauer. Und der unerbittliche Hass eines verzweifelten Elternpaares.

Frank bemerkte Marnis veränderten Gesichtsausdruck. Was immer in ihr vorging, Lee musste einen wunden Punkt getroffen haben. „Schluss jetzt, Lee. Ihr könnt euch nachher weiter unterhalten. Ich möchte mit der Arbeit anfangen. Komm, Marni."

Er begleitete Marni zum Garderobenraum. „Unsere Stylistin hat dir ein paar Kleider und Kostüme zur Auswahl bereitgelegt. Du kannst selbst entscheiden, was du für das Foto anziehen möchtest." Er nickte der Visagistin zu. „Verunstalten Sie sie mir nicht zu sehr", scherzte er. „Bis gleich, Marni."

Marni wunderte sich, mit welcher Gelassenheit sie diesmal an die Sache heranging. Sie fühlte sich schon fast wie ein Profi, als sie die Prozedur des Schminkens über sich ergehen ließ. Interessiert verfolgte sie die Arbeit der Visagistin und fragte sie nach ihren Tricks aus. Zufrieden mit ihrem Äußeren, ging sie ins Studio und nahm ohne ein Anzeichen von Panik auf dem Hocker vor der weißen Wand Platz.

Sie war zuversichtlich. Heute, davon war sie überzeugt, würde sie ihre Sache gut machen. Die einschmeichelnde Musik versetzte sie in eine entspannte Stimmung. Franks Anweisungen kamen ruhig und sachlich. Diesmal fiel Marni das Lächeln nicht schwer. Ihre Bewegungen waren leicht und fließend.

Der Auslöser klickte ununterbrochen. „Gut so, Marni", lobte Frank leise, während er mit der Kamera ganz nahe an sie herantrat. „Sehr gut. Heb das Kinn etwas höher. Und jetzt dreh den Kopf langsam herum und sieh mich an."

Marni tat, was er ihr sagte. Die neu entstandene Vertrautheit zwischen ihnen machte alles viel leichter.

„Es macht Spaß, dich zu fotografieren", hörte sie Frank sagen. „Ein wahres Vergnügen." Ein Vergnügen ... Marnis Gedanken schweiften ab. Die hasserfüllte Stimme ihrer Mutter schnitt in Franks Worte: *... Webster – ich mag diesen Namen nicht aussprechen!*

Das Lächeln gefror Marni auf dem Gesicht. Ihre Bewegungen wurden eckig, ihre Mimik gezwungen. Franks lässig hingeworfene Anweisungen nahm sie plötzlich kaum noch wahr. Sosehr sie sich bemühte, ihre störenden Gedanken zu vertreiben und sich wieder auf sich selbst zu konzentrieren – es gelang ihr nicht.

Frank verschoss noch einen ganzen Film. Er wurde merklich nervöser. „Entspann dich, Marni. Was ist los? Kannst du nicht mehr?" Er ließ die Kamera sinken und drückte sie seinem Assistenten in die Hand. „Wir machen eine Pause."

Die Anwesenden zogen sich diskret zurück, als Marni sich mit mürrischer Miene in einen Regiesessel fallen ließ. „Ich bin gleich wieder da", sagte Frank und kam kurz darauf mit einem Glas Fruchtsaft zurück. „Hier trink das. Ein kleiner Vitaminstoß baut dich wieder auf."

Marni trank in tiefen Zügen. „Du bist noch immer nicht zufrieden, stimmt's? Dabei habe ich mir wirklich Mühe gegeben."

„Ich weiß. Du warst auch schon viel besser als letzte Woche. Nur zum Schluss, da hat mich etwas gestört. Das da." Er berührte die Stirnfalte zwischen ihren Augenbrauen. „So etwas kann nicht mal mein Laborkünstler wegretuschieren. Ich glaube, du bist in Gedanken schon wieder bei einer Aufsichtsratssitzung."

Marni lachte trocken auf. „Du hast eine komische Vorstellung von meinem Beruf. Na ja, dies hier ist bestimmt nicht mein Job, und deshalb werde ich es dir auch nie recht machen, ganz gleich, wie sehr ich mich bemühe."

„Unsinn! Du bist gut! Wenn du nur nicht immer grübeln würdest! Was ist es diesmal? Irgendetwas beschäftigt dich."

Marni versuchte sich damit herauszureden, dass sie sich Franks Erwartungen nicht gewachsen fühle. „Du wirst dein Foto nie bekommen, nicht so, wie du es dir vorstellst. Vergiss es."

„Du willst aufgeben? Das passt nicht zu dir, Marni. Komm, gib dir einen Ruck. Wir versuchen es noch mal."

Er hatte sie bei ihrem Ehrgeiz gepackt. „Also gut", gab sie nach. „Aber sei bitte nicht enttäuscht, wenn es schiefgeht."

Nach einer weiteren halben Stunde brach Frank die Fotositzung mit einem resignierten Seufzer ab. „Schluss für heute. Es bringt nichts mehr." Er fuhr sich erschöpft mit der Hand durchs Haar. „Vielleicht ist bei den Filmmengen, die ich verschossen habe, ja etwas Brauchbares dabei."

Ohne ein Wort stand Marni auf und steuerte auf die Garderobe zu.

„Marni!", rief Frank, aber sie drehte sich nicht um. Er ging ihr nach und betrat, ohne zu klopfen, den Garderobenraum. „Was sollte denn das?", fragte er verwundert. „Bist du etwa beleidigt?"

„Das fragst du noch?" Sie nahm die dicke Perlenkette ab und warf sie achtlos auf den Schminktisch. Die Ohrclips und Armreifen folgten. „Musstest du so deutlich im Beisein der anderen sagen, wie unmöglich ich bin? Natürlich ist es kränkend, wenn man sich anhören muss, dass man nicht brauchbar ist."

„Erstens habe ich das nicht gesagt, und zweitens war es eine ganz sachliche Bemerkung. Es kommt häufiger vor, dass ich aus Dutzenden von Dias nur zwei oder drei auswähle. Ich lege sehr strenge Maßstäbe an mich selbst. Du warst jedenfalls nicht gemeint."

Ohne sich von Franks Anwesenheit stören zu lassen, begann Marni sich umzuziehen. „Das sagst du jetzt nur aus Rücksicht. Wer von uns beiden ist der Amateur und wer der Profi?" Sie warf die Bluse über eine Stuhllehne und öffnete den Reißverschluss ihres Rockes. „Tu nicht so, als wärst du schuld an diesem Ausgang."

„Jetzt hast du dich verraten, Marni. Du bist ärgerlich auf dich selbst und schiebst mir den Schwarzen Peter zu."

„Damit sprichst du aus, was du nicht eingestehen willst. Ich weiß, dass ich es wieder verpatzt habe und du dich wahnsinnig darüber ärgerst." Marni streifte den engen Rock ab und schlüpfte in ihr Wollkleid. „Aber ich bin nun mal kein Model und will es auch nicht sein. Ich bin ich – inklusive meiner Stirnfalten. Du musst mich so nehmen, wie ich bin, oder es sein lassen."

Ruhig hörte Frank zu und sagte eine ganze Weile nichts. Dann ging er einen Schritt auf Marni zu und drückte sie sanft in den Schminksessel. „Ich bin nicht ärgerlich auf dich, Marni. Mich macht nur nervös, dass ich das Wesentliche nicht erwische. Du bist eine so wundervolle besondere Frau, und das will ich in meinen Fotos einfangen. Ich will nicht dein schönes Gesicht, sondern ein ganz bestimmtes Lebensgefühl abbilden. Deine kleinen Fältchen stören mich wahrhaftig nicht. Wenn mich etwas stört, dann ist es deine innere Unruhe, die sich in deinem Gesicht widerspiegelt. Das bist du nicht."

Marnis Aufregung hatte sich gelegt. Sie saß ruhig da und sah Frank hilflos und ein wenig traurig an.

Er streichelte ihre Wange. Wenn ich sie doch nur erreichen könnte, dachte er. „Das Foto ist nicht das Problem", sagte er leise. „Das Problem ist, dass dich etwas bedrückt. Was ist es, Marni? Kannst du es mir nicht sagen?"

Sie wich seinem Blick aus. Sollte sie ihm sagen, dass sie ihn liebte und im Begriff war, ihre Eltern vor den Kopf zu stoßen? Dass sie sich die letzten vierzehn Jahre bemüht hatte, die durch Fabians Tod entstandene Lücke zu füllen und die Firma so zu führen, wie er es getan hätte? Dass sie dies tat, um eine Schuld abzubüßen?

„Ach, Frank, das Leben ist so kompliziert", seufzte sie.

Er strich ihr über das Haar. „Es muss nicht kompliziert sein."

Sie lächelte schwach. „Es wird nie wieder so einfach wie damals. Ich wünschte, wir könnten die Zeit zurückdrehen, Fabian wäre am Leben, und wir beide würden unbekümmert in den Tag hineinleben."

„Du vergisst, dass wir auch unsere Probleme hatten. Wir mussten uns verschwiegene Plätze suchen, damit wir uns ungestört lieben konnten. Und dann deine Eltern, die nichts erfahren durften. Ich erinnere mich, dass du immer Angst hattest, sie könnten es herauskriegen."

„Ja, da hast du recht", sagte Marni kaum hörbar.

Frank hob ihr Gesicht zu sich empor. „Deine Eltern – sie hassen mich. Das Problem von damals besteht nach wie vor, nicht wahr?"

Marni senkte den Blick und nickte.

„Sie werden also mit aller Macht versuchen, uns auseinanderzubringen. Wissen sie schon etwas?"

„Nein. Meine Mutter weiß durch einen Zeitungsbericht von unserem Abenteuer am Freitag, aber sie hat den Namen Webster nicht mit dir in Verbindung gebracht. Er löste allerdings eine bösartige Bemerkung aus …"

„Jetzt begreife ich deine schlechte Stimmung. Dieser verdammte Artikel. Ich habe dir absichtlich nichts davon gesagt. Kein Mensch hätte etwas über uns erfahren, wenn diese Zeitungen nicht unsere Namen genannt hätten. Man muss der Polizei eben ausdrücklich sagen, wenn man ungenannt bleiben will. So etwas wie ein Persönlichkeitsrecht gibt es anscheinend nicht mehr. Nun haben wir die Bescherung."

„Meine Eltern wissen nichts, Frank. Noch nicht."

„Aber du hast eine Heidenangst, nicht?"

Marni nickte. Sie hob das Gesicht und sah ihn flehend an. „Halt mich fest, Frank. Bitte halt mich", brach es aus ihr hervor.

Er kauerte sich vor ihr hin und drückte sie fest an sich. „Liebst du mich, Marni?"

„Ich … ich glaube, ja", flüsterte sie. Ihre Stimme klang verzweifelt.

„Und ich liebe dich. Wir lieben uns, Marni." Er gab ihr einen Kuss. „Ist das nicht schon ein guter Start?"

Marni sah Frank ungläubig an. „Du liebst mich? Du hast es mir aber nie gesagt."

„Damals wusste ich es noch nicht."

„Und wann ist es dir klar geworden?"

„Am Morgen nach unserer ersten gemeinsamen Nacht. Als du gegangen warst, wusste ich, dass ich mich von keiner anderen Frau als von dir mit Aspirin füttern lassen würde."

Marni packte ihre Reisetasche für ein Wochenende in Vermont. Sie war seit Langem nicht mehr so glücklich gewesen. Zwei Tage lang würde sie fern von New York ganz allein mit Frank verbringen, unbehelligt von Berufssorgen, Terminen, Anrufen – und neugierigen Fragen. Die Gewissheit, dass Frank sie liebte und zu ihr stand, rückte alles andere in den Hintergrund. Sie wollte ihr Glück festhalten und genießen.

Natürlich hatte sie Angst vor der unausweichlichen Auseinandersetzung mit ihren Eltern, aber daran wollte sie vorerst nicht denken. Im Moment fühlte sie sich stark und unbeschwert.

Das Telefon läutete, und Marni stürzte an den Apparat.

„Du bist tatsächlich schon zu Hause", meldete Frank sich. „Wie hast du das geschafft?"

„Betriebsgeheimnis. Ich bin sogar schon mit Packen fertig. Um Punkt drei habe ich das Büro verlassen. Du hättest die Blicke sehen sollen."

Er lachte. „Deine Crew wird sich in Zukunft an einiges gewöhnen müssen. Hast du gesagt, wohin du fährst?"

„Wo denkst du hin? Dann wäre es doch kein Geheimnis mehr."

Doch Frank dachte praktisch. „Und was ist, wenn dich plötzlich dringend jemand erreichen muss und du wie vom Erdboden verschluckt bist? Willst du, dass die Polizei nach dir fahndet? Meine Telefonnummer solltest du zumindest irgendwo hinterlassen."

„Ist schon geschehen. Ich habe sie meiner Assistentin gegeben. Die anderen wissen, dass sie mich in dringenden Fällen über Susan erreichen können."

Das beruhigte Frank. „Okay. Dann bleibt nur noch zu hoffen, dass wir nicht gestört werden. Ich fahre in fünf Minuten hier los. Kannst du vor dem Haus auf mich warten? Das würde mir die Sucherei nach einem Parkplatz ersparen."

„Natürlich, Darling. Oh Frank, ich bin so aufgeregt! Ich fühle mich fast so wie damals, als ich mich nachts heimlich aus dem Haus geschlichen habe …"

„… in Shorts und T-Shirt, und nichts darunter", ergänzte er. „Denk dran, dass in Vermont Schnee liegt. Ich empfehle warme Bekleidung."

Marni kicherte ausgelassen. „Danke für den Ratschlag. Bis gleich, Frank. Beeil dich."

8. KAPITEL

Eine Blockhütte – wie romantisch! Und weit und breit kein anderes Haus!“, begeisterte sich Marni, nachdem Frank und sie den kleinen, von Hotels und Apartmenthäusern zugebauten Wintersportort hinter sich gelassen hatten und vor einem einsam gelegenen Holzhaus hielten.

Was von außen wie eine einfache Blockhütte aussah, entpuppte sich jedoch als ein komfortabel ausgestattetes Ferienhaus. Die holzgetäfelten Wände und gemütlichen Polstermöbel in dem großzügigen Wohnbereich verbreiteten eine behagliche Atmosphäre. Warmes Braun und Grün waren die vorherrschenden Farben, und trotz des rustikalen Stils bestimmte dieselbe sachliche und klare Linie die Einrichtung, die auch Franks Stadtwohnung charakterisierte.

Eine Essecke und eine in Holz gehaltene Küchenzeile im hinteren Teil fügten sich harmonisch in den Wohnbereich ein. Besonders eindrucksvoll fand Marni den kreisförmig gemauerten Kamin in der Mitte des Raums – eine klug erdachte Konstruktion, da sie nach allen Seiten hin Wärme verbreitete.

Frank freute sich an Marnis Begeisterung, zumal er das Haus nach seinen eigenen Plänen hatte ausbauen lassen. Nachdem er ihr auch das Schlafzimmer und einen kleinen Arbeitsraum im rückwärtigen Anbau gezeigt hatte, machten sie einen kurzen Rundgang um das Haus und holten Kaminholz aus dem Geräteschuppen.

„Gleich haben wir es warm“, versprach Frank, als sie wieder hineingingen. Er schichtete im Kamin Späne und Holzscheite auf, während Marni die Lebensmittelvorräte, die sie im Supermarkt am Ort besorgt hatten, in den Kühlschrank räumte.

„So, das Feuer ist angefacht“, verkündete Frank. „Gleich wirst du sehen, wie fantastisch dieser Kamin den ganzen Raum heizt.“ Er nahm eine Flasche Wein und zwei Gläser aus dem Schrank. „Und jetzt feiern wir deinen Einstand. Komm, Darling, mach’s dir gemütlich.“

Marni kuschelte sich in das Sofa und stieß einen glücklichen Seufzer aus. „Oh Frank, es ist schön hier in deinem Haus. Jetzt verstehe ich, dass es dir so viel bedeutet. Es ist eine ‚Oase‘.“

Inzwischen hatte er die Flasche entkorkt und schenkte ein. „Ich freue mich, dass du dich hier wohlfühlst. Eine Oase sagst du. Für mich war dies Haus bis jetzt mein Allerheiligstes. Ab heute ist es unser Zuhause.“ Er hob das Glas. „Lass uns darauf anstoßen.“

Ihre Gläser klangen aneinander, ohne dass Marni etwas sagte. Sie war überwältigt. Auf eine schönere Art hätte er ihr seine Liebe nicht erklären können.

„Auf dich, Prinzessin.“ Frank trank bedächtig und sah Marni über den Rand seines Glases an.

Ihre Blicke tauchten ineinander. Noch nie hatte Marni sich so stark mit Frank verbunden gefühlt wie in diesem Moment. „Ich liebe dich. Oh, wie sehr ich dich liebe.“

Vorsichtig setzte er sein Glas ab und nahm Marnis Gesicht zwischen die Hände. Er liebkoste es sanft mit den Lippen, bedeckte es über und über mit Küssen.

Marni schloss die Augen. Sie bog den Kopf zurück, und ihre Lippen teilten sich erwartungsvoll. Franks Liebkosungen verwandelten sich in einen brennenden Kuss, den Marni hingebungsvoll erwiderte. Sie fühlte sich leicht und jung wie lange nicht. Befreit von den Alltagslasten, ganz sie selbst, frei für ihre Liebe zu Frank.

In der Gewissheit, zu lieben und geliebt zu werden, gab Marni sich ganz ihren Gefühlen hin. Als Frank sie sacht zu streicheln begann, die Hand unter ihren Pullover schob und über ihren Rücken und ihre Brust gleiten ließ, war ihr, als zeichne er eine heiße Spur auf ihre Haut. Es war erregend, um wie viel intensiver sie in dieser intimen Atmosphäre seine Berührungen empfand. Ihre Sinne waren weit geöffnet.

„Ich liebe dich, Prinzessin“, flüsterte er heiser, überwältigt von ihrer Hingabe, ihrem warmen sinnlichen Duft, von ihrer weiblichen Ausstrahlung und ihrer spürbaren Liebe.

Ihre Liebkosungen waren ein behutsames Geben und Nehmen. Sie schienen in unwirklich langsamen Bewegungen dahinzufließen, im verzögerten Tempo einer Zeitlupenaufnahme. Die tiefe schweigende Harmonie ihrer Umarmung hatte etwas Andachtsvolles. Marni war so aufgewühlt, dass sie sich den Tränen nahe fühlte.

„Ich wollte uns Zeit geben“, murmelte Frank erregt. „So schnell sollte es gar nicht gehen …“

Sein Verlangen übertrug sich auf Marni. Sie sehnte sich nach seiner Umarmung. „Ich weiß, Frank, ich wollte es auch nicht … nicht so schnell.“ Sie schob seinen Pullover hoch und strich liebkosend über seine Brust. „Still bei dir zu sitzen und ins Feuer zu schauen, schon das hätte mich glücklich gemacht.“ Ihre Hände wanderten tastend weiter. Die Berührung seiner warmen Haut ließ sie erbeben. „Aber nun … oh, Frank, ich möchte dich ganz spüren. Ich möchte mit dir schlafen.“

Marni erinnerte sich an die fieberhafte jugendliche Ungeduld bei ihrem ersten Zusammensein vor vierzehn Jahren. Sie dachte auch an den vergangenen Samstag, als ihre wieder erwachte Sinnlichkeit ungehemmt aus ihr hervorgebrochen war.

Diesmal war es anders. In der Gewissheit ihrer gegenseitigen Liebe, allein und ungestört, abgeschirmt von allem, nahmen sie sich die Zeit, die sie nie füreinander gehabt hatten. Diesmal war es von Anfang an schön wie ein Traum.

Eng umschlungen lagen sie nackt auf dem Sofa, berauscht von dem Gefühl, ihre Körper neu zu entdecken. In sinnlichen, nicht enden wollenden Liebkosungen gaben sie sich einander hin.

Marni fühlte sich wie in einem ekstatischen Rausch. Nie hätte sie geglaubt, so intensiv empfinden zu können. Ihr Körper glühte und vibrierte unter Franks erotischen Berührungen. Sie versank in einem wirbelnden Taumel unbeschreiblicher Lustgefühle.

„Oh, Frank“, stieß sie atemlos hervor, „was machst du mit mir? Es … es ist wahnsinnig. Ich dachte, schöner als damals könnte es niemals sein, aber was ich jetzt fühle, habe ich noch nie erlebt.“

„Wir lieben uns, Prinzessin. Das ist der kleine Unterschied. Es macht mich glücklich, dass du meine Liebe fühlst. Gib dich deinem Gefühl hin.“ Er küsste sie mit unendlicher Hingabe.

Aufstöhnend drängte Marni sich unter den kundigen Liebkosungen seiner Hände an ihn und presste den Schoß an seine Lenden. Als Franks Finger an ihrem Körper hinabglitten und sich zwischen ihre Schenkel schoben, schrie sie leise auf. „Frank, ich halte es nicht mehr aus. Komm zu mir. Ich will dich in mir spüren.“

Er richtete sich auf und sah sie wortlos an. Sein Blick drückte seine Gefühle besser aus, als er es mit Worten hätte tun können. „Komm, dort drüben liegen wir bequemer“, flüsterte er. Dann stand er auf, hob Marni hoch und legte sich mit ihr auf den flauschigen weißen Teppich vor dem Kamin.

Im Schein des Feuers sah Marni, was ihr bisher verborgen geblieben war – die tiefen langen Narben an Franks Bein. Ihr Gesicht erstarrte. Einen winzigen Moment lang drohte der Traum zu zerplatzen. Doch dann spürte sie seinen warmen Körper an ihrer Seite. Die Gegenwart siegte über die Schatten der Vergangenheit. Marni fühlte, dass auch ihre Wunden langsam verheilten. Sie lebte und wollte leben. Die Zukunft gehörte ihr und Frank.

„Frank, ich liebe dich.“ Sie schmiegte sich an ihn und fühlte seine Kraft in sich überströmen. Ihre Lippen verschmolzen in einem langen brennenden Kuss. Eingehüllt in die Stille des Raums, umschlangen sie sich, durchdrungen von ihrer Liebe und dem Willen, sie durch nichts zerstören zu lassen.

Marni schloss die Augen, als sie Franks kraftvollen Körper auf sich spürte. Sie fühlte sich geborgen, beschützt und begehrt zugleich. Nie hatte sie ihn mehr geliebt als in diesem Augenblick.

Sie streichelten und liebkosten sich. Sie tauschten zärtliche und erotische Liebesworte aus. Sie liebten sich schweigend mit den Blicken. Lange bevor ihre Körper zueinanderfanden, waren sie zu einem Ganzen verschmolzen.

Endlich, in einer stillen leidenschaftlichen Umarmung, vereinten sie sich. Frank sank tief in Marnis Schoß ein, bis er sie ganz ausfüllte. Voller Zärtlichkeit sah er ihr in die Augen. „Ich liebe dich“, flüsterte er kaum hörbar.

Marnis Lippen formten diegleichen Worte. Überwältigt von der Intensität ihrer Gefühle, war sie unfähig zu sprechen. Nie zuvor hatte sie sich so vollkommen, so sehr als Frau gefühlt, wie in diesem Moment völliger Verbundenheit. In der Erinnerung an den Sommer in Camden hatte sie geglaubt, dass es keine Steigerung dessen geben könnte, was sie damals mit Frank erlebt hatte. Doch dieses neue Gefühl körperlicher und seelischer Verbundenheit war unbeschreiblich viel stärker. Es war vollkommenes Glück.

Frank empfand wie Marni. Niemals hatte ihn das Zusammensein mit einer Frau so beglückt und erfüllt. In der Umarmung mit Marni spürte er, dass er zum ersten Mal in seinem Leben wirklich liebte – mit dem Körper, dem Geist und der Seele. Und der Ausdruck in Marnis Gesicht sagte ihm, dass sie das Gleiche fühlte.

Den Blick auf Marni geheftet, begann er sich langsam zu bewegen. Er nahm in Marnis Zügen eine Mischung von höchstem Lustempfinden und innerem Glück wahr, und plötzlich bekam für ihn der Liebesakt eine ganz neue, viel intimere Bedeutung.

Franks Bewegungen wurden intensiver. Er liebte Marni mit einer Einfühlsamkeit und Hingabe, die sie in schwindelerregende Höhen emportrug. Eine heiße Welle nach der anderen brandete in ihr heran und versetzte sie in einen rauschartigen Zustand. Nebelhaft nahm sie das prasselnde Kaminfeuer und den weichen Teppich wahr. Alles in ihr drängte nach der erlösenden Erfüllung. Eng an Frank geschmiegt, folgte sie dem Rhythmus seiner immer heftiger werdenden Bewegungen. Gemeinsam trieben sie dem Höhepunkt zu, und dann plötzlich erbebten ihre Körper, und ihre Spannung entlud sich mit elementarer Gewalt.

Aufstöhnend sank Frank auf Marni nieder. Ein ekstatischer Schauer durchzuckte seinen Körper. „Oh, Marni ... Marni! So etwas habe ich noch nie ... noch niemals ...“ Er barg das Gesicht an ihrem und streifte ihre Wange mit den Lippen. „Ich liebe dich. Ich liebe dich so sehr.“

Marnis Gesicht leuchtete. Ohne etwas zu sagen, umschlang sie Frank und schloss lächelnd die Augen. Lange lagen sie so da, schweigend, im Bewusstsein ihrer Liebe, die keiner Worte mehr bedurfte.

Sonnenstrahlen fielen durch die Vorhänge, als sie am nächsten Morgen in Franks Bett erwachten. Frank beugte sich über Marni. „Guten Morgen, Prinzessin. Weißt du, wo du bist?“

Sie lächelte. „Ja. Ich bin in einem Traum. In einem verzauberten Schloss im Schnee, wo ein Prinz mich vor der bösen Welt beschützt.“

Sanft strich er ihr eine Haarsträhne aus der Stirn. „Bekommt dein Prinz denn auch ein Frühstück, damit er bei Kräften bleibt?“

„Oh, Frank, du bist ein unverbesserlicher Realist. Traumprinzen haben keinen Hunger. Es sind Wesen aus einer anderen Welt, die dem Edlen und der Liebe huldigen.“ Marni schmiegte sich verlangend an Frank, der sie in die Arme nahm und küsste. Ihr warmer nackter Körper erregte ihn, und er begann sie zärtlich zu streicheln. „Liebe am Morgen“, flüsterte Marni, „so schön kann nur ein Traum sein ...“

Ihre Umarmung war sanft wie der Morgen. Sie liebten sich zärtlich und bedächtig, ohne das ängstliche Bemühen, den Augenblick festzuhalten und bis zur Neige auszukosten. Denn seit der vergangenen Nacht wussten sie, dass sie einander gehörten und alle Zeit der Welt hatten. Sie mussten nicht mehr um ihre Liebe fürchten.

„Jetzt bekommst du dein Frühstück“, sagte Marni, als sie danach still und glücklich beieinanderlagen. „Ehrlich gestanden habe ich jetzt auch einen Bärenhunger. Du strapazierst mich ganz schön, Frank Webster. Ein hübscher Name übrigens. Wir werden unseren Sohn auch Frank nennen.“

Frank fuhr hoch und starrte Marni entgeistert an. „Unseren Sohn?“

Marni legte ihm die Hand auf die Lippen. „Pst. Du weißt doch – dies ist ein Traum. An diesem Wochenende will ich nur träumen. Ich will alles sagen dürfen, was mir in den Sinn kommt.“ Sie sprang aus dem Bett und warf sich ihren Bademantel über. „Möchtest du die Eier mit oder ohne Schinken?“

Aus dem Frühstück wurde ein ausgiebiger Lunch, denn mittlerweile war es Mittag geworden. Nachdem sie gemeinsam die Küche aufgeräumt hatten, machten Frank und Marni einen Spaziergang in die Umgebung. Es war ein Wintertag wie aus dem Bilderbuch. Über Nacht war

Neuschnee gefallen, und die hügelige Landschaft war mit einer pulverigen weißen Schneeschicht überzogen. Das Grün der würzig duftenden Kiefern und Fichten hob sich leuchtend gegen das Weiß ab, und darüber strahlte ein leuchtend blauer Himmel.

Arm in Arm stapften Marni und Frank durch den Schnee. Das Knirschen ihrer Schritte, ab und zu ein Vogelschrei oder das Rascheln eines Zweiges durchbrachen als einzige Geräusche die Stille.

Marni blieb stehen und nahm die Schönheit der Landschaft in sich auf. „Es ist wunderschön", sagte sie mit ehrfurchtsvoll gedämpfter Stimme. „Sicher hast du hier schon traumhafte Fotos gemacht."

Frank lachte. „Nein, kein einziges. Hierher bringe ich nie eine Kamera mit. Du hast ja auch nicht deinen Aktenkoffer dabei. Und dein Buchhalter – nimmt er seinen Taschenrechner in sein Wochenendhaus mit oder ein Maler seinen Farbeimer? Im Gegensatz zu einigen Kollegen, die ihren Apparat ständig um den Hals hängen haben, betrachte ich die Kamera als mein Handwerkszeug. Ich trenne die Arbeit streng von dem bisschen Freizeit, das ich habe. Heute allerdings würde ich eine Ausnahme machen …"

„Wieso?", fragte Marni neugierig. „Warum siehst du mich so merkwürdig an?"

„Weil ich Lust hätte, dich zu fotografieren. Gerade jetzt bist du besonders schön. Du siehst genauso aus, wie ich mich fühle – rundum glücklich. Aber wozu ein Foto? Es gibt Bilder, die man lieber im Gedächtnis bewahren sollte, statt sie auf ein Foto zu bannen." Er wurde nachdenklich.

„Woran denkst du, Frank?", fragte Marni zärtlich.

„Darf ich nicht auch mal träumen?"

„Nur, wenn du mir deinen Traum erzählst."

„Es ist Sommer. Du bist nackt. Du liegst im Gras unter den Bäumen, und ich fotografiere dich."

„Oh, oh, wie unsittlich!", entrüstete sich Marni. „Ein typischer Fotografentraum."

„Moment, er ist noch nicht zu Ende." Franks Augen strahlten, als er Marni anlächelte. „Ich fotografiere dein Gesicht, nachdem wir uns geliebt haben. Es ist entspannt und glücklich. Es strahlt von innen."

Marni legte ihm den Arm um die Taille und schmiegte sich an ihn. „Hmm. Der Traum gefällt mir."

„Ich sehe noch ein anderes Bild vor mir, das ich gern fotografieren würde." Frank blieb vor ihr stehen und legte die Hände um ihre Schultern. „Wieder sehe ich dich nackt. Du stehst im Gegenlicht am Fenster.

Deine Brüste sind voll und schwer, und dein Bauch ist gewölbt. Schützend liegen deine Hände über unserem ungeborenen Kind."

Marni stockte der Atem. Sie legte träumerisch den Kopf an Franks Brust. „Es ist zu schön", flüsterte sie. „Hör auf. Mir werden die Beine weich."

„Es geht noch weiter. Ich fotografiere dich und das Baby. Es liegt an deiner Brust und trinkt. Vielleicht ist es ein kleiner Frank. Oder auch eine Fortuna oder eine Esperanza oder Miracula. Glück, Hoffnung, Wunder … sind das nicht hübsche Namen für ein kleines Mädchen?"

„Das arme Kind!", entrüstete sich Marni. „Mit so einer Bürde willst du unsere Tochter ins Leben schicken? Stell dir vor, wie sie in der Schule …"

Der Rest ihrer Worte wurde von Franks Kuss erstickt. Lange standen sie eng umschlungen im Schnee, bevor sie ihren Weg fortsetzten.

Frank spann seine Fantasien weiter. Vom Thema Baby wechselte er zum Wohnungsproblem über, vom Thema Wohnung zum Problem der berufstätigen Mutter. „Ich werde dir so viel wie möglich im Haushalt abnehmen", versprach er. „Nicht nur, um dich zu entlasten, sondern vor allem, weil ich meine Kinder heranwachsen sehen möchte."

„Jetzt redest du schon von mehreren Kindern", lachte Marni. „Wie viele willst du denn eigentlich?"

„Zwei, drei, vier … das hängt ganz von dir ab", gab er mit todernster Miene zurück.

„Und die ganze Bande trampelt dir auf den Nerven herum, während du im Studio mit widerspenstigen Models deine Kämpfe austrägst."

„Meine Kinder werden natürlich brav wie die Lämmer sein", sagte Frank im Brustton der Überzeugung. „Und widerspenstige Models gibt es bei mir nicht", fügte er hinzu.

Beide brachen in Lachen aus. Ihr Weg hatte sie schon weit vom Haus fortgeführt, und je tiefer sie in die unberührte weiße Landschaft vordrangen, desto bunter und fantasievoller malten sie sich ihre Zukunft aus. Dann endlich, als es zu dämmern begann, kehrten sie um. Sobald Marni von Weitem das Haus und Franks Wagen mit der New Yorker Nummer erblickte, nahm sie von ihrem Traum Abschied.

Schweigend ging sie hinein und bereitete mit besonders viel Sorgfalt das Abendessen vor. Frank blieb draußen, um für das nächste Wochenende einen Vorrat Holz zu hacken. Auch er war nachdenklich geworden. Nicht die schönsten Träume konnten über die kommenden Probleme hinwegtäuschen. Und Probleme würde es zweifellos geben …

Sie zogen den Abend bewusst in die Länge und genossen jede Minute. Marnis Brokkoli-Hähnchen-Auflauf war ein Festessen, das sie mit Espresso und Kognak vor dem Kamin beendeten. Ihnen blieb noch eine Nacht. Sie liebten sich mit schweigender, leidenschaftlicher Hingabe und schliefen eng umschlungen ein.

Weder Marni noch Frank waren am nächsten Morgen zum Sprechen aufgelegt. Beide bewegte dasselbe Problem, aber keiner mochte es ansprechen. Nachdem sie geduscht und sich für die Rückfahrt gerüstet hatten, saßen sie schweigsam am Frühstückstisch. Jeder hing seinen Gedanken nach.

Frank war es schließlich, der das Thema ansprach. „Hast du dir schon überlegt, wie du es deinen Eltern beibringst?"

Marni stocherte in ihrem Rührei. „Was ...?", fragte sie, ohne aufzusehen.

„Dass wir heiraten werden."

Marni blickte überrascht auf. „Heiraten? Hast du heiraten gesagt?"

Frank musste lachen, als er Marnis erstauntes Gesicht sah. „Du tust, als würdest du aus allen Wolken fallen. Dabei dachte ich, es sei beschlossene Sache. Oder nicht?"

Marni sah ihm in die Augen. Plötzlich ging ein Strahlen über ihr Gesicht. „Dann war es kein Traum?"

„Es war bitterer Ernst! Willst du mich heiraten, Marni Langan?"

„Ja, Frank Webster, ich will dich heiraten."

„Gut. Das wäre geklärt. Und nun zurück zu Punkt eins: Was werden deine Eltern sagen?"

„Sie werden die Wände hochgehen."

Er nickte. „Richtig. Und das macht dir zu schaffen, nicht?"

„Natürlich. Immerhin sind es meine Eltern. Soll ich mich darüber hinwegsetzen, dass sie meinen zukünftigen Mann hassen?"

„Nein. Ich weiß, dass du in einer Zwickmühle steckst. Andererseits bist du eine erwachsene Frau, die ihre Entscheidungen frei treffen kann."

„Das weiß ich", erwiderte Marni leicht gereizt. „Ich treffe tagtäglich Entscheidungen, in die mir niemand hineinredet."

„Aber bei der wichtigsten Entscheidung deines Lebens fürchtest du die Meinung deiner Eltern. Ist dir gar nicht bewusst, dass fast jeder Differenzen mit seinen Eltern hat?"

„Selbstverständlich weiß ich das, aber bei uns geht es nicht um verschiedene Standpunkte der Generationen, sondern um ein Familienschicksal. Da sind starke, tief sitzende Emotionen im Spiel."

„Deine Eltern geben mir die Schuld an Fabians Tod", sagte Frank mit tonloser Stimme. „Haben sie noch immer nicht eingesehen, dass es ein unverschuldeter Unfall war? Ich konnte weder bremsen noch ausweichen, als die beiden Wagen auf der Kreuzung zusammenstießen und über die Straße schossen. Das Motorrad wurde erfasst und ..."

„Verstehst du nicht, Frank? Es war dein Motorrad! Ein Motorrad und kein Auto! Hätte Fabian im Wagen eines seiner reichen Freunde gesessen, hätte er sich nicht an einem Chausseebaum das Rückgrat gebrochen. Das ist das Argument meiner Eltern. Und deshalb hast du Schuld."

Nervös strich er sich durchs Haar. „Es war nicht meine Idee, das Motorrad zu nehmen", verteidigte er sich, „und außerdem habe ich Fabian nicht zu unserer Freundschaft gezwungen. Vielmehr hat er sie gesucht."

„Ich weiß", sagte Marni leise. „Wir haben dich alle bewundert. Aber gerade deshalb warst du meinen Eltern ein Dorn im Auge."

„Ein hergelaufener Nichtsnutz, für den ihr Sohn viel zu schade war", sagte Frank bitter. „Wenn sie wüssten, wie gut uns beiden diese Freundschaft getan hat. Fabian hat von mir profitiert, und ich habe von ihm gelernt – eine ganze Menge sogar. Er war ein großartiger Mensch, ein wirklicher Freund. Deine Eltern denken wahrscheinlich, dass sein Tod mich kaltgelassen hat."

Seine Stimme wurde immer leiser. Marni sah Tränen in seinen Augen. Sie hätte ihn gern getröstet, konnte es aber nicht. Die plötzliche Distanz, die sie zwischen sich und Frank spürte, erschreckte sie. Aber in diesem Moment war sie auf der anderen Seite. Trotz ihrer Liebe zu ihm war und blieb sie eine Langan.

„Weißt du, Marni", hörte sie Frank sagen, „irgendwie kann ich deine Eltern sogar verstehen. Als ich damals monatelang im Krankenhaus lag, habe ich mich mit Schuldgefühlen zermartert. Immer wieder ist der Unfall an mir vorbeigezogen. Tausendmal habe ich mich gefragt, ob ich ihn hätte verhindern können. Wäre ich ein wenig langsamer ... oder schneller ... oder überhaupt nicht ... Meine Selbstvorwürfe verfolgten mich Tag und Nacht. Ich wollte mit deinen Eltern reden, um ihnen zu sagen, wie sehr mich Fabians Tod ..."

„Warum hast du es nicht getan?", unterbrach ihn Marni.

„Das habe ich ja. Schon am Tag nach dem Unfall. Als ich nach der Operation wieder einigermaßen klar denken, mich aber vor Schmerzen und Gipsverbänden kaum rühren konnte, brachte ich es irgendwie zuwege, mich ans Telefon zu hangeln und eure Nummer zu wählen.

Dein Vater ließ mich nicht mal zu Wort kommen. Kaum hatte er meine Stimme erkannt, da legte er auch schon los. Ob ich nun zufrieden wäre, fragte er mich. Ob es mir Genugtuung bereite, ein Leben zerstört zu haben, das so viel wertvoller und reicher gewesen wäre, als meins je sein würde …"

„Das ist nicht wahr!", flüsterte Marni fassungslos. Eine maßlose Wut stieg in ihr hoch. Sie erinnerte sich an die Demütigungen, die ihr Vater ihr selbst zugefügt hatte. Er hatte sie nicht angehört, als sie ihn von Webs Unschuld überzeugen wollte, hatte ihr verboten, Web im Krankenhaus anzurufen oder zu besuchen.

In diesem Moment fühlte Marni sich nur noch Frank zugehörig. Sie empfand keine Loyalität mehr mit der Familie.

„Wie furchtbar, Frank!", flüsterte sie mit tränenerstickter Stimme. „Wie konnte er so etwas sagen! Du hattest keine Schuld. Wenn überhaupt jemand Schuld hatte, dann ich. Glaub nicht, dass ich nicht versucht hätte, das meinen Eltern klarzumachen. Aber es hat ihren Hass gegen dich nur noch verstärkt. Du warst der Böse, der gewissenlose Verführer. Und ich, die sündige Tochter, kriegte auch meine Strafe. Jeglicher Kontakt mit dir wurde mir untersagt. Nicht einmal meine Mutter hat Verständnis gezeigt sie stand voll auf der Seite meines Vaters. Die Trauer um ihren einzigen Sohn hat ihnen den Blick für alles andere getrübt."

„Und Tanya? Hat sie nicht zu dir gehalten?"

„Tanya? Die von Anfang an eifersüchtig auf mich war und dich für sich haben wollte? Sie hatte nichts Besseres zu tun, als meiner Mutter alles zu hinterbringen, was sie über uns wusste – alle meine Lügen und Heimlichtuereien. Meine Schwester hat die Gelegenheit genutzt, um mir eins auszuwischen. Nicht dass sie nicht aufrichtig um Fabian getrauert hätte. Sein Tod hat sie genauso geschmerzt wie uns alle. Aber mich hat sie völlig allein gelassen und zusammen mit meinen Eltern Front gegen mich gemacht." Marni wischte sich die Tränen aus den Augen und sah Frank traurig an. „Kannst du dir vorstellen, wie einsam und verzweifelt ich war? Fabian tot, du für immer unerreichbar – und dann auch noch das Gefühl, an meinen Eltern etwas gutmachen zu müssen. Sie haben mich deutlich spüren lassen, was für eine Enttäuschung ich für sie war. Meine unbeschwerte Jugend war schlagartig beendet. Siehst du, Frank, Fabians Tod hat nicht nur dein Leben radikal verändert."

„Ich weiß", sagte er mit sanfter Stimme. Sein Gesichtsausdruck hatte sich entspannt. „Ich wusste nur nicht, dass du solche Qualen ausgestanden hast. Weißt du, dass ich im Krankenhaus Tag für Tag auf dich gewartet habe, bis ich mich schließlich wütend und enttäuscht damit abfand, dass das Kapitel ‚Web' für dich erledigt war? Warum hast du mir das alles nicht schon vorher erzählt?"

„Weil ich noch keine Gelegenheit dazu hatte", erwiderte Marni mit schmerzlichem Lächeln. „Ich fange ja selbst erst an, das alles zu verarbeiten."

Frank nahm ihre Hände in seine. „Gut, dass wir endlich darüber reden. Mir wird jetzt erst klar, wie sehr dieser Unfall dein Leben beeinflusst hat. Für mich war er trotz des grauenvollen Schocks in gewisser Weise heilsam. Ich hatte im Krankenhaus viel, sehr viel Zeit zum Nachdenken und habe dann bewusst eine Entscheidung getroffen. Außer mir war ich niemandem Rechenschaft schuldig. Bei dir war es anders. Du warst nicht frei, sondern von deinen Eltern abhängig. Sie haben über dein Leben bestimmt, und aus Schuld- und Pflichtgefühl hast du dich ihrem Willen gefügt."

„Ich habe es auch Fabian zuliebe getan", warf Marni ein.

„Du hast dich verpflichtet gefühlt, ihn zu ersetzen", korrigierte Frank sie vorsichtig. „Und du wolltest die Achtung deiner Eltern wiedergewinnen. Ist es nicht so?"

„Ja", sagte Marni kaum hörbar, „und es ist mir gelungen ..." Sie hielt inne und sah ihn hilflos an. „Frank, wie soll ich es ihnen nur beibringen? In ihren Augen ist das, was ich tue, Verrat."

„Sie werden eben umdenken müssen."

„Das ist leicht gesagt. Du kennst meine Eltern nicht."

„Nein, ich hatte noch nicht die Ehre, sie kennenzulernen. Aber so, wie ich deinen Vater als Geschäftsmann einschätze, wird er dich wegen unserer Beziehung nicht gleich aus der Firma werfen. Du bist in der Langan Corporation unersetzlich."

„Niemand ist unersetzlich, das solltest du wissen. Abgesehen davon mache ich mir um den Job am wenigsten Sorgen. Ich bin Präsidentin des Unternehmens, daran gibt es nichts zu rütteln. Aber ich fürchte, dass die Familie völlig auseinanderbrechen wird. Fabian hat schon eine Riesenlücke hinterlassen, und wenn Mom und Dad mich deinetwegen fallen lassen, werden sie ganz allein sein. Auf Tanya können sie nicht zählen, die ist viel zu unzuverlässig und flatterhaft. Wenn sie sich doch nur mit dem Schicksal aussöhnen könnten! Dann würden sie einen Sohn gewinnen, statt eine Tochter zu verlieren."

Nachdenklich sah Frank Marni an. „Aussöhnen – das bedeutet verstehen und verzeihen. Es bedeutet Bereitschaft zu etwas Neuem. Meinst du, deine Eltern sind dazu fähig?"

„Das wird sich zeigen. Ich glaube, es kommt darauf an, sie richtig vorzubereiten. Wenn sie dich als die Persönlichkeit akzeptieren, die du heute bist, müssen sie notgedrungen ihre Vorurteile begraben."

„Und wenn sie es nicht tun?"

„Dann werde ich meine Entscheidung treffen." Marni sah Frank fest in die Augen.

Er brauchte sie nicht zu fragen, für wen sie sich diesmal entscheiden würde.

9. KAPITEL

Marni hatte beabsichtigt, sofort nach ihrer Rückkehr ihre Mutter anzurufen und ihr von dem wundervollen Wochenende mit Frank zu berichten. Aber die Arbeit lieferte ihr genug Vorwände, den Anruf von einem Tag zum nächsten aufzuschieben.

Frank warf ihr vor, dass sie sich drücke, und insgeheim musste sie zugeben, dass er recht hatte. So nahm sie schließlich ihren Mut zusammen und lud Adela Langan am Mittwochabend für den nächsten Tag zum Lunch ein.

Mrs Langan war überglücklich, denn sie hatte sich seit Langem nicht mit ihrer Jüngsten getroffen. Dabei liebte sie nichts mehr, als mit ihren Töchtern zusammenzusetzen und genüsslich über die New Yorker Society zu tratschen.

„Waren Sie zufrieden?", fragte der Kellner höflich, als er die Teller mit den Salatresten abräumte und Kaffee und Cremeschnittchen servierte.

„Es war vorzüglich", meinte Mrs Langan überschwänglich und nahm ihr erstes Tortenstückchen in Angriff. „Hm, köstlich!", schwärmte sie. „Iss, Kind, du könntest ruhig ein bisschen zunehmen."

„Mutter!" Der warnende Ton in Marnis Stimme war nicht zu überhören.

„Entschuldige, Liebes. Ich kann mich einfach nicht daran gewöhnen, dass meine Töchter erwachsene Frauen sind. Erzähl. Wie geht es dir? Triffst du dich noch mit diesem Fotografen?"

Diesmal stritt Marni es nicht ab. „Ja", sagte sie freimütig und wartete die Reaktion ihrer Mutter ab.

Adela Langan nahm einen Bissen von einem dick mit Creme beschichteten Kuchenstück. Sie war eine hochgewachsene schlanke Frau, die trotz ihrer Vorliebe für Süßes nie Figurprobleme gehabt hatte. „Er scheint ein interessanter Mann zu sein", sagte sie zwischen zwei Bissen. „Ich musste mir von Tanya und meinen Freundinnen einiges anhören. Offenbar bin ich die Einzige, die nicht wusste, was für eine Berühmtheit dieser Mr Webster ist."

Marni konnte ein Lächeln nicht unterdrücken. „Er ist nicht nur eine Berühmtheit, sondern ein hinreißender Mann. Wir sehen uns regelmäßig. Es ist ziemlich ernst." So, dachte sie erleichtert, das wäre heraus.

Adela Langan riss die Augen auf. „Aber ihr kennt euch doch erst seit ... warte ... ja, seit einer Woche. Wie kannst du dir da so sicher sein, dass es ernst ist?"

„Mom, ich bin einunddreißig. Ich weiß es."
„Und er? Denk dran, dass ich dich gewarnt habe. Fotografen sind …"
„… Frauenhelden und Playboys, ich weiß, ich weiß. Du machst es dir einfach, Mutter, du scherst alle über einen Kamm. Wie kannst du ein Urteil fällen, wenn du Frank noch nicht einmal kennst?"
„Dann beschreib ihn mir. Was für ein Mann ist er?" Neugierig auf Marnis Schilderung, wandte Adela sich wieder ihrer Cremeschnitte zu.
„Er ist groß, dunkelhaarig und sieht sehr gut aus. So viel zum Äußeren", begann Marni.
„Du bist also dem legendären großen Dunkelhaarigen begegnet, von dem alle Frauen träumen", meinte Adela sarkastisch. „Trägt er ein Goldkettchen um den Hals und eine teure Uhr am Handgelenk? Und flicht er in jeden Satz ein paarmal ‚Darling' und ‚Süße' und ‚Kleines' ein?"
Marni musste lachen. „Woher hast du nur solche abstrusen Vorstellungen, Mom? Ich glaube, ich sollte mal deine Zeitschriftenlektüre überprüfen. Frank ist kein Glamourmann. Außer einer schlichten Armbanduhr trägt er keinen Schmuck. Er benutzt auch nicht diese abgedroschenen Kosenamen. Natürlich hat er wie jeder andere Mann einen Blick für attraktive Frauen, aber er sieht sie nie so an, wie er mich ansieht."
Mrs Langan wurde hellhörig. Offenbar war ihre Tochter bis über beide Ohren verliebt. „Wie alt?", fragte sie. „Vierzig."
„Geschieden?"
„Er war noch nicht verheiratet."
„Das kommt mir aber reichlich verdächtig vor. Ein so attraktiver und prominenter Mann bleibt doch nicht ledig. Sicher ist er … andersrum …?"
Marni hätte sich fast an ihrem Kaffee verschluckt. Es kostete sie Mühe, ernst zu bleiben. „Wäre er dann wohl an mir interessiert?"
Adela ließ sich nicht von ihrem Misstrauen abbringen. „Dann fährt er wahrscheinlich zweigleisig", sagte sie mit verächtlich herabgezogenen Mundwinkeln.
„Nein, er ist völlig normal, Mutter. Das kannst du mir glauben."
„Nun gut. Weißt du, was es bedeutet, sich mit einem langjährigen Junggesellen einzulassen? Das sind meist schwierige und eigensinnige Männer."
Adela Langan gab nicht auf, und Marni wusste, dass das Verhör erst seinen Anfang nahm. Sie konnte nur hoffen, dass sie es weiterhin so amüsant finden würde.
Herkunft, Eltern, berufliche Laufbahn – Marni rangelte sich mit ge-

schickten Antworten durch den Fragenkatalog. Als ihre Mutter sie auf Frank Websters Einkommensverhältnisse ansprach, wurde sie ärgerlich. „Was ist denn das für eine Frage?“, fuhr sie auf.

„Es ist die Frage einer besorgten Mutter.“

„Dann muss ich dich noch einmal daran erinnern, dass ich eine erwachsene Frau bin, die noch dazu ein überdurchschnittliches Einkommen bezieht. Was für eine Rolle spielt es, wie viel Frank verdient? Aber ich kann dich beruhigen. Er könnte mich gut ernähren.“

„Sei mir nicht böse, Darling“, lenkte Marnis Mutter ein, „meine Neugierde ist doch nur natürlich. Zum ersten Mal höre ich dich von einem Mann schwärmen. Du sagst, dass es ernst ist. Ist es da nicht verständlich, dass ich alles über diesen Mister Webster wissen möchte? Meine Frage nach seinen finanziellen Verhältnissen war nicht unbegründet, denn schließlich bist du eine vermögende Frau. Dein Vater und ich möchten dich vor einem Mann bewahren, der dich nur deines Geldes wegen interessant findet.“

Frank als geldgieriger Schmarotzer – die Vorstellung war so absurd, dass Marni lachen musste. „Muss ich noch deutlicher werden, Mutter? Frank ist alles andere als arm. Du scheinst nicht zu wissen, dass das Tageshonorar eines Starfotografen sich auf vierstellige Ziffern beläuft. Ich kenne Franks Bankkonto zwar nicht, aber vielleicht beruhigt es dich, zu wissen, dass er Grundbesitzer ist. Ihm gehören ein Vieretagenhaus in Manhattan und ein Ferienhaus in Vermont mit einem riesigen Waldgrundstück.“ Marni zögerte. Einen Moment lang war sie im Zweifel, ob sie es sagen sollte. Aber warum eigentlich nicht? „Wir waren letztes Wochenende dort. Es war sehr schön.“

Adela Langans missbilligende Miene verriet, was sie von den freizügigen Sitten der jüngeren Generation hielt. Aber sie behielt ihre Gedanken für sich. Die Zeiten hatten sich geändert, und Marni musste wissen, was sie tat. „Vermont …“, sagte sie gedehnt. „Ist das nicht ziemlich hinterwäldlerisch?“

Marni seufzte auf. „Vermont ist seit Jahren das Ferienparadies der New Yorker, weißt du das nicht? Soll ich dir die Familien aufzählen, die dort ihre Zweithäuser haben? Die Trends haben sich geändert. Es muss nicht unbedingt Camden, Newport oder South Hampton sein.“

„Das weiß ich, Darling“, erwiderte Adela schroff. Sie verspeiste den Rest ihres Törtchens und winkte dem Kellner, um sich Kaffee nachschenken zu lassen.

„Ich möchte, dass du dich mit mir freust“, sagte Marni nach einer Weile. „Frank ist ein wundervoller Mensch. Interessant und unterhaltsam, man langweilt sich keine Minute mit ihm. Er geht in seinem Beruf auf und respektiert meine Arbeit. Und er behandelt mich, als wäre ich für ihn ein Geschenk des Himmels. Das ist das Allerschönste."

Adela Langan lächelte. „Ich freue mich ja, dass du glücklich bist, Kind. Ich freue mich wirklich. Wann werden wir deinen Fotografen denn kennenlernen?"

„Bald."

„Mach's nicht so spannend, Marni. Wann?"

„Wenn ich den Mut aufbringe."

„Mut? Wieso brauchst du Mut?"

„Weil du und Dad manchmal eine Art habt, die ziemlich einschüchternd sein kann. Ich weiß nicht, ob ich Frank das jetzt schon zumuten möchte."

Adela ahnte nicht, dass sich hinter Marnis liebevoll-spöttischer Bemerkung bitterer Ernst verbarg. „Sehr witzig, Marni. Du tust, als seien wir Unmenschen. Wir beißen nicht, weißt du."

„Das denkst du. Dein strenges Verhör von eben hat schon mir gereicht. Und Frank würde solche Fragerei in die Flucht schlagen. Kein Mann hat es gern, über seine Herkunft, sein Einkommen und seinen gesellschaftlichen Status ausgefragt zu werden."

„Danke für das Stichwort", unterbrach Mrs Langan Marni. „Von seinem gesellschaftlichen Umgang hast du noch nichts erzählt."

„Keine Sorge, Mom", erwiderte Marni gereizt. „Frank ist gesellschaftsfähig. Er kann sogar mit Messer und Gabel essen."

„Wie beruhigend", meinte Adela, ohne auf den Scherz einzugehen. „Männer ohne Manieren sind mir ein Graus."

„Du wirst von seinem Charme hingerissen sein", versicherte Marni. „Und Dad wird es Spaß machen, sich mit ihm zu unterhalten. Frank sprudelt über von interessanten Geschichten. Er hat viel erlebt und kann wunderbar erzählen."

„Dann wird es Zeit, dass du ihn uns vorstellst. Wie ist es mit Sonntag?"

Marni schüttelte den Kopf. „Sonntag? Nein, das ist zu früh."

Mrs Langan sah sie verwundert an. „Wenn du solche Angst hast, ihn uns vorzuführen, dann bist du dir wohl selbst noch nicht so sicher, ob er der Richtige ist."

„Ich bin mir ganz sicher, Mutter. Aber für einen Familientreff ist es wirklich noch zu früh." Marni tat gelassen und unbekümmert. „Gedulde dich noch ein wenig. Ihr werdet ihn kennenlernen. Bald."

Zwei Tage später, am Freitagmorgen, tauchte Jonathan Langan überraschend in Marnis Büro auf. Da die letzte Vorstandssitzung gerade erst stattgefunden hatte und keine akuten Probleme anstanden, musste sein Besuch einen besonderen Grund haben.

Mit klopfendem Herzen wartete Marni, dass er zum Thema kam. Aber es war nicht die Art ihres Vaters, mit der Tür ins Haus zu fallen. Zuerst wurden ausgiebig belanglose Firmenangelegenheiten besprochen. Dann endlich hob Langan die buschigen Augenbrauen und sah Marni eindringlich an.

„Und privat läuft auch alles zu deiner Zufriedenheit? Ich habe von deiner Mutter gehört, dass du den Mann deines Lebens kennengelernt hast."

Marnis Herz begann wild zu klopfen, aber äußerlich blieb sie ruhig. „Ja", sagte sie mit fester Stimme.

„Deine Mutter scheint nicht besonders erbaut von dieser Beziehung zu sein", fuhr Langan in demselben geschäftsmäßigen Ton fort. „Überleg dir gut, was du tust. Auf eine überstürzte Heirat folgt meist eine Scheidung, darauf die nächste Heirat, und so weiter."

„Ich bin nicht Tanya, Vater."

„Eben. Du bist die Präsidentin der Langan Corporation, was eine gewisse Verpflichtung mit sich bringt. Das betrifft auch die Wahl deines Ehemannes."

Marni konnte ihren Ärger kaum verbergen. „Ich weiß, wer ich bin, Vater. Und ich bin alt genug, um zu wissen, wie ich mich zu verhalten habe."

Davon schien Jonathan Langan nicht so überzeugt. „Marni, Starfotografen führen ein Jetset-Leben. Ich möchte nicht, dass du etwas tust, das unserem guten Ruf schaden könnte."

Marnis Selbstbeherrschung wurde auf eine harte Probe gestellt. „Übertreibst du nicht ein wenig?", sagte sie langsam. „Du hast dieselben Vorurteile wie Mom. Dabei habe ich ihr klargemacht, dass man Frank Webster beim besten Willen nicht mit Vorurteilen gerecht wird. Er ist seriös und lebt ziemlich zurückgezogen. Und außerdem …", sie zögerte einen Moment, „außerdem habe ich nichts von Heirat gesagt."

Jonathan runzelte die Stirn. „Wollt ihr etwa in wilder Ehe zusammenleben?"

„Oh, Dad! Wir leben in einer aufgeklärten Zeit. Niemand stört sich daran, wenn ein Paar sich entschließt, ohne Trauschein zusammenzuleben."

„Das habt ihr also vor …"

„Nein. Wir haben es überhaupt nicht in Erwägung gezogen."

Jonathan schien erleichtert. „Dann kann es ja nicht so ernst sein."
„Es ist sehr ernst, Dad."
„Und trotzdem habt ihr noch nicht vom Heiraten gesprochen? Das will mir nicht in den Kopf."
Diese direkte Frage verlangte eine direkte Antwort. Marni zögerte jedoch, bevor sie etwas sagte. „Ich ... ich glaube, wir sind der Idee beide nicht abgeneigt."
„Es ist also ernst. Wann werden wir deinen Fotografen kennenlernen?"
„Bald, Vater. Vorweg möchte ich nur eins klarstellen. Ich bin eine mündige Person, und vom rechtlichen Standpunkt her brauche ich eure Zustimmung nicht. Selbst wenn ihr Frank Webster ablehnt, wird das meine Entscheidung nicht beeinflussen."
Jonathan Langan stutzte. „Warum sollten wir ihn ablehnen, wenn er ein so großartiger Mensch ist?"
„Ist es gesagt, dass ihr ihn mögt? Vielleicht seht ihr ihn ganz anders als ich."
„Das kann sein. Auf jeden Fall bin ich auf deinen Fotografen gespannt und würde ihn gern kennenlernen. Wann kommt ihr vorbei?"
„Bald, Dad."

Die Antwort „bald" war vage genug, um Marni nicht festzulegen. Auf keinen Fall würde sie Frank schon am Sonntag ihren Eltern vorstellen, wie ihre Mutter es vorgeschlagen hatte. Sie wollte noch etwas länger seine Vorzüge rühmen, und außerdem war ein Wochenende in Vermont verlockender als der gefürchtete Besuch auf Long Island.

Bevor Marni am Freitagnachmittag ihre Tasche packte, stellte sie eine Mappe mit Franks Veröffentlichungen zusammen, legte eine Auswahl mit Zeitungsbesprechungen seiner Arbeiten dazu und schickte das Päckchen mit einem kurzen Begleitbrief an ihre Eltern.

Die beiden Tage in Vermont verstrichen viel zu schnell, und ebenso verging die darauffolgende Woche wie im Flug. Marni und Frank waren mit Arbeit eingedeckt und freuten sich auf die gemeinsamen Abende. Bis auf einen Restaurant- und Kinobesuch verbrachten sie die Zeit bei sich zu Hause. Beide genossen die ruhigen, entspannenden Stunden in den eigenen vier Wänden. Sowohl Marni als auch Frank hielten nicht viel von den New Yorker Gesellschaftstreffen. Trubel hatten sie während der Woche genug, und das bisschen Zeit, das ihnen füreinander blieb, verbrachten sie lieber allein.

Die Party-Einladung von Heather Conolly konnte Marni allerdings nicht ausschlagen. Heather, Mitarbeiterin in Marnis Direktionsstab und überdies Marnis eigene Entdeckung, war kürzlich zur Leitenden Geschäftsführerin in der Exportabteilung befördert worden und wollte das Ereignis feiern. Hätte es sich um einen offiziellen Firmenempfang gehandelt, auf dem womöglich ihre Eltern aufgetaucht wären, wäre Marni allein hingegangen. Aber die Conollys hatten nur ihre engsten Freunde eingeladen, und deshalb hatte Marni keine Bedenken, Frank mitzunehmen.

Marni war aufgeregt wie ein Teenager, als sie vor dem Stadthaus der Conollys hielten. Es war ihr erster gemeinsamer Auftritt auf einer Gesellschaft. Zum ersten Mal würden Marnis Freunde Frank zu Gesicht bekommen.

Als sie Heather und ihren Mann Fred begrüßt hatten und sich unter die Partygäste mischten, richteten sich alle Blicke auf sie. Sie waren mit Abstand das attraktivste Paar des Abends. Frank sah in seinem dunklen maßgeschneiderten Anzug blendend aus, und alle anwesenden Frauen beobachteten ihn scheinbar unauffällig.

Auch Marni erhielt bewundernde Blicke. Das eng anliegende schwarze Cocktailkleid, das sie trug, unterstrich in seiner unaufdringlichen Eleganz ihre Schönheit. Franks Nähe, seine galanten Aufmerksamkeiten und leise geflüsterten Komplimente gaben ihr das Gefühl, die glücklichste Frau der Welt zu sein. Sie schwebte wie auf Wolken.

Nie hätte sie sich träumen lassen, dass dieser unbeschwerte Abend mit einem Donnerschlag enden würde. Gegen zehn kam ein verspätetes Gästepaar. Marni erstarrte, als sie in Begleitung eines gut aussehenden Mannes ihre Schwester erblickte.

„Nun geh schon deinen Tennisfreund begrüßen", tuschelte Heather ihrem Mann zu. Offenbar mochte sie den Neuankömmling nicht besonders. „Du hast mir nicht gesagt, dass er eine Freundin mitbringen würde."

„Ich wusste es ja selbst nicht", murmelte Fred betreten und ging das Paar begrüßen.

„Frank, sieh mal, wer da gekommen ist." Marni klammerte sich an seinen Arm.

Er folgte ihrem Blick. „Liebe Güte, das ist ja Tanya", flüsterte er entsetzt. „Entschuldigen Sie uns bitte", wandte er sich dann mit liebenswürdigem Lächeln an ihre Gesprächspartner. „Marnis Schwester ist gerade gekommen. Wir möchten sie gern begrüßen."

„Ist das dein Ernst?", zischte Marni ihm zu, als sie langsam durch den Raum gingen.

„Wenn wir uns heimlich verdrücken, fällt es erst recht auf", wandte Frank ein. „Tanya ist doch nicht dumm. Unser Verschwinden würde sie stutzig machen. Am besten, wir benehmen uns ganz ungezwungen."

„Aber sie wird dich erkennen."

„Ja, wahrscheinlich. Und? Dann wird die ganze leidige Angelegenheit eben zu einem schnelleren Ende gebracht."

„Nein, Frank", wehrte sich Marni, „das … das kann ich nicht."

Er legte ihr den Arm um die Schultern und redete sanft auf sie ein. „Komm, Darling, je eher wir es hinter uns bringen, desto besser. Atme tief ein … und jetzt ein Lächeln … So, auf in die Höhle des Löwen."

„Wie klein die Welt ist, nicht wahr?", rief Heather aus, die mit den Neuankömmlingen und Fred im Gespräch zusammenstand. „Nun lerne ich endlich auch Ihre Schwester kennen, Marni. Und das hier ist Tony Holt, Freds Tennispartner. Tony, darf ich Sie mit Marni Langan und Frank Webster bekannt machen?"

Die drei nickten einander zu, und dann kam der gefürchtete Moment. Marni zwang sich zu einem Lächeln, als sie ihre Schwester begrüßte. „Hallo, Tanya", sagte sie betont locker. Dann stellte sie Frank vor und wartete ängstlich auf Tanyas Reaktion.

Tanya heftete den Blick auf Franks Gesicht. Niemandem außer Marni und Frank fiel die Veränderung in ihrem Ausdruck auf. „Frank … Webster?", wiederholte sie gedehnt, wobei sie die Betonung auf den Nachnamen legte. Zweifellos hatte sie ihn erkannt, aber sie hielt die Spielregeln der Gesellschaft ein. Charmant lächelnd, reichte sie ihm die Hand. „Freut mich, Sie kennenzulernen, Frank."

Ihre Blicke begegneten sich. „Ganz meinerseits, Tanya", sagte er mit demgleichen freundlichen Lächeln. Nur Marni bemerkte die knisternde Spannung zwischen den beiden.

„Ich bin eine glühende Bewunderin Ihrer Arbeiten", säuselte Tanya, womit sie Tony Holt das Stichwort für eine begeisterte Lobrede auf Franks Schaffen lieferte. Holt, der sich als Kenner der Fotoszene, entpuppte, zog Frank in ein Gespräch über die moderne Werbefotografie und ließ ihm keine Chance, Marni beizustehen. Heather und Fred widmeten sich wieder ihren anderen Gästen, und Frank sah voller Unbehagen, wie Tanya Marni am Arm fasste und mit sich zog.

„Wir verschwinden mal eben", verkündete sie augenzwinkernd. „Bis gleich."

Ehe Marni sichs versah, befand sie sich allein mit Tanya in einem Gästezimmer im Obergeschoss des Hauses. Tanya baute sich mit dem Rücken zur Tür vor ihr auf und stemmte die Hände in die Hüften.

Ihre Augen funkelten vor Wut.

„Wie kannst du es wagen!“, sagte sie in bedrohlich ruhigem Ton. „Was denkst du dir dabei, Mutter so hinters Licht zu führen! Sie redet nur noch von deinem Traummann Frank Webster und hat keine Ahnung, wer er ist.“

„Spielt das eine Rolle?“, gab Marni kühl zurück.

„Bist du noch bei Verstand?“ Tanyas Stimme wurde lauter. „Es soll keine Rolle spielen, dass du mit dem Mann zusammen bist, der unseren Bruder getötet hat?“

„Frank hat Fabian nicht getötet. Er hat den Unfall nicht verschuldet. Das hat die polizeiliche Untersuchung eindeutig ...“

Tanya schnitt Marni das Wort mit einer herrischen Geste ab. „Der Polizeibericht tut nichts zur Sache. Tatsache ist, dass Fabian noch am Leben wäre, wenn er nicht unter dem negativen Einfluss dieses Abenteurers gestanden hätte. Wie kannst du sein Andenken nur so beschmutzen?“

„Er wäre der Erste, der Frank und mir seinen Segen geben würde“, sagte Marni leise.

„Sehr geschmackvoll! Sehr, sehr geschmackvoll, Marni! So solltest du es auch Mom und Dad erklären. Sie werden hingerissen sein. Überhaupt – wann werden sie endlich die Wahrheit erfahren? Du darfst ihnen diese Überraschung nicht länger vorenthalten.“

Tanyas beißender Sarkasmus ließ Marnis Hoffnung schwinden, dass ihre Schwester ihr wenigstens dieses eine Mal zur Seite stehen würde. „Tanya, ich hätte es ihnen schon lange gesagt, wenn ihr mir nicht alle dieses Schuldgefühl eingeimpft hättet. Aber keine Sorge, sie werden es beizeiten erfahren. Doch zuerst müssen sie ein Bild von Frank Websters Persönlichkeit gewinnen. Dann werden sie dem Web von damals vergeben.“

„Du träumst, kleine Schwester.“

„Kleine Schwester? Wir sind beide erwachsene Frauen, Tanya, und wir sollten zusammenhalten.“ Marnis Stimme bekam einen beschwörenden Ton. „Ich brauche deine Hilfe. Mom und Dad haben sich in ihrer Trauer um Fabian Frank als Sündenbock ausgesucht. Der Verlust ihres Kindes hat sie blind für die Realität gemacht. Aber du? Ich hatte gehofft, du würdest die Dinge objektiver sehen und könntest zwischen uns vermitteln.“

Tanyas Augen wurden schmal. „Du wirst diesen Mann nicht heiraten“, sagte sie gepresst. „Nicht Frank Webster!“

Marni lief es eiskalt über den Rücken. Sie musterte Tanya mit einem kühlen Blick, bevor sie ihr die Meinung sagte. „Du gönnst ihn mir nicht, das ist es. Schon damals wolltest du ihn für dich haben."

Tanya wurde blass vor Wut. Doch ehe sie etwas erwidern konnte, klopfte es an der Tür.

„Tanya, Marni?"

Tanya öffnete. Vor ihr stand Frank. Fragend sah er zwischen den Schwestern hin und her. „Was macht ihr denn hier so lange? Ist alles in Ordnung?" Sein Blick ruhte auf Marni.

„Überhaupt nichts ist in Ordnung!", entfuhr es Tanya. „Wenn Sie einigermaßen bei Verstand wären, würden Sie ein für alle Mal aus unserem Leben verschwinden. Lassen Sie gefälligst die Finger von meiner Schwester."

„Genug, Tanya! Das reicht!" Frank nahm Marnis Hand. „Komm, Darling, lass uns gehen. Du brauchst dich nicht mehr von Heather und Fred zu verabschieden. Das habe ich schon erledigt."

Marni sah ihn dankbar an. Sie war so niedergeschmettert, dass sie niemandem hätte unter die Augen treten können. „Ja, lass uns gehen", flüsterte sie und ging mit ihm hinaus, ohne sich noch einmal nach Tanya umzusehen.

Nach dem unerfreulichen Zwischenspiel bei den Conollys freuten Marni und Frank sich ganz besonders auf ihr Wochenende in Vermont. Sie hatten New York zeitig verlassen und saßen schon um zwei gemütlich beim Mittagessen. Im Stillen hatten sie es beide erwartet, und tatsächlich – zum ersten Mal in der ganzen Zeit schreckte das Telefon sie aus ihrer Ruhe.

Zunächst blieb Frank sitzen, aber als es nicht aufhörte zu läuten, schob er den Stuhl zurück und stand auf.

„Nimm nicht ab!", warnte Marni. „Du weißt, wer es ist."

Frank zögerte. „Es kann auch etwas Wichtiges sein. Ein Krankheitsfall zum Beispiel. Oder etwas Dringendes in der Firma."

Marni hielt sein Handgelenk fest. „Lass es läuten, bitte."

„Wer so hartnäckig ist wie dieser Anrufer, der wird es immer wieder versuchen. Ich habe keine Lust, mir das Wochenende verderben zu lassen."

„Frank!" Sie sprang auf und wollte ihn zurückhalten, aber er hatte den Hörer schon abgenommen. „Hallo", meldete er sich.

„Marni Langan, bitte!", antwortete eine brummige Männerstimme.

Sogar nach vierzehn Jahren erkannte Frank diese Stimme wieder. Jonathan Langan. „Mister Langan", begann er, „ich kann mir denken, weshalb Sie anrufen. Es betrifft mich genauso wie …"

„Geben Sie mir meine Tochter!“, schrie Marnis Vater ins Telefon.
Marni stand dicht neben Frank. Sie hatte alles mitgehört. „Frank, bitte …“, sagte sie beschwörend und wollte nach dem Hörer greifen.
Er schob sie sanft beiseite. „Warum wollen Sie Ihren Ärger an Marni auslassen, Mr Langan?“, fragte er ruhig. „Sollten nicht lieber wir miteinander reden?“
„Ich möchte mit meiner Tochter sprechen. Holen Sie sie endlich an den Apparat!“
„Einen kleinen Moment noch, Mr Langan, Sagen Sie mir bitte…“
Es klickte in der Leitung. Jonathan Langan hatte aufgelegt.
„Was sollte das, Frank?“, sagte Marni aufgebracht. „Meinst du, dass du so die Sympathie meines Vaters gewinnst? Wir wissen jetzt nicht einmal, was er wollte.“
„Jedenfalls weiß er, dass ich dich diese Sache nicht allein durchstehen lasse. Vielleicht gibt ihm das zu denken.“
„Das glaubst du. Nach diesem Gespräch wird er überhaupt nicht mehr mit sich reden lassen. Du hast alles verdorben.“
„Mit sich reden lassen? Verdorben? Du scheinst vergessen zu haben, worum es geht. Deine Eltern sehen in mir einen gewissenlosen Killer. Habe ich nicht das Recht, mich zu verteidigen?“ Während Frank sprach, wurde seine Stimme immer heftiger.
„Aber noch nicht jetzt, es führt zu nichts!“, schrie Marni unbeherrscht. Dann folgte ein beklemmendes Schweigen. Sie sah ihn bestürzt an. „Siehst du, jetzt streiten wir uns schon“, flüsterte sie. „Wenn wir so weitermachen, hat mein Vater bald erreicht, was er will.“
Frank nahm sie in die Arme und vergrub das Gesicht in ihrem Haar. „Nein, Darling, das wird nicht geschehen. Niemals. Wir sind eben beide ziemlich nervös und haben die Beherrschung verloren. Verzeih mir, dass ich dich angeschrien habe.“
„Ich habe dich angeschrien.“
„Marni“, warnte er, „willst du einen neuen Streit vom Zaun brechen?“
Sie hob das Gesicht und lächelte. „Also gut, wir haben uns angeschrien. Schwamm drüber.“ Ihr Lächeln erstarb, als von Neuem das Telefon schrillte. Mit einem Schritt war sie am Apparat und nahm den Hörer ab. „Hallo?“
„Marni?“ Es war Adela Langan. „Bist du jetzt zu sprechen? Dein Vater ist nahe am …“
„Was denkst du dir eigentlich, Marni?“, brüllte jetzt Jonathan Langan in den Hörer. „Du weißt wohl nicht, wer dieser Mann ist?“

Marni blieb erstaunlich ruhig. „Ich weiß es sehr wohl, Vater. Er ist der Mann, den ich heiraten werde."

„Nur über meine Leiche!", donnerte Langan. „Hast du überhaupt eine Ahnung, wie deiner Mutter und mir zumute ist? Das hast du fein eingefädelt! Hältst uns die tollsten Lobreden über diesen Frank Webster und verheimlichst uns, wer er ist. Und von deiner Schwester müssen wir nun die Wahrheit erfahren. Es ist ungeheuerlich!"

Marni blieb einen Moment still und sah Frank Hilfe suchend an. Er ergriff ihre Hand und drückte sie fest. Sein liebender Blick gab ihr Kraft. „Dad, es tut mir leid, dass es so gekommen ist", sagte sie mit sanfter Stimme. „Glaub mir, ich wollte euch nicht hinters Licht führen, sondern euch alles erklären. Aber am Telefon geht das schlecht."

„Genau! Deshalb machst du dich am besten sofort auf den Weg und kommst hierher. Allein, wohlgemerkt! Dein Freund kann dich vor dem Haus absetzen. Wir wollen ihn hier nicht sehen."

„Du verkennst die Tatsachen, Vater." Marni sprach in festem resolutem Ton. „Ich bin kein Kind mehr und lasse mir von dir keine Befehle erteilen. Erstens gedenke ich, übers Wochenende hierzubleiben, und zweitens wird es dir nicht gelingen, Frank und mich zu trennen. Wenn du vor ihm deine Tür zusperrst, dann schließt du sie auch vor mir. Ich fände das sehr traurig, denn ich habe euch lieb und möchte euch nicht verlieren."

„Das bezweifle ich stark, junge Dame!"

Jonathans Worte trafen Marni wie ein Schlag. Hatte sie sich vierzehn Jahre lang aufgeopfert, um sich das sagen zu lassen? Sie musste sich zusammenreißen, um ruhig zu bleiben. „Vater", sagte sie gefasst, „ich glaube, du weißt nicht, was du da sagst. Hör zu, morgen Abend gegen sieben kommen wir bei euch vorbei ..."

„Ihn bringst du nicht mit!", unterbrach Jonathan Langan sie barsch.

„Wir kommen zusammen. Wenn du nicht bereit bist, mit uns zu sprechen, dann sind wir am Wochenende verheiratet. Überleg es dir, Vater. Bis morgen." Ohne eine Antwort abzuwarten, legte Marni auf.

Frank atmete tief ein und stieß laut die Luft aus. „Donnerwetter, du bist ja ganz schön vorgeprescht", sagte er bewundernd. „Meinst du, dass er uns nach dieser fürchterlichen Drohung anhören wird?"

„Ich denke schon. Allerdings erhoffe ich mir nicht allzu viel. Vater ist und bleibt ein halsstarriger alter Tyrann."

Lächelnd schüttelte er den Kopf und legte Marni die Hände auf die Schultern. „Sei ehrlich, Marni, du liebst ihn. Und natürlich hoffst du, dass er uns seinen Segen gibt."

10. KAPITEL

Vor vierzehn Jahren hätte ein so prächtiges Anwesen wie das der Langans Frank eingeschüchtert. Jetzt aber, als er langsam die von alten Bäumen gesäumte Einfahrt hochfuhr und das im Kolonialstil erbaute Herrenhaus erblickte, empfand er weder Neid noch ängstliche Bewunderung. Er hatte sich selbst etwas geschaffen. Der Reichtum dieser alteingesessenen Familie konnte ihn nicht beeindrucken.

Der alte Duncan, Butler, Chauffeur und Hausmeister in einer Person, begrüßte Marni und Frank in der Halle. Er und seine Frau standen seit Marnis Kindheit in den Diensten der Familie und hatten zu Marni wegen ihrer ungezwungenen Art ein besonders herzliches Verhältnis.

Duncan strahlte auf, als Marni ihm Frank als ihren Verlobten vorstellte. „Meine herzlichsten Glückwünsche! Was für eine Überraschung! Mrs und Mr Langan haben noch gar nichts von einer bevorstehenden Hochzeit erwähnt."

Marni räusperte sich und bemerkte Franks belustigten Blick. „Nun, ähm, wir haben den Termin noch nicht festgelegt." Sie zögerte einen Moment. „Sind meine Eltern da, Duncan?"

„Ja, Miss Marni. Sie erwarten Sie in der Bibliothek."

Die Bibliothek, natürlich. Marni konnte nur mit Unbehagen an den düsteren, förmlich eingerichteten Raum denken, in den die Langans ihre Kinder stets dann zitiert hatten, wenn es einen Tadel zu erteilen gab.

Marni führte Frank durch die Halle und einen endlos langen Flur entlang, an dessen Ende die Bibliothek lag. Die Tür stand offen, was Marni als ein Symbol der Gesprächsbereitschaft deutete. Sie wusste aber auch, dass das Gespräch den Charakter eines Tribunals haben würde.

Und richtig: Adela und Jonathan Langan saßen steif und förmlich auf dem Ledersofa und verzogen keine Miene, als Marni und Frank eintraten. Kein Wort der Begrüßung fiel.

„Danke, dass ihr uns empfangt", begann Marni. „Frank brauche ich euch wohl nicht vorzustellen ..."

Jonathan Langan wies auf die beiden Ledersessel, ohne Frank eines Blickes zu würdigen. Marni nahm ihrem Vater gegenüber Platz und schuf eine gewisse Distanz zwischen Frank und ihm. Adela Langan maß Frank mit einem abweisenden Blick, als er sich auf den Sessel ihr gegenüber setzte.

„Ihr wisst, dass Frank und ich heiraten wollen. Bitte gebt uns euer Einverständnis."

„Warum? Wieso ist dir unser Einverständnis auf einmal so wichtig, wenn ihr uns eure Beziehung vierzehn Jahre lang verheimlicht habt?“, fragte Jonathan schroff, und seine Frau nickte beipflichtend.

Marni sah ihre Eltern irritiert an. Dann dämmerte es ihr. „Oh, das könnt ihr natürlich nicht wissen! Frank und ich sind uns erst vor Kurzem in seinem Studio wieder begegnet, als ich dort für den Titel von ‚Class‘ fotografiert werden sollte. Wir hatten uns seit dem Unfall nicht mehr gesehen.“

„Aber er hat dir die ganze Zeit im Kopf herumgespukt“, stellte Jonathan unbeirrt fest. „Und nun wird mir auch klar, weshalb du dich so fanatisch für diese neue Zeitschrift eingesetzt hast. Es war der einfachste Weg, an den Mann heranzukommen, den du für deine große Liebe hältst.“

„Nein, das stimmt nicht. Du behauptest Dinge, die nicht wahr sind!“

„Marni hat recht“, pflichtete Frank ihr bei. „Bis zu dem Fototermin wusste sie nicht, dass ich der Fotograf war.“

„Ich rede mit Marni, nicht mit Ihnen!“ Jonathan Langan hielt den Blick weiterhin auf Marni gerichtet und tat, als sei Frank Luft für ihn.

Der ließ sich nicht einschüchtern. „Aber ich rede mit Ihnen, Mr Langan. Und wenn Sie mir etwas zu sagen haben, dann können Sie mich wenigstens dabei ansehen.“

Marni hob beschwichtigend die Hand. „Frank“, flüsterte sie.

Er sprach weiter, nun aber in beherrschterem Ton. Er schilderte Marnis Schock bei der unerwarteten Wiederbegegnung, versicherte, dass weder sie noch er während der vergangenen Jahre daran gedacht hätten, Kontakt aufzunehmen. „Es stimmt, wir waren verliebt. Aber das liegt lange zurück. Wir haben uns als Erwachsene kennengelernt und neu entdeckt. Ich liebe die Frau Marni Langan, und sie liebt mich so, wie ich heute bin. Können Sie nicht versuchen, mich als den Mann zu sehen, der hier vor Ihnen sitzt? Man bleibt nicht immer derselbe, Mr Langan, man verändert sich im Laufe eines Lebens.“

Zum ersten Mal sprach jetzt Adela. „Das mag ja sein, aber für uns wird Ihre Person immer mit dem Tod unseres Sohnes verknüpft bleiben. Wären Sie nicht gewesen, wäre Fabian noch am Leben.“

Nach ihren Worten schöpfte Frank ein wenig Hoffnung. Immerhin war er schon als Person bezeichnet worden – ein gewaltiger Fortschritt. Außerdem hatte Mrs Langan ihn nicht ausdrücklich der Tötung bezichtigt. In vorsichtigen Worten begann Frank sich zu verteidigen. Als Adela ihm seinen schlechten Einfluss auf Fabian vorwarf, klärte er sie über den wechselseitigen Wert ihrer Freundschaft auf.

„Wir haben beide voneinander gelernt und uns sehr gut ergänzt. Ich bin sicher, dass ich einen positiveren Einfluss auf Fabian hatte als seine verwöhnten und oberflächlichen Schickeria-Freunde. Hätten Sie ihn in jenem Sommer ein wenig aufmerksamer beobachtet, wären Sie stolz auf ihn gewesen. Unsere Beziehung hat uns beide weitergebracht, und deshalb hat Fabian mich zu seinem Freund gewählt."

Während Marni Frank am liebsten applaudiert hätte, zeigten die Langans sich unbeeindruckt. Jonathan überging seine Worte und wandte sich wieder an Marni. „Was hast du dir eigentlich bei dieser dick aufgetragenen Werbeaktion gedacht, die du für deinen Freund inszeniert hast? Dachtest du, du könntest uns Sand in die Augen streuen? Hältst du uns wirklich für so dumm?"

„Nein. Ich habe euch Frank so dargestellt, wie er ist. Mit all den Eigenschaften und Qualitäten, die ihr euch für den Mann eurer Tochter wünschen könnt. Du hast doch sicher Erkundigungen über ihn eingezogen, Mom. Wie war denn das Resultat?"

„Spielt das eine Rolle? Wir kennen ihn schließlich besser", redete Adela sich heraus.

Marni runzelte ärgerlich die Stirn. „Ihr kennt ihn überhaupt nicht! Ihr habt ihn vielleicht ein oder zwei Mal von Weitem gesehen, das ist aber auch alles. Wie könnt ihr ihn also verurteilen und zum Sündenbock abstempeln? Warum versöhnt ihr euch nicht endlich mit dem Schicksal und akzeptiert Fabians Tod als etwas Gegebenes?"

Adelas Mund zitterte. In ihren Augen standen Tränen. „So kann nur jemand reden, der keine Kinder geboren hat. Ich werde nie über Fabians Tod hinwegkommen."

„Meinst du, ich hätte ihn vergessen?", erwiderte Marni heftig. „Oder Frank? Er hat genauso um ihn getrauert wie wir und sich das Gewissen zermartert, obwohl ihn keine Schuld traf. Aber irgendwann muss ein Ende sein: Wir können nicht ewig die Vergangenheit mit uns herumtragen. Fabian ist tot, keiner von uns kann ihn zurückholen. Ich bin nicht noch einmal bereit, mein Leben euren Vorstellungen von Schuld und Sühne und moralischer Verpflichtung anzupassen. Nicht ein zweites Mal."

Jonathans Gesicht rötete sich. „Willst du damit behaupten, dass du dich für die Familie und Firma geopfert hast? Ich hatte immer den Eindruck, dass du in deiner Arbeit aufgehst. Habe ich mich etwa getäuscht? Das würde mir leidtun."

Marni lächelte. Die Vorwürfe, die sie ihrem Vater machen wollte, schluckte sie herunter. Hatte sie eben nicht selbst gesagt, dass man

Vergangenes begraben sollte? „Zu Anfang war es ein Opfer, Dad. Du weißt selbst, dass ich mir meine Zukunft anders gedacht hatte. Aber jetzt könnte ich mir keine andere Arbeit mehr vorstellen. Ich werde weiterhin mein Bestes für die Firma tun, aber ganz obenan steht mein Privatleben. Frank und ich werden heiraten. Unser Entschluss steht fest. Wie ihr euch dazu stellt, ist ganz allein eure Sache."

Einen Moment lang herrschte in dem dunklen Raum ein bedrückendes Schweigen. Jonathan Langan stand auf und ging mit schweren Schritten zum Fenster. „Mehr gibt es dann wohl nicht zu sagen", stellte er fest, ohne sich umzudrehen.

Damit war die Audienz beendet.

„Das war's wohl." Mit einem resignierten Seufzer ließ sich Marni auf den Beifahrersitz von Franks BMW fallen. „Ich habe keine Hoffnung mehr – sie werden ihre Meinung nicht ändern. Lass uns heiraten, so schnell wie möglich."

Frank startete den Motor und fuhr langsam an. „Ich finde, wir warten noch eine Weile ab. Wir sollten nichts überstürzen."

Marni sah ihn ungläubig an. „Überstürzen? Ich verstehe dich nicht. Du hattest es doch besonders eilig mit dem Heiraten und hast mich deshalb gedrängt, mit meinen Eltern zu sprechen. Das ist ja nun geschehen."

„Ja, und du bist traurig und enttäuscht. Ist das die Basis für eine Heirat?"

„Falls du noch immer auf die Zustimmung meiner Eltern hoffst, dann können wir ewig warten. Wir brauchen ihre Erlaubnis nicht. Hast du das nicht selbst immer wieder betont?" Marni konnte nicht begreifen, wieso Frank seinen Standpunkt plötzlich geändert hatte. „Vielleicht willst du gar nicht mehr, weil dir das alles zu kompliziert ist."

„Wie kannst du so etwas auch nur denken, Marni! Natürlich will ich dich heiraten, lieber heute als morgen. Aber ich sehe doch, wie sehr du unter dem Zwiespalt deiner Gefühle leidest. Du liebst deine Eltern viel zu sehr, als dass ihre Einstellung dich gleichgültig lassen könnte. Gib zu, dass du viel glücklicher wärst, wenn du ihren Segen hättest und eine große Hochzeit feiern könntest, statt zwischen Lunch und Dinner auf einen Sprung zum Standesamt zu gehen."

„Natürlich wäre das schöner, aber ..."

„Gib deinen Eltern noch ein wenig Zeit zur Besinnung. Zwei Tage sind nichts, um einen solchen Schock zu verarbeiten. Mir schien, dass unsere Argumente zumindest deine Mutter nachdenklich gemacht haben. Vielleicht bringt sie Verständnis für uns auf und überzeugt auch deinen Vater."

„Das wird nie passieren, nie im Leben! Du bist ein Träumer, Frank. Dabei hatte ich dich für einen Realisten gehalten."

Er lächelte ihr zu. „Ich vertraue nur auf meine Menschenkenntnis, Darling. Die hat mich selten im Stich gelassen. Und wenn du deine Eltern etwas nüchterner beobachtet hättest, würdest du vielleicht ähnlich wie ich denken."

Schon am nächsten Tag zeigte sich, dass Frank die Probleme unterschätzt hatte. In seiner Sorge um Marnis Glück hatte er nicht im Entferntesten daran gedacht, dass man ihn selbst mit einer boshaften Intrige zu ruinieren versuchen könnte.

Zwei Tage nach dem Besuch bei den Langans erhielt er einen Anruf von Roger Hammond, einem Journalisten, der für New Yorks berüchtigtstes Klatschblatt schrieb. Er kannte Roger aus der Zeit seiner Reportertätigkeit, und obwohl er dessen Zeitung verabscheute, mochte er Roger und schätzte ihn als zuverlässigen Freund,

„Ich erhielt heute früh einen anonymen Anruf, der dich interessieren dürfte, Frank. Eine böse Geschichte, über die ich am Telefon besser nicht rede. Kann ich kurz bei dir vorbeikommen?"

„Natürlich, Roger. Vielen Dank, dass du dir die Zeit nehmen willst. Bis gleich."

Was der Journalist Frank wenig später in seiner Wohnung eröffnete, war alarmierend. „Der Stimme und Sprache nach muss die Anruferin aus den so genannten besseren Kreisen stammen", begann Roger. „Sie behauptete, dass du vor Jahren in angetrunkenem Zustand einen Motorradunfall verschuldet hättest, bei dem der Sozius ums Leben kam. Angeblich handelte es sich um den Sohn von Jonathan Langan."

„Das ist ungeheuerlich!", murmelte Frank. „Ich hätte nicht gedacht, dass Tanya so weit gehen würde."

Roger zündete sich eine Zigarette an. „Du sprichst in Rätseln, alter Junge. Wer ist Tanya? Und was ist an der Geschichte dran? Wieso wird sie nach ... warte, nach vierzehn Jahren plötzlich ausgegraben? Anscheinend will dir diese Dame einen Strick daraus drehen. Das könnte böse für dich enden."

„Du willst diesen Anruf doch nicht etwa für eine Story benutzen?", fragte Frank beunruhigt.

„Traust du mir das etwa zu? Dann kennst du mich schlecht. Ich gebe nichts auf anonyme Anrufe. Nein, Frank, ich wollte dich nur warnen. Wenn diese Tanya bei uns nichts erreichen kann, dann vielleicht anderswo. Wir sind nicht das einzige Sensationsblatt in der Stadt."

Allmählich begriff Frank die bedrohliche Lage. Wäre die Lüge erst einmal in die Welt gesetzt, würde er den Makel nie wieder loswerden. Sein guter Ruf wäre zerstört und seine Karriere beendet.

Er erzählte Roger den wahren Hergang des Unfalls. „Ich hatte keine Schuld. Weder bin ich rücksichtslos gefahren noch hatte ich einen Tropfen Alkohol im Blut."

„Das habe ich mir gleich gedacht. Sonst hättest du nämlich ein paar Jährchen gesessen", meinte Roger trocken. „Aber was für ein Motiv kann Tanya Langan haben, dich nach so langer Zeit plötzlich als Mörder hinzustellen?"

„Eifersucht. Sie gönnt mich ihrer Schwester nicht." Frank vertraute Roger nun auch den Rest der Geschichte an.

„Das ist wirklich eine Story wert, aber keine Angst, Frank, ich behalte alles für mich." Roger stand auf. „So, ich muss schnellstens in die Redaktion zurück. Falls ich dir irgendwie helfen kann …"

„Danke, Roger. Aber ich will erst abwarten, was weiter passiert. Dann können wir immer noch sehen."

„Meine Unterstützung hast du jedenfalls", versicherte Roger Hammond.

„Wir hören voneinander. Bis bald."

Kaum hatte Marnis und Franks Zorn über Tanyas Hinterlist sich gelegt, als neue Attacken aus einer ganz anderen Richtung kamen.

Am Mittwochmorgen schaute Dan Peterson, einer der Senioren in der Firma und ein alter Freund von Jonathan, wie zufällig in Marnis Büro herein. Und wie zufällig brachte er das Gespräch auf ihre Beziehung mit Frank Webster, die ihrem Vater große Sorgen bereite.

„Hoffentlich machst du da keinen Fehler, Marni", meinte Peterson wohlwollend.

Marni musste an sich halten, um nicht zu explodieren. „Mein lieber Dan", sagte sie so ruhig wie möglich. „Ich weiß, was ich tue. Und was die Firma betrifft, so seien Sie unbesorgt. Sie wird unter meiner Ehe mit Mr Webster nicht leiden."

Wie sich im Laufe der Woche herausstellte, war Dan Peterson nicht der Einzige, den Jonathan Langan informiert hatte. Am Donnerstag kam ein Anruf von einem anderen Direktor, der der Familie nicht nahestand und deshalb kein Interesse an Marnis persönlichem Ergehen haben konnte. Der Mann äußerte dieselben Bedenken wie Dan, nur etwas deutlicher.

Marni fertigte ihn mit einer schroffen Antwort ab und knallte den

Hörer auf die Gabel. Vor Wut kochend, ging sie im Büro auf und ab. Ihr Vater schreckte vor nichts zurück. Jetzt schien er es darauf anzulegen, ihr Ansehen im Direktionsvorstand zu schmälern. Zwar hing sie nicht sonderlich an ihrem Präsidentenposten, aber so hinterrücks würde sie sich nicht aus der Firma drängen lassen. Ihr Vater sollte zu spüren bekommen, dass seine Macht nicht unbegrenzt war.

Marni beschloss, selbst aktiv zu werden. Sie rief ihre Assistentin zu sich und trug ihr auf, schon für den nächsten Tag eine Vorstands-Versammlung einzuberufen. Dann telefonierte sie mit Frank und berichtete ihm vom neuesten Stand der Dinge.

„Dein Vater benutzt ja fast dieselben Methoden wie Tanya." Franks Stimme klang resigniert und enttäuscht. „Wie sehr muss er mich hassen, dass er zu solchen Mitteln greift. Willst du wirklich den Kampf gegen ihn aufnehmen?"

„Natürlich", antwortete Marni kampflustig. „Würdest du es dir gefallen lassen, wenn dein Bruder wegen eines persönlichen Zwists deine Angestellten gegen dich aufhetzte? Nein, du würdest dich wehren. Und genau das werde ich auch tun. Was Dad hier angezettelt hat, geht entschieden zu weit."

Frank sagte eine Weile nichts. „Marni", begann er dann behutsam, „hast du auch bedacht, dass der Vorstand dich abwählen kann? Was dann?"

„Ganz einfach. Ich werde kündigen und mir bei einer anderen Firma einen Job suchen. Ich kenne eine Anzahl von Unternehmen, die mich mit Kusshand nehmen würden."

„Ist es wirklich so leicht, wie du vorgibst?", fragte Frank zweifelnd. „Könntest du so einfach von der Langan Corporation Abschied nehmen? Wärst du woanders glücklich?"

„Wenn ich mir dafür ein größeres Glück und meinen Seelenfrieden eintauschen kann, werde ich überall zufrieden sein."

Am nächsten Vormittag um zehn Uhr betrat Marni den Konferenzraum. Sie trug ein klassisch geschnittenes graues Wollkostüm mit einer türkisfarbenen Seidenbluse und dazu passenden dezenten Schmuck. Sie war sorgfältig geschminkt, und ihr Haar saß perfekt. Ein entschlossener selbstbewusster Ausdruck lag auf ihrem Gesicht. Marni wusste, wie man als Präsidentin eines Imperiums aufzutreten hatte.

Das Stimmengemurmel im Raum erstarb bei ihrem Eintreten. Von den vierzehn Vorstandsmitgliedern waren zwölf anwesend. Jonathan Langan saß am oberen Ende des langen Tisches. Der Platz ihm gegenüber war für Marni reserviert.

Sobald Marni sich gesetzt hatte, erhob sich Langan und blickte mit unbewegter Miene in die Runde. „Als Vorstandsvorsitzender habe ich, wie Sie wissen, die Sitzungen zu eröffnen, was ich hiermit formell tue. Da aber meine Tochter diese Konferenz einberufen hat, ohne mich über die Tagesordnung zu informieren, übertrage ich die Leitung unserer Präsidentin."

Marni ignorierte den frostigen Ton ihres Vaters und seine unverhüllte Missfallensbekundung. Sie rückte den Stapel von Papieren zurecht, die sie am Vorabend mit ihrer Assistentin zusammengestellt hatte, und stand lächelnd auf.

„Meine Herren, ich freue mich, dass der Vorstand trotz der kurzen Frist fast vollzählig erschienen ist", begann sie. „Vielen Dank für Ihr Kommen." Sie ließ den Blick von Gesicht zu Gesicht wandern, um einen persönlichen Kontakt zu den ernst dreinblickenden Männern herzustellen. „Es tut mir leid, dass Sie meinetwegen andere wichtige Termine absagen mussten", fuhr sie fort, „aber ich halte die Angelegenheit für sehr dringlich."

Marni legte bewusst eine kurze Pause ein. Dann nahm sie den obersten Stoß Papiere von dem Stapel und reichte ihn Dan Peterson, der ihr am nächsten saß. „Dan, würden Sie das bitte weiter reichen?" Sie wartete, bis die Blätter ringsherum verteilt waren. „Die Zahlen, die Sie auf diesem Blatt sehen, weisen die Geschäftsbilanzen des letzten Quartals aus", erklärte sie. „Sie müssen sie nicht unbedingt jetzt studieren, aber schon bei flüchtiger Durchsicht werden Sie feststellen, dass die Gewinnkurve steil aufwärtsgeht. Wir sind ein wachsendes gesundes Unternehmen, meine Herren."

Nun gab Marni den nächsten Papierstoß aus. „Dieses Papier enthält Projekte, die unsere Planungsabteilungen erarbeitet haben. Ich denke, dass die meisten schon in den kommenden Monaten realisiert werden können. Sie werden mir recht geben, meine Herren, dass es sich durchweg um Erfolg versprechende Vorhaben handelt."

Marni ließ den Direktoren ein paar Minuten Zeit, das Papier zu überfliegen, bis sie zum nächsten und heikelsten Punkt kam. „Darf ich Sie jetzt wieder um Ihre Aufmerksamkeit bitten?" Dank ihrem routinierten Auftreten gelang es ihr, ihre wachsende Nervosität zu überspielen.

„Ich halte es für wichtig, dass der Vorstand über alles, was das Unternehmen betrifft, informiert wird. Und da ich die Präsidentin bin und Langan Corporation nach außen hin repräsentiere, fühle ich mich verpflichtet, Sie auch über Veränderungen in meinem Privatleben in Kenntnis zu setzen."

Marni betrachtete aufmerksam die Mienen der Versammelten, aber die Gesichter blieben ausdruckslos. Den Blick ihres Vaters mied sie wohlweislich.

„Ich werde demnächst den Fotografen Frank Webster heiraten. Einigen von Ihnen dürfte der Name bekannt sein. Mr Webster wird an unserer neuen Zeitschrift ‚Class' mitarbeiten, was zu gewissen Spekulationen Anlass geben könnte. Ich lege Wert darauf festzustellen, dass die Medienabteilung ihn schon unter Vertrag genommen hatte, bevor ich überhaupt wusste, wer er war. Bei unserem ersten Zusammentreffen stellte sich dann heraus, dass wir uns von früher her kannten."

Marni machte eine Pause. Sie bemerkte erleichtert, dass einige der Zuhörer wohlwollend nickten. „Mr Webster ist ein sehr angesehener Fotograf. Er ist nicht auf persönliche Beziehungen angewiesen, um Aufträge zu erhalten", sagte sie abschließend. „Als Nächstes möchte ich Ihnen versichern, dass ich weiterhin für die Langan Corporation arbeiten möchte. Ich denke nicht, dass meine Leistungen durch meine Ehe eingeschränkt werden. Sie alle wissen, wie sehr ich mich dem Unternehmen verbunden fühle."

Jetzt riskierte Marni einen Blick zu ihrem Vater. Er saß steif und mit abweisendem Blick auf seinem Platz. Marni blickte schnell wieder weg. Es gab wohlmeinendere Zuhörer als ihn, und an diese wandte sie sich jetzt. „Vielleicht wundern sich einige von Ihnen, dass ich eine Sondersitzung einberufen habe, um Ihnen meine Verlobung mitzuteilen. Natürlich hätte ich dies auf der nächsten ordentlichen Versammlung tun können, aber es gibt einen Grund für meine Eile. Denn bösen Gerüchten muss man vorbeugen, und zwar schnell."

Marni registrierte kritische, aber auch erstaunte Mienen. Sie nahm den letzten Papierstapel vom Tisch und ließ die Bögen herumreichen. „Es ist genau vierzehn Jahre her, als mein Bruder Fabian bei einem Motorradunfall starb", sagte sie ruhig. „Der Fahrer des Motorrads war sein Freund Frank Webster." Es blieb still im Raum, nur bei wenigen bemerkte Marni Anzeichen von Überraschung und leises Gemurmel. Ein Beweis dafür, dass ihr Vater ganze Arbeit geleistet hatte.

„Ich habe Ihnen den Polizeibericht fotokopieren lassen, der Frank von jeglicher Schuld an dem Unfall freispricht. Er hat weder leichtsinnig noch verantwortungslos gehandelt und unter Fabians tragischem Tod ebenso gelitten wie unsere Familie. Vielleicht halten Sie mich trotzdem für unmoralisch und charakterlos, dass ich ausgerechnet diesen Mann heiraten will. Falls Sie befürchten, dass unsere Verbindung dem Ruf des Unternehmens schaden könnte, dann lassen Sie es mich bitte wissen."

Marni blickte in die Runde. „Äußern Sie bitte offen Ihre Meinung."

Die Antwort war Schweigen. Niemand schien sich zu einer Stellungnahme entschließen zu können. Doch plötzlich stand Jonathan Langan auf.

„Ich habe massive Zweifel an der Ehrbarkeit dieses Mannes und…"

„… und du versuchst unsere Ehe um jeden Preis zu vereiteln." Marni wandte sich wieder an die Direktoren, die sie betroffen ansahen. „Es tut mir leid, dass Sie Zeugen einer privaten Auseinandersetzung werden. Aber diese Sache zieht immer größere Kreise. Vorgestern verleumdete eine anonyme Anruferin Frank bei einem New Yorker Sensationsblatt als rücksichtslosen Killer. Zum Glück war einer der Journalisten verantwortungsvoll genug, Frank zu informieren und zu warnen." Marni sah, dass einige der Direktoren entrüstet den Kopf schüttelten. „Aber nicht nur das. Sogar hier in der Firma scheint jemand zu versuchen, den Vorstand gegen mich und meinen zukünftigen Mann zu beeinflussen. Mich interessiert nicht, wer von Ihnen für oder gegen meine Eheschließung ist. Aber ich muss wissen, ob ich als Präsidentin des Unternehmens noch Ihr Vertrauen genieße." Marni holte tief Luft und fixierte nacheinander jedes einzelne Gesicht. „Ich gehe jetzt und werde bei meiner Mutter auf Ihre Entscheidung warten. Sollte die Mehrheit gegen mich stimmen, werde ich die Konsequenzen ziehen. Ich danke Ihnen, meine Herren."

Marni zog die Tür hinter sich zu und stieß einen tiefen Seufzer aus. Obwohl sie sich keineswegs sicher über den Ausgang der Abstimmung war, war sie mit ihrer Überzeugungsarbeit zufrieden. Beim Gedanken an ihren letzten, nicht ganz ehrlichen Schachzug und das verdutzte Gesicht ihres Vaters musste sie lächeln. Mit der Erwähnung ihrer Mutter hatte sie bewusst den Eindruck erweckt, dass sie in der Familie eine Verbündete hatte. Das konnte sich auf das Abstimmungsergebnis nur positiv auswirken.

Aber sie wollte noch aus einem anderen Grund das Abstimmungsergebnis bei ihrer Mutter abwarten. Bei einer Niederlage sollte Adela ihre Enttäuschung ruhig miterleben. Ein positiver Ausgang hingegen würde Marni in der Überzeugungsarbeit bei ihrer Mutter nur unterstützen. Diese letzte Gelegenheit, ihre Mutter zu überzeugen, wollte sie nicht ungenützt lassen.

Sie ahnte nicht, dass Frank ihr schon zuvorgekommen war. Das erkannte sie erst, als sie das Haus ihrer Eltern betrat.

„Mrs Langan, Sie sagen, dass Sie Ihre Tochter lieben und nur ihr Glück wollen. Ist es dann so schwer zu akzeptieren, dass Marni sich für mich entschieden hat? Im Grunde Ihres Herzens haben Sie es doch schon getan und halten nur noch aus ehelicher Loyalität zu Ihrem Mann. Bitte, reden Sie mit ihm. Ich glaube, ich habe Sie überzeugt, dass ich kein schlechter Mensch bin. Wenn Sie es wirklich wollen, könnten Sie Ihren Mann umstimmen. Versuchen Sie es. Tun Sie es Marni zuliebe … und sich selbst. Sie wollen doch nicht auch noch Ihre Tochter verlieren …"

„Frank! Was machst du denn hier?" Marni stand in der Tür zum Wintergarten, wo sie den letzten Teil der Unterhaltung unbemerkt mit angehört hatte.

„Siehst du das nicht? Ich besuche deine Mutter. Wir unterhalten uns schon eine ganze Weile. Es war ein gutes Gespräch." Frank stand auf und ging auf Marni zu. „Nun, wie ist es gelaufen? Was hat die Abstimmung ergeben?", fragte er gespannt.

Marni machte ein bestürztes Gesicht. „Das wollte ich von euch erfahren. Hat denn noch niemand angerufen?" Sie sah fragend zu ihrer Mutter hinüber.

„Wovon redest du? Wer soll angerufen haben? Worüber wird abgestimmt?" Adelas Stimme klang alarmiert.

„Über mein Verbleiben in der Firma. Ich habe den Herren vom Aufsichtsrat die Vertrauensfrage gestellt."

„Aber wieso denn? Warum sollten sie dich als Präsidentin abwählen? Du hast hervorragende Arbeit geleistet und …"

„Um meine Leistungen geht es nicht, Mom. Du fragst am besten Dad, warum er den Vorstand gegen mich aufgewiegelt hat. Er hat wahrscheinlich schon Tanya zu meiner Nachfolgerin bestimmt. Die beiden sind aus einem Holz geschnitzt."

„Was redest du da, Marni?"

Alle drei fuhren herum. In der Tür stand Jonathan Langan. Er sah müde und erschöpft aus. „Du scheinst zu glauben, ich hätte von Tanyas Anruf gewusst. Traust du mir das zu? Was deine Schwester da getan hat, ist einfach skandalös. Ich hatte keine Ahnung davon."

Adela sprang auf. „Was geht hier eigentlich vor? Was hat Tanya getan?"

Jonathan setzte sich aufseufzend in einen Sessel. „Ich brauche erst mal einen Cognac. Bitte, Liebes, sei so gut."

Adela ging in den angrenzenden Salon und kam mit Gläsern und zwei gefüllten Kristallkaraffen zurück. Sie schenkte ihrem Mann ein Glas Cognac und sich selbst einen Sherry ein. „Bitte, bedient euch", forderte sie Marni und Frank auf, die jedoch ablehnend den Kopf schüttelten.

„So, und jetzt möchte ich wissen, was Tanya getan hat", wandte sich Adela an ihren Mann.

„Sie hat versucht, eine Story über Websters Rolle in dem Unfall in die Zeitung zu bringen. Und zwar in das schlimmste Skandalblatt von New York."

Adela umklammerte ihr Glas. „Bist du sicher?"

„Ja, ich habe eben mit ihr telefoniert. Sie hat es unumwunden zugegeben. Offenbar erwartete sie auch noch Lob für ihre Heldentat." Jonathan wandte sich Marni zu. „Du hast allen Grund, mir zu misstrauen. Aber so eine hinterhältige Intrige würde ich nie unterstützen."

Marni sagte nichts, sondern zog nur leicht die Augenbrauen hoch. „Wie hat der Vorstand abgestimmt, Vater?"

Jonathan räusperte sich und setzte sein Glas ab. „Du bleibst Präsidentin von Langan Corporation. Die Mehrheit hat für dich gestimmt."

Marni ließ sich ihren Triumph nicht anmerken. „Und du, Vater? Darf ich nach deiner Entscheidung fragen?"

Jonathan zögerte einen winzigen Moment. „Ich habe von dem Recht der Stimmenthaltung Gebrauch gemacht."

Marni sah kurz zu Frank hinüber und fing seinen überraschten Blick auf. „Du hast dich der Stimme enthalten, Dad?", fragte sie. „Warum?"

„Weil ich mich emotional zu stark engagiert fühlte, um objektiv entscheiden zu können."

Marnis Freude und Hoffnung erhielten einen Dämpfer. „Du hast also nach wie vor Zweifel?"

„Ja." Jonathan machte eine lange Pause, bevor er weitersprach. „Ich zweifle an meinem eigenen Urteilsvermögen. Die Wahrheit … was ist das? Vielleicht gibt es mehr als nur eine."

Marni und Frank tauschten wieder einen Blick aus. Für einen halsstarrigen Mann wie Jonathan Langan war diese simpel erscheinende Feststellung ein ungeheures Zugeständnis. Er hatte zugegeben, dass man ein und dieselbe Sache aus verschiedenen Blickwinkeln betrachten konnte. War dies der erste Schritt zu einer Versöhnung?

Niemand sagte etwas, bis endlich Adela das Schweigen brach. „Du siehst müde aus, Jonathan. Dies war ein aufreibender Tag für dich. Ich denke, du solltest dich ein wenig ausruhen."

Marni und Web verstanden den Wink. Adela hatte erfasst, dass Jonathan Zeit zum Nachdenken brauchte, und die Unterhaltung auf diplomatische Weise beendet.

„Ich hoffe, wir treffen uns bald mal wieder zum Lunch, Darling", sagte sie, als sie Marni und Frank hinausbegleitete. Dann reichte sie

Frank die Hand und lächelte. „Es würde mich freuen, wenn Sie mit dabei wären, Frank."

„Das ist einfach nicht wahr!", rief Marni aus. Sie saß im Schneidersitz auf Franks Bett und breitete vor sich die Fotos aus, die er ihr eben kommentarlos in die Hand gedrückt hatte. „Das soll ich sein? Unglaublich!"

„Du bist es. Das bist endlich du, Marni Langan. So habe ich es mir vorgestellt." Er setzte sich zu ihr und blickte ihr über die Schulter. „Bist du zufrieden?"

„Was für eine Frage! Sie sind fantastisch! Wie hast du das bloß hingekriegt?"

Frank schmiegte sich an ihren nackten Körper. „Ich hatte eben ein klasse Model. Die Dame brauchte zwar ein wenig Anlaufzeit, aber die Mühe hat sich gelohnt. Fünf Sitzungen – das ist mein bisheriger Rekord."

Marni lachte. Sie sah sich noch einmal Foto für Foto an. „Ich hätte nie geglaubt, dass wir es schaffen würden."

„Ich wusste es." Frank zeigte auf ein besonders gelungenes Bild. „Hiervon habe ich deinen Eltern einen Abzug geschickt."

„Oh, Web, das hast du getan? Findest du das nicht etwas voreilig, nachdem wir gerade erst mit Mutter ins Gespräch gekommen sind? Ich weiß nicht, was Dad dazu sagen wird."

Er schlang die Arme um Marnis Schultern und küsste zärtlich ihren Hals. „Welcher Vater wäre nicht glücklich, ein so wunderbares Foto von seiner Tochter zu besitzen! Es zeigt dich so, wie du bist – klug, entschlossen, sensibel und weich."

„Und glücklich", sagte Marni leise.

„Ja, deine Augen strahlen und sind voller Liebe. Du bist wunderschön. Dieses Bild wird dein Vater sich gerahmt auf seinen Schreibtisch stellen."

„Wie kannst du da so sicher sein?", zweifelte Marni. „Immerhin kommt das Foto von dir. Noch habt ihr keinen Frieden geschlossen."

„Nein, Frieden nicht, aber Waffenstillstand."

Marni fuhr mit dem Kopf herum und starrte ihn ungläubig an. „Sag das noch mal, Frank."

„Jonathan Langan und ich haben uns unterhalten. Heute Vormittag rief dein Vater mich an und hat sich persönlich für das Foto bedankt. Steif und distanziert, wie es seine Art ist, aber ich habe ihm seine Freude angemerkt. Wir haben uns eine Weile unterhalten – zuerst über meinen Beruf, dann über die neue Zeitschrift und schließlich über dich und uns beide. Das Eis ist gebrochen." Frank lächelte. „Siehst du – ein Foto kann mehr bewirken als tausend Worte."

Marni drehte sich um und fiel Frank um den Hals. „Ich hätte es wissen müssen. Du hast es geschafft – du ganz allein. Weil du weißt, wie man Menschen erreichen kann. Sogar Starrköpfe wie meinen Vater."

Er umfing Marni in einer zärtlichen Umarmung und küsste sie. „Wir haben es gemeinsam geschafft, Prinzessin." Er ließ die Hände über ihre samtweiche Haut gleiten. „Unsere Liebe hat uns die Kraft gegeben und uns stark gemacht. Dich und mich."

Marni schloss die Augen und drängte sich verlangend an Frank. Ihre Brustspitzen richteten sich unter seinen erregenden Liebkosungen auf, und als seine Hand langsam an ihrem Körper hinabwanderte und sie an ihrem intimsten Punkt berührte, umschlang sie Frank fest und ließ sich mit ihm zusammen nach hinten sinken. „Mein Mann, ich liebe dich", flüsterte sie.

„Und ich liebe dich, Prinzessin." Er hob den Kopf und betrachtete Marnis Gesicht, das ihm noch nie so schön erschienen war. „Ich weiß, was du jetzt willst, Marni Langan, aber du musst dich noch einen kleinen Moment gedulden. Ich habe dir noch nicht alles erzählt. Hör zu …"

Marni zog ihn an sich. „Frank, muss es unbedingt jetzt sein? In diesem Moment?"

„Ja, es ist wichtig. Dein Vater lässt anfragen, ob es eine große Hochzeit wird. Er will es so bald wie möglich wissen – wegen der Einladungskarten."

Marni fehlten die Worte. Dann schüttelte sie lächelnd den Kopf. „Dieser alte Tyrann ist unverbesserlich. Wenn er nicht die Kontrolle hat, ist er nicht glücklich. Ich sehe es schon kommen – seinen ersten Enkel werden wir Jonathan nennen müssen."

„Kommt nicht infrage!", widersprach Frank. „Unser Sohn wird Fabian heißen."

– ENDE –

Miranda Lee

Morgen heiratet mein Mann

Roman

Aus dem Amerikanischen von
Karin Weiss

MIRA®

1. KAPITEL

Die Tür zu Fionas Büro wurde aufgerissen, und Owen spazierte herein. Sein rundes Gesicht war vor Aufregung gerötet. „Du ahnst ja nicht, wer gerade angerufen hat und uns für eine Hochzeit buchen will."

Fiona verdrehte die Augen. Sie fühlte sich hin- und hergerissen zwischen Ärger und Zuneigung. Ihr Geschäftspartner war ein lieber Mensch und guter Freund. Er arbeitete viel, war absolut ehrlich und mit seinen fünfunddreißig Jahren immer noch Junggeselle. Obwohl er am liebsten pastellfarbene Hemden und grell gemusterte Krawatten trug, war er nicht homosexuell, wie manche Leute vermuteten. Fiona schätzte ihn sehr.

Er hatte jedoch die störende Angewohnheit, Arbeit für sie anzunehmen. Erst danach besprach er die Einzelheiten mit ihr und erwartete, dass sie in Begeisterung geriet.

Begeistert darüber war sie jedoch nie, denn sie unterhielt sich lieber selbst mit den Leuten, ehe sie einen Auftrag annahm.

„Du hast recht, Owen", erwiderte sie leicht spöttisch, „ich habe keine Ahnung. Wie denn auch? Ich hatte nicht das Vergnügen, persönlich mit dem Interessenten zu reden."

Owen fühlte sich offenbar überhaupt nicht schuldig. „Das konntest du auch nicht, meine Liebe. Du hattest gerade ein anderes Gespräch, deshalb hat Janey die Dame zu mir durchgestellt."

„Janey hätte die Dame bitten können, zu warten, bis ich fertig war", entgegnete Fiona betont liebenswürdig.

Entsetzt schlug Owen die Hände über dem Kopf zusammen. „Aber doch nicht Charlotte Forsythe, Fiona! Sie hätte wahrscheinlich aufgelegt."

„Charlotte Forsythe?", wiederholte Fiona und bekam Herzklopfen.

Owen strahlte. „Jetzt bist du beeindruckt. Weißt du, was es für unseren Ruf bedeutet, wenn wir die Hochzeit von Charlotte Forsythes Sohn ausrichten? Man wird sich zukünftig in Sydney darum reißen, Hochzeiten von *Five-Star Weddings* organisieren zu lassen. Wenn alles so perfekt klappt wie immer, wird Charlotte Forsythe dich überall überschwänglich loben. Und dann werden alle Damen der vornehmen Gesellschaft bei uns vor der Tür stehen und uns für die Hochzeit ihrer Töchter und Söhne buchen wollen."

Fiona beruhigte sich allmählich wieder. „Gut, gut", sagte sie in Gedanken versunken und lehnte sich auf dem schwarzen Drehsessel zurück, während sie mit den rot lackierten Fingernägeln auf die Lehne klopfte. „Dann heiratet Philip offenbar wieder."

Es wird auch Zeit, denn er ist immerhin schon dreißig, fügte sie insgeheim hinzu. Er war im richtigen Alter, sich eine passende Frau zu nehmen und einen dem riesigen Forsythe-Vermögen angemessenen Erben zu zeugen.

„Kennst du Philip Forsythe etwa?", fragte Owen verblüfft.

Fiona lachte freudlos auf. „Ob ich ihn kenne? Ich war mit ihm verheiratet."

Owen ließ sich in einen der Besuchersessel sinken. „Du liebe Zeit." Seine Begeisterung war schlagartig verschwunden. „Dann wird wohl nichts aus unserer Society-Hochzeit."

„Das ist doch Unsinn. Den Auftrag kannst du übernehmen. Du brauchst nur zu behaupten, ich hätte keinen Termin frei."

„Nein, das geht nicht. Mrs Forsythe wünscht ausdrücklich die Frau, die die Hochzeit von Craig Bateman arrangiert hat."

„Wirklich? Aber der Kricketspieler, der seine Jugendliebe geheiratet hat, gehört nicht unbedingt zur besten Gesellschaft."

„Ja, ich weiß. Doch über seine Hochzeit wurde ausführlich in einem der Hochglanzmagazine berichtet, erinnerst du dich? Mrs Forsythe hat beim Friseur zufällig darin geblättert und war von den Fotos beeindruckt. Sie hat bei Bill Babstock, dem Fotografen, dessen Name darunter vermerkt war, angerufen und ihn für die Hochzeit ihres Sohns gebucht. Und Bill hat ihr wärmstens empfohlen, sich an dich wegen der Koordination zu wenden. Ich habe ihr schon gesagt, du seist sehr beschäftigt. Aber sie hat prompt geantwortet, sie habe gehört, du seist die Beste, und für ihren Sohn wolle sie nur das Beste. Deshalb habe ich ihr natürlich versprochen, du würdest dich der Sache annehmen."

„Natürlich", wiederholte Fiona wehmütig.

Owen gestikulierte mit den Händen. „Woher sollte ich wissen, dass du mit ihrem verdammten Sohn mal verheiratet warst? Ich hatte den Eindruck, dein Name sagte der Frau gar nichts."

„Damals nannten alle mich Noni, und mein Familienname war Stillman. Fiona Kirby ist für sie kein Begriff."

Er runzelte die Stirn. „Ist Kirby nicht dein Mädchenname?"

„Nein, so hieß mein zweiter Mann."

„Dein zweiter Mann?" Owen blickte sie groß an. „Du liebe Zeit, Mädchen, ich kenne dich seit sechs Jahren. Du hast mehr Verehrer als ich Krawatten, und nicht einer davon hat es geschafft, dich zum Traualtar zu zerren. Du bist doch erst achtundzwanzig! Und jetzt erfahre ich, dass du zwei Ehemänner hattest, von denen einer zu den reichsten Familien Australiens gehört. Was war denn der andere? Ein berühmter Chirurg oder ein internationaler Popstar?"

„Nein, ein Trucker."

„Ein Lastwagenfahrer?", wiederholte er fassungslos.

„Ja, mit Vornamen hieß er Kevin. Er wohnte in Leppington und war ein netter Mann. Glaub mir, ich habe ihm einen Gefallen damit getan, dass ich mich scheiden ließ."

„War Philip Forsythe auch nett?"

„Sehr sogar." Fiona empfand ihm und seinem Vater gegenüber, der ein sanfter und liebenswürdiger Mensch gewesen war, keine Bitterkeit. Nur Philips Mutter hatte Noni von oben herab behandelt und der kurzen Ehe keine Chance gegeben.

„Wahrscheinlich hast du Philip Forsythe auch einen Gefallen getan, als du dich von ihm hast scheiden lassen, oder?", fragte ihr Geschäftspartner spöttisch.

„Seien wir doch ehrlich, Owen, ich eigne mich nicht zur Ehefrau. Dazu bin ich viel zu unabhängig und selbstständig. Aber diesen guten Auftrag möchte ich nicht gern verlieren. Meinst du nicht, man könnte Mrs Forsythe überzeugen, dass du die Hochzeit organisierst, indem wir einfach behaupten, ich sei krank?"

Owen seufzte. „Ich möchte die Frau nicht belügen, Fiona. So etwas geht meist schief. Außerdem hat sie sich sehr entschlossen angehört. Sie will nur dich, sonst niemanden."

Fiona blickte auf. „Die Hochzeit ist für uns sehr wichtig, wie du schon sagtest, sowohl finanziell als auch für unser Ansehen, unseren Ruf." Sie runzelte die Stirn und biss sich auf die Lippe. „Ich überlege ..."

Während sie die braunen Augen zusammenkniff, versuchte Owen, nicht in Panik zu geraten. Er kannte diesen strengen eigensinnigen Blick. Wenn Fiona sich in eine Idee verrannte, konnte niemand sie aufhalten. Meist störte ihn das nicht, sie war sogar gut fürs Geschäft, weil sie damit viel Erfolg hatte.

Doch dieses Mal befürchtete er, es würde ihnen eher schaden als nützen. „Nein, tu es nicht", forderte er sie deshalb auf und stand auf. „Und denk erst gar nicht darüber nach."

„Worüber?"

„Charlotte Forsythe hereinzulegen. Ich kann mir vorstellen, dass du mit einer Brille und einer blonden Perücke bei ihr erscheinst und mit einem seltsamen Akzent sprichst, damit deine ehemalige Schwiegermutter dich nicht erkennt."

„Das wird sie sowieso nicht, Owen", erklärte Fiona zuversichtlich. „Ich brauche mein Aussehen überhaupt nicht zu verändern. Vor zehn Jahren hatte ich eine gelockte hellblonde Mähne und so viel Make-up im Gesicht, dass ich wie ein Clown wirkte. Außerdem wog ich zwanzig Pfund mehr und kleidete mich, als wäre ich in einem Massagesalon angestellt. Kein Top konnte eng genug sein, kein Rock kurz genug."

Owen betrachtete ihr schulterlanges schwarzes Haar, das wie ein weicher glänzender Vorhang ihr Gesicht mit dem dezenten Make-up umrahmte. Dann ließ er den Blick über ihre schlanke Gestalt gleiten. Er kannte sie nur in dezent-eleganten Outfits.

Fiona hatte Klasse, das konnte man nicht anders sagen. Die Frau, die sie offenbar während der Ehe mit Philip Forsythe gewesen war, war sie jetzt jedenfalls nicht mehr. Owen konnte sie sich beim besten Willen nicht als blonde Sexbombe vorstellen.

Aber warum hatte Philip Forsythe sie damals geheiratet? Owen kannte ihn nicht persönlich, wusste jedoch, dass Söhne reicher Eltern nur irgendwelche Berühmtheiten oder die Töchter ähnlich reicher Eltern heirateten.

Oder war es Philip Forsythe nur um Sex gegangen?

Owen gestand sich ein, dass Fiona eine sinnliche Ausstrahlung hatte, die sogar er manchmal spürte. Sie war jedoch nicht sein Typ. Er bevorzugte ältere und molligere Frauen, die viel lachten, gut Scrabble spielten und ihm seine Lieblingsgerichte kochten. Eine Frau unter vierzig interessierte ihn nicht.

Doch die meisten Männer fanden Fiona attraktiv. Sie verliebten sich in sie, schliefen mit ihr. Später, sobald sie ihrer überdrüssig war, hatte sie dann Mühe, sie wieder loszuwerden. Sie hielt es nie lange bei einem aus.

Oft hatte Owen den Eindruck, dass sie Männer ziemlich grausam behandelte, obwohl sie behauptete, sie verspreche ihnen nichts und wisse selbst nicht, warum alle mehr von ihr erwarteten, als sie zu geben bereit war. Vielleicht lag es ja an den beiden Ehen mit den angeblich so netten Männern, dass sie zu keiner Partnerschaft oder Bindung mehr bereit war.

„Und einen anderen Akzent brauche ich mir auch nicht zuzulegen", fuhr Fiona fort, „denn ich spreche jetzt wesentlich anders als damals. Ich habe mich schrecklich unkultiviert angehört, das kannst du mir glauben. Nein, Owen, Mrs Forsythe würde mich nicht wiedererkennen. Mr Forsythe auch nicht, denn er ist vor zwei Jahren gestorben."

„Ach ja? Das wusste ich nicht."

„Er hatte Krebs", erklärte sie. „Es stand nicht viel über ihn in den Zeitungen. Die Beerdigung fand im engsten Familienkreis statt."

Fiona erinnerte sich, dass nur ein einziges Foto veröffentlicht worden war. Man hatte gesehen, wie Charlotte nach der Beerdigung in eine schwarze Limousine gestiegen war. Philip war nicht dabei gewesen.

Er war nicht wie seine Mutter und die anderen Familienmitglieder, sondern scheute die Öffentlichkeit. Nicht ein einziges Mal hatte Fiona ihn in den vergangenen zehn Jahren im Fernsehen oder sein Foto in irgendwelchen Zeitungen oder Magazinen entdeckt.

„Wie war er denn?", fragte Owen.

„Wer?" Fiona blickte ihn verständnislos an.

„Der Vater des Bräutigams."

„Ach so. Er war sehr nett."

„Du liebe Zeit, Fiona, in deiner Vergangenheit hat es offenbar nur nette Männer gegeben. Weshalb hasst du dann die Männer?"

Fiona war überrascht. „Das ist mir etwas zu hart ausgedrückt, Owen, und es stimmt auch nicht. Dich habe ich beispielsweise sehr gern, und du bist ein Mann", wehrte sie sich.

„Ich rede nicht von mir, sondern von den Männern, mit denen du eine Zeit lang zusammen bist. Früher oder später wirfst du sie einfach weg. Sie glauben, du würdest sie mögen, doch in Wirklichkeit benutzt du sie nur. Und das finde ich nicht besonders nett."

Sekundenlang versteifte sie sich. Dann zuckte sie die Schultern. „Es tut mir leid, dass du so denkst, Owen, aber sie kennen die Spielregeln. Und ich bezweifle, dass sie tiefere Gefühle für mich haben. Nachdem sie ihren verletzten Stolz überwunden haben, trösten sie sich rasch mit anderen Frauen. Aber bleiben wir beim Thema. Charlotte Forsythe wird mich nicht erkennen, höchstens Philip. Doch mit ihm habe ich ja nichts zu tun, sondern nur mit seiner Mutter. Glaub mir, sie wird keinen Verdacht schöpfen."

Owen blickte seine Geschäftspartnerin an. Er hatte Mitleid mit ihr, denn sie war wirklich nett. Obwohl sie illusionslos und verbittert wirkte, war sie sehr herzlich, anständig und großzügig, und sie arbeitete hart und viel. Sie interessierte sich für ihre Kunden und deren Sorgen, vergaß nie die Geburtstage ihrer Mitarbeiter und war immer bereit, anderen zu helfen und für Bedürftige zu spenden.

Wer wusste schon, was in ihren Ehen passiert war, dass sie Männern gegenüber so hart und unnachgiebig geworden war. Es entsprach gar nicht ihrem Wesen und Charakter. Dass sie im Berufsleben entschlossen und ehrgeizig war, war etwas anderes.

„Wir können uns nicht darauf verlassen, dass Mrs Forsythe dich nicht erkennt, Fiona“, erklärte Owen. Er wollte nicht zulassen, dass sie dem kleinen Unternehmen schadete, das sie über die Jahre hinweg aufgebaut hatten. „Wenn du ihr nicht von Anfang sagst, wer du bist, und sie es später herausfindet, wird sie sich ärgern und deinen und unseren guten Ruf zerstören. Meiner Meinung nach solltest du den Termin wahrnehmen, den ich mit ihr vereinbart habe, und deine Identität taktvoll und diplomatisch preisgeben. Danach kann sie selbst entscheiden, ob sie lieber mit mir oder weiterhin mit dir kooperieren will. Selbst wenn sie sich gegen die Zusammenarbeit mit *Five-Star Weddings* entscheidet, wird sie wenigstens nicht unseren Ruf ruinieren.“

Fiona dachte über den Vorschlag nach, der sich gut und vernünftig anhörte. Und sie hätte trotzdem die Gelegenheit, Charlotte Forsythes Überraschung zu erleben, wenn die Frau begreifen musste, wen sie vor sich hatte.

In gewisser Weise war der Vorschlag sogar besser. So konnte sie Philips Mutter beweisen, dass ihre ehemalige Schwiegertochter, die sie so sehr verabscheut hatte, keine ungebildete und gewöhnliche Frau mehr war. Philips verhöhnte und verspottete erste Frau verkehrte jetzt in den sogenannten besten Kreisen.

Sie trug jetzt nur noch Designeroutfits. Sie hatte perfekte Umgangsformen und war eine glänzende Gesellschafterin. Sie war Mitinhaberin des florierenden Dienstleistungsunternehmens, besaß ein wunderschönes Apartment mit Blick auf die Lavender Bay und kannte sich aus mit Delikatessen und den besten Weinen. Sie konnte sogar Ski laufen und verstand viel von Kunst und Musik.

Doch damit nicht genug, sie konnte beinah jeden Mann haben, der ihr gefiel. Sekundenlang überlegte sie wehmütig, was geschehen würde, wenn sie Philip begegnete. Würde er sie wiedererkennen? Und wie würde ihm die neue Fiona gefallen? Besser als die Noni von damals?

Das waren irritierende Gedanken. Wie sah er jetzt wohl aus? Und wer war die Frau, die er heiraten wollte?

„Okay, Owen“, stimmte sie schließlich zu und richtete sich im Sessel auf. „Ich werde hingehen und mich Mrs Forsythe stellen. Doch sag mir eins, warum will Charlotte die Hochzeit ihres Sohns organisieren? Hat die glückliche Braut keine Mutter?“

Owen zuckte die Schultern. „Offenbar nicht.“

„Wer ist die zweifellos schöne und gut erzogene Frau, die den Forsythes willkommen ist?“

„Keine Ahnung. Darüber haben wir nicht geredet."

„Wann ist der Termin?"

„Morgen Vormittag um zehn."

„An einem Samstag? Du weißt doch, ich mache an Samstagen keine Kundenbesuche. Du liebe Zeit, Owen, morgen Nachmittag habe ich eine Hochzeit."

„Darum kann sich Rebecca kümmern."

„Nein, das schafft sie noch nicht", entgegnete Fiona scharf.

„Doch. Du hast sie gut eingeführt, Fiona. Dein Problem ist, du delegierst nicht gern. Auch wenn deine perfekte Arbeitsweise und deine Zuverlässigkeit bewundernswert sind, musst du lernen, Rebecca Verantwortung zu übertragen."

„Wahrscheinlich", gab sie zu. „Aber nicht dieses Mal. Die Mutter der Braut rechnet fest mit mir. Und ich werde sie an so einem wichtigen Tag nicht enttäuschen."

„Vielleicht schaffst du beide Termine", schlug Owen vor.

„Das wird schwierig, wenn Mrs Forsythe noch in Kenthurst wohnt. Deine Miene sagt mir, dass es so ist. Bei dem starken Verkehr in der Stadt brauche ich eine gute Stunde, bis ich bei ihr bin. Und dann schaffe ich es unmöglich, pünktlich zu der Hochzeit in Cronulla zu sein. Du musst sie anrufen und den Termin auf Sonntag verschieben, am besten auf elf Uhr, weil ich gern länger schlafen möchte."

„Aber …"

„Tu es bitte, Owen. Erklär ihr, warum ich morgen keine Zeit habe. Wahrscheinlich wird sie sogar meine Zuverlässigkeit, wie du es ausgedrückt hast, bewundern."

Owen stöhnte. „Du bist schrecklich hart."

„Unsinn. Ich bin sehr sanft. Vertrau mir, Owen, ich weiß, was ich tue. Die Forsythes dieser Welt haben mehr Respekt vor Leuten, die nicht hinter ihnen herlaufen und nicht vor ihnen kriechen. Sei höflich, aber entschlossen. Ich wette, sie hat nichts dagegen."

Zu Owens Überraschung hatte Fiona recht. „Sie war sehr zuvorkommend", berichtete er zehn Minuten später. „Und sie hat dich sogar zum Lunch eingeladen. Glücklicherweise haben ihr Sohn und seine Verlobte an dem Tag keine Zeit. Darüber bin ich wirklich froh. Außerdem wohnt der Bräutigam nicht mehr zu Hause."

Das wusste Fiona schon. Sie hatte all die Jahre immer wieder im Telefonbuch seine Adresse gesucht. Es gab nicht zu viele P. Z. Forsythes und in Sydney nur einen einzigen. Fünfzehn Monate nach der Trennung war er offenbar nach Paddington gezogen, nur einen Steinwurf weit von der City entfernt. Zu der Zeit hatte er wahrscheinlich gerade sein Jurastudium abgeschlossen.

Im Jahr darauf wohnte er in Bondi und seit Neuestem in Balmoral Beach, einer exklusiven Wohngegend, nicht weit von der Stadt entfernt.

Als er noch in Paddington lebte, hatte Fiona ihn immer wieder angerufen, nur um seine Stimme zu hören. Sobald er sich meldete, legte sie auf. Kurz, nachdem er nach Bondi gezogen war, rief sie ihn nachts an und behauptete, einen Nigel sprechen zu wollen, nur um etwas länger mit Philip zu reden. Zu ihrem Entsetzen rief er dann nach einem Nigel.

„Er kommt gleich, Süße", sagte Philip und legte den Hörer hin. Fiona konnte im Hintergrund Gelächter und Musik hören, offenbar wurde eine Party gefeiert.

Sie hatte rasch aufgelegt und sich geschworen, ihn nie wieder zu belästigen. Und das hatte sie auch getan.

Doch seine Adresse hatte sie weiterhin in jeder neuen Ausgabe des Telefonbuchs nachgeschlagen. Deshalb wusste sie auch, dass er jetzt in Balmoral wohnte.

Fiona blickte auf und sah, dass ihr Geschäftspartner sie stirnrunzelnd beobachtete. Sie lächelte ihn irgendwie spöttisch an. „Sei doch nicht so beunruhigt, Owen."

„Ich würde zu gern wissen, wie du Mrs Forsythe über deine Identität aufklären willst."

„Ganz behutsam, das verspreche ich dir. Ich kann taktvoll und diplomatisch sein, auch ganz bezaubernd und charmant, wenn ich will. Sind nicht immer die Mütter der Bräute völlig begeistert von mir?"

„Ja, sicher. Aber Mrs Forsythe ist die Mutter des Bräutigams, und du warst seine erste Frau."

2. KAPITEL

Fiona hielt am Straßenrand an und studierte noch einmal den Stadtplan, um ganz sicher zu sein, dass sie den Weg nach Kenthurst fand. Sie war nur zwei Mal dort gewesen, und das war auch schon zehn Jahre her.

Kenthurst war ein exklusiver Vorort nördlich von Sydney. Mit den vielen Bäumen, den zahlreichen Hügeln und der frischen Luft herrschte dort eher eine etwas ländliche Atmosphäre. Es war die perfekte Umgebung für die Reichen und Privilegierten, die Ruhe und Abgeschiedenheit liebten.

Vermögende Geschäftsleute aus Sydney hatten sich früher in den Blue Mountains oder im Hochland weiter südlich ihre Sommerhäuser gebaut, um der Hitze und dem Trubel in der City zu entfliehen. Jetzt ließ man sich palastähnliche Gebäude mit Klimaanlagen auf Grundstücken, die oft zwischen zwanzigtausend und hunderttausend Quadratmeter groß waren, in Kenthurst oder Dural hinstellen.

Auch Philips Vater hatte es getan. Außerdem hatte er noch ein Apartment an der Double Bay besessen, wo er übernachtet hatte, wenn er geschäftlich länger in der Stadt hatte bleiben müssen oder wenn er mit seiner Frau ins Theater oder in die Oper gegangen war. Es war eine außergewöhnlich große Wohnung gewesen, die luxuriös eingerichtet war. Fiona wusste sogar, dass das Bett in dem größten Schlafzimmer überdimensional breit war, denn sie hatte darin geschlafen.

Nein, nicht wirklich geschlafen. Sie überlegte, ob Philip seine zukünftige Frau in demselben Bett so ungestüm und leidenschaftlich geliebt hatte wie sie damals.

Du liebe Zeit, das geht zu weit, ich darf nicht verbittert werden, mahnte sie sich streng. Sie musste sich darauf konzentrieren, pünktlich um elf bei Charlotte Forsythe zu sein, denn die Frau sollte keinen Grund haben, wieder verächtlich auf sie herabzusehen.

Nachdem Fiona sich die Richtung und die Straßennamen gut eingeprägt hatte, reihte sie sich mit dem frisch gewaschenen Wagen auf dem Highway wieder in den Verkehr ein.

Während sie weiterfuhr, umspielte ein kleines Lächeln ihre Lippen. Sie hatte nicht nur ihr Auto gewaschen und poliert. Trotz ihrer Bemerkung, an einem Sonntag länger schlafen zu wollen, war sie schon um sechs Uhr aufgestanden. Um neun war sie mit sich zufrieden. Vom Kopf bis zu den Zehennägeln wirkte sie perfekt. Sogar ihre exklusiven Dessous waren sorgsam auf ihren Hosenanzug abgestimmt.

Seltsamerweise war es ihr schwergefallen, sich zu entscheiden, was sie anziehen wollte, obwohl ihr ganzer Kleiderschrank voll war – mit den teuersten und elegantesten Designeroutfits. Außerdem war es Winter, und man hatte sowieso nicht so eine große Auswahl an Farben. Doch Braun und Beige waren im letzten Jahr modern gewesen, Schwarz wirkte zu traurig, und Grau machte sie zu blass. Deshalb blieben nur Taupe und Ecru übrig. Leuchtende oder schrille Farben und Weiß trug Fiona sowieso nicht.

Nach längerem Überlegen hatte sie den Hosenanzug aus cremefarbener Wolle aus dem Schrank genommen. Er hatte einen modernen Schnitt, und es gehörte eine Weste mit hübschen goldumrandeten Knöpfen dazu. Dann legte sie noch die goldenen Ohrringe an und band sich die goldene Uhr um, die ihr ein ehemaliger Verehrer geschenkt hatte. Make-up trug sie sparsam auf, und der rostbraune Lippenstift passte perfekt zum Nagellack. Das Parfüm war auch ein Geschenk eines Verehrers, der erklärt hatte, es passe wegen des exotischen und sinnlichen Dufts ausgesprochen gut zu ihr.

Schließlich war Fiona mit ihrem Aussehen zufrieden. Kurz vor zehn ging sie aus dem Haus, bereit, der Frau zu begegnen, die sie beinah zerstört hätte.

„Aber ich bin wieder da, ich bin wie ein Phoenix aus der Asche gestiegen, Charlotte“, sagte Fiona laut vor sich hin, während sie auf dem Highway Richtung Kenthurst fuhr.

Sie lachte, weil ihr plötzlich bewusst wurde, dass sie damals als Noni keine Ahnung gehabt hatte, wer oder was ein Phoenix überhaupt war. „Ich habe einen langen Weg hinter mir“, lobte sie sich selbst. „Einen sehr langen sogar. Es lohnt sich, Philips geliebter Mutter zu beweisen, wie viel ich erreicht habe.“

Als die Sonne durch die Wolken auf die silberfarbene Motorhaube schien, wurde Fiona geblendet. Rasch zog sie die Designersonnenbrille aus dem Türfach neben sich und setzte sie lächelnd auf.

Fünfzehn Minuten später fuhr sie langsam an dem Anwesen der Forsythes vorbei und runzelte verblüfft die Stirn. In den zehn Jahren hatte sich einiges verändert. Es war jetzt von einer hohen Mauer umgeben und wirkte kleiner und viel weniger einschüchternd, als Fiona es in Erinnerung hatte. Das große repräsentative Haus mit der Fassade im georgianischen Stil stand auf einem Hügel, der so hoch war, dass man einen weiten Ausblick auf die Landschaft ringsumher hatte.

Fiona hielt an und betrachtete das Gebäude. Dann nickte sie. Natürlich, wie dumm von mir, nicht das Haus hat sich verändert, sondern ich nehme es jetzt völlig anders wahr, überlegte sie. Luxus und Reichtum beeindruckten sie nicht mehr. Sie war daran gewöhnt.

Sie lächelte selbstsicher und fuhr durch das offene Tor, das mit Überwachungskamera und Gegensprechanlage gesichert war, die Einfahrt hinauf. Es war genau zwei Minuten vor elf. Mit einem Blick in den Rückspiegel stellte Fiona fest, dass man das Tor nicht hinter ihr schloss, was sie ziemlich leichtsinnig fand.

Aber wenn Charlotte Forsythe die Sicherheitsvorkehrungen nicht nutzen will, die sie für viel Geld hat installieren lassen, ist das nicht mein Problem, sagte Fiona sich. In die abgelegenen Häuser reicher Leute wurde immer wieder eingebrochen, man konnte eigentlich heutzutage nicht vorsichtig genug sein.

Andererseits war Philips Linie der Familie Forsythe nicht ganz so bekannt und berühmt wie die seiner Verwandten. Sein Onkel Harold war Inhaber verschiedener Industrie- und Lebensmittelbetriebe und besaß mehrere Rennpferde, während sein Onkel Arnold ein bekannter Medienmogul war, dem einige Hotelketten gehörten. Außerdem war er Polospieler und Weinkenner.

Philips Vater Malcolm war der jüngste der drei Forsythe-Brüder gewesen und hatte sich auf Körperschafts- und Unternehmensrecht spezialisiert. Er war Rechtsanwalt und hatte mit seiner Anwaltskanzlei seine beiden Brüder in allen geschäftlichen Fragen und Transaktionen beraten. Philip hatte einmal erwähnt, sein Vater besitze sicher ein größeres Vermögen als seine Brüder, weil er sein Geld nicht in Spielcasinos und für andere Frauen ausgebe.

Alle drei Brüder hatten schöne Frauen aus der Society geheiratet und so ihr Vermögen vergrößert. Harold hatte fünf Kinder, Arnold drei Söhne und Malcolm nur den einen Sohn.

Obwohl immer wieder Gerüchte über Harolds und Arnolds Seitensprünge kursierten, hatten sie sich nicht scheiden lassen. Die Frauen der Forsythe-Brüder mit ihrem stereotypen Lächeln und den gelifteten Gesichtern waren mehr oder weniger regelmäßig in den Sonntagszeitungen und Hochglanzmagazinen abgebildet. Sie schienen ihr halbes Leben auf Modenschauen, Wohltätigkeitsbällen, auf Reitturnieren, bei Pferderennen und auf ähnlichen Veranstaltungen zu verbringen.

Früher war Fiona davon sehr beeindruckt gewesen. Aber das war schon lange her.

Ruhig und mit kühlem Blick betrachtete sie den gepflegten Rasen und die in geraden Reihen gepflanzten Bäume. Bei ihrem ersten Besuch hatte ihr das Herz zum Zerspringen geklopft, und ihr war ganz übel geworden vor lauter Nervosität. Sie war unsicher gewesen und hatte das Gefühl gehabt, nicht in Philips Familie zu passen und den Ansprüchen nicht zu genügen.

Das zweigeschossige Haus war groß und lang gestreckt. Es hatte ein graues Schieferdach und hohe Fenster. Irgendwie sah es im Stil und auch mit den Anlagen, die es umgaben, ein bisschen englisch aus. Doch der klare blaue Himmel und die Berge im Hintergrund, die mit den vielen Eukalyptusbäumen bläulich schimmerten, waren typisch für Australien.

Die geteerte und gewundene Einfahrt mündete auf einem kiesbedeckten kreisrunden Platz mit einem Brunnen in der Mitte, der an die Brunnen von Versailles erinnerte. Fiona parkte den Wagen vor dem Portal mit den weißen Säulen. Beinah im selben Moment wurde die Haustür geöffnet, und die Dame des Hauses kam heraus.

Fiona betrachtete Philips Mutter und runzelte die Stirn. In ihrem königsblauen Wollkleid, mit der mehrreihigen Perlenkette und dem perfekt frisierten blonden Haar war Charlotte immer noch eine gepflegte und elegante Erscheinung. Aber man sah ihr das Alter an. Sie war jetzt Ende fünfzig. Vor zehn Jahren hatte sie noch wie fünfunddreißig gewirkt, obwohl sie Ende vierzig gewesen war.

Sie machte einen zerbrechlichen Eindruck, so als hätte sie keine Energie oder Lebenskraft mehr. Sie ließ die Schultern hängen und schien eine gewisse Wehmut oder Traurigkeit auszustrahlen. Gegen ihren Willen hatte Fiona Mitleid mit Charlotte.

Doch dann verdrängte sie diese Regung. Sie zog den Autoschlüssel aus dem Zündschloss, warf ihn in ihre Handtasche und stieg aus. Nachdem sie die Tür hinter sich zugeschlagen hatte, nahm sie die Sonnenbrille ab und drehte sich zu ihrer ehemaligen Gegnerin um. Kühl und ruhig ließ sie sich begutachten und rechnete damit, nicht erkannt zu werden.

Langsam ließ Charlotte den Blick über Fionas schlanke Gestalt gleiten. Offenbar erinnerte sie nichts an ihre ehemalige Schwiegertochter. Sie betrachtete Fiona anerkennend und wohlwollend, beinah schon bewundernd.

Seltsamerweise empfand Fiona dabei kein Gefühl des Triumphs, sondern kam sich plötzlich hinterhältig und gemein vor.

„Sie sind bestimmt Fiona“, begrüßte Charlotte sie freundlich mit ihrer sanften Stimme und lächelte herzlich, während sie ihr die Hand reichte.

Fiona war völlig entwaffnet und lächelte steif. Sie drückte Charlotte die Hand und versuchte, Ordnung in ihr Gedankenchaos zu bringen. Sie ist ja nur wegen meines Aussehens so nett zu mir, mahnte sie sich. Wenn sie jemals herausfand, wer sie wirklich war, würde sie wütend sein und ihr alles Mögliche antun. Diese Frau hatte sich nicht verändert, sie war immer noch ein Snob. Charlotte spielte ihr nur etwas vor. Am besten erfinde ich eine Ausrede und verschwinde von hier, schoss es Fiona durch den Kopf.

„Und Sie sind sicher Mrs Forsythe", erwiderte sie. Ihre Stimme klang angenehm, und sie drückte sich gebildet aus. Nichts erinnerte mehr an ihren schrecklichen Slang von damals.

„Nein, Sie müssen mich Charlotte nennen." Philips Mutter hakte sich doch tatsächlich bei ihr ein und drückte ihren Arm.

Fiona schien zu erstarren. Vor zehn Jahren hätte Charlotte so etwas nie getan, nicht einmal bei Freunden oder Verwandten. Sie war eine sehr distanzierte und zurückhaltende Frau gewesen, die Körperkontakt nicht ertragen konnte.

„Immerhin werden wir ja während der nächsten Wochen viel Zeit miteinander verbringen", fuhr Charlotte fort, ehe Fiona sich von ihrem Schock erholt hatte.

Fiona war klar, dass sie sich jetzt zu erkennen geben musste, doch sie zögerte etwas zu lange, und dann war der günstige Augenblick vorbei.

„Wie war die Hochzeit gestern, meine Liebe?", fragte Charlotte und dirigierte Fiona ins Haus. „Das Wetter war herrlich, wenn man bedenkt, dass wir August haben."

„Es hat alles gut geklappt", erwiderte Fiona wahrheitsgemäß, während sie fieberhaft einen Ausweg aus der unmöglichen Situation suchte.

„Ich kann mir vorstellen, dass bei Ihnen alles perfekt klappt", meinte Charlotte. „Ihre Pünktlichkeit, Ihr Auftreten und Ihre Erscheinung beeindrucken mich sehr. Heutzutage nimmt man es im Allgemeinen mit Terminen nicht mehr so genau, und mit dem Aussehen auch nicht. Ich habe schon immer gesagt, dass die Kleidung sehr viel über einen Mann aussagt und alles über eine Frau. Wir beide werden uns gut verstehen, sehr gut sogar, meine Liebe."

Das hört sich schon eher wie die Charlotte von damals an, dachte Fiona. Sie gestand sich jedoch ein, dass sie mittlerweile Charlottes Meinung teilte. Denn sie hatte die Erfahrung gemacht, dass jemand, der nicht auf sein Äußeres achtete, oft auch keine gute Arbeit leistete.

Heißt das, du beurteilst jetzt ein Buch nach dem Einband, liebe Fiona? fragte eine kleine innere Stimme. Doch plötzlich wurde Fiona durch das Geräusch eines herankommenden Autos abgelenkt.

„Das wird mein Sohn sein“, stellte Charlotte fest. In dem Moment sah man auch schon den schwarzen Jaguar mit den getönten Scheiben, der neben Fionas Wagen anhielt.

Panikartig setzte sie ihre Sonnenbrille wieder auf. Sie hatte auf einmal Angst und hoffte inständig, Philip würde sie nicht erkennen.

„Hatten Sie nicht gesagt, Philip … ich meine, Ihr Sohn hätte heute keine Zeit?“, fragte sie angespannt.

Glücklicherweise schien Charlotte nicht zu merken, wie aufgeregt Fiona war. „Er hat angerufen. Corinne, seine Verlobte, hat Migräne und kann deshalb nicht mitgehen zum Essen im Jachtclub, zu dem sie eingeladen waren. Allein will er auch nicht hingehen, deshalb hat er sich entschlossen, mit mir zu essen. Ehe ich ihn daran erinnern konnte, dass Sie hier sind, hatte er schon aufgelegt.“

Fiona blickte wie gebannt zu dem Auto hinüber. Sie konnte den Fahrer hinter den getönten Scheiben nicht erkennen. Sekundenlang blieb Philip im Wagen sitzen, und Fiona wartete atemlos darauf, dass er endlich ausstieg.

Ihr wurde ganz übel. Es war ein schrecklicher Fehler gewesen, herzukommen, wie ihr klar wurde.

Und wie in Zeitlupentempo wurde endlich die Tür geöffnet, und ein Kopf mit dunklem Haar war zu sehen, dann die breiten Schultern. Nachdem Philip in seiner ganzen Größe neben dem Jaguar stand, drehte er sich zu seiner Mutter und Fiona um.

Kam es ihr nur so vor, oder blickte er sie wirklich prüfend an? Nein, wahrscheinlich nicht, das bildete sie sich nur ein. Er erkannte sie bestimmt nicht, jedenfalls nicht mit der Sonnenbrille.

Ich leide unter Wahnvorstellungen, sagte sie sich. Außerdem hatte Philip auch eine Sonnenbrille auf, deshalb konnte Fiona gar nicht sehen, was oder wen er betrachtete.

Philip ging langsam um den Wagen herum und auf sie zu. Genau wie an jenem Tag vor zehn Jahren, als er in Gino’s Fischrestaurant hereinspaziert war, konnte sie den Blick nicht von ihm wenden. Dabei trug er nur Freizeitkleidung, Jeans und einen grauen Pullover, nichts Besonderes.

Als erwachsener Mann war Philip noch beeindruckender als damals als Student. Er wirkte perfekt, was sich vor all den Jahren erst angedeutet hatte. Er war sehr groß und muskulös, sein ehemals hübsches Gesicht wirkte reifer, und seine Züge schienen strenger geworden zu sein. Das dichte braune Haar, das nicht zu bändigen gewesen war, war perfekt geschnitten und sehr gepflegt.

Mit zwanzig hatte Philip schon sehr gut ausgesehen, doch mit dreißig war er geradezu gefährlich attraktiv.

Als er herankam, löste Charlotte sich von Fiona und ging auf ihren Sohn zu, um ihn zu umarmen. „Schön, dich zu sehen! Hoffentlich bist du nicht zu schnell gefahren."

„Das tue ich nie, meine Liebe. Ich kann es mir nicht erlauben, mir Strafpunkte zu holen."

„Mein Sohn ist Rechtsanwalt", erklärte Charlotte stolz und lächelte Fiona über die Schulter hinweg an.

Jetzt blickte auch Philip Fiona an. Sie hatte plötzlich das Gefühl, keine Luft mehr zu bekommen.

„Wen haben wir denn hier, Mam?", fragte er. „Willst du uns nicht vorstellen?"

Fiona entspannte sich etwas. Unter all die anderen Gefühle, die auf sie einstürzten, mischte sich so etwas wie Enttäuschung. Er hatte sie nicht erkannt, obwohl er damals behauptet hatte, er würde sie nie vergessen und sie sein Leben lang lieben.

Diese angeblich lebenslange Liebe hat offenbar keine zehn Jahre gehalten, dachte Fiona schmerzerfüllt. Wahrscheinlich hatte er schon aufgehört, sie zu lieben, als sie aus seinem Leben verschwunden war.

Philips Vater hatte recht gehabt mit seiner Behauptung, die sogenannte Liebe seines Sohns würde sich so rasch auflösen wie Zuckerwatte.

„Dein Gedächtnis ist momentan ziemlich schlecht, Philip." Seine Mutter wusste natürlich nicht, wie ironisch diese Feststellung für Fiona klingen musste. „Fiona ist von *Five-Star Weddings* und wird die Hochzeit arrangieren, wie ich dir am Freitag erzählt habe. Ich bin ganz sicher, erwähnt zu haben, dass ich sie für heute zum Lunch eingeladen habe. Fiona, das ist Philip, der zerstreute Bräutigam. Philip, das ist Fiona Kirby."

„Freut mich, Mrs Kirby", sagte er.

„Miss Kirby, bitte", korrigierte sie ihn scharf.

Er zog die Augenbrauen hoch. „Entschuldigen Sie, Miss Kirby."

„Ach, du brauchst sie nicht so förmlich anzureden, Philip." Seine Mutter lachte sanft auf. „Wir nennen uns beim Vornamen. Ich sagte schon zu Fiona, dass wir in den nächsten Wochen viel Zeit miteinander verbringen werden. Vielleicht können wir ja Freundinnen werden."

Fiona hätte sich am liebsten ins Auto gesetzt und wäre davongefahren. Niemals würden sie und Charlotte Freundinnen werden.

Doch sekundenlang kam sie sich vor wie in einer Falle. Owen würde ihr nie verzeihen, wenn sie die einflussreichen Forsythes verärgerte und den Ruf von *Five-Star Weddings* aufs Spiel setzte. Und das wäre sogar verständlich. Es war eine dumme Idee, dass ich persönlich mit Charlotte Forsythe reden wollte, überlegte Fiona. Wegen ihres verdammten Stolzes war sie bereit gewesen, alles zu riskieren.

„Hast du dich schon endgültig entschieden, dass du mit *Five-Star Weddings* zusammenarbeiten willst?", fragte Philip seine Mutter und runzelte die Stirn.

„Oh ja. In dem Moment, als ich Fiona kennenlernte, wusste ich, dass sie die Richtige ist für diese Aufgabe."

„Ach ja? Wie interessant! Ich möchte mir aber lieber erst einmal anhören, wie sie sich die Sache vorstellt, ehe ich den Vertrag unterschreibe."

„Typisch Rechtsanwalt!", rief Charlotte aus und blickte Fiona wie um Entschuldigung bittend an. „Diese Leute sehen Probleme, wo gar keine sind."

„Nein, das stimmt nicht", entgegnete Philip ruhig. „Aber ich halte nichts davon, irgendetwas zu überstürzen, besonders im Geschäftsleben nicht. Dafür gibt es zu viele Betrüger und Schwindler. Von *Five-Star Weddings* weiß ich nur das, was du mir am Telefon erzählt hast. Und über Miss Kirby rein gar nichts. Auch wenn sie ausgesprochen attraktiv ist, kann sie in Wirklichkeit wer weiß wer sein."

Fiona versteifte sich. Ihr war plötzlich alles egal, sie konnte keine Rücksicht mehr auf Owen oder aufs Geschäft nehmen. Sie würde nicht zulassen, dass Philip sie beleidigte.

Sie nahm die Sonnenbrille ab und blickte ihn an. Kalte Wut packte sie, die umso heftiger war, als Philip sie immer noch nicht erkannte.

„Unser Unternehmen hat den allerbesten Ruf, Mr Forsythe", stieß sie zwischen zusammengebissenen Zähnen hervor. „Und ich auch. Darf ich Sie daran erinnern, dass Ihre Mutter um diesen Termin gebeten hat und nicht ich? Trotzdem kann ich Ihnen die vielen Empfehlungsschreiben zeigen und alle Unterlagen über die Hochzeitsfeiern, die ich organisiert habe. Ob Sie es glauben oder nicht, momentan habe ich kaum noch Termine frei. Ich bin nur meinem Geschäftspartner zuliebe hier, der den Termin mit Ihrer Mutter vereinbart hat, ohne mich zuvor zu fragen. – Unter den Umständen ist es besser, Sie suchen sich einen anderen Koordinator, Charlotte", wandte sie sich dann an Philips Mutter. „Es hat mich jedenfalls sehr gefreut, Sie kennenzulernen."

Charlotte hielt sie am Arm fest. „Bitte, gehen Sie nicht", rief sie aus. Dann blickte sie ihren Sohn vorwurfsvoll an. „Du liebe Zeit, was ist nur in dich gefahren, Philip? So unhöflich und grob bist du doch sonst nicht.“

„Ich war weder unhöflich noch grob, sondern habe versucht, vernünftig zu sein. Aber da Miss Kirby selbst gesagt hat, dass sie keinen Termin mehr freihat, ist es wirklich besser, du beauftragst jemand anders.“

„Nein, ich werde mit Fiona zusammenarbeiten. Man hat sie mir empfohlen. Außerdem mag ich sie. Sie würden doch die Feier selbst organisieren, meine Liebe, wenn wir Ihnen den doppelten Preis bezahlen, oder?“

„Ich weiß nicht …“

„Mam, du liebe Zeit, du sollst …“

„Philip!“, unterbrach ihn seine Mutter streng und wirkte jetzt wieder so eigensinnig und herrschsüchtig wie vor zehn Jahren. „Du und Corinne habt mich gebeten, eure Hochzeit zu organisieren, und ich bin gern dazu bereit. Aber da ihr schon in zehn Wochen heiratet und deine zukünftige Frau sich die meiste Zeit in Übersee aufhält, brauche ich unbedingt Hilfe. Deshalb habe ich Fiona zu mir gebeten. Mach es mir bitte nicht schwer.“

Mit zusammengepressten Lippen stand Philip sekundenlang schweigend und angespannt da.

Fiona wusste nicht, ob sie lachen oder weinen sollte. Es war eine seltsam groteske Situation.

Plötzlich nahm Philip die Sonnenbrille ab und sah Fiona in die Augen.

Der dunkle Ring um die Iris ließ das tiefe Blau seiner Augen noch intensiver wirken, was Fiona schon damals fasziniert hatte. Als er sie vor all den Jahren zum ersten Mal über die Theke des Restaurants angesehen hatte, hatten ihr die Knie gezittert.

Sie erwiderte seinen Blick, und dieses Mal zitterten ihr die Knie nur ganz leicht.

Irritiert und aufmerksam betrachtete er ihr Gesicht. Warum tut er das? überlegte Fiona ärgerlich. Kam sie ihm plötzlich doch irgendwie bekannt vor? Erinnerte er sich vielleicht daran, wie oft er ihr so tief in die Augen geblickt und ihr dabei gesagt hatte, sie sei das unglaublichste, unwiderstehlichste und entzückendste Mädchen der Welt?

Unvermittelt wurden sein Blick und seine Miene gleichgültig.

„Ich bitte um Entschuldigung.“ Es hörte sich nicht so an, als meinte er es ehrlich. „Ich wollte Ihren guten Ruf nicht anzweifeln. Aber ich muss zugeben, dass ich mir besonders in geschäftlichen Fragen einen gewissen Zynismus angeeignet habe. *Five-Star Weddings* hält jeden Vergleich aus, dessen bin ich mir sicher, und Sie sind bestimmt perfekt in Ihrem Job."

„Ja, das ist sie", bekräftigte seine Mutter erleichtert und erfreut. „Der Fotograf hat in den höchsten Tönen von ihr geredet. Er hat erklärt, Fiona sei die Beste auf dem Gebiet."

„Bestimmt", murmelte Philip. „Aber vielleicht kann Fiona mir mehr über sich erzählen. Zuerst möchte ich jedoch einen anständigen Kaffee trinken, liebe Mam. Könntest du mir einen machen? Brenda hat ja heute frei, außerdem schmeckt deiner sowieso am besten."

„Schmeichler", erwiderte Charlotte und strahlte übers ganze Gesicht.

„Und Sie, Fiona?", fragte Philip sie höflich. „Sie sehen so aus, als würden Sie auch gern Kaffee trinken."

„Ja, ich nehme gern einen", stimmte sie zu und lächelte betont sanft. Am liebsten hätte sie ihm gesagt, er könne seinen Kaffee vergessen. Für einen dramatischen Abgang hatte sie jedoch den richtigen Zeitpunkt verpasst. Wohl oder übel musste sie das Gespräch führen und beenden, sonst würde es Probleme mit Owen geben.

„Ich nehme Fiona mit auf die Terrasse", verkündete Philip.

„Oh ja, tu das", erwiderte seine Mutter. „Heute ist es draußen wunderschön. Ich komme auch gleich." Charlotte eilte davon, um ihrem Sohn den Wunsch nach Kaffee zu erfüllen. Auch das war ein neuer Charakterzug. Früher hätte sie sich bestimmt nicht selbst darum gekümmert.

„Hierher bitte", sagte Philip leise und packte Fiona ziemlich fest am Ellbogen. Er dirigierte sie durchs Foyer und über den kühlen Flur, der das Erdgeschoss des Hauses unterteilte.

Fiona hatte kaum Zeit, richtig durchzuatmen, als er sie auch schon durch die offenen Türen auf die riesige Terrasse führte.

Fiona setzte sich die Sonnenbrille wieder auf und sah sich um. Professionell, wie sie war, wurde ihr sogleich klar, dass man die Hochzeit hier draußen feiern könnte. Man brauchte in dem parkähnlichen Garten nur ein geeignetes Zelt aufstellen zu lassen und die richtige Beleuchtung anzubringen.

Es gab nicht nur eine Terrasse, sondern gleich zwei. Eine davon war mit Terrakottafliesen ausgelegt. In der Mitte befand sich ein Swimmingpool, an dessen Enden korinthische Säulen aus grauem Marmor standen. Das alles erinnerte Fiona an ein altes römisches Bad. Es fehlten nur noch die Statuen nackter Männer und Frauen.

Der Garten, der an die Terrassen grenzte, war unvorstellbar groß und sah mit den Farnen, Palmen und den vielen grünen Sträuchern und

Büschen aus wie eine Tropenlandschaft. Er wirkte exotisch und sprach alle Sinne an. Und er weckte Sehnsucht nach warmen Sommerabenden.

Fiona konnte sich gut vorstellen, wie sich Philip langsam und fast nackt und mit geschlossenen Augen durch das blaue Wasser des Swimmingpools gleiten ließ. Und sie spürte beinah körperlich, wie wunderbar kühl sich das Wasser auf ihrer erhitzten Haut anfühlte, als sie sich ausmalte, ihm entgegenzuschwimmen. Dann würde sie seine Hand nehmen und an ihre heiße nasse Haut pressen.

Der Gartensessel, den Philip ihr hinschob, kratzte über die Steinfliesen und riss Fiona unvermittelt aus ihren erotischen Träumereien. Sekundenlang war sie irritiert und betrachtete Philips kräftige Hände auf dem schmiedeeisernen Gestell des Sessels. Prompt erinnerte sie sich daran, wie gut sie sich auf ihrem Körper angefühlt hatten und wie leidenschaftlich sie sich geliebt hatten.

Darüber bin ich längst hinweg, überlegte sie. Doch dann spürte sie das tiefe und heftige Verlangen, das sich in ihr ausbreitete, und geriet in Panik.

Sie war entsetzt über sich selbst, eine Reaktion, die viel zu spät kam, wie sie fand. Fiona biss die Zähne zusammen, wandte den Blick ab von Philips Händen und setzte sich hin.

Nachdem er sich in den Sessel ihr gegenüber hatte sinken lassen, setzte er sich die Sonnenbrille wieder auf. „Okay. Lass uns das Spiel beenden, Noni. Was, zum Teufel, hast du vor?“, fragte er hart.

3. KAPITEL

„Oh!“ Fiona richtete sich in dem Sessel auf. „Du hast mich doch erkannt.“

„Du liebe Zeit, red leise und behalt es für dich“, fuhr er sie an. „Meine Mutter soll es nicht hören. Wie konntest du ernsthaft glauben, ich würde dich nicht erkennen? In dem Moment, als ich dich erblickte, wusste ich, dass du es warst. Du hast die Sonnenbrille nicht rasch genug aufgesetzt. Aber ich kann verstehen, dass meine Mutter nichts gemerkt hat. Eine beeindruckende Show, Noni. Doch lass uns auf den Punkt kommen. Was bezweckst du mit dem Theater?“, fragte er sarkastisch und vorwurfsvoll.

Die Freude, die Fiona empfunden hatte, verschwand rasch wieder. Sie setzte eine distanzierte Miene auf.

„Ich bezwecke überhaupt nichts“, entgegnete sie kühl. „Es verhält sich genau so, wie ich es vorhin schon erklärt habe. Mein Geschäftspartner hat den Termin mit deiner Mutter vereinbart, ohne es mit mir zu besprechen. Ich habe versucht, alles rückgängig zu machen, und Owen gesagt, dass ich deine Hochzeit nicht organisieren könne, weil du und ich vor vielen Jahren einmal kurze Zeit miteinander verheiratet gewesen seien. Er bestand jedoch darauf, dass ich heute zu deiner Mutter ging. Seiner Meinung nach stand der Ruf unseres Dienstleistungsunternehmens auf dem Spiel. Ich sollte mich bei Charlotte entschuldigen und ihr empfehlen, dass er die Koordination deiner Hochzeit übernehmen würde. Doch als deine Mutter mich nicht erkannte, habe ich zu lange gezögert. Und dann bist du völlig überraschend aufgetaucht, und alles …“ Sie zuckte die Schultern.

„Alles wurde noch komplizierter“, beendete er den Satz für sie.

„Ja“, stimmte sie zu.

Sekundenlang blickten sie sich schweigend an.

„Aber so, wie du jetzt aussiehst, konntest du dir doch denken, dass meine Mutter dich nicht erkennt“, stellte er kurz angebunden fest.

„Ich habe es vermutet.“

„Hat es dir Spaß gemacht, sie zu täuschen? Hat es dir einen ganz besonderen Kick gegeben?“

„Mit so einer Reaktion habe ich gerechnet“, gab sie reumütig zu.

Philip runzelte die Stirn. „Und? Was ist geschehen?“

„Nichts.“ Sie war immer noch etwas irritiert über ihre Reaktion auf seine Mutter. „Deine Mutter ist nicht mehr so wie damals, Philip. Es gelingt mir nicht, sie wegen der Bosheiten immer noch zu hassen.“

„Was für Bosheiten?"

„Oh Philip, tu doch nicht so, als würdest du nicht wissen, was sie mir damals angetan hat."

„Ich weiß, dass sie dir in gewisser Weise das Leben schwer gemacht hat. Doch glaub mir, sie hätte jede andere junge Frau genauso behandelt, die ich hätte heiraten wollen. Letztlich war es jedoch nicht meine Mutter, die unsere Ehe beendet hat, sondern du selbst hast es getan."

Fiona wollte sich verteidigen, überlegte es sich aber anders. Es hatte sowieso keinen Sinn. Die Beziehung war längst zu Ende, und Philip würde wieder heiraten, zweifellos eine reiche und schöne junge Frau, die er für den Rest seines Lebens liebte und mit der seine Mutter einverstanden war.

Und sie, Fiona, hatte ihre Karriere. „Ich war noch sehr jung", sagte sie deshalb nur. „Und du auch. Außerdem kamen wir aus ganz verschiedenen Welten. Es wäre nie gut gegangen mit uns. Ich bin überzeugt, dass meine Entscheidung richtig war." Sie wandte den Blick ab, weil sie befürchtete, in Tränen auszubrechen oder sonst etwas Unpassendes zu tun.

Wenige Sekunden später hatte sie sich schon wieder unter Kontrolle. „Was geschehen ist, ist geschehen. Lass uns nicht alte Geschichten aufwärmen, Philip. Sag mir nur, was ich mit deiner Mutter und deiner Hochzeit machen soll."

Er antwortete nicht sogleich, sondern betrachtete sie durch seine Sonnenbrille, was Fiona irgendwie unerträglich fand.

„Bekommst du Schwierigkeiten mit deinem Partner, wenn du den Auftrag nicht erhältst?", fragte er schließlich.

„Vermutlich."

„Dann nimm ihn an."

Unwillkürlich schreckte sie zurück vor dem Vorschlag.

„Es ist doch keine große Sache, Noni. Wir empfinden nichts mehr füreinander", erklärte er gelassen. „Unsere Ehe ist Vergangenheit. Du brauchst niemandem zu erzählen, wer du wirklich bist. Corinne weiß nichts von dir, und meine Mutter wird dich nie in Zusammenhang mit der Noni von damals bringen. Außerdem hat sie dir angeboten, dir den doppelten Preis zu bezahlen. Du wärst dumm, wenn du den Auftrag ablehntest."

Seine pragmatische Feststellung zeigte Fiona, wo sie stand. Natürlich hatte er recht, es wäre wirklich dumm, Nein zu sagen. Und dumm war sie nicht mehr, weder was Geld betraf noch im Umgang mit Männern.

„Dann übst du am besten jetzt schon, mich Fiona zu nennen", sagte sie leicht spöttisch.

„Damit habe ich kein Problem. Fiona passt sowieso jetzt besser zu dir."

Sie biss die Zähne zusammen. „Vielleicht hörst du mal damit auf, so sarkastische Bemerkungen zu machen."

„Ich habe nur eine Tatsache festgestellt."

„Gefällt dir mein verändertes Aussehen nicht?", fragte sie.

„Ist meine Meinung überhaupt wichtig? Meine Mutter ist begeistert von dir, das sollte dir eine Genugtuung sein."

„Ist es auch."

„Alles andere ist doch egal. Du wirst die ganze Zeit nur mit ihr zusammenarbeiten. Mit den Hochzeitsvorbereitungen hat der Bräutigam wenig zu tun."

„Stimmt." Sonst würde ich die Aufgabe auch gar nicht übernehmen, fügte sie insgeheim hinzu.

„Natürlich bin ich neugierig, wie es zu deiner verblüffenden Verwandlung gekommen ist und wie du Geschäftspartnerin in einem erfolgreichen Dienstleistungsunternehmen geworden bist. Zuletzt hatte ich gehört, du seist mit einem Trucker verheiratet."

„Woher hast du denn die Information?", fragte sie fassungslos.

Er verzog die Lippen zu einem Lächeln, seine Augen waren jedoch hinter der Sonnenbrille nicht zu erkennen. Fiona war froh, dass sie auch die Sonnenbrille aufgesetzt hatte.

„Nachdem ich das Studium beendet hatte, habe ich aus reiner Neugier Nachforschungen über dich angestellt", antwortete er. „Dich selbst habe ich nicht gefunden, aber deinen Vater. Bereitwillig hat er mir erzählt, dass du Kevin Kirby, einen Trucker und Kollegen von ihm, geheiratet hast. Deshalb habe ich dich vorhin auch mit Mrs Kirby angeredet. Aber du hast mich sogleich zurechtgewiesen. Da du eigentlich noch zu jung bist, Witwe zu sein, vermute ich, du bist geschieden."

„Richtig vermutet."

„War es wieder deine Entscheidung, Fiona?"

„Ja."

„Warum hat es nicht geklappt? In dem Fall konntest du sicher nicht behaupten, ihr wärt in verschiedenen Welten aufgewachsen."

„Nein, bestimmt nicht", erwiderte sie. Ihre Stimme klang kühl. „Es lag daran, dass Kevin wünschte, ich solle zu Hause bleiben und Kinder bekommen, was ich nicht wollte. Wir haben uns freundschaftlich getrennt. Mit seiner zweiten Frau hat er zwei Kinder."

„Und du bist dabei, dir ein Millionenvermögen zu verdienen", spottete er.

„Und was ist dagegen einzuwenden?", fuhr sie ihn an.

„Nichts wahrscheinlich, wenn das alles ist, was du vom Leben erwartest. Aber ist das alles, was du willst, Fiona? Willst du nur Geld?"

„Etwas Respekt gefällt mir auch. Aber es ist ein gutes Gefühl, Geld zu haben, das man sich selbst verdient hat."

„Ah ja, eine wirklich unabhängige Frau. Du bist zu bewundern. Lebst du allein?"

„Ja."

„Da Enthaltsamkeit nicht gerade deine Stärke ist, hast du sicher Freunde."

„Deine Stärke ist es auch nicht, Philip", entgegnete sie.

Er lachte. „Stimmt. Schläfst du auch mit deinem Geschäftspartner? Wie heißt er noch? Owen oder so."

„Fragen über mein Privatleben beantworte ich nicht", erklärte sie kühl.

„Du stellst Fiona hoffentlich keine ungehörigen Fragen, lieber Sohn, oder?", sagte Charlotte etwas erschöpft, als sie das Tablett mit dem Kaffee auf den Tisch stellte.

„Am besten kümmern Sie sich gar nicht um ihn", fuhr Charlotte fort und setzte sich zwischen die beiden. „Er kehrt immer wieder den Rechtsanwalt hervor. Ständig tut er so, als müsste er andere verhören, auch völlig Unschuldige. Manchmal habe ich mit den Zeugen Mitleid, die Philip ins Kreuzverhör nimmt."

„Sind Sie etwa Strafverteidiger?", fragte Fiona verblüfft. In Gegenwart seiner Mutter wollte sie ihn nicht duzen. Sie hatte angenommen, er hätte sich auf Körperschafts- und Unternehmensrecht spezialisiert und wäre in die Anwaltskanzlei seines Vaters eingetreten, wie er es geplant hatte.

„Philip ist dabei, sich im Gerichtssaal einen Namen zu machen, stimmt's, mein Lieber?" Charlotte war offenbar stolz auf ihren Sohn.

„Ich habe kürzlich einige schwierige Fälle gewonnen."

Charlotte lachte liebevoll. „Warum bist du so bescheiden? Wie trinken Sie den Kaffee, Fiona?"

„Mit Milch und Zucker, bitte", erwiderte sie und hätte beinah hinzugefügt: genau wie Philip. Du liebe Zeit, sie musste sich unbedingt zusammennehmen.

„Damit du ruhig schlafen kannst, Mam", begann Philip, während Charlotte den Kaffee einschenkte. „Ich bin natürlich damit einverstanden, dass Fiona die Hochzeit organisiert. Nachdem ich mich mit ihr unterhalten habe, muss ich zugeben, dass ich sehr beeindruckt bin. Sie ist ein Profi durch und durch, und ich bin sicher, sie wird die Aufgabe perfekt erledigen. Um den Vertrag und die Bezahlung kümmere ich mich selbst. Du wohnst zu weit außerhalb der Stadt. Sie haben doch sicher ein Büro in der City, Fiona? Haben Sie vielleicht auch eine Visitenkarte dabei?"

Fiona gefiel der Gedanke nicht, Philip in ihrem Büro zu empfangen. Aber sie konnte es ihm nicht verbieten, zu ihr zu kommen, jedenfalls nicht in Gegenwart seiner Mutter.

„Nicht unmittelbar in der City, aber ganz in der Nähe", erklärte sie. „Wir haben Büroräume über zwei Läden in St. Leonard's am Pacific Highway gemietet. Eine Visitenkarte habe ich natürlich auch."

„Natürlich", murmelte er.

Sogleich warf Fiona ihm einen zornigen Blick zu, den er jedoch ignorierte. Dann nahm sie die Sonnenbrille ab und steckte sie in ihre Handtasche. Und schließlich zog sie aus dem kleinen Fach an der Seite drei Visitenkarten hervor. Eine davon reichte sie Charlotte, zwei Philip.

„Vielleicht möchten Sie eine Ihrer Verlobten geben", sagte sie und lächelte betont liebenswürdig. „Ehe ich es vergesse, Charlotte. Sie erwähnten vorhin, die Hochzeit finde in zehn Wochen statt und die Braut halte sich die meiste Zeit in Übersee auf. Habe ich das richtig verstanden?"

„Ja. Corinne arbeitet ehrenamtlich für ein Weltkinderhilfswerk. Ihre beste Freundin ist dort als Krankenschwester tätig. Corinne hatte die Reise nach Indonesien schon geplant und organisiert, ehe Philip ihr einen Heiratsantrag machte. Sie mochte ihre Freundin nicht enttäuschen."

„Das ist sehr anständig", sagte Fiona. Es kam ihr jedoch seltsam vor, dass eine junge Frau kurz vor der Hochzeit so eine weite Reise machte. „Na ja, wir dürfen jedenfalls keine Zeit verschwenden. Ich möchte gern in den nächsten Tagen mit der Braut reden, damit ich weiß, wie sie sich das Ganze vorstellt."

„Ich werde Corinne bitten, Sie heute Abend anzurufen", bot Philip an. „Unter welcher Nummer? Über Ihr Handy?"

„Nein. Aus Prinzip benutze ich das Handy sonntags nie, es sei denn, ich bin auf einer Hochzeit. Sonst will ich meine Ruhe haben. Geben Sie mir die Visitenkarten, Ihre Verlobte kann mich zu Hause anrufen." Sie holte den Füller aus der Tasche und schrieb ihre Privatnummer auf die Rückseite der kleinen Karten.

„Um wie viel Uhr passt es Ihnen am besten?“, fragte Philip dann.

„Bis halb neun bin ich jederzeit zu erreichen.“

„Danach haben Sie wohl noch etwas vor?“

Fiona ging sonntagsabends nur selten aus. Sie machte es sich gern vor dem Fernseher bequem und sah sich den Film an, der immer um halb neun anfing. Während der Unterbrechungen durch die Werbesendungen lackierte sie sich die Fingernägel und legte sich schon alles zurecht, was sie am nächsten Tag ins Büro anziehen wollte. An diesem Abend brachte man eine Wiederholung eines ihrer Lieblingsfilme.

„Ja, das habe ich“, behauptete sie lächelnd, weil seine Stimme so spöttisch geklungen hatte.

„Haben Sie etwas Besonderes vor?“

„Nein, ich will nur meinen Freund Mark Fenmore besuchen.“

„Wie alt ist er?“, fragte Philip.

„Ende dreißig.“

„Und was ist er von Beruf?“

„Philip, du bist unmöglich!“, rief seine Mutter aus und warf Fiona einen resignierten Blick zu. „Sehen Sie jetzt, was ich meinte? Rechtsanwälte! Diese Leute können einfach nicht anders.“

„Ich unterhalte mich doch nur mit Fiona“, stellte Philip unschuldig fest.

Fiona war klar, dass er sie ärgern wollte. Und das war ihm auch gelungen, was er jedoch nie erfahren würde.

„Das ist völlig in Ordnung, Charlotte“, sagte sie gelassen. „Es ist mir wirklich egal. Mark ist Arzt“, wandte sie sich an Philip. „Chirurg, um genau zu sein. Wir haben uns vor einem halben Jahr auf einer Dinnerparty kennengelernt. Seitdem treffen wir uns regelmäßig.“

In Wirklichkeit kannte sie ihn erst drei Monate, die ihr jedoch wie sechs vorkamen. Mark war ausgesprochen attraktiv. Er war groß, hatte dunkles Haar und sah gut aus. Außerdem war er intelligent und las viel. Sogar im Bett war er ausgesprochen gut.

Doch er war eitel und selbstgefällig und fing an, mehr oder weniger direkt anzudeuten, dass er heiraten und Kinder haben wolle. Fiona hatte vorgehabt, sich in der nächsten Woche von ihm zu trennen, überlegte es sich jedoch anders. Bis Philip verheiratet und wieder aus ihrem Leben verschwunden war, wollte sie noch mit Mark zusammen sein.

Sie war sich ziemlich sicher, dass sie Philip nicht mehr liebte. Aber es knisterte immer noch zwischen ihnen. Jedes Mal, wenn sie ihn ansah, schienen Funken zu sprühen. Sie vermutete, dass Philip es auch spürte und es ihm genauso unangenehm war wie ihr. Wahrscheinlich fragte er sie auch deshalb über ihr Privatleben aus.

„Wie haben Sie Corinne eigentlich kennengelernt?", wechselte sie das Thema.

„So genau weiß ich es nicht mehr. Ich glaube auf einem Wohltätigkeitsball."

„Das hört sich so an, als wäre sie eine sehr engagierte junge Frau."

„Ist sie auch."

Offenbar war sie nicht berufstätig und die Tochter reicher Eltern. Das habe ich mir ja gedacht, schoss es Fiona durch den Kopf.

„Wie alt ist sie?"

„Vierundzwanzig."

Auch das hatte Fiona sich gedacht. „Eine Blondine?"

„Ja."

Klar, er bevorzugte Blondinen. „Hübsch ist sie bestimmt auch."

„Sehr sogar."

„Sie wird eine schöne Braut sein." Charlottes Stimme klang warm. „Schade, dass ihre Mutter nicht mehr lebt. Ich bin mit ihr in die Schule gegangen. Sie ist gestorben, als Corinne noch klein war. Ihr Vater ist George Latham, der Senator. Vielleicht haben Sie schon von ihm gehört."

Wer hatte das nicht? George Latham war eine starke Persönlichkeit, und seine Familie war ungemein reich. Fiona hatte richtig vermutet, Corinne kam aus den besten Kreisen, genau wie Philip. Es würde eine Hochzeit innerhalb der High Society werden, worüber Owen sich freuen würde.

Plötzlich läutete Philips Handy. Er zog das außergewöhnlich kleine Gerät aus der Tasche seiner Jeans. „Entschuldigt mich", sagte er und hielt es sich ans Ohr. Dann meldete er sich und ging auf die andere Seite der Terrasse.

Die beiden Frauen tranken ihren Kaffee. Doch Fiona hörte Philips Stimme immer noch sehr deutlich.

„Großartig ... Nein, nein, ich habe überhaupt nichts dagegen ... Okay, Corinne ... Bis bald, Liebling."

Rasch kam er zurück. „Das war Corinne", erklärte er. „Es geht ihr besser. Sie hat mich gebeten, zu ihr zu kommen und ihr die Zeit zu vertreiben. Ich wollte nicht Nein sagen, weil sie nächste Woche wegfliegt. Tut mir leid wegen des Essens, Mam, aber du und Fiona braucht mich nicht unbedingt, um die Hochzeit des Jahres zu planen."

„Natürlich kommen wir ohne dich zurecht", stimmte Charlotte zu und lächelte Fiona an.

Fiona bemühte sich, auch ein Lächeln auf die Lippen zu zaubern, was ihr ziemlich schwerfiel. Sie war immer noch entsetzt darüber, wie heftig sie auf Philips Gespräch mit Corinne reagiert hatte. Fiona hatte sich sogleich daran erinnert, dass er sie auch *Liebling* genannt hatte, als sie sich zum ersten Mal liebten. Er hatte sie seinen einzigen Liebling und seinen kostbarsten Liebling genannt.

Und jetzt fuhr er zu seinem neuen Liebling. Wahrscheinlich würde er den ganzen Nachmittag mit Corinne im Bett verbringen und sie mit seiner Liebe verwöhnen. Darin war er Meister. Vor zehn Jahren hatte er Fiona an einem Nachmittag nach leidenschaftlichen Stunden im Bett gestanden, dass eins der Kondome gerissen sei. Und dann war nichts mehr so gewesen wie zuvor.

Plötzlich wurde es Fiona übel, und vor ihren Augen drehte sich alles. Sie hatte das Gefühl, ohnmächtig zu werden oder sich übergeben zu müssen. Am ganzen Körper zitternd, stand sie auf.

Charlotte blickte sie beunruhigt an. „Ist alles in Ordnung, Fiona? Sie sind ganz blass geworden."

„Ich ... ich ..." Weiter kam sie nicht, denn es wurde schwarz um sie her.

Später war sie verblüfft darüber, wie unvermittelt sie bewusstlos geworden war. Es war ihre erste Ohnmacht, und sie hatte immer geglaubt, man würde langsam in diesen Zustand hinübergleiten. Aber da hatte sie sich offenbar getäuscht.

Dass Philip sie auffing, ehe sie mit dem Kopf auf die Steinfliesen schlug, bekam sie natürlich nicht mit. Auch nicht seine schmerzerfüllte Miene, als er Fiona rasch ins Haus trug. Sie sah und hörte nichts, bis sie auf einem breiten Sofa aufwachte und Philips Gesicht genau über sich erblickte.

4. KAPITEL

„Geht es dir besser?“, fragte Philip besorgt.

Fiona sah ihm in die Augen. Ich bin froh, dass er endlich die Sonnenbrille abgenommen hat, dachte sie benommen. Einen herrlichen Augenblick lang genoss sie seine beunruhigte Miene und seine sanfte Stimme. Doch dann kehrte sie in die Wirklichkeit zurück, und ihr wurde bewusst, was geschehen war.

„Du liebe Zeit, ich bin ohnmächtig geworden. Das ist mir noch nie passiert“, sagte sie fassungslos und runzelte die Stirn.

Philip verzog die Lippen. „Verblüffend, nicht wahr?“, antwortete er leise. „Du bist offenbar auch nur ein Mensch“, fügte er ironisch hinzu.

Fionas Illusionen waren nun endgültig zerstört. Musste ich mich unbedingt so sehr aufregen, dass ich bewusstlos wurde? überlegte sie ärgerlich. Unvermittelt richtete sie sich auf und schwang die Füße vom Sofa, sodass Philip rasch zur Seite sprang.

„Was, zum Teufel, hast du vor?“ Er blickte sie durchdringend an. „Du solltest noch eine Zeit lang liegen bleiben. Meine Mutter ruft gerade ihren Arzt an.“

„Mir geht es gut“, behauptete Fiona und stand auf, wie um es zu beweisen.

Doch prompt wurde ihr wieder schwindlig. Philip packte sie an den Schultern und drückte sie aufs Sofa zurück.

„Tu, was ich dir sage, Fiona, und bleib sitzen.“ Er ließ sich in den nächsten Sessel sinken und schüttelte den Kopf, als könnte er ihr Benehmen nicht verstehen. „Du bist ohnmächtig geworden und kannst von uns nicht erwarten, dass wir es ignorieren. Wir müssen erst wissen, was los ist.“

„Mir geht es wirklich gut“, erklärte sie. „Es war nichts.“

„Du hast gerade selbst gesagt, dass es dir zum ersten Mal passiert ist.“

„Immer ist es irgendwann das erste Mal. Ich habe auch noch nie zuvor das Frühstück ausgelassen“, erwiderte sie.

„Du siehst aber so aus, als würdest du nur selten frühstücken.“

„Willst du damit andeuten, ich sei zu dünn?“

Er zuckte die Schultern. „Ich will mich mit dir nicht über dein Gewicht streiten, bin jedoch der Meinung, du könntest ganz gut einige Kilos mehr vertragen.“

„Ach ja? Dann habe ich dir wohl damals, als ich noch pummeliger war, besser gefallen.“

„Du warst nie pummelig, sondern wunderbar üppig und keineswegs zu dick.“

„Deine Familienangehörigen waren anderer Meinung", fuhr sie ihn an.

In dem Moment kam seine Mutter mit einem Glas Wasser in der Hand herein. „Der Arzt ist nicht zu Hause", sagte sie und reichte Fiona das Glas. Dann setzte sie sich neben sie aufs Sofa und betrachtete sie besorgt. „Sie sind immer noch sehr blass. Wollen Sie sich nicht von Philip zum Notarzt fahren lassen?"

„Bestimmt nicht. Es ist alles okay", wiederholte Fiona und trank einen Schluck Wasser. „Ich habe Philip schon erklärt, dass ich heute nicht gefrühstückt habe. Sobald ich etwas gegessen habe, ist alles in Ordnung."

„Oh meine Liebe, hätten Sie doch etwas gesagt", rief Charlotte aus. „Dann hätte ich Ihnen mit dem Kaffee eine Kleinigkeit zu essen hingestellt, statt bis zum Lunch zu warten. Ich mache Ihnen rasch ein Sandwich. Bleiben Sie einfach sitzen, ich bin gleich wieder da."

Sie eilte aus dem Zimmer. Fiona ärgerte sich über so viel liebevolle Fürsorge. An die neue warmherzige Charlotte musste sie sich erst gewöhnen.

„Du brauchst nicht so eine finstere Miene zu machen. Sie meint es nur gut", erklärte Philip scharf.

Fiona seufzte. „Ich weiß. Es ist nur so ..."

„Du hast es ihr nicht zugetraut?"

Sie nickte.

Philip seufzte auch. „Zugegeben, sie war eine Zeit lang sehr egoistisch. Und sie war ein Snob. Erst hat ihr eigener Vater sie verwöhnt, dann mein Vater. Er hat sie sehr gern gehabt und ihr jeden Wunsch erfüllt. Aber seit du sie zuletzt gesehen hast, hat sie sich sehr verändert. Sie hat auch viel mitgemacht in den vergangenen Jahren. Du hast sicher gehört, dass mein Vater gestorben ist, oder?"

„Ja", gab sie zu.

„Es war nicht ganz so, wie es in den Zeitungen berichtet wurde. Mein Vater ist nicht friedlich eingeschlafen. Er hat lange gegen den Krebs gekämpft und starke Schmerzen gehabt."

Fiona war betroffen. Philips Vater war ein fairer und anständiger Mensch gewesen. Ihrer Meinung nach hatte er keinen qualvollen Tod verdient. Er hatte Fiona nie so sehr verurteilt wie Charlotte.

Sekundenlang saß Philip gedankenverloren da. Dann räusperte er sich. „Ich glaube, der Tod eines geliebten Menschen kann einen sehr verändern", sagte er. „Meine Mutter hat sich natürlich nicht völlig verändert. Sie legt immer noch großen Wert auf Umgangsformen und Äußerlichkeiten, wie du sicher selbst gemerkt hast."

„Wahrscheinlich hat Corinne den Test bestanden", stellte Fiona ziemlich scharf fest.

Philip verzog das Gesicht. „Oh, verdammt! Ich habe Corinne ganz vergessen. Ich muss sie unbedingt anrufen und ihr sagen, dass ich später komme."

„Ich habe einen besseren Vorschlag. Warum willst du noch warten, Philip? Es gibt hier nichts mehr zu tun für dich. Fahr doch gleich zu ihr."

Er zögerte und wirkte seltsam unentschlossen, beinah gequält, was Fiona nicht verstand.

„Du brauchst dir um mich keine Sorgen zu machen", erklärte sie. „Für meine Gesundheit bist du nicht verantwortlich. Erst wenn du den Vertrag für deine Hochzeitsfeier unterschrieben hast, könntest du ein gewisses Interesse daran haben, dass ich nicht krank werde."

„Wenn du darauf bestehst, bitte ich Corinne, dass sie dich heute Abend anruft", antwortete er nur. „Vor halb neun. Morgen komme ich dann bei dir im Büro vorbei, so um die Mittagszeit herum. Ist es dir recht?"

„Muss das sein?", fragte sie schmerzerfüllt. „Ich denke, wir können uns gegenseitig vertrauen. Wenn wir uns einig sind, können wir das Geschäftliche auch später erledigen."

„Hast du einen bestimmten Grund, warum ich dich nicht im Büro besuchen soll?" Seine Stimme klang zynisch.

Fiona stöhnte insgeheim auf. Er glaubte ihr offenbar nicht, dass Owen nur ihr Geschäftspartner war, und vermutete wahrscheinlich, sie würde mit ihm schlafen. Vielleicht dachte er sogar, sie würden sich in jeder freien Minute auf dem Schreibtisch lieben.

„Nein", erwiderte sie kühl. „Ich wollte dir die Sache nur erleichtern. Du bist doch sicher sehr beschäftigt."

„Trotzdem möchte ich mich um meine Hochzeit kümmern. Ich würde gern die Empfehlungsschreiben sehen, die du erwähnt hast, und auch die Fotos der anderen Hochzeiten, die du organisiert hast. Anschließend lade ich dich zum Lunch ein, und du kannst mir dann deine Vorschläge unterbreiten."

„Vielen Dank", entgegnete sie ruhig und beherrscht, obwohl sie sehr aufgeregt war, „aber das ist nicht meine Art, Aufträge abzuwickeln."

„Hätte Owen etwas dagegen, wenn du mit mir essen gingest?"

„Nein, aber vielleicht Corinne."

Er lachte. „Das bezweifle ich. Wir engen uns nicht gegenseitig ein, sind nicht besitzergreifend oder eifersüchtig."

„Ach nein? Was habt ihr denn für eine Beziehung?"

„Eine dauerhafte. Wir haben gemeinsame Ziele und Interessen. Leidenschaftliche Gefühle vergehen früher oder später sowieso."

„Das hört sich langweilig an."

„Ist es aber nicht. Corinne und ich sind gern zusammen. Wir müssen uns jedoch nicht gegenseitig die Kleidung vom Leib reißen, wenn wir uns sehen.“

Fiona zuckte insgeheim zusammen, als sie sich daran erinnerte, wie leidenschaftlich sie und Philip sich geliebt hatten. Wenn sie allein gewesen waren, hatten sie sich nie beherrschen und nicht rasch genug nackt sein können.

„Natürlich verstehen wir uns auch im Bett gut“, fuhr Philip fort, und in seinen Augen blitzte es ärgerlich auf. „Deshalb kannst du unbesorgt mit mir essen gehen. Ich bin sexuell nicht so frustriert, dass ich im Restaurant über dich herfalle.“

Jetzt errötete Fiona. Ihr fiel wieder ein, dass Philip im Apartment seines Vaters an der Double Bay einmal über sie hergefallen war. Er hatte sie auf dem Esstisch geliebt, und es war eine herrliche Erfahrung gewesen.

Sie sah ihn an und spürte die Sehnsucht, die in ihr aufstieg. Philip erwiderte ihren Blick hart und mit finsterer Miene.

„Dann morgen um zwölf Uhr. Sei bitte im Büro.“ Er drehte sich um und ging aus dem Raum.

Wenige Sekunden später wurde die Haustür zugeschlagen, und kurz darauf hörte Fiona ihn in seinem Jaguar davonfahren.

Sie saß immer noch wie betäubt da, als Charlotte wieder hereinkam. „Ist Philip etwa verschwunden, ohne sich von mir zu verabschieden?“, fragte sie verblüfft und verletzt.

„Er … lässt sich entschuldigen. Ihm ist eingefallen, dass Corinne auf ihn wartet.“ Fiona wusste selbst nicht, weshalb sie ihm half.

Charlotte war jedenfalls beruhigt. „Na ja, er hätte hier sowieso nichts mehr tun können. Männer sind so nutzlos, wenn es um Hochzeiten und dergleichen geht. Aber wir möchten trotzdem nicht auf sie verzichten, stimmt's?“ Sie lächelte liebevoll.

„Nein, wahrscheinlich nicht. Danke“, fügte Fiona hinzu, als Charlotte ihr den Teller mit den lecker aussehenden Sandwiches reichte. Sie nahm eins und biss hinein. Erst jetzt wurde ihr bewusst, dass sie bestimmt auch deshalb ohnmächtig geworden war, weil sie das Frühstück ausgelassen hatte. Aber sie war zu aufgeregt und zu sehr mit ihrem Aussehen beschäftigt gewesen.

„Hoffentlich denken Sie nicht, ich wolle Sie ausfragen, meine Liebe.“ Charlotte hatte sich in den Sessel gesetzt, in dem zuvor Philip gesessen hatte. „Aber könnte diese Ohnmacht … vielleicht damit zusammenhängen, dass Sie in anderen Umständen sind?“

Fiona verschluckte sich vor Entsetzen. „Nein, Charlotte“, erwiderte sie schließlich, „das ist völlig unmöglich.“ Sie nahm die Pille und bestand darauf, dass ihr Partner sich selbst auch noch schützte.

Charlotte nickte. „Gut, gut. Ich hoffe, Sie sind nicht beleidigt, dass ich Sie gefragt habe. Aber heutzutage bekommen ja viele junge Frauen Babys, ohne verheiratet zu sein. Da Sie erwähnten, Sie hätten einen Freund, wäre es ja möglich gewesen …" Sie unterbrach sich und lächelte wie um Entschuldigung bittend. „Er ist Arzt, sagten Sie, oder? Na ja, er wird wissen, wie er es verhindern kann, dass seine Freundin schwanger wird."

„Das sollte man meinen." Fiona dachte daran, dass Mark genauso unzuverlässig war, wie andere Männer, wenn es darum ging, sich zu schützen. Sie konnte schon gar nicht mehr zählen, wie oft sie ihn daran erinnert hatte.

„Ich habe deshalb an eine Schwangerschaft gedacht, weil ich selbst jedes Mal in den ersten Wochen ohnmächtig geworden bin", fuhr Charlotte fort.

Fiona runzelte die Stirn. „Jedes Mal? Ich dachte …"

„Ja, Philip hat keine Geschwister", bestätigte Charlotte. „Ich hatte mehrere Fehlgeburten, ehe er endlich auf die Welt kam. Die Ärzte haben meinen Mann und mich vor weiteren Schwangerschaften gewarnt, und wir haben uns daran gehalten. Eigentlich schade", fügte sie sanft hinzu. „Es ist nicht gut, ein Einzelkind zu sein."

„Warum nicht? Weil es zu sehr verwöhnt wird?"

„Oh nein, Philip ist nicht verwöhnt worden. Malcolm hat ihn sehr streng erzogen. Leider hatte mein Mann die Angewohnheit, Philip zu sehr manipulieren zu wollen und zu viel von ihm zu erwarten. Er musste immer der Beste sein, in der Schule, im Sport, bei Spielen. Und da Philip genauso willensstark ist wie sein Vater, war das Desaster vorprogrammiert."

„Was für ein Desaster?", fragte Fiona und ahnte nichts Gutes.

Charlotte schüttelte den Kopf. „Ich mag gar nicht mehr an die Zeit denken. Es war sehr schlimm. Nur so viel, als Philip ins Studentenwohnheim der Universität zog, rebellierte er offen und ließ sich mit einem Mädchen ein, das überhaupt nicht zu ihm passte. Sie wurde schwanger, und er wollte das Studium aufgeben und heiraten."

„Was … ist daraus geworden?" Fiona bekam keinen Bissen mehr hinunter.

„Die junge Frau hat am Hochzeitstag das Baby verloren. Später hat Malcolm dafür gesorgt, dass die Ehe annulliert wurde. Ach, das sollte ich Ihnen gar nicht erzählen. Aber irgendwie habe ich das Gefühl, mit Ihnen über alles reden zu können. Es stört Sie doch nicht, oder?"

Fiona schüttelte nur den Kopf.

Charlotte seufzte. „Es hat sich schließlich doch alles noch zum Guten gewendet, besonders weil Philip jetzt Corinne heiratet. Aber manchmal mache ich mir Gedanken um jene arme junge Frau. Es tut mir jetzt leid, dass ich nicht nett zu ihr war. Ich hoffe sehr, dass es ihr gut geht."

Es wurde seltsam still im Raum, und Fionas Gefühle gerieten in Aufruhr. Am liebsten hätte sie erklärt, dass sie diese Frau sei. Aber was würde sie damit erreichen? Charlotte wäre peinlich berührt und bestürzt und Philip zornig. Owen natürlich auch.

Und was wäre mit mir? überlegte Fiona. Wären dann alle Wunden geheilt? Natürlich nicht. Was an jenem Tag geschehen war, konnte nicht heilen. Nicht nur ihr Baby war gestorben, sondern auch ein Teil von ihr.

Aber es tat Fiona gut, zu wissen, dass Charlotte bereute, wie sie sie behandelt hatte. Philip hatte recht, seine Mutter hatte sich wirklich verändert.

„Ich war nicht nur um die junge Frau besorgt", fuhr Charlotte fort, und Fiona versteifte sich sogleich. „Auch Philip hat mir Sorgen gemacht. Er war danach nicht mehr derselbe. Er hatte kein Interesse mehr am Studium und hat seine Examen nur mit Mühe bestanden. Auch für Mädchen hat er sich nicht mehr interessiert. Ich befürchtete schon, er würde sich nie mehr verlieben und heiraten. Doch irgendwann fing er an, wieder auszugehen, hatte aber keine feste Freundin.

Dann hat er Corinne kennengelernt." Charlottes Stimme klang jetzt fröhlicher. „Sie ist die Richtige für ihn, und sie verstehen sich gut. Noch nie haben sie sich gestritten, und sie ist ganz süß. Niemand könnte ihr jemals böse sein. Sie fügt sich ganz Philips Wünschen. Deshalb ist auch die Verlobungszeit so kurz. Sie interessiert sich nicht für eine berufliche Karriere und möchte einfach nur Philips Frau und die Mutter seiner Kinder sein. Sie liebt Kinder abgöttisch."

Fiona zwang sich, den Rest des Sandwiches zu essen, obwohl es ihr wie Blei im Magen zu liegen schien.

„Es tut mir leid", sagte Charlotte dann. „Ich hätte Sie damit gar nicht belästigen sollen."

„Nein, das ist in Ordnung. Ich bin froh, mehr über die Menschen zu erfahren, deren Hochzeit ich organisiere", behauptete Fiona tapfer. „Es soll doch sicher eine große Hochzeit werden, oder?"

„Oh ja. Ich habe so lange darauf gewartet, dass mein Sohn endlich heiratet. Nichts ist für ihn und Corinne gut genug."

„Eine kirchliche Trauung?", fragte Fiona und dachte dabei an die kleine Kirche, in der sie und Philip getraut worden waren. Sie hatte ein weißes Kleid angehabt, obwohl Charlotte verletzend bemerkt hatte, die Farbe sei unter den Umständen unpassend. Seitdem hatte Fiona nie wieder Weiß getragen.

„Nein“, antwortete Charlotte. „Philip möchte eine Haustrauung, und Corinne ist damit einverstanden. So ist sie, alles ist ihr recht, was Philip wünscht.“

„Steht der endgültige Termin schon fest?“

„Ja, der letzte Sonntag im Oktober. Corinne kommt am Freitag vor der Hochzeit aus Indonesien zurück.“

„Hat sie keine Probleme mit dem Jetlag?“

„Sie sagt Nein. Wie Sie sehen, haben wir nicht mehr viel Zeit bis dahin.“

„Stimmt. Zuerst müssen wir uns um die Einladungen kümmern.“ Fiona richtete sich auf und war plötzlich wieder ganz die professionelle Geschäftsfrau. „Haben Sie schon eine Gästeliste erstellt?“

„Ja. Es ist eine lange Liste, mehr als zweihundert Leute.“

„Keine Sorge, nicht alle werden kommen. Hat Corinne irgendwelche Wünsche geäußert, oder entscheiden Sie alles allein?“

„Corinne verlässt sich ganz auf mich, ich habe freie Hand.“

Fiona wusste nicht, was sie davon halten sollte. Entweder war diese Corinne sehr clever oder nur bequem. Oder sie interessierte sich nicht für ihre eigene Hochzeit. So eine Braut hatte Fiona noch nicht kennengelernt. Aber vielleicht war Philips Verlobte die Ausnahme unter den Töchtern der Society und nicht so verwöhnt, egoistisch und eingebildet wie die anderen.

„Das Brautkleid wird Corinne natürlich selbst aussuchen“, erklärte Charlotte. „Sie wird es fertig kaufen, sagt sie. Es eilt etwas, denn in ungefähr einer Woche fliegt sie ab. Manchmal dauert es tagelang, bis man das richtige Kleid gefunden hat.“

„Ich werde morgen mit ihr durch die Geschäfte gehen, Charlotte. Sie können ganz beruhigt sein. Es ist meine Aufgabe, dafür zu sorgen, dass die Familien von Braut und Bräutigam sich auf die Hochzeit freuen können und keinen Nervenzusammenbruch erleiden. Man stellt sich im Allgemeinen Hochzeiten als eine Glück bringende Angelegenheit vor, aber für die Beteiligten ist es oft der reinste Stress. Die Dinge geraten manchmal völlig außer Kontrolle.“

„Ja, das habe ich auch schon gehört. Doch ich habe das Gefühl, die Hochzeit meines Sohns wird unter Ihrer Regie ein großartiges Ereignis, Fiona. Ich bin so froh, dass Sie mir empfohlen wurden. Über Philips Hochzeit wird man in der Stadt auch noch in den nächsten Jahren reden, das spüre ich.“

5. KAPITEL

Fiona verschloss die Tür ihres Apartments und stellte die Heizung an, weil es abends immer etwas kühl war. Dann ging sie langsam über den Flur ins Schlafzimmer. Sie setzte sich auf die Bettkante, streifte die Schuhe ab und ließ sich in die Kissen sinken.

Noch nie im ganzen Leben war ich so müde, überlegte sie und schloss die Augen. Es war erst sechs Uhr, doch sie hatte das Gefühl, mindestens eine Woche nicht geschlafen zu haben. Sie war seelisch und geistig völlig erschöpft.

Reglos lag sie da und ging in Gedanken die Ereignisse des Tages noch einmal durch. Nichts war so verlaufen, wie sie es sich am Morgen, als sie zu Charlotte gefahren war, vorgestellt hatte, außer dass Philips Mutter sie nicht wiedererkannt hatte.

Die größte Überraschung war Charlotte selbst gewesen. Ob es ihr gefiel oder nicht, Fiona war beeindruckt von deren Herzlichkeit und Wärme.

Nachdem Philip gegangen war, war die Atmosphäre beim Lunch und den Nachmittag über entspannt und angenehm gewesen. Wenn Fiona Charlotte zum ersten Mal begegnet wäre, hätte sie sie sogar sehr gemocht. Mit ihren sechzig Jahren war Philips Mutter eine erstaunlich liebenswerte Frau. Man konnte sich leicht mit ihr unterhalten, sie wirkte vernünftig und war bereit, zuzuhören.

Unter normalen Umständen hätte Fiona keine Probleme, die Hochzeit zu organisieren. Doch dummerweise existierte Philip jetzt nicht mehr nur in ihren Erinnerungen, sondern war in gewisser Weise in ihr Leben zurückgekehrt. Schlimmer noch, Fiona fühlte sich gegen ihren Willen immer noch zu ihm hingezogen. Sie liebte ihn nicht mehr, aber ihr Körper reagierte auf ihn.

Glücklicherweise empfindet er nicht genauso wie ich, schoss es ihr durch den Kopf. Ihr erster Eindruck, dass auch er sich noch zu ihr hingezogen fühlte, war sicher falsch gewesen, denn Philip hatte ihr deutlich zu verstehen gegeben, dass sie nicht mehr sein Typ sei. Sie gefiel ihm nicht als schlanke Brünette. Und es gefiel ihm auch nicht, dass sie eine selbstständige unabhängige Karrierefrau war, die die Verantwortung für ihr Leben selbst in die Hand genommen hatte.

Wahrscheinlich irritierte es ihn, dass sie ganz anders war als damals.

Noni mit ihrem gefärbten hellblonden Haar hatte mit den üppigen Rundungen sehr weiblich gewirkt. Sie hatte Miniröcke und enge Tops getragen, um ihre tolle Figur zu betonen.

Fiona schauderte bei dem Gedanken an diese Zeit.

Aber Philip war nicht nur von ihren körperlichen Reizen begeistert gewesen, sondern auch von Noni selbst. Sie war naiv, unwissend und leicht zu beeindrucken gewesen und hatte ihren reichen, gut aussehenden und intelligenten Freund für ein Geschenk des Himmels gehalten. Sie hatte ihn so sehr bewundert, dass sie alles für ihn getan hätte.

Und am Ende ist es auch so gekommen, überlegte Fiona verbittert.

Fiona war das Gegenteil von Noni, sehr schlank, elegant, gepflegt und weltgewandt. Sie hatte glattes schwarzes Haar, war unabhängig und nicht mehr zu beeindrucken. Sie kleidete sich nicht mehr provozierend oder verführerisch, sondern ihrem Image als Geschäftsfrau entsprechend. Ihre Karriere war ihr wichtiger als jeder Mann.

Sie war sich ziemlich sicher, dass Corinne eine liebe, nette junge Frau war, die Philip anbetete und sich ihm in jeder Hinsicht unterordnete, sodass er sich groß und wunderbar fühlte. Wahrscheinlich hatte die Blondine eine üppige Figur und langes Haar. So oder so ähnlich stellte Fiona sich Philips Verlobte vor. Sie hatte nicht vergessen, dass er schon immer eine Schwäche für vollbusige Blondinen gehabt hatte.

Plötzlich läutete das Telefon neben dem Bett und riss Fiona aus den quälenden Gedanken. Sie runzelte die Stirn und stellte mit einem Blick auf die Uhr fest, dass es erst zwanzig nach sechs war. Hoffentlich war es nicht Mark und erst recht nicht Philip.

„Fiona Kirby", meldete sie sich betont geschäftsmäßig.

„Da bist du ja endlich."

Sie seufzte erleichtert. „Ja, Owen, ich bin gerade nach Hause gekommen."

„Wie ist es gelaufen? Ich konnte unmöglich bis morgen warten, ich bin viel zu gespannt."

„Es ist alles in Ordnung, ich habe den Auftrag."

„Was? Du hast den Auftrag? Dann ist es Mrs Forsythe egal, dass du ihre Schwiegertochter warst?"

„Ja, aber nur, weil sie es nicht weiß und mich nicht erkannt hat."

„Du liebe Zeit", stöhnte Owen auf.

„Keine Panik, Owen. Mein Exmann tauchte überraschend auf, und er wusste natürlich sogleich, wer ich bin. Er hat es jedoch seiner Mutter nicht gesagt, sondern mir bei passender Gelegenheit erklärt, ich solle mir keine Gedanken machen und den Auftrag einfach annehmen. Wir haben so getan, als hätten wir uns gerade erst kennengelernt."

„Na, das war ja wirklich nett von ihm. Aber du hattest schon erwähnt, er sei nett, oder?"

„Ja, aber er ist nicht mehr so nett wie damals. Er ist Strafverteidiger und will immer alles ganz genau wissen. Er hinterfragt alles. Dass er mich engagiert hat, damit ich seine Hochzeit arrangiere, hat eher etwas mit Diplomatie und Zweckmäßigkeit als mit Nettigkeit zu tun. Zum einen war seine liebe Mutter schon von mir beeindruckt, und er wollte sie nicht enttäuschen. Zum anderen findet die Hochzeit schon in zehn Wochen statt, sodass nicht mehr viel Zeit bleibt. Mrs Forsythe hat angeboten, uns das doppelte Honorar zu bezahlen."

„Wie hast du das denn geschafft?"

„Glaub mir, es war Zufall. Ich versuchte, mich aus der ganzen Sache herauszuwinden, und habe deshalb behauptet, ich hätte kaum noch Termine frei. Und dann hat Mrs Forsythe mir den Vorschlag unterbreitet. Du weißt ja, wie solche Leute sind. Sie denken, sie könnten für Geld alles kaufen."

„Das können sie auch", antwortete Owen begeistert. „Das doppelte Honorar! Wow, Fiona, das ist fantastisch."

„Beruhige dich, Owen. Philip kommt morgen Mittag und will sich die Empfehlungsschreiben und die Fotomappe ansehen, ehe er den Vertrag unterschreibt."

„Das ist doch nur noch eine Formalität. Niemand hat bessere Referenzen als du."

„Genau, das habe ich mir auch gesagt. Danach will er mit mir zum Lunch gehen."

„Ach ja?"

„Es ist nicht so, wie du denkst, Owen. Er ist nur neugierig, sonst nichts."

„Hoffentlich, meine Liebe. Wir brauchen keine Komplikationen. Du solltest morgen nicht zu sexy auszusehen."

„In den Outfits, die ich zur Arbeit anziehe, sehe ich nie sexy aus."

Ist die Frau blind? fragte Owen sich. Wie erklärte sie es sich denn, dass sich so viele Männer für sie interessierten? „Trotzdem würde ich vorschlagen, du ziehst morgen das elegante schwarze Kostüm nicht an, das du dir kürzlich zugelegt hast", riet er. „Am besten ziehst du überhaupt nichts Schwarzes an. Nimm lieber Grau oder noch besser Braun. Das beruhigt die Gefühle."

Fiona lachte. „Keine Sorge, Owen, ich kann anziehen, was ich will, denn ich bin nicht mehr Philips Typ."

„So? Aber er ist immer noch dein Typ, oder?"

„Nur äußerlich."

„Eben, deshalb bin ich ja so beunruhigt."

„Du liebe Zeit", fuhr sie ihn an. „Soll ich die Hochzeit organisieren oder nicht? Entscheide dich endlich."

„Natürlich organisieren wir die Forsythe-Hochzeit, noch dazu zum doppelten Honorar. Dafür nehme ich beinah alles andere in Kauf."

„Dann halt auch den Mund, Owen. Außerdem blockierst du die Leitung. Philips Verlobte will anrufen."

Nachdem das Gespräch beendet war, legte Fiona sich auf den Rücken und blickte zur Decke.

„Scher dich zum Teufel, Philip! Und du dich auch, Owen", sagte sie nach einigen Minuten laut vor sich hin. „Ich trage Schwarz, wann immer es mir passt."

Dann schwang sie die Füße aus dem Bett, stellte die Schuhe in den Schrank und schlüpfte aus dem Hosenanzug. In ihren Dessous ging sie ins Badezimmer und zog sich aus. Dann betrachtete sie ihren nackten Körper und ihre vollen Brüste im Spiegel. Ihr fiel Philips Bemerkung wieder ein, sie könne einige Kilos mehr gut vertragen.

Das stimmt gar nicht, überlegte sie ärgerlich. Zugegeben, sie war viel schlanker als damals, aber sie hatte immer noch üppige Brüste, einen wohl gerundeten Po und schöne Beine. Sie gestand sich ein, dass ihre Arme, ihr Hals und ihre Schultern beinah zu schlank waren. Auch ihr Gesicht war nicht mehr so rund, was jedoch besser zu ihr passte, wie sie fand, weil jetzt ihre Lippen voller und ihre Augen größer wirkten.

Doch es war durchaus möglich, dass Philip genau wie Owen üppigere Frauen bevorzugte. Vielleicht war Corinne ja dick oder zumindest rundlich.

Nein, das war nicht möglich, denn Charlotte hatte gesagt, sie würde eine schöne Braut sein. Und Charlotte war fest davon überzeugt, dass man nie zu schlank und nie zu reich sein könne.

Als das Telefon wieder läutete, eilte Fiona ins Schlafzimmer, ohne sich etwas überzuziehen.

„Fiona Kirby", meldete sie sich freundlich.

„Philip Forsythe hier, Miss Kirby."

Fiona versteifte sich. Die förmliche Anrede konnte nur bedeuten, dass Corinne nicht weit weg war.

Sogleich stellte Fiona sich die beiden im Bett vor, nachdem sie sich geliebt hatten.

„Ja, Mr Forsythe?", erwiderte sie genauso förmlich und hatte dabei das Gefühl, einen Eisklumpen in der Brust zu haben.

„Corinne hat mich gebeten, für sie anzurufen. Sie ist noch etwas scheu. Ich gebe sie Ihnen."

Fiona sah die Szene vor sich, wie er seiner Verlobten den Hörer reichte und sich die Schnur über seine nackte Brust legte. Er lag so dicht neben ihr, dass er genau verstehen konnte, was Fiona am anderen Ende der Leitung sagte.

„Hallo, Fiona? Hier ist Corinne." Die Stimme klang angenehm sanft und anrührend.

Fiona zauberte ein Lächeln auf die Lippen, um munter und fröhlich zu klingen. „Hallo, Corinne. Charlotte hat mir viel Gutes über Sie erzählt."

„Wirklich? Lieb von ihr. Aber sie ist ja auch ein ganz lieber Mensch, finden Sie nicht auch?"

„Oh ja, bestimmt. Da Sie schon bald heiraten, Corinne, sollten wir uns so rasch wie möglich treffen. Sobald ich weiß, was für ein Kleid Sie tragen werden, kann ich besser planen."

„Oh. Na ja, ich bin noch sehr unentschlossen. Carmel hat mir versprochen, mich zu begleiten. Sie ist meine Freundin und kann am besten entscheiden, was mir steht und was nicht. Wir machen immer alles zusammen. Außer Carmel werde ich keine Brautjungfer haben. Sie hat sich für ein schwarzes Kleid entschieden."

„Nur eine Brautjungfer?", fragte Fiona verblüfft. Dass die Freundin Schwarz tragen wollte, störte Fiona nicht. Es war seit zwei Jahren in Mode.

„Ja. Carmel ist meine einzige Freundin, und ich habe keine Schwestern. Philip auch nicht."

„Ich verstehe. Es ist Ihre Hochzeit, und ich bin nur dazu da, Ihnen Ihre Wünsche zu erfüllen. Charlotte hat angedeutet, es würde eine große Feier."

„Das stimmt. Mein Daddy hat Größen aus der Politik eingeladen. Und die Forsythes sind eine unendlich große Familie."

„Wann haben Sie und Carmel in der kommenden Woche Zeit, mit mir das Kleid auszusuchen?"

„Mir ist es egal an welchem Tag. Carmel hat Urlaub und ist sowieso momentan bei mir. Was ist, Philip? Ach ja, Philip sagt, dass es morgen nicht geht, weil er dann zu Ihnen kommt. Was, Philip?"

Fiona wartete mit finsterer Miene. Offenbar lagen sie nicht im Bett, denn Philips Stimme war zu weit weg.

„Philip hat mir gerade erzählt, dass er Sie zum Lunch eingeladen hat. Wissen Sie was? Überreden Sie ihn, mit Ihnen ins *Moby Dick* zu gehen. Es ist ein neues Restaurant unten am Meer, in der Nähe von *The Rocks*. Es wird Ihnen gefallen."

Fiona verzog die Lippen. Die Frau war wirklich nett und überhaupt nicht eifersüchtig. Wenn Philip mein Verlobter wäre, würde ich es nicht zulassen, dass er sich mit einer mir fremden Frau zum Lunch verabredet, dachte sie.

„Leider habe ich morgen nur wenig Zeit, Corinne. Es reicht höchstens für einen Kaffee in irgendeinem Café. Treffen wir uns doch am Dienstag. Ich hole Sie und Carmel um zehn bei Ihnen zu Hause ab. Ist das okay?“

„Ja, eine gute Idee.“ Corinne nannte Fiona die Adresse in Mosman.

„Sind Sie da jetzt auch?“, fragte Fiona, als würde irgendein masochistischer kleiner Teufel sie reiten.

„Oh nein. Ich bin übers Wochenende bei Philip im Apartment seiner Familie an der Double Bay.“

„Ah ja, ich verstehe.“ Fiona schloss die Augen und hätte am liebsten geweint.

Es war schrecklich unfair. Wie war es überhaupt möglich, dass sie auf einen Mann eifersüchtig war, den sie gar nicht mehr liebte?

Schnell fand sie einen weniger beunruhigenden Grund für ihre heftigen Reaktionen. Ich bin nicht wirklich eifersüchtig, sondern beneide Philip, dass er über die Sache von damals hinweggekommen ist, versuchte sie sich einzureden. Sie beneidete ihn, weil er sich so etwas Normales wie Frau und Kinder wünschte und weil er eine Partnerin gefunden hatte, mit der er sein Leben verbringen wollte.

Fiona konnte Corinne nicht hassen, obwohl sie es gern getan hätte. Stattdessen hasste sie sich selbst und kam sich richtig verschroben vor.

„Philip will noch mal mit Ihnen sprechen, Fiona“, ertönte Corinnes Stimme. Fiona verkrampfte sich das Herz. „Hier ist er. Dann bis Dienstag.“

„Ja, ich freue mich, Corinne.“ Fiona hielt den Atem an, bis Philip am Apparat war.

„Vielleicht verspäte ich mich etwas“, erklärte er sachlich. „Ich muss morgen ganz früh ins Gericht. Es kann sein, dass es etwas länger dauert.“

„In Ordnung“, erwiderte sie. „Aber wie ich eben schon zu Corinne sagte, habe ich keine Zeit, zum Lunch zu gehen. Meist esse ich nur eine Kleinigkeit zwischendurch.“

„Wenn überhaupt“, antwortete er.

„Was hast du eigentlich immer mit meinem Gewicht?“, fuhr sie ihn an. „Merk dir eins, für meine Größe habe ich das Idealgewicht. Ob du es glaubst oder nicht, ich habe damals zu viel gewogen. Wenn du mich

jetzt sehen könntest, wäre dir klar, dass ich vollkommen okay bin."
„Und das heißt?"
„Dass ich nackt hier stehe und mehr als genug zu bieten habe, um Männer zu begeistern."
„Das glaube ich, Fiona", spottete er. Er sprach jetzt so frei mit ihr, dass sie vermutete, Corinne sei aus dem Raum gegangen. „Aber ich bin nicht wie die meisten Männer und nicht mehr interessiert. Ich will nur Klarheit, um einen Schlussstrich ziehen zu können."
„Klarheit?", wiederholte sie verständnislos.
„Richtig. Es gibt da zwei Dinge, die ich dich schon immer fragen wollte. Und nachdem wir uns gestern unterhalten haben, sind noch einige andere Fragen aufgetaucht. Ich will die Antworten aus erster Quelle hören, wie man so sagt. Deshalb bleibt es bei der Verabredung zum Lunch, sonst unterschreibe ich den Vertrag nicht. Ist das klar?"
Fiona schwieg. Sie war zornig und irritiert zugleich. Was für Fragen meinte er?
„Okay, dann wäre das geklärt", fuhr er fort. „Morgen will ich die Wahrheit erfahren."
Dann legte er auf.

6. KAPITEL

Als Fiona am nächsten Morgen ins Büro kam, stand Owen gerade an der Rezeption und unterhielt sich mit Janey. Entsetzt unterbrach er sich, packte Fiona am Arm und zog sie mit sich.

„Du trägst ja Schwarz", sagte er vorwurfsvoll.

Sie hatte nicht irgendeins ihrer schwarzen Outfits an, sondern ausgerechnet das neue Kostüm, dessen Rock noch enger war als die anderen. Und die taillierte Jacke betonte ihre vollen Brüste, sodass sogar Owen auf andere Gedanken kam. Zusammen mit dem schwarzen Seidentop, den schwarzen Strümpfen und den hochhackigen schwarzen Schuhen sah sie ungemein elegant aus, doch man spürte auch deutlich ihre erotische Ausstrahlung.

Fiona zog die dunklen Augenbrauen hoch und warf Owen einen warnenden Blick zu, der an diesem Morgen ganz besonders eindringlich wirkte. Vielleicht lag es daran, dass sie mehr Make-up um die Augen aufgetragen hatte als sonst. Außerdem hatte sie die Lippen stärker geschminkt und ein intensiveres Parfüm benutzt, wie Owen beunruhigt feststellte.

Dass sie keinen Schmuck trug, betonte ihre faszinierende Schönheit. Owen betrachtete ihr volles schwarzes Haar, das ihr wie ein Vorhang auf die Schultern fiel und das sie sich auf der einen Seite hinters Ohr geschobenen hatte. Er war überzeugt, dass sie noch nie reizvoller und verführerischer ausgesehen hatte.

„Ich ziehe das an, was mir gefällt", erwiderte sie kühl. „Meine Aufmachung hat nichts mit Philip Forsythe zu tun, sondern Mark holt mich heute Abend zum Dinner ab."

Owen runzelte die Stirn. „Hattest du nicht erwähnt, du wolltest mit ihm Schluss machen?"

Sie verzog die Lippen. „Ich darf dir nicht mehr so viel erzählen. Es ist doch das Privileg der Frauen, ihre Meinung zu ändern. Und ich bin immer noch eine Frau und keine Maschine.

Janey", wandte sie sich an die Rezeptionistin, „schicken Sie bitte Rebecca zu mir, sobald sie da ist. Ach ja, gegen Mittag wird ein Mr Forsythe vorbeikommen. Sagen Sie mir bitte Bescheid, und lassen Sie ihn warten, bis ich ihn abhole. Okay?"

Dann drehte sie sich wieder zu Owen um. „Leider habe ich heute keine Zeit, mit dir Kaffee zu trinken, Owen", erklärte sie kühl. „Ich habe zu viel zu tun, und du hast darauf bestanden, dass ich mehr Arbeit annehme, als ein einziger Mensch allein erledigen kann. Offenbar bin ich deiner Meinung nach doch nur eine Maschine."

Er sah hinter ihr her, als sie über den Flur ging. Sie hatte seinen Optimismus, den Auftrag von den Forsythes zu bekommen, gewaltig gedämpft. Er konnte nichts anderes tun, als zu versuchen, das Schlimmste zu verhindern und die Geschäftsinteressen zu wahren.

„Janey", sagte er leise, „bringen Sie Mr Forsythe erst zu mir. Ich gehe dann mit ihm zu Fiona."

„Okay, Boss", antwortete Janey und lächelte verschwörerisch.

Als Philip am Mittag erschien, wurde er diskret in Owens Büro geführt.

Philips Anblick steigerte Owens Besorgnis. Der Mann war genau Fionas Typ. Er sah noch besser aus, war noch breitschultriger und noch besser gekleidet als ihre anderen Freunde. Aber das ist auch kein Wunder, wenn man so viel Geld hat wie die Forsythes, dachte Owen etwas wehmütig.

Er war Experte und wusste genau, was der elegante blaue Anzug gekostet hatte. Von dem Geld, das Philip dafür und für das blaue Seidenhemd, die Designerkrawatte und die exklusiven italienischen Schuhe bezahlt hatte, hätte eine vierköpfige Familie ein Jahr leben können.

Owen stand auf und reichte Philip die Hand. „Freut mich, Sie kennenzulernen, Mr Forsythe. Ich bin Owen Simpson, Fionas Geschäftspartner. Ich bringe Sie gleich zu ihr. Ich wollte mich nur kurz mit Ihnen unterhalten, wenn Sie nichts dagegen haben. Nehmen Sie bitte Platz."

Einige Minuten machten sie Konversation und beschlossen, sich beim Vornamen zu nennen, ehe Owen sein Anliegen vortrug.

„Ich muss Ihnen ehrlich sagen, Philip, ich habe ein Problem damit, dass Fiona ihre wahre Identität nicht preisgibt. Was wird geschehen, wenn Ihre Mutter sie plötzlich als ihre ehemalige Schwiegertochter erkennt?"

„Verlassen Sie sich darauf, das wird nicht passieren", antwortete Philip spöttisch.

„Wieso sind Sie sich da so sicher? Hat Fiona sich denn so sehr verändert?"

Philip verzog die Lippen zu einem ironischen Lächeln. „Ja, sie kommt mir vor wie eine völlig andere Frau."

„Aber Sie haben sie erkannt", stellte Owen fest und bemerkte überrascht, wie schmerzerfüllt Philips Miene sekundenlang wirkte.

„Ja, schon im ersten Moment", gab Philip zu.

Owen war alarmiert. Philip hörte sich ziemlich gequält an. Weshalb auch immer seine Ehe mit Fiona vor zehn Jahren zerbrochen war, es konnte nicht daran gelegen haben, dass Philip sie nicht geliebt hatte. Owen hielt es für möglich, dass Philips Gefühle für seine Exfrau wieder auflebten.

Vielleicht hatte Fiona recht, und sie war nicht mehr Philips Typ, aber darauf wollte Owen sich lieber nicht verlassen. Er hielt es für seine Pflicht, Philip über Fionas Umgang mit Männern zu warnen.

Natürlich hatte Fiona sich nie mit einem verheirateten oder verlobten Mann eingelassen, doch die Situation mit Philip war ganz anders. Die beiden waren immerhin einmal verheiratet gewesen. Fiona wusste deshalb sehr genau, wie dieser Mann im Bett war.

„Ich muss gestehen, Philip, ich war schockiert, als ich erfuhr, dass Fiona nicht nur ein Mal, sondern sogar zwei Mal verheiratet war. Haben Sie etwas von ihrer zweiten Ehe gewusst?“, begann Owen.

„Ja“, antwortete Philip angespannt.

Oh ja, der Mann empfindet noch etwas für Fiona, überlegte Owen. Und Fiona empfand auch noch etwas für ihren Exmann. Sie hatte sich nicht für das Dinner mit Mark so zurechtgemacht, dessen war Owen sich sicher.

„Na ja, Fiona ist keine Frau mehr zum Heiraten“, fuhr Owen fort und lachte vielsagend auf. „In den sechs Jahren, die ich sie kenne, hat sie mehr Männer verschlissen, als Sie sich vorstellen können. Sie wird sie sehr schnell leid. Aber vielleicht war sie schon immer so. Oder sie hat nach zwei missglückten Ehen gelernt, keine lebenslange Liebe mehr zu versprechen, weil ihr klar geworden ist, dass sie es höchstens sechs Monate bei einem Mann aushält.“

Philip schwieg mit finsterer Miene und sah Owen nur kühl an.

„Ich bezweifle, dass sie noch einmal heiraten wird“, fügte Owen hinzu. „Sie will keine Kinder, und dann macht eine Ehe ja keinen Sinn.“

„Nicht viel“, stieß Philip hervor.

„Heutzutage braucht eine Frau nicht zu heiraten, um ein erfülltes Liebesleben zu haben. Fiona hat zahllose Verehrer, und ich finde es schade, dass die meisten so dumm sind, sich in sie zu verlieben. Eine Karrierefrau zu lieben führt sowieso zu nichts. Solche Frauen benutzen die Männer nur.“

Owen schwieg sekundenlang, während Philip mit versteinerter Miene dasaß.

Zufrieden mit sich selbst, stand Owen auf. „Ich bringe Sie jetzt zu Fiona, sonst wundert sie sich noch, wo Sie bleiben. Sagen Sie ihr bitte nichts von unserem Gespräch. Sie ist sehr empfindlich, was ihr Privatleben angeht.“

„Keine Sorge, von mir erfährt sie nichts. Mich interessiert Fionas Privatleben schon lange nicht mehr.“ Philips Stimme klang kühl und verächtlich.

Dennoch war Owen nicht überzeugt. Aber er hatte getan, was er konnte.

7. KAPITEL

Um fünf Minuten vor zwölf beendete Fiona die Unterredung mit Rebecca. Ihre Nerven waren zum Zerreißen gespannt. Als sie am Morgen ins Büro gekommen war, hatte sie sich noch über Philips arrogante Bemerkungen am Telefon geärgert. Wieso glaubte er, das Recht zu haben, sie zu verhören? Niemals werde ich zulassen, dass er mich über die Vergangenheit ausfragt, nahm sie sich vor. Zehn Jahre hatte sie gebraucht, um darüber hinwegzukommen, was damals geschehen war, und sie beabsichtigte nicht, alles noch einmal zu durchleben. Und sie würde auch nichts erklären.

Bis um elf hatte sie keine Probleme gehabt und war bei ihrem Entschluss geblieben. Doch dann war sie langsam nervös geworden bei dem Gedanken, allein mit Philip im Restaurant beim Lunch zu sitzen. Um halb zwölf hatte sie angefangen, immer wieder auf die Uhr zu sehen und darauf zu warten, dass ihr seine Ankunft gemeldet würde.

Doch während der letzten fünfundzwanzig Minuten war ihr Telefon stumm geblieben. Das kam Fiona irgendwie seltsam vor, denn normalerweise läutete es an einem Montagmorgen ununterbrochen.

Sie betrachtete den verdammten Apparat, aber er stand einfach da auf ihrem Schreibtisch und schien sich über ihre wachsende Unruhe lustig zu machen. Und als es dann genau zwölf Uhr war, hatte sie das Gefühl, die Anspannung nicht mehr ertragen zu können. Es blieb alles völlig ruhig im Büro, es waren keine Stimmen zu hören, nichts rührte sich. Fiona fand die Ruhe bedrückend, und kurz nach zwölf war sie nahe daran, die Beherrschung zu verlieren. Deshalb sprang sie auf und ging ruhelos im Zimmer umher.

Plötzlich klingelte das Telefon. Sekundenlang stand sie wie erstarrt da, dann stürzte sie an den Schreibtisch.

„Ja?", meldete sie sich atemlos.

Es war jedoch nur die Floristin, mit der sie zusammenarbeitete. Die Frau hatte einige Fragen wegen der Hochzeit am Wochenende.

Fiona war völlig frustriert und konnte sich nur mühsam beherrschen. Sie atmete tief ein, setzte sich auf die Schreibtischkante und schlug die Beine übereinander. Und dann gelang es ihr sogar, kühl und sachlich zu klingen.

Wenn sie so tat, als wäre alles in Ordnung, hatte sie sich rasch wieder unter Kontrolle, das wusste sie aus Erfahrung. So war es auch dieses Mal. Fiona wippte lässig mit dem Fuß und redete ruhig mit der Floristin, als es klopfte und Owen den Kopf zur Tür hereinsteckte.

„Moment bitte“, sagte sie ins Telefon. „Was ist los, Owen?“

„Janey hat Philip zu mir gebracht, weil du telefonierst. Soll er reinkommen?“

Fiona hatte das Gefühl, der Magen würde sich ihr verkrampfen. Das muss aufhören, er ist doch nur ein Mann und kein Racheengel, mahnte sie sich.

„Okay“, erwiderte sie betont gleichgültig. „Er kann sich hinsetzen, ich bin gleich fertig.“ Sie drehte sich um, damit sie Philip nicht anzulächeln brauchte. Dann tat sie so, als wäre sie in das Gespräch vertieft. Aber aus den Augenwinkeln beobachtete sie, wie er allein hereinkam, die Tür hinter sich zumachte und sich auf das bequeme Sofa setzte.

Obwohl sie sich bewusst war, dass er ihre langen Beine interessiert betrachtete, redete sie ruhig weiter mit der Floristin. Es würde lächerlich wirken, wenn sie hastig die Position veränderte, den Rock hinunterzöge und die Knie sittsam zusammenpresste. Philip hatte sowieso mehr von ihr gesehen als nur ihre Beine.

Beim Gedanken daran versteifte sie sich. Erinnerte er sich vielleicht auch daran, wie es damals gewesen war?

Sie war zunächst sehr scheu gewesen, aber nicht lange. Nachdem sie zum ersten Mal zusammen gewesen waren, hatte sie sich allzu gern von ihm ausziehen lassen und alle Hemmungen überwunden. Er hatte ihr gezeigt, wie falsch ihre Vorstellungen von der Liebe gewesen waren.

Obwohl er nicht der erste Mann für sie war, war sie in jeder anderen Hinsicht völlig ahnungslos. Sie wusste nicht, wie herrlich es sein konnte, jemanden tief und innig zu lieben. Philip lehrte sie mit atemberaubender Geschwindigkeit und Geschicklichkeit, Sex und sinnliche Lust zu genießen. Nach einem Monat gab es für Fiona keine Tabus mehr, so heftig waren ihr Verlangen und ihre Leidenschaft. Sie tat alles, was er wollte, manchmal schon, ehe er es überhaupt aussprach. Sie war seine kleine Liebessklavin gewesen, seine Noni, die niemals Nein sagte.

Sie hatten nicht genug voneinander bekommen können.

Fiona biss die Zähne zusammen, als sie daran dachte, und ihr Herz klopfte zum Zerspringen. Sie errötete etwas und spürte, wie ihre erogenen Körperstellen anfingen zu prickeln. Ihre Brüste fühlten sich an, als wären sie geschwollen, was sie irritierend fand, weil sie keinen BH trug. Und ihre Brustspitzen richteten sich unter dem seidigen Material ihres Tops fest und hart auf, während ihr Hals und ihr Gesicht sich warm anfühlten.

Das Kostüm kam ihr plötzlich viel zu eng vor, und sie hätte sich am liebsten mit dem Schreibblock, der neben ihr lag, Luft zugefächelt. Stattdessen öffnete sie den Knopf ihrer Jacke und atmete immer wieder tief ein. „Ja … ja … Das wäre schön … Ich muss jetzt Schluss machen … Ein Kunde. Bis später, Gillian."

Nachdem das Gespräch beendet war, stand sie auf, ohne Philip anzusehen, und machte die Jacke wieder zu, während sie um den Schreibtisch herumging. Erst als sie in ihrem Sessel saß, blickte sie Philip an.

Er fixierte sie geradezu – und sah ungemein sexy aus. Er trug einen dieser eleganten dunklen Anzüge, die sie an Männern liebte. Aber Philip wirkte auch ohne diese exklusiven Outfits attraktiv, am attraktivsten ohne alles und völlig nackt.

Rasch nahm sie sich zusammen und verdrängte die Bilder. Es war schlimm genug gewesen, dass er sie so intensiv gemustert hatte, als würde er sie mit Blicken ausziehen, während sie telefonierte. Wenn sie selbst jetzt auch noch damit anfing, würde die ganze Situation völlig unerträglich.

Es war jedoch schwierig, ihn anzusehen und sich nicht auszumalen, wie er nackt aussah. Er war kräftiger und muskulöser als damals. Fiona bezweifelte nicht, dass er als reifer Mann körperlich noch beeindruckender wirkte als vor all den Jahren. Und das wollte etwas heißen, denn schon damals hatte sie ihn faszinierend gefunden.

So einen Mann wie ihn hatte sie nie wieder kennengelernt. Aber solche Gedanken halfen ihr natürlich wenig, ruhig, kühl und beherrscht zu bleiben.

Sie räusperte sich und schob einige Unterlagen und einen Ordner über den Schreibtisch.

„Ich habe alles vorbereitet, was du dir ansehen wolltest", begann sie geschäftsmäßig. „Die Referenzen, die Fotos und einen Mustervertrag, den du durchlesen kannst. Vielleicht kommst du etwas näher", fügte sie hinzu und blickte ihn schließlich so unbeteiligt an, als wäre er nur ein Kunde.

Kühl und hart erwiderte er ihren Blick. Dann stand er auf und öffnete die Tür. „Das können wir später erledigen", erklärte er kurz angebunden. „Ich stehe auf einem Fünfzehnminuten-Parkplatz, die Zeit ist abgelaufen."

Fiona wollte etwas erwidern, überlegte es sich jedoch anders. Wenn sie sich jetzt auf eine Diskussion mit ihm einließe, verriet sie wahrscheinlich ihre Gefühle. Und er sollte nicht wissen, dass er immer noch Macht über sie hatte.

Deshalb stand sie auch auf und hängte sich die Tasche über die

Schulter. Dann ging sie um den Schreibtisch herum und leichten, sicheren Schritts zur Tür.

„Wohin fahren wir?", fragte sie betont beiläufig, als sie an ihm vorbeieilte.

„Nach Balmoral Beach."

Sie wirbelte herum und wäre beinah mit ihm zusammengestoßen. Sekundenlang legte sie ihm die Hand auf die Brust, um das Gleichgewicht nicht zu verlieren. Doch dann zog sie sie so unvermittelt zurück, als hätte eine Kobra sie gebissen.

„Wenn du glaubst, ich würde mit zu dir fahren, hast du dich getäuscht", fuhr sie ihn an.

Ihre Reaktion überraschte ihn. Er blickte sie nachdenklich an. „Woher weißt du, dass ich in Balmoral wohne?"

„Deine Mutter hat es erwähnt", behauptete sie schlagfertig.

„Ach ja?"

„Ja. Warum?"

Er zuckte die Schultern. „Es hat mich nur interessiert, woher du es weißt. Aber du brauchst nicht in Panik zu geraten. Ich wollte dich nicht mit in meine Wohnung nehmen, sondern habe im *Watermark*, einem Restaurant an der Balmoral Beach, einen Tisch reserviert."

Fiona konnte es kaum glauben. In dasselbe Restaurant hatte Mark sie zum Dinner eingeladen. „Davon habe ich schon gehört", erwiderte sie angespannt.

Philip verzog die Lippen zu einem müden Lächeln. „Das habe ich mir gedacht."

„Was heißt das?", fuhr sie ihn an.

„Dass eine so beliebte junge Frau wie du natürlich dort schon gegessen hat", erklärte er spöttisch.

„Wer sagt denn, ich sei beliebt?"

Er kniff die Augen zusammen und musterte sie von oben bis unten. Ganz besonders intensiv betrachtete er ihre Brüste, die sich unter ihrer Jacke deutlich abzeichneten.

„Komm jetzt, Fiona", forderte er sie dann auf. „Auch wenn du mir mit deiner früheren Figur in gewisser Weise lieber warst, lässt sich nicht übersehen, dass du ungemein attraktiv und reizvoll bist. Ich kann mir gut vorstellen, dass du viele Einladungen bekommst und immer einen Liebhaber hast, der allzu gern bereit ist, deine sicher immer noch vorhandenen Bedürfnisse zu befriedigen. Egal, wie sie alle heißen, wichtig ist für dich nur, dass sie gut sind und dir nicht lästig werden."

Fiona war verblüfft über seine verbale Attacke. Sie konnte verstehen, dass er sie für flatterhaft und oberflächlich hielt. Und sie konnte damit zurechtkommen, dass er keine allzu hohe Meinung von ihr und ihrer Loyalität hatte nach all den Lügen, die sie ihm vor zehn Jahren aufgetischt hatte, und nachdem sie sich in die zweite Ehe gestürzt hatte. Doch deshalb hatte er noch lange nicht das Recht und auch keinen Grund, sie indirekt als Schlampe zu bezeichnen.

Sie wollte sich verteidigen, überlegte es sich jedoch anders. Warum versuchte sie überhaupt, ihn zu überzeugen, dass sie anders war, als er glaubte? Solange er so schlecht über sie dachte, konnte sie sich in gewisser Weise sicher fühlen.

„Na und? Was geht dich das denn an?“, fragte sie betont gleichgültig.

„Nichts“, antwortete er kühl. „Aber der arme Mark tut mir leid.“

Sie lachte. „Ich bezweifle, dass er darauf Wert legt. Doch ich werde es ihm heute Abend beim Dinner erzählen. Er holt mich nach der Arbeit ab.“

„Ah ja, deshalb das elegante Outfit. Ich hätte mir auch nicht vorstellen können, dass du dich meinetwegen so angezogen hast.“

„Wie klug du doch bist! Gehen wir? Oder willst du dir einen Strafzettel wegen Falschparkens einhandeln?“

8. KAPITEL

Der Vorort Balmoral lag nur zehn bis fünfzehn Minuten Fahrzeit von Fionas Büro in St. Leonard's entfernt. Doch die kurze Zeit neben Philip in seinem schwarzen Jaguar kam ihr wie eine halbe Ewigkeit vor. Trotzdem plauderte sie munter drauflos, als hätte sie nicht die allergeringsten Probleme.

Philip tat erst gar nicht so, als wäre er in guter Stimmung. Steif saß er am Steuer und konzentrierte sich auf den Verkehr. An der Konversation beteiligte er sich nur mit einsilbigen Antworten. Als schließlich Balmoral nur noch einen Steinwurf weit entfernt war, entspannte er sich etwas und hielt das Lenkrad nicht mehr so krampfhaft fest wie zuvor. Seine Miene wirkte jedoch immer noch finster.

Fiona konnte sich nicht vorstellen, warum Philip so zornig war. Der Gedanke, dass er sich vielleicht all die Jahre nach ihr gesehnt hätte und sie seine große Liebe gewesen sei, kam ihr viel zu fantastisch und zu kühn vor. Es musste einen sehr realen Grund für seine schlechte Laune geben.

Oder war sein Ego als Mann immer noch verletzt? Möglicherweise war er deshalb so sarkastisch.

Philip hatte immer ein gesundes Selbstbewusstsein gehabt. Schon mit zwanzig Jahren waren die Frauen hinter ihm hergelaufen. Er hatte bestimmt nicht aus Büchern gelernt, so ein geschickter und einfühlsamer Liebhaber zu sein.

Da sie die erste Frau war, die ihn zurückgewiesen hatte, war es eine ganze neue Erfahrung für ihn gewesen, mit der er nicht hatte umgehen können. Den meisten Männern fiel es schwer, eine Zurückweisung zu verkraften. Du liebe Zeit, ich kann gut verstehen, dass Philip geglaubt hat, diese naive, leichtgläubige und dumme kleine Noni würde ihn sein ganzes Leben lang anbeten, überlegte sie.

Aber diese Noni gab es schon lange nicht mehr. An ihre Stelle war Fiona getreten, die weder naiv noch dumm noch leichtgläubig war. Sie würde sich von Philip nicht ausfragen lassen. Nicht einmal im Traum dachte sie daran, ihm zu verraten, warum sie sich wirklich von ihm getrennt hatte. Ich bin doch keine Masochistin, dachte sie.

Als er den Jaguar den Hügel hinab durch eine Kurve lenkte, lag plötzlich die herrliche Bucht vor ihnen. Der Anblick war atemberaubend schön.

„Oh", sagte sie leise, „das ist fantastisch."

„Ja", stimmte Philip zu und warf ihr einen verblüfften Blick zu. „Hattest du nicht erwähnt, du seist schon im *Watermark* gewesen?"

„Nein, ich habe nur davon gehört."

Unten am Hügel fuhr er langsam nach rechts weiter, an der gewundenen Bucht vorbei über die Esplanade. Fiona betrachtete fasziniert die wunderbare Umgebung und malte sich aus, wie herrlich es sein würde, hier zu wohnen und jederzeit in dem warmen goldfarbenen Sand liegen oder im Schatten einer der riesigen Bäume an der Promenade sitzen zu können.

Das Wasser war tiefblau, und die Wellen schlugen sanft ans Ufer. Die ganze Atmosphäre wirkte entspannend und erfrischend.

Ausflugsschiffe für Touristen gab es hier nicht, stattdessen lagen viele Jachten an den privaten Landungsstegen. Fiona betrachtete die teilweise sehr großen Häuser am Hügel und beneidete die Eigentümer um die großartige Aussicht. Obwohl man in Citynähe wohnte, war man weit genug weg und kam sich vor wie in einer Oase der Ruhe und des Friedens.

Erst jetzt erinnerte Fiona sich wieder daran, dass eins der Häuser Philip gehörte.

„Du bist sicher sehr glücklich, hier zu leben", sagte sie, während er den Wagen auf den Parkplatz in Strandnähe lenkte, wo der größte Feigenbaum stand, den Fiona je gesehen hatte.

„Im Sommer ist es nicht ganz so angenehm", antwortete er und stellte den Motor ab. „Unglaubliche Menschenmengen und Blechlawinen wälzen sich hier durch. Alle wollen sich ein Stückchen vom Paradies erobern. Aber im Prinzip hast du recht. Als ich zum ersten Mal hier war, habe ich mir vorgenommen, mir ein Haus mit Blick auf den Ozean zu kaufen. Es hat dann noch eine Zeit lang gedauert, bis ich das Geld für mein Traumhaus gespart hatte. Voriges Jahr war es endlich so weit."

Fiona runzelte die Stirn. „Ich hätte gedacht, du könntest dir jedes Haus kaufen. Du hast doch das Vermögen deines Vaters geerbt."

„Stimmt. Aber es macht mehr Freude, sich die Wünsche vom selbst verdienten Geld zu erfüllen."

„Hast du dich deshalb dafür entschieden, Strafverteidiger zu werden, weil man damit mehr verdienen kann?"

„Nein. Das Körperschafts- und Unternehmensrecht ist keine echte Herausforderung für mich. Außerdem arbeite ich nicht gern im Team, ich bin eher ein Einzelkämpfer. Der Gerichtssaal ist meine Welt. Man kann dort kämpfen und muss sich anstrengen, wenn man gewinnen will. Es ist eine aufregende Herausforderung und ein unglaublich gutes Gefühl, die Arena als Sieger zu verlassen."

Seine Stimme klang so leidenschaftlich, dass Fiona Herzklopfen bekam. Diese Leidenschaft unterschied Philip von den anderen Männern, die sie in den vergangenen zehn Jahren kennengelernt hatte.

„Du liebst deine Arbeit, stimmt's?", fragte sie leise.

„Ja, ich glaube, du hast recht“, erwiderte er so überrascht, als hätte er es selbst gerade erst festgestellt. „Aber warum betonst du es so seltsam?“ Er betrachtete sie aufmerksam. „Liebst du deine Arbeit etwa nicht?“

Fiona wandte sich ab und dachte nach. Wenn sie eine Hochzeit erfolgreich organisiert hatte, war sie hinterher mit sich zufrieden. Doch andererseits fand sie es nicht immer leicht, glückliche Paare zu sehen, die an ihrem großen Tag vor Freude strahlten und nach der Feier voller Optimismus in die Flitterwochen fuhren. Das erinnerte sie ständig daran, was in ihrem Leben fehlte.

„Es gefällt mir, selbstständig zu sein“, erwiderte sie ausweichend. „Außerdem verdiene ich gut.“

„Geld ist nicht alles.“

„Ja, Philip, das weiß ich“, erklärte sie kühl. „Ich bin keineswegs oberflächlich, wie du offenbar unbedingt glauben willst. Doch weshalb interessiert es dich überhaupt?“

Er schien zu überlegen. „Du hast recht, du kannst so leben, wie es dir gefällt. Es geht mich nichts an, und ich sollte dich nicht kritisieren. Entschuldige bitte, wenn ich unhöflich war. Aber es ist einfach so, dass …“ Er unterbrach sich und sah sie sekundenlang schmerzerfüllt an.

„Was wolltest du sagen?“, fragte sie sanft.

„Ach nichts. Ich begreife jetzt, dass die Erinnerung unsere Beziehung verklärt hat, vielleicht dich als Noni auch. Es ist möglich, dass du nie diejenige warst, für die ich dich gehalten habe. Damals konnte ich es nicht glauben, als du behauptet hast, du hättest mich nur wegen des Babys geheiratet und wolltest die Ehe nicht fortsetzen, nachdem du es verloren hattest. Für noch unglaublicher hielt ich deine Behauptung, du würdest mich nicht richtig lieben, es sei nur eine sexuelle Beziehung, die sich früher oder später sowieso von selbst erledigen würde.“

Fiona blickte ihn schweigend an und überlegte beunruhigt, wohin das führen sollte. Würde sie die Lügen von damals wiederholen müssen?

Er lachte auf. „Keine Sorge, Fiona, ich betrachte dich nicht mehr durch eine rosarote Brille. Du hast nicht gelogen, das sehe ich jetzt ein. Sex war das Einzige, was uns verbunden hat. Wir hätten uns irgendwann scheiden lassen. Du warst vernünftig, während ich hoffnungslos romantisch war. Doch damals hätte ich schwören können, es sei genau umgekehrt.“

Sie blickte ihn unverwandt an.

„Dabei hätte ich die Wahrheit selbst erkennen können“, fuhr er fort. „Was haben wir überhaupt gemeinsam unternommen, außer uns immer wieder zu lieben? Wir sind nie ausgegangen, haben uns nur wenig unterhalten, sondern uns nur gegenseitig die Kleidung vom Leib gerissen.

Und das ist nichts anderes als Sex, es hat mit Liebe nichts zu tun, wie du gesagt hast."

Fiona zuckte insgeheim zusammen, als er das, was sie für die große Liebe gehalten hatte, einfach abtat, als wäre es nichts gewesen. Er klang so überzeugt, dass sie selbst Zweifel bekam. War es vielleicht auch bei ihr nur körperliches Verlangen gewesen, das von selbst vergangen wäre? Hatte sie wegen einer Illusion an gebrochenem Herzen gelitten? War es ein sinnloses Opfer gewesen, das sie gebracht hatte?

Während sie nach Antworten suchte, sah sie Philip bestürzt an. Aber das verwirrte sie noch mehr, denn ihr Körper fing an, auf seinen zu reagieren. Und das war genau die Ebene, von der Philip soeben geredet hatte und auf der sie sich damals schon so gut verstanden hatten. Ihr fiel ein, dass sie sich immer wieder im Auto geliebt hatten. Sie hatten Stellungen und Aktivitäten in dem kleinen Wagen erfunden, die auch im Kamasutra nicht beschrieben wurden.

Ihr wurde der Mund trocken, und sie fühlte sich irgendwie ganz leicht im Kopf. Doch dann lief ein Kind laut lachend am Auto vorbei und brachte Fiona in die Wirklichkeit zurück.

Sie musste sich unbedingt ablenken. Deshalb zauberte sie ein Lächeln auf die Lippen.

„Ich bin froh, dass wir das endlich geklärt haben", stellte sie fest. „Dann können wir beim Lunch über deine Hochzeit sprechen." Rasch stieg sie aus, zog an ihrem Rock und atmete tief aus und ein.

„Wolltest du nicht die Details mit meiner Mutter besprechen?"

„Das tue ich auch. Trotzdem muss ich wissen, was du möchtest."

„Ich möchte einfach nur mit dir essen gehen, Fiona, ohne über die Hochzeit zu reden", antwortete er schroff. „Meinst du, wir könnten das Thema auf später verschieben, wenn wir bei dir im Büro sind?"

Sie war verblüfft und auch leicht beunruhigt, zugleich jedoch entschlossen, weiterhin die Gleichgültige und Unbeteiligte zu spielen. Deshalb zuckte sie die Schultern. „Wenn du es so willst."

„Ja, ich will es", bekräftigte er energisch. Dann packte er sie am Ellbogen und dirigierte sie zu dem Gebäude vor ihnen.

„Außerdem", fügte er hinzu und blieb unvermittelt vor der Tür des Restaurants stehen, „ist mir immer noch unklar, was genau vor zehn Jahren geschehen ist. Ich habe dazu eine Frage."

„Dann frag ruhig", forderte sie ihn betont unbekümmert auf.

„Nicht hier. Es hat Zeit." Er ließ sie los und hielt ihr die Tür auf.

Irgendwie gelang es ihr, zu lächeln, während sie an ihm vorbei ins Restaurant ging.

9. KAPITEL

Im *Watermark* war er offenbar bekannt. Er wurde mit seinem Namen begrüßt, und man hatte ihm einen der besten Tische reserviert, in einer abgeschirmten Nische mit einem einmalig schönen Ausblick.

Auch von den anderen Plätzen aus hatte man eine herrliche Aussicht, denn das Restaurant lag direkt am Strand. Die breite Fensterfront gab den Blick frei aufs Wasser, und die relativ einfache Innenausstattung lenkte die Gäste nicht ab von der Schönheit der Natur.

Fiona gefiel es ausgesprochen gut. Sie hätte die Umgebung sicher gebührend bewundert, wenn sie nicht so irritiert gewesen wäre. Welche Frage wollte Philip ihr noch stellen, nachdem er die Erklärungen, die sie ihm vor zehn Jahren gegeben hatte, akzeptiert hatte? Sie konnte sich nicht vorstellen, was ihn jetzt noch beschäftigte.

Außerdem musste sie sich selbst erst einmal die Frage beantworten, ob sie ihn damals wirklich geliebt hatte oder nicht. Was sie vorhin im Auto empfunden hatte, war nur sexuelles Verlangen gewesen, dessen war sie sich sicher.

Das bedeutete jedoch nicht, dass ihre Gefühle für Philip immer so oberflächlich gewesen waren. Ich habe ihn geliebt, das weiß ich genau, überlegte sie. Und nur weil sie ihn so tief und aufrichtig geliebt hatte, war sie zu dem Opfer bereit gewesen.

Zufrieden mit der Lösung, blickte sie von der Speisekarte auf, die sie mit leerem Blick betrachtet hatte.

Philip studierte die Weinkarte. Er sah ungemein ernst und attraktiv aus. Fiona beobachtete ihn eine Zeit lang, ohne dass er es merkte, und ließ dann den Blick durch das Restaurant gleiten.

„Du bist sicher oft hier, Philip, oder?“

Als er sie ansah, lächelte sie. Sie war fest entschlossen, sich ganz natürlich zu benehmen.

„Ja, ziemlich oft“, antwortete er. „Hier kann ich wenigstens Wein zum Dinner trinken, weil ich zu Fuß nach Hause gehe.“

„Du hast schon immer gern Wein getrunken.“ Plötzlich fiel ihr etwas ein. „Wir haben uns damals doch unterhalten, Philip“, erklärte sie, ohne nachzudenken. „Ganz besonders am Anfang. Erinnerst du dich an den ersten Abend, als du mich in das exklusive Restaurant in der Stadt eingeladen hattest? Ich war entsetzt darüber, wie viel die Flasche Wein kostete. Wir haben über alles Mögliche geredet, bis wir gehen mussten. Wir waren die Letzten, nach uns wurde geschlossen.“

Er lächelte wehmütig. „Natürlich erinnere ich mich daran, sehr gut sogar. Ich wollte dich mit dem Wein und dem Gespräch beeindrucken."

„Das ist dir auch gelungen."

„Wirklich?", fragte er ironisch.

„Ja, Philip, wirklich."

„Heutzutage bist du sicher nicht mehr so leicht zu beeindrucken. So, was möchtest du trinken, Fiona?", fragte er, als der Ober erschien. „Ich muss mich zurückhalten, weil ich noch fahren muss."

„Wir können uns ja eine Flasche teilen", schlug sie vor.

„Weißwein oder Rotwein?"

„Einen Chardonnay", erwiderte sie.

Er zog eine Augenbraue hoch und reichte ihr die Karte. „Dann such einen aus", forderte er sie auf.

Sie zögerte nur den Bruchteil einer Sekunde, ehe sie sich auf die Weinkarte konzentrierte und schließlich einen tasmanischen Chardonnay auswählte, den sie noch nie probiert hatte. Hoffentlich ist er so gut, wie der Preis zu versprechen scheint, schoss es ihr durch den Kopf. Dann bestellte sie sehr selbstsicher und gab dem Ober die Karte zurück.

Philip beobachtete sie und schien nicht genau zu wissen, ob er sie bewundern sollte. „Du kennst dich mit Wein jetzt wirklich gut aus", sagte er, als sie wieder allein waren.

Fiona zuckte die Schultern. „Ich habe viel dazugelernt."

Er lehnte sich zurück und sah sie nachdenklich an. „Ja, das habe ich schon begriffen. Und ich muss zugeben, ich bin neugierig. Wie hast du dich von Noni in Fiona verwandelt? Du machst alles anders, du gehst anders, du sprichst anders, du kleidest dich anders. Das war sicher schwierig und teuer."

„Ja."

„Wer hat es dir bezahlt? Dein Exmann, der Trucker? Oder irgendein Sugar-Daddy, den du nach der Scheidung kennengelernt hast?"

Sie runzelte die Stirn. Er hatte wirklich eine schlechte Meinung von ihr. „Ich habe mir das Geld für die Abendschulen, die Modelkurse, die Redekurse und vieles andere mehr selbst verdient."

„Was genau hast du gemacht?"

„Zuerst habe ich die Hochschulreife erworben. Was glaubst du, wie lange ich dazu gebraucht habe?"

„Bestimmt nicht lange. Du warst schon immer intelligent, auch wenn du dich selbst nicht so gesehen hast. Aber womit hast du das Geld verdient? Es war sicher nicht leicht."

„Die Woche über habe ich in einer Fleischfabrik gearbeitet und am

Wochenende als Bedienung in einem Hotel, das sich auf Hochzeitsfeiern spezialisiert hatte. Da habe ich auch gelernt, wie man Hochzeiten organisiert und dergleichen. Owen hat auch da gearbeitet. Er …"

Sie unterbrach sich, weil der Ober den Wein servierte. Sie nickte, als er ihr das Etikett präsentierte. Und nachdem er die Flasche geöffnet und ihr einen Schluck zum Probieren eingeschenkt hatte, gab sie ihr Okay. Dann sah sie leicht ungeduldig zu, wie er die Gläser füllte und die Flasche in den Eiskübel stellte. Sie konnte es kaum erwarten, Philip zu erzählen, was sie aus eigener Kraft geschafft hatte.

„Möchten Sie schon das Essen bestellen, Mr Forsythe?", fragte der Ober schließlich.

Fiona freute sich, als Philip ihn bat, in einigen Minuten zurückzukommen. Dann beugte er sich vor und blickte ihr tief in die Augen.

„Erzähl weiter", forderte er sie liebevoll auf. „Du hattest gesagt, Owen hätte auch da gearbeitet."

„Ja, er war für die Tischdekoration und die Blumen verantwortlich. Er ist sehr kreativ. Die Woche über arbeitete er in einem Kostümverleih. Seine Mutter war Schneiderin und hat ihm viel beigebracht über Kleider, insbesondere Brautkleider. Nach den Empfängen haben wir immer zusammen Kaffee getrunken und uns über Zukunftspläne unterhalten. Ich wollte in der Werbung arbeiten und er mit einem eigenen Dienstleistungsunternehmen Hochzeitsfeiern ausrichten und organisieren. Nachdem wir festgestellt hatten, dass sich unsere Ideen ergänzten, konzentrierten wir uns darauf, gemeinsam etwas aufzubauen. Wir haben beide wie verrückt gespart, und nach ungefähr einem Jahr wurde *Five-Star Weddings* gegründet. Es ist sicher nicht übertrieben, wenn ich behaupte, dass wir einiges geleistet haben."

„Es ist erstaunlich. Dein Vater ist bestimmt stolz auf dich."

„Na ja … nicht unbedingt. Wir haben keinen Kontakt mehr."

„Wie ist das denn passiert?"

Fiona seufzte. „Es gefiel ihm nicht, dass ich mich von Kevin scheiden ließ. Und dann hat er wieder geheiratet, und Doreen mag mich nicht. Sie denkt, ich sei hochnäsig oder so. Mein Vater hat sich ihrer Meinung angeschlossen." Sie lächelte traurig. „Seltsam, deine Mutter meinte, ich sei billig und gewöhnlich, während mein Vater behauptete, ich sei ein Snob. Man kann es den Leuten nicht recht machen."

„Da fällt mir etwas ein." Philip runzelte die Stirn und richtete sich auf.

„Was?"

„Die Frage, die ich dir stellen wollte."

Fiona versteifte sich.

Philip warf ihr einen prüfenden Blick zu. „In unserer Hochzeitsnacht …“

Sie hatte plötzlich das Gefühl, keine Luft mehr zu bekommen. „Was war damit?“

„Erinnerst du dich, als der Arzt weg war und meine Mutter mich in die Apotheke schickte, um die Schmerztabletten für dich zu holen?“

„Ja …“

„Hat meine Mutter irgendetwas zu dir gesagt? Dich vielleicht dazu gedrängt, mich zu verlassen? Aus deinen gestrigen Bemerkungen schließe ich, dass ihre Kritik dich weit mehr berührt hat, als ich ahnte. Vielleicht hat sie dich emotional erpresst oder dich bestochen, dir Geld angeboten …“

„Mich bestochen!“, unterbrach Fiona ihn schockiert und ärgerlich. „Du glaubst doch nicht wirklich, ich hätte dich für Geld verlassen, oder?“

„Ich habe daran gedacht, Fiona. In der kurzen Zeit, in der ich weg war, hattest du dich völlig verändert. Erst hattest du dich an mich geklammert und um dein Baby geweint, und eine halbe Stunde später warst du kühl und gleichgültig. Du konntest mich kaum ansehen, als du mir deinen Entschluss mitteiltest, die Ehe und unsere Beziehung zu beenden. Da liegt es nahe, dass ich mich frage, ob meine Mutter etwas damit zu tun hatte.“

„An dem Abend habe ich nicht mit ihr geredet. Sie war wahrscheinlich sehr erleichtert darüber, dass ich mein Baby verloren hatte. Und das konnte ich nicht ertragen.“

Er nickte langsam und traurig. „Ich verstehe. Nun ja, ich wollte nur sicher sein.“

„Bitte, Philip, können wir das Thema ein für alle Mal beenden?“, bat sie ihn.

„Regt es dich immer noch auf?“

„Natürlich! Ich habe an dem Tag mein Baby verloren. Daran mag ich gar nicht denken.“

Er runzelte die Stirn. „Hast du dich deshalb entschlossen, keine Kinder zu bekommen? Weil du Angst hast, es könnte wieder passieren?“

Fiona spürte, dass ihre Emotionen sie zu überwältigen drohten. Sie wollte nicht vor Philip zusammenbrechen, denn sie hatte nicht so lange durchgehalten, um jetzt schwach zu werden.

„Ich habe mich nicht unbedingt gegen Kinder entschieden, sondern gegen die Ehe. Und ich halte nicht viel davon, Kinder zu haben, ohne verheiratet zu sein. Nicht aus irgendwelchen moralischen Gründen. Ich bin eher der Überzeugung, dass Kinder Vater und Mutter brauchen, die sich lieben und in einer stabilen Beziehung leben. Dann haben sie die besten Chancen, verantwortungsbewusste Erwachsene zu werden statt hilflose Neurotiker."

„Hältst du dich etwa für eine hilflose Neurotikerin?"

„Manchmal. Du liebe Zeit, da kommt der Ober wieder. Was bestellen wir?"

Es war eine willkommene Ablenkung, sich auf die Speisekarte zu konzentrieren. Doch schon bald war der Ober wieder weg und Fiona mit Philip allein. In ihrem ganzen Leben war sie noch nie so angespannt gewesen. Sie hatte keine Ahnung, wie sie die nächsten zwei Stunden überstehen sollte.

Über die Vergangenheit wollte Fiona nicht mehr reden, das fand sie unerträglich. Und sie konnte es auch nicht ertragen, Philip anzusehen und dabei an all das Schöne zu denken, was sie gemeinsam erlebt hatten.

Ich bin wirklich neurotisch und hilflos, überlegte sie.

„Hast du schon deine Trauzeugen bestimmt?", unterbrach sie unvermittelt das unbehagliche Schweigen, das plötzlich zwischen ihnen herrschte.

Philip versteifte sich. „Warum?"

„Ich will mit euch möglichst bald die Anzüge aussuchen, am besten schon in der nächsten Woche. In deiner Größe muss wahrscheinlich etwas bestellt werden."

„Steve ist Trauzeuge", erklärte er mit besorgter Miene.

„Steve von der Universität?"

„Ja."

Steve war Stammkunde in dem Fischrestaurant in Newton gewesen, wo Fiona vor zehn Jahren gearbeitet hatte. Weil es in der Nähe der Uni lag, war es bei den Studenten sehr beliebt. Steve hatte Philip überredet, ihn ins Restaurant zu begleiten, um das bezaubernde Mädchen hinter der Theke kennenzulernen.

Als Philip sich gleich am ersten Abend mit Noni verabredet hatte, war Steve eifersüchtig gewesen, denn er hatte sich selbst für sie interessiert.

Fiona seufzte. Die ganze Sache wurde immer komplizierter. „Muss es ausgerechnet er sein?"

„Er ist mein bester Freund, und ich habe ihn schon gefragt. Aber er wird dich wahrscheinlich nicht erkennen", erklärte Philip. „Und wenn doch, dann sage ich ihm die Wahrheit. Ich kann ihm vertrauen."

„Interessiert er sich vielleicht auch für Corinne?"

„Du liebe Zeit, nein. Wie kommst du darauf?"

„Weil er sich damals für mich interessiert hat."

„Ach so. Nein, ich glaube, er mag Corinne nicht."

Fiona war überrascht. „Warum nicht?"

„Das weiß ich nicht genau. Und er selbst wisse es auch nicht, hat er behauptet. Aber Steve ist ziemlich engstirnig, was Frauen angeht. Sie müssen seiner Meinung nach so richtig zum Anfassen sein."

„Na, danke für das Kompliment."

„Ach Fiona, gib doch zu, dass du damals herrlich sexy warst."

„Das bin ich aber nicht mehr."

Seine Handbewegung schien auszudrücken, dass er anderer Meinung war. „Wenn du das trägst, was du gestern anhattest, wird Steve kaum Notiz von dir nehmen. Doch in dem heutigen Outfit würde er dir zu Füßen liegen."

Fiona wollte beleidigt sein, lachte aber stattdessen. „Vielleicht ziehe ich es sogar an, falls Steve noch so gut aussieht wie damals. Aber was ist mit dir? Du liegst mir heute nicht zu Füßen."

„Fang nicht an, mit mir zu flirten, Fiona", warnte er sie scharf. „Heb es dir auf für deinen Mark und andere. Und lass auch Steve in Ruhe. Er sucht gerade eine Frau zum Heiraten, und ich glaube nicht, dass du dafür die Richtige bist, oder?"

„Ich werde mich bemühen, mich zu beherrschen", erwiderte sie schroff.

„Tu das."

Die Vorspeise wurde serviert, und Fiona trank immer wieder einige Schlucke Wein dazu. Plötzlich drehte sich alles in ihrem Kopf, und sie hörte auf zu essen.

Philip blickte von seinem Teller mit den Austern auf. „Schmeckt es dir nicht?"

„Doch. Ich bin es aber nicht gewöhnt, zum Lunch so viel zu essen. Wenn du jetzt wieder auf mein Gewicht anspielst, bringe ich dich um."

„Das würde ich doch nie tun. Ich habe sowieso bemerkt, dass du nicht ganz so dünn bist, wie ich zuerst dachte. Vielleicht liegt es daran, dass du keine Dessous trägst."

Entsetzt stellte Fiona fest, dass sich ihre Jacke geöffnet hatte. Unter dem schwarzen Seidentop zeichneten sich deutlich ihre Brüste ab, denn sie hatte keinen BH angezogen. Ärgerlich biss sie die Zähne zusammen und schloss den Knopf der Jacke.

„Meinetwegen brauchst du ihn nicht zuzumachen", sagte Philip spöttisch. „Mir hat es gefallen."

„Männer sind doch alle gleich“, fuhr sie ihn an.

„Hat Mark es gern, dass du keine Dessous trägst?“

„Natürlich habe ich etwas an unter dem Kostüm.“ Sie errötete, als sie sich daran erinnerte, dass sie seinetwegen damals auf Unterwäsche verzichtet hatte. „Hör auf, mich zu verwirren.“

„Tut mir leid.“

„Das glaube ich dir nicht. Und das beweist nur, wie sehr ich mich gestern getäuscht habe.“

„Wieso?“

„Ich dachte, du hättest dich nicht verändert, außer dass du noch besser aussiehst. Aber du hast dich doch verändert – und bestimmt nicht zu deinem Vorteil. Du bist hart und zynisch geworden, Philip.“

„Ach ja? Menschen ändern sich eben, Fiona. Du bist das beste Beispiel dafür.“

„Man kann wohl von dir nicht erwarten, dass du dich mit ironischen Bemerkungen zurückhältst.“

„Meinst du?“ Er schob den Teller weg. „Ich kann ja versuchen, meine Zunge zu hüten und höflicher zu sein.“

„Tu das.“

„Trinken wir auf einen Waffenstillstand?“, schlug Philip vor und hob das Glas.

„Nur wenn du ihn einhalten willst und wenn du dich so benimmst, wie ich es erwarte.“

Er stellte das Glas wieder hin. „Vielleicht erklärst du mir erst einmal, was genau du erwartest.“

„Gut. Wir gehen höflich miteinander um, auch wenn wir allein sind. Und wir reden nicht mehr über die Vergangenheit. Wir machen keine sarkastischen Bemerkungen und uns gegenseitig keine Schwierigkeiten. Das alles gilt, bis du in die Flitterwochen fährst.“

„Hm. Du verlangst ziemlich viel.“

„Wir können so tun, als hätten wir uns gerade erst kennengelernt.“

Er lachte. „Das ist völlig unmöglich.“

„Versuch es einfach, und betrachte es als Herausforderung.“

„Als Herausforderung? Für mich ist es eher ein Test, wie viel ein Mensch ertragen kann, Fiona.“ Er hob das Glas wieder. Seltsamerweise weckte sein zynisches Lächeln erotische Gefühle in ihr. „Okay, auf deinen Waffenstillstand.“

Zögernd hob Fiona das Glas und stieß mit ihm an. Dann warf Philip ihr einen harten Blick zu, ehe er den Wein austrank.

10. KAPITEL

Owen erwartete Fiona bereits, als sie kurz nach drei allein zurückkam.

„Wie ist es gelaufen?“, fragte er mit besorgter Miene und folgte ihr in ihr Büro. „Haben wir den Auftrag?“

Fiona zog einen Scheck aus der Handtasche und reichte ihn ihm. „Darauf kannst du dich verlassen.“

„Aber das ist ja doppelt so viel, wie wir sonst berechnen“, rief er überrascht aus.

„Es wird die üppigste Hochzeitsfeier, die wir bis jetzt organisiert haben. Vergiss nicht, das doppelte Honorar war vereinbart.“

Owen betrachtete immer noch den Scheck. „Er hat alles im Voraus bezahlt. Ist der Mann verrückt? Ich dachte, er sei Rechtsanwalt.“

„Ich glaube, Geld bedeutet ihm nicht sehr viel. Er hat es geerbt.“

„Egal, ich bringe den Scheck jetzt gleich zur Bank. Du bist fantastisch, Fiona, wirklich fantastisch.“ Und weg war er.

Fiona seufzte und machte die Tür zu. Dann lehnte sie sich sekundenlang dagegen und schloss die Augen.

Bin ich fantastisch? überlegte sie. Nein, sie würde sich eher als dumm bezeichnen.

Nachdem sie mit Philip auf den Waffenstillstand angestoßen hatte, hatte sich die Atmosphäre zwischen ihnen entspannt. Sie unterhielten sich angeregt über neutrale Themen, und sie bewies ihm, dass sie gut informiert war und eine eigene Meinung hatte.

Natürlich war es hilfreich, dass Philip keine ironischen Bemerkungen machte und dass sie vier Glas Wein trank. Schließlich war sie etwas angeheitert und ließ sich von ihm überreden, das Dessert des Tages zu bestellen, das ihr köstlich schmeckte. Philips entspanntes herzliches Lachen wirkte charmant und entwaffnend.

Beim Kaffee war Fiona dann so gelöst, dass sie alle Vorsicht vergaß und sich auf Philips Charme und seine starke Ausstrahlung einließ. Als er ihr von einem Mordfall erzählte, in dem er die Verteidigung übernommen hatte, spürte sie wieder deutlich, wie leidenschaftlich er war, eine Eigenschaft, die sie schon immer an ihm geliebt hatte. Sie stützte sich mit den Ellbogen auf den Tisch und trank den Kaffee, während sie Philips tiefer Stimme lauschte. Er hatte vor, seine Verteidigung auf vorübergehender Unzurechnungsfähigkeit der Angeklagten aufzubauen.

„Du hast recht“, antwortete er ganz aufgeregt, als sie vorschlug, auf

Notwehr zu plädieren. „Das ist noch viel besser. Du bist fantastisch, Fiona."

Danach schilderte er ihr detailliert, wie er vorgehen und welche Argumente er benutzen wolle. Fiona saß einfach nur da und hörte ihm zu. Beinah beneidete sie die Frau, die er verteidigte. Er würde sie bestimmt nicht enttäuschen.

Vor zehn Jahren hat er mich auch nicht enttäuscht, dachte sie. Nachdem sie ihm gestanden hatte, dass sie schwanger sei, hatte er sich liebevoll um sie gekümmert. Er hatte ihr versichert, dass er sie liebe und sie heiraten würden.

Plötzlich überlegte Fiona, ob es falsch gewesen war, Philip zu verlassen. Vielleicht hatte sein Vater sich getäuscht?

Sie wurde ganz aufgeregt und musste sich sehr anstrengen, ihre Nervosität zu verbergen. Trotzdem schien Philip etwas zu spüren, denn er unterbrach sich unvermittelt und verlangte die Rechnung.

„Es tut mir leid, dass ich dich gelangweilt habe", entschuldigte er sich später im Auto. „Männer reden gern über sich selbst, besonders wenn ihnen jemand interessiert zuhört."

Fiona schwieg. Was hätte sie auch sagen sollen? Dass sie sehr interessiert gewesen sei?

„Ich kann dich nicht ins Büro begleiten, ich habe keine Zeit mehr", fuhr er fort. „Corinne und ich wollen Ringe kaufen. Aber ich gebe dir einen Scheck. Den Vertrag kann ich auch nächste Woche unterschreiben, wenn wir zusammen die Anzüge aussuchen. Nenn mir den Termin, Steve und ich werden pünktlich erscheinen."

Nachdem er den Termin notiert hatte, schrieb er einen Scheck aus. „Das sollte reichen", sagte er und gab ihn ihr.

Schweigend hatte Fiona den hohen Betrag akzeptiert.

Das Geld reicht ganz bestimmt, dachte sie jetzt und ging müde zum Schreibtisch. Sie ließ sich in den Sessel sinken und war so deprimiert, dass sie noch nicht einmal weinen konnte.

Heute Abend mit Mark auszugehen ist einfach unmöglich, überlegte sie. Sie würde sowieso immer nur an Philip denken.

Erst jetzt wurde ihr bewusst, dass es Mark gegenüber unfair wäre. Sie war wirklich schrecklich egoistisch, was Männer betraf. Owen hatte recht, sie benutzte sie. Aber nicht nur, um ihre sexuellen Bedürfnisse zu befriedigen, obwohl sie sich ehrlicherweise eingestand, dass es auch eine Rolle spielte. Manchmal schlief sie mit einem Mann nur deshalb, um von starken Armen gehalten zu werden und sich nicht so einsam zu fühlen.

Philips Rückkehr in ihr Leben hatte einiges verändert. Ihr Herz war nicht mehr leer, sondern übervoll. So kam es ihr jedenfalls vor.

Sie griff nach dem Telefon und wählte. Mark reagierte gereizt. Er wollte wissen, wer sein Nachfolger im Bett sei. Dass sie mit ihm Schluss mache, weil sie ihn nicht mehr sehen wolle, glaubte er ihr nicht. Schließlich war sie es leid und sagte ihm, was er hören wollte.

„Okay, ja, es gibt da einen anderen, er war mal meine große Liebe. Wir sind uns kürzlich wieder begegnet, und es hat gefunkt."

„Das habe ich mir doch gedacht", antwortete Mark beleidigt.

„Es tut mir leid, Mark. Ich habe dich wirklich gern gehabt. Aber Philip und ich waren einmal verheiratet, und wir ..."

„Verheiratet!", unterbrach er sie schockiert.

„Ja. Wir waren damals noch sehr jung, und irgendwie hat es nicht funktioniert. Doch als er jetzt wieder vor mir stand, wusste ich, dass ich noch nicht fertig bin mit ihm."

„Das heißt, du liebst ihn noch. Hast du ihn die ganze Zeit geliebt?"

„So weit würde ich nicht gehen", erwiderte sie. „Ich könnte mich jedoch leicht wieder in ihn verlieben."

„Ich verstehe." Mark klang verbittert. „Du hättest mir von Anfang an die Wahrheit sagen können."

Nur mühsam konnte sie sich die Bemerkung verkneifen, dass sie immer ehrlich gewesen sei. Sie hatte ihm nie vorgemacht, in ihn verliebt zu sein oder ihn heiraten zu wollen. Aber aus lauter Rücksicht auf sein verletztes Ego entschuldigte sie sich noch einmal.

„Dass es dir leidtut, glaube ich nicht", fuhr er sie an. „Ich werde deinetwegen jedoch keine schlaflosen Nächte verbringen. Meine zukünftige Frau stelle ich mir sowieso anders vor. Du bist zu ehrgeizig und zu egoistisch, Fiona. Eine Arztfrau muss hinter ihrem Mann zurückstehen können. Und das kannst du nicht."

Ihr Mitleid verflog.

„Das ist dann wohl ein endgültiger Abschied, oder?", fragte er.

„Ja", erwiderte sie bestimmt.

„Wir könnten unsere Beziehung ja als eine rein sexuelle fortsetzen."

Fiona hätte beinah laut gelacht. „Nein, Mark, lieber nicht."

„Dann brauche ich wohl nicht damit zu rechnen, dass du deine Meinung noch änderst. Ich weiß, du bist eine sehr entschlossene Frau und lässt einem Mann nur wenig Raum, sich zu bewegen. Und du nimmst ihm seinen Stolz", fügte er hinzu und beendete das Gespräch.

Sekundenlang betrachtete Fiona den Hörer, ehe sie ihn auflegte. Sie verstand selbst nicht mehr, warum sie mit so einem überheblichen, eingebildeten Mann jemals ausgegangen war.

Weil ich mich einsam gefühlt habe, gestand sie sich sogleich ein. Und jetzt würde sie sich noch einsamer fühlen. Wenn sie nicht aufpasste, landete sie wieder dort, wo sie vor zehn Jahren gewesen war, als sie an gebrochenem Herzen gelitten hatte und ihr Leben in tausend Stücke zerbrochen war.

Plötzlich richtete sie sich auf und biss die Zähne zusammen. Nein, so etwas passiert mir nie wieder, nahm sie sich fest vor.

Sie war nicht in Philip verliebt, jedenfalls noch nicht, wie sie sich einredete. Sie fand ihn nur ungemein erotisch und sexy und bewunderte ihn irgendwie. Das war alles.

Liebe war etwas ganz anderes. Wenn man jemanden liebte, investierte man unendlich viele Gefühle. Das geschah nicht über Nacht oder während eines gemeinsamen Essens. Dazu brauchte man mehr Zeit und Nähe. Aber dieses Mal würde sie keine Zeit mit Philip verbringen und Nähe nicht zulassen.

Vor der Hochzeit würde sie ihn sowieso nur noch zwei Mal treffen, zum Aussuchen der Anzüge und bei der Probe. Und dann noch ein Mal auf der Hochzeit, aber nicht allein.

Anschließend würde er mit Corinne in die Flitterwochen fahren. Fiona konnte wieder so leben wie bisher, ehe Owen sie in diese unangenehme Lage gebracht hatte. Irgendwann würde sie wieder einem Mann begegnen, mit dem sie ausgehen wollte. Er durfte sie jedoch nicht an Philip erinnern.

Plötzlich läutete das Telefon, und ihr wurde bewusst, wie verrückt ihre Gedanken waren. Natürlich ging sie immer nur mit Männern aus, die eine gewisse Ähnlichkeit mit Philip hatten. Dieser verdammte Kerl, seinetwegen sind mir alle anderen gleichgültig, dachte sie gereizt.

Das Telefon läutete immer noch. Sie nahm den Hörer ab und meldete sich sachlich und geschäftsmäßig.

„Hallo, Fiona", ertönte die muntere Antwort. „Ich bin's, Corinne. Philip hat mir erzählt, wie gut das Essen war!"

Fiona presste die Lippen zusammen und atmete tief ein und aus. Sie war nicht in der Stimmung, höflich zu plaudern, schon gar nicht mit Corinne.

„Ja, es war ganz nett", brachte sie nur heraus.

„Ich werde ihn überreden, mich auch in dieses Restaurant mitzunehmen. Er spricht immer darüber, aber bis jetzt haben wir es noch nicht geschafft."

Aus irgendeinem Grund freute Fiona sich darüber. Wieder so ein nutzloses Gefühl, aber was sollte sie machen?

„Er hat auch erzählt, dass Sie einen Termin bestimmt haben, um für ihn und Stevie die Anzüge für die Hochzeit auszusuchen."

Fiona stöhnte insgeheim auf. Frauen, die Vornamen verniedlichten, hatten sie schon immer irritiert. Sie war sich nicht sicher, ob sie Corinne lange ertragen könnte.

„Haben Sie sich schon überlegt, was die beiden Männer anziehen sollen?", fügte Corinne hinzu.

„Ich wollte diese Entscheidung eigentlich Philip überlassen."

„Unter uns, Fiona, lassen Sie bitte nicht zu, dass sie sich so graue Jacketts und Hüte kaufen. Ich könnte Philip nicht ausstehen mit so einem dummen Hut. Außerdem gefällt mir Grau nicht. Philip sieht in einem schwarzen Smoking absolut großartig aus."

„Sie sind die Braut, Corinne. Sagen Sie Philip, was Sie sich vorstellen."

„Oh, er wird das tun, was Sie ihm vorschlagen, Fiona. Er ist sehr von Ihnen beeindruckt. Seine Mutter noch mehr. Sie hat mich heute Morgen angerufen und von Ihnen geschwärmt."

„Ach ja?"

„Ich glaube, sie wollte mich beruhigen, ehe ich wegfahre, aber das war gar nicht nötig. Ich vertraue Philip voll und ganz, und er hat gesagt, dass Sie alles tun werden, eine wunderbare Hochzeitsfeier für uns zu organisieren. Übrigens, ich wollte Sie fragen, ob Carmel und ich Sie morgen in der Boutique treffen können, statt dass Sie mich zu Hause abholen. Das wäre doch einfacher für Sie."

„Ach, das ist kein Problem für mich." Fiona fand es angenehmer, wenn sie alle zusammen in einem Auto fuhren, da sie wahrscheinlich den ganzen Tag in Sydney unterwegs sein würden.

„Das mag sein, aber Carmel und ich fahren lieber im eigenen Wagen, wenn Sie nichts dagegen haben, Fiona. Wir treffen Sie dann im Geschäft. Um zehn, sagten Sie? Ich brauche noch den Namen und die Adresse."

Fiona war verblüfft über Corinnes kühles und bestimmtes Auftreten, nachdem sie zuvor so harmlos geplappert hatte, und nannte ihr Namen und Adresse. Dann beendete Corinne unvermittelt das Gespräch, und Fiona kam sich irgendwie hinausgeworfen vor. Sie legte den Hörer auf und runzelte die Stirn.

Wenn Philips Verlobte sich der Theorie verschrieben hatte, dass man mit Honig mehr erreichte als mit Essig, dann musste sie noch lernen, nicht plötzlich aus der Rolle zu fallen.

Plötzlich hatte Fiona ein ungutes Gefühl. Welche Rolle spielte Corinne eigentlich? Hatte Steve etwa auch gespürt, dass diese Frau nicht echt war und Philip nicht wirklich liebte?

Das Treffen mit Corinne am nächsten Tag bekam eine ganz andere Bedeutung. Fiona wollte jetzt wissen, wie Corinne wirklich war, und nicht nur ihren Job erledigen. Sie würde nicht tatenlos zusehen, dass Philip sich mit weniger als dem Besten zufriedengab. Deshalb hatte sie ihn damals nicht verlassen.

Fiona wusste genau, wie es war, jemanden von ganzem Herzen zu lieben. Wenn sie diese Liebe nicht in Corinne entdeckte, dann würde sie …

Ja, was dann? Sie hatte keine Ahnung. Aber irgendetwas würde ihr schon einfallen.

11. KAPITEL

Die Brautkleiderboutique lag ganz in der Nähe des Highways in Lindfield, einem nördlichen Vorort. Man führte dort eine große Auswahl an Modellen mit den dazu passenden Accessoires. Dieses Geschäft war immer die erste Wahl für Fiona, wenn eine Braut ein Kleid von der Stange kaufen wollte.

Zehn Minuten vor der vereinbarten Zeit stellte sie den Wagen auf dem Parkplatz ab und blieb darin sitzen, um auf Corinne und Carmel zu warten. Es war ein sonniger, aber etwas kühler Morgen und recht angenehm, wenn man im Auto blieb.

Um fünf nach zehn fuhr ein roter Sportwagen vor, aus dem zwei lachende junge Frauen stiegen. Fiona beobachtete die beiden sekundenlang im Rückspiegel. Die Fahrerin war groß, hatte eine sportliche Figur und kurzes braunes Haar. Die Beifahrerin hatte glattes blondes Haar, eine gute Figur und war mittelgroß. Beide trugen Jeans und Pullover und hatten Sonnenbrillen auf, sodass Fiona nicht genau erkennen konnte, ob sie hübsch waren. Jedenfalls waren sie nicht unattraktiv.

Sie stieg aus und ging auf die beiden Frauen zu, die die Kleider im Schaufenster betrachteten.

„Das würde zu dir passen, Cori“, sagte die Brünette. „Es würde deine herrlichen Brüste betonen.“

Fiona hatte die üppigen Brüste auch schon bemerkt. Es stimmte, das Kleid mit dem tiefen Ausschnitt und dem schmalen Spitzenoberteil würde die Figur der Blondine perfekt zur Geltung bringen.

„Hallo“, sagte sie hinter den beiden. „Sie sind sicher Corinne und Carmel. Ich bin Fiona.“

Corinne drehte sich um und musterte Fiona von oben bis unten. Dann nahm sie die Sonnenbrille ab und pfiff leise. „Wow, Fiona. Philip hat vergessen, zu erwähnen, wie fantastisch Sie aussehen.“

Fiona war sich bewusst, dass sie nach der schlaflosen Nacht nicht so gut aussah wie sonst. Sie lächelte jedoch höflich und leicht verkrampft und versuchte sich einzureden, dass sie von Corinnes smaragdgrünen Augen nicht beeindruckt sei. Dabei bemühte sie sich herauszufinden, ob Philips Verlobte aufrichtig und echt war oder ob sie berechnend und kaltblütig beschlossen hatte, Philip wegen seines Geldes zu heiraten.

„Meinst du nicht auch, dass Fiona fantastisch aussieht, Carmel?“, fragte Corinne ihre Freundin.

Carmel hatte auch die Sonnenbrille abgenommen und musterte

Fiona schweigend und mit finsterer Miene. Sie hatte schwarze Augen und war nicht so hübsch wie Corinne. Außerdem wirkte sie mürrisch und übellaunig.

„Gehen wir hinein?“, schlug Fiona vor und ignorierte Carmels unhöfliches Benehmen. Auf Carmel kam es ihr nicht an, sondern nur auf Corinne.

Doch Philips Verlobte war den ganzen Vormittag freundlich und nett. Widerstrebend gestand Fiona sich ein, dass die junge Frau sich keine Blöße gab. Sie interessierte sich etwas für die Hochzeit, zumindest für das Brautkleid, und fragte Carmel immer wieder, ob Philip das, was sie gerade anprobierte, gefallen würde.

Corinne sollte lieber mich fragen, immerhin bin ich seine Exfrau, dachte Fiona gereizt. Aber das konnte sie natürlich nicht sagen.

Carmel fand alle Kleider unpassend außer dem einen im Schaufenster. Es klang ehrlich, und zum ersten Mal in zwei Stunden blitzte es in ihren kalten dunklen Augen auf.

Die Frau hatte sogar recht. In dem Kleid sah Corinne wunderschön aus. Philip wäre begeistert. Fiona wusste, was ihm gefiel, und dieses Kleid, das Corinnes üppige Rundungen betonte, entsprach ganz seinem Geschmack. Am liebsten hätte Fiona es ihr ausgeredet, was sie natürlich nicht tat.

Nachdem sie es gekauft hatten, musste Corinne unbedingt Philip anrufen. Sie ließ sich sogar Fionas Handy geben.

Fiona wartete schweigend, bis Corinne fertig war. Mit rosigen Wangen gab sie ihr das Handy zurück.

In dem Moment gestand Fiona sich ein, dass sie sich an einen Strohhalm geklammert hatte, als sie hoffte, irgendeine negative Eigenschaft an Corinne zu entdecken. Wenn eine junge Frau schon allein bei einem Telefongespräch in solche Aufregung geriet, war sie wirklich in den Mann verliebt.

„Danke, Fiona“, sagte Corinne. „Sie sind ein Schatz.“ Dann drehte sie sich im Kreis und betrachtete sich bewundernd in den vielen Spiegeln der Boutique. „Findest du mich nicht auch hinreißend in dem Kleid, Carmel?“, fragte sie begeistert.

Carmel presste die Lippen zusammen. „Es ist perfekt, Cori“, antwortete sie kühl.

Die Frau ist eifersüchtig auf Corinnes Schönheit, schoss es Fiona plötzlich durch den Kopf.

Corinne lächelte ihre Freundin an und schob den Arm unter ihren. Dann zog sie sie neben sich. „Jetzt müssen wir für dich etwas genauso

Hinreißendes finden, etwas in schwarzer Seide oder so, das sexy aussieht und dir schmeichelt."

„Ich bin aber kein sexy Typ, Cori, dazu habe ich nicht die Figur", wandte Carmel skeptisch ein.

„Was für ein Unsinn! Ich liebe deine Figur, du bist so groß und schlank. Und du hast die besten Beine, die ich je gesehen habe. Vielleicht finden wir ein Kleid, das seitlich geschlitzt ist. Was meinen Sie, Fiona?"

Hoffentlich reicht meine Geduld, um diesen Tag durchzustehen, dachte Fiona. „Okay, dann lassen wir uns mal zeigen, was sie dahaben in schwarzer Seide", erwiderte sie.

„Ja. Das macht viel mehr Spaß, als ich mir vorgestellt habe."

Fiona konnte sich gerade noch beherrschen, nicht die Augen zu verdrehen. Glücklicherweise fanden sie schon bald ein eng anliegendes Kleid für Carmel, in dem die junge Frau kühl und elegant wirkte. Es war einfach geschnitten und tatsächlich seitlich geschlitzt, sodass sie sich darin bewegen konnte.

Schwarz steht ihr ausgesprochen gut, sagte Fiona sich, während sie die beiden Frauen betrachtete.

„Schwarz und Weiß, ja, das gefällt mir", gab sie zu. „Hat Charlotte Ihnen erzählt, was ich mir für die Gäste vorstelle, Corinne?"

„Dass sie nur in Schwarz oder Weiß erscheinen sollen? Ja, das ist eine großartige Idee. In Sydney hat es schon viele Bälle gegeben, auf die man nur in Schwarz oder Weiß gehen konnte, aber noch nie eine Hochzeit. Die weiblichen Gäste werden die Boutiquen stürmen."

„Übrigens, Corinne", sagte Fiona, „Charlotte hat erwähnt, dass Philip einen Cousin und eine Cousine hat, die gern assistieren würden. Ich hoffe, Sie haben nichts dagegen."

„Nein, habe ich auch nicht. Was sollen sie machen?"

„Der Junge trägt das Kissen mit den Ringen, und das Mädchen streut Blumen, rote Rosenknospen wären schön. Ihr Brautstrauß sollte auch aus roten Rosen bestehen. Und wenn dann noch die Herren eine rote Rose ins Knopfloch steckten, wären das hübsche Farbtupfer."

„Ja, gute Idee."

„Ich habe im Auto meinen Ordner mit den Fotos verschiedener Bouquets. Ich hole ihn rasch, dann können Sie sich aussuchen …"

„Oh nein, damit will ich nichts zu tun haben", unterbrach Corinne sie. „Das können Sie entscheiden."

Fiona blickte sie verblüfft an. Es war ihr noch nie passiert, dass eine Braut das Bouquet nicht selbst auswählte.

Als Corinne ihre Miene bemerkte, lächelte sie. „Ich habe einfach nicht die Zeit dazu, dass ich alles selbst aussuche, Fiona, meine Liebe. Deshalb hat Charlotte Sie ja auch beauftragt. Sie machen es wirklich gut, denn Sie kennen sich damit aus. Ich vertraue Ihnen und bin sicher, Sie machen mich zur Braut des Jahres. Das ist schließlich Ihr Job, stimmt's?“

„Sicher“, erwiderte Fiona leicht irritiert. Was war eigentlich los mit der jungen Frau? „Aber es ist Ihre Hochzeit, Corinne. Im Allgemeinen haben die Bräute sehr genaue Vorstellungen, was sie mögen und was nicht.“

„Oh, das habe ich auch, nicht wahr, Carmel?“ Ihre Stimme klang eine Spur zu scharf, auch wenn man es kaum merkte. „Hochzeiten interessieren mich nicht. Wenn die Gesellschaft, in der wir leben, nicht darauf bestehen würde, dass man verheiratet ist, ehe man Kinder bekommt, würde ich Philip nicht heiraten. Ich würde nur ein Baby von ihm bekommen.“

„Na ja … viele Frauen gehen ja heute schon diesen Weg“, erklärte Fiona bestürzt.

Corinne lachte. „Aber die haben auch nicht so einen Vater wie ich. Ich …“

„Wir sollten die Kleider wieder ausziehen, Corinne“, unterbrach Carmel sie. „Wir wollen sie doch nicht schon hier ruinieren.“

Sekundenlang schien Corinne sich über ihre Freundin zu ärgern. Doch dann verzog sie die Lippen. „Du hast recht, das wäre nicht gut.“

„Ehe Sie sich umziehen, suchen Sie am besten noch die Schuhe aus“, schlug Fiona vor. „Und alles andere, was Sie brauchen, gleich dazu.“ Es war wahrscheinlich die einzige Gelegenheit, Braut und Brautjungfer komplett auszustatten.

Nach einer weiteren Stunde hatten sie alles erledigt. Corinne und Carmel verschwanden, und Fiona fuhr zurück ins Büro. Sie war beunruhigt.

Mit jeder anderen Braut hätte sie den ganzen Tag verbringen müssen, vielleicht sogar noch einen zweiten. Aber Corinne war weder aufgeregt noch begeistert. Und sie war auch nicht der Typ, der nichts anderes wollte, als Philips Frau und Mutter seiner Kinder zu sein, wie Charlotte sie geschildert hatte.

Fiona überlegte, ob Philip diese rebellische und unkonventionelle Seite an Corinne kannte. Und hatte sie ihm anvertraut, dass sie ihn nur heiratete, damit ihre Kinder nicht unehelich geboren würden?

Nein, das stimmte nicht. Fiona erinnerte sich, dass die junge Frau nur von einem Kind gesprochen hatte. Wollte sie wirklich nur eins?

Vor zehn Jahren hatte Philip sich mehrere Kinder gewünscht. Warum sollte er seine Meinung geändert haben? Auch Charlotte hatte angedeutet, Philip wolle nicht nur ein Kind, weil er sich selbst auch immer Geschwister gewünscht habe.

Dass die junge Frau Philip liebte, bezweifelte Fiona nicht. Aber Liebe reichte nicht aus, wenn zwei Menschen so verschiedene Ziele und Vorstellungen hatten.

Auf den ersten Blick wirkten Corinne und Philip wie ein ideales Paar. Aber waren sie es auch? Würde sie Philip glücklich machen, wenn sie eigentlich nichts von der Ehe hielt? Sicher ließen sich auch daraus gewisse Rückschlüsse ziehen, dass sie die letzten Wochen vor ihrer Hochzeit in Übersee verbrachte. Überspielte sie mit der zur Schau gestellten Fröhlichkeit nur eine innere Ruhelosigkeit? Und warum spürte Philip es nicht?

Kann ich überhaupt etwas tun? fragte Fiona sich. Sie konnte jedenfalls nicht mit Philip darüber reden, auch nicht mit Charlotte, die sie am Wochenende wieder treffen würde. Philips Mutter war von Corinne begeistert. Und die junge Frau konnte wirklich ungemein charmant sein, wenn sie wollte.

Plötzlich hatte Fiona eine Idee. Sie würde Steve und Philip in der nächsten Woche beim Kauf der Anzüge beraten. Da Steve offenbar von Corinne keine allzu hohe Meinung hatte, könnte sie vielleicht bei passender Gelegenheit …

Sie war sich jedoch nicht sicher, was sie tun wollte. Irgendetwas würde sie auf jeden Fall machen. Sie konnte nicht einfach zusehen, wie Philip die falsche Frau heiratete. Sie hatte ihn verlassen, damit er mit einer anderen glücklich werden könnte. Aber ihre Intuition schien ihr zu sagen, dass es mit Corinne nicht möglich sein würde.

12. KAPITEL

„Wolltest du nicht heute Morgen Philip und seinen Freund in der Stadt treffen?“, fragte Owen, als Fiona am nächsten Dienstag um halb neun ins Büro kam.

„Erst um elf“, erwiderte sie und bemühte sich, ihre Nervosität zu verbergen.

Owen kniff die Augen zusammen und betrachtete Fiona. „Das grüne Kostüm ist neu, stimmt's?“

„Ja. Gefällt es dir?“

„Du wirkst darin wie eine frische Brise.“

„Ist das schlimm?“

„Nur, wenn du deinen Exmann triffst.“

„Würdest du damit bitte aufhören, Owen?“

„Ja, aber erst wenn du nach der Hochzeit heil und sicher wieder hier bist. Zumindest triffst du Philip heute zum letzten Mal.“

Owens Bemerkung erinnerte Fiona daran, dass es heute die letzte Gelegenheit wäre, etwas wegen Corinne zu unternehmen.

„Das stört dich, stimmt's?“, fragte Owen scharf.

Er hatte recht, aber Fiona versuchte, eine unbekümmerte Miene aufzusetzen. „Nein, nicht wirklich. Warum?“

„Nur so. Seit du diesen Auftrag angenommen hast, habe ich so ein Gefühl, dass es Probleme geben wird.“

„Du hast darauf bestanden, dass ich den Job annehme“, erklärte sie.

„Ja, das brauchst du nicht so zu betonen. Klappt alles?“

„Reibungslos. Ich hatte noch nie so wenig Ärger. Alle meine Vorschläge werden akzeptiert. Falls alles so läuft, wie ich es geplant habe, wird es eine großartige Sache.“

„Wieso falls?“

Fiona glaubte nicht, dass Philip die Hochzeit noch absagen würde. Aber sie wollte ihn wenigstens darauf hinweisen, was für eine Frau er heiratete.

„Ach, du weißt schon“, erwiderte sie ausweichend und ging weiter, „es kann immer etwas passieren. Man hat eben nicht alles unter Kontrolle. Ein Fall von höherer Gewalt oder so.“

„Solche Fälle interessieren mich nicht“, rief er hinter ihr her. „Nur Teufelskram beunruhigt mich.“

Fiona musste lachen. Glaubte Owen ernsthaft, sie hätte vor, den Bräutigam zu verführen? Selbst wenn sie es wollte – und in ihren dunkelsten Augenblicken dachte sie sogar darüber nach –, würde Philip nicht darauf eingehen. Er hatte ihr klar und deutlich zu verstehen gegeben, was er von ihr hielt.

Deshalb fühlte sie sich auch nicht schuldig, dass sie seinetwegen ihr neues Kostüm angezogen hatte. Sie könnte nackt vor Philip stehen, ohne dass er reagierte. Na ja, vielleicht würde er doch irgendwie reagieren ...

Pünktlich um elf war sie am Treffpunkt. Philip blickte sie kühl an, wie nicht anders zu erwarten gewesen war. In dem anthrazitgrauen Anzug und dem hellblauen Hemd sah er umwerfend gut aus.

„Steve kommt immer zu spät", erklärte er und sah auf die Uhr.

„Warten wir noch?", fragte sie. Sie standen im Foyer des eleganten Herrenausstatters in der King Street.

„Nein, so viel Zeit habe ich nicht. Nach dem Lunch bin ich mit einem Kunden verabredet. Wir können eine Nachricht für Steve an der Rezeption hinterlassen."

Nachdem sie es getan hatten, wurden sie von einem gut gekleideten jüngeren Mann in die Verkaufsräume geführt, wo man ihnen die neuesten Modelle zeigen wollte.

„Meine Verlobte wünscht, dass ich einen schwarzen Smoking trage", unterbrach Philip den Mann. „Dazu ein weißes Hemd und eine schwarze Fliege. Etwas anderes kommt nicht infrage."

„Ah ja. Würden Sie und Ihre Verlobte dann bitte mit mir kommen?" Er lächelte Fiona freundlich an.

Sogleich warf Philip ihr einen so zornigen Blick zu, dass sie dem Mann prompt erklärte, sie sei nicht Philips Verlobte. Verblüfft entschuldigte sich der Verkäufer.

„Und ich hatte schon gedacht, was für ein attraktives Paar Sie seien." Er lachte verlegen auf.

„Fiona ist Mitinhaberin von *Five-Star Weddings*", sagte Philip steif.

„Ja, stimmt, jetzt erkenne ich sie wieder."

Danach hielt Fiona sich im Hintergrund, während Philip sich verschiedene schwarze Anzüge zeigen ließ. Schließlich entschied er sich für einen sehr eleganten, aber traditionellen Smoking.

„Ich werde ihn anprobieren", verkündete er. „Mein Freund kommt etwas später, er soll denselben nehmen." Dann verschwand er in der Umkleidekabine, die sogar eine richtige Tür hatte.

Fiona seufzte. Es verlief anders, als sie gehofft hatte. Steve war nicht da, und Philip behandelte sie so kühl, dass sie unmöglich mit ihm über seine Verlobte reden konnte.

Plötzlich wurde die Tür geöffnet. „Ich komme mit dieser verdammten Fliege nicht zurecht", erklärte Philip und suchte den Verkäufer, der jedoch mit einem anderen Kunden beschäftigt war.

„Fiona, du musst mir helfen", sagte er verzweifelt.

Zögernd ging sie in die Umkleidekabine, die für zwei Personen viel zu klein war.

Die Tür schloss sich automatisch hinter ihr. Fiona bemühte sich, kühl und ruhig zu bleiben, während sie die Fliege befestigte. An solche Aufgaben war sie gewöhnt. Doch Philips Nähe irritierte sie. Ihre Gedanken wirbelten durcheinander, und ihre Hände wollten ihr nicht gehorchen. Ihr erster Versuch, die Fliege zu binden, misslang, und der zweite auch.

„Ich befürchte, du musst dir von jemand anders helfen lassen."

Da er schwieg, sah sie ihm in die Augen und wünschte sogleich, sie hätte es nicht getan. Er war ihr viel zu nah.

Seine Miene wirkte gequält. In dem Moment wurde Fiona klar, dass er noch etwas für sie empfand.

„Warum hast du mich verlassen?", fragte er ärgerlich. „Warum, verdammt noch mal?"

„Oh Philip", stieß sie hervor und streichelte ihm die Wange.

Plötzlich packte Philip sie an den Schultern, zog sie an sich und presste den Mund auf ihren.

Fiona öffnete leicht die Lippen, um Luft zu holen, was sich als fataler Fehler erwies. Offenbar hielt Philip es für eine Einladung, ihren Mund mit der Zunge zu erforschen. Er umfasste sogleich ihr Gesicht und schob sie an die Wand mit dem Spiegel.

Philip hatte schon immer leidenschaftlich und gern geküsst. Doch dieses Mal war sein Kuss jenseits von Begierde und Leidenschaft.

Zuerst war Fiona bestürzt über sein brutales Verlangen. Doch Erregung breitete sich in ihr aus. Es kam ihr gefährlich und tollkühn zugleich vor. Sie erwiderte seine Küsse, umkreiste seine Zunge verführerisch mit ihrer, und in ihrem Kopf wirbelte alles durcheinander, während ihr das Blut in den Schläfen pochte. Sie schmiegte sich an ihn und fing an, sich an ihm zu reiben.

„Oh nein", stöhnte er auf.

Plötzlich klopfte jemand an die Tür, und sie blickten sich groß an.

„Bist du da, Philip?"

Philip schloss sekundenlang die Augen, während Fiona kaum glauben konnte, wie schnell aus besinnungsloser Lust ein Gefühl tiefster Demütigung wurde. Sie wäre am liebsten im Boden versunken.

Sie nahm die Hand von seiner Hose und errötete.

„Ja, Steve", antwortete er kurz angebunden und warf Fiona einen vorwurfsvollen Blick zu. „Ich bin hier. Einen Moment noch. Fiona hat Mühe, die Fliege zu binden."

„Wer, zum Teufel, ist Fiona?"

„Die Frau, die meine Mutter für die Hochzeitsvorbereitungen engagiert hat."

„Ach so. Ich bin in der Umkleidekabine gegenüber und probiere den Anzug an, den du mir ausgesucht hast."

„Okay."

Während der kurzen Unterhaltung sah Philip Fiona kühl und zornig an. Schließlich fuhr er sie an: „Was hast du dir dabei gedacht, mich so zu berühren?"

„Ich ... ich konnte nicht anders", erklärte sie etwas hilflos. Sie war bestürzt über den Vorwurf. Doch dann nahm sie sich zusammen und wehrte sich. „Aber du hast mich zuerst geküsst. Hast du das vergessen?"

„Nachdem du mein Gesicht gestreichelt und mich so sehnsüchtig angesehen hast. Und was soll das heißen, du konntest nicht anders? Was ist das für eine lausige Entschuldigung? Bist du etwa nymphoman, dass du jeden Mann anfassen musst, der dir zu nahe kommt?"

„Red doch nicht solchen Unsinn! So bin ich nicht, jedenfalls normalerweise nicht", erwiderte sie.

„Ach ja, du machst es nur bei mir. Du liebe Zeit, wie pathetisch. Warum gibst du nicht zu, dass du sexbesessen bist, Fiona? Das warst du damals schon."

„Dass ich dich gestreichelt habe, hatte zuerst nichts mit Sex zu tun."

Er lachte. „Glaub mir, Süße, am Ende ging es dir nur noch um Sex."

„Nachdem die Dinge außer Kontrolle gerieten", entgegnete sie. „Wieso wagst du es überhaupt, mich als sexbesessen zu bezeichnen? Du hast mich zuerst geküsst, und es war kein freundschaftlicher oder platonischer Kuss. Was bist du denn, Philip?", fragte sie hitzig. „Ein Lüstling, der über jede Frau herfällt, die ihm zu nahe kommt?"

„Das passiert mir nur bei dir, Fiona", gab er reumütig zu. „Es hat wohl etwas mit den alten Zeiten zu tun. Die Erinnerungen sind verdammt mächtig. Wenn Steve uns nicht unterbrochen hätte, hätte ich dich gewähren lassen. Ich hätte mich eingereiht in die lange Liste deiner Opfer, die vor deinem Haus Schlange stehen."

Er lachte auf. „Verdammt, erst jetzt begreife ich, warum es mir so schwergefallen ist, dich zu vergessen, Fiona. Ich warne dich jedoch, halt dich von mir fern. Du hast deine Chance gehabt und sie verspielt. Ich liebe Corinne und werde sie heiraten."

„Ja, aber liebt sie dich auch?“, warf Fiona ihm verletzt und ärgerlich an den Kopf.

Philip blickte sie ungläubig an. Dann blitzte es in seinen Augen verächtlich auf. „Geh bitte“, forderte er sie auf. „Sofort. Ich will dich bis zur Hochzeit nicht mehr sehen, und dann auch nur, wenn es unbedingt nötig ist. Habe ich mich klar genug ausgedrückt?“

Sie begriff, dass sie jede Chance verspielt hatte. Jedes Wort wäre sinnlos und würde alles nur noch schlimmer machen. Doch sie wollte auch nicht einfach so verschwinden.

„Ich weiß, dass du mir nicht glaubst, Philip, aber ich sorge mich wirklich um dich. Was ich gesagt habe, war nur in deinem Interesse. Ich habe sowieso immer nur in deinem Interesse gehandelt.“

„Wenn es so ist, hast du eine seltsame Art, es zu zeigen“, antwortete er kühl und hart. „Gehst du jetzt bitte?“

Sie zögerte immer noch. „Und was ist mit den Anzügen für die Hochzeit? Owen wird mich fragen.“

„Erklär ihm, der Bräutigam würde sich selbst darum kümmern und hätte dich aus der Verantwortung entlassen.“

Seine eisige Kälte konnte sie kaum ertragen. „Es tut mir sehr leid, Philip.“

Er presste die Lippen zusammen. „Bitte geh endlich.“

Sie sah ihn noch einmal verzweifelt an, dann ließ sie ihn allein.

13. KAPITEL

Oh Fiona, Sie sehen ganz bezaubernd aus! Weiß steht Ihnen ausgesprochen gut, Sie sollten es öfter tragen."

Fiona verkrampfte sich das Herz. Charlotte hat ja keine Ahnung, wie ironisch die Bemerkung sich für mich anhören muss, nachdem sie mich an meinem eigenen Hochzeitstag vor zehn Jahren so sehr verletzt hat, dachte sie.

„Weiß ist für eine Karrierefrau keine gute Farbe", erwiderte sie. „Die Frisur wirkt auch nicht professionell", fügte sie hinzu und warf noch einen Blick in den Spiegel. Charlotte hatte sie dazu überredet, das Haar hochzustecken und einzelne Strähnchen dekorativ Gesicht und Nacken umspielen zu lassen.

„Zu dem romantischen Kleid brauchen Sie eine romantische Frisur", hatte Charlotte erklärt.

Das elegante weiße Seidenkleid wirkte wirklich romantisch. Der Ausschnitt war tief, aber nicht gewagt. Weil sie sich um den Hals herum ziemlich nackt vorgekommen war, hatte Fiona eine Perlenkette angelegt und auch noch die dazu passenden Ohrstecker.

Als sie Charlotte zum Kauf des Kleides für die Hochzeit begleitet hatte, hatte Fiona das weiße Kleid entdeckt und es spontan gekauft. Jetzt hätte sie lieber eins in Schwarz getragen, es hätte viel besser zu ihrer trüben Stimmung gepasst.

Stattdessen sah sie an Philips Hochzeitstag sehr weiblich und sanft aus, beinah so, als wäre sie die Braut.

„Ich wollte mich noch bei Ihnen bedanken, dass Sie letzte Nacht bei mir geblieben sind, meine Liebe", sagte Charlotte.

Fiona schreckte aus den Gedanken auf und lächelte. „Es war nett, dass Sie mich gefragt haben." Seltsamerweise mochte sie die Frau sehr.

Es war kein Problem für sie gewesen, bei Charlotte zu übernachten, denn weder Corinne noch Philip waren da gewesen. Philip hatte seinen letzten Abend als Junggeselle bei Steve verbracht, und Corinne war zu Hause geblieben. Sie hatte irgendeine Ausrede benutzt, aber Fiona vermutete, dass sie mit Carmel zusammen gewesen war.

Die beiden jungen Frauen wollten nach dem Lunch von zu Hause abfahren und würden gegen drei Uhr eintreffen. Dann hätten sie noch vier Stunden Zeit, sich für die Trauung zurechtzumachen, die auf sieben Uhr festgesetzt war. Die Kleider hingen in der Gästesuite bereit, die Charlotte der Braut zur Verfügung gestellt hatte. Philip und Steve würden erst kurz vor sieben erscheinen.

Die Zeremonie sollte an einem Ende des Swimmingpools zwischen den Marmorsäulen stattfinden, mit den Gartenanlagen im Hintergrund. Für die über zweihundert Gäste hatte man viele Reihen roter Stühle auf beiden Seiten des Pools und am anderen Ende aufgestellt. Dummerweise hatten beinah alle, die eingeladen worden waren, auch zugesagt. Es waren sogar in letzter Minute noch mehr hinzugekommen, weil Corinnes Vater einige einflussreiche Persönlichkeiten vergessen hatte.

Nach der Trauung sollten die Stühle weggeräumt werden, damit um den Swimmingpool herum getanzt werden konnte. Im Zelt, das unterhalb der Terrasse auf dem Rasen stand, war nicht viel Platz dafür. Es war zwar groß, doch vollgestellt mit Tischen und Stühlen für das offizielle Dinner.

„Hoffentlich verläuft alles nach Plan", sagte Fiona. Irgendwie hatte sie ein ungutes Gefühl, was ihr bisher noch nie passiert war.

Charlotte blickte sie überrascht an. „Das wird es bestimmt. Das Wetter ist schön, und alles sieht wunderbar aus, das Haus, das Zelt und die Beleuchtung. Sie sind wahrscheinlich nur beunruhigt, weil Sie nicht an der Probe teilgenommen haben. Aber Ihr Geschäftspartner hat niemanden geschont. Er hat darauf geachtet, dass alles klappt. Da fällt mir etwas ein. Geht es Ihnen auch wirklich wieder gut? Sie sehen jedenfalls so aus, finde ich."

„Ja, ich bin wieder in Ordnung. Es war wohl nur so ein Vierundzwanzigstundenvirus." Außer Owen und natürlich Philip wusste niemand, dass sie gar nicht krank gewesen war.

Fiona hatte Owen nicht die ganze Wahrheit gesagt, sondern nur erklärt, zwischen ihr und Philip herrsche eine gewisse Spannung. Deshalb sei es ihr lieber, er, Owen, würde den Ablauf der Zeremonie mit dem Brautpaar und den anderen Beteiligten proben. Er war sogleich einverstanden gewesen.

„Corinne befürchtete schon, Sie könnten nicht zur Hochzeit kommen." Charlotte streichelte Fiona die Hand. „Aber Philip war sicher, dass Sie es schaffen würden."

Demnach ist er immer noch wütend auf mich, überlegte Fiona. Dachte er etwa, sie würde sogar in letzter Minute noch versuchen, die Hochzeit zu verhindern?

Sie seufzte, und sogleich betrachtete Charlotte sie prüfend. „Sie sind doch noch etwas blass. Lassen Sie uns hinuntergehen und einen Brandy trinken. Was halten Sie davon?"

Fiona lächelte. „Gute Idee, Charlotte."

Corinne und Carmel kamen kurz nach dem Lunch an und wurden

nach oben geschickt – mit der Aufforderung, eine Stunde vor der Trauung zum Fotografieren fertig zu sein.

Danach wurde es hektisch. Die Blumen wurden geliefert, und die Leute vom Partyservice erschienen. Und schließlich die Parkwächter, die Fiona bestellt hatte, damit die vielen Gäste nicht wild durcheinander parkten. Bill, der Fotograf, würde nicht vor halb sechs eintreffen, das wusste Fiona. Aber der Mann mit der Videokamera war schon da, um das große Ereignis zu filmen.

Fiona eilte hin und her, prüfte alles und hoffte, dass nichts schiefging.

Um fünf verzog Charlotte sich nach oben, um sich umzuziehen. Sie hatte ihr weißes Kostüm nicht zu früh anziehen wollen, um es beim Sitzen nicht zu zerknittern.

Damit hatte Fiona kein Problem, aber sie hatte auch nicht vor, sich hinzusetzen.

Genau um halb sechs erschien Bill mit seinem Assistenten und mehreren Kameras. Fiona holte die Blumen, die sie ins Wasser gestellt hatte, und begleitete den Fotografen nach oben. Er sollte einige Fotos von der Braut und der Brautjungfer auf der Treppe machen.

Fiona gestand sich ein, dass die beiden sehr schön aussahen, ganz besonders natürlich Corinne. Sie wirkte wie eine Märchenprinzessin.

Da Bill sie nicht brauchte, ging Fiona wieder hinunter, um sich zu vergewissern, dass alles für die Zeremonie und den anschließenden Empfang vorbereitet war. Die Sonne ging gerade unter und hüllte den Garten und den Swimmingpool in ein zauberhaft-goldenes Licht.

Alles war so, wie es sein sollte. Rasch warf sie noch einen letzten Blick in das Zelt, das großartig aussah mit der aufwendigen Dekoration und den eleganten Tischen und Stühlen.

Ich habe alles getan, was ich konnte, um die Hochzeit zu einem Ereignis zu machen, an das man sich gern erinnert, überlegte sie. Sekundenlang geriet sie jedoch in Panik, weil der Pfarrer noch nicht da war. Rasch rief sie ihn übers Handy an und erfuhr, dass er unterwegs sei und jeden Moment eintreffen müsse.

Schließlich erschien Charlotte wieder. Sie sah sehr schön aus, wirkte aber etwas angespannt. Es war ganz normal, dass Mütter so reagierten. Fiona machte Charlotte Komplimente und steckte ihr eine Orchidee an die Jacke. Eine rote Rose wäre für diese elegante Dame irgendwie unpassend gewesen. Dann schenkte sie Philips Mutter noch einen Brandy ein.

„Trinken Sie auch einen, Fiona“, forderte Charlotte sie auf, und Fiona tat es.

Die ersten Gäste trafen kurz nach sechs ein. Charlotte und Fiona begrüßten sie gemeinsam und führten die Leute in die riesigen Wohnzimmer, wo Drinks serviert wurden und eine Band leise spielte. Später würden die Musiker auf der Terrasse spielen.

„Es gefällt mir ausgesprochen gut, dass die Leute nur Schwarz oder Weiß tragen. Ihnen auch?“, flüsterte Charlotte Fiona zu, als die alte Standuhr halb sieben schlug.

Aber Fiona hörte weder Charlottes Worte noch das Schlagen der Uhr. Stattdessen war ihre ganze Aufmerksamkeit auf den Wagen gerichtet, der gerade vor der Haustür vorfuhr – auf den schwarzen Jaguar.

„Ich ... muss noch die Beleuchtung am Swimmingpool überprüfen, Charlotte“, erklärte sie schnell und eilte davon.

Ihre Gefühle gerieten in Aufruhr, und sie befürchtete, die Beherrschung zu verlieren. Oh nein, ich habe geglaubt, ich schaffte es, doch es geht nicht, ich kann es einfach nicht, dachte sie gequält.

Sie lief so rasch, wie es die hohen Absätze zuließen, und blieb nicht stehen, bis sie beinah gegen eine der Marmorsäulen am Swimmingpool gestoßen wäre. Sie hielt sich daran mit beiden Händen fest, zuerst, um das Gleichgewicht zu halten, und dann, weil hilflose Wut in ihr aufstieg.

Es gelang ihr nur mit größter Anstrengung, das verdammte Ding loszulassen. Langsam drehte sie sich um, lehnte sich dagegen und spürte den glatten Marmor im Rücken. Dann schloss sie die Augen und atmete tief ein.

Ich muss mich beruhigen, mahnte sie sich. Sie musste die Sache bis zum Ende durchstehen, eine andere Wahl hatte sie nicht.

Plötzlich berührte jemand sie leicht an der Schulter, und sie machte unvermittelt die Augen auf.

„Du liebe Zeit, Philip“, rief sie aus und rang nach Fassung. „Du ... hast mich erschreckt.“

„Entschuldige“, sagte er schroff. „Es sah so seltsam aus, wie du da gestanden hast mit geschlossenen Augen. Ich dachte, du fühltest dich vielleicht nicht wohl, obwohl du auf mich nicht krank wirkst“, fügte er hinzu. „Wenn du mir die Bemerkung gestattest, du siehst zum Anbeißen gut aus.“

Fiona blickte ihn empört an.

Er verzog die Lippen. „Oder sollte ein Mann, der im Begriff ist zu heiraten, so etwas nicht zu einer Frau sagen, die nicht seine Braut ist?“, fragte er spöttisch. „Nein, vielleicht nicht, aber du weckst immer die eigenartigsten Gefühle in mir, Fiona. Offenbar hast du einen direkten Draht zu meinen Hormonen.“

„Philip, ich …“

„Ja, ich weiß, es tut dir leid und mir auch“, stieß er hervor. „Es tut uns beiden leid. Ah, da kommt Steve, um mich vor mir selbst zu retten. Keine Sorge, ich habe ihm nichts verraten, und er wird dich nicht erkennen“, erklärte er leise.

Und so war es dann auch. Steve hat sich sehr verändert, überlegte Fiona, während der kräftige Mann mit dem sandfarbenen Haar auf sie und Philip zukam. Er sah besser aus als damals und wirkte selbstsicherer. Mit Philip war er jedoch nicht zu vergleichen.

Lächelnd musterte Steve sie von oben bis unten. „Das ist also die geheimnisvolle Fiona, die ich aus irgendwelchen Gründen nie getroffen habe. Philip hat mir verschwiegen, dass Sie aussehen wie eine Göttin.“

„Fiona hat einen festen Freund“, sagte Philip. „Gib dir keine Mühe.“

„Frauen wie Fiona haben immer einen Freund, mein Lieber. Aber sie trägt keinen Ring. In der Liebe ist alles erlaubt. Was machen Sie heute Abend nach der Hochzeit, meine Schöne?“

Vor zehn Jahren hätte Fiona sich gefreut über Philips eifersüchtige Miene und es als Kompliment betrachtet. Doch jetzt war sie nur traurig.

„Es tut mir leid, Steve“, erwiderte sie höflich. „Philip hat recht, es gibt momentan einen anderen Mann in meinem Leben. Und der reicht mir. Ich muss euch allein lassen und mich darum kümmern, dass die Gäste Platz nehmen. Corinne wird sicher gleich kommen, Philip, geh bitte nicht weg.“

„Natürlich gehe ich nicht weg, Fiona. Ich bin hier, um zu heiraten.“

„Und ich bin hier, um dafür zu sorgen, dass es auch klappt.“ Sie drehte sich um und ging davon, während Steve hinter ihr herpfiff und sie bewundernd betrachtete.

Eine halbe Stunde später waren Philip und Corinne Mann und Frau. Und drei Stunden später zog Corinne sich zurück, um sich für die Hochzeitsreise umzuziehen. Carmel begleitete sie. Unterdessen fing Philip an, sich von den Gästen zu verabschieden und sich für ihr Kommen zu bedanken.

Fiona wurde immer deprimierter und sah, wie Steve sich den Weg durch das überfüllte Zelt zu ihr bahnte. Deshalb floh sie ins Haus, wo sie Charlotte entdeckte, die blass und erschüttert unten an der Treppe stand.

„Charlotte! Was ist los? Geht es Ihnen nicht gut?“

Die Frau blickte sie gequält an. „Fiona, ich bin schockiert. Es ist entsetzlich, und ich weiß nicht, was ich machen soll.“

„Weshalb sind Sie schockiert? Kann ich Ihnen helfen?“

„Niemand kann mir helfen“, antwortete sie schwach.

„Das möchte ich lieber selbst beurteilen“, entgegnete Fiona bestimmt. „Jetzt erzählen Sie mir endlich, was passiert ist.“

„Es geht um Corinne“, begann Philips Mutter zögernd. „Ich bin nach oben gegangen, weil ich helfen wollte. Als ich an die Tür klopfte, blieb alles ruhig. Deshalb habe ich die Tür geöffnet, aber das Zimmer war leer. Ich war verblüfft und bin hineingegangen. Und dann habe ich … ich habe …“

„Was haben Sie?“, drängte Fiona.

„Ich habe sie gesehen“, stieß Charlotte schließlich hervor. „Im Badezimmer. Im Spiegel habe ich sie gesehen …“

Fiona verkrampfte sich der Magen. „Was und wen haben Sie gesehen, Charlotte?“

„Corinne und Carmel. Sie … umarmten und küssten sich.“

„Sonst nichts?“

„Nein, aber nicht wie Freundinnen, Fiona, sondern wie … Liebende. Ich kenne den Unterschied sehr gut“, erklärte sie unglücklich.

Plötzlich wurde Fiona alles klar. Die Teile des Puzzles fügten sich zusammen. Sie schüttelte den Kopf.

„Sie müssen es Philip sagen, Charlotte.“

„Oh, das kann ich nicht, nein, wirklich nicht. Das verstehen Sie nicht.“

„Aber Sie können ihn doch nicht mit dieser Frau in die Flitterwochen fahren lassen. Das ist unmöglich, Charlotte.“

Charlotte schlug die Hände vors Gesicht. „Ich weiß nicht, was ich machen soll“, jammerte sie.

„Sie wissen, was Sie tun müssen. Kommen Sie mit ins Arbeitszimmer, und warten Sie dort bitte. Ich hole Philip, dann können Sie ihm alles erzählen.“

Widerstrebend willigte Charlotte ein.

Philip bestand darauf, Steve mitzunehmen, und Fiona fühlte sich von seinem Verhalten verletzt. Aber nichts konnte sie von ihrem Entschluss abbringen, die Wahrheit über Corinne aufzudecken. Sie hatte Philip vor zehn Jahren nicht aufgegeben, damit eine hinterhältige Frau, die ganz bestimmte Absichten hatte, ihn betrog.

„Was ist eigentlich los?“, fragte er ungeduldig, nachdem Fiona die Tür hinter ihnen geschlossen hatte.

Charlotte saß steif im Sessel und rang verzweifelt die Hände. Schließlich schien auch Philip zu begreifen, dass etwas Entscheidendes geschehen war. „Was ist passiert? Geht es um Corinne?“ Seine Stimme klang scharf.

„Deine Mutter wird es dir erzählen“, erwiderte Fiona angespannt.

Endlich fing Charlotte an, ihm zu berichten, was sie gesehen hatte. Philip wurde blass, während Steve leise fluchte.

„Bist du absolut sicher?“, fragte Philip schließlich seine Mutter.

„Sie … hatten nur ihre Dessous an“, flüsterte sie.

Jetzt fing auch Philip an zu fluchen. Dann blickte er Fiona an. „Komm mit“, forderte er sie schroff auf.

Sie sah ihn irritiert an. „Wohin?“

„Nach oben. Ich brauche eine Zeugin, wenn ich Corinne zur Rede stelle, und ich glaube nicht, dass ich es momentan meiner Mutter zumuten kann. Steve, bleib bitte hier, und sorg dafür, dass meine Mutter einen Tee oder etwas anderes trinkt.“

„Natürlich, Phil. Sieh zu, dass du mit Corinne klarkommst. Ich möchte dich jetzt nicht daran erinnern, dass ich dich gewarnt habe. Doch ich hatte immer ein ungutes Gefühl, wie du weißt.“

„Ja, du hast ja recht.“

Fiona musste sich beeilen, um mit Philip Schritt zu halten, als er zwei Stufen auf einmal nahm. Oben auf dem Flur blieb er unvermittelt stehen und drehte sich zu ihr um. „Hast du es schon vorher gewusst?“

Sie war bestürzt. „Nein, sonst hätte ich es erwähnt.“

„Aber du hast angedeutet, Corinne würde mich nicht wirklich lieben. Warum hast du das gesagt? Weich mir nicht aus, ich will die Wahrheit hören. Irgendetwas musst du gewusst haben.“

„Nein, das stimmt nicht. An dem Tag jedoch, als wir zusammen das Brautkleid gekauft haben, wurde ich stutzig. Sie erzählte, dass ihr Vater niemals damit einverstanden sein würde, wenn sie ein Baby bekäme, ohne verheiratet zu sein. Deshalb würde sie dich heiraten. Ich hielt es für eine seltsame Bemerkung. Wenn man den Partner liebt, sagt man so etwas nicht.“

„Das war alles?“

„Ja, das musst du mir glauben. Wenn du denkst, ich hätte dich im Wissen der Wahrheit Corinne heiraten lassen, irrst du dich. Ich habe schon erwähnt, dass ich mich um dich sorge, Philip, und das stimmt auch.“

„Dann bitte ich dich, mir zuliebe zu lügen. Behaupte bitte Corinne gegenüber, du hättest sie und Carmel zusammen gesehen.“

Fiona hob den Kopf. „Gern.“

Philip klopfte nicht an, sondern stürmte einfach ins Zimmer. Corinne und Carmel hatten sich offenbar in der Zwischenzeit angezogen, doch bei Philips ärgerlichem Auftritt wirkten ihre Mienen schuldbewusst.

„Was ist los, Philip?", fragte Corinne und rang nach Luft. „Ist etwas passiert?"

„Das wirst du mir verraten, Corinne."

Die Braut wurde blass. „Was ... meinst du?"

„Vorhin ist Fiona ins Zimmer gekommen und wollte euch helfen", erklärte er hart. „Sie hat geklopft, aber da niemand geantwortet hat, ist sie hineingegangen. Offenbar warst du mit Carmel ... anderweitig beschäftigt", spottete er. „Im Badezimmer. So war es doch, Fiona, oder?"

„Ja", bestätigte sie.

„Hast du nichts dazu zu sagen, Corinne?", stieß Philip hervor.

Langsam veränderte sich ihre Miene. Corinne wirkte jetzt nicht mehr schuldbewusst, sondern eher trotzig. „Nein", antwortete sie herausfordernd. „Was gibt es da noch zu sagen? Wenn sie uns gesehen hat, ist doch alles klar."

Philip blickte seine Braut verächtlich an. „Verrat mir eins. Wann hättest du mich wieder verlassen? Nach der Geburt des ersten Kindes oder davor?"

„Ich hatte nicht vor, dich überhaupt zu verlassen."

Er war schockiert, und endlich empfand Corinne doch so etwas wie Gewissensbisse.

„Ich habe dich gemocht, Philip", bekräftigte sie. „Ehrlich. Du bist der erste und einzige Mann, dessen Berührungen ich ertragen konnte. Deshalb habe ich mich für dich entschieden. Das verstehst du doch, oder?"

„Momentan ist mir nur klar, dass du meine Liebe angenommen und sie mit Füßen getreten hast."

„Oh Philip, sei doch nicht so melodramatisch. Du hast mich nie wirklich geliebt. Ich weiß genau, wie es ist, jemanden wirklich zu lieben, denn ich liebe Carmel. Und sie liebt mich. Wir lieben uns schon seit unserem fünfzehnten Lebensjahr. Du hast mich nur gern gehabt, das ist alles."

„Verlass bitte mit deiner Freundin das Haus. Ihr seid mit dem Auto gekommen, oder?"

„Ja."

„Dann steigt ein und fahrt weg. Du wirst von mir hören, sobald alles geregelt ist. Ich werde die Urkunde über die Annullierung der Ehe an die Adresse deines Vaters schicken."

„Verrat es ihm bitte nicht, Philip, sonst wird er mich enterben. Deshalb musste ich ja auch heiraten. Er kann Homosexuelle und Lesben nicht ausstehen und unverheiratete Mütter auch nicht."

„Ich werde mit niemandem darüber reden. Meinst du, ich will mich lächerlich und zum Gespött der Leute machen?"

„Niemand würde über dich lachen, Philip. Du bist ein netter Mensch und …"

„Du liebe Zeit, hör damit auf, und verschwinde mit deiner Freundin."

Dann sah er hinter den beiden Frauen her, bis sie ins Auto gestiegen waren. Erst als der Wagen den Hügel hinunterfuhr, blickte er Fiona an, die die ganze Zeit schweigend neben ihm gestanden hatte.

„Hast du einen Mantel dabei?", fragte er unvermittelt.

„Eine Jacke", erwiderte sie.

„Hol sie. Wir treffen uns hier in zwei Minuten. Nimm auch deine Handtasche mit und alles, was du sonst noch brauchst. Wir verschwinden auch."

„Wie bitte?"

„Du bist gerade im Begriff, meine Braut zu werden. Wenn wir uns jetzt unbemerkt zurückziehen, wird jeder Verständnis dafür haben. Meine Mutter kann Corinnes Vater erklären, dass ihr geliebter Sohn und seine geliebte Tochter früher als geplant weggefahren seien." Philip lächelte ironisch. „Natürlich denkt er dann, Braut und Bräutigam seien schon in die Flitterwochen aufgebrochen. Ich lasse Steve mit zwei oder drei anderen hinter uns herwinken. Dass du schwarze Haare hast, wird man durch die getönten Scheiben meines Wagens nicht erkennen können."

„Aber …"

„Überleg doch, welche Alternative es gibt. Sollen wirklich alle wissen, dass die Hochzeit praktisch geplatzt ist? Woran sollen sich die Leute dann erinnern? An die herrliche und perfekt organisierte Feier oder daran, dass Braut und Bräutigam sich schon vor dem Empfang wieder getrennt haben?"

Er hat recht, dachte Fiona und seufzte. „Okay, ich hole meine Jacke."

Philip lächelte kühl. „Ich habe damit gerechnet, dass du mir hilfst."

14. KAPITEL

Alles verlief so, wie Philip es sich vorgestellt hatte. Der Jaguar fuhr den Hügel hinunter und durch die offenen Tore, ohne dass einer der Hochzeitsgäste die Täuschung bemerkte. Mit quietschenden Reifen bog Philip nach rechts auf die Hauptstraße ab.

„Hast du einen Grund, warum du so schnell fährst?", beschwerte Fiona sich.

„Ja", antwortete er gereizt, verminderte aber das Tempo.

Fiona atmete erleichtert auf. Ihr war klar, dass Philip sehr aufgeregt und verstört war. Was er soeben erlebt hatte, musste ihm wie ein Albtraum vorkommen. Dabei ging es gar nicht darum, ob er Corinne liebte oder nicht. Er hatte sie gern und hatte sich ihr gegenüber verpflichtet. Und er war fest davon überzeugt gewesen, an diesem Abend mit seiner hübschen jungen Frau in die Flitterwochen zu fahren.

Stattdessen saß jetzt eine Frau neben ihm, die er nicht besonders mochte, auch wenn er sich sexuell zu ihr hingezogen fühlte.

„Wohin fahren wir?", fragte Fiona angespannt.

„Wen kümmert es?"

„Mich."

„Warum? Wegen deines verdammten Freundes? Du liebst ihn ja gar nicht", erklärte er.

„Das habe ich auch nie behauptet."

„Warum schläfst du dann noch mit ihm?"

„Tue ich doch gar nicht."

Er drehte sich zu ihr um und sah sie ungläubig an.

„Pass auf den Verkehr auf", warnte sie ihn.

Sekundenlang schwieg Philip und schien nachzudenken. „Wann hast du mit ihm Schluss gemacht?", fragte er schließlich.

„Vor einiger Zeit."

„Wann genau?"

„Weiß ich nicht mehr."

Er warf ihr einen verächtlichen Blick zu. „Du machst dir aus keinem Mann etwas, stimmt's? Wir Männer sind für dich einfach nur Körper, die du benutzt und wegwirfst, wie es dir gefällt."

„Das ist nicht wahr. Dich behandle ich jedenfalls anders."

„Oh, wunderbar. Jetzt fühle ich mich schon viel besser."

Fiona seufzte. „Philip, mir ist klar, dass du etwas Schreckliches erlebt hast, und es tut mir wirklich leid. Wenn es irgendetwas gibt, was ich für dich tun kann, dann tue ich es."

„Glaub mir, Fiona, es gibt etwas. Wir sind schon auf dem Weg. Du kannst mir gleich beweisen, ob du es ernst meinst."

„Wie bitte?"

„Spiel nicht den Unschuldsengel. Du weißt genau, wohin ich mit dir fahre und was passieren wird."

„Nein", behauptete sie, während ihre Gedanken durcheinanderwirbelten. „Ich habe keine Ahnung."

„Dann will ich dich aufklären. Ich nehme dich mit in die Suite, die ich für heute Abend gebucht habe. Es ist alles da, Blick auf den Hafen, Champagner, ein Luxusbad und Satinbettwäsche. Du willst mir helfen, Fiona, das hast du doch gesagt, oder? Dann spiel heute Abend meine errötende Braut."

Sie bekam Herzklopfen.

„Nein, ich nehme es zurück", fuhr Philip ironisch fort. „Ich will keine errötende Braut, sondern eine Frau, die genau weiß, was sie macht und wie man es macht. Kurz gesagt, Fiona, ich will dich."

„Das meinst du nicht wirklich", erwiderte sie. Sie war nicht nur über seinen Vorschlag schockiert, sondern auch über ihre Reaktion darauf.

Starke Erregung breitete sich in ihr aus und schien sie in Versuchung zu führen.

„Wenn du nicht mitkommen willst, Süße, suche ich mir eine andere. Ich glaube nicht, dass es schwierig sein wird, in irgendeiner Nachtbar eine Frau zu finden. Nach einigen Gläsern Scotch ist mir sowieso egal, wie sie aussieht."

„Philip red nicht solchen Unsinn. Du kannst dich nicht betrinken und dann irgendwo eine Frau aufreißen. Vielleicht hat sie eine Krankheit, oder was weiß ich."

„Dann bist du bereit einzuspringen?"

Fiona wusste nicht, was sie machen sollte. Sie wollte mit ihm gehen. Schon, wenn sie daran dachte, mit ihm zusammen zu sein, war sie ganz erregt. Andererseits war ihr klar, dass es für sie beide keine Zukunft gab.

„Offenbar fällt es dir schwer, dich zu entscheiden", stellte er fest. „Was ist dein Problem? Hast du etwa Angst, dir bei mir irgendeine Krankheit zu holen?"

„Nein ..."

„Vor einer Schwangerschaft kannst du aber auch keine Angst haben. So eine weltgewandte unabhängige Karrierefrau wie du ist bestimmt jederzeit vorbereitet und schließt diese Möglichkeit von Anfang an aus."

„Ich nehme die Pille, ja", erwiderte sie steif. „Doch das verrate ich im Allgemeinen meinen Partnern nicht, sondern bestehe darauf, dass sie sich schützen."

„Oh, du bist wirklich vorsichtig. Es tut mir leid, ich habe keine Kondome mitgenommen. Schwangerschaftsverhütung stand für heute Abend bestimmt nicht auf meiner Agenda. Ich kann jedoch noch rasch etwas besorgen, wenn du willst."

„Bis jetzt habe ich noch nicht eingewilligt, überhaupt mit dir zu gehen."

„Dann entscheide dich endlich", forderte er sie kühl auf. „Je näher wir der City kommen, desto schwieriger ist es, anzuhalten."

„Es ist einfach so, Philip", begann sie entschlossen und bemühte sich, sich selbst zu überzeugen, „dass ich nicht mit einem Mann ins Bett gehe, der mich für eine Schlampe hält oder mich wie eine behandelt. Ich bin keine, nur damit das klar ist! Ich suche mir meine Sexpartner nicht nur gut aus, sondern erwarte auch, dass sie mich respektieren."

„Ich respektiere dich doch."

„Nein, das ist nicht wahr. Aus irgendeinem Grund verachtest du mich, obwohl ich nicht weiß, warum. Wenn es deshalb ist, weil ich mit einigen Männern geschlafen habe, ohne sie zu lieben, dann musst du dich selbst auch verachten. Aus den Andeutungen deiner Mutter habe ich herausgehört, dass du dich nach unserer Trennung nicht wieder verliebt hast, bis du Corinne kennengelernt hast. Und dass du all die Jahre enthaltsam gelebt hättest, willst du bestimmt nicht behaupten."

Er blickte sie überrascht an. „Du liebe Zeit, du wärst eine gute Strafverteidigerin, denn du kannst ausgesprochen geschickt argumentieren. Und du hast sogar recht, obwohl meine Mutter nicht mit dir über meine persönlichen Angelegenheiten hätte reden dürfen. Immerhin hält sie dich für eine Fremde. Ich habe nichts dagegen, dass man mich zurechtweist, und gebe zu, dass ich mich der Doppelmoral schuldig gemacht habe. Dafür, dass ich dich voreilig verurteilt habe, entschuldige ich mich. Bist du jetzt bereit, die Nacht mit mir zu verbringen?" Er lächelte sie verführerisch an.

Fiona war unschlüssig. „Ich sollte es nicht tun", murmelte sie. „Wahrscheinlich bereust du es morgen."

Er lachte. „Wenn du befürchtest, ich würde mich wieder in dich verlieben, dann kann ich dich beruhigen. Ich lasse mich nicht mehr von meinen Hormonen leiten und kann unterscheiden zwischen Sex und Liebe."

„So habe ich es nicht gemeint. Ich dachte nur, du würdest vielleicht am Morgen alles anders sehen. Im Moment handelst du sehr impulsiv und bist noch sehr zornig."

„Das sind aber nicht die einzigen Gründe, Fiona. Seit ich dich heute Nachmittag am Swimmingpool gesehen habe, wie du an der Säule lehntest, denke ich darüber nach, mit dir zu schlafen. Es ist wirklich wahr, ich habe Corinne geheiratet und an Sex mit dir gedacht. Ich habe versprochen, sie zu lieben, zu ehren und für sie zu sorgen, während ich mir die ganze Zeit ausgemalt habe, wie es sein würde, dich an das Ding anzubinden, dich nackt auszuziehen und tagelang zu meinem ganz persönlichen Vergnügen bei mir zu haben."

„Sag so etwas nicht", forderte sie ihn auf. Sie hatte das Gefühl, ihr Körper würde brennen vor Sehnsucht und Verlangen.

„Aber es ist die Wahrheit. Du hast diese Wirkung auf mich. Das war schon immer so. Du ahnst ja nicht, wie sehr ich dich begehrt habe. Nie konnte ich genug von dir bekommen, auch wenn wir noch so oft zusammen waren und alle möglichen Sachen ausprobiert haben."

„Bitte nicht, Philip", stieß sie atemlos hervor.

„Ja, du hast recht. Ich muss mich zurückhalten, sonst schaffe ich es nicht bis zu diesem verdammten Hotel und halte gleich hier an. So habe ich es mir jedoch nicht vorgestellt. Ich brauche viel Platz, und du sollst völlig nackt sein. Dich einmal zu lieben wird mir nicht genügen. Die Erinnerung an dich hat mich die ganzen Jahre gequält, Noni." Er stöhnte auf. „Heute Nacht möchte ich mich nicht quälen müssen."

Sie blickte ihn an, während seine Worte wie ein Echo in ihrem Kopf widerzuhallen schienen. Es waren ungemein geschickte, meisterhaft-erotische Bemerkungen, die sehr erregend wirkten.

Er ist nicht er selbst, er ist einfach zu verletzt und aufgewühlt, überlegte Fiona.

Doch dann war es ihr plötzlich egal. Ich begehre ihn und will ihn haben, wie auch immer, sagte sie sich. Immerhin war es Philip, der sie so behandelte, und nicht irgendein schlechter Ersatz. Und wenn die Sonne am Morgen aufging und ins Zimmer schien, würde sie, Fiona, neben Philip aufwachen.

Sie sah ihn an und begegnete seinem Blick. „Wann … sind wir im Hotel?", stieß sie heiser hervor.

Er lächelte sie verführerisch, beinah selbstgefällig, an und schien damit auszudrücken, dass sie endlich auf dergleichen Wellenlänge lagen.

„Fünfzehn Minuten, wenn wir Glück haben", antwortete er.

„Die können sehr lang sein."

„Du schaffst es, zu warten.“

„Vielleicht, aber nur soeben.“

„Das wird eine vielversprechende Nacht“, sagte er leise.

„Ja“, stimmte sie zu und wandte sich ab. „Das wird es sicher.“

Die nächsten fünfzehn Minuten vergingen wie in einem Nebel. So etwas hatte Fiona noch nie erlebt. Sie hatte das Gefühl, das Blut pulsiere heftig durch ihre Adern und raube ihr den Verstand. Sie war irritiert und wie betäubt, und sie spürte nur noch das heftige Begehren, das ihren Körper durchströmte.

Vielleicht wirkte sie äußerlich ruhig und beherrscht, wie sie so dasaß und schweigend aus dem Fenster sah, aber sie war es nicht. Ihre Gedanken wirbelten durcheinander. Wie konnte sie sich das nur antun?

Weil ich es wirklich will, gestand sie sich die schreckliche Wahrheit ein.

Der Jaguar glitt über den außergewöhnlich ruhigen Pacific Highway und dann mit atemberaubender Geschwindigkeit über die Harbour Bridge. Es kam Fiona so vor, als hätten sich alle Kräfte verschworen, sie so rasch wie möglich ans Ziel zu bringen, damit sie es sich nicht noch anders überlegen und Philip bitten konnte, sie nach Hause zu fahren. Oder der Teufel selbst wollte dafür sorgen, dass es aus der erotischen Spannung und dem sexuellen Verlangen kein Entrinnen gab. Fiona war so fest eingewoben in diesen Zauber, dass sie keine andere Wahl zu haben glaubte, als sich wieder einmal Philip und seinen Verführungskünsten hinzugeben.

Sie befürchtete, dass nach dieser Nacht mit ihm die Mauern, die sie um sich her errichtet hatte, einstürzten und sie sich erneut in Philip verliebte. Morgen früh will ich wahrscheinlich nicht nur seinen Körper, sondern auch sein Herz, dachte sie.

Aber Philip war verletzt, viel zu verletzt, um sich in Fiona zu verlieben. Er wollte Sex, aber keine Intimität und keine Nähe; er suchte Rache statt Zuneigung. Von Liebe wollte er nichts wissen, er empfand nur körperliches Verlangen.

Es kam ihr vor wie eine Einbahnstraße ins Verderben. Doch der Weg dahin war ungemein erregend und aufregend.

Und genau das hielt Fiona gefangen, aus diesem Bann konnte sie sich nicht befreien. Deshalb protestierte sie auch nicht, als Philip vor einem der luxuriösesten Hotels Sydneys anhielt und sie mit beinah unanständiger Hast hineinführte.

Die Flitterwochensuite war in der obersten Etage. Es waren ungemein schöne Zimmer in Hellblau- und Goldtönen. Von jedem Fenster hatte man einen atemberaubend herrlichen Ausblick auf den Hafen von Sydney.

Seltsamerweise schien Philips drängendes Verlangen sich aufzulösen, nachdem er die Tür hinter ihnen verschlossen und Fiona ganz für sich allein hatte. Langsam durchquerte er die Räume und prüfte sie aus irgendwelchen unerklärlichen Gründen. Es war alles da, was ein Paar in den Flitterwochen sich nur wünschen konnte: ein Balkon, ein elegantes Wohnzimmer, gemütliche kleine Nischen zum Essen. Und das Schlafzimmer erinnerte an märchenhafte arabische Nächte. Das Badezimmer mit dem im Marmorfußboden eingelassenen Bad und den goldenen Wasserhähnen war groß genug für Königliche Hoheiten.

„Philip", sagte sie schließlich, „was machst du da?"

Er sah sie an und verzog die Lippen. „Ich beruhige mich."

„Oh ..." Das Herz klopfte ihr zum Zerspringen, und ihre Nerven waren zum Zerreißen gespannt. Nichts und niemand würde sie beruhigen können.

„Nehmen wir den mit ins Schlafzimmer?" Er deutete auf die Flasche Champagner, die in einem eisgekühlten Sektkübel auf dem Tisch stand. Auch zwei Kristallkelche und eine Schale mit frischem Obst hatte man ihnen hingestellt.

„Wenn du möchtest", erwiderte Fiona. Sie wollte nur ihn, sonst brauchte sie nichts. Sie konnte es kaum erwarten, ihm den schwarzen Smoking auszuziehen.

„Bring bitte die Gläser mit", forderte er sie auf und trug den Sektkübel ins Nebenzimmer.

Sie legte die Handtasche auf den Tisch, streifte die Jacke ab und griff nach den Gläsern. Dann eilte sie hinter Philip her.

Nachdem er die Flasche geöffnet und den Sekt eingeschenkt hatte, nahm er ihr die Gläser aus der Hand und stellte sie auf den Nachttisch neben die schöne Lampe.

„Und was hast du jetzt vor?", fragte Fiona ungeduldig, als er die Nachttischlampen anknipste.

„Mach die Deckenbeleuchtung aus", forderte er sie auf.

Fiona tat es, und sogleich war der Raum in ein gedämpftes romantisches Licht gehüllt. Nur das Bett war gut erleuchtet.

„Komm zu mir", bat er sie und blieb am Fuß des Bettes stehen.

Sie bekam Herzklopfen. Offenbar will er doch mit mir schlafen, überlegte sie. Unter seinem eindringlichen Blick fühlte sie sich seltsam gehemmt. Langsam ging sie auf ihn zu und war sich ihres Körpers viel zu sehr bewusst. Sie spürte ihre vollen Brüste unter dem seidigen Material des Kleides, ihr verkrampfte sich der Magen vor lauter Vorfreude, und ihr zitterten die Beine.

„Dreh dich um", forderte er sie auf, als sie vor ihm stand.

Fiona tat es. Sie hätte alles getan, worum er sie bat.

Als er die Fingerspitzen über ihre Schultern gleiten ließ, versteifte sie sich.

Langsam nahm er ihr die Perlenkette und die Ohrstecker ab. „Ich habe gesagt, dass ich dich nackt haben will", flüsterte er, und sein warmer Atem streifte ihr Haar und ihren Hals.

„Der Reißverschluss ist hinten", murmelte sie. „Er ist verdeckt."

„Ah ja." Während er ihn langsam öffnete, hielt Fiona das Kleid über ihren Brüsten fest.

„Lass es los, Fiona."

Wiederum tat sie, was er verlangte, und hielt den Atem an, als sie schließlich nur in ihrem winzigen Slip aus Seide und Spitze und den hochhackigen Schuhen dastand.

„Steig aus dem Kleid, und geh langsam bis zur Tür", sagte er leise, aber bestimmt. „Wenn du angekommen bist, dreh dich um, zieh auch den Rest noch aus und die Schuhe wieder an."

Ihr Stolz wollte es ihr verbieten, so etwas mit sich machen zu lassen. Philip reduzierte sie auf ein Sexobjekt, das sich zu seinem Vergnügen zur Schau stellen und sich hin und her drehen sollte, wie es ihm gefiel.

Doch dann überlegte sie, dass es sicherer sei, ein seelenloses Sexobjekt zu spielen. Vielleicht würde sie sich ihm dann nicht ganz und gar ausliefern, sondern sich auf körperliche Liebe beschränken. Wenn sie das tat, würde sie die Nacht überstehen, ohne ihre Selbstachtung zu verlieren.

Deshalb erfüllte sie ihm den Wunsch. Ihr prickelte die Haut, so sehr war sie sich bewusst, wie aufmerksam er sie beobachtete. Er sah ihr dabei zu, wie sie sich für ihn nackt auszog und die Schuhe mit den hohen Absätzen wieder überstreifte, als wäre sie so etwas wie ein Callgirl.

„Bleib kurz so stehen", sagte er, als sie zu ihm hingehen wollte. „Ich will dich ansehen, während ich mich ausziehe."

Jetzt waren die Rollen vertauscht, Fiona konnte ihm beim Striptease zusehen. Sie wusste nicht, was erregender für sie war, ihren eigenen nackten Körper so schamlos zu präsentieren oder Philip dabei zu beobachten, wie er sich vor ihr entkleidete, bis auch er nackt war.

Sein Körper war noch aufregender, als sie ihn in Erinnerung hatte.

„Du kannst kommen", erklärte Philip, nachdem er seine Sachen achtlos auf den Boden geworfen und sich auf die Bettkante gesetzt hatte.

Beinah hätte sie es nicht geschafft, denn plötzlich fühlte sie sich seltsam schwach. Doch sie zwang sich, sich zu bewegen, und ging unsicher zu ihm hin. Dann forderte er sie auf, die Oberschenkel zu spreizen und stehen zu bleiben.

Fiona hatte einen Punkt erreicht, wo sie ihm keinen Wunsch mehr versagt hätte. Sie fand die Stellung sogar sehr erregend, die Beine weit auseinander, während Philip ihre Oberschenkel umfasste und seine Lippen sich so dicht an ihrem Körper befanden, dass sie seinen warmen Atem am Bauchnabel spüren konnte.

Dann ließ er die Hände quälend langsam über ihren Körper gleiten, von ihren Kniekehlen an aufwärts. Er streichelte ihre Oberschenkel, ihren festen Po, ehe er die Fingerspitzen um ihre Taille gleiten ließ und schließlich flüchtig die Spitzen ihrer Brüste berührte.

Sie hielt den Atem an, als er sich dem Dreieck mit den gekräuselten Härchen zwischen ihren Oberschenkeln näherte. Doch er berührte die Stelle nicht. Fiona sehnte sich verzweifelt danach, dass er auch ihre empfindsamste Stelle liebkoste, aber er tat es nicht. Nachdem er die Quälerei mehrmals wiederholt hatte, war Fionas Bauch ganz verspannt, und ihre Brustspitzen waren hart.

Als er endlich die Hände zwischen ihre Beine schob, bewies ihr heiseres Stöhnen, wie erregt und frustriert sie war. Er ließ den Daumen über ihre empfindsamste Stelle gleiten, die vor erotischer Lust und Vorfreude zu brennen schien.

„Beweg dich nicht“, befahl er ihr scharf, und sie bemühte sich sehr, ihm zu gehorchen. Doch während er ihre empfindliche Stelle weiter erforschte, hätte sie am liebsten aufgeschrien, sich gewunden und gekrümmt und ihn gebeten, aufzuhören. Stattdessen biss sie sich auf die Lippe und zwang sich, stillzuhalten und zu schweigen, was jedoch immer schwieriger wurde. Sie konnte den Höhepunkt kaum noch hinauszögern.

Unvermittelt hielt Philip inne, und sie schluchzte gequält auf.

Er stöhnte auch auf. Dann zog er Fiona zu sich aufs Bett, sodass er genau zwischen ihren Beinen saß. Sie konnte keine Sekunde länger warten und ließ sich mit einem langen tiefen Seufzer der Zufriedenheit auf Philip sinken. Als sie dann auch noch mit einer ihrer aufgerichteten Brustspitzen seine Lippen berührte, tat er ihr allzu gern den Gefallen und saugte daran.

Sie bewegte sich auf ihm, legte ihm die Arme um den Kopf und fühlte sich herrlich weiblich.

Doch kaum hatte sie angefangen, sich an ihm zu reiben, gelangte sie auch schon zum Höhepunkt, der so heftig war, dass sie völlig überwältigt wurde und am ganzen Körper zuckte. Philip stöhnte auf und biss in ihre Brustspitze, ehe er ihre Hüften umfasste und sie drängte, sich weiter zu bewegen während ihres Orgasmus und danach.

Fiona war überrascht, dass ihre Begeisterung anhielt und sich nicht auflöste wie sonst nach dem Höhepunkt. Die Ekstase erreichte jetzt eine andere Ebene. Wie besessen klammerten sie sich aneinander. Und als Philip kurz davor war, zu kommen, erlebte sie ihren zweiten, aber genauso intensiven Höhepunkt.

Anschließend ließen sie sich aufs Bett sinken. Philip hielt Fiona eng umschlungen und flüsterte etwas an ihrem Haar, was sie jedoch nicht verstand.

Eine halbe Ewigkeit lang, so kam es ihr vor, lag sie auf ihm. Sie fühlte sich wie betäubt und irgendwie desorientiert. Sie konnte sich nicht daran erinnern, jemals so etwas erlebt zu haben, auch damals nicht mit Philip.

Natürlich war er jetzt als Liebhaber noch geschickter. Und vielleicht war sie auch etwas anspruchsvoller geworden. In den vergangenen zehn Jahren hatte kein Mann sie wirklich und völlig befriedigen können. Um das sexuelle Zusammensein restlos genießen zu können, hätte sie mehr Nähe und mehr Gefühle zulassen müssen. Aber nur bei Philip konnte sie sich so hemmungslos gehen lassen, und nur wenn sie mit ihm zusammen war, brauchte sie nichts vorzutäuschen.

Und deshalb war er auch so gefährlich für sie.

Plötzlich öffnete er die Augen und lächelte sie an. „Hast du dich erholt?“, fragte er. Dann drehte er sich mit ihr um und umarmte sie. „Du bist unglaublich sexy“, sagte er leise und strich ihr das Haar aus dem Gesicht, ehe er sie auf die Lippen küsste. „Ich könnte dich auffressen, aber jetzt noch nicht. Erst lasse ich uns ein Bad einlaufen. Dann bestelle ich uns etwas zu essen. Ich hatte vergessen, wie anstrengend es ist, mit so einer hinreißend sinnlichen Frau zu schlafen. Bleib einfach liegen“, forderte er sie auf und stieg aus dem Bett.

Fiona blickte hinter ihm her. Sie dachte gar nicht daran, woanders hinzugehen. Sie dachte an überhaupt nichts anderes mehr, sondern wollte ihm nur noch blind gehorchen.

„Ich komme mir irgendwie dekadent vor“, sagte sie zehn Minuten später leise und lehnte sich in der Badewanne zurück. Dabei trank sie Champagner und aß Erdbeeren aus der Schale, die Philip aus dem Wohnzimmer geholt hatte.

Er saß ihr gegenüber und lächelte sie an. „So siehst du auch aus“, antwortete er und betrachtete ihre Brüste über dem sprudelnden Wasser.

Sie errötete nicht. Darüber war sie hinaus. „Wie läuft es im Mordprozess?“, fragte sie.

Er warf ihr einen erstaunten Blick zu. „Möchtest du jetzt über meine Arbeit reden?“

„Ach, es war reine Neugier. Was ist daraus geworden?“

„Wir haben gewonnen. Man hat meine Mandantin freigesprochen.“

„Ich wusste doch, dass du es schaffst“, sagte sie.

Philip zog die Augenbrauen hoch. „Was für ein Vertrauen! Womit habe ich das verdient?“

„Ich glaube einfach an deine Fähigkeiten. Und an deine Leidenschaft.“

„Meine Leidenschaft?“, wiederholte er. „Was meinst du damit?“

„Ich kenne keinen anderen Mann, der sich so sehr einsetzt wie du. Du lässt dich von nichts und niemandem beeinflussen, das zu tun, was du willst.“

„Ja, ich glaube, das stimmt. Aber ich weiß nicht, ob das etwas Positives oder Negatives ist.“

„Negativ kann es nicht sein.“

„Das kommt darauf an. Doch lass uns von etwas anderem reden. Ich habe heute Nacht keine Lust, über so ein ernstes Thema zu diskutieren. Trink das aus.“ Er füllte ihr Glas wieder. „Wenn wir hier herauskommen, sollst du so richtig schön beschwipst sein.“

„Warum das denn?“

„Ich weiß noch, wie lieb und anschmiegsam du bist, wenn du einen Schwips hast.“

Fiona leerte ihr Glas und sagte sich, dass es wahrscheinlich eine gute Sache sei, etwas angetrunken zu sein. Dann brauchte sie wenigstens nicht zu denken und sich keine Sorgen zu machen.

„Schenk mir noch einen ein“, forderte sie Philip auf und hielt ihm das leere Glas hin. Sie hatte den ganzen Abend nichts gegessen und auch zu wenig getrunken. Der Champagner wirkte deshalb rasch. Er machte sie leichtfertig und unbekümmert.

Eigentlich war das ein seltsamer Gedanke. Wie leichtfertig wollte sie noch werden? Plötzlich kicherte sie, und prompt runzelte Philip die Stirn.

„Du sollst nur beschwipst sein, aber nicht völlig betrunken“, warnte er sie.

„Das bin ich noch lange nicht, Philip. Du kannst mir vertrauen.“

„Normalerweise ist diese Bemerkung Männern vorbehalten."

„Ach, am besten sagst du mir, was ich tun soll", erwiderte sie. „Heute Nacht tue ich alles, was du willst."

„Nur heute Nacht?"

Sie blickte ihn über den Rand ihres Glases hinweg an, wobei es in ihren Augen aufblitzte. „Lass uns kleine Schritte machen und erst einmal diese Nacht hinter uns bringen."

„Okay. Dann lass uns die Nacht voll und ganz auskosten."

Aus dem Bad zu steigen und sich abzutrocknen war für Fiona ein Test, ob sie schon beschwipst war. Nein, ich habe noch lange nicht genug getrunken, entschied sie, während Philip eins der flauschig weichen blauen Badetücher nahm und sie langsam und sanft abtrocknete.

Seine unerwartete Zärtlichkeit rief Gefühle in ihr wach, die beunruhigend tief gingen und sich nicht nur auf Sex beschränkten. Das Herz verkrampfte sich ihr, als er ihr sagte, wie schön sie sei, und ihr dabei mit dem Badetuch behutsam den Rücken trocken rieb. Schließlich reichte er ihr das Badetuch und bat sie, das Gleiche auch bei ihm zu tun.

Fionas Gedanken wirbelten durcheinander. Sie durfte sich keine Gefühle erlauben, sondern musste sich auf eine rein sexuelle Affäre beschränken.

Das Problem war nur, dass in dem Moment, als sie sich vor Philip auf die Knie sinken ließ, so viele Gefühle auf sie einstürzten, dass sie alles vergaß, was sie sich vorgenommen hatte. Noch ehe ihr bewusst wurde, was sie da tat, liebte sie ihn mit den Lippen und Händen so leidenschaftlich und hingebungsvoll, wie es nur eine Frau konnte, die Liebe empfand. Sie wünschte sich, Philip würde sie aufhalten. Doch daran dachte er gar nicht, und Fiona konnte von sich aus nicht mehr aufhören.

Als alles vorbei war, schenkte er ihr noch ein Glas Champagner ein und betrachtete sie nachdenklich. „Das konntest du schon immer gut, aber bist du noch besser geworden", sagte er.

„Du auch", erwiderte sie und klammerte sich verzweifelt an die Illusion, nichts anderes als sinnliches Verlangen zu empfinden.

„Ist das ein Kompliment? Ach, das ist auch egal." Er lachte und nahm sie in die Arme. „Wichtig ist nur, dass du bekommst, was du haben willst", fügte er hinzu und trug sie zurück zum Bett.

Fiona versuchte, sich etwas von ihm zu distanzieren. Aber das war ziemlich unmöglich, denn er fing wieder an, sie überall zu küssen, ihre Lippen, ihren Hals, ihre Brüste und den flachen Bauch. Als er weiter hinunterglitt, stöhnte sie auf und öffnete die Beine. Sie war bereit, sich ihm ganz hinzugeben und auszuliefern.

Und dann tat er dieselben Dinge mit ihr wie damals auf dem Tisch im Esszimmer seines Vaters. Dabei hielt er sie mit seinen starken Händen so fest, dass sie nicht die geringste Chance hatte, sich den Liebkosungen seiner Zunge zu entziehen. Er quälte sie immer wieder und fuhr federleicht über ihre empfindlichen Stellen, ehe er langsam in sie eindrang, aber nur, um sich sogleich wieder zurückzuziehen und das ganze Spiel von Neuem zu beginnen. Als sie ihn schließlich anflehte, schob er die Hände unter ihren Po und hob sie höher, ehe er sie mit der Zunge liebkoste, bis sie aufschrie.

Sie bog sich ihm entgegen und erreichte ihren Höhepunkt, aber nicht nur einmal, sondern immer wieder. Schließlich endete die herrliche Quälerei, und Philip ließ Fiona los. Mit einem tiefen Seufzer ließ sie sich zurücksinken, die Arme weit ausgebreitet. Ihre Augenlider wurden so schwer, dass sie befürchtete, jeden Moment einzuschlafen.

Philip richtete sich zwischen ihren Oberschenkeln auf und betrachtete ihren Körper triumphierend. „So liebe ich dich", sagte er leise. „Du hast keine Energie mehr, mich daran zu hindern, das zu tun, was ich will." Er beugte sich vor, schob die Hände wieder unter ihren Po und zog sie zu sich heran und auf seinen Schoß. Er lachte, als sie protestierend aufstöhnte.

„Verstehst du, was ich meine?", fragte er spöttisch und umfasste ihre Brüste. Als er die aufgerichteten Spitzen streichelte, protestierte Fiona noch einmal, wenn auch wenig überzeugend.

„Es ist Zeit, dass ich dir sage, wie die Dinge stehen, meine süße unersättliche Fiona." Er fing an, sich langsam in ihr zu bewegen. „Du wirst von jetzt an mit keinem anderen Mann mehr zusammen sein, sondern nur noch mit mir. Ich werde dein einziger Geliebter sein. Ja, der Einzige", wiederholte er und bewegte sich immer schneller. „Du wirst mit mir ausgehen und die Nacht mit mir verbringen, wann immer ich es will. Habe ich mich klar genug ausgedrückt?"

Fiona hätte ihm am liebsten geantwortet, er solle zur Hölle gehen. Sie tat es jedoch nicht. Wenn es um Philip ging, war sie viel zu schwach.

„Habe ich mich klar genug ausgedrückt?", fragte er noch einmal, während er sich rasend schnell und wie ein Besessener bewegte.

„Ja", rief sie aus und noch einmal: „Ja!"

Er hatte sich klar genug ausgedrückt, sehr klar sogar.

15. KAPITEL

Am nächsten Morgen war Fiona zornig, vor allem auf sich selbst. Wie hatte sie es zulassen können, dass Philip sie so entwürdigend behandelte, als wäre sie ein Sexspielzeug oder dergleichen?

Es war völlig unwichtig, dass sie sich beim Aufwachen ganz fantastisch gefühlt hatte. Ihr Blick war klar, ihre Haut schimmerte, und sie hatte keinen Kater. Aber sexuelle Ekstase war keine Entschuldigung dafür, wie unmöglich sie sich benommen hatte.

Und was ihren Vorsatz anging, sich nicht wieder in Philip zu verlieben …

Das war das Allerschlimmste, was sie hatte tun können!

Doch darüber wollte sie nicht nachdenken. Und sie wollte sich auch nicht mit dieser lächerlichen Liebesbeziehung abfinden, die eher an ein Sklavendasein erinnerte und zu der sie Ja gesagt hatte, als sie nicht bei klarem Verstand gewesen war. Die einzig richtige Antwort wäre gewesen, er könne seine typisch männliche Forderung, sie solle sich seinen Wünschen fügen, vergessen.

Der Mann musste irgendwie verrückt sein, zu glauben, eine intelligente, unabhängige Frau würde sich auf so eine masochistische und einseitige Beziehung einlassen. Sie, Fiona, hatte nicht so hart gearbeitet, um alles wieder aufzugeben und sich so zu verhalten wie damals als Noni. Du liebe Zeit, was bildete er sich eigentlich ein?

Nachdem Fiona geduscht und sich angezogen, die Haare gebürstet und zwei Tassen starken Kaffee getrunken hatte, brachte sie Philip, der noch schlief, auch eine Tasse Kaffee und setzte sich aufs Bett.

Bis jetzt war sie sehr entschlossen gewesen. Doch plötzlich wurde sie wieder schwach. Er sah so attraktiv und sexy aus mit den langen Wimpern, die seine sonnengebräunten Wangen berührten, und mit den leicht geöffneten schönen Lippen. Sie stöhnte auf und ließ den Blick langsam über seinen nackten Körper gleiten. Dabei erinnerte sie sich daran, wie viel Freude und Vergnügen er ihr damit bereitete.

War sie wirklich bereit, ihrem Stolz zuliebe darauf zu verzichten? Sie richtete sich auf und hob entschlossen das Kinn. Ja, meine Antwort kann nur Ja lauten, sagte sie sich.

Natürlich war es leicht für sie, sich gegen ihn zu entscheiden, während er schlief. Es kam Fiona irgendwie so vor, als würde man in einen Löwenkäfig gehen, während der Löwe betäubt oder tot war, und dann nachher noch damit angeben, wie mutig man gewesen sei.

Aber was würde passieren, wenn sie Philip weckte und er sie sogleich umarmte und zu sich ins Bett zog? Oder wenn er ihren Entschluss nicht akzeptierte und sie immer weiter mit fantastischem Sex verführte? Würde sie ihn dann irgendwann anflehen, mit ihr zu machen, was er wolle?

Sie war entsetzt über diese Vorstellung und sprang auf. Rasch stellte sie die Tasse auf den Nachttisch und wollte gerade gehen, als Philip gähnte und sich umdrehte. Plötzlich öffnete er die Augen und sah Fiona an. Sekundenlang betrachtete er sie. Schließlich runzelte er die Stirn und richtete sich auf.

„Fiona?"

„Ja?" Sie zwang sich, sich vom Anblick seines nackten Körpers loszureißen und ihm ins Gesicht zu sehen.

Er sah auf die Uhr. „Es ist erst sieben. Warum bist du schon auf und angezogen?"

„Es ist Montag. Ich muss nach Hause, mich umziehen und zum Büro fahren."

„Aber ich habe eine Woche Urlaub und dachte, du könntest auch einige Tage freimachen und die Zeit mit mir verbringen."

Oh nein, eine ganze Woche, sieben Tage und sieben Nächte soll ich so verbringen wie die vergangene Nacht, überlegte sie.

„Dann hast du dich getäuscht, Philip", erwiderte sie kühl, obwohl sie das Gefühl hatte, am ganzen Körper zu glühen.

„Du bist doch dein eigener Chef, oder?"

„Oh ja, in jeder Hinsicht", bekräftigte sie vielsagend.

„Ist der Kaffee für mich?", fragte Philip, ohne auf die zweideutige Bemerkung einzugehen, und nahm die Tasse in die Hand.

„Ja."

„Danke. Er schmeckt gut, genau so, wie ich ihn liebe", sagte er anerkennend, nachdem er einige Schlucke getrunken hatte.

„Ich weiß."

„Du hast nicht vergessen, was ich gern habe, stimmt's?" Er lächelte sie an.

Er ist unerträglich arrogant, schoss es ihr durch den Kopf. „Philip", sagte sie streng.

„Ja, Liebling?"

Fiona gefiel es nicht, dass er sie Liebling nannte. „Wir müssen über die vergangene Nacht reden."

„Und über was speziell?"

„Als ich zustimmte …"

„Ja?“

„Na ja, ich befürchte, ich habe dich getäuscht.“

Er hielt mitten in der Bewegung inne und stellte dann die Tasse sehr langsam wieder hin. Dann blickte er Fiona lange an. „Inwiefern?“, fragte er schließlich.

Sie schluckte. „Es ist so, Philip, ich erwarte von einer Beziehung mehr als nur Sex.“

Er zog die Augenbrauen hoch, als wäre er ehrlich überrascht. „Ach, wirklich?“

„Ja. Ich will keine Sexsklavin sein, auch nicht deine.“

„Letzte Nacht hast du die Rolle aber ausgesprochen gut gespielt.“

„Ich wollte dir einen Gefallen tun, weil du verletzt warst.“

„Du wolltest mir einen Gefallen tun?“, wiederholte er.

„Ja.“

Philip fing an zu lachen. „Du wolltest doch nur dir selbst einen Gefallen tun, Fiona. Du hast jede Minute genossen.“

Sie konnte nicht abstreiten, dass sie begeistert gewesen war.

„Ich weiß genau, was du von einer Beziehung erwartest, meine Liebe“, fuhr er spöttisch fort. „Und das habe ich dir vergangene Nacht gegeben. Und ich weiß auch, dass deine jeweiligen Partner ein Verfallsdatum tragen. Aber ich habe nicht damit gerechnet, dass meins jetzt schon überschritten ist. Aus dem, was Owen sagte, habe ich eher entnommen, dass du länger mit einem Liebhaber zusammen bist als nur eine Nacht.“

Was hat Owen denn über mich und meine Freunde erzählt? überlegte Fiona schockiert. Doch statt auf die Bemerkung einzugehen, ließ sie sich ablenken und beobachtete Philip, wie er aus dem Bett stieg.

„Jetzt sehe ich jedoch, dass du Prioritäten setzt“, stellte er fest und ging nackt auf sie zu. „Deine Arbeit ist dir immer noch wichtiger als alles andere.“ Er küsste sie flüchtig auf die Lippen. „Wie ist es denn mit heute Abend nach der Arbeit? Wir könnten zum Dinner ausgehen. Dann kannst du mich sozusagen als Nachspeise haben“, fügte er hinzu und lächelte verführerisch.

Fiona war klar, dass sie ihn in dem Moment hätte haben können, wenn sie nicht so schrecklich ärgerlich gewesen wäre.

„Was hat Owen über mich erzählt?“, fragte sie hitzig.

„Nur die Wahrheit. Du brauchst dich gar nicht so aufzuregen. Dass du nicht heiraten und keine Kinder haben willst, passt mir gut. Ich habe mich auch endgültig dagegen entschieden. Offenbar habe ich sowieso kein Glück auf dem Heiratsmarkt.“

Sie war zornig und verzweifelt zugleich.

„Du liebe Zeit, mach kein Theater im Büro", sagte Philip müde. „Der arme Owen war überzeugt, er müsse mich warnen, dass du die Männer nur benutzt und früher oder später wegwirfst. Er konnte natürlich nicht ahnen, dass ich momentan eine Frau wie dich brauche, um über Corinne hinwegzukommen. Deshalb kannst du dich beruhigen und damit aufhören, dich wie eine selbstgerechte Heuchlerin aufzuführen."

Seltsamerweise fand Fiona etwas Trost in ihrem Zorn. „Du musst einiges erklären", fuhr sie ihn an. „Du hast gesagt, ich würde dir nicht gefallen und ich sei zu dünn."

„Das war gelogen."

Sie blickte ihn erstaunt an.

Philip zuckte die Schultern. „Ich habe vom ersten Moment an gelogen, als du wieder in mein Leben getreten bist. Die Hochzeit mit Corinne war eine Selbsttäuschung, ich hätte es nie so weit kommen lassen dürfen. Sie hatte recht mit ihrer Behauptung, ich würde sie nicht lieben. Das konnte ich auch gar nicht, denn ich habe die ganze Zeit immer nur an dich gedacht."

Hoffnung stieg in Fiona auf. Was hatte er gerade gesagt? Dass er in sie verliebt sei? Es kam ihr völlig unglaublich vor, aber die Innigkeit und Leidenschaft in seinem Blick konnten unmöglich nur sexuelles Verlangen ausdrücken.

Sie bekam Herzklopfen. „Philip", sagte sie und stöhnte auf.

Plötzlich wurde sein Blick kühl. „Keine Sorge, Liebling", begann er und lächelte ironisch. „Ich erkläre dir hier nicht meine unsterbliche Zuneigung, sondern will dir nur klarmachen, dass ein Mann, der seine Partnerin wirklich liebt, nicht den ganzen Tag daran denkt, mit einer anderen Sex zu haben. Glaub mir, ich habe mich in den letzten zehn Wochen wie wahnsinnig danach gesehnt, mit dir zu schlafen. Wenn es die alte Flamme ist, die da noch brennt, ist sie verdammt hartnäckig. Aus deiner Reaktion in der vergangenen Nacht schließe ich, dass du unter dersgleichen Sehnsucht gelitten hast. Aber wir sind jetzt auf dem Weg, geheilt zu werden. In sechs Monaten ist mit etwas Glück dieses Feuer erloschen. Bis dahin kann ich wenigstens nachts gut schlafen. Um wie viel Uhr soll ich dich abholen?"

Fiona war völlig verzweifelt. „Was?"

„Soll ich dich heute Abend im Büro abholen oder bei dir zu Hause? Ich kann den Tag bei meiner Mutter verbringen. Nach dem gestrigen Fiasko wird sie sich sicher über Gesellschaft freuen."

„Aber … ich fahre heute Nachmittag auch zu ihr", wandte sie ein.

„Ich muss mich vergewissern, dass alles ordentlich aufgeräumt ist."

„Gut, dann sehen wir uns bei meiner Mutter."

Etwas Schlimmeres konnte Fiona sich nicht vorstellen. „Das … das …"

„Meine liebe Fiona, was hast du?" Er umarmte sie und blickte sie leicht beunruhigt an. „Habe ich dich irgendwie aufgeregt? Natürlich besteht unsere Beziehung aus mehr als nur Sex. Wir werden zusammen ausgehen, viel Zeit miteinander verbringen und uns auch unterhalten. Nur Pläne für die Zukunft machen wir nicht. Wozu auch?"

„Wahrscheinlich … hast du recht." Wenn er mich nicht liebt, kann es auch keine gemeinsame Zukunft für uns geben, überlegte sie.

„Gut. Das hätten wir geklärt."

„Aber …"

„Um wie viel Uhr bist du in Kenthurst?"

„Ungefähr um zwei."

„Okay, dann bis um zwei."

„Aber was ist mit deiner Mutter?", brachte sie schließlich doch noch heraus.

„Was soll mit ihr sein?"

„Ich möchte nicht, dass sie über uns Bescheid weiß."

„Warum nicht?"

„Weil ich sie sehr gern habe und sie mich auch. Ich möchte nicht, dass sie sich meinetwegen schämen muss."

Philip sah sie erstaunt an. „Ist es dir wirklich wichtig, was sie über dich denkt?"

„Ja."

„Was für eine Überraschung! Gut, ich werde ihr nichts sagen. Wahrscheinlich hätte ich es sowieso nicht getan. Wir sehen uns um zwei." Er gab ihr noch einen flüchtigen Abschiedskuss, dann drehte er sich um und ging ins Badezimmer.

16. KAPITEL

Wie kannst du es wagen, Philip solche Dinge über mich zu erzählen?" Fiona schlug mit den Fäusten ärgerlich auf Owens Schreibtisch. „Dazu hattest du kein Recht. Ich werde es dir nie verzeihen."

Oh nein, sie hat erfahren, dass ich mit Philip über ihr Liebesleben geredet habe, dachte Owen. Aber wie war das möglich?

Am Abend zuvor, als er während des Empfangs mit ihr telefoniert hatte, war sie noch ahnungslos gewesen.

Sie hatte sich ruhig und irgendwie bedrückt angehört, als sie erzählt hatte, dass die Trauung wie geplant verlaufen und die Feier in Gang sei. Was war nach dem Anruf zwischen Fiona und dem Bräutigam vorgefallen?

Da sie offenbar sehr zornig war, wollte Owen vorsichtig sein. „Ich weiß nicht, was du meinst, Fiona", antwortete er deshalb.

„Oh doch, das weißt du genau, du gemeiner Kerl. Du hast befürchtet, es würde sich zwischen Philip und mir wieder etwas abspielen, was dir die Chance verderben könnte, deinen Namen mit einer der ganz großen Society-Hochzeiten in Verbindung zu bringen. Deshalb hast du behauptet, ich schliefe mit allen möglichen Männern und hätte absolut kein Interesse daran, zu heiraten und Kinder zu haben."

„Ich habe nie gesagt, du würdest mit allen möglichen Männern schlafen", wandte Owen ein. „Ich habe ihn nur darauf hingewiesen, dass du nie lange mit deinen Verehrern zusammen bist. Aus deiner Einstellung Ehe und Kindern gegenüber hast du nie ein Hehl gemacht, Fiona."

„Du hast ja keine Ahnung, was du angerichtet hast", beklagte sie sich.

„Nein, da hast du recht. Aber welche Rolle spielt es überhaupt, was ich gesagt habe? Der Bräutigam ist verheiratet und unterwegs in die Flitterwochen. Du siehst ihn sowieso nie wieder."

Als sie aufstöhnte, wurde Owen stutzig. „Da ist doch noch etwas, oder?", fragte er besorgt, während sie sich in den Sessel vor seinem Schreibtisch sinken ließ. „Fiona, ich verlange von dir, dass du mir berichtest, was los ist."

„Okay, wenn du alles ganz genau wissen willst, sollst du es erfahren." Fiona sprang auf und lief aufgewühlt hin und her. „Wo soll ich anfangen? Vielleicht damit, dass die Mutter des Bräutigams eine schockierende Entdeckung gemacht hat: Ihre neue Schwiegertochter liebt die eigene Freundin und nicht ihren Sohn."

Owen blickte sie fassungslos an.

„Oder soll ich mit dem Tag beginnen, als Philip mich geheiratet hat? Am selben Tag habe ich sein Baby verloren. Und obwohl ich ihn mehr liebte als mein Leben, habe ich ihn aufgegeben, weil man mir erklärte, ich sei nicht gut genug für ihn. Ich konnte den Gedanken nicht ertragen, dass er mich eines Tages hassen würde."

Oh nein, das arme Mädchen, schoss es Owen durch den Kopf.

„Ach, das hört sich zu melodramatisch an", fuhr Fiona fort. „Außerdem ist es vergangen und vergessen. Deshalb erzähle ich dir lieber, dass Philip mich gestern Abend gebeten hat, so zu tun, als wäre ich Corinne, damit die Gäste nichts merkten. Corinne war zusammen mit Carmel weggefahren. Es sollte niemand erfahren, dass seine Braut ihre Brautjungfer mehr liebte als ihn. Da ich ihn verstehen konnte, habe ich eingewilligt. Und natürlich auch aus Rücksicht auf den Ruf unseres Unternehmens", fügte sie hinzu und sah Owen zornig an.

„Das war nett von dir", lobte er sie und versuchte, die Sache leicht zu nehmen, obwohl das alles wie eine Katastrophe klang.

„Doch dann wünschte der liebe Philip, dass ich auf sehr persönliche Art Corinne vertrat. Und ich, naiv und schwach, wie ich nun mal bin, konnte nicht Nein sagen. Deshalb haben wir die Nacht zusammen verbracht, und ich habe mich wieder in ihn verliebt. Aber dieses Mal liebt er mich nicht. Er meint, ich sei gerade gut genug für Sex und er könne mich benutzen, bis sein gebrochenes Herz geheilt ist oder wie lange auch immer. Und was mich wirklich umbringt, ist, ich mache mit und kann damit nicht umgehen."

Plötzlich brach sie in Tränen aus. Owen sprang auf und führte sie zum Besuchersofa. Nachdem sie sich hingesetzt hatte, streichelte er sie sanft.

„So ist's gut", versuchte er sie zu beruhigen. „Du kannst dich ruhig ausweinen. Mir ist sowieso aufgefallen, dass du zu selten weinst. Und wenn du fertig bist, erkläre ich dir, wie es wirklich ist."

Fiona nahm ein oder zwei Minuten lang Owens Worte gar nicht auf, sondern ließ den Tränen freien Lauf. Doch dann wurde ihr bewusst, was er gesagt hatte, und sie hob das tränenüberströmte Gesicht.

„Was soll das heißen, wie es wirklich ist?"

„Was meinst du denn, weshalb ich Philip das alles erzählt habe?", antwortete er. „Natürlich nur, weil er immer noch an dir interessiert ist. Und ich rede nicht von Sex, sondern von echten Gefühlen. Glaub mir, ich habe genug Liebespaare gesehen und erkenne die Anzeichen."

Fiona war auf einmal ganz angespannt und bemühte sich, nicht zu viel zu hoffen. „Glaubst du, Philip sei in mich verliebt?", fragte sie.

„Ich möchte es so ausdrücken, er hat sich meiner Meinung nach emotional noch nicht von dir gelöst."

„Warum hast du es nie erwähnt?"

„Du liebe Zeit, Fiona, warum denn? Der Mann beabsichtigte, eine andere zu heiraten. Ich hatte keinen Grund, dir zu sagen, er sei noch nicht über dich hinweg."

„Bist du dir dessen ganz sicher, Owen? Ich meine, dass ich ihm nicht gleichgültig bin?" Sie wagte nicht, von Liebe zu reden, um später nicht wieder aus allen Träumen gerissen zu werden.

Owen nahm ihre Hände. „Wie kann ich mir denn völlig sicher sein? Er hat es nicht gesagt, aber ich verlasse mich auf meinen Instinkt. Du hast doch die Nacht mit ihm verbracht. Wenn er dich liebt, hat er es dir bestimmt irgendwie gezeigt oder sich verraten, weniger mit Worten als durch seine Handlungsweise."

Fiona wünschte, es wäre so. Oh ja, Philip hatte sie manchmal sanft und zärtlich behandelt. Er war aber auch zynisch und irgendwie überspannt gewesen, manchmal sogar gefühllos und grausam. Würde ein Mann der Frau, die er liebte, absichtlich so viel zu trinken geben, dass er seine Spielchen mit ihr treiben konnte?

„Ich kann mir nicht vorstellen, dass er so etwas wie Liebe für mich empfindet", erwiderte sie unglücklich.

„Warum fragst du ihn denn nicht?"

Fiona blickte ihn erstaunt an.

„Und warum gestehst du ihm nicht, dass du ihn liebst?", fuhr Owen fort. „Dann kannst du ihm endlich die Wahrheit sagen, weshalb du ihn vor so vielen Jahren verlassen hast. Ich wette, das hast du bis jetzt nicht getan."

„Ich … ich …", begann sie.

„Es ist Zeit für die Wahrheit, meine Liebe", erklärte Owen energisch. „Eine bessere Chance wirst du nicht bekommen – und bessere Gründe auch nicht."

Die Wahrheit? Ja, Owen hat recht, überlegte sie, obwohl ihr bei dem Gedanken, offen über ihre Gefühle zu reden, ganz übel wurde

Es war wirklich Zeit für die Wahrheit.

17. KAPITEL

Fiona stellte ihren Wagen am Straßenrand vor dem Tor zu Charlottes Haus ab und blieb darin sitzen. Sie war schrecklich nervös und hoffte, Owen hätte recht.

Doch selbst wenn es so wäre, hieß das noch lange nicht, dass sich alles zum Guten wenden würde. Vielleicht glaubte Philip ihr gar nicht, warum sie ihn vor zehn Jahren wirklich verlassen hatte und was sie für ihn empfand. Immerhin hatte er eine sehr schlechte Meinung von der Frau, die sie jetzt war.

Dennoch musste Fiona es versuchen. Es stimmte, was Owen gesagt hatte, eine bessere Chance würde sie nicht bekommen. Wenn sie nichts unternahm, würde alles noch komplizierter und verwirrender.

Sie nahm all ihren Mut zusammen und ließ den Motor wieder an. Dann fuhr sie durch das offene Tor. Es war genau zwölf Uhr. Plötzlich verkrampfte sich ihr der Magen.

Die Haustür stand weit offen, und die Leute vom Reinigungsservice legten gerade die Teppiche aus dem Wohnzimmer wieder ordentlich hin, nachdem sie Schmutz und Flecken entfernt hatten.

Sie ging durchs Haus und fand Charlotte und Philip schließlich auf der glücklicherweise schon aufgeräumten Terrasse. Niemand würde sie hier stören.

Als Philip Fiona erblickte, stand er auf. „Du bist früh dran", flüsterte er überrascht und schob ihr einen Sessel hin.

Charlotte wirkte müde und lächelte Fiona an. „Ich bin froh, dass Sie da sind, Fiona", sagte sie. „Ich wollte Ihnen noch danken für alles, was Sie für Philip gestern Abend getan haben."

Fiona begegnete Philips Blick. Nein, ich kann mir nicht vorstellen, dass er mich liebt, dachte sie unglücklich.

„Es hat uns allen unangenehme und peinliche Fragen und Erklärungen erspart", fuhr Charlotte fort. „Ich kann noch nicht mit Corinnes Verhalten fertigwerden. Mit Homosexuellen habe ich kein Problem, aber was sie getan hat, ist unverzeihlich. Sie behauptet einfach, sie liebe Philip, und bringt ihn mit irgendwelchen Tricks dazu, sie zu heiraten, nur damit sie ein eheliches Kind bekommen kann. Ich bin erstaunt, wie gelassen du damit umgehst, Philip."

„Fiona hat mir klargemacht, dass ich noch Glück gehabt habe", antwortete er spöttisch. „Es hätte ja leicht passieren können, dass ich es erst herausgefunden hätte, wenn es bereits zu spät gewesen wäre."

„Daran wage ich gar nicht zu denken", rief seine Mutter aus.

„Es gibt da etwas, das ich erklären möchte“, begann Fiona, ehe der Mut sie wieder verließ. „Ich muss Ihnen etwas gestehen, Charlotte. Philip weiß Bescheid, wir haben es vor Ihnen verheimlicht.“

„Fiona“, warnte er sie scharf.

„Nein, Philip, ich habe mich entschieden, dass deine Mutter es erfahren muss.“

„Um was geht es?“, fragte Charlotte verblüfft.

Fiona lächelte sie wie um Verzeihung bittend an. „Seien Sie mir bitte nicht böse, Charlotte. Ich wollte niemandem schaden. Aber ich habe eingesehen, dass es falsch war, Ihnen nicht von Anfang an die Wahrheit zu sagen. Es tut mir sehr leid.“

„Was für eine Wahrheit?“

„Über meine Identität.“ Fiona schluckte, dann fuhr sie fort: „Vor zehn Jahren kannte mich niemand als Fiona Kirby. Damals war ich Noni Stillman.“

Charlotte rang nach Luft, während Philip aufstöhnte.

„Du liebe Zeit, Fiona“, stieß er hervor. „Musstest du unbedingt so undiplomatisch damit herausplatzen?“

Sie blickte ihn fest an. „Es gab keine diplomatischere Möglichkeit. Die Wahrheit, Philip, ist nie leicht. Das beginne ich zu begreifen.“

Charlottes Gesichtsfarbe wurde langsam wieder normal, während sie Fiona ungläubig betrachtete. „Ich hätte Sie nie wiedererkannt. Aber dann können wir uns ja duzen.“

„Ja, gern.“

„Du hast dich sehr verändert.“

„Ja, das hat sie“, mischte Philip sich ein. Sogleich drehte Charlotte sich zu ihrem Sohn um und runzelte die Stirn.

„Aber du hast sie erkannt?“

„Natürlich“, antwortete er spöttisch.

„Ja“, sagte Charlotte leise und nickte. „Ja, natürlich. Ich verstehe.“

Sie blickte wieder Fiona an, die überrascht war über die Tränen in Charlottes Augen. Und noch etwas anderes sah sie darin, Sympathie und Verständnis.

„Ich verstehe wirklich“, sagte Charlotte sanft.

Emotionen stürzten auf Fiona ein. Charlotte wusste Bescheid. Sie, Fiona, brauchte ihr nichts zu erklären. Nur Philip verstand nichts. Er hatte keine Ahnung, warum sie so handelte. Er saß einfach nur da, und seine Miene wirkte angespannt und frustriert. Es gefiel ihm nicht, dass Fiona sich, ohne ihn zu fragen, entschieden hatte, Klarheit zu schaffen.

„Bist du jetzt glücklich?“, fuhr er sie an. „Vielleicht würdest du gern alles erzählen, wo du schon mal dabei bist. Du könntest ja meiner Mutter verraten, wo wir vergangene Nacht waren und was wir gemacht haben."

Fiona war ziemlich betroffen, während Charlotte sich erstaunlich unbeeindruckt wieder zu ihrem Sohn umdrehte. „Oh Philip", sagte sie vorwurfsvoll, „du weißt nicht, was du ihr antust."

„Was tue ich ihr denn an?" Er sprang auf. „Warum fragt keiner danach, was sie mir angetan hat? Was hat sie vor zehn Jahren getan? Und was tut sie mir an, seit sie wieder in mein Leben getreten ist? Ich kann dir sagen, es war die Hölle. Sie ist ein Teufel in Menschengestalt; sie spielt die Liebe und Nette, während sie in Wirklichkeit den Männern die Seele stiehlt und sie zerstört. Aber mich wird sie kein zweites Mal zerstören. Dieses Mal wird sie selbst zerstört. Hat es dir gefallen letzte Nacht, Fiona?", spottete er. „Dann musst du in Zukunft von den Erinnerungen zehren. Ich will dich nicht mehr wiedersehen und dich nie wieder berühren."

Charlotte sah ihn entsetzt an, und Fiona versuchte verzweifelt, sich an die vage Hoffnung zu klammern, dass der Hass, der ihr entgegenschlug, nur die dunkle Seite der Liebe sei.

Sie stand auf und blickte ihm in die Augen. „Aber ich liebe dich, Philip", erklärte sie mutig. „Vor zehn Jahren habe ich dich auch geliebt."

„Du bist eine verdammte Lügnerin! Vor zehn Jahren hast du mich nicht geliebt, das hast du selbst zugegeben und es mir dann auch bewiesen. Du hast mich verlassen, ohne mit der Wimper zu zucken. Nennt man so etwas Liebe?"

„Ja", mischte Charlotte sich ein und stand auch auf.

Fiona und Philip blickten sie verblüfft an.

„Setzt euch, alle beide!", forderte sie sie auf, und beide gehorchten ihr.

Schließlich nahm Charlotte auch wieder Platz. Dann tätschelte sie kurz Fionas Arm, ehe sie sich an ihren Sohn wandte.

„Ich habe mit dir nie darüber geredet, Philip, weil es für mich keinen Sinn machte. Außerdem wusste ich bis kurz vor deines Vaters Tod gar nichts davon. Doch jetzt hat sich die Situation verändert. Noni, oder besser gesagt Fiona ist in dein Leben zurückgekommen, und du musst endlich erfahren, was in jener Nacht vor zehn Jahren geschehen ist."

Vor lauter Bestürzung schwieg Fiona, als Charlotte ihr einen reumütigen, aber herzlichen Blick zuwarf.

„Diese bezaubernde Frau wollte dich nicht verlassen. Sie hat dich sehr geliebt. Doch der Verlust des Babys hatte sie völlig aus dem Gleichgewicht gebracht. Sie war so aufgewühlt und deprimiert, dass sie sehr leicht zu manipulieren war. Als du kurz aus dem Haus gegangen warst und ich auch gerade nicht im Zimmer war, hat dein Vater absichtlich ihre seelische Verfassung, ihren Schmerz und Kummer ausgenutzt, sie dazu zu überreden, dich aufzugeben. Es sei für dich und für sie das Beste, hat er behauptet. Nein, hör mir jetzt bitte zu", fuhr Charlotte unbeirrt fort, als Philip sie unterbrechen wollte. „Er hat erklärt, du seist zu unreif, um damals schon zu wissen, was du wolltest, und du hättest dir schließlich schon viel zu oft eingebildet, verliebt zu sein. Es sei außerdem ganz normal für junge Männer, Sex mit Liebe zu verwechseln. Er hat ihr auch eingeredet, du würdest eines Tages aufwachen und selbst einsehen, dass du sie nicht wirklich liebst. Und dann würdest du sie am Ende hassen und ihr vorwerfen, dich in die Falle gelockt und indirekt dazu gezwungen zu haben, sie zu heiraten, obwohl sie gar nicht zu dir passte. Ihre Verletzlichkeit und Unsicherheit hat er ausgenutzt und ihr suggeriert, sie sei nicht gut genug für dich, würde dich hinunterziehen und dich unglücklich machen. Daran bin ich leider zum großen Teil selbst schuld. Ich war damals viel zu unfreundlich zu dir und habe dich zu sehr kritisiert, Fiona. Nachdem du schon lange weg warst, wurde mir bewusst, wie gemein und snobistisch ich mich verhalten hatte. Ich habe mir immer wieder gewünscht, dir sagen können, wie leid mir das alles tut."

„Ist schon gut, Charlotte", sagte Fiona leise.

„Nein, das ist es nicht. Was ich getan habe, war genauso falsch wie das, was dein Vater getan hat, Philip. Und er hat es gewusst. Es hat bis zum Ende sein Gewissen belastet. Deshalb hat er mir auch anvertraut, welche unglückliche Rolle er in der ganzen Sache gespielt hat."

„Aber er hat nicht lange gebraucht, sie zu überzeugen, stimmt's?", antwortete Philip scharf. „Ich war nur eine halbe Stunde weg."

„Du weißt genau, was für ein geschickter Redner er war. Er konnte mit Worten Schwarz in Weiß verwandeln. Und er hatte eine starke Waffe: Fionas Liebe zu dir. Er hat sie überzeugt, sie tue das Richtige, wenn sie dich aufgeben würde."

„Warum?", rief Philip gequält aus. „Warum hat er so etwas getan? Er wusste doch, wie sehr ich sie liebte."

„Oh Philip, er war dein Vater und hat so viel von dir erwartet. Viel zu viel. Er glaubte, er müsse dich zu deinem Glück zwingen. Und er war wirklich überzeugt, es sei richtig, was er tat."

„Richtig", stöhnte Philip auf. „Du liebe Zeit, wenn er doch nur gewusst hätte, wie sehr ich gelitten habe."

„Er hat Fiona genauso leiden lassen wie dich, mein Sohn", erinnerte Charlotte ihn sanft.

Schockiert blickte Philip Fiona an. „Ist das wirklich alles wahr?", fragte er. „Ist es so gewesen?"

Fiona war auch entsetzt. Sie hatte nicht geahnt, wie hinterhältig Philips Vater gehandelt hatte. Sie hatte ihn für freundlich und nett gehalten, während er in Wirklichkeit …

Tränen traten ihr in die Augen, als sie endlich begriff, wie perfide dieser Mann gewesen war.

„Ja", stieß sie schließlich hervor.

Philip rang um Fassung. „Warum hast du nicht wenigstens nach unserem Wiedersehen mit mir darüber geredet?"

„Wie denn? Du warst doch im Begriff, Corinne zu heiraten."

„Ja, neun Jahre, nachdem du wieder geheiratet hattest", stellte er vorwurfsvoll fest.

Fiona wischte sich die Tränen weg und bemühte sich, sich zu beherrschen. „Ich hätte Kevin nicht heiraten dürfen, das gebe ich zu. Ich habe ihn nie geliebt. Aber ich war einsam und allein, und er war lieb und nett zu mir. Damals brauchte ich jemanden. Natürlich war es falsch, ihn zu heiraten. Sobald mir das klar wurde, habe ich mich scheiden lassen. Dann habe ich damit angefangen, mich auf mich selbst zu verlassen. Ich wollte niemanden verletzen. Und ich wollte auch selbst nicht mehr verletzt werden. Deshalb wurde ich hart, das sehe ich jetzt ein. Ich habe Menschen verletzt, Männer, die mich mochten. Vielleicht haben mich einige davon sogar geliebt. Ich bin nicht stolz darauf. Als wir uns wiedersahen, habe ich fest daran geglaubt, meine Gefühle zu dir überwunden zu haben, weil ich nicht mehr die Noni von damals war. Jedenfalls habe ich mir das eingeredet. Ich war überzeugt, mich nie mehr hoffnungslos und hilflos zu verlieben, bestimmt nicht in denselben Mann."

Sie richtete sich auf, ehe sie eingestand: „Aber ich habe mich wieder in dich verliebt, Philip. Dagegen kann ich nichts tun. Du kannst mich haben, wenn du willst."

Er war sprachlos, doch sein Blick sagte alles. In seinen Augen leuchtete es warm und liebevoll auf, und seine Züge wirkten sehr weich.

Charlotte räusperte sich und stand auf. „Ich kümmere mich mal um die Leute vom Reinigungsservice."

„Mir ist nie in den Sinn gekommen, dass du mich vielleicht aus lauter Liebe aufgegeben haben könntest", sagte Philip rau.

„Glaub mir, das habe ich später sehr bereut."

„Ich habe dich nie vergessen." Er reichte ihr die Hände.

Fiona legte ihre hinein, und ihrer beider Finger verschränkten sich. Ein grenzenloses Glücksgefühl breitete sich in ihr aus. „Ich dich auch nicht."

„In jedes Fischrestaurant bin ich gegangen, weil ich dachte, du würdest vielleicht hinter der Theke stehen."

„Und ich habe bei dir angerufen, nur um deine Stimme zu hören."

„Die Vorstellung, du würdest das Kind eines anderen bekommen, hat mir beinah den Verstand geraubt."

„Nie hätte ich mit einem anderen Mann ein Kind bekommen. Ich wollte nur deins, Philip", erwiderte sie und drückte seine Hände noch fester.

„Wollen wir noch einmal versuchen, ein Kind zu bekommen, Fiona?"

„Wenn du es gern möchtest."

„Und ob ich es möchte. Weißt du überhaupt, wie sehr ich dich liebe?"

Sie lächelte sanft und liebevoll. „Das kannst du mir ja sagen, wenn du willst."

Philip verzog die Lippen. „Momentan fallen mir nur Klischees ein. Ich könnte beispielsweise sagen, meine Liebe ist so unendlich und tief wie der Ozean."

Jetzt lächelte sie noch inniger. „Das genügt für den Anfang. Später kannst du mir auf ganz andere Art zeigen, wie sehr du mich liebst."

„Du bist ein ganz unmoralisches Wesen."

„Wenn ich es bin, bist du dafür verantwortlich. Bis ich dir begegnete, mochte ich Sex gar nicht. Ich fand ihn irgendwie abstoßend und die Reaktionen darauf übertrieben."

„Offenbar hast du deine Abneigung überwunden", antwortete er lächelnd.

„Philip", sagte sie.

Sogleich blickte er sie besorgt an. „Was?"

„Ich möchte dich etwas fragen."

„Du kannst mich alles fragen."

„Versprichst du mir, mich nicht zu bitten, dich zu heiraten?"

„Warum das denn? Ich dachte, du liebst mich."

„Ja, das tue ich auch. Aber bis jetzt hatten wir kein Glück mit unseren Ehen und den Hochzeitstagen. Was meinst du, können wir die Hochzeit verschieben, bis wir zwei Kinder haben?"

„Du willst erst Kinder haben?"

„Ja. Hast du was dagegen?"

„Überhaupt nicht. Wann fangen wir an?"

Sie blickten sich lächelnd an.

„Bedeutet dieses wunderbare Lächeln das, was ich mir wünsche?“, fragte Charlotte, als sie sich wieder zu ihnen gesellte. „Können wir bald wieder eine Hochzeit planen?“

„Ich glaube nicht. Fiona will dich zur Großmutter machen, ehe du ihre Schwiegermutter wirst.“

Charlotte war überrascht. „Wirklich?“

„Ja. Ich bin etwas abergläubisch“, erklärte Fiona. „Wir beide waren schon zwei Mal verheiratet, und jedes Mal war es eine Katastrophe. Deshalb habe ich Angst vor dreifachem Unglück.“

„Ich kann dich verstehen“, erwiderte Charlotte. „Ein Trauschein ist auch unwichtig, wenn man sich von ganzem Herzen liebt.“

„Das tun wir, wir lieben uns aufrichtig.“ Philip stand auf. „Du entschuldigst uns doch, oder? Ich will der zukünftigen Mutter meiner Kinder mein Haus zeigen. Du hast gesagt, du würdest gern in Balmoral leben, Fiona, oder?“

„Ganz bestimmt!“ Sie sprang auf und konnte das Glück, das sie empfand, kaum fassen.

„Bis später, Charlotte.“

„Ja, bis später, Fiona, meine Liebe. Tschüs, Philip. Fahr vorsichtig.“

„Heißt das, du willst mit mir zusammenleben?“, fragte Fiona ihn, als er sie nach draußen zum Auto führte.

„Natürlich! Willst du es etwa nicht?“

Fiona küsste ihn auf die Wange. „Mehr als alles in der Welt.“

„Wunderbar. Morgen fangen wir an, deine Sachen zu mir zu bringen. Gehört das Apartment dir, oder hast du es gemietet?“

„Es gehört mir.“

„Dann verkauf es.“

„Nein, ich vermiete es lieber.“ Als er sie finster anblickte, fügte sie hinzu: „Es ist eine gute Investition. Und ein Platz, wo ich leben kann, wenn du mich leid wirst.“

„Das wird nie geschehen.“

„Warten wir es ab. Du kennst mich als Fiona noch nicht so gut.“

„Ich liebe dich als Fiona.“

„Wirklich? Dann möchte ich dich darauf hinweisen, dass ich mit dem eigenen Wagen hergekommen bin und damit auch zurückfahre.“

Wieder blickte er sie finster an.

„Philip, ich bin nicht mehr Noni. Ich habe einen Beruf und eine eigene Meinung“, erklärte sie besorgt. „Weder das eine noch das andere werde ich jemals wieder aufgeben.“

„Glaubst du, das wollte ich?“

„Ich weiß es nicht. Vielleicht."

„Fiona, ich will dich so, wie du jetzt bist."

„Bist du sicher, dass du nicht nur die Frau willst, die ich vergangene Nacht war?"

Er lächelte reumütig. „Ja, die auch", gab er zu und nahm sie in die Arme. Dann küsste er sie leidenschaftlich und zärtlich und liebevoll zugleich.

„Ich liebe dich, Fiona Kirby", erklärte er später und drückte sie fest an sich. „Ich liebe deine Unabhängigkeit und deine Charakterstärke, deinen Ehrgeiz und dein Streben nach Perfektion. Und ich liebe deine Schönheit und deinen Körper. Doch Sex ist nur ein Teil dessen, was ich für dich empfinde. Das musst du mir glauben."

„Ja, Philip." Das Herz floss ihr über vor lauter Liebe. Sie hob den Kopf und küsste Philip auf die Lippen.

„Wenn du Ja sagst, habe ich das Gefühl, mich innerlich aufzulösen vor lauter Glück."

Auch in den nächsten Jahren sagte Fiona immer wieder Ja. Und fünf Jahre später noch einmal, als Philip ihr dieselbe Frage stellte wie schon so oft nach der Geburt ihres ersten Kindes.

Der vierjährige Zachary und die zweijährige Rebecca nahmen an der schlichten Trauung ihrer Eltern in Balmoral Beach teil. Sie freuten sich genauso wie ihre Großmutter. Steve und seine hübsche Frau Linda waren Trauzeugen.

Owen war natürlich auch dabei. Aber dieses Mal hatte *Five-Star Weddings* die Forsythe-Hochzeit nicht organisiert.

„Sie sieht wunderschön aus in Weiß", sagte Owen leise zu Charlotte. „Ich möchte gern wissen, woher sie das fantastische Kleid hat. Wissen Sie, ich habe Fiona bis jetzt noch nie in Weiß gesehen."

„Ich habe es für sie ausgesucht", antwortete Charlotte und lächelte geheimnisvoll.

„Wirklich? Dann haben Sie ein Händchen für Brautkleider. Sie suchen nicht zufällig einen Job, Mrs Forsythe?"

Charlotte lachte. „Ich habe genug damit zu tun, zwei Tage in der Woche meine beiden Enkelkinder zu betreuen."

„Ja, sie sind sehr lebhaft. Aber bei solchen Eltern wie Fiona und Philip ist das auch kein Wunder. Die beiden sind ein großartiges Paar, nicht wahr?"

„Stimmt, Owen."

Wenig später war der große Augenblick gekommen. Der Pfarrer

räusperte sich. „Willst du, Philip, Fiona zu deiner angetrauten Ehefrau nehmen, sie lieben und ehren in guten wie in schlechten Zeiten, in Krankheit und Gesundheit, solange ihr beide lebt?"

„Ja, ich will", antwortete Philip fest und bestimmt und lächelte Fiona liebevoll an.

Fiona versuchte, sein Lächeln zu erwidern, was ihr jedoch nicht gelang. Diesen Moment hatte sie jahrelang hinausgezögert, aber nicht, weil sie Philip nicht heiraten wollte, sondern weil sie Angst hatte. Angst vor Hochzeitstagen und weißen Kleidern.

„Und du, Fiona", fuhr der Pfarrer fort, „willst du Philip zu deinem angetrauten Ehemann nehmen, ihn lieben und ehren in guten wie in schlechten Zeiten, in Krankheit und Gesundheit, solange ihr beide lebt?"

Sie zögerte und ließ die Worte auf sich wirken. Plötzlich wurde ihr bewusst, wie feige sie gewesen war. All die Jahre hatte sie Philips Heiratsanträge abgelehnt und hatte Angst davor gehabt, sich hinzustellen und vor allen Leuten zu bekennen, wie sehr sie diesen Mann liebte und dass sie ihn bis ans Ende ihres Lebens lieben würde.

Wovor hatte sie überhaupt Angst? Mit ihren dreiunddreißig Jahren war sie nicht mehr abergläubisch. Sie glaubte daran, dass jeder für sein Leben selbst verantwortlich war. Man musste aktiv an seinem Schicksal arbeiten, statt die Dinge einfach geschehen zu lassen. Und man musste sich selbst treu bleiben.

Mehr als alles andere auf der Welt wünschte sie sich, Philips Frau zu sein. Worauf wartete sie noch?

„Ja, ich will", erklärte sie und strahlte vor Glück.

Sie begegnete Philips Blick, und sie lächelten sich an, während der Pfarrer die abschließenden Worte sprach: „Hiermit erkläre ich euch zu Mann und Frau."

– ENDE –

Sherryl Woods

Im Bann der Lust

Roman

Aus dem Amerikanischen von
Sarah Falk

MIRA®

1. KAPITEL

„Ich sterbe!“

Dem dramatischen Ausruf folgte ein übertriebener Seufzer.

Das Mädchen schloss die Augen, taumelte und fasste sich in einer Geste, die sie Scarlett O'Hara abgeschaut haben musste, an die noch recht flache Brust. Die beiden Mädchen an ihrer Seite zogen sie kichernd hoch, und sie öffnete die Augen, starrte verträumt auf das sonnenbeschienene Baseballfeld, auf dem J. K. Starr seine Runden drehte.

„Hast du es gesehen, Heather? Er hat mir zugezwinkert. J. K. Starr hat mir zugezwinkert. Hast du schon mal einen so attraktiven Mann gesehen? Ich schwöre euch, ich sterbe.“

J. K. hörte es und schüttelte den Kopf. Er hatte nie verstanden, warum junge Mädchen – und sogar erwachsene Frauen – derart ausflippten, nur weil er ein Baseballtrikot trug. Es störte ihn zwar nicht, aber im Grunde war er ein ganz normaler Mann, aufgewachsen auf einer Pferderanch in Kentucky. Zufällig spielte er ganz gut Baseball, und das machte ihn anscheinend für die Frauen zu einer Art Sexsymbol. Aber auch seine Mannschaftskameraden ließen es ihn nie vergessen.

Wie auf ein Stichwort hin erschien Davey Ramon-Sanchez neben ihm und sagte lachend: „Hey, amigo, du scheinst einen Fan dort drüben zu haben. Du könntest uns anderen ruhig auch ein paar hübsche Mädchen lassen.“

Davey mit seinem lockigen schwarzen Haar und den seelenvollen braunen Augen konnte selbst nicht über Mangel an weiblichen Fans klagen. Aber er hatte einen zierlichen Hitzkopf zur Frau, die ihn mitten auf dem Feld gelyncht hätte, wenn er auch nur mit einem der Mädchen gesprochen hätte. „Du kannst sie alle haben, mein Freund“, erwiderte J. K. gutmütig. „Falls du keine Angst vor Maria hast.“

Daveys Lächeln verblasste, und er bekreuzigte sich schnell. J. K. lachte. „Schon besser, Sanchez. Wie wäre es, wenn du nun zur Abwechslung einen Ball fangen würdest, anstatt sie alle an dir vorbeiwerfen zu lassen?“

Der dritte am Mal stehende Spieler wippte auf den Absätzen und musterte J. K. indigniert. „Werfen? Soll das Werfen sein? Sie haben deine Geschwindigkeit gestern mit neunundsiebzig Meilen in der Stunde gemessen – und das, nachdem du langsamer geworden warst. Kein Wunder, dass die Schläger aussehen, als würden sie schlafen, J. K. Sie sehen deine Würfe ja kaum.“

Daveys Kompliment über seine Schnelligkeit freute Jack Kevin mehr als die Bewunderung seiner jugendlichen Fans. Mit seiner Ernennung zum wertvollsten Spieler der Liga während der drei vergangenen Spielperioden war für J. K. ein Traum in Erfüllung gegangen.

Zu Hause in Kentucky hatte er ganze Nächte vor dem Radio gesessen und sich die Übertragungen der Spiele der „Cincinnati Reds" angehört. Spieler wie Johnny Bench und Pete Rose waren damals seine Idole gewesen, und J. K. hatte sich nichts sehnlicher gewünscht, als irgendwann einmal für das Team zu spielen, das sie berühmt gemacht hatten.

Stattdessen spielte er nun gegen diese Mannschaft und war Zeuge von Petes Untergang. Immer wenn er einen Wurf der Reds abwehrte, quälte ihn ein starkes Schuldbewusstsein. Vor allem, wenn die Reds punktemäßig sowieso schon unterlegen waren.

„Hey, amigo!", rief Davey ihm zu. „Wirfst du den Ball heute noch, oder hast du dir schon freigenommen?"

J. K. grinste. „Hast du es so eilig, dich lächerlich zu machen, Sanchez? Lass sehen, was du kannst." Drei schnelle Würfe in die innere Ecke, und Davey stand mit leeren Händen da.

„Hör auf, die Tribünen zu beobachten, und schau auf den Ball", riet J. K. gutmütig. „Vielleicht sollte ich langsamer und vorsichtiger werfen, wie bei einem Mädchen. Was meinst du? Ich wette, Maria schlägt den Ball besser als du."

„Geh zum Teufel!", erwiderte Davey, bevor er J. K.s nächsten Ball ins linke Feld beförderte.

„Einen habe ich dir geschenkt", erklärte J. K. lachend. „Schön langsam, wie versprochen."

„Du hast mir gar nichts geschenkt", entgegnete Davey beleidigt. „Mach schon, amigo."

Bevor J. K. jedoch zu einem weiteren Wurf ansetzen konnte, schrie Ken Hodges, sein Manager, ihm von der Mannschaftstribüne zu: „J. K., da ist ein Anruf für dich! Der Junge sagt, es sei wichtig."

Jack Kevin lief über das Feld und nutzte die Gelegenheit, um den drei Mädchen auf der Tribüne noch einmal zuzuzwinkern. Sie brachen von Neuem in hysterisches Kichern aus, als er nach dem Hörer griff. Aber Ken hielt ihn außerhalb seiner Reichweite.

„Fasse dich kurz!", warnte er. „Du weißt, was ich von Privatgesprächen während des Trainings halte. Du hast kein Recht, deinen Fans diese Nummer zu geben."

„Ich gebe sie nicht einmal meiner Mutter, da kannst du sicher sein, …", knurrte J. K. und nahm dem Manager den Hörer aus der Hand. „Hallo."

„Onkel Jake?“

J. K. erkannte die zaghafte junge Stimme sofort. Es gab nur einen Menschen, der seine Initialen zu „Jake“ zusammenfasste, und sein Herz setzte vor Schreck einen Schlag aus. „Teddy? Was ist passiert?“

„Du musst sofort kommen, Onkel Jake. Es ist ein Notfall. Mom ist …“

J. K.s Puls klopfte schneller und härter als beim schwierigsten Ball, den er je geworfen hatte. Wenn Cassie etwas zugestoßen war … *Verdammt, Ryan, warum bist du nicht da?*

J. K.s bester Freund und früherer Mannschaftskamerad besaß nicht mehr Moral als eine streunende Katze, und Vernunft war auch nicht seine Stärke, wie J. K. schon des Öfteren festgestellt hatte. Nur ein Narr war imstande, eine Frau wie Cassie und seinen siebenjährigen Sohn zu verlassen.

Es war J. K. schon lange bewusst, dass er eine Schwäche für Ryans zierliche blauäugige Frau hatte. Sie war ein reizender Mensch, sanft, gutmütig und so hübsch, dass J. K. der Atem stockte, als er ihr zum ersten Mal begegnet war. Es hatte ihn fast umgebracht, den Schmerz in ihren Augen sehen zu müssen, wenn Ryan ihr eine Lüge nach der anderen erzählte.

Aber Cassie war tapfer und ließ sich nie anmerken, dass sie Ryans Lügen durchschaute. J. K. hatte noch keine Frau so bewundert wie Cassie, und bei keiner anderen hatte er ein derart intensives Bedürfnis verspürt, sie vor den harten Schlägen des Lebens zu bewahren. Sie vor der Untreue ihres Mannes zu schützen war ihm leider nicht gelungen.

All diese alten Gefühle kehrten zurück, als er dem siebenjährigen Teddy, seinem angenommenen Neffen zuhörte, der von Schwierigkeiten zu Hause berichtete. J. K. fragte nicht, worin diese Schwierigkeiten bestanden, und wunderte sich auch nicht, dass Cassie nicht selbst angerufen hatte. Er reagierte rein instinktiv. Er wäre für diese Frau durchs Feuer gegangen, wenn sie es verlangt hätte.

„Ken, ich muss fort!“, rief er seinem Manager zu. „Ich komme zurück, sobald ich kann.“

„Du gehst?“, entgegnete der Manager fassungslos. „Was soll das heißen, Starr? Wir sind beim Training, nicht bei einem Picknick. Du kannst nicht einfach gehen. Nächste Woche ist das erste Spiel der Grapefruit-Liga, und dann haben wir eine ganze Saison vor uns. Deine Mannschaft spielt, als hätte sie nie den Sandkasten verlassen. Du bist ihr Anführer. Was für ein Beispiel glaubst du ihnen damit zu geben?“

„Ein schlechtes", gab J. K. pflichtbewusst zu, aber er ging weiter. „Es steht dir frei, mir eine Geldbuße aufzubrummen."

Damit ließ er Ken stehen und lief zum Parkplatz. Er nahm sich nicht die Zeit, seine staubigen Schuhe zu wechseln, obwohl er wusste, welche Schmutzspuren sie in seinem geliebten Sportwagen hinterlassen würden.

Die Panik, die J. K. beherrschte, veranlasste ihn, die Vierzig-Minuten-Strecke in weniger als zwanzig zurückzulegen. Was er erwartete, war ihm nicht ganz klar, aber sicher nicht das friedliche Bild, das ihn begrüßte, als er mit kreischenden Bremsen vor Cassies Haus im stillen Wohnviertel von Lake Worth hielt.

Teddy saß mit einem Freund auf den Verandastufen, die Ellbogen auf die Knie gestützt und das Kinn in den Händen. Beim Anblick des Wagens strahlten Teddys Augen. Er sprang auf und rannte auf J. K. zu. Sein Freund folgte ihm etwas zögernder. „Onkel Jake! Du bist gekommen!"

Er warf sich in J. K.s Arme, und dieser zog den Jungen fest an seine Brust, erstaunt über das unerwartete Glücksgefühl, das ihn dabei erfasste. Während er Teddy an sich drückte, hielt er besorgt nach Cassie Ausschau. „Natürlich", sagte er mit abwesender Miene zu Teddy. „Meinst du, ich lasse meinen besten Freund im Stich? Was ist passiert?"

Anstatt zu antworten, drehte Teddy sich zu seinem Freund um. „Siehst du, Billy, ich habe dir ja gesagt, dass er kommt." In einer besitzergreifenden Geste legte er J. K. den Arm um die Schultern. „Er wollte mir nicht glauben, Onkel Jake. Er sagte, ich könnte keinen so berühmten Baseballspieler kennen wie dich."

J. K. brauchte einen Moment, um die volle Bedeutung von Teddys Worten zu erfassen. Bis dahin hatte er das kleine Haus aus weißem Stein, den gepflegten Garten und die bunten Geranien unter den Fenstern betrachtet. Eine purpurrote Bougainvillea zog sich an einem schiefen Spalier hinauf. Und erst, als J. K. einigermaßen sicher war, dass alles seine Ordnung hatte, normalisierte sich sein Puls und nahm wieder seinen normalen Rhythmus auf.

J. K. hockte sich neben Teddy hin und drehte ihn zu sich herum. „Wo ist deine Mutter?"

Teddy trat einen Schritt zurück und zuckte die Schultern. „Drinnen, glaube ich", murmelte er, ohne J. K. anzusehen.

„Glaubst du?" J. K. begann allmählich zu begreifen, dass Cassie ihn gar nicht brauchte. Aber um ganz sicher sein zu können, fragte er: „Was ist passiert, Teddy?"

Das sommersprossige Gesicht des Jungen glühte vor Verlegenheit. Er starrte auf den Boden und stieß seine Schuhspitzen in die Erde. „Hm …“

„Teddy?“

„Ich habe es dir doch schon gesagt“, entgegnete der Junge mit einem Anflug von Trotz. „Billy glaubte nicht, dass du mein Onkel bist. Ich musste es ihm beweisen.“

Unter J. K.s strengem Blick legte sich Teddys Trotz, aber es war unmöglich, den sehnsüchtigen Ausdruck in seinen Augen zu übersehen. J. K. hätte ungehalten werden können, und er wusste, dass Teddy eine Lektion verdiente. Aber vor allem schien der Junge die Gewissheit zu brauchen, dass jemand für ihn da war.

„Na schön, mein Freund“, sagte J. K. freundlich, „hier bin ich. Und ich gebe euch auch gern ein Autogramm, bevor ich zum Training zurückkehre, okay?“

Teddy schlang ihm die mageren Arme um die Taille, und J. K. spürte, wie der Junge erleichtert aufatmete. Ein Kloß bildete sich in J. K.s Kehle, als Teddy flüsterte: „Danke, Onkel Jake. Ich habe dich echt vermisst.“

„Und ich dich, aber dank mir noch nicht. Zuerst sollten wir uns darüber einigen, was ein Notfall ist und was nicht, oder?“

Teddy verzog das Gesicht. „Kann sein.“

„Nein, ganz sicher sogar. Ich spreche mit deiner Mutter, während du dich von deinem Freund verabschiedest. Komm in fünf Minuten herein.“

Der kurze Weg zur Haustür war einer der längsten in J. K.s ganzem Leben. Fast ein Jahr war vergangen, seit er Cassie zum letzten Mal gesehen hatte. Einen Großteil dieser Zeit war er unterwegs gewesen, um dann im Herbst nach Florida zurückzukehren, sofort nach den Weltausscheidungen und wenige Wochen, nachdem Cassies und Ryans Scheidung in Kraft getreten war.

J. K. hatte Cassie unbedingt sehen wollen, um sich zu überzeugen, dass es ihr gut ging, aber Cassie hatte ihm deutlich zu verstehen gegeben, dass ihr Ryans Freunde nicht mehr willkommen waren. Und J. K. hatte beschlossen, ihr Zeit zu lassen, damit ihre Wunden heilen konnten. Nur einmal hatte er sie angerufen, um ihr zu sagen, dass er immer für sie da war, falls sie ihn brauchte.

Aber Cassie hätte nie zugegeben, jemanden zu brauchen, schon gar nicht den besten Freund ihres geschiedenen Mannes. Sie hatte sich höflich bei J. K. bedankt und aufgelegt, bevor er die Möglichkeit hatte, noch etwas einzuwenden. Kein kameradschaftliches Plaudern mehr, keine Scherze über sein überaktives Liebesleben, keine Spur der alten Vertrautheit, die zwischen ihnen bestanden hatte.

Die Haustür stand offen, und er konnte Cassies unmelodisches Singen aus der Küche hören. J. K. blieb lächelnd stehen. Cassie hatte es nie geschafft, einen Ton zu halten, aber sie sang für ihr Leben gern. Er und Ryan hatten sie erbarmungslos damit aufgezogen, sie angefleht, aufzuhören, und gedroht, mit einer stärkeren Geräuschkulisse dagegen anzugehen, wie einem Rasenmäher zum Beispiel. Cassie hatte sie stets aufgefordert, sich keinen Zwang anzutun. Das Gras musste ohnehin geschnitten werden.

Als J. K. sie nun trällern hörte, erwachten Erinnerungen in ihm, und er verspürte der gutmütigen sanften Cassie gegenüber ein merkwürdiges Gefühl der Zärtlichkeit.

Leider war Cassie alles andere als sanft, als sie aus der Küche kam und J. K. im Eingang stehen sah. Das Lied erstarb auf ihren Lippen, die Hände ballte sie unbewusst zu Fäusten.

Jack Kevin ignorierte es und betrachtete Cassie aufmerksam. Sie hatte merklich abgenommen. In den weiten Shorts und einem lässig sitzenden T-Shirt sah sie aus, als brächte sie nicht mehr als hundert Pfund auf die Waage. Ihr blondes Haar hatte sie hochgesteckt, und einige widerspenstige Locken umrahmten ihr Gesicht, dessen auffälligstes Merkmal die großen blauen Augen waren.

„Hallo, Cassie“, sagte J. K. ruhig und wünschte, es täte nicht so weh, ihren abweisenden Blick ertragen zu müssen.

„Was willst du hier, J. K.?“, erkundigte sie sich in eisigem Ton. Die Cassie, an die J. K. sich erinnerte, hatte ihn immer herzlich und voller Wärme empfangen.

„Ich freue mich auch, dich wiederzusehen, Cassie“, antwortete er.

Nur ein Mann, der Cassie sehr gut kannte, hätte den leichten Wechsel in ihrer Stimmung bemerkt, ihre Anspannung und den Anflug von Schuldbewusstsein, der ihre Augen für einen Moment zu verdunkeln schien. Cassie war zu gut erzogen, um einen Gast zu beleidigen, nicht mal einen Mann, der für sie mit all das verkörperte, was in ihrer Ehe schiefgegangen war. Aber auch ihre gute Erziehung konnte nichts an ihrer kalten abweisenden Miene ändern.

„Wie ist es dir ergangen, Cassie?“, fragte J. K. leise, beunruhigt über ihren Gewichtsverlust, ihre Blässe und die Schatten unter ihren Augen.

Als betrachtete sie die Frage als Herausforderung, holte Cassie tief Luft und straffte die Schultern. „Bestens, J. K. Teddy und mir geht es gut, wenn es das ist, was du wissen willst“, erklärte sie entschieden. Als J. K. keine Anstalten machte, zu gehen, schaute sie ihn misstrauisch an.

Wie ein Jäger, der sich einem verängstigten Opfer nähert, ging Jack Kevin einen Schritt auf Cassie zu. Sie zog sich nicht zurück, sondern warf einen missbilligenden Blick auf seine Füße. Im Bewusstsein, welchen Schaden die groben Baseballschuhe auf dem Teppich anrichten konnten, bückte J. K. sich und streifte sie mit einem entschuldigenden Lächeln ab. Er kam sich merkwürdig verwundbar vor, als er barfuß vor ihr stand. „Ich glaube, wir haben etwas zu besprechen“, sagte er zögernd.

Ihr Gesicht spiegelte plötzlich die unterschiedlichsten Empfindungen wider: Abwehr, Ärger, Verwirrung, Furcht. Und noch einige andere mehr, die er nicht zu deuten verstand. Cassie kämpfte sichtlich um Beherrschung. „Ist Ryan etwas zugestoßen?“, fragte sie in eisigem Ton.

Es war eine natürliche Schlussfolgerung für sie, und dennoch waren die Frage und der Schmerz, der darin mitklang, ein harter Schlag für J. K. „Nein, Cassie“, antwortete er deshalb ausweichend. „Es handelt sich um deinen Sohn.“

Cassie wurde leichenblass. Instinktiv drehte sie sich zur Veranda um, und J. K. verfluchte sich für seine Gefühllosigkeit.

„Teddy ist draußen“, sagte Cassie, wie um sich selbst zu beruhigen. Ihre Abwehr war für Sekunden verflogen. „Das heißt, eben war er noch da. J. K. …“

Er berührte beruhigend ihren Arm, zog die Hand jedoch zurück, als er spürte, wie Cassie zusammenzuckte. „Schon gut, Cassie. Er ist da. Entschuldige. Ich habe nicht nachgedacht. Er kommt gleich.“

Sie ging zur Haustür und schaute hinaus, und als sie Teddy erblickte, war sie erleichtert. „Was ist mit ihm?“, fragte sie kühl. „Wenn Ryan dich geschickt hat, dann sag ihm, er soll seine Kämpfe selbst ausfechten.“

„Es hat nichts mit Ryan zu tun. Oder vielleicht doch. Ich weiß es nicht. Teddy hat mich angerufen, Cassie, einfach so.“

Sie schaute ihn verdutzt an. „Angerufen? Wann? Warum?“

„Vor einer halben Stunde etwa, auf dem Sportplatz. Wer weiß, wie er an die Telefonnummer gekommen ist.“

Cassie schloss die Augen und errötete vor Verlegenheit. „Sie steht noch immer auf dem Zettel an der Wand neben dem Telefon. Ich habe sie nie entfernt. Tut mir leid, J. K. Ken Hodges hat sicher einen Wutanfall bekommen.“

J. K. zuckte die Schultern. „Ken genießt seine Anfälle, das weißt du. Es ist nicht so tragisch."

„Aber ich begreife nicht, warum Teddy dich angerufen hat."

„Er behauptete, es handele sich um einen Notfall." J. K. lächelte schwach. Aber wie sich herausstellte, wollte er nur seinem Freund etwas beweisen. Ich vermute, dass Billy neu hinzugezogen ist."

Cassie nickte. Dann schüttelte sie überrascht den Kopf. „Was?", fragte sie schließlich. „Ich begreife es immer noch nicht."

„Teddy wollte Billy beweisen, dass ich sein Onkel bin. Aber ich denke, es war mehr als das. Ich glaube, er vermisst Ryan."

Cassies Miene, die für einen Augenblick fast freundlich gewirkt hatte, verschloss sich und nahm einen verbitterten Ausdruck an. „Gut geraten, Dr. Freud. Der letzte Anruf von Teddys Daddy kam vor drei Wochen, als Ryan auf dem Weg nach Miami in der Stadt war. Der Dauer ihrer Unterhaltung nach zu urteilen, können sie nicht viel mehr als ein Hallo und Auf Wiedersehen gewechselt haben. Teddy ging sofort danach in sein Zimmer und weigerte sich, herauszukommen. Bis heute will er mir nicht verraten, was ihn damals so verstört hat."

J. K. unterdrückte einen Fluch. „Ryan hat euch nicht besucht? Als ich ihn auf dem Sportplatz sah, war ich sicher ..."

„Er hatte eine Verabredung", warf Cassie ein.

Diesmal fluchte Jack Kevin tatsächlich. „Verstehe", sagte er dann seufzend.

„Natürlich", meinte Cassie spöttisch. „Wer kennt Ryan besser als du?"

„Cassie, es bringt uns nicht weiter, Ryans schlechte Angewohnheiten aufzuzählen."

„Komm mir nicht mit väterlichen Ratschlägen. Du bist auch nicht besser als Ryan Miles." Jetzt, wo sie begonnen hatte, schien Cassie nicht mehr aufhören zu können. Ihr aufgestauter Ärger entlud sich und überrollte J. K. wie eine Flutwelle.

„Deshalb hast du mir auch nie gesagt, dass er mich betrog, wenn ihr unterwegs wart, oder? Ihr schwört euch gegenseitige Verschwiegenheit, was? Vergiss den Anstand. Vergiss die Freundschaft. Zum Teufel mit Ehegelübden! Für euch sind die heißen kleinen Tribünenhäschen ganz einfach ein Teil eures Berufs, nicht wahr?" Cassies Zorn schien etwas nachzulassen. Sie hob resigniert die Hände. „Ihr macht mich krank. Ihr seid nichts als eine Bande unreifer Jungen."

Für jemanden, der nicht bereit war zu reden, hatte sie eine ganze

Menge vom Stapel gelassen, und jedes einzelne Wort war mit tiefster Verachtung erfüllt gewesen. Jack Kevin akzeptierte die Beleidigungen, aber nicht die Vorwürfe. „So ist es nicht, Cassie", wandte er geduldig ein. „Es hat mir wahnsinnig leidgetan, was Ryan dir und Teddy zufügte, aber das ging nur euch beide an. Ich hatte kein Recht, dir etwas zu erzählen."

„Dann hättest du ihn vielleicht ab und zu daran erinnern sollen, dass er eine Familie besaß. Wäre das so schwer gewesen, J. K.? Oder ist es unter Machos nicht üblich, über Frauen und Kinder zu reden?"

J. K. zuckte innerlich zusammen. Die Gespräche in den Umkleideräumen drehten sich häufiger ums Punktesammeln außerhalb des Spielfeldes als beim Spiel. Das konnte er Cassie allerdings nicht sagen. Gewisse Dinge blieben besser unausgesprochen. Eine harte Wahrheit konnte er ihr jedoch nicht ersparen, und es wurde allmählich Zeit, dass sie sich damit auseinandersetzte. „Wenn es dir nicht gelungen ist, Cassie, ihn zu halten, hätten alle meine Worte auch nichts genützt", sagte er ruhig.

Bei seinen offenen Worten kamen ihr die Tränen. Sie ließ die Schultern hängen, und aller Ärger schien verflogen zu sein. „Du hättest es wenigstens versuchen können, J. K.", entgegnete sie leise. „Verdammt, warum hast du es nicht versucht?"

Heftiges Mitleid erfasste ihn. Cassie sollte nie erfahren, wie sehr er es versucht und wie Ryan ihn ausgelacht hatte, als J. K. ihn bat, die weiblichen Fans zu ignorieren und zu seiner Frau und seinem Sohn nach Hause zu fahren. Jack Kevin hatte nicht vor, es Cassie zu erzählen. Wenn es ihr half, ihm einen Teil der Schuld zuzuschieben, war er gern bereit, sie zu tragen. Vielleicht war er ja tatsächlich nicht ganz schuldlos.

„Cassie kann ich irgendetwas tun, um dir die Dinge zu erleichtern? Wir haben immer miteinander reden können. Vielleicht sollten wir einmal zusammen essen gehen, wie in alten Zeiten. Ich bin ein guter Zuhörer."

„Ich will dein Mitleid nicht, und ich brauche auch keinen Zuhörer. Ich möchte die Vergangenheit vergessen und sie nicht neu aufleben lassen. Alles war bestens, bis du hier auftauchtest und mich an alles erinnertest. Vielleicht brauchte ich diesen Ausbruch. Es tut mir nur leid, dass er dich getroffen hat. Und – danke, dass du gekommen bist, um nach Teddy zu sehen."

„Das klingt, als wärest du noch von Zorn erfüllt. Wenn es dir hilft, Freunde anzuschreien, dann bitte. Ich habe schon Schlimmeres ertragen."

„Nein, ich habe genug gesagt.“ Cassie straffte die Schultern. „Aber ich spreche mit Teddy. Er wird dich nicht mehr belästigen.“

J. K. hätte Cassie am liebsten an den Schultern gepackt und geschüttelt, bis sie begriff, wie viel sie und Teddy ihm bedeuteten. Sie waren seine Familie, praktisch die einzige, die er besaß. Aber statt es ihr zu sagen, nahm er sich bewusst zusammen und meinte nur: „Er stört mich nicht, Cassie. Ihr habt mir beide sehr gefehlt. Warum lässt du ihn nicht mit mir zum Sportplatz fahren? Er kann beim Training zuschauen, und später kaufe ich für uns Hamburger zum Abendessen. Es wird dem Jungen guttun, mit der Mannschaft zusammen zu sein.“ Cassie machte ein Gesicht, als hätte er ein Rendezvous mit dem Teufel persönlich vorgeschlagen. Ihre Augen blitzten. „Nein! Auf keinen Fall! Teddy kommt mir nicht mehr in die Nähe des Sportplatzes. Nie wieder!“

Ihr erneuter Ausbruch verwirrte ihn. „Cassie sei doch vernünftig. Der Sportplatz ist nicht das Problem. Und ich auch nicht. Meinst du nicht, es wäre gut für Teddy, eine Vaterfigur zu besitzen? Ich glaube, das war der eigentliche Anlass seines Anrufs. Wenn Ryan nicht da ist, lass mich ihm den Vater ersetzen. Du weißt, wie sehr ich den Jungen liebe.“

Es war offensichtlich, dass er einen Nerv getroffen hatte. Sie zerknüllte das Geschirrtuch in der Hand und schien mit einem Ansturm mütterlicher Schuldgefühle zu kämpfen. Doch dann schüttelte sie den Kopf. „Nein, du nicht“, sagte sie schließlich, ohne J. K. anzusehen. „Teddy braucht jemanden, das stimmt, aber nicht dich. Du würdest ihn auch irgendwann im Stich lassen. Und das soll er nicht zum zweiten Mal erleben.“

Obwohl Jack Kevin ihr ablehnendes Verhalten verstand, tat es ihm doch weh, und er war nicht bereit, ihre Entscheidung als endgültig zu akzeptieren – diesmal nicht. Nicht, nachdem ihm bewusst geworden war, wie dringend sie und Teddy jemanden in ihrem Leben brauchten, wie einsam und allein sie waren. Nicht nach all der Schuld, die sie auf seinen Schultern abgeladen hatte. Und erst recht nicht, nachdem er sich ganz plötzlich und unerwartet hatte eingestehen müssen, wie stark er sich immer noch zu Cassie hingezogen fühlte.

Diese Reaktion hätte ihm eine Warnung sein sollen, doch für J. K. war sie eher wie ein Aufruf zu den Waffen. Den Kampf um eine attraktive Frau hatte er noch nie gescheut. Flirten war für ihn so natürlich wie Atmen. Und Cassie war immer ein großartiges Übungsobjekt für die Verbesserung seiner Technik gewesen. Als sie noch mit Ryan verheiratet gewesen war, hatte sie J. K.s Fehler mit einer Offenheit kritisiert, wie es kaum eine andere Frau wagte.

Nachdem seine Entscheidung gefallen war, konnte er sich erlauben, geduldig zu sein und Cassie Zeit zu lassen, sich an sein von nun an häufigeres Erscheinen zu gewöhnen.

„Na schön, Cassie, ich will dich nicht drängen. Aber ich komme wieder."

Sie schüttelte den Kopf. „Nimm es nicht persönlich, J. K., aber ich möchte dich nicht mehr sehen." Sie schaute ihn an. „Wir brauchen dich nicht."

„Ein weniger selbstbewusster Mann würde das als Beleidigung auffassen."

„Das sollte es auch sein", gab sie unumwunden zu.

Jack Kevin trat einen Schritt näher und stellte anerkennend fest, dass sie nicht zurückwich, obwohl ihr anzusehen war, dass sie es gern getan hätte. Er streckte eine Hand aus und berührte ihre Wange. Sie war weich wie Seide und noch feucht von den Tränen, die sie nicht fortgewischt hatte.

J. K. ließ seinen Daumen über ihre Unterlippe gleiten und wünschte inständig, das Recht zu besitzen, sie zu küssen – wie er es sich gewünscht hatte, als er Cassie zum ersten Mal begegnet war. Schon damals war er sich wie ein Schuft vorgekommen, und jetzt noch mehr. Die Frau seines besten Freundes zu begehren war schrecklich unmoralisch. Vielleicht hatte Cassie recht. Vielleicht war er wirklich nicht besser als Ryan. Vielleicht sollte er gehen und sie in Ruhe lassen.

Aber er schuldete ihr noch etwas.

„Ich glaube, du brauchst mich, Cassie", sagte er ruhig. „Und bis du mir das Gegenteil beweist, bleibe ich in der Nähe."

Ohne auf eine Reaktion zu warten, wandte er sich ab und ging hinaus. Auf der Veranda zog er seine Schuhe an und sah Teddy, der um die Hausecke gerannt kam.

„Komm her, Freundchen!", rief er ihm lächelnd zu.

Teddy näherte sich zögernd. Seine blauen Augen glichen denen seiner Mutter. „Ich wollte dich nicht stören, Onkel Jake, wirklich nicht."

„Ich weiß. Aber ein Notfall ist etwas sehr, sehr Ernstes. Zum Beispiel wenn du krank bist oder deine Mutter sich verletzt hat …"

„Oder das Haus brennt. Ich weiß, dass man dafür neun-eins-eins wählt."

„Genau. Das sind echte Notfälle. Wenn du mich allerdings nur sehen willst, kannst du jederzeit anrufen. Es braucht kein Notfall zu sein, Teddy. Wenn du mit mir reden willst, einen Hamburger essen oder ein paar Bälle werfen möchtest, dann lass es mich wissen."

Er schaute auf und sah Cassie an der Tür stehen. Sie blickte nicht gerade freundlich zu ihnen herüber. „Deine Mutter und ich einigen uns darüber, okay?"

Teddy schlang ihm die Arme um den Nacken. „Danke, Onkel Jake."

„Keine Ursache, mein Junge." J. K. registrierte Cassies missbilligenden Blick. „Du solltest mich allerdings lieber zu Hause anrufen. Ich habe einen Anrufbeantworter und verspreche dir, gleich zurückzurufen, sobald ich zu Hause bin. Deine Mutter wird die Nummer in der Küche neben das Telefon legen, dort, wo die Sportplatznummer war", sagte er mit Betonung auf „war" und einem vielsagenden Blick zu Cassie.

Sie zeigte den Anflug eines Lächelns. Sie beide wussten, dass Ken Hodges Magengeschwüre bekommen würde, falls Teddy seine Trainingsunterbrechungen fortsetzte. Oder gar auf die Idee kam, während eines Spiels anzurufen.

„Nimmst du mich einmal zu einem Spiel mit, Onkel Jake? Bei Dad durfte ich früher immer in der Spielerecke sitzen."

„Ich weiß", sagte J. K., und Cassies Lächeln verflüchtigte sich. Da er den Hinweis verstand, bemühte er sich um eine einigermaßen diplomatische Antwort. „Das müssen wir uns noch überlegen. Wenn du sehr brav bist und deine Mom sehr nett fragst, kommt sie vielleicht mit dir zu einem Spiel."

Cassie bedachte ihn mit einem abweisenden Blick. J. K. erwiderte ihn mit einem unschuldigen Lächeln. „Bis später, ihr zwei", sagte er. „Passt gut auf euch auf, Cassie."

Sie nickte kurz und wandte sich ab. „Teddy komm bitte herein!", rief sie über die Schulter zurück.

„Ich glaube, jetzt kommt die große Gardinenpredigt", seufzte Teddy.

J. K. schmunzelte. „Das ist gut möglich."

„Ich freue mich trotzdem, dass ich angerufen habe, Onkel Jake."

„Ich auch. Lass dir einen Tipp geben, Teddy. Wenn du deiner Mutter ganz ehrlich sagst, warum du angerufen hast, kommst du sicher etwas leichter davon."

„Kann sein", murmelte Teddy.

„Versuch es. Deine Mutter ist eine kluge Frau."

Das sagte er so laut, dass Cassie unwillkürlich stehen blieb. Als sie sich verärgert nach ihm umschaute, winkte er ihr fröhlich zu und stieg in seinen Wagen. Auf dem Rückweg zum Training pfiff er munter vor sich hin und stellte nach kurzer Zeit erstaunt fest, dass es dasselbe Lied war, das Cassie gesungen hatte, bevor sie ihn in ihrem Haus entdeckte.

2. KAPITEL

Es gibt Millionen Männer in Amerika, dachte Cassie, während sie den riesigen Stapel schmutziger Teller in der Spüle in Angriff nahm. *Und Tausende von Männern leben hier in Lake Worth. Warum muss Teddy ausgerechnet den besten Freund meines geschiedenen Mannes anrufen? Und warum hat es mich so sehr gestört?* Die letzte Frage wollte sie lieber nicht so genau ergründen.

Eine Woche war seit J. K.s Besuch vergangen, und Cassie war nach wie vor nervös und schreckhaft wie eine Gazelle auf der Flucht vor dem Löwen. Sie begriff immer noch nicht, warum sie derart heftig auf J. K.s Erscheinen reagiert hatte.

J. K. war ein Bindeglied zur Vergangenheit, zu Dingen, die sie unbedingt vergessen wollte. Und wenn schon! Sie waren einmal gute Freunde gewesen. Da war es doch nett von ihm, sich um sie zu sorgen, oder? Was war so schlimm daran, dass er sich blitzschnell auf den Weg gemacht hatte, um den Anruf eines kleinen Jungen zu beantworten? Nichts musste sie sich eingestehen. Es war eine nette Geste von ihm. Vermutlich.

Leider konnte Cassie nicht vergessen, dass J. K. aus dem gleichen Holz geschnitzt war wie Ryan. Und wenn sie hundert Jahre alt wurde, sie wollte keinen zweiten egoistischen Schürzenjäger in ihre Nähe lassen, nicht einmal, wenn er so fantastisch aussah wie J. K. Starr. Selbst wenn er achtzig war, würden die Frauen noch von ihm schwärmen.

Auch Cassie hatte ein- oder zweimal einen schuldbeladenen Moment der Faszination bei ihm empfunden, vor allem, als ihre Ehe auseinandergebrochen war und J. K. ihr treu zur Seite gestanden hatte. Aber Cassie machte sich nichts vor. Jeder Mann war imstande, Mitleid und Feingefühl aufzubringen, wenn es sein musste. Zumindest für kurze Zeit. Sie hatte aus ihren Fehlern gelernt. Nun wünschte sie sich nichts mehr als ein ruhiges, friedliches, normales Leben mit ihrem Sohn. Eines Tages – vielleicht – würde wieder ein Mann dazugehören, am liebsten einer, der Baseball genauso leidenschaftlich hasste wie sie.

„Wenn du so weiterschrubbst, reibst du noch das Blumenmuster von den Tellern."

Cassie zuckte zusammen. Obwohl J. K.s Besuch nicht völlig unerwartet für sie kam, löste sein Erscheinen genau das bei ihr aus, wovor sie sich gefürchtet hatte: Verwirrung und Unsicherheit. Der Teller rutschte ihr aus der Hand und zerschellte auf dem Fußboden. Cassie warf dem

Mann, der an der Verandatür stand, einen vorwurfsvollen Blick zu, aber bevor sie etwas sagen konnte, hob er beschwichtigend die Hände.

„Gib mir nicht die Schuld daran", sagte er. „Ich bin nur ein unschuldiger Passant."

„Unschuldig warst du schon nicht mehr bei deiner Geburt", murmelte sie und hob die Scherben auf. Jetzt, wo Jack Kevin da war und mit seinen breiten Schultern die Küchentür blockierte, bemerkte Cassie zu ihrem Erstaunen, dass eine lächerliche, unbegreifliche Freude in ihr erwachte. Vielleicht war es der Erleichterung zuzuschreiben, zur Abwechslung mal einen Erwachsenen zur Gesellschaft zu haben, ganz gleich, aus welchem Grund er zu ihr kam.

Aber es war besser, derartige Gefühle zu ignorieren, und das bedeutete, J. K.s unwiderstehlichem Lächeln und seinem Charme Widerstand entgegenzusetzen. Er strahlte sie an wie von einem Illustriertentitelblatt, und Cassie stählte sich innerlich gegen die Wirkung, die dieses Lächeln auf ihre Sinne hatte.

„Wie herzlos von dir, so etwas zu dem Mann zu sagen, der dich von alldem erlösen wird." J. K. trat in die Küche und setzte sich auf einen der Stühle. Seine abgetragenen Jeans spannten sich um die muskulösen Schenkel. Die Baseballkappe hielt er wie eine Gebetskette in den kräftigen Händen.

Wie oft hat er so da gesessen, dachte Cassie, während sie ihn misstrauisch beobachtete. Wie oft war er bei ihr in der Küche geblieben, wenn sie kochte, hatte mit ihr geplaudert und sie zum Lachen gebracht, während sie auf Ryan warteten …

Jetzt sah Cassie den gewohnten Humor in Jack Kevins blaugrünen Augen und etwas anderes, das eine Herausforderung sein mochte. Überrascht stellte sie fest, dass J. K. es tatsächlich auf ein Wortgefecht mit ihr anlegte. Und irgendwie freute sie sich darüber. Er wusste schon immer besser als mein eigener Mann, wie man mich nehmen muss, dachte sie verblüfft.

Aber sie sagte entschieden: „Ich will nicht erlöst werden", und bemühte sich, die Schmetterlinge in ihrem Bauch zu ignorieren. „Und selbst wenn ich es wollte, wärst du nicht der geeignete Mann dazu."

„So?", entgegnete er gedehnt.

Sein nachsichtiger, beinahe arroganter Tonfall weckte den jähen Wunsch in ihr, einen weiteren Teller zu zerschlagen – mitten auf seinem betrügerischen Herzen. „Geh!", sagte sie, aber es klang eher wie eine Bitte, nicht wie eine Aufforderung. „Geh zu deinen Tribünenhäschen zurück. Oder sind sie schon alle zu ihren Müttern heimgekehrt?"

„Ich habe nie etwas für Minderjährige übriggehabt, Cassie. Mir sind Frauen lieber, die über ein bisschen Reife verfügen – und über eine ordentliche Portion Frechheit." Er betrachtete sie mit vielsagendem Blick. „Frauen wie du."

„Du hast ja Nerven, J.K.! Warum bist du überhaupt zurückgekommen, obwohl ich dich gebeten hatte, uns in Ruhe zu lassen?"

„Vielleicht bin ich Masochist."

„Eher ein Märtyrer. Du hast deine Pflicht getan, du kannst jetzt gehen."

„Und Teddy enttäuschen?", fragte er, schwerere Geschütze auffahrend, von denen er wusste, dass sie Cassies Argumente im Keim ersticken würden.

Cassie kniff die Augen zusammen. Sie stellte einen Topf zum Abtropfen hin, nahm einen anderen und begann wie wild zu schrubben. J.K. wartete geduldig.

„Was hat Teddy damit zu tun?", fragte sie schließlich.

„Ich habe ihm ein Eis versprochen."

Sie wirbelte herum und stützte ihre schaumbedeckten Hände in die Hüften. Diesmal war ihr Ärger echt. Sein arrogantes Übergehen ihrer Wünsche war ein weiterer Beweis dafür, dass J.K. nur das tat, was er wollte, mochten seine Absichten auch noch so edel sein. Gut, dass sie es rechtzeitig erkannt hatte, sonst hätte sie vielleicht nachgegeben.

„Du hattest kein Recht dazu, J.K.", sagte sie, um Ruhe bemüht.

„Warum regst du dich so auf, Cassie?", erkundigte J.K. sich erstaunt.

Aber sie traute ihm keine Sekunde lang. „Weil du mich nicht um Erlaubnis gebeten hast. Ich gestatte nicht, dass du Pläne mit Teddy machst, ohne sie vorher mit mir abzustimmen. Das habe ich dir schon einmal gesagt."

J.K. nickte bedächtig. „Okay, du hast recht. Ich hätte dich zuerst fragen sollen, aber nachdem ich heute Nachmittag seine Nachricht erhalten hatte und ihn bei Billy anrief, kam er mir so einsam vor. Und da habe ich ihn ganz impulsiv zu einem Eis eingeladen. Tut mir leid, Cassie."

Eine schwache Entschuldigung, dachte sie, aber der Blick in seinen Augen ist alles andere als schwach. *Es ist der Blick eines Mannes, der genau weiß, wie er eine Frau überreden kann. Wahrscheinlich hat er ihn schon in der Wiege geübt.* Dennoch zwang sie sich zu einer höflichen Ablehnung.

„Ich werde nächstes Mal daran denken", sagte er und griff nach ihrer Hand. Die Berührung mit seiner harten schwieligen Handfläche war überraschend erotisch. Cassie begann, zu vergessen, wie wichtig es war, ihre Abwehr aufrechtzuerhalten.

„Aber jetzt bin ich da", fuhr er beharrlich fort. „Du hast immer gern Eis gegessen. Wie wäre es mit einem Eisbecher mit heißer Schokoladensoße?" Er senkte verführerisch die Stimme. „Oder einem Bananasplit?"

Cassies Widerstand schmolz dahin. Sie versicherte sich, dass es lediglich eine Reaktion auf die Vorstellung von Erdbeereis, Sahne, Schokoladensoße und Früchten war. Seit Monaten hatte sie sich kein derartiges Vergnügen mehr erlauben können.

J. K. lachte leise und strich mit dem Daumen über ihre Hand. „Habe ich dich in Versuchung geführt, Cassie?"

„Das ist kein faires Spiel", antwortete sie und entzog ihm ihre Hand. Sie war tatsächlich schwach geworden und war nicht glücklich darüber. Kein Wunder, dass die Frauen so verrückt nach J. K. waren. Die Kombination aus Überzeugungskraft und männlichem Charme war einfach unwiderstehlich.

„Soll ich Verstärkung holen? Wenn Teddy dich bearbeitet, sind wir in zehn Minuten in der City."

Cassie wusste, dass sie beharrlicher sein sollte. Sie hätte dagegen protestieren müssen, dass er Teddy benutzte, um sie umzustimmen, aber die Aussicht, ihrem Sohn etwas Besonderes zu bieten, war zu verlockend. Ihr knappes Budget gestattete derartige Extravaganzen nicht.

„Vielleicht könnt ihr beide …", begann sie, um ihren Stolz zu retten.

J. K. schüttelte den Kopf. „Nein, nur zu dritt, du, Teddy und ich. Überleg doch mal – wenn du nicht mitkommst, wird Teddy die Situation ausnutzen und dreimal so viel Eis essen, wie er vertragen kann. Und dann hält er dich die ganze Nacht mit Magenschmerzen wach. Du musst schon mitkommen, um uns vor Exzessen zu bewahren."

Cassie musste lachen, und die Spannung, die sie schon den ganzen Tag beherrschte, ließ endlich nach. Und plötzlich freute sie sich auf eine kurze Abwechslung von der Routine, die in letzter Zeit ihr Leben bestimmte. Nur heute Abend, sagte sie sich, und nur auf ein Eis. *Das kann doch nicht so schlimm sein, oder?*

„Na schön", gab sie schließlich nach. „Du hast gewonnen."

„Wow!" Teddys triumphierender Schrei war vermutlich im gesamten Wohnviertel zu vernehmen. Er reckte den Kopf aus einem Busch neben der Küchentür. „Ich habe dir ja gesagt, dass es klappt, Onkel Jake."

Cassie betrachtete die beiden Verschwörer entrüstet und bemühte sich, ernst zu bleiben. „Ihr habt es gemeinsam geplant, was? Na, wartet! Dafür bestelle ich mir das Teuerste, was auf der Karte ist."

„Tu, was du willst, Cassie", erklärte J. K. großzügig. „Ich kann mir nichts Besseres vorstellen, um mein Geld zu verschwenden. Aber beeil dich jetzt, bevor wir verhungern. Nicht wahr, Teddy?"

„Genau. Mach schnell, Mom!"

„Darf ich mich wenigstens kämmen?"

„Mom!", rief Teddy ungeduldig.

„Lass ihr eine Minute Zeit, mein Sohn. Frauen sind nicht zufrieden, bevor sie einen Mann nicht warten lassen haben. Sie wollen uns damit zeigen, wer der Boss ist."

„Verwirre meinen Sohn nicht mit deinen Ansichten über Frauen, Mr Starr."

„Warum nicht? Du scheinst mich doch für einen Experten auf diesem Gebiet zu halten."

„Was nichts ist, worauf du stolz sein solltest", entgegnete sie und ging rasch hinaus, um sein Lachen nicht hören zu müssen.

Er liebte es, wenn Cassie sich spröde zeigte, und wusste genau, wie er ihre großen blauen Augen zum Funkeln bringen konnte. Gut, dass es ihm endlich wieder gelungen war. Sich mit J. K. auseinanderzusetzen gab ihr vielleicht ein bisschen von dem Selbstvertrauen zurück, das durch Ryans schäbiges Verhalten zerstört worden war. Auch die Einladung zu einem Eis kam nicht nur Teddy zugute. Cassie musste dringend ein paar Pfund zunehmen. J. K. war sicher, dass sie schon sehr bald wieder die fröhliche Frau sein würde, die er gekannt hatte.

Während er auf Cassie wartete, öffnete er den Kühlschrank, um sich ein Bier herauszunehmen, von dem Ryan immer genügend Vorrat gehabt hatte. Aber J. K. konnte keins entdecken. Stattdessen schenkte er sich ein Glas Traubensaft ein und verzog das Gesicht, als er den ersten Schluck des süßen Getränks probierte.

„Gut, dass du dich endlich für gesündere Getränke entschieden hast", bemerkte Cassie, als sie zurückkam. Sie trug verwaschene Jeans wie er und eine Bluse, die das auffallende Blau ihrer Augen widerspiegelte. Ihr Gesicht war ungeschminkt, und ihr Haar hatte sie zu einem Pferdeschwanz zusammengenommen, mit dem sie nicht älter als fünfzehn wirkte. Sie sah unschuldig und verwundbar aus, und wieder erwachte ein überwältigender Beschützerinstinkt in J. K.

„Kein Bier da", sagte er mit einer Stimme, die plötzlich heiser klang.

„Nicht nötig."

Er nickte kurz und bemühte sich, den aufflackernden Schmerz in ihren Augen zu ignorieren. Aber er konnte es nicht. „Cassie …"

„Sag nichts, J. K. Es ist schon gut."

„Es ist nicht …"

„Ich bin fertig. Wir können fahren", unterbrach sie ihn.

J. K. schluckte. Er hätte gern etwas Passendes gesagt, wusste jedoch nicht, ob er es damit besser oder schlechter machte. Wenn Cassie in dieser Stimmung war, ließ man gewisse Dinge besser ruhen. Wieder nickte er. „Gut, dann lasst uns gehen."

Sie fanden rasch einen Tisch in der gut besuchten Eisdiele. „Halt uns die Plätze frei, Cassie", sagte J. K. „Teddy und ich holen das Eis. Was möchtest du?"

„Einen Bananasplit", antwortete sie ohne Zögern, während Teddy sich vor der Theke anstellte.

„Schokoladeneis, doppelte Portion Sahne, heiße Soße, keine Ananas, nur Erdbeeren", zählte J. K. auf.

„Du hast es nicht vergessen", meinte Cassie leise. Ihr erfreuter Blick rührte J. K. Wie oft hatte Ryan die im Grunde bedeutungslosen Kleinigkeiten vergessen, die zwei Menschen, die sich ein gemeinsames Leben aufgebaut hatten, nicht vergessen durften? Schwarzer Kaffee, keine Milch und zwei Würfel Zucker, zum Beispiel.

„Es ist nicht so leicht zu vergessen. Du hattest einen unglaublich widerstandsfähigen Magen, wenn ich mich recht erinnere, und den Appetit eines Lastwagenfahrers. Ich habe dich immer sehr darum beneidet."

„Genau", entgegnete sie spitz. „Wer war derjenige, der vier Portionen des schärfsten Chilis in der ganzen Stadt als Snack betrachtete und anschließend fragte, was es als Hauptgericht gab?"

„Scharf? Das Chili, was du kochtest, war für Kleinkinder gedacht."

„Du hast vier Teller davon gegessen, J. K.", gab Cassie zurück. „Mag sein, dass es ursprünglich mild war, aber dann hast du eine ganze Flasche scharfe Soße darübergegossen. Sogar der Teller schrie um Gnade. Ryan aß einen Löffel davon und verbrachte den restlichen Abend damit, ihn mit Bier hinunterzuspülen." Ihr Lachen erstarb, noch bevor sie den Satz beendet hatte.

J. K. griff impulsiv nach ihrer Hand. „Keine traurigen Erinnerungen heute Abend, okay? Lass uns fröhlich sein, du, ich und Teddy."

Cassie nickte, aber ihre Augen schimmerten verdächtig feucht.

„Cassie…"

„Onkel Jake!"

J. K. sah, dass Teddy an der Reihe war. „Ich komme!", rief er ihm zu, dankbar für die Unterbrechung. Soviel er auch über Frauen wissen mochte, wenn es ans Trösten ging, war er verloren. Weinende Frauen brachten ihn jedes Mal aus der Fassung. Cassies Tränen hatten den Effekt, dass er Ryan Miles am liebsten erdrosselt hätte.

J. K. wischte sanft eine Träne von Cassies Wange. „Ich komme sofort zurück – mit deinem Bananasplit."

Als J. K. und Teddy an den Tisch zurückkehrten, hatte Cassie sich wieder gefasst. J. K. stellte ihren Eisbecher vor sie hin. Anfangs aß sie nur zögernd, aber dann verwandelte sich ihr Desinteresse in Begeisterung. Cassie griff so unbekümmert zu, dass das Bananasplit unter den verwunderten Blicken von J. K. und Teddy innerhalb kurzer Zeit verschwand.

„Unglaublich, Mom! Du hast alles aufgegessen!"

„Es war wunderbar", gab Cassie seufzend zu. „Danke, J. K."

„Möchtest du noch einen?"

„Um mir den ganzen Abend von dir anzuhören, was für einen gesunden Appetit ich habe? Kommt nicht infrage. Was ist eigentlich los mit dir? Du hast deinen Eisbecher kaum angerührt."

„Ich war zu beschäftigt damit, dich zu beobachten", gestand J. K.

„Wie ist das Karamelleis?"

„Möchtest du mal probieren?" Er hielt Cassie seinen Löffel hin, und sie beugte sich ohne Zögern vor und öffnete den Mund. Fasziniert betrachtete J. K. ihre sanft geschwungenen Lippen. Das heiße Verlangen, das in ihm erwachte, war ihm vertraut, aber nicht in Bezug auf Cassie. Für einen Moment hatte er das Gefühl, seinen besten Freund zu betrügen. Dann fiel ihm ein, dass Cassie und Ryan geschieden waren, und er schaute fragend in Cassies klare blaue Augen. Nein, nicht einmal er war verdorben genug, um ihre Unschuld auszunutzen. Er versuchte an etwas anderes zu denken.

„Hm", murmelte sie, „fast so gut wie die heiße Soße!"

J. K. schob ihr seinen Becher zu. „Hier, du kannst es haben."

„Das ist nicht nötig."

„Komm, es ist sowieso nicht mehr viel übrig. Iss es auf."

„Na ja, vielleicht noch einen Löffelvoll", sagte Cassie mit einem erwartungsvollen Blick auf J. K. und leckte sich genießerisch die Lippen. Wieder zuckte er zusammen. „Du kannst es gern haben."

Als Cassie auch sein Eis aufgegessen hatte, lächelte sie zufrieden. „Ich werde die ganze Woche nichts mehr zu mir nehmen."

Ihre Worte beunruhigten J. K., denn er wusste, dass zweifellos mehr Wahrheit darin steckte als Übertreibung. „Oh, ich bin sicher, dass ich dich morgen zu einer Peperoni-Pizza mit Pilzen und Paprikaschoten überreden kann", erwiderte er impulsiv.

„Wow!“ Teddys Augen leuchteten auf. „Das wäre super! Wir haben schon ewig keine Pizza mehr gehabt.“

Cassie schüttelte den Kopf. „Nein, J.K., wirklich. Es ist sehr nett von dir, aber du hast bestimmt schon etwas Besseres vor.“

Er tat ihren Protest mit einer Handbewegung ab. „Ich kann mir nichts vorstellen, was ich lieber täte, Cassie. Es ist also abgemacht. Du kannst ein Video ausleihen, und ich bringe die Pizza mit. Ich komme gleich nach dem Training.“

Schon eine Stunde vor Einbruch der Dunkelheit stand J. K. vor Cassies Tür, viel zu früh zum Abendessen. Er war nach dem Training sofort heimgefahren und hatte schnell geduscht und sich umgezogen, anstatt wie üblich einen Drink mit seinen Sportkameraden zu nehmen. Aber er zog es vor, nicht allzu viel über seine ungewohnte Eile nachzudenken.

Teddy kam auf ihn zugerannt, Billy dicht auf den Fersen. „Du kommst aber früh, Onkel Jake. Mom ist noch nicht von der Arbeit zurück.“

„Arbeit?“

„Ja, wusstest du das nicht? Sie hat einen Job in einem Büro. Ich glaube, sie tippt oder so etwas. Sie hat mir versprochen, mich mal mitzunehmen, damit ich sehen kann, wo sie arbeitet.“

Diese überraschende Information stimmte J. K. sehr nachdenklich. „Was machst du nach der Schule, Teddy?“

„Ich gehe zu Billy. Seine Mom ist immer zu Hause. Manchmal backt sie Schokoladenplätzchen für uns. Sie sind aber nicht so gut wie Mummys.“

J. K. war sicher, einen wehmütigen Ton in Teddys Stimme mitklingen gehört zu haben, und er wollte dafür sorgen, dass Cassie wieder Gelegenheit bekam, zu Hause zu bleiben und Schokoladenplätzchen zu backen. Wie er das erreichen sollte, wusste er im Moment auch nicht, aber er war sicher, dass es ihm gelingen würde. Teddy sollte nicht als Schlüsselkind aufwachsen.

„Möchtest du die Pizza jetzt essen?“, fragte Teddy mit einem hoffnungsvollen Blick auf den Karton.

„Nein, wir warten auf deine Mutter. Wollt ihr Baseball spielen, bis sie kommt?“

Das ließen sich die beiden Jungen nicht zweimal sagen. Sie rannten los, um den Ball zu holen, und während J. K. auf sie wartete, betrachtete er Cassies Haus genauer. Wieder war er betroffen über den Stand der Dinge. Es schien doch nicht alles so perfekt zu sein, wie sie ihn glauben machen wollte. Der Putz blätterte an einigen Stellen ab, und auf dem Dach fehlten Ziegel. Zum Glück hatte die Zeit der heftigen Regenfälle noch nicht begonnen, aber wenn die kam, würde Cassie Wasser im Wohnzimmer haben. J. K. nahm sich vor, einen Dachdecker anzurufen und ihn sofort mit den nötigen Reparaturen zu beauftragen.

Froh über die Möglichkeit, Cassie zu helfen, begann J. K. mit den Jungen Baseball zu spielen. Teddy besaß die natürliche Geschicklichkeit seines Vaters, aber Billy zeigte sich linkisch und steif, und nach einer halben Stunde war ihm seine Enttäuschung anzumerken. J. K. versuchte, ihn zu trösten.

„Ich wollte sowieso nicht spielen", sagte Billy. Die Tränen standen ihm in den Augen. „Ich muss nach Hause zum Essen."

J. K. legte dem Jungen einen Arm um die Schultern. „Wenn ich das nächste Mal komme, versuchen wir es noch einmal. Du brauchst nur ein bisschen Übung."

Billy winkte ab. „Kann sein."

„Komm, Billy", sagte Teddy aufmunternd. „Onkel Jake ist der Größte. Er wird uns schon beibringen, wie man spielt."

„Okay", gab Billy schließlich nach. „Aber jetzt muss ich wirklich gehen."

„Gut. Bis bald, Billy."

Teddy winkte. „Wir sehen uns morgen, Billy. Spielen wir weiter, Onkel Jake?"

„Klar."

„Was hat das zu bedeuten?", fragte Cassie entrüstet.

J. K. drehte sich erstaunt um. Ihr Wagen war nirgendwo zu sehen.

„Hallo, Cassie", grüßte er freundlich, küsste sie auf die Wange, musterte anerkennend ihren engen Rock und die kurzärmelige Bluse, beides so ganz anders als die verwaschenen Jeans und T-Shirts, die Cassie sonst meistens trug. „Du siehst großartig aus. Aber du kommst mir ein bisschen müde vor. Wie bist du hergekommen? Durch Zauberei?"

„Nein, mit dem Bus."

„Mit dem Bus?", wiederholte J. K. verblüfft. „Schau mich nicht so entsetzt an. Öffentliche Verkehrsmittel sind dazu da, benutzt zu werden", erwiderte Cassie spitz. Aber du hast doch ein Auto."

„Es ist in der Werkstatt."

„Es ist schon lange in der Werkstatt", warf Teddy ein. „Wie lange?", fragte J. K. argwöhnisch. „Ein paar Tage, aber das ist unwichtig."

„Wann ist es fertig?"

„Bald nehme ich an", antwortete Cassie ausweichend. „Mom",

mischte Teddy sich von Neuem ein, „der Mann aus der Werkstatt hat gestern angerufen. Hast du das vergessen?"

„Ist das wahr?", fragte J. K. Cassie zuckte die Schultern. „Ja. Und?"

„Warum hast du den Wagen dann nicht abgeholt?"

„Die Rechnung war höher als erwartet. Ich hole den Wagen ab, wenn ich mein Gehalt bekomme", erklärte Cassie und ging auf das Haus zu. J. K. nahm die Pizza und folgte ihr.

„Was kostet die Reparatur?"

„Verdammt, J. K., es ist unwichtig, habe ich dir gesagt."

„Nicht für mich." Er stellte den Karton auf den Küchentisch und zückte seine Brieftasche. „Steck dein Geld weg!"

„Wie viel?", fragte J. K., während er mehrere Geldscheine auf den Tisch legte. „Reicht das?"

„Ich will dein Geld nicht", stieß Cassie brüsk hervor.

„Das ist sehr dumm von dir. Du siehst todmüde aus. Ich möchte nicht, dass du mit dem Bus fährst. Es macht mir nichts aus, ein paar Dollar für die Reparatur zu zahlen."

Cassie nahm die Geldscheine und warf sie J. K. ins Gesicht. „Ich will dein Geld nicht, J. K., und ich will auch nicht, dass du herkommst und Teddy zum Baseballspielen ermunterst. Habe ich mich klar genug ausgedrückt?"

„Du und dein dummer Stolz", brummte er verärgert.

„Teddy, geh nach draußen!", befahl Cassie ihrem Sohn, der verständnislos die Szene verfolgte.

„Aber Mom …"

„Geh!"

Teddy stellte sich dicht neben J. K. und nahm Schutz suchend seine Hand. „Ich bleibe bei Onkel Jake", sagte er trotzig.

„Widersprich mir nicht, junger Mann, sonst bleibst du den Rest des Abends in deinem Zimmer! Geh jetzt!"

Teddys Unterlippe zuckte, aber er rührte sich nicht vom Fleck. „Du wirst ihn vertreiben, wie du Dad vertrieben hast. Ich weiß es, Mom. Ich hasse dich! Ich hasse dich!" Damit drehte er sich um und rannte aus dem Raum.

Cassie blickte ihm bestürzt nach. Ihrem Gesichtsausdruck nach zu urteilen, befand auch sie sich am Rande eines hysterischen Ausbruchs. Sobald Teddy fort war, herrschte sie J. K. an: „Wage es nicht noch einmal, mich vor Teddy zu demütigen!"

„Demütigen?", wiederholte J. K. erstaunt. „Wie kommst du darauf, dass ich dich demütigen will?"

„Vielleicht nicht bewusst, aber die Wirkung ist die gleiche. Soll Teddy denken, dass ich nicht imstande bin, für uns zu sorgen? Er ist verunsichert genug, seit Ryan weg ist. Ich will nicht, dass er glauben muss, wir könnten uns nicht einmal die kleinsten Anschaffungen leisten."

Cassies Worte trafen J. K. hart. „Du liebe Güte, daran habe ich wirklich nicht gedacht", räumte er betroffen ein. „Es tut mir nur leid, wie alles für dich gekommen ist. Ich würde dir so gern helfen."

„Ich weiß", sagte Cassie etwas ruhiger. „Aber so geht es nicht. Das Geld ist nicht das Wichtigste. Wir kommen schon zurecht."

„Zurecht", wiederholte er, als wäre es ein unbekannter Begriff für ihn. „Zurechtkommen" war nicht genug, weder für Cassie noch für Teddy. Das Wort beleidigte J. K.s Gefühl für das, was richtig war.

Aber wie sollte er ihr helfen, wenn sie ihm die Hände band?

„Es war mir ernst mit dem, was ich über Baseball gesagt habe. Ich will nicht, dass Teddy wie sein Vater wird."

„Ryans Verhalten hat nichts mit Baseball zu tun, höchstens mit seinen Wertvorstellungen. Du bist da, um Teddy auf den richtigen Weg zu bringen. Die Teilnahme an einem Sport, den halb Amerika betreibt, wird ihm bestimmt nicht schaden."

„Hör endlich auf, J. K.! Teddy ist mein Sohn, nicht deiner. Ich weiß, was am besten für ihn ist. Wenn du das nicht akzeptieren kannst, dann komm bitte nicht mehr her." Cassies Stimme klang plötzlich schrill, und man merkte, dass sie sehr erregt war.

„Beruhige dich, Cassie", sagte J. K. sanft.

„Ich denke nicht daran", entgegnete Cassie eigensinnig, während Tränen über ihre Wangen liefen. Sie wischte sie zornig ab. „Du hast kein Recht, hierherzukommen und das große Wort zu führen. Es ging uns nicht schlecht, bis du kamst. Und jetzt herrscht ein entsetzliches Durcheinander."

Ihre viel zu schmalen Schultern zuckten. Sie schluchzte, als wäre ein Damm gebrochen, und J. K. schaute für einen Moment hilflos zu. Dann zog er Cassie in die Arme. „Weine nicht, Baby", flüsterte er rau. „Es ist nichts passiert, was nicht in Ordnung zu bringen wäre, das versichere ich dir."

„Du irrst dich." Cassie versuchte sich loszureißen.

„Pst!", mahnte er und zog sie noch fester an sich. „Hab Vertrauen zu mir." Ihre Antwort war nicht zu verstehen. J. K. hatte das Gefühl, dass es vielleicht auch besser war. Cassie war offenbar nicht mehr in der Lage, jemandem zu vertrauen, schon gar nicht ihm. Vielleicht war das das Schlimmste, was Ryan Miles ihr angetan hatte.

3. KAPITEL

Cassie war zutiefst beschämt. Sie begriff nicht, was über sie gekommen war, aber es war einfach lachhaft, sich derartig aufzuregen, nur weil J. K. und Teddy Baseball gespielt hatten. Und J. K. sein Geld ins Gesicht zu werfen war schlicht ungehörig. Sie hatte ihren Stolz, aber das gab ihr nicht das Recht, angesichts einer weiteren großzügigen Geste von ihm beleidigend zu werden. Wahrscheinlich waren die Veränderungen in ihrem Leben doch belastender für sie, als sie angenommen hatte.

Cassie glaubte noch immer Teddys Schrei zu hören: „Ich hasse dich! Ich hasse dich!" Er ging ihr nicht aus dem Kopf, genau wie Ryans Worte an jenem Tag, als er sie verlassen und gesagt hatte, dass er sie nicht mehr liebte. Nein, berichtigte Cassie sich, es ist schlimmer als das. Mit Ryans Fortgehen hatte sie gerechnet, aber Teddys absichtlich verletzende Worte hatten bei ihr einen wunden Punkt getroffen.

„Was habe ich getan?", flüsterte sie. „Was habe ich meinem Kind angetan?"

J. K. legte den Arm um ihre Schultern. „Es wird schon wieder werden."

„Ich mache alles falsch", schluchzte sie, während er tröstend ihren Rücken streichelte. „Dabei gebe ich mir solche Mühe. Aber ich mache einfach alles falsch."

„Das ist nicht wahr, Cassie. Du machst es sehr gut. Teddy ist ein großartiger Junge, und Streitigkeiten zwischen Kindern und Eltern sind ganz natürlich. Er wird sich schon beruhigen, und dann kannst du ihm alles erklären."

Cassie wischte ihre Tränen ab und lächelte wehmütig. „Wie soll ich etwas erklären, was ich selbst nicht begreife? Ich habe mich benommen wie eine Hysterikerin! Sieh dir bloß dein Geld an, es liegt in der ganzen Küche herum."

Sie berührte mit dem Fuß eine Zwanzig-Dollar-Note. Andere Scheine lagen verstreut auf dem Boden. Insgesamt mussten es zwei- bis dreihundert Dollar sein, fast so viel wie Cassies Wochenlohn nach Abzug der Steuern. Leider bestand keine große Nachfrage nach ungelernten Telefonistinnen, hatte sie zu ihrer Enttäuschung feststellen müssen.

„Geh nicht zu hart mit dir ins Gericht", riet J. K. sanft. „Das Geld kann aufgehoben werden. Was den Rest betrifft, kann sogar ich sehen, was hier los ist, und ich bin kein Psychiater. Ich weiß nur, dass diese Leute eine Menge Geld fürs Zuhören nehmen, um dir dann schlimme Dinge über dich selbst zu verraten, die du nicht mal von deinem besten

Freund hören willst."

„Dann erkläre mir bitte, warum ich mir vorkomme, als hätte ich mich komplett zum Narren gemacht. Schlimmer noch, ich habe meinen Sohn gegen mich aufgebracht. Er ist doch nur ein kleiner Junge. Ich kann nicht von ihm verlangen, dass er das seltsame Verhalten seiner Mutter versteht."

J. K. trocknete zärtlich ihre Tränen. „Genug davon, Cassie. Setz dich hin und ruh dich ein bisschen aus. Dann reden wir weiter."

Sie schaute misstrauisch zu ihm auf. „Willst du dir so den weiteren Zugang zu meinem Haus erschleichen, nachdem ich dich mehrmals daraus verbannt habe?"

„Hast du das?", fragte er mit unschuldiger Miene zurück, bevor er sie behutsam zu einem Stuhl schob, „ich kann mich nicht erinnern."

„Klar, du hörst nur das, was du willst", erwiderte Cassie. „Ryan war genauso."

J. K. runzelte die Stirn. „Cassie, es wäre mir lieber, wenn du mich nicht immer mit Ryan vergleichen würdest."

„Wem der Schuh passt …", begann sie, aber ihre Feindseligkeit war verflogen, und sie schien sich wieder an seine guten Seiten zu erinnern.

„Er passt nicht", erklärte J. K. entschieden. „Außerdem wirst du Teddy damit auf Dauer nur verwirren. Du hast gesehen, wie er heute Abend reagiert hat. Er versteht nicht, warum du Menschen, die er gern hat, die Tür vor der Nase zuschlägst."

Cassie seufzte. „Vielleicht hast du recht. Warum tue ich es bloß immer?"

Er berührte ihre Nasenspitze und antwortete mit einem schelmischen Lächeln: „Damit du nicht in Versuchung kommst, dich in mich zu verlieben."

„Was bildest du dir ein?", brauste sie entrüstet auf, aber dann lächelte sie nachsichtig. Sie war vermutlich die einzige Frau im ganzen Land, die nicht in J. K. Starr verliebt war. Wie viele Frauen hätten alles Mögliche dafür gegeben, ihn in ihrer Küche sitzen zu haben? Waren sie verrückt, oder war sie – Cassie – einfach blind?

Cassie musterte J. K. verstohlen. Ihr Blick glitt über sein dichtes blondes Haar, seine glatt rasierten Wangen, seinen flachen Bauch und seine muskulösen Schenkel. Auch sein Po ist gar nicht so schlecht, dachte sie belustigt, als er sich zum Kühlschrank umdrehte. *J. K. ist äußerst sexy, das muss ich zugeben. Vielleicht ist es gar keine Einbildung bei ihm …*

„Ich nenne es lieber Selbstvertrauen", sagte er bescheiden. Aber das mutwillige Zwinkern seiner blaugrünen Augen verriet ihn. „Möchtest du Limonade oder lieber Milch?"

„Einen doppelten Scotch, falls ich welchen hätte."

„Scotch macht dich weinerlich", erinnerte er sie. „Das ist das Letzte, was du brauchst. Milch oder Limonade?"

„Diätlimonade, falls du welche findest", antwortete Cassie, betroffen über sein gutes Gedächtnis. Er wusste also noch, dass sie keinen Alkohol vertragen konnte. Eines Abends hatte sie mit J. K. und Ryan mithalten wollen, aber schon das zweite Bier hatte sie in eine melancholische weinerliche Stimmung versetzt.

„Hm, ich sehe keine Limonade. Wie wäre es stattdessen mit Apfelsaft? Erinnere mich daran, dass ich nächstes Mal einen Sechserpack Bier mitbringe."

Cassie war nicht sicher, ob sie erfreut über die Aussicht sein sollte. Sie war zwar nicht gerade stolz auf ihren Ausbruch, aber das hieß noch lange nicht, dass sie J. K. den Eindruck vermitteln wollte, er könne kommen und gehen, wie es ihm beliebte. Einen Freund wie ihn zu haben war für jede Frau riskant, aber in ihrem speziellen Fall wäre es ausgesprochen gefährlich gewesen. Teddy zuliebe durfte sie es nicht riskieren, denn er sollte nicht schon wieder verletzt werden. Nach dem Frühjahrstraining würde J. K. zu einer langen Baseballsaison nach Norden ziehen, und Teddy würde sich von Neuem einsam und verlassen fühlen.

Jack Kevin reichte Cassie ein Glas Saft und setzte sich rittlings auf einen Stuhl. „Fühlst du dich besser?", fragte er besorgt, als sie einen Schluck trank.

Sein mitleidiger Tonfall hätte sie fast von Neuem zum Weinen gebracht, aber sie nickte tapfer.

„Dann lass uns darüber reden", sagte J. K.

„Worüber?" Cassie war nicht sicher, ob es gut war, J. K. Psychiater spielen zu lassen. Dazu kannte er sie viel zu gut.

„Stell dich nicht dumm", mahnte er freundlich. „Über den kleinen Anfall, den du eben hattest."

„Es war kein Anfall."

„Wie würdest du es nennen?"

„Einen gerechtfertigten Ausbruch lang aufgestauter Emotionen", schlug Cassie zaghaft vor.

J. K. lachte. „Klingt nicht schlecht. Allerdings würde ich vorschlagen, dass du in Zukunft lieber einen ausgedehnten Spaziergang machst. Es soll Wunder wirken bei Stress und wirkt sich nicht so störend für die Nachbarn aus."

„Sehr witzig. Aber weißt du, ich begreife es eigentlich nicht. Ich hatte einen guten Tag im Büro, habe endlich gelernt, alle Apparate und Tasten zu bedienen, mein Geld bekommen, und der Bus war auch pünktlich. Wie konnte ich da die Nerven verlieren, nur weil ich dich und Teddy Baseball spielen sah?“

„Das ist leicht zu beantworten – Ryan.“

Cassie winkte ab. „Du bist nicht Ryan.“

„Gut, dass du es endlich gemerkt hast.“

Cassie warf J. K. einen tadelnden Blick zu und ignorierte den Seitenhieb.

„Er ist fast ein Jahr fort. Ich habe es überwunden. Es ist aus und vorbei, basta!“

Aber in ihrem Herzen wusste sie, dass es nicht stimmte. Ryan Miles war ihr Jugendfreund gewesen, ihr erster und einziger Liebhaber. Manche Frauen vergaßen ihre erste Liebe nie. Doch Cassie war entschlossen, es zu tun.

Sie schaute J. K. an, und mit einem Schlag wurde ihr bewusst, dass er sie vergessen lassen könnte. In seinen Armen … Sie spürte, wie ihr das Blut in die Wangen schoss, und hoffte, dass J. K. es ihrem Ärger zuschrieb.

„Es nützt wohl nichts, wenn ich sage, dass du zu entschieden protestierst?“, bemerkte er anzüglich.

„Seit wann bist du so frech?“, konterte Cassie.

„Schon immer, wenn man dir glauben will. Und versuch nicht, mich mit Beleidigungen zu bezaubern! Bleib beim Thema.“

„Es stimmt“, entgegnete sie spitz. „Ich habe akzeptiert, was geschehen ist. Mein Leben geht weiter.“

„Aber du bist verbittert. Finde dich damit ab, Cassie. Ehe du deinen Zorn nicht überwunden hast, wirst du nie richtig frei von Ryan sein. Willst du wirklich, dass er weiterhin dein Leben beherrscht?“

„Natürlich nicht, aber was soll ich dagegen tun? Jedes Mal, wenn ich Teddy ein Foto seines Vaters anstarren sehe, bricht es mir fast das Herz. Und was mich betrifft, kann ich nicht einmal meine Einkäufe machen, ohne Ryans Gesicht auf irgendeinem Sportmagazin im Supermarkt zu sehen. Es wäre schlimm genug, wenn er ein Niemand wäre. Aber stattdessen war die vergangene Saison die beste seines Lebens, und die Affäre mit einer bekannten Filmschauspielerin hat ihm den Status eines Superstars eingebracht. Die Presse ist seitdem wie wild nach ihm. Im vergangenen Jahr ist er auf vierzehn Titelfotos erschienen. Vierzehn, J. K.! Nicht einmal der Präsident der Vereinigten

Staaten war auf so vielen Titelseiten abgebildet!“

„Benutz die Fotos als Zielscheibe beim Pfeilwerfen.“

„Keine schlechte Idee. Aber würde es mir nicht eine Anzeige einbringen in der Kassenschlange im Supermarkt?“

„Vielleicht brauchst du nur einen richtigen großen Ausbruch. Hast du Ryan eigentlich je richtig angeschrien, Cassie? Hast du es dir je erlaubt?“

„Wie vor unserer Trennung?“, fragte sie bedeutungsvoll.

„Das war nichts. Ich meine, hast du ihm nie eine richtige echte Szene gemacht, mit zerbrochenen Tellern und so weiter?“

Cassie schüttelte den Kopf. Sie hatte sich Abend für Abend in den Schlaf geweint, das ja, aber Teddy zuliebe war sie nie laut geworden, nicht einmal Ryan gegenüber. Vielleicht war es ein Fehler gewesen. „Ich konnte es nicht“, gab sie leise zu. „Ich habe Auseinandersetzungen immer gehasst.“

J. K. zog erstaunt die Brauen hoch. „So? Bei mir hast du das nie erkennen lassen.“

„Mag sein, dass ich allmählich lerne, mich zu wehren“, meinte sie trocken. „Damals kam es mir jedenfalls wie Energieverschwendung vor. Ryan war fest entschlossen, uns zu verlassen. Es hätte nichts genützt, mich dagegen aufzulehnen.“

„Möglich, aber du wärst danach bestimmt erleichterter gewesen. Weißt du, was ich nach einem schlechten Spiel mache? Ich gehe auf den Sportplatz zurück und werfe ein, zwei Stunden Bälle. Das ändert zwar das Spiel nicht, aber ich fühle mich danach besser.“

„Was würde Ken Hodges sagen, wenn er mich auf dem Sportplatz entdeckte?“

„Keine Ahnung: Aber ich habe eine Idee. Wir suchen uns für einen Abend einen Babysitter für Teddy, und dann kaufen wir alle Sportmagazine mit Ryans Titelfoto auf, betrinken uns und verbrennen sie. Wir könnten sogar um den Scheiterhaufen tanzen. Was hältst du davon? Es macht sicher Spaß.“

Cassie musste lachen. „Es klingt ein bisschen überspannt.“

„Na und? So bin ich eben.“

Aber Cassie durchschaute seinen Scherz. Ihr war klar, was dahintersteckte, und es zeigte ihr einen J. K. Starr, den sie nie gekannt hatte. Bisher hatte sie ihn in Ryans Kategorie eingeordnet, aber das mochte ein Irrtum gewesen sein. J. K. schien anständiger zu sein, als sie vor sich selbst zugeben wollte. „Das glaube ich nicht“, erwiderte sie leise. „Kann sein, dass ich dich falsch eingeschätzt habe.“

Ihre Bemerkung brachte ihn in Verlegenheit. Er schüttelte den Kopf. „Glaub es nicht, Cassie, es ist gefährlich. Meinen Heiligenschein habe ich schon vor Jahren verloren."

Sie nickte. „Danke für die Warnung. Sie beweist mir, dass ich recht habe."

J. K. schob den Stuhl zurück und stand auf. „Die Unterhaltung wird mir zu ernst, Cassie. Warum gehst du nicht zu Teddy und redest mit ihm, während ich eine neue Pizza hole?"

„Du hast doch eine mitgebracht?"

„Sie schmeckt jetzt bestimmt wie Pappe."

„Das macht nichts. Verschwende nicht dein Geld. Ich kann sie im Ofen aufbacken."

„Nein", entschied Jack Kevin mit jungenhaftem Grinsen, „denn ich habe noch einen anderen Grund. Ich mag keinen Apfelsaft zu Pizza, deshalb hole ich einen Sechserpack Bier für mich und Limonade für dich."

Cassie lachte.

„Na schön, dann geh."

Teddy lag in seinem Zimmer auf dem Bett, den Bär im Arm, den Ryan ihm zu seinem dritten Geburtstag geschenkt und der bis zu Ryans Fortgehen jahrelang unbeachtet im Regal gesessen hatte. Jetzt schlief Teddy fast nie ohne ihn.

Cassie setzte sich auf die Bettkante. An seiner steifen Haltung konnte sie sehen, dass Teddy wach war. Als sie eine Hand auf seinen Rücken legte, seufzte er leise.

„Es tut mir leid, Teddy."

Er schluchzte unterdrückt und umklammerte den Bär noch fester.

„Ich hätte mich nicht so aufregen sollen", meinte Cassie. „Aber manchmal habe ich Angst."

„Angst?" Die Möglichkeit schien ihn zu verwirren. „Wieso?"

„Oh, weil dein Daddy mich verlassen hat und ich dir eine gute Mutter sein möchte, um dich für den Verlust zu entschädigen. Aber weißt du, was mir am meisten Angst einjagt? Die Vorstellung, ich könnte dir wehtun, Teddy. Du bist das Wichtigste in meinem Leben, und ich möchte, dass du glücklich bist. Wirst du mir verzeihen, Teddy? Bitte."

Er richtete sich auf und schlang seine Arme um ihre Taille. „Ich hatte auch Angst, Mom. Ich mag es nicht, wenn du mich anschreist. Ich will nicht, dass du böse auf mich wirst und fortgehst wie Daddy."

Seine eindringlichen Worte versetzten Cassie einen Stich. „Hör zu,

Teddy", sagte sie ernst, „nichts kann mich dazu bewegen, dich im Stich zu lassen oder dich nicht mehr zu lieben. Nichts! Hast du gehört?"

Er legte den Kopf an ihre Brust. „Hast du Onkel Jake weggeschickt?", fragte er.

„Er holt nur eine neue Pizza, dann kommt er zurück."

„Bist du jetzt nicht mehr böse auf ihn?"

„Nein", antwortete sie leise und begriff, dass es stimmte. Irgendetwas hatte sich an diesem Abend in ihrer Beziehung zu J. K. geändert. Vielleicht konnten sie ja doch noch Freunde sein.

„Das freut mich", sagte Teddy. „Onkel Jake ist super, nicht wahr, Mommy?"

„Super", stimmte sie lächelnd zu und meinte es auch so.

In der Pizzeria roch es nach Knoblauch und Oregano. J. K. trank sein kaltes Bier und dachte an die Pizzeria in seiner Heimatstadt, die in seiner Kindheit wie ein zweites Zuhause für ihn gewesen war. Er war so in Gedanken versunken, dass er es kaum bemerkte, als sich eine Frau auf den Barhocker neben ihn setzte. Sie trug hautenge Jeans, eine knallrote Bluse und duftete wie ein ganzer Blütengarten.

„Hallo, J. K. Starr!", sagte sie mit verführerisch-heiserer Stimme.

Er musterte sie anerkennend. Sie hatte langes schwarzes Haar, das wie Seide glänzte, und einen sinnlichen Mund, rot und verlockend wie ihre Bluse, die einen Knopf zu tief geöffnet war.

„Ich habe Sie beim Training beobachtet", sagte sie lächelnd. „Sie waren heiß."

Jack Kevin akzeptierte das zweideutige Kompliment mit einem Nicken. „Ich hatte einen guten Tag."

Sie legte eine Hand mit langen blutroten Nägeln auf seine, und J. K. wurde es ganz warm unter der Berührung. „Wenn alle Ihre Tage auch nur halb so gut sind, wird Ihre Mannschaft in dieser Saison ganz an der Spitze sein."

Ihre Begeisterung amüsierte ihn. „Sie scheinen ein echter Fan von uns zu sein."

„Ich bin baseballsüchtig. Mir wird ganz anders beim Zusehen", flüsterte sie mit provozierendem Lächeln und ließ ihren Blick verlangend über seine muskulösen Schenkel gleiten.

Es hatte Zeiten gegeben – nicht ganz vierundzwanzig Stunden zuvor –, in denen J. K. die Frau durchaus eines zweiten Blicks gewürdigt hätte. Sie war sexy und willig. Aber an diesem Abend erinnerte sie ihn nur an all die anderen Mädchen, die in der Hoffnung auf eine Nacht mit einem der Spieler die Tribünen belagerten. Die Frau tat ihm beinahe leid, aber er konnte Cassies Bild nicht aus seinen Gedanken verdrängen.

„Bedaure, Sweetheart“, meinte er, als seine Pizza kam. „Zu Hause wartet jemand auf mich.“

„Könnten Sie nicht auf ein weiteres Bier bleiben?“

J.K. nahm die Pizza, das Bier und die Limonade und legte einen Zwanzigdollarschein auf die Theke. „Berechnen Sie mir, was die Dame getrunken hat“, sagte er zum Kellner.

Die „Dame“ sah ihn enttäuscht an. „Ich hoffe, sie ist es wert.“

J.K. lächelte übermütig. „Wissen Sie was? Ich glaube, sie ist es.“

Cassie und Teddy waren im Garten, als Jack Kevin zurückkam. Cassie hatte sich umgezogen und trug nun Shorts und ein verwaschenes T-Shirt. Man kann nicht sagen, dass sie mich zu beeindrucken versucht, dachte Jack Kevin amüsiert, obwohl er ihre lässige Kleidung sehr viel attraktiver fand als die hautengen Jeans und die feuerrote Bluse der Frau, die er in der Pizzeria getroffen hatte.

Für einen Moment schaute er zu, wie Cassie Teddys Bälle fing. Sie schien sich wirklich Mühe zu geben, doch ohne großen Erfolg. J.K. lachte, als sie einen weiteren Ball verpasste, den sie mühelos hätte auffangen können.

Teddy kam auf ihn zugerannt. „Mom ist ganz schön ungeschickt, was?“, flüsterte er ihm vertraulich zu.

„Ziemlich“, bestätigte J.K. „Vielleicht sollten wir ihr eine Pause gönnen und die Pizza essen.“

„Was heckt ihr zwei jetzt schon wieder aus?“, fragte Cassie.

„Aushecken?“, wiederholte J.K. mit Unschuldsmiene. „Wir beide?“

„Du kannst mir nichts vormachen. Ihr zwei habt etwas vor.“

„Wir haben uns nur überlegt, ob es sinnvoll ist, meine Wagenfenster deinen Würfen auszusetzen. Was meinst du, Teddy?“

„Ich glaube, wir bringen ihn besser in die Garage“, schlug Teddy mit ernstem Gesicht vor, dann lachte er verstohlen.

Cassie maß J.K. und Teddy mit einem entrüsteten Blick. „Mit ein bisschen Training wäre ich gar nicht so schlecht“, brüstete sie sich. „Vielleicht sogar sehr gut.“

J.K. und Teddy wechselten einen Blick. „Soll das eine Herausforderung sein?“, fragte Jack Kevin und trat näher. „Bist du bereit, dich von mir trainieren zu lassen?“

Cassie trat erschrocken zurück. „Nein. Ich meinte nur …“

„Komm, Cassie, lass dir etwas beibringen“, sagte J.K. mit einem breiten Lächeln und sah, wie Cassie vor Verlegenheit errötete. „Ich hätte nichts dagegen, jeden Abend mit dir zu trainieren. Du ahnst ja nicht, wie gut du wärst, wenn ich mit dir fertig bin."

Cassie musterte ihn argwöhnisch. „Was hast du getrunken, während du auf die Pizza gewartet hast?"

„Ein Bier, und ich schwöre dir, dass es mir nicht zu Kopf gestiegen ist."

„Vielleicht nicht, aber ich glaube zu wissen, wo es gelandet sein könnte."

„Aber Cassie, flirtest du etwa mit mir?", fragte er lachend. Wieder schoss ihr das Blut in die Wangen. „Nein, ich glaube nicht", erwiderte sie kopfschüttelnd. „Aber lassen wir den Unsinn, J. K. Vielleicht sollten wir die Pizza essen, bevor sie wieder kalt wird?"

Als sie ins Haus gingen, fragte sich J. K., was eigentlich mit ihm los war. Er hatte Cassie immer sehr gemocht, aber dieses unerwartete Bedürfnis, sie mit sexuellen Andeutungen zu verwirren, war ganz neu für ihn. Zwar war Flirten nach Baseball seine zweitliebste Beschäftigung, aber bei Cassie war es immer harmlos gewesen und ohne jeden Hintergedanken.

Klar, damals war sie ja auch Ryans Frau gewesen. Jetzt war sie frei, und Jack Kevin konnte der Versuchung, sie zum Erröten zu bringen, einfach nicht widerstehen.

Vorsicht! sagte er sich allerdings. Cassie war kein Tribünenhäschen wie die anderen Frauen, die er kannte. Es war ein Spiel mit dem Feuer, was er mit ihr trieb, so unschuldig sie auch sein mochte.

„Wie kommt es, dass du deine Pizza nicht isst?", fragte Cassie, nachdem sie eine Weile am Küchentisch gesessen hatten.

J. K. schaute auf seinen Teller. Er hatte sein Stück nicht angerührt, während Cassie und Teddy schon mehr als die Hälfte der restlichen Pizza verspeist hatten. Teddy hatte sich sogar schon entschuldigt und war in sein Zimmer gegangen. „Ich habe an etwas anderes gedacht", antwortete J. K. ausweichend.

„Was das war, brauche ich wohl nicht zu fragen. Wer ist sie?"

Er musterte Cassie verständnislos. „Wer?"

„Die neue Frau in deinem Leben. Ich habe diesen Ausdruck schon oft auf deinem Gesicht gesehen. Er betrifft immer eine Frau."

„Meinst du?" J. K. lehnte sich zurück und streckte seine langen Beine aus. „Und wenn ich dir sagte, ich hätte an dich gedacht?"

„Dann würde ich antworten: Entweder bist du galant oder du weichst mir aus."

„Die Wahrheit willst du nicht hören, was?"
Cassie neigte nachdenklich den Kopf. Sie war nicht überzeugt, schien jedoch bereit zu sein, die Möglichkeit in Betracht zu ziehen. „Und was hast du über mich gedacht?"
„Ich fragte mich, ob dir eigentlich bewusst ist, wie sexy du bist."
Wieder errötete Cassie. „J. K.!"
„Es stimmt. Du bist wahnsinnig attraktiv, Cassie Miles."
„Und du hast zweifellos einige Biere zu viel getrunken." Er winkte energisch ab. „Nein, es ist nicht das Bier, das mich so sprechen lässt. Glaub mir, ich bin nüchterner als je zuvor."
Cassie schüttelte den Kopf. „Lass es, Jack. Versuch nicht, etwas zwischen uns zu ändern."
Er streckte die Hand aus, legte einen Finger unter ihr Kinn und stellte erfreut fest, dass es in ihren Augen geheimnisvoll funkelte. „Es bleibt mir vielleicht nichts anderes übrig, Cassie. Vielleicht muss ich etwas ändern."

Mit Cassie zusammen zu sein machte J. K. noch viel mehr Spaß, als er ursprünglich erwartet hatte. Es richtete allerdings auch ein erhebliches Chaos in seinen Gefühlen an, womit er ebenfalls nicht gerechnet hatte. Im Allgemeinen war Zurückhaltung nicht seine Stärke, aber in den letzten Tagen hatte er gelernt, dass Cassie sich nicht drängen ließ. Er konnte ihr auch nicht ungeniert zeigen, wie sehr es ihn nach ihr verlangte. Oder ihr offen sagen, dass er gern mit ihr ins Bett gehen würde. Cassie würde ihm mit Sicherheit die Tür vor der Nase zuschlagen. Und das so fest, dass sie nicht einmal mehr mit einem Brecheisen zu öffnen gewesen wäre. Kluges Mädchen.
Trotz all dieser sachlichen Überlegungen erfasste ihn jedes Mal, wenn er in ihre unschuldsvollen blauen Augen sah, eine so heftige Begierde nach ihr, dass es fast nicht zu ertragen war. Er begann es „den Blick" zu nennen. Unschuldsvoll oder nicht, dieser Blick weckte allmählich Misstrauen in ihm. Er war explosiv wie Dynamit und noch sehr viel aufregender.
J. K. fing an, Cassies Mund anzustarren wie ein Verhungernder eine Tafel Schokolade. Von Mal zu Mal fiel es ihm schwerer, der Versuchung zu widerstehen.
„J. K.?", sagte Cassie und bedachte ihn mit „dem Blick". Sie saßen in der Küche und säuberten grüne Bohnen fürs Abendessen.
„Hm?", fragte J. K. geistesabwesend. Wieso war ihm bisher nie ihre entzückende Stupsnase aufgefallen?

„Warum starrst du mich so an?", wollte Cassie wissen.

„Wie was?" Er war um eine gleichmütige Miene bemüht, während er sah, wie sie errötete.

„Du weißt schon", murmelte sie.

„Als ob ich dich küssen wollte?"

Sie nickte zaghaft und hob den Kopf. Unter ihrem Blick wurde ihm ganz schwach zumute. „Denn ich glaube, das muss ich tun."

Ihre Lippen formten ein erstauntes „Oh!", und eine Handvoll Bohnen rutschten ihr aus der Hand. Sie atmete tief ein, während sie sie aufhob, und straffte die Schultern, bevor sie J. K. ansah. „Nein", erwiderte sie nur.

Perfekt, dachte er. *Ein leichter Sieg hätte mich nur halb so sehr gereizt, und Cassie kann nicht sagen, ich hätte sie nicht gewarnt.*

„Oh doch", entgegnete er lächelnd und schob seinen Stuhl näher. „Ich glaube, es ist der richtige Moment für einen Kuss."

„J. K.!" Ihr Widerstand wurde zusehends schwächer, und sie wich seinem Blick nicht mehr aus. „Wir haben schon einmal darüber gesprochen."

„Nein, haben wir nicht."

„Doch!" Cassie schwenkte eine Handvoll Bohnen vor seiner Nase. „Wir können Freunde sein, aber mehr nicht. Ich suche keinen Mann, überhaupt keinen Mann", fügte sie nachdrücklich hinzu.

„Du brauchst einen Mann in deinem Leben", wandte er ein.

„Wer sagt das?"

„Ich. Du kannst es dir nicht leisten, deinen Wagen reparieren zu lassen. Dein Haus verfällt. Teddy braucht einen Vater. Ich sage dir, es fehlt ein Mann in deinem Leben."

„Eine abscheulich-chauvinistische Einstellung, J. K. Was ich brauche, ist ein besserer Job und kein Mann. Als Empfangssekretärin werde ich nie genug verdienen."

„Du solltest überhaupt nicht arbeiten", entgegnete J. K. gereizt. „Teddy braucht dich zu Hause. Der richtige Mann könnte dein Leben wieder in geordnete Bahnen lenken."

„Soll das ein Angebot sein?"

„Ja."

„Ein Heiratsantrag?"

J. K. zuckte erschrocken zusammen. „Nein", antwortete er viel zu schnell und sah, wie Cassie lächelte. Sie hatte ihn absichtlich in die Falle gelockt. „Ich meine, nicht unbedingt, Cassie", fügte er rasch hinzu. „Sei vernünftig."

„Ich bin vernünftig und praktisch und kann sehr gut ohne einen Mann leben. Ich habe den Bus, der mich zur Arbeit bringt, und das undichte Dach kann ich selbst reparieren, falls es nötig ist."

„Richtig", bemerkte er spöttisch.

„Ich kann es, wenn ich will", erklärte Cassie eigensinnig.

„Aber du brauchst es nicht", hielt er ihr mit einem Anflug von Ungeduld entgegen. „Ich habe dir gesagt, dass ich einen Dachdecker beauftragen werde. Aber was hat das alles damit zu tun, dass ich dich küssen will?"

„Du hast davon angefangen."

„Ja, vom Küssen. Aber du hast das Thema gewechselt."

„Das war auch nötig."

J. K. stöhnte. „Cassie, ich sterbe, wenn ich dich nicht endlich küssen darf. Erbarme dich meiner!"

Ein schwaches Lächeln spielte um ihren verführerischen Mund. „Man stirbt an Hunger oder Durst, J. K., und seit deinem zwölften Lebensjahr hast du schon mehr als genug geküsst."

„Seit dem zehnten", korrigierte er.

„Mit zehn!"

„Ich war ein frühreifes Kind."

„Dann wird es allmählich Zeit, dass du vernünftig wirst."

J. K. strich mit dem Zeigefinger über ihr Kinn und spürte, wie ein Erschauern durch ihren Körper ging. „Noch nicht. Nicht, bevor ich dich geküsst habe. Du bist frei, Cassie, und sexy und begehrenswert. Ich kann es kaum erwarten, mich zu überzeugen, ob deine Lippen wirklich so weich sind, wie sie aussehen."

Für einen Moment flackerte so etwas wie Leidenschaft in ihren Augen auf. Doch dann sagte sie: „Nein", in einem Ton, der überhaupt nicht zu dem sehnsuchtsvollen Ausdruck ihrer Augen passte.

J. K. streckte eine Hand aus und ließ sie langsam über Cassies Wange gleiten, schob sie unter ihr Haar und streichelte ihren Nacken. Cassie schluckte, aber sie rührte sich nicht. Jack Kevin bewunderte ihre Haltung. Sie hatte Angst, das konnte er sehen, Angst vor ihm, vor dem Kuss und was daraus entstehen konnte. Er musste ihr Zeit lassen. Es wäre besser gewesen, sie nicht weiter zu bedrängen. Aber …

„Nur einen Kuss, Cassie", murmelte er und beugte sich vor, bis er ihr so nahe war, dass sein warmer Atem ihre Lippen streifte. Dann, mit entnervender Langsamkeit, näherte er sich ihrem Mund. Er war nicht sicher, ob er sich damit eine Ohrfeige einhandelte, aber das war es ihm wert.

4. KAPITEL

Der erste zarte Kontakt war wie die flüchtige Berührung reiner Seide.

Der zweite ein sanftes Überreden.

Die dritte Berührung löste ein wahres Feuerwerk der Gefühle aus. Cassie erwiderte J. K.s Kuss mit hemmungsloser Leidenschaft. Es war ein offenes Geständnis ihrer Gefühle, und J. K. stockte der Atem, als er die Bedeutung ihrer Reaktion begriff.

Cassies verwirrte Miene verriet, dass dieser Ausbruch ebenso überraschend für sie kam wie für ihn. Sie ließ ihre schmalen Hände unentschlossen auf seinen Armen ruhen, als wäre sie nicht sicher, ob sie ihn an sich ziehen oder fortstoßen sollte.

Dann schien sie sich zu einer Entscheidung aufzuraffen. Ein seltsames Funkeln erschien in ihren Augen. Schade um so viel fehlgeleitete Leidenschaft, dachte J. K. wehmütig, während er sich innerlich auf die zu erwartende Explosion vorbereitete.

„Verdammt!“ Cassie stellte die Schüssel mit den Bohnen auf den Tisch, so hart, dass die Hälfte herausflog. „Du bist genau wie Ryan. Ich fing an, dir zu glauben, weil ich wollte, dass wir Freunde werden, aber das reichte dir anscheinend nicht. Du musstest deine berühmte Verführungskunst auch an mir erproben und alles damit zerstören. Dachtest du etwa, jede Frau – und vor allem eine einsame, geschiedene – müsste dankbar sein, von J. K. Superstar verführt zu werden? Aber mich kriegst du nicht herum!“ Sie war den Tränen nahe. „Mich nicht!“

J. K. wartete geduldig auf das Ende ihrer Tirade. Viel Dampf und wenig Substanz. Er wusste genau – und sie wusste es auch –, dass ein derart leidenschaftlicher Kuss kein Spiel mehr war. Er war ein Sieg, ein Triumph, und kein Mann hätte freiwillig darauf verzichtet, egal, wie beängstigend er es auch empfinden mochte. Aber das konnte er Cassie in ihrer momentanen Verfassung nicht erklären, und daher bemühte er sich nur, ihr die Situation zu erleichtern.

„Es war ein simpler Kuss, Cassie, keine Verführung“, entgegnete er bewusst gleichmütig und hoffte, dass es auch so klang. Aber dann ruinierte er diese Wirkung mit einem Augenzwinkern. „Wenn es zu einer Verführung kommt, Baby, wirst du es sehr schnell erkennen und es dir genauso brennend wünschen wie ich.“

Ein guter Abgang, fand J. K. Nun hatte sie etwas zum Nachdenken. Im Übrigen wurde es Zeit, Teddy abzuholen.

Jack Kevin wartete Cassies Reaktion nicht ab und ging hinaus. Bevor er jedoch seinen Wagen erreichte, hörte er hinter sich das schrille Klirren von Glas, gefolgt von einem dumpfen Aufprall, bei dem es sich um einen anderen, weniger zerbrechlichen Gegenstand zu handeln schien.

„Du gehst ihr unter die Haut", murmelte er zufrieden, und die Einsicht machte ihn so froh, dass er es am liebsten laut hinausgeschrien hätte.

Cassie starrte J. K. nach. Ein schrecklicher Aufruhr tobte in ihr. J. K. irrte sich. Sie wollte nicht von ihm geküsst werden, vor allem nicht so wie vorhin. Denn das zog nur andere Wünsche nach sich und weckte die quälende Sehnsucht nach Dingen, die sie nicht haben konnte. Ganz gewiss nicht von einem Mann wie J. K. Starr.

Sicherheit, Treue, Stabilität – das war es, wonach sie sich sehnte. Es klang wie der Leitsatz einer Versicherungsgesellschaft, doch bei Jack Kevin war keine Sicherheit zu erwarten und keine Garantie, dass ihre Liebe von Dauer sein würde.

Heute küsste und verwöhnte er sie, um sie dann ebenso sorglos zu verlassen, sobald die Spielsaison begonnen hatte. Nicht absichtlich oder bewusst natürlich, aber im Leben eines Baseballspielers war das eine ganz normale Entwicklung, ein praktischer Ausweg aus einer kompromittierenden Situation. Cassie kannte diese Routine besser als jeder andere.

Die Erfahrung hatte sie hart und misstrauisch gemacht. Es war ihr klar gewesen, dass J. K. ihr nichts als Schwierigkeiten bringen würde, und deshalb hatte sie ihn oft genug aufgefordert, sie nicht mehr zu behelligen. Trotzdem war er weiterhin gekommen. Er hatte sich um ihren Sohn gekümmert, ihre Wutanfälle ignoriert und sie allmählich zu der Überzeugung gebracht, dass nichts von ihm zu befürchten war.

Doch sein Kuss hatte Cassie mit einem Schlag in die Realität zurückversetzt. Kein Frauenherz war sicher vor J. K. Starr.

Warum hast du dann seinen Kuss erwidert? überlegte sie. *Du hättest doch wissen müssen, wozu das führt.* Selbst jetzt noch wurden ihr die Knie schwach, wenn sie an den Kuss dachte. Es ist nur, weil ich mich einsam fühle, sagte Cassie sich. *Das ist alles. Bei jedem anderen hätte ich das Gleiche empfunden. Es hat nichts mit J. K. persönlich zu tun.*

Vielleicht sollte ich ein paar Frösche küssen, dachte sie ziemlich verwirrt, und mir damit beweisen, dass J. K. auch kein Prinz ist – oder einen Psychiater aufsuchen.

Wie auch immer, an diesem Abend brauchte sie es nicht zu entscheiden. J. K. hatte ihr eine Atempause eingeräumt. Außerdem musste Teddy jeden Augenblick zum Essen nach Hause kommen. Er würde sein Bad nehmen, sie würde duschen, und um zehn würden sie beide friedlich im Bett liegen wie immer. Die Aussicht auf einen ganz normalen Abend beruhigte sie etwas.

„Hast du während meiner Abwesenheit an mich gedacht?"

Cassie drehte sich überrascht zu Jack Kevin um. „Was machst du denn hier? Ich dachte, du wärst nach Hause gefahren?"

„Um das Dinner zu verpassen, nachdem ich all diese Bohnen gesäubert habe? Kommt nicht infrage"

„Wo bist du dann hingefahren? Oder war es nur wieder ein taktisches Manöver von dir?"

„Manöver?", wiederholte er entrüstet. „Ich möchte dich darauf aufmerksam machen, dass ich nichts dergleichen getan habe. Ich habe Teddy vom Park abgeholt."

Cassie stöhnte leise. Was war nur los mit ihr? „Du liebe Güte. Ich hatte ihn völlig vergessen."

„Zum Glück sind wir nicht alle so zerstreut wie du."

„Geh zum Teufel, J. K."

„Kann ich bis nach dem Essen damit warten? Ich habe einen Bärenhunger. Was essen wir zu den Bohnen?"

„Wir?"

„Du hast mich eingeladen, Cassie. Schon wieder vergessen?" Er legte eine Hand auf ihre Stirn. „Bist du sicher, dass du dich nicht krank fühlst?"

Cassie hatte das Gefühl, innerlich zu kochen. Ihr Puls klopfte wie verrückt. Schick ihn weg! befahl sie sich. Aber dann sagte sie nur müde: Geh. Bleib. Es ist mir egal!

Lügnerin! meldete sich eine vorwurfsvolle Stimme in ihr.

„Du lügst." Jack Kevin grinste jungenhaft und hauchte Cassie im Vorbeigehen einen Kuss auf die Stirn. „Gib dir keine Mühe. Du bist eine lausige Lügnerin."

„Mir fehlt die Übung. Lass mir Zeit."

„Cassie, ein ganzes Leben würde dazu nicht ausreichen. Habe ich noch Zeit, um zu duschen?"

Cassie schluckte. Schon der Gedanke daran, dass J. K. nackt unter ihrer Dusche stand, jagte ihr einen prickelnden Schauer über den Körper. Warum mussten ihre Sinne auch ausgerechnet in diesem Moment erwachen, wo sie sich endlich wieder ungezwungen in Jack Kevins Nähe fühlte?

„Zeit wofür?", fragte sie schroff.

„Zum Duschen. Hast du vergessen, dass ich sofort nach dem Training hergekommen bin?"

Cassies Blick glitt über sein enges, mit Schmutzflecken übersätes Trikot. Er war bereits dabei, es aufzuknöpfen und entblößte einen Teil seiner muskulösen, braun gebrannten Brust. Es war nicht das erste Mal, dass Cassie seinen nackten Oberkörper sah, aber nie hatte er eine solche Wirkung auf sie gehabt.

Sie schluckte krampfhaft und räusperte sich umständlich. Wenn es nicht so auffällig gewesen wäre, hätte sie auch noch ein Glas Eiswasser getrunken oder es sich über den Kopf geschüttet, um ihre heißen Gedanken abzukühlen. Sie räusperte sich noch einmal.

„Wo willst du duschen?", fragte sie gepresst.

„Im Badezimmer. Warum fragst du? Möchtest du mir Gesellschaft leisten?"

Cassies Herz klopfte wild: „Ich habe nicht die Absicht, etwas für deine erotischen Träume zu tun. Weder in meinem Badezimmer noch woanders. Könntest du nicht zum Duschen nach Hause fahren?"

„Damit ich zu spät zum Essen komme und du mir Vorwürfe machst?", konterte er.

„Das würde ich nicht tun", versprach Cassie seufzend.

„Ich will es nicht riskieren. Ich hole mir nur schnell saubere Sachen aus dem Wagen."

Er hatte kaum die Küche verlassen, als Cassie sich mit einer Zeitung Luft zuzufächeln begann. Ihr war in den letzten Minuten unglaublich heiß geworden, und dabei war der Backofen noch gar nicht an. Was machte J. K. bloß mit ihr?

Sei nicht naiv, sagte sie sich. *Er will dich aus der Fassung bringen, das ist alles. Und er macht es sehr geschickt.* Aber das würde sie ihn nicht spüren lassen. J. K. konnte flirten, so viel er wollte, es nützte ihm gar nichts, denn Cassie war mindestens so hartnäckig wie er. Sie würde seinen Angriffen schon standhalten. Früher oder später musste es ihm zu langweilig werden, und dann machte er sich bestimmt auf die Suche nach einem leichteren Opfer.

Die Vorstellung deprimierte Cassie, und dann begann J. K. im Badezimmer auch noch ein Lied von Kenny Rogers zu singen, das sie stets an Ryan erinnerte.

Fantastisch! Nun hatte sie erst recht Anlass, niedergeschlagen zu sein.

Aber merkwürdigerweise war sie es gar nicht. Cassie stellte verwundert fest, dass sie nicht an Ryan dachte, sondern an Jack Kevins Küsse und daran, wie gern sie sich noch einmal von ihm küssen lassen würde. Der Gedanke, dass er nackt unter der Dusche stand, nass, mit

Seifenschaum bedeckt und …

Cassie schnappte sich die Zeitung, um sich wieder Luft zuzufächeln. „Jetzt bist du vom Regen in die Traufe gekommen“, murmelte sie und musste unwillkürlich lächeln.

„Hey, Mom, wie kommt es, dass du mit dir selber redest?“, wollte Teddy wissen, der unvermutet an der Tür erschienen war.

„Weil ich allmählich den Verstand verliere. Komm, gib mir einen Kuss und bewahre mich davor, verrückt zu werden.“

Teddy ließ sich widerstrebend in ihre Arme ziehen, küsste sie rasch und löste sich von ihr. „Was gibt's zum Essen? Ich habe unheimlichen Hunger.“

„Du hast immer unheimlichen Hunger. Es gibt Spaghetti und frische grüne Bohnen.“

Teddy zog einen Schmollmund. „Wir haben erst gestern Spaghetti gegessen.“

„Nein, vorgestern“, entgegnete Cassie müde. „Ich dachte, du isst sie gern.“

„Ja, aber nicht jeden Abend.“

„Was soll das denn heißen?“, warf J. K. ein, der immer noch kein Hemd trug, aber inzwischen saubere Shorts angezogen hatte. Cassie starrte fasziniert auf seinen sehnigen, durchtrainierten Oberkörper. Die Betrachtung lenkte sie dermaßen ab, dass sie kaum hörte, was J. K. zu Teddy sagte.

„Du magst keine Spaghetti?“, fragte Jack Kevin verwundert. „Wie willst du je ein guter Spieler werden, wenn du nicht vernünftig isst?“ Er wirkte ganz ernst dabei.

Teddy betrachtete ihn argwöhnisch. „Magst du Spaghetti?“

„Ich esse sie sehr gern, vor allem, wenn deine Mom die Soße macht.“

„Sie kocht sie nicht mehr. Sie hat keine Zeit dazu, sagt sie, und dass das Zeug aus der Dose genauso gut ist.“

J. K. sah Cassie erstaunt an und sagte zu Teddy: „Das stimmt. Mir schmeckt sie jedenfalls genauso gut. Geh jetzt und wasch dir die Hände.“

Teddy zog sich widerspruchslos zurück. „Danke, J. K.“

„Ich nehme an, er isst mit schöner Regelmäßigkeit Spaghetti.“

„Sie sind nahrhaft und leicht zu kochen, und ich will keine Diskussion darüber hören.“

J. K. hob beschwichtigend die Hände. „Gut. Ich will dir meine Ansichten nicht aufdrängen“, sagte er beschwichtigend. Aber Cassie war ziemlich sicher, dass er das Thema „Spaghetti“ früher oder später wieder aufgreifen würde.

Teddy aß, ohne sich zu beklagen, und imitierte alles, was J. K. sich ausdachte, um den etwas faden Nudeln Geschmack zu verleihen. Sie bestreuten sie mit Parmesankäse, gaben grüne Chilischoten hinzu und mischten die grünen Bohnen darunter.

„Toll! Das ist super!“, sagte Teddy nach dem ersten Bissen gequält. Seine Augen tränten von den scharfen Chilis.

Cassie sah J. K. an und fragte lächelnd: „Scharf genug für dich?“

„Schon besser“, antwortete er. „Beim nächsten Mal würde ich noch etwas Oregano und Knoblauch in die Soße geben.“

„Warum lässt du sie nicht gleich aus einem Restaurant kommen?“, bemerkte Cassie schnippisch.

„Wozu, wenn diese mit geringen Mitteln zu verbessern ist? Weshalb setzt du dich nicht ins Wohnzimmer und ruhst dich aus, während Teddy und ich abwaschen?“

Cassie schaute ihn verblüfft an. Er machte es ihr wirklich nicht leicht. Man musste ihn einfach gern haben, wenn er so fürsorglich und zuvorkommend war. Sie schaute Teddy an, und ihr Sohn nickte begeistert. „Ich kann sehr gut abtrocknen, Onkel Jake.“

„Bestimmt.“ J. K. stand auf und sammelte die Teller ein. „Geh, Cassie. Wir Männer wollen unter uns sein.“

„Biete ihm bloß keine Zigarre an“, warnte Cassie scherzhaft.

„Nein. Sind sonst noch irgendwelche Regeln zu beachten?“

„Im Moment fällt mir nichts mehr ein.“

„Dann geh.“

Sie war ihm dankbar für die Geste. Wirklich. Aber als sie allein im Wohnzimmer war, begann sie sich schrecklich einsam zu fühlen. Aus der Küche drang J. K.s und Teddys fröhliches Geplauder, und Cassie wäre gern dabei gewesen. Aber sie verdrängte diesen Wunsch energisch. Es war sinnlos, sich der Illusion hinzugeben, dass sie wie eine richtige kleine Familie waren.

Doch wie verlockend war die Vorstellung! Es fiel Cassie immer schwerer, J. K. auf Distanz zu halten, obwohl sie glaubte, dass es auf lange Sicht das einzig Richtige war.

J. K. schickte Teddy zu seinem abendlichen Bad und ging ins Wohnzimmer. Cassie lag mit angezogenen Beinen auf der Couch und schlief. Ihre Wangen waren leicht gerötet, das blonde Haar umrahmte ihr Gesicht wie ein goldener Schleier.

J. K. hockte sich neben sie. Ein ihm allmählich vertrautes Gefühl drängte ihn, sie in die Arme zu nehmen. Sie schien völlig erschöpft zu sein, und es ärgerte Jack Kevin maßlos, dass sie so hart arbeiten musste – und für so wenig Geld. Auch was Teddy über Spaghetti gesagt hatte, verstimmte ihn. Zwar nagten sie noch nicht am Hungertuch, aber es war trotzdem nicht einzusehen, warum Cassie sich und Teddy derart strikte Sparmaßnahmen auferlegen sollte.

J. K. war über die Honorare und Prämien informiert, die Ryan mit seiner neuen Mannschaft vereinbart hatte. Sie gingen in die Millionen, und das war mehr als genug, um Cassies und Teddys Unterhalt zu finanzieren. Ryan hätte sie sogar in einer Villa in Palm Beach unterbringen können, komplett mit Pool und Haushälterin, statt in diesem bescheidenen kleinen Haus. Es bestand wirklich nicht der geringste Anlass für Cassie, sich dermaßen einzuschränken.

Es sei denn, Ryan zahlte den Unterhalt nicht pünktlich. Kaum war J. K. der Gedanke gekommen, wusste er auch schon, dass das der Grund sein musste. Ryan hatte schon immer sehr viel Geld gebraucht, es mit vollen Händen ausgegeben – und meistens mehr, als er besaß. Seine Leidenschaft, teure Geschenke zu machen, war einer der Gründe, warum so viele Frauen seine Bekanntschaft suchten, selbst als er verheiratet gewesen war. Nicht selten hatte er sein Geld für Freundinnen ausgegeben und es gleichgültig Cassie überlassen, mit einem knappen Haushaltsbudget über die Runden zu kommen.

J. K. musste sich sehr beherrschen, um nicht den Hörer aufzunehmen, sich eine Verbindung mit Miami geben zu lassen und Ryan zu sagen, was für ein Schuft er war. Vergiss es, dachte J. K. dann. *Cassie würde mir meine Einmischung sehr verübeln und aus Stolz nicht zugeben, dass Ryan mit den Zahlungen im Rückstand ist.*

J. K. musste schon ein diskreteres Mittel finden, Cassie zu unterstützen. Geld konnte er ihr nicht mehr anbieten, das hatte sie ihm deutlich genug zu verstehen gegeben. Es musste doch noch andere Möglichkeiten geben …

Sie ins Bett zu bringen war allerdings im Augenblick von Vorrang. Und allein! ermahnte J. K. sich streng. Sosehr er sich auch nach ihr sehnte, es war noch zu früh, und Cassie war auch viel zu erschöpft dazu.

Er nahm sie behutsam auf die Arme. Sie schmiegte sich an seine Schulter, und ihm stockte sekundenlang der Atem, als er ihr Gesicht an seinem Hals spürte und ihr warmer Atem seine Haut streifte.

„Cassie", flüsterte er heiser, während er die Bettdecke zurückzog und ihre verrückte Sammlung von Stofftieren auf den Boden schob.

Als Cassie auf den Laken ruhte, hob Jack Kevin ein fast kahles langohriges Plüschhäschen auf und steckte es neben Cassie unter die Decke. Er überlegte kurz, ob er Cassie ausziehen sollte, aber er hielt es schließlich für klüger, es nicht zu tun. Seiner Willenskraft waren Grenzen gesetzt, und die waren ohnehin schon fast erreicht.

Worauf habe ich mich bloß eingelassen? fragte er sich und betrachtete Cassie mit begehrlichem Blick.

Sie bewegte sich. „J. K.?"

„Pst, Sweetheart! Schlaf weiter", sagte er eindringlich. Im Schlaf war Cassie schon aufreizend genug und wach einfach unwiderstehlich. Nein, J. K. musste das Haus verlassen, bevor sie einen nicht wiedergutzumachenden Fehler begingen. Die Sache mit den Spaghetti und einige andere alarmierenden Einzelheiten zwangen J. K. zur Wachsamkeit. Sein Beschützerinstinkt arbeitete auf Hochtouren, angetrieben von dem Bedürfnis, Cassie endlich wieder lächeln zu sehen, anstatt ständig müde und erschöpft.

Natürlich waren es nicht ausschließlich menschenfreundliche Instinkte, die sein Verhalten bestimmten, sondern vor allem die Einsicht, dass er keine Frau verführen konnte, die nicht die Energie besaß, sich gegen ihn zu wehren. Und falls es doch irgendwann dazu kam, sollte es aus echter Leidenschaft geschehen. Deshalb beschloss er, Detektiv zu spielen, um herauszufinden, wie schlimm Cassies Lage wirklich war.

Als er das nächste Mal ihren Kühlschrank öffnete, nahm er die Gelegenheit wahr, den Inhalt zu überprüfen. Es war erschreckend wenig. Zwei Plastikbehälter mit Essensresten, ein Stück vertrockneter Käse, Wurst für Teddys Schulbrote, einige Eier, ein Karton Milch, Saft, ein Kopf Salat, Mayonnaise, Ketchup und Senf.

Der Küchenschrank enthielt Erdnussbutter, Brot, ein halbes Dutzend Konservendosen, ein Paket Spaghetti und eine Tüte Kekse. Mit wachsender Besorgnis öffnete J. K. die Tiefkühltruhe. Auch die war entmutigend leer, wenn man von einem Eiswürfelbehälter absah, zwei tiefgefrorenen Fertigmahlzeiten, die so appetitlich wirkten wie Hundefutter, und etwas gefrorenem Orangensaft. Jack Kevin schlug die Tür zu, aber viel lieber hätte er Ryan ins Gesicht geschlagen.

Der Moment des Handelns war gekommen. J. K. dachte den ganzen Freitag darüber nach. Beim Training war er unkonzentriert und viel schlechter als sonst. Aber das war Cassie ihm wert. Warum hatte Ryan nicht rechtzeitig begriffen, was für eine wunderbare Frau sie war?

Während J. K. über die Dummheit seines Freundes nachdachte und sich an all die schönen Stunden erinnerte, die sie zu dritt verbracht hatten, kam ihm endlich ein Gedanke, wie er Cassies Problem lösen konnte. Es war so einfach, dass er nicht verstand, wieso er nicht schon früher darauf gekommen war. Er brauchte sie nur „rein zufällig" im Supermarkt zu treffen, ein paar Kleinigkeiten zu ihren Einkäufen hinzufügen, alles zusammen bezahlen und ihr versichern, dass sie sich den Betrag später teilen würden.

Eine perfekte Idee. Ein narrensicherer Plan.

Heute, am Freitag, bestand die Chance, ihn in die Tat umzusetzen. Cassie hatte früher immer freitags für die ganze Woche eingekauft, vor allem jedoch für die Partys und Barbecues, die Ryan häufig an den Wochenenden veranstaltet hatte.

Nachdem J. K. sich geduscht und umgezogen hatte, machte er sich auf den Weg zum Supermarkt in Cassies Viertel. Es war zwanzig nach fünf, sie musste schon auf dem Heimweg von der Arbeit sein. Er wartete eine Zeit lang auf dem Parkplatz, ging dann hinein und hielt sich in der Gemüseabteilung auf, wo er prüfend Tomaten und Orangen betrachtete, bis die Verkäuferinnen ihm misstrauische Blicke zuzuwerfen begannen.

Er spürte es instinktiv, als Cassie den Laden betrat. Als sie in ihrem hübschen Minikleid durch den Gang auf die Gemüseabteilung zukam, drehte Jack Kevin einen Kopf Salat in den Händen, als handelte es sich um einen zu werfenden Ball.

Cassie hatte ihn noch nicht gesehen. Sie blieb vor den Tomaten stehen, nahm eine in die Hand, legte sie zurück und warf einen Blick auf den Kilopreis. Seufzend ging sie zum grünen Salat weiter und griff nach einem Kopf. J. K. tat es gleichzeitig auch, und ihre Hände berührten sich. Cassie wollte sich gerade entschuldigen und hob den Kopf. Da musste sie lächeln und sah J. K. überrascht an.

„J. K.! Was machst du denn hier?"

„Ich hatte Appetit auf Salat. Und du?"

„Ich kaufe immer freitags ein."

„Natürlich", sagte er. „Wie konnte ich das vergessen? Ist alles okay? Was macht deine Arbeit?"

„Bestens."

„Und Teddy?"

Sie musterte ihn argwöhnisch. „Ihm geht's blendend. Du hast ihn doch vorgestern noch gesehen."

In seinem Eifer hatte er vergessen, seinen Verstand zu benutzen. Vorsicht! mahnte er sich und warf einen vielsagenden Blick auf ihren noch leeren Wagen. „Du hast noch nicht viel eingekauft."

„Ich bin eben erst gekommen."

„Hast du etwas dagegen, wenn ich mit dir einkaufe? Du könntest mich beraten."

Cassie zog spöttisch eine Braue hoch. „Beraten?"

„Du weißt schon, welche Marken am besten sind und so weiter."

„Ich glaube, es gibt bei Salat keine Marken."

„Na klar", improvisierte er. „Hier zum Beispiel haben wir einen Eisbergsalat." Er legte ihn zurück und griff nach einem anderen. „Das ist eine Endivie, für meinen Geschmack etwas zu bitter. Wie wäre es mit einem Bostoner Sonntagssalat? Oder vielleicht sollte ich lieber Spinat kaufen. Man kann einen exzellenten Salat daraus machen. Glaubst du nicht?"

Cassie lachte. „Ich glaube vielmehr, du bist verrückt. Nett, aber zweifellos völlig irre. Hast du bei den Tomaten ähnliche Entscheidungsschwierigkeiten?"

„Richtig. Wir essen heute Beefsteak. Diese Tomaten sehen etwas mitgenommen aus nach dem Frost im Januar. Man kann sehen, dass sie mit Gas behandelt wurden, um sie zum Reifen zu bringen. Nichts als Matsch. Und die Kirschtomaten? Hm, ich weiß nicht recht. Ich habe sie nie besonders gemocht. Aber die hier", sagte er und senkte seine Stimme zu einem verführerischen Flüstern, während er Cassie ein Körbchen mit blutroten reifen Tomaten reichte. „Die sehen fantastisch aus."

Cassie errötete.

„Für den Salat", fügte er rasch hinzu.

Das Einkaufen machte J. K. noch viel mehr Spaß, als er erwartet hatte. Cassie hielt sich verzweifelt an ihrem Einkaufswagen fest, blinzelte verwirrt und legte den Karton mit den Tomaten hinein. J. K. bezweifelte, dass es ihr überhaupt bewusst war. „Ich glaube nicht, dass du mich zum Einkaufen brauchst", sagte sie mit seltsam heiserer Stimme. „Du kannst es sehr gut allein."

„Aber wir waren noch nicht bei den Salatsoßen."

„J. K., in all der Zeit, seit ich dich kenne, habe ich dich nie etwas anderes als italienisches Dressing benutzen sehen."

„Aber selbst unter den italienischen Soßen hat man eine große Auswahl", wandte er ein.

„Ich habe Zutrauen zu deiner Fähigkeit, die Soße selbst auszusuchen. Lies die Etiketten. Schau nach, welche Kräuter die Soßen enthalten. Du schaffst es schon", sagte sie belustigt.

„Bist du sicher? Praktisch seit dem Tag, an dem wir uns kennenlernten, prophezeist du mir, meine Unentschlossenheit würde mein Liebesleben auf die Dauer ruinieren."

Cassie sah ihn verständnislos an. „Was hat dein Liebesleben damit zu tun?"

„Nichts", gab er offen zu. „Es ist nur ein Zeichen für Charakterschwäche – ist es nicht das, was du immer gesagt hast?" Cassie betrachtete ihn entgeistert. „Weil ich der Ansicht bin, du würdest dich nie für eine Frau entscheiden, soll ich jetzt wohl glauben, du könntest dich auch nicht zum Kauf eines bestimmten italienischen Salatdressings entschließen?"

J. K. nickte. „Das ist nur logisch, oder?", meinte er amüsiert.

„Es ist absoluter Quatsch."

„Du willst mir also nicht helfen?"

„Doch, natürlich helfe ich dir, keine Angst. Wenn ich meine Lektion beendet habe, wirst du sämtliche Bestandteile jeder einzelnen Soße im Regal kennen. Ich will mir nicht nachsagen lassen, ich hätte dir nicht beigebracht, wie man einen anständigen Salat zubereitet. Komm!"

„Großartig", sagte J. K. und ließ zwei Salatköpfe und zwei weitere Körbchen mit Tomaten in den Einkaufswagen fallen.

„Wo ist dein Wagen?", fragte Cassie.

„Ach, ich brauche nicht viel. Ich lege die Sachen in deinen. Willst du noch Obst aussuchen, bevor wir weitergehen?"

„Nur zwei, drei Bananen für Teddys Lunchpaket."

„Keine Orangen? Du hast früher so gern Orangen gegessen."

„Sie sind jetzt zu teuer. Der Frost hat großen Schaden in den Orangenhainen von Orlando angerichtet."

„Dann nimm wenigstens drei. Sieh mal, diese hier kommen aus Kalifornien. Du brauchst dein Vitamin C. Was können drei Orangen schon kosten?"

„Neunundneunzig Cent."

„Geschenkt! Überleg doch mal, sie sind quer durchs ganze Land geflogen worden, und das für dreiunddreißig Cent das Stück."

„J. K.!", protestierte Cassie, aber er war bereits weitergegangen und stand nun vor der Fleischtheke.

„Wie wäre es mit Steaks? Dieses Filet sieht fantastisch aus."

„Es ist in meinem Budget nicht vorgesehen", antwortete Cassie, längst nicht mehr belustigt.

J. K. ließ sich nicht beirren. „Sie liegen hier, um verkauft zu werden."

„Keine Steaks."

„Dann eben Hamburger. Du hast früher die besten Hamburger

gemacht. Vielleicht sollten wir am Wochenende ein Barbecue veranstalten? Du weißt schon, wie früher. Was meinst du? Ich lade ein paar Mannschaftskameraden und ihre Frauen ein. Es gibt sicher einen Riesenspaß. Sie fragen ständig nach dir."

„Das kannst du dir abschminken. Ich habe absolut kein Interesse daran, einen Abend mit Ryans alten Freunden zu verbringen. Was soll das eigentlich alles?"

„Ich begreife deine Frage nicht, Cassie."

„Du bist genauso wenig hier, um Salat zu kaufen, wie ich, um Filetsteaks zu besorgen. Was soll das Ganze also?"

Auf eine direkte Konfrontation war J. K. nicht vorbereitet. Er wusste nur zu gut, dass er Cassies finanzielle Lage nicht erwähnen durfte, wenn er ihren Stolz nicht verletzen wollte, Sie würde ihm höchstens, bevor sie ging, das Paket Hamburger ins Gesicht werfen und es ihm überlassen, dem Manager alles zu erklären. Aber vielleicht klappte es, wenn er sich bei ihr zum Essen einlud und vorschlug, die Zutaten zu kaufen.

„Vielleicht spekulierte ich auf eine Dinnereinladung."

„Und vielleicht wolltest du zum Mond fliegen. Sei nicht albern. Du bist in den letzten zwei Wochen fünfmal zum Essen bei uns gewesen, und da hast du mir auch nicht mitten im Supermarkt eine Einladung abgeschmeichelt."

„Ich hatte meine guten Manieren vergessen, Cassie. Es wird Zeit, dass ich mich revanchiere. Ich bin gern mit euch zusammen, und du machst sehr gute Hamburger. Ich kaufe ein, und du kochst heute Abend. Betrachte es als Entschädigung für die vielen Mahlzeiten, die ich mir in den letzten Wochen erschlichen habe. Ich kann natürlich auch kochen, falls du zu müde bist. Hamburger bringe ich sicher zustande."

Von Cassies anfänglicher Belustigung war nichts mehr zu spüren. „Du gibst wohl nie auf, was?", fragte sie gereizt. „Ich weiß nicht, was du meinst."

„Ha! Sieh mal, ich weiß zu schätzen, was du versuchst, aber lass dir gesagt sein, du verschwendest nur deine Zeit damit. Ich nehme kein Geld von dir."

„Ich habe auch gar nicht vor, dir Geld zu geben."

Cassie schwenkte das Kilopaket Hackfleisch vor seiner Nase. „Na schön. Ich nehme kein Fleisch von dir." Sie warf einen Blick in ihren Einkaufswagen und sah, wie fleißig J. K. gewesen war. „Oder Salat. Oder Tomaten. Oder kalifornische Orangen. Geht das allmählich in deinen sturen Kopf? Wir sehen uns, J. K. Du kannst Teddy am Wochenende besuchen. Er ist sehr unzufrieden mit meiner Fangtechnik."

5. KAPITEL

Cassie wandte sich ab und ging erhobenen Hauptes auf das Regal mit den Getreideerzeugnissen zu. Ihre stolze unnachgiebige Haltung reizte irgendetwas in J. K. zum Widerspruch. Vor den Cornflakes holte er Cassie ein und ließ einen Armvoll Fleisch und Geflügel in ihren Wagen fallen.

Cassie wirbelte herum. Es störte Jack Kevin nicht. Er war auf ihren Ausbruch gefasst und freute sich sogar darauf. Sie hatte lange genug still vor sich hin gelitten. Es wurde langsam Zeit für sie, ihre Empörung laut herauszuschreien. Dampf abzulassen war ein Anfang. Mit Ryan würden sie sich dann irgendwann gemeinsam auseinandersetzen.

„Was fällt dir ein?“, zischte Cassie.

„Ich sorge dafür, dass ihr zur Abwechslung mal ein vernünftiges Essen bekommt. Ihr könnt nicht nur von Spaghetti leben.“

„Es sind genug Lebensmittel im Wagen für ein halbes Dutzend Mahlzeiten, aber ich will nichts davon haben“, entgegnete sie aufgebracht.

J. K. beugte sich über den Wagen und bedachte Cassie mit einem herausfordernden Blick. „Denk doch mal an Teddy, statt immer nur an deinen dummen eigensinnigen Stolz.“ Als er ihre Miene sah, beschloss er, aufs Ganze zu gehen. „Wann hat Ryan dir zum letzten Mal das Geld für Teddys Unterhalt geschickt? Hast du mit einem Anwalt gesprochen? Oder kämpfst du dich mal wieder schweigend durch?“

„Lass mich in Ruhe! Ich will nichts davon hören!“ Cassie ließ den Wagen stehen und ging mit leeren Händen weiter. „Du hast kein Recht, dich ständig einzumischen.“

Er nahm den Wagen und folgte ihr. Vor dem Erdnussbutterstand blockierte er ihr den Weg, griff nach dem größten Glas im Regal und legte es mit grimmiger Miene in den Wagen. „Ich habe euch gern, Cassie, und das gibt mir das Recht, mich einzumischen“, sagte er, während er noch ein Glas Marmelade hinzufügte. „Meinst du, ich schaue zu, wie du dich zu Tode hungerst, um für Teddy eine Mahlzeit auf den Tisch zu bringen, während Ryan genug Geld hat, um euch Kaviar an der Riviera zu bieten?“

„Das geht dich nichts an. Es ist mein Leben!“, schrie Cassie aufgebracht. „Lass mich gefälligst in Ruhe!“

„Ich denke nicht daran.“ J. K. merkte, dass andere Kunden stehengeblieben waren und sie neugierig anstarrten. Deshalb ließ er den Einkaufswagen stehen, nahm Cassies Arm und zog sie hastig aus dem Geschäft.

„Was hast du nun schon wieder vor?"

„Irgendwohin zu gehen, wo wir in Ruhe reden können. Und wenn du nicht freiwillig mitkommst, trage ich dich."

„Das würdest du nicht wagen!", stieß sie empört hervor.

„Lass es doch auf einen Versuch ankommen."

Sekundenlang starrten sie sich wütend an, dann sagte Cassie: „Es gibt nichts zu besprechen. Ich habe einen Job, und mit meinem Verdienst kann ich Teddy und mich ernähren. Ich brauche weder dein Geld noch deine Ernährungstipps oder deine ständigen Einmischungsversuche. Und dein Mitleid erst recht nicht."

„Sorry, Baby. Es hat nichts mit Mitleid zu tun. Ich habe mich oft genug in meinem Leben vor Verantwortung gedrückt. Diesmal tue ich es nicht."

Cassie schüttelte den Kopf. „Du bist nicht für uns verantwortlich. Es ist nicht deine Schuld, dass alles so gekommen ist."

„Nein? Vor zwei Wochen hast du noch etwas anderes gesagt. Da warst du bereit, den größten Teil der Schuld auf mich abzuwälzen."

Cassie zuckte mit den Schultern. „Ich habe mich eben geirrt, okay? Ich hätte den Mund halten sollen. Ich konnte nicht ahnen, was daraus entstehen würde, sonst hätte ich sicher nichts gesagt. Doch ich suchte jemanden, dem ich die Schuld geben konnte an allem, was passiert war, und da kamst du mir gerade recht. Aber wie du ganz richtig meintest, ich hätte dafür sorgen müssen, dass Ryan blieb, und ich hätte ihn an seine Verpflichtungen erinnern müssen. Leider habe ich auch darin versagt. Ich weiß nicht, was ich anders machen könnte, aber eins steht fest: Es ist mein Problem, nicht deins."

J.K. schüttelte den Kopf. „Ich habe mich damals geirrt, Cassie. Ryans Entscheidung, zu bleiben oder zu gehen, lag ausschließlich bei ihm, und keiner von uns beiden hätte ihn darin beeinflussen können. Was die finanzielle Seite angeht, wird Ryan immer nur das tun, was er für richtig hält, egal, wie sehr er anderen damit schadet. Vielleicht wäre es deshalb allmählich an der Zeit, ihn vor Gericht zu bringen, damit er endlich aufwacht."

Vor diesem Schritt graute es Cassie. „Damit die Geschichte in allen Zeitungen erscheint? Nein, vielen Dank."

„Eine Drohung würde vermutlich schon genügen. Ryan hat diese Art von Publicity mehr zu fürchten als du."

„Das Risiko gehe ich Teddy zuliebe nicht ein. Und jetzt muss ich einkaufen, falls du nichts dagegen hast, und das Abendessen vorbereiten."

„Hör auf, den Kopf in den Sand zu stecken, Cassie. Ich lade dich zum Dinner ein, und dann können wir in Ruhe darüber reden."

„Ich will nicht zum Essen ausgehen, und ich möchte auch nicht länger darüber reden."

„Du bist eigensinnig."

„Sieh an, wer spricht! Du bist auch nicht gerade ein Musterbeispiel für Kompromissbereitschaft."

„Wenn du einen Kompromiss schließen willst, bin ich gern dazu bereit. Ich kaufe diese Woche ein und du nächste Woche. Mit dem Kochen wechseln wir uns ab. Du würdest mir einen Gefallen damit tun, Cassie. Ich bin nicht besonders geschickt in der Küche."

„Das ist wahrscheinlich der einzige Raum im Haus, in dem du es nicht bist", murmelte Cassie.

„Danke für das Kompliment."

„Es war als Beleidigung gemeint."

„Wie auch immer. Also, Cassie, was machen wir? Kaufe ich jetzt ein, oder ist es dir lieber, wenn ich mit Ryan spreche?"

„Das ist Erpressung."

„Kein schönes Wort, aber treffend."

Cassie schaute ihn hilflos an. „Was muss ich tun, J. K., damit du deine Beschützerrolle aufgibst? Ich sage es dir jetzt zum letzten Mal: Ich will nicht beschützt werden. Ich will mein Dach nicht repariert haben. Ich brauche keine Vaterfigur für meinen Sohn. Und ich brauche auch niemanden, der mich dauernd füttern will."

„Na wunderbar!", sagte J. K. spöttisch. „Scheinbar weißt du, was du willst und wie du es kriegen kannst, nicht wahr? Für Freunde ist kein Platz in deinem Leben. Nein, wirklich nicht. Cassie kämpft sich ganz allein durch, auf die harte Tour, und aus lauter Sturheit sieht sie nicht, dass es auch andere einfachere Wege gibt. Eine echte Märtyrerin. Du wirst alles allein schaffen, um dann einsam und isoliert dazusitzen und dich über deine Erfolge zu freuen. Ist es das, was du willst?"

Cassie schwieg lange, dann antwortete sie bedrückt: „Nein. Ich wollte eine ganz normale ‚Bis der Tod uns scheidet'-Ehe mit dem Mann, den ich liebte. Als ich dieses Gelübde aussprach, meinte ich es ernst. Ich wollte, dass mein Sohn seinen Vater kennt und mit ihm aufwächst, anstatt in den Sportzeitungen über ihn zu lesen oder ihn auf dem Titelbild irgendeiner Zeitschrift im Supermarkt zu sehen. War das zu viel verlangt?", fragte sie mit Tränen in den Augen.

„Das Leben ist nicht fair", fuhr sie bitter fort. „Ich bin allein. Teddy hat neunundneunzig Prozent der Zeit keinen Vater. Das sind die Karten, die das Leben mir gegeben hat, und ich gebe mir die größte Mühe, damit fertigzuwerden. Wenn mich das zu einem Märtyrer macht, na bitte, dann soll es eben so sein."

Sie hob den Kopf und schaute J. K. flehend an. „Aber ich kann es einfach nicht ertragen, dass du herkommst und mir zu verstehen gibst, ich hätte nicht genug erreicht."

J. K. war bestürzt über die Qual, die in ihrer Stimme mitklang, aber er hörte auch eiserne Entschlossenheit darin. Sie würde es schaffen, ganz ohne seine Hilfe, wenn es nach ihr ginge. Er seufzte und zerbrach sich den Kopf über einen möglichen Kompromissvorschlag, den sie annehmen könnte.

„Es tut mir leid, Cassie", sagte er und wischte ihr die Träne ab, die auf ihrer Wange glitzerte. „Ich schwöre dir, ich habe es dir nie erschweren wollen. Ich weiß nicht, was ich tun soll. Du musst mir glauben, ich wollte dir nur helfen."

Cassie blinzelte gerührt. „Glaubst du, ich weiß das nicht? Aber ich brauche dein Geld nicht. Es gibt mir nur noch mehr das Gefühl, versagt zu haben. Alle warnten mich davor, Ryan zu heiraten, weil wir beide viel zu jung dazu waren. Aber ich war zu stur, um darauf zu hören, und das war ein Fehler. Ich war einfach nicht erwachsen genug für eine Ehe."

„Hör auf, dir Vorwürfe zu machen, Cassie. Es war Ryan, dem die nötige Reife fehlte. Nicht du hast versagt, sondern er. Begreifst du das nicht?"

„So? Und jetzt? Wer ist jetzt der Versager? Niemand außer mir."

„Verdammt, rede keinen Unsinn! Du hast nicht versagt, du bemühst dich nur, wieder auf die Beine zu kommen. Du wirst es schaffen, Cassie. Du bist zäh. Du wirst diese harte Phase überwinden."

„Aber nicht, wenn du mich an der Hand führen willst. Ich muss es allein schaffen, J. K. Siehst du das nicht ein? Es ist wichtig für mich, mir zu beweisen, dass ich es allein kann. Mein jetziger Job ist nichts Großartiges, aber immerhin ein erster Schritt. Wer weiß, ob ich nicht aufs College zurückgehe und meine Ausbildung beende. Eines Tages werde ich eine eigene Identität besitzen, statt Ryans geschiedene Frau zu sein. Wie lange es auch dauern mag, ich bin entschlossen, etwas aus meinem Leben zu machen. Ich werde jemand sein."

„Du bist schon jemand, Cassie. Verdammt, Cassie Miles ist die faszinierendste Frau, die ich je gekannt habe."

„Noch nicht", entgegnete Cassie entschlossen. „Aber sie ist auf dem Weg dahin."

Zum ersten Mal begriff J. K. ihren Standpunkt und begann ihre Entschiedenheit zu akzeptieren. „Na schön", sagte er schließlich widerstrebend. „Ich versuche, mich nicht mehr einzumischen. Vergiss auf keinen Fall, dass ich immer für dich da bin, wenn du mich brauchen solltest. Betrachte mich als Versicherungspolice."

Cassie lächelte. „Versicherungspolice? Könntest du nicht einfach mein Freund sein? Das ist es, was ich am meisten brauche: einen Freund."

Ohne bewusst darüber nachzudenken, breitete J. K. die Arme aus, und Cassie schmiegte sich an ihn. Er spürte, wie sie erschauerte, als er sie fest an sich drückte. „Du hast einen, Darling. So wahr ich Jack Kevin Starr heiße."

Es war zwar nicht unbedingt die Rolle, die ihm vorschwebte, aber für den Augenblick wollte er es dabei belassen.

Am nächsten Tag schon konnte sich alles ändern.

Nach diesem Gespräch hatte Cassie endlich das Gefühl, sich entspannen und Jack Kevins Gesellschaft genießen zu können. Er hatte versprochen, ihre Selbstständigkeit zu respektieren, ihr kein Geld mehr aufzudrängen und ihr Freund zu sein. Aber das bedeutete wohl auch, dass er sie nicht mehr küssen würde, oder?

Bei einem sinnlichen Mann wie J. K. kann man nicht so sicher sein, gab sie widerstrebend zu. Sogar bei ihrer Auseinandersetzung im Supermarkt hatte er sie angesehen, als wollte er sie küssen. Und der Gedanke war auch ihr nicht fern gewesen, trotz ihres Zorns. J. K. war einfach zu attraktiv. Er hatte einen Körper wie …

Nimm dich zusammen! dachte Cassie. *Solange du solchen Gedanken nachhängst, ist es nicht verwunderlich, wenn er dich küssen will. Freu dich über deinen Sieg und genieße seine Freundschaft.*

Eine Woche später wurde ein Riesenstrauß Frühlingsblumen in ihrem Büro abgeliefert. Die Kolleginnen, drei neugierige junge Krankenschwestern und die etwas zurückhaltendere Sekretärin, umringten Cassies Schreibtisch, bevor sie sich von ihrer Überraschung erholen konnte. Sie nahm das Kärtchen, das zwischen den Tulpen, Narzissen und Iris steckte, und schob es blitzschnell in ihre Schreibtischschublade.

„Willst du nicht nachsehen, von wem sie sind?", fragte die Sekretärin Ellen verwundert.

„Ich weiß, von wem sie sind", gab Cassie leise zu und seufzte resigniert. Warum hatte sie J. K. nicht gesagt, dass Blumen auch nicht zu ihrem Abkommen gehörten?

Sie stand auf und brachte den Strauß zu einem entfernten Büroschrank, wo sie die Blumen nicht ständig zu sehen brauchte. Sie wollte nicht daran erinnert werden, wie hartnäckig J. K. sein konnte, wenn er etwas erreichen wollte. Anscheinend hatte er schon mit zehn Jahren begonnen, die Kunst der Verführung zu erlernen, und beherrschte sie nun bis zur Perfektion. Einen Riesenstrauß Blumen nach einem Streit zu schicken gehörte offensichtlich zu seiner zweiten Natur. Im Hinblick auf sein Temperament wäre es nicht verwunderlich gewesen, wenn er einen Dauerauftrag bei einem Floristen hinterlassen hätte.

„Komm, Cassie, sag es uns", bettelte Jennifer Martin. „Sind sie von deinem Ex?"

„Wohl kaum."

„Dann musst du einen neuen Verehrer haben. Wie romantisch!"

Jennifer seufzte. Sie war knapp einundzwanzig und brachte Romantik noch mit Blumen in Verbindung. Cassie fühlte sich nicht veranlasst, ihr die Illusion zu rauben. Jennifer würde noch früh genug merken, wie die Realität aussah.

„Auch das nicht, Jennifer. Sie sind von einem Freund."

„So einen Freund möchte ich haben", bemerkte Mary Beth mit einem neidischen Blick auf den herrlichen Frühlingsstrauß. „Ich kann froh sein, wenn John mir an unserem Hochzeitstag ein Sträußchen Nelken mitbringt."

„Der Umfang einer Geste ist nicht unbedingt ein Beweis für die Gefühle, die dahinterstecken." Noch während sie es sagte, merkte Cassie, wie bieder und prüde das klang.

„Rede keinen Unsinn, Cassie. Ein Mann, der viel Geld für Blumen ausgibt, muss dich wirklich sehr gern haben", widersprach Ellen.

„Er gibt nur das aus, was er an Hamburgern spart."

„Hm?" Alle vier Frauen starrten Cassie verständnislos an.

„Ach, nichts."

„Du willst es uns anscheinend wirklich nicht verraten, oder?", fragte Jennifer. „Nein. Tut mir leid."

Cassies Kolleginnen gingen enttäuscht zu ihren Arbeitsplätzen. Es blieb Cassie überlassen, sich Gedanken über Jack Kevins neueste Taktik zu machen. Sie zerbrach sich immer noch den Kopf darüber, als die Bürotür zehn Minuten vor Feierabend aufging.

Braun gebrannt, sehr männlich und atemberaubend attraktiv, schlenderte J. K. herein. Seine graue Bundfaltenhose schien direkt vom Titelblatt einer Modezeitschrift zu stammen. Sein marineblauer Blazer war von etwas konventionellerem Schnitt, aber er brachte seine breiten

Schultern auf eine Art zur Geltung, die viele andere Männer vor Neid hätte erblassen lassen. Dazu trug er ein blütenweißes Hemd und eine elegante dunkle Krawatte aus reiner Seide.

Sosehr es ihr auch widerstrebte, Cassie konnte den Blick nicht von ihm abwenden. Sie brachte kein Wort heraus. Ihre Kolleginnen hingegen schienen solche Schwierigkeiten nicht zu kennen.

„J. K. Starr!“, kreischte Jennifer entzückt „Lieber Himmel – Sandy, Ellen, Mary Beth, kommt her! J. K. Starr ist im Wartezimmer!“

„Hallo, Sweetheart! Wie geht's?“, sagte er gedehnt und schenkte Jennifer sein berühmtes Lächeln.

Jennifer sank auf ihren Stuhl zurück. Die anderen Krankenschwestern waren an den Türen ihrer jeweiligen Behandlungsräume erschienen und starrten J. K. an. Ellen kam mit halb geschminktem Mund aus dem Waschraum gerannt.

Cassie schüttelte den Kopf über diese allgemeine Zurschaustellung weiblicher Schwäche.

Warum tut er mir das an? Zuerst im Supermarkt, jetzt im Büro. Gibt es denn keinen Ort, wo ich sicher bin vor seiner Verführungskunst? Warum heute Abend, und warum ausgerechnet hier?

Ihre Kolleginnen würden es sie nie vergessen lassen! Es war kaum anzunehmen, dass J. K. zufällig vorbeigekommen war. Und dass er einen ihrer Chefs aufsuchen wollte, war ebenfalls ziemlich unwahrscheinlich, da beide Kinderärzte waren. Trotzdem hätte Cassie ihn gern gefragt, ob er einen Termin hatte. Das und ein vielsagender Blick auf die im Raum verstreuten Kinderspielzeuge müssten ihn eigentlich zur Vernunft bringen.

Bevor sie den Gedanken jedoch zu Ende denken konnte, beugte J. K. sich über ihren Schreibtisch. Ein vertrautes Funkeln erschien in seinen Augen. Er küsste Cassie auf die Stirn, und hinter ihr erklang ein allgemeines Seufzen.

„Verdammt!“, fauchte sie. „Was machst du hier? Woher wusstest du überhaupt, wo du mich finden konntest?“

„Warum fluchst du?“, entgegnete er ausweichend.

„Du hast mich geküsst“, sagte sie aufgebracht und deutete auf ihre Stirn, wo sie von J. K.s Lippen berührt worden war. „Ich wusste ja, dass ich dich nicht ausführlich genug darüber aufgeklärt hatte. Es wird nicht mehr geküsst, J. K.!“, erklärte sie energisch. Aber J. K. lachte nur. Ihre Augen wurden schmal. „Lach mich nicht aus!“

„Vielleicht solltest du mir besser eine Liste deiner Regeln geben. Ich erinnere mich zwar, dass wir über Geld gesprochen haben, aber

diese neue Regel verwirrt mich etwas."
„Du erinnerst dich sehr gut. Du bist nur mal wieder zu stur, um zuzugeben, was dich nicht interessiert."
„Kann gut sein", gab er heiter zu. Dann bemerkte er die Blumen auf dem Schrank. „Ich sehe, dass du den Strauß bekommen hast."
„Ja, vielen Dank", sagte Cassie höflich und ignorierte die fragenden Blicke ihrer Kolleginnen. „Er ist sehr hübsch." Sie schluckte und wollte sich nicht beeinflussen lassen von der Art, wie er auf ihrer Schreibtischkante hockte, wobei seine muskulösen Schenkel nur Zentimeter von ihren Fingerspitzen entfernt waren. Sie hätte ihm einen Stuhl anbieten können, aber leider waren alle anderen verfügbaren Sitzplätze auf Fünfjährige zugeschnitten. „Warum bist du gekommen?"
„Ich dachte, wir könnten vielleicht zusammen essen und danach ins Kino gehen. Was hältst du davon?"
Cassie schüttelte den Kopf. „Das geht nicht. Teddy wartet auf mich."
„Nein. Billys Mutter sagte, er könne heute bei ihnen schlafen."
„Er hat morgen Schule", entgegnete Cassie. „Er kann nicht bei einem Freund übernachten."
„Morgen ist schulfrei. Ich glaube, sie haben eine Lehrerkonferenz."
„Wieso bist du über Lehrerkonferenzen informiert?", fragte Cassie erstaunt.
„Weil ich mich dafür interessiert habe, Cassie. Während wir hier sitzen und reden, arbeiten die Jungen sich durch einen Stapel der neuesten Videos."
„Die du beschafft hast, zweifellos."
„Ich wollte nichts dem Zufall überlassen."
„Eins hast du allerdings vergessen..."
„Was?"
„Du solltest mich fragen, bevor du Abmachungen eingehst, die mein Leben betreffen. Das gehörte zu unserer Übereinkunft, falls du dich daran erinnerst. Ich weiß genau, dass wir schon beim ersten Mal, als du zu uns kamst, darüber gesprochen haben."
„Mag sein, aber ich dachte, ich gehe lieber auf Nummer sicher. Wenn ich dich zuerst gefragt hätte, wärst du mir mit irgendeiner Ausrede gekommen, genau wie jetzt. Auf diese Weise habe ich mich nach allen Seiten abgesichert."
„Außer einer", gab Cassie ihm zu verstehen. „Ich sage Nein."
Vier Frauen stöhnten laut. J. K. zwinkerte ihnen zu.
„Sei nicht albern, Cassie. Ich hatte einen lausigen Tag auf dem Spielfeld. Ich brauche jemanden, mit dem ich reden kann."

Falls er beabsichtigte, auf ihr Mitgefühl und ihre Gutmütigkeit zu pochen, hatte er sich schwer getäuscht. Cassie war im Moment in keiner Weise verständnisvoll. „Geh ins ‚Blue Dragon'. Ich bin überzeugt, dass deine Sportskameraden sich bemühen werden, dich aufzuheitern."

Aber so leicht gab J. K. nicht auf. „Ich will nicht über Baseball reden. Ich brauche den Trost einer Frau."

Cassie deutete mit einer weit ausholenden Handbewegung auf die Frauen hinter sich, die J. K. immer noch fasziniert betrachteten. „Such dir eine aus, außer Mary Beth. Sie ist verheiratet."

„Das macht nichts", sagte Mary Beth schnell. „Ich könnte eine Ausnahme machen." Sie witterte eine Chance.

„Tut mir leid, meine Damen", erklärte J. K. lachend. „Ich habe meine Wahl bereits getroffen."

Es klang so ehrlich, so zuversichtlich, dass Cassie unsicher wurde. Sie betrachtete den Stapel Akten auf ihrem Tisch, den sie eigentlich noch ablegen wollte.

Ellen bemerkte ihren Blick und erriet, was Cassie dachte. „Mach dir keine Sorgen über die Akten", sagte sie deshalb schnell. „Jennifer und ich ordnen sie schon ein. Du hast einen Abend in der Stadt verdient."

„Verräterin!", murmelte Cassie.

„Siehst du." J.K. ignorierte ihren Einwand und lachte zufrieden. „Keine Ausreden mehr."

Er hat recht, dachte Cassie ergeben. Ihr fiel keine einzige mehr ein. Im Übrigen lief ein Film, den sie schon lange sehen wollte, eine romantische Komödie. Es war die Art Film, die J. K. und Ryan immer verabscheut hatten. Es geschah J. K. nur recht, wenn er ihn sich nun ansehen musste.

„Ich gehe nur mit dir aus, wenn ich den Film bestimmen darf", sagte Cassie schließlich in spöttischem Ton.

„Einverstanden."

Sie drehte sich um und lächelte ihren Kolleginnen unsicher zu. Merkwürdigerweise hatte sie überhaupt nicht das Gefühl, einen Sieg errungen zu haben. Es kam ihr eher vor, als hätte sie sich in eine Falle begeben.

Das Restaurant bestätigte Cassies Befürchtungen. Es war exklusiv, teuer und ausgesprochen romantisch. Der Besitzer begrüßte J.K. respektvoll und führte sie zu einem abgelegenen, von Kerzenlicht erhelltem Tisch. Ein Pianist spielte leise sanfte Musik.

Die Menükarte enthielt keine Preise und keine einzige Vorspeise, die Cassie kannte. Sie schaute J. K. an und spürte, dass ihr Herz immer heftiger zu klopfen begann.

„Du spielst nicht fair", warf sie J. K. vor. Schließlich war Angriff immer noch die beste Verteidigung.

Konnte ein Baseballspieler diese Taktik verstehen, oder war es nur beim Football so? Oder in der Politik? Wie dem auch sein mochte, J. K. schien es jedenfalls ungerührt zu lassen.

„Wer spielt?", fragte er.

„Du. Zuerst die Blumen, jetzt dies."

„Ich versuche nur, mich dir gegenüber so zu verhalten, wie du es verdienst."

„Nein, du behandelst mich wie ... wie eine Gelieb..." Sie brach verlegen ab, und eine leichte Röte überzog ihre Wangen.

„Eine Geliebte", sagte J. K. und beugte sich lächelnd zu ihr vor. Seine blauen Augen funkelten im Kerzenschein und schienen eine stumme Einladung auszusprechen. „Ist es das, was du sagen wolltest?"

Cassie nickte, fasziniert von der unverhohlenen Leidenschaft, die aus seinen Blicken sprach. Obwohl sie aus der Übung war, fiel es ihr nicht schwer, männliches Verlangen zu erkennen, wenn es ihr gegenübersaß. Es machte sie ausgesprochen nervös, vor allem, da es eine unerwartet heftige Reaktion ihrer Sinne zu bewirken schien.

„So sehe ich dich, Cassie."

„Du hast es mir versprochen", sagte sie, ganz hilflos vor Sehnsucht. Könnte sie doch nur ...

Aber dann fand sie sehr schnell in die Realität zurück. Ihre schlechten Erfahrungen hatten sie misstrauisch gemacht. Männer wie J. K. blieben nicht bei Frauen wie ihr. Sie war nicht begehrenswert und attraktiv genug, um mit all jenen Frauen konkurrieren zu können, die willig auf den Tribünen der Sportplätze warteten.

„Ich bin als dein Freund hier, wenn das alles ist, was du willst", versicherte J. K. lächelnd. „Ich hoffe bloß, dass ich dich früher oder später umstimmen kann."

„Warum? Weil es eine Herausforderung für dich ist? Meine vier Kolleginnen, einschließlich Mary Beth, würden alles dafür geben, heute Abend mit dir auszugehen. Warum also ausgerechnet ich? Es kann doch nicht nur interessant für dich sein, weil ich Nein sage?"

„Du hast zu wenig Selbstvertrauen, Cassie. Aber lass uns nicht mehr darüber reden. Wir sind hier, weil wir beide hier sein wollen, ob du es nun einsiehst oder nicht. Was hältst du davon, wenn ich für uns beide bestelle? Ist es dir recht?"

„Ja bitte, gern."

Sie hatten Schnecken gegessen, die Pastete probiert und waren beim sautierten Kalbfleisch angelangt, als Cassie sich endlich zu entspannen begann und erstaunt feststellte, dass sie sich eigentlich sehr wohlfühlte. Fast wie in alten Zeiten, nur eben ohne Ryan. Dafür war J. K. bei ihr. Was konnte schon Schlimmes aus einem Abend mit einem guten alten Freund entstehen?

Ihre Wachsamkeit hatte spürbar nachgelassen, als sie zur Spätvorstellung in das große Kinocenter kamen. Jack Kevin warf einen Blick auf das Plakat, das den Film ankündigte, den Cassie gewählt hatte, und zögerte. Es war ihm hoch anzurechnen, dass er keinen Protest erhob und auch nicht versuchte, Cassie zu einem Actionfilm zu überreden, der um dieselbe Zeit begann. Er holte die Eintrittskarten und kaufte, trotz Cassies Protest, die größte Tüte Popcorn, die zu haben war, zwei Dosen Cola und einen Karton Pralinen.

„Wir haben gerade gegessen, J. K.", erinnerte Cassie ihn lachend, während er sich bemühte, seine Einkäufe in beide Hände zu verteilen. Cassie fing die Tüte Popcorn auf, als sie gefährlich zu schwanken begann.

„Macht der Gewohnheit, Cassie. Ich brauche Proviant, um einen ganzen Film durchzustehen. Kannst du die Tür aufmachen?"

Cassie seufzte und stieß die Tür zu dem bereits verdunkelten Saal auf. Als ihre Augen sich an die Dunkelheit gewöhnt hatten, ging J. K. voran und führte Cassie zu zwei Plätzen in der mittleren Sitzreihe. Cassie war überzeugt, dass er bei jedem Kinobesuch auf diesen Plätzen saß. „Macht der Gewohnheit", murmelte sie.

„Was?"

„Nichts."

Ärgerliches Zischen brachte sie zum Schweigen, als der Vorspann über die Leinwand rollte. Kaum hatte Cassie den Namen des Regisseurs gesehen, wurde ihr bewusst, dass sie einen Fehler gemacht hatte. Der Film hatte einen ausgesprochen romantischen Touch, und zu allem Überfluss sah der Hauptdarsteller J. K. verblüffend ähnlich, dessen Knie ihre berührten und dessen Finger ihre Hand streiften, wenn sie in die Tüte mit dem Popcorn griffen.

Cassie lockerte unbewusst ihren Blusenkragen. Gab es keine Klimaanlage in diesem Kino? Als J. K. einen Arm auf die Rückenlehne ihres

Sessels legte und seine Hand ganz leicht ihre Schulter berührte, hatte Cassie das Gefühl, in einer Sauna eingesperrt zu sein.

Während der ersten Einstellung, bei der es sich fast ausschließlich um Liebesszenen handelte, streiften Jack Kevins Fingerspitzen mehrmals Cassies Nacken. Die Berührung löste ein angenehmes Prickeln in ihr aus, und als J. K. ihren Nacken zu streicheln begann, glaubte Cassie, dahinzuschmelzen.

Ich hätte mich für einen Science-Fiction-Film entscheiden sollen, dachte sie. *Dann hätte ich wenigstens nicht begriffen, was auf der Leinwand vorgeht, und wäre zufrieden eingenickt.* Im Schlaf hätte sie die Wirkung von J. K.s zärtlicher Berührung nicht gemerkt.

Wetten, dass? Unsinn! Sie kauerte sich tiefer in ihren Sessel, um J. K.s sinnlichen Liebkosungen zu entgehen.

6. KAPITEL

Aber es war zwecklos. Vier Liebesszenen später und nach mindestens fünfzehn Aufnahmen eines unglaublich reizvollen männlichen Pos, der Jack Kevins verblüffend ähnlich sah – zumindest in der Badehose –, gestand Cassie sich ein, dass die Erregung, die sie ergriffen hatte, nicht vom Film herrührte. Ihr ganzer Körper stand unter Hochspannung und bebte vor Verlangen. Als J. K. sich vorbeugte, um ihr etwas ins Ohr zu flüstern, und sie seinen warmen Atem auf ihrem Nacken spürte, umklammerte sie verwirrt die Sessellehnen. Cassie hatte keine Ahnung, was er sagte, doch zum Glück schien er keine Antwort zu erwarten.

Es hat nichts zu bedeuten, redete sie sich ein. *Es ist nichts als Gewohnheit bei ihm, wie das Popcorn und die Süßigkeiten.*

Aber es fühlte sich nicht an wie Gewohnheit. Es war überraschend anders.

Wem willst du etwas vormachen? dachte sie bestürzt. Was Cassie empfand, war wunderbar und sehr verlockend, aber auch ausgesprochen gefährlich. Sie erschauerte, als er ihr erneut etwas zuflüsterte und ihr dann einen harmlosen Kuss auf die Wange gab.

Harmlos, ha!

Nichts, was J. K. tut, ist harmlos, ermahnte sie sich streng, bemüht, ihr wild pochendes Herz zu ignorieren. Er schien noch immer fest entschlossen, sie zu verführen, und bisher machte er es gar nicht schlecht. Noch eine Liebesszene auf der Leinwand und noch ein Kuss von Jack Kevins Lippen, und sie wäre bereit, sich hier und jetzt zu nehmen, was er ihr zu bieten hatte – mit oder ohne Publikum.

Nimm dich in Acht, Cassie Miles!

Sie stand mit unsicheren Beinen auf, noch bevor die letzte Szene abgelaufen war. J. K. nahm ihre Hand und zog Cassie auf ihren Platz zurück. „Ich möchte sehen, wer der Kameramann war. Er hat fantastische Arbeit geleistet, findest du nicht? Vor allem in dieser Duschszene. Die war ganz schön heiß, oder?"

„Das ist mir gar nicht aufgefallen", erwiderte Cassie wider besseres Wissen.

„Lügnerin!", beschuldigte er sie schmunzelnd, ohne ihre Hand loszulassen. „Ich spüre doch, wie dein Puls rast – bei der bloßen Erwähnung der Szene."

„Das Koffein", improvisierte sie rasch. „Wir haben sehr viel Kaffee nach dem Essen getrunken und jetzt die Cola. Es bringt immer meinen

Puls zum Rasen."

„Gute Ausrede. Aber leider hatten wir koffeinfreien Kaffee nach dem Essen, und die Cola enthielt auch kein Koffein."

„Oh!" Sogar im Halbdunkel des Saals war J. K.s spöttisches Lächeln nicht zu übersehen. Cassie ertrug seinen bedeutungsvollen Blick nicht. Sie musste sich davor in Sicherheit bringen. Das mochte Feigheit sein, aber sie hatte sich auch nie als besonders mutig bezeichnet. „J. K., hör mal, ich gehe mir mal die Nase pudern. Wir treffen uns in der Eingangshalle", sagte sie und verließ ihren Platz, bevor J. K. sie zurückhalten konnte.

Im Waschraum trödelte Cassie endlos lange herum, spritzte sich kaltes Wasser ins Gesicht und ließ es über ihre Handgelenke laufen, in der Hoffnung, ihr aufgewühltes Innere abzukühlen. Aber leider hatte es nicht den gewünschten Effekt.

„Du bist auf dem Weg ins Verderben", sagte sie mit düsterer Miene zu ihrem Spiegelbild.

„Cassie?", fragte Jack Kevin durch die Tür.

Sie blinzelte erschrocken beim besorgten Klang seiner Stimme.

„Cassie, bist du noch da?" Sie stöhnte.

„Du kannst dich nicht ewig verstecken. Das Kino wird gleich abgeschlossen. Irgendwann werfen sie dich hinaus."

Cassie trocknete ihre Hände und das Gesicht und ging hinaus. „Wieso glaubst du, ich hätte mich versteckt?", fragte sie von oben herab.

J. K. lächelte anzüglich. „Aus Erfahrung."

„Vielleicht wollte ich mich ja nur für dich schön machen, bevor wir nach Hause fahren. Ist es nicht das, was deine Freundinnen gewöhnlich um diese Zeit tun?"

Das war ein Fehler, dachte Cassie, als J. K. sich bei dieser ungewollt anzüglichen Bemerkung verspannte und sie mit einer Intensität anstarrte, die entnervend war.

„Cassie?" Seine Stimme klang hoffnungsvoll und eine Spur verwundbar.

Cassie wäre ihrem Ton beinahe erlegen, aber sie stählte sich rechtzeitig dagegen und sagte schroff: „Ich meinte, bevor du zu dir nach Hause fährst und ich zu mir – nicht zusammen." Sie sah das leidenschaftliche Funkeln in seinen Augen erwachen und schüttelte heftig den Kopf. „Oh nein! Vergiss es! Schlag es dir aus dem Kopf, J. K."

Er nickte, und um seine Lippen spielte ein vielsagendes Lächeln. „Wie du willst, Cassie. Wie du willst."

„Wie du willst", hatte J. K. gesagt, und Cassie erinnerte sich nicht nur an die Worte, sondern auch an ihren genauen Zusammenhang. Anscheinend hatte sie aber doch nicht richtig verstanden, was er damit hatte sagen wollen, denn er fuhr, ohne anzuhalten an ihrem Büro und an ihrem Wagen vorbei und schlug mit halsbrecherischer Geschwindigkeit den Weg zu ihrem Haus ein.

Vielleicht wäre in dieser Situation ein energischer Protest angebracht gewesen, doch Cassie wusste nicht, was sie sagen sollte. Offensichtlich hatte sie im Kino etwas in Bewegung gesetzt, was nicht mehr aufzuhalten war.

Oh doch, meldete sich eine innere Stimme, die Cassie nicht als ihre eigene erkannte, und die jemandem zu gehören schien, der im Gegensatz zu ihr seine Gefühle zu beherrschen verstand. Das war Cassie nicht mehr gelungen seit jenem Tag, als J. K. nach Teddys Anruf in ihrem Haus erschienen war. Jedes Kind wusste, wie man Nein sagte. Warum brachte sie das Wort nicht über die Lippen?

Die einzig mögliche Antwort, die sie sich darauf geben konnte, brachte sie noch mehr in Verwirrung. Natürlich wollte sie sich wehren, wollte die Sache beenden, bevor sie zu weit ging. Sie musste es einfach tun, das wusste sie. Eine flüchtige Affäre mit J. K. mochte ihr zwar die sinnlichen Freuden bringen, die sie seit Langem schmerzlich vermisste, aber sie würde vermutlich auch ihr ganzes Leben auf den Kopf stellen. Nicht einmal der beste Sex war von Dauer, und Cassie war fest entschlossen, diesmal nicht diejenige zu sein, die einsam und verlassen zurückblieb. Also musste sie Nein sagen.

An der Tür.

Doch J. K. war ausgestiegen und mit ihr hineingegangen, bevor sie reagieren konnte. Sie hatte vergessen, dass er einen Hausschlüssel besaß, den Ryan ihm gegeben hatte, als sie zum Zelten nach Georgia in die Berge gefahren waren.

Sie hatte ebenfalls vergessen, wie schnell J. K. sein konnte. Unbegreiflich, wenn man bedachte, dass es eine ganz natürliche Eigenschaft bei einem Baseballspieler war. Sie wurden auf Schnelligkeit trainiert. Aber anscheinend praktizierten sie ihre Geschicklichkeit auch außerhalb des Spielfeldes.

Als J. K. sie in die Arme schloss und die Lippen auf ihren Mund presste, kam Cassie zu Bewusstsein, dass sie eins nicht vergessen hatte: die verwirrende Wirkung seiner Küsse. Sie waren etwas, was sie wohl nie vergessen würde, und mit einem leisen Seufzer schmiegte sie sich in seine Arme.

Gleich sagst du es ihm, nahm sie sich vor. *Nur ein Kuss. Und dann gebe ich ihm eine kräftige Ohrfeige in sein arrogantes eingebildetes Gesicht.*

Nur jetzt noch nicht, dachte sie, als J. K. sie heiß und leidenschaftlich küsste und eine neue Welle überwältigender Gefühle in ihr auslöste. In einer Stunde vielleicht, dachte sie, während J. K. mit einer Hand ihre Brüste berührte und sein Daumen sanft über die aufgerichtete Spitze strich, während seine andere Hand ihren Rücken hinunterglitt. Cassie stöhnte lustvoll auf, als er ihren Po umfasste und sie fest an seinen Körper presste, um sie das ganze Ausmaß seiner Begierde spüren zu lassen.

Vielleicht schicke ich ihn doch nicht fort, jedenfalls nicht heute Nacht, dachte sie atemlos und von dem Wunsch beherrscht, wenigstens einmal ihren sinnlichen Gefühlen nachzugeben und ganz Frau zu sein. Selbst wenn es nur eine Illusion sein sollte. Selbst wenn es nicht von Dauer war …

„Ich möchte mit dir schlafen, Cassie – bitte!"

Es waren Jack Kevins Bitte um Erlaubnis und der flehende Ton in seiner Stimme, die Cassie schließlich umstimmten. Nicht seine Küsse, auch nicht seine aufreizend sinnlichen Liebkosungen oder die starke Erregung, die sie an ihm wahrnahm. Nein, es war sein „bitte", was jeglichen Widerstand in ihr auslöschte.

Cassie brachte kein Wort heraus – kein Ja und erst recht kein Nein. Was auch geschehen mochte zwischen ihnen, sie konnte es nicht verhindern. Deshalb nickte sie nur und schlang ihre Arme um seinen Nacken. Dann ließ sie ihre Lippen über sein Kinn gleiten, wobei seine winzigen Bartstoppeln ein wenig kratzten. Cassies Lippen prickelten beim Kontakt mit seiner rauen Haut, und als sie ihn küsste, spürte sie den Geschmack von Zitrone und Karamellbonbons.

J. K. zog sich zurück. Seine Finger, die auf ihrer Wange ruhten, zitterten leicht, als er ihr tief in die Augen schaute. „Ich möchte nicht, dass du es hinterher bereust, Cassie."

„Ich werde es nie bereuen! Du bist mein Freund", versicherte Cassie ruhig, denn sie vertraute darauf, dass er ihr keinen Anlass dazu geben würde.

Der Mann, der im Begriff war, ihr Liebhaber zu werden, war vielleicht nicht für eine dauerhafte Beziehung geschaffen, aber als Freund würde er sie nie im Stich lassen. Das hatte er in den vergangenen Wochen oft genug bewiesen. Er würde ihr Freund bleiben, an ihrer Seite sein und durch dick und dünn mit ihr gehen, und das hatte eine Menge für sich. Es war mehr, als sie von dem Mann sagen konnte, der am Altar geschworen hatte, sie nie zu verlassen.

An der Tür zu ihrem Zimmer zögerte Cassie. Ryan war der einzige Mann, mit dem sie es je geteilt hatte, und sie hätte nie damit gerechnet, einmal einen anderen Mann ebenso sehr begehren zu können. Eine völlig neue Einsicht, bei der ihr ganz schwach zumute wurde.

J. K. schien es zu spüren, und als ob er ihre Bedenken ahnte, legte er eine Hand unter ihr Kinn und strich mit dem Daumen über ihre Unterlippe, die in diesem Moment der Unsicherheit und Zweifel kaum merklich zuckte.

„Mach dir keine Sorgen, Cassie. Wir können jederzeit aufhören. Du brauchst es nur zu sagen."

„Nein", sagte sie nun, da das Wort eine völlig andere Bedeutung angenommen hatte. „Nein. Ich will es auch, J. K. Versprich mir nur, dass wir uns nichts vormachen und nicht mehr hineinlegen, als es tatsächlich zu bedeuten hat."

„Was meinst du damit?", fragte er überrascht.

„Sag nicht, dass du mich liebst, J. K., und lass es mich auch nicht sagen. Eine Lüge würde es nur herabsetzen, und es kann etwas ganz Besonderes werden, so wie es ist."

Er schien etwas entgegnen zu wollen, aber Cassie stellte sich auf die Zehenspitzen und verschloss ihm den Mund, um seinen Protest im Keim zu ersticken. Er sollte zu der sinnlichen, draufgängerischen Stimmung zurückfinden, die ihn kurz zuvor noch beherrscht hatte. Cassie hörte nicht auf, ihn stürmisch zu küssen, bis sie ganz sicher sein konnte, dass nichts mehr von Bedeutung war außer der Leidenschaft, die zwischen ihnen loderte.

J. K. fragte sich, wie Cassie reagieren würde, falls er sie gleich hier nahm, wo sie standen. Es kostete ihn große Mühe, sich zu beherrschen. Ihre heißen Küsse hatten ihn zunächst erstaunt und dann derartig aufgepeitscht, dass er kaum noch an sich halten konnte.

Ein quälendes, beinahe schmerzhaftes Verlangen nach Cassie erfasste ihn. Ihr breites Bett war viel zu weit entfernt. Wenn sie sich nicht zusammennahmen, würden sie nie bis dahin kommen.

„Cassie", murmelte Jack Kevin rau und ließ aufstöhnend seine Lippen über ihren schlanken Hals gleiten. „Langsam, Darling. Wir haben Zeit."

Sie protestierte leise und begann sein Hemd aufzuknöpfen. Aber J. K. ergriff ihre Hände und presste sie an seine Brust. Verwirrt schaute

Cassie zu ihm auf. „Warum lässt du mich nicht?"

„Weil wir nicht bis zum Bett kommen, wenn du so weitermachst. Aber es soll nicht auf dem Fußboden geschehen, Cassie. So will ich es nicht. Weißt du, ich begehre dich schon so lange, dass es jetzt kaum noch auszuhalten ist."

Cassie ließ zaghaft ihre Hand über seine Schenkel gleiten und berührte ihn dort, wo seine Erregung am stärksten spürbar war. J. K. stöhnte auf, und ein Erschauern ging durch seinen Körper. „Du spielst mit Feuer, Cassie."

Sie schaute mit einem verführerischen Lächeln zu ihm auf. „Oh, nennt man das so?"

Er schüttelte den Kopf. „Wieso ist mir nie dieser grausame Zug an dir aufgefallen?"

„Grausam? Ich verabreiche dir nur eine Dosis deiner eigenen Medizin."

J. K. lachte zufrieden. „Es hat dich also doch nicht kaltgelassen, als ich dich im Kino streichelte?"

„Tu nicht so unschuldig! Du weißt sehr gut, wieso du es getan hast."

„Natürlich weiß ich das. Ich war nur nicht sicher, ob es wirken würde. Du bist ein schwieriger Typ, Cassie."

„Weil ich dir nicht gleich beim ersten Mal, als du mich angefasst hast, zu Füßen gesunken bin? Das heißt noch lange nicht, dass es mir nicht gefallen hat. Ich besitze nur ein bisschen mehr Klasse als die anderen Frauen, die du kennst."

„Weißt du, was Klasse angeht, stehst du ganz oben auf meiner Liste. Und da wir das jetzt geklärt haben, könnten wir versuchen, einen bequemeren Platz zu finden, oder?"

„Hast du dich inzwischen beruhigt?"

J. K. nickte.

„Hm, das geht natürlich nicht", sagte Cassie lächelnd und streckte von Neuem die Hände nach ihm aus. Sein Hemd rutschte auf den Boden, und Cassies Lippen schlossen sich um eine seiner kleinen Brustspitzen. J. K. spürte, wie sich jeder einzelne Muskel in seinem Körper anspannte. Und er hatte behauptet, sich beruhigt zu haben …

„Ich glaube, wir legen uns besser in dein Bett, Cassie", sagte er, hob sie auf die Arme und trug sie mit großen Schritten durch das Zimmer.

Mit dem Ellbogen streifte er die Stofftiere von der Decke und legte Cassie auf das Bett. Das Kleid war ihr weit über die Schenkel hinaufgerutscht. J. K. kniete vor ihr nieder, zog ihr die Schuhe aus und ließ eine Hand ihr Bein hinaufgleiten, bis er ihre Strumpfbänder gefunden hatte. Er löste sie, und während er den seidenen Strumpf hinunterrollte, küsste er die zarte glatte Haut, die darunter sichtbar wurde.

Als er mit aufreizender Langsamkeit die gleiche Prozedur an ihrem zweiten Bein begann, wand Cassie sich lustvoll unter ihm und stöhnte vor Begierde.

„Hilf mir bei dem Kleid, Sweetheart“, flüsterte J. K., während er sich hinter sie kniete und den Reißverschluss hinunterzog. Sein Mund glitt über ihre Wirbelsäule und löste ein wohliges Erschauern in Cassie aus. Sie zog das Kleid über den Kopf und drehte sich langsam zu ihm um. Es war nicht das erste Mal, dass er sie in BH und Tangaslip sah. Aber noch nie hatte ihn ein derartiges Verlangen bei ihrem Anblick erfasst.

„Cassie“, flüsterte Jack Kevin und streckte die Arme nach ihr aus, zögerte dann aber.

Es war Cassie, die schließlich die Initiative ergriff, seine Hand nahm und auf ihre Brust legte. Sie seufzte vor Entzücken. „Liebe mich, J. K.“, bat sie leise. „Halt mich ganz fest.“

Sosehr es ihn danach verlangte, in ihr zu sein, begnügte er sich doch damit, sie in den Armen zu halten, ihren süßen Duft und ihre Wärme auszukosten und an die leidenschaftliche Erfüllung zu denken, die auf sie wartete. Er war sich der Gewissensbisse bewusst, die ihn am nächsten Tag erwarten mochten, aber er schob den Gedanken schnell beiseite. Sie waren erwachsene Menschen, Freunde. Und wenn sie ihrer Begierde nachgaben, würde das nichts zwischen ihnen ändern.

Es ändert immer etwas, meldete sich eine warnende innere Stimme in ihm, immer. Aber seine Erregung, sein Verlangen und die Verlockung waren zu groß. Cassie war die Verführung schlechthin. Welche Bedenken in dieser Situation ihnen auch kommen mochten, der Drang nach körperlicher Vereinigung war stärker.

„Es wird wunderschön sein, das verspreche ich dir“, raunte er ihr ins Ohr, während seine Hände fieberhaft über Cassies nackten Körper glitten, ihre empfindsamsten Stellen erkundeten und sie liebkosten. Cassie glaubte vor Wonne zu vergehen. Sie stöhnte laut und drängte sich ihm entgegen. „Hab Geduld“, flüsterte er ihr zu und sah, dass ihre Augen feucht geworden waren. „Es wird noch viel schöner.“

Cassie schlang ihre Beine um seine Hüften und nahm ihn begierig in sich auf. Und als J. K. sich rhythmisch zu bewegen begann, schien er in ihr ein Feuer zu entfachen, das sie zu verbrennen drohte.

„So ist es gut, Darling. Komm mit mir.“ Sein ganzer Körper war in Aufruhr, und er überließ sich seinen leidenschaftlichen Gefühlen mit einer Hingabe, die er nie an sich gekannt hatte.

Cassie bog ihm die Hüften entgegen, warf den Kopf zurück, und Jack Kevin machte die Erfahrung – zum ersten Mal in seinem Leben –, dass es unglaublich erregend sein konnte, sich beim Liebesspiel zurückzuhalten und der Geliebten zuzuschauen. „So ist es gut“, sagte er heiser und begann an ihren Brustspitzen zu saugen. „Lass dich gehen.“

„J. K.?“, hauchte sie, halb ungläubig, halb verängstigt.

„Es ist gut. Genieß es, Cassie.“

Dann spürte er, wie sich alles in ihr anspannte, und wusste, dass sie bald ihren Höhepunkt erreichen würde. Da hielt er sich nicht mehr zurück. In drängendem Rhythmus steigerte er ihre Ekstase, bis sie beide wieder und wieder vor Lust erschauerten und im selben Moment die absolute Erfüllung fanden.

Matt vor Erschöpfung und von tiefer Zufriedenheit erfüllt, zog er Cassie eine Weile später in die Arme und schlief ein.

Als J. K. erwachte, lag Cassie dicht an seine Schulter geschmiegt. Sie war hellwach und ließ zärtlich ihre Finger über seine Brust gleiten.

„Hast du auch geschlafen?“, fragte er benommen. „Nein. Ich war zu beschäftigt.“

J. K. öffnete ein Auge und begegnete dem glasigen Blick eines Pandabären. Er schob ihn beiseite und musterte Cassie. „Beschäftigt? Womit?“

„Ich war auf Forschungsreise.“ Cassie schob ihre Hand auf seinen Bauch und ließ sie weiter hinuntergleiten. J. K. stöhnte, als er von Neuem heftiges Verlangen in sich aufsteigen fühlte.

„Was hast du dabei entdeckt?“

„Oh, einige sehr interessante Dinge“, antwortete sie und zeigte ihm lächelnd, was sie meinte. J. K. hatte das Gefühl, einen Tiger aus dem Käfig gelassen zu haben. Der Gedanke war sehr aufreizend, aber auch ein bisschen beängstigend.

„Vielleicht sollten wir darüber reden“, schlug er vor und zog das Laken hinauf. Aber sein Vorschlag wurde dreist übergangen, „Cassie, das ist kein Reden!“

„So?“

„Cassie!“

Sie schmunzelte. „Willst du wirklich, dass ich mich zusammennehme?“

„Ja“, murmelte er, aber Cassie brachte mit ihren fordernden Liebkosungen sein Blut erneut in Wallung. „Oh!“

Ihre Enttäuschung freute ihn. Sein Körper war einer Meinung mit ihr. Nach einem kurzen erfolglosen Kampf mit seinem Gewissen gab J. K. nach.

Einige Zeit später, als J. K. und Cassie entspannt und glücklich nebeneinanderlagen, murmelte sie: „Ich rede gern mit dir."

„Du verstehst auch sehr gut mit Worten umzugehen."

„J. K. …", begann sie. „Hm?"

„Warum sprichst du nie von deinem Zuhause?"

„Zuhause? Du hast gesehen, wo ich wohne. Was gibt es darüber zu reden?"

„Stell dich nicht dümmer an, als du bist. Ich meine Kentucky, und das weißt du auch. Warum erzählst du mir nie etwas davon?"

Die Frage bestürzte ihn, und er seufzte unwillkürlich, aber er sah ein, dass sie das Recht hatte, ihn danach zu fragen. Die Tatsache, dass sie hier in seinen Armen lag, gab es ihr. Und doch empfand er ihre Frage wie einen Stich mit der Heugabel, die er zu Hause auf der Farm in Kentucky so oft benutzt hatte.

„J. K.?", wiederholte Cassie geduldig.

„Ich glaube, es liegt daran, dass ich nie daran denke. Ich bin schon seit Jahren nicht mehr zu Hause gewesen."

„Hast du denn nie Heimweh nach Kentucky? Sosehr ich Florida liebe, ich habe nie vergessen, wie schön der Wechsel der Jahreszeiten in Wisconsin ist."

„Würdest du blauen Himmel und Palmen gegen kalten Wind und vereiste Straßen eintauschen?"

„Nicht für immer vielleicht, aber für eine Zeit lang würde ich gern zurückkehren. Seit meine Eltern nach Florida gezogen sind, war ich nicht mehr in Wisconsin. Ich möchte Teddy zeigen, wo ich aufgewachsen bin, Weihnachten heiße Schokolade am Kaminfeuer mit ihm trinken, Schneemänner bauen und auf dem zugefrorenen See Schlittschuh laufen. Hast du das nie getan?"

„Klar. Aber das ist es nicht, was mir in den Sinn kommt, wenn ich an zu Hause denke."

„Was dann?"

„Einsamkeit", antwortete er prompt und war überrascht über die Verbitterung und den Ärger, die nach all dieser Zeit noch in ihm lebten. Dabei war er ganz sicher gewesen, die Tür fest genug zugeschlagen zu haben, um nie wieder zurückschauen zu müssen.

„Aber ich dachte, du hättest eine Schwester", bemerkte Cassie verwirrt. „Im Übrigen hast du damals schon Baseball gespielt. Da musst du doch Freunde gehabt haben."

„Natürlich hatte ich Freunde."

„Was war es dann, J. K.? Was war so hart für dich?", wollte sie wissen.

„Wer hat behauptet, dass es hart war?"

„Du sagtest, du wärst einsam gewesen. Sollen wir jetzt über Definitionen streiten?"

J. K. richtete sich auf. Das Laken rutschte herunter und entblößte Cassies Brüste, aber sie machte keinen Versuch, es wieder hochzuziehen. Dazu war sie viel zu vertieft in ihr Kreuzverhör, das bei J. K. großes Unbehagen auslöste. Ihr sanftes Drängen, ihr beharrliches Forschen störten ihn ungemein.

Er hatte noch nie jemanden an sich herangelassen. In sein Bett schon, das ja, aber nie in sein Herz. Und nun gab Cassie sich die größte Mühe, sich in verbotenes Terrain einzuschleichen. Was im Grunde genommen ein Bruch ihrer eigenen Regel war, auf keinen Fall zu tun, als wäre etwas Besonderes zwischen ihnen vorgefallen.

„Ich muss gehen", sagte er und glitt aus dem Bett.

„Wenn du jetzt gehst, brauchst du nie wiederzukommen", gab Cassie ihm zu verstehen, und sie meinte es ernst. J. K. starrte sie betroffen an. „Weißt du, wenn wir nicht miteinander reden können, dann ist all das ..." Sie machte eine umfassende Handbewegung, die das Bett einschloss. „Dann war es ein schrecklicher Fehler."

Er stand nackt vor ihr und kam sich entsetzlich verwundbar vor. Ihr kalter entschiedener Tonfall erschreckte ihn, wie ihn in seinem ganzen Leben noch nie etwas erschreckt hatte. „Du hast eine merkwürdige Art, den Dingen auf den Grund zu gehen, Cassie", sagte er leise.

Sie lächelte. „Ich gebe mir Mühe."

Nur ein Mann, der zugesehen hatte, wie sie die Schatten ihrer Vergangenheit bekämpfte, hätte die Erleichterung in ihren Augen wahrgenommen und den winzigen Seufzer gehört, der ihren Worten folgte. J. K. bemerkte beides und wusste, dass er sie nicht allein lassen konnte, so gern er es auch getan hätte.

Cassie hatte ihren Prinzipien zuwidergehandelt, als sie mit ihm ins Bett gegangen war, hatte eine Menge Dinge aufgegeben, an die sie glaubte, und sich ihm rückhaltlos geschenkt. Im Ausgleich dafür konnte er ihr wenigstens sagen, was sie wissen wollte. Es würde ihn schließlich nicht umbringen, über die Vergangenheit zu reden. Sie zu lieben hatte ihm Kraft genug gegeben, fast alles zu ertragen – mit Ausnahme der Aussicht, Cassie zu verlieren, nachdem er gerade erst begonnen hatte, sie zu entdecken.

„Was willst du wissen?", erkundigte er sich schließlich.

„Alles."

„Ich vermute, du bist nicht bereit, es bis zum Frühstück aufzuschieben?"

Sie schüttelte den Kopf. „Nein. Du wirst schneller reden, wenn du an Pfannkuchen und Spiegeleier denkst."

„Du liebe Güte, bist du hartnäckig!"

„Ja, vergiss das nicht", stimmte sie lächelnd und sehr zufrieden zu.

J.K. ging zum Bett zurück und ließ sich neben Cassie nieder. Er verschränkte die Hände hinter seinem Kopf, aber obwohl er ganz entspannt dalag, schwirrte ihm der Kopf vor quälenden unerwünschten Erinnerungen. Er dachte lange nach, bis er einen einfachen unkomplizierten Punkt gefunden hatte, an dem er beginnen konnte: die Farm.

Er hatte die Farm geliebt. Mit Begeisterung war er schon bei Morgendämmerung aufgewacht, um zuzuschauen, wie die Vollblutpferde auf die Weide getrieben wurden.

„Du solltest sehen, wie schön es ist", sagte er verträumt zu Cassie, „vor allem ganz früh am Morgen, wenn noch dichter Nebel über den Feldern hängt. So weit das Auge schauen kann, nichts als Gras und sanft ansteigende Hügel. Es gibt nichts, was besser riecht als frisch gemähtes Heu, Pferde und Frühnebel."

Cassie seufzte und schmiegte sich an seine Schulter. „Ja, das klingt wunderbar. Vermisst du all das wirklich nicht? Leben deine Eltern noch auf der Farm?"

Die Spannung, die für eine Weile gewichen war, kehrte mit einem Schlag zurück. „Ja, sie sind noch da", sagte er kurz.

„Hast du kein gutes Verhältnis zu ihnen gehabt?"

„So gut wie alle anderen Kinder zu ihren Eltern, nehme ich an."

Cassie richtete sich halb auf und betrachtete ihn nachdenklich. „Du verschweigst mir etwas, nicht wahr? Ich spüre das sehr wohl."

Er schüttelte den Kopf.

„J.K.?"

„Es hat nichts zu bedeuten."

„Anscheinend doch. Wie war dein Vater?"

„Ein großartiger Mensch. Vielleicht ein bisschen zu versessen auf seine Arbeit, aber alles in allem ein erfolgreicher, sympathischer Mann."

J.K. wusste, dass Cassie seine Antwort auf einen verborgenen Hinweis prüfte. Da sie jedoch nichts zu finden schien, fragte sie: „Und deine Mutter? Lebte sie gern auf einer Farm?"

J.K.s Körper versteifte sich, als ihn die ganze Qual seiner Erinnerungen überfiel. „Ja, ihr gefiel es dort sehr gut." Er bemühte sich, es in ruhigem Ton zu sagen, aber Cassie entging nicht, wie bitter seine Stimme klang.

„Und?"

„Und was?"

„Da ist noch mehr, J. K. Sprich es ruhig aus."

Er dachte an den schrecklichen Tag, an dem er unvermutet in die Scheune gekommen war. Selbst heute noch drehte sich ihm der Magen um bei dem Gedanken daran.

„Ihr gefielen vor allem die jungen Stallburschen", sagte er verbittert.

Cassie hielt unbewusst den Atem an, dann schlang sie ihre Arme um J. K. „Nein", flüsterte sie bestürzt, während sie ihn an sich zog. Ihr Mitgefühl umgab ihn wie ein wärmender Mantel und machte ihm das Erinnern ein bisschen leichter.

„Doch, so war es leider, wie ich eines Nachts höchstpersönlich feststellen konnte. Anscheinend wusste damals schon die ganze Stadt Bescheid, aber aus Respekt vor meinem Vater wurde nicht davon gesprochen. Komisch, was? Ungefähr zur gleichen Zeit, als ich merkte, wie sehr er von allen respektiert wurde, verlor ich jeglichen Respekt vor ihm. Er hätte sie hinauswerfen sollen."

„Offensichtlich hat er sie sehr geliebt", warf Cassie ein.

„Er war ein Narr."

J. K. schien nicht zu merken, dass er weinte, bis Cassie seine feuchten Wangen trocknete. Die qualvolle Erinnerung an jene Zeit beherrschte ihn jedoch so sehr, dass es ihm kaum bewusst war. „Eine interessante Geschichte, oder?"

„Hör auf!", sagte Cassie zärtlich, aber entschieden. „Anscheinend hatten sie sich miteinander arrangiert, und du hast kein Recht, sie zu verurteilen."

„Rede keinen Unsinn, Cassie! Erzähl mir bloß nicht, dass es dich nicht schockiert."

„Was ich empfinde, ist nicht wichtig. Sie mussten damit leben, nicht ich."

„Auch ich musste damit leben."

„Nein", beharrte Cassie. „Du musstest damit leben, wie sie dich behandelten, und trotz deiner Verbitterung hast du nie gesagt, sie hätten dich nicht geliebt oder anständig behandelt. Es hat dir in deiner Kindheit an nichts gefehlt, und du hast eine gute Ausbildung bekommen. Viele Kinder haben dieses Glück nicht."

Aus dieser Sicht hatte er es noch nie betrachtet. Vielleicht hatte

Cassie recht. Was es allerdings nicht einfacher für ihn machte, die Tatsache zu akzeptieren, dass seine Mutter seinen Vater laufend mit jüngeren Männern betrog.

„Es erklärt jedenfalls eine ganze Menge", bemerkte Cassie nachdenklich.

„Was?"

„Es wundert mich jetzt nicht mehr, dass du nie eine feste Beziehung eingegangen bist. Du hast dir eingeredet, alle Frauen wären gleich, nicht wahr?"

„Darüber habe ich nie nachgedacht", antwortete Jack Kevin.

Cassie zwickte ihn sanft in die Brust, um die ernste Stimmung zu lockern. „Das solltest du aber, großer Marin. Du kannst es tun, während ich Pfannkuchen backe."

Er tat es jedoch nicht und ging stattdessen unter die Dusche. Er war, wie er war. Warum, das war nicht wichtig.

7. KAPITEL

Als J. K. in die Küche kam, warf Cassie ihm einen fragenden Blick zu, aber Teddys Anwesenheit ersparte ihm eine Antwort. „Hallo, Onkel Jake", sagte Teddy.

Er schien J. K.s frühes Erscheinen bereitwillig zu akzeptieren. Gut, dass er früher oft in dem kleinen Gästezimmer übernachtet hatte, vor allem nach den Barbecues, die meistens erst in den frühen Morgenstunden endeten. Es ersparte ihnen allen einen peinlichen Augenblick.

„Bist du hier, um Mom zur Arbeit zu bringen? Ist unser Wagen wieder kaputt?", wollte Teddy wissen.

„Ja", bestätigte Cassie rasch. „Ich musste ihn gestern Abend vor der Praxis stehen lassen. J. K. wird mich hinfahren."

„Ich habe heute keine Schule", sagte Teddy zu ihm. „Kannst du nicht hierbleiben und mir Gesellschaft leisten, Onkel Jake?"

„Tut mir leid, mein Freund. Ich habe ein Spiel."

„Toll! Wann? Darf ich mitkommen?"

J. K. schaute Cassie an. Sie konzentrierte sich auf den Teig, den sie rührte. J. K. seufzte. „Ich glaube, das musst du mit deiner Mutter ausmachen."

„Mom, darf ich bitte mitgehen? Du brauchst mir auch keine Hotdogs zu kaufen. Ich kann sicher bei Onkel Jake auf der Spielertribüne sitzen, wie früher bei Dad. Darf ich?"

Cassie war anzusehen, welchen inneren Kampf sie ausfocht. „Ich werde es mir überlegen", antwortete sie schließlich.

„Aber Mom …"

„Ich sagte, ich werde es mir überlegen", unterbrach sie ihn scharf. „Hör jetzt auf damit."

Teddy schob trotzig die Unterlippe vor. „Darf ich nach draußen gehen?"

„Ja", sagte Cassie. „Geh."

Teddy umarmte J. K. kurz und verließ eilig die Küche. Cassie drehte sich um und sah J. K. herausfordernd an. „Na los, sag es ruhig!"

„Was?"

„Ich habe es wieder falsch gemacht, oder?"

„Wer hat das behauptet? Ich finde nur, du übertreibst ein bisschen. Du weißt, dass meine Mannschaftskameraden Teddy sehr gern haben. Er wäre ein paar Stunden an der frischen Luft. Es gibt Schlimmeres, was er tun könnte."

„Na schön, ich werde es mir überlegen. Hast du über unser Gespräch nachgedacht?“

„Nein. Ich konnte nur an gestern Nacht denken. Du warst fantastisch, Cassie.“

Sie versuchte, ernst zu bleiben, aber es gelang ihr nicht. „Sehr schmeichelhaft, J. K., aber es rettet dich nicht. Du bist der Ansicht, dass meine unüberwundenen Gefühle für Ryan mich daran hindern, ein neues Leben zu beginnen. Das mag sein. Aber du hast mindestens genauso viele nicht überwundene Gefühle deiner Mutter gegenüber. Versprich mir, einen Weg zu finden, Frieden mit deinen Eltern zu schließen. Es könnte deine gesamte Zukunft ändern, so schwer es auch sein mag.“

J. K. seufzte schwer. „Na schön, ich werde es mir durch den Kopf gehen lassen.“ Er stand auf und gab Cassie einen Kuss auf die Stirn. Aber dann wurde ihm bewusst, dass er sehr viel mehr brauchte, um diesen Tag zu überstehen, und küsste sie leidenschaftlich auf den Mund.

„Damit es Glück bringt“, bemerkte er augenzwinkernd. „Dir oder mir?“

„Vielleicht uns beiden.“

Cassies Abschiedskuss war sehr wirksam gewesen. J. K.s Glück hatte fast während der ganzen Spielzeit angehalten, und er hatte sogar den Ausschluss eines gegnerischen Spielers erreicht. Aber nun standen ihm beim neunten Anstoß drei Spieler am Mal gegenüber, und er wurde allmählich nervös. Dennoch schaffte er zwei weitere Bälle und war damit Red Grady von den „Yankees“ um zwei Punkte voraus.

Noch ein guter Ball, und J. K.s Team hatte gewonnen. Nach dem schlechten letzten Spiel hatte sein Selbstvertrauen den Sieg auch bitter nötig.

Zum ersten Mal seit Beginn des Frühjahrstrainings hatte J. K. fast die gesamte Spielzeit durchgehalten und Trainer Hodges sogar gebeten, ihn nach der fünften Runde auf dem Platz zu lassen. Aber nun wurde er müde und fragte sich, ob er nicht einen gravierenden Fehler begangen hatte.

Seine Schulter schmerzte. Er sehnte das Ende des Spiels herbei, doch er dachte nicht daran, Ken so kurz vor Spielende zu bitten, ihn durch einen anderen Mann zu ersetzen.

Er hielt nach Kyle Rogers Zeichen Ausschau und nickte kurz, als er es sah. Nie war ihm die Anspannung in seinen Muskeln deutlicher bewusst gewesen, nie hatte sich der Ball schwerer angefühlt, und nie war die Sonne heißer gewesen …

Grady tänzelte nervös am Mal, schob seine Mütze zurecht, murmelte etwas vor sich hin und schaute drohend zum gegnerischen Feld hinüber.

J. K. lächelte verstohlen. Er selbst verzichtete auf diese Art von Körpersprache und zog es vor, den Gegner in Sicherheit zu wiegen und seine Angriffe ganz unvermutet erfolgen zu lassen.

Diese Taktik hatte es ihm auch erleichtert, Cassies ablehnendes Verhalten zu durchschauen. Er bezweifelte, dass ihr die unterschwelligen Botschaften bewusst waren, die sie ihm bei jedem Zusammensein übermittelte. Die vergangene Nacht war schließlich der letzte Beweis dafür gewesen, dass er sie immer richtig eingeschätzt hatte.

Aber jetzt ist nicht der richtige Moment, um über Cassie nachzudenken, ermahnte er sich, als die nächste Runde begann.

Noch einen guten Ball, Starr, dachte er, und du bist erlöst.

Die Spannung im Stadion war fast greifbar. Obwohl es sich nur um Frühjahrstraining handelte, nahmen die Fans jedes einzelne Spiel sehr ernst. J. K. versuchte, sich für den nächsten Wurf zu entspannen, aber dann packte er den Ball doch zu fest. Schweiß bildete sich auf seiner Stirn und lief ihm in die Augen, doch er löste keine Sekunde den Blick von Grady. Dieser kurze spannungsgeladene Moment vor dem Wurf war für J. K. stets von einer unterschwelligen Erregung erfüllt, für die es keinen treffenden Vergleich gab, höchstens den Augenblick der Ekstase bei wirklich gutem Sex.

In einem Versuch, Jack Kevins Konzentration zu stören, trat Grady aus der Schlägerbox. J. K. wandte ihm den Rücken zu und wischte sich die Hände an seinem Trikot ab. Als er sich wieder umdrehte, stand Grady an seinem Platz und war bereit. J. K. hob den Ball und setzte zum Wurf an.

In dieser wichtigen Sekunde zerriss ein schriller Schrei die Luft.

„Onkel Jake! Hallo, Onkel Jake!“

„Fehler!“, schrie der Schiedsrichter, als J. K. mitten in der Bewegung innehielt.

Er stöhnte und wagte es nicht, zur Spielerecke hinüberzuschauen, aber er wusste, dass die „Yankees“ nun in Führung lagen. Er konnte Kens wütende Einwände hören, und es fiel ihm nicht schwer, sich dessen Gesichtsausdruck vorzustellen. Er selbst hatte sehr gemischte Gefühle. Es war das erste Mal, dass ihm ein Fehler unterlief, und zwar an einem äußerst kritischen Punkt im Spiel, was ausgesprochen demütigend für ihn war.

Aber zu wissen, dass Teddy gekommen war, glich seine Enttäuschung fast wieder aus. Cassie musste ihn nach der Arbeit hergebracht haben, was bedeutete, dass sie allmählich vernünftig wurde. Vielleicht begann sie die Dinge endlich wieder in der richtigen Perspektive zu sehen. Und wahrscheinlich war die fantastische Liebesnacht, die sie miteinander verbracht hatten, ein Wendepunkt für sie gewesen. Die Erinnerung an Cassies leidenschaftliche Hingabe war für J. K. mindestens so heiß und verwirrend wie die nachmittägliche Sonne.

„Tut mir leid, Jungs", entschuldigte J. K. sich nach dem Spiel, das mit der ersten Niederlage seines Teams in dieser Trainingsperiode geendet hatte.

„Mach dir nichts daraus, das kann jedem passieren", sagte Kyle und klopfte ihm beruhigend auf die Schulter.

„Klar, *amigo*", stimmte Davey zu. „Nächstes Mal schlagen wir sie schon. Komm mit zum Essen zu uns. Wir trinken ein Bier zusammen, dann wirst du es schon vergessen."

J. K. dachte an Cassie, die vielleicht am Eingang wartete, wie sie es früher bei Ryan getan hatte. „Ich weiß nicht, Davey. Ich bin schon verabredet."

„Bring sie mit. Sie kann Maria in der Küche helfen."

„Lass sie bloß nicht dieses chauvinistische Gerede hören, sonst stehst du nämlich in der Küche und schrubbst Töpfe, bevor der Abend endet. Ich werde mit ihr reden und sehen, was sie vorhat. Falls wir kommen, rufe ich dich vorher an."

J. K. ging unter die Dusche und beeilte sich, hinauszukommen. Teddy stand an der Tür zu den Umkleideräumen. „Du warst super, Onkel Jake!"

Der hob ihn auf die Arme. „Vielen Dank, mein Freund. Aber heute habe ich es vermasselt." Er schaute sich suchend um. „Wo ist deine Mutter?"

„Auf dem Parkplatz. Sie sagte, sie wartet im Auto."

„Dann lass uns zu ihr gehen."

„Darf ich vorher etwas trinken? Ich habe furchtbaren Durst."

„Vielleicht ist es besser, wenn wir zuerst mit deiner Mutter sprechen. Wir könnten auf dem Heimweg einen Hamburger essen. Ich habe auch Hunger."

„Wow! Das wäre toll! – Hey, Mom!", schrie Teddy über den Parkplatz. „Onkel Jake lädt uns zu Hamburgern ein!"

J. K. fragte sich, wie Cassie darauf reagieren mochte. Er hatte das Thema etwas diplomatischer anschneiden wollen, um dann erst Daveys Einladung zu erwähnen.

Cassie stand wartend neben ihrem Wagen. In ihren weißen Shorts, dem pinkfarbenen T-Shirt und einer alten Baseballkappe sah sie nicht älter als fünfzehn aus.

„Hi“, grüßte J. K., etwas verlegen nach der gemeinsam verbrachten Nacht.

„Hi“, antwortete sie zurückhaltend.

„Wie war es heute bei der Arbeit?“

„Gut. Alle löcherten mich mit Fragen nach dir.“

„Das tut mir leid.“

Sie musterte ihn zweifelnd. „Wirklich?“

„Ja. Ich freue mich, dass du gekommen bist“, versicherte er.

Cassie nickte. „Habt ihr gesiegt?“

„Leider nicht. Hast du das Spiel nicht gesehen?“

„Nein.“ Sie schüttelte den Kopf, als wäre die bloße Vorstellung völlig abwegig. „Ich konnte es nicht.“

„Nächstes Mal vielleicht. Ich freue mich, dass du Teddy hergebracht hast.“

Cassie zuckte die Schultern. „Er hat die Hartnäckigkeit seines Vaters geerbt, und mir fiel keine Ausrede mehr ein“, gab sie lächelnd zu. „Wie war das mit den Hamburgern?“

„Teddy hat Durst, und ich bin völlig ausgehungert. Ich dachte, wir könnten irgendwo etwas essen. Davey und Maria haben uns zum Essen eingeladen. Was meinst du?“

J. K. merkte, wie sie sich versteifte, und ahnte, was nun kam. „Hast du Davey erzählt, dass wir uns sehen?“

„Nein. Ich habe nur gesagt, ich sei verabredet. Er meinte, ich könnte mitbringen, wen ich wollte. Komm doch mit, Cassie. Du hast dich immer gut mit Maria verstanden. Sie würde sich bestimmt freuen, dich zu sehen.“

„Komm, Mom! Lass uns irgendwohin gehen. Ich habe Hunger.“

„Bestimmt“, entgegnete Cassie trocken. „Immerhin sind schon zwei Stunden vergangen, seit du etwas gegessen hast.“

„Warte, bis er ins Teenageralter kommt“, warnte J. K. lachend.

Cassie stöhnte. „Ich weiß, Ryan war genauso. Er räumte bei sich zu Hause den Kühlschrank aus und plünderte danach unseren. Mein Vater behauptete immer, einen zweiten Job annehmen zu müssen, um Ryans Milchkonsum finanzieren zu können.“

„Und Brot!“, warf J. K. lachend ein. „Ich aß nie weniger als drei Sandwiches zum Lunch und dann noch einmal zwei am Nachmittag. Es ging so weit, dass unsere Haushälterin schließlich verlangte, ich solle das Brot selbst besorgen, bis sie merkte, wie sehr es sich verteuerte, wenn ich in die Nähe der Donuts kam."

„Ekelhaft, wie ihr Männer essen könnt und nur Muskeln davon bekommt. Wenn ich es täte, brächte ich bald hundertachtzig Pfund auf die Waage."

„Ich würde dich trotzdem lieben", bemerkte J. K. galant.

„Es würde dir nur recht geschehen, wenn ich es auf einen Versuch ankommen ließe."

Teddy verfolgte den Wortwechsel ungeduldig. „Gehen wir jetzt etwas essen oder nicht?", fragte er.

J. K. schaute Cassie an, die resigniert die Schultern zuckte. „Na schön."

„Bei Davey?"

„Warum nicht? Ich möchte nur nicht, dass sie einen falschen Eindruck bekommen, was dich und mich betrifft. Du weißt, wie schnell sich so etwas herumspricht."

„Und du willst verhindern, dass Ryan etwas von unserer Beziehung erfährt?"

„Es soll überhaupt nicht bekannt werden", antwortete Cassie mit einem vielsagenden Blick auf Teddy, der bereits auf dem Weg zu Jack Kevins Wagen war.

„Lasst uns deinen Wagen nehmen. Er ist schöner als unserer."

„Jeder Jeep aus dem Zweiten Weltkrieg ist in besserem Zustand als unserer", bemerkte Cassie trocken. „Vielleicht ist es aber einfacher, wenn wir mit zwei Wagen fahren."

Ihre automatische Abwehr beunruhigte J. K. Er musterte sie forschend. „Hast du etwas, Cassie?"

„Was sollte ich denn haben?"

„Ich meine, wegen gestern Nacht."

„Das hatte keine Bedeutung, J. K. Darüber haben wir uns doch geeinigt."

„Man kann sich über vieles einigen, um dann festzustellen, wie schwer es ist, damit zu leben. Deshalb lassen sich so viele Leute scheiden." Er berührte ihre Wange. „Bereue es nicht, Cassie. Es war etwas ganz Besonderes."

Sie schloss die Augen und seufzte. „Ich weiß, J. K., und das ist es, was mich so beängstigt."

„Wir sollten noch einmal in Ruhe darüber reden. Wie wäre es, wenn wir Davey einen kurzen Besuch abstatten und ich dann mit zu dir nach Hause fahre?"

Sie schüttelte den Kopf. „Nein, lass den Dingen ihren Lauf."

J. K. registrierte ihren Rückzug und wusste nicht, was er dagegen unternehmen sollte, vor allem Teddys wegen, der ungeduldig im Wagen saß. Allein mit Cassie hätte er gewusst, wie er sie erreichen konnte. Im Bett hatten sie keine Schwierigkeiten gehabt, sich zu verständigen …

Als sie auf der Straße waren, benutzte J. K. sein Autotelefon, um Davey ihren Besuch zu melden. Teddy war fasziniert von dem Apparat.

„Lass mich auch etwas sagen, Onkel Jake", bettelte er.

„Zu spät, mein Sohn. Er hat schon aufgelegt."

„Darf ich dann Dad anrufen? Ich wette, er hat kein Telefon im Wagen."

J. K. schaute Cassie an. Sie presste missbilligend die Lippen zusammen. „Du kannst es später versuchen", sagte J. K. zu Teddy. „Er wird jetzt auf dem Sportplatz sein."

Teddy seufzte ergeben. „Ach ja, stimmt. Das hatte ich vergessen." Er starrte aus dem Fenster.

„Wir versuchen es nach dem Essen, Teddy", sagte J. K. tröstend.

„Es macht nichts", entgegnete Teddy leise. „Er ruft mich ja auch nie an."

J. K. verkniff sich die empörte Bemerkung, die ihm auf der Zunge lag, und nahm sich vor, Ryan noch am selben Tag anzurufen und ihn über gewisse Pflichten aufzuklären.

J. K. fühlte sich erstaunlich wohl in Cassies und Teddys Gesellschaft und sah ein, dass er sich weit entfernt hatte von seinem ursprünglichen Ziel, Cassie nur ein bisschen moralische Unterstützung zu geben. Es kann doch keine Liebe sein, dachte er betroffen, und sein Magen verkrampfte sich beim bloßen Gedanken daran.

Langsam, Starr, sagte er sich entrüstet. *Du glaubst doch nicht mal an Liebe.*

Aber er glaubte an Cassie und die Freundschaft, die sie verband. Sie kamen sich von Tag zu Tag näher. Im Bett war sie fantastisch. Und Teddy hatte er ins Herz geschlossen. Vielleicht war auch das eine Form von Liebe.

„Was ist los mit dir, J. K.?", fragte Cassie besorgt.

Er wandte langsam den Kopf und schaute sie an. Am liebsten hätte er gebremst, um sie mitten auf dem Dixie Highway und vor Teddys Augen leidenschaftlich zu küssen. Aber er verdrängte diesen sehnlichen Wunsch. „Nichts", antwortete er rau.

Cassie blickte ihn forschend an. „Bist du sicher? Du bist auf einmal so blass."

„Das wird der Hunger sein. Aber jetzt sind wir ja da. Es geht mir gleich besser, wenn ich etwas gegessen habe." Es klang zuversichtlicher, als er sich fühlte.

Er sah Cassies schlanke, braun gebrannte Beine, als sie ausstieg, und verspürte augenblicklich ein vertrautes Ziehen in seinen Lenden. Die Vorstellung, sie in die Arme zu nehmen, ihre seidenweiche Haut zu streicheln und ihren festen kleinen Po an sich zu ziehen, ließ sein Herz schneller schlagen.

Lieber Himmel, so konnte es nicht weitergehen. J. K. atmete tief durch und dachte an Klimaanlagen und eiskaltes Wasser. Die Wirkung war mäßig, aber wenigstens konnte er Daveys Haus betreten, ohne alle Anwesenden in Verlegenheit zu bringen. Drinnen – sobald Cassies Beine unter dem Tisch verborgen waren – würde es ihm dann schon gelingen, seine Gefühle wieder unter Kontrolle zu bringen.

Cassie näherte sich Daveys und Marias Haustür, als befände sie sich auf dem Weg zum Zahnarzt. Sie hatte wirklich kein Verlangen, ausgerechnet hier den Abend zu verbringen, aber sie war es J. K. schuldig, ihr Leben wieder in normale Bahnen zu lenken. Sie hatte sich viel zu lange vor allen versteckt: Und im Übrigen hatte er recht – sie mochte die zierliche, temperamentvolle Maria wirklich sehr.

Maria öffnete und bedachte J. K. mit einem freundlichen Lächeln. Dann sah sie Cassie. „*Mi amiga!*", sagte sie erfreut und kam mit ausgebreiteten Armen auf Cassie zu. „Du bist *muy bonita*. Warum hast du uns nicht gesagt, dass du Cassie und Teddy mitbringst, Jack? – Davey, komm her! Sieh mal, wer gekommen ist."

„Ich freue mich, dich wiederzusehen, Maria", sagte Cassie aufrichtig. „Wie geht es dir? Wann kommt das Baby?"

„Gestern, wünschte ich", antwortete Maria trocken. „Ich bin das Warten leid. Kommt herein. Die anderen sind im Garten."

Cassie zögerte. „Die anderen?"

„Johnny und seine neue Freundin", erklärte Maria mit einem vielsagenden Lächeln. „Roberto und Anna. Kyle und Lauren. Du kennst sie alle außer dieser Neuen. Sie werden sich freuen, dich zu sehen, *amiga*."

Teddy horchte auf, als Robertos Name genannt wurde. „Ist Joey hier?"

„Am Pool, Kind. Geh nur. Er hat dich sehr vermisst, glaube ich. In letzter Zeit hatte er nur Mädchen zum Spielen."

Als Teddy um die Hausecke verschwand, warf Cassie J. K. einen

Hilfe suchenden Blick zu. Er legte ihr beruhigend eine Hand auf die Schulter. „Schon gut, Sweetheart."

„Komm!", drängte Maria, die Cassies Bedenken zu spüren schien. „Du kannst mir einen Moment in der Küche aushelfen. Ich kann in letzter Zeit nichts Schweres mehr heben."

Cassie nickte dankbar. „Natürlich. Ich helfe dir gern. J. K., du kannst ruhig schon in den Garten gehen."

Er schien zu zögern, aber schließlich zeigte er sein Einverständnis. „Ich hole dir etwas zu trinken."

„Das wäre lieb von dir. Eine Cola bitte. Und pass auf Teddy auf, damit er nicht mit den Kleidern in den Pool springt", bat sie besorgt. Aber im gleichen Augenblick ertönte ein gewaltiges Klatschen, gefolgt von kindlichem Geschrei und Gelächter.

J. K. warf einen Blick in den Garten und grinste bedauernd. „Zu spät. Aber mach dir keine Sorgen. Ich glaube, seine Schuhe und Socken hat er abgelegt, bevor er hineingesprungen ist."

„Wunderbar!"

„Die Sonne ist noch warm genug. Er wird schnell trocken sein."

„Wahrscheinlich", stimmte Cassie zu. Es war nicht das erste Mal, dass er in Daveys und Marias Pool schwamm. Aber früher war immer Ryan dabei gewesen.

„Ich passe auf ihn auf", versprach J. K., der ihre Gedanken zu erraten schien. „Er ist ein guter Schwimmer, Cassie."

„Das weiß ich."

Als J. K. die Küche verlassen hatte, wandte Cassie sich an Maria. „Was soll ich tun, um dir zu helfen?"

„Du kannst Davey die Platte mit den Hamburgern bringen. Dann komm in die Küche zurück. Ich möchte mich mit dir unterhalten."

Cassie nahm die schwere Keramikplatte mit dem Fleisch, um sie in den Garten zu tragen. Ihr Lächeln war etwas verkrampft, als sie den Patio betrat, aber zu ihrem Erstaunen wurde sie von den anwesenden Frauen herzlich begrüßt. Als sie Davey die Platte gab und sich auf den Rückweg machte, folgten ihr einige der Frauen.

„Wir haben dich vermisst, Cassie", bemerkte Anna vorwurfsvoll.

„Ich war sehr beschäftigt. Ich arbeite jetzt, und seitdem habe ich für nichts mehr Zeit."

„Dann ist es gut, dass J. K. dich endlich aus dem Haus gelockt hat."

„Er ist Teddy und mir ein guter Freund."

„Ist das alles?", fragte Lauren mit unverhohlener Neugier. „Mir fiel auf, wie seine Augen aufleuchteten, als du in den Garten kamst."

„Eine natürliche Reaktion", meinte Cassie und spürte, wie ihr das Blut in die Wangen stieg. „Seine Augen leuchten beim Anblick jeder Frau unter siebzig auf."

„Wirklich?", entgegnete Lauren zweifelnd.

„Ich weiß es. Aber erzählt mir doch, wie es euch in letzter Zeit ergangen ist."

Die Unterhaltung ging damit zu anderen Themen über, und als die erste Verlegenheit überwunden war, begann Cassie, sich zu entspannen und ungezwungener zu fühlen. J. K. war aufmerksam, aber diskret, und Cassie nahm sich vor, ihm später dafür zu danken.

Erst gegen Ende des Abends stellte sich heraus, dass alle Tricks nichts nützen sollten. Teddy saß auf Jack Kevins Schoß und konnte vor Müdigkeit kaum noch die Augen offen halten.

„Ich glaube, wir bringen ihn lieber nach Hause", sagte J. K.

„Ja, das wäre sicher besser."

„Bleibst du heute Nacht wieder bei uns, Onkel Jake?", fragte Teddy mit unschuldiger Miene, was die übrige Unterhaltung abrupt abbrechen ließ. Keiner sagte ein Wort.

„Aus Kindermund ...", murmelte Lauren verstohlen.

„Ich bin ... Wir sind ...", stammelte Cassie und brach ab, als sie merkte, wie sie errötete.

J. K. zuckte die Schultern. „Cassie befürchtete gestern Abend, einen Einbrecher gehört zu haben. Da bin ich zu ihr gefahren, um nachzusehen."

Die anderen nickten. Eine plausible Erklärung, die ihnen allerdings keiner abnahm.

„Was für ein Einbrecher?", warf Teddy ein. „Davon habt ihr mir nichts erzählt. Immer verpasse ich die interessanten Sachen."

Cassie drehte sich zu Maria um und umarmte sie. „Vielen Dank für alles. Es war wirklich schön, euch wiederzusehen. Falls ich etwas für dich tun kann, wenn das Baby kommt, dann ruf mich an."

„Das werde ich, *amiga*." Etwas leiser fügte sie hinzu: „Mach dir nichts daraus, was die anderen denken. Ich finde, ihr seid ein nettes Paar, du und J. K. Er ist viel zugänglicher in deiner Nähe, und deine Augen leuchten wieder, Cassie. Das ist sehr gut."

„Danke." Sie saßen kaum im Wagen, als Teddy auch schon einschlief. Cassie blickte aus dem Fenster.

„Cassie ..."

„Hm?"

„Du bist verärgert, nicht?“

„Was nützt das schon?“, antwortete sie seufzend.

„Es stimmt, was Maria gesagt hat. Ich bin tatsächlich viel zugänglicher geworden, seit ich mit dir zusammen bin, und deine Augen leuchten wieder. Zerstör das nicht, Cassie.“

„Bist du sicher, dass wir uns nicht bloß etwas vormachen?“

„Es gibt nichts mehr, dessen ich noch sicher bin. Du hast mein ganzes Leben auf den Kopf gestellt.“

„Und das findest du gut?“

J. K. griff nach ihrer Hand und streichelte mit dem Daumen ihre Fingerknöchel. „Ich finde es sogar sehr gut. Lass mich heute Nacht bei dir bleiben und es dir beweisen.“

Sofort erwachte heiße Sehnsucht in ihr, genau, wie er es beabsichtigt hatte. „Nein“, flüsterte Cassie mit heiserer Stimme. „Nicht mit Teddy im Haus.“

„Wann denn?“

„Ich weiß es nicht. Wenn der Moment kommt, werden wir schon einen Weg finden.“

„Du verurteilst mich zu kalten Duschen?“, brummte er, aber seine Augen funkelten belustigt.

„Du hast andere Möglichkeiten.“

J. K. schaute Cassie fest in die Augen. „Nein, Cassie. Solange wir zusammen sind, bist du die einzige Frau in meinem Leben. Die einzige Frau in meinem Leben.“

Der Atem stockte ihr vor lauter Glück bei diesen Worten, bis ihr zu Bewusstsein kam, wie sie eingeleitet worden waren: „Solange wir zusammen sind.“

Wie lange wird das sein? fragte sie sich. *Wann wird er meiner überdrüssig werden? Wie lange wird es dauern, bis eine andere Frau sein Interesse erregt und sein Verlangen weckt?*

„Cassie?“

„Ja?“

„Wir spielen morgen und am Sonntag außerhalb, aber am Sonntagabend komme ich zurück. Ich rufe dich dann an, ja? Vielleicht können wir den Montag zusammen verbringen. Teddy wäre in der Schule, oder? Könntest du dir den Tag freinehmen?“

Ein ganzer Tag, um in seinen Armen zu liegen, sich von ihm streicheln zu lassen … Eine verlockende Aussicht. Wer weiß, wie lange es noch anhielt. Cassie nickte. „Ja, ich glaube schon.“

„Möchtest du den Tag mit mir verbringen?“

Wie lange noch? quälte sie eine innere Stimme. *Nimm dir, was du hast, Cassie, während es für dich da ist.*

Sie hob den Kopf. „Ja", sagte sie. „Ja, sehr gern."

Er nickte erfreut. „Dann komme ich gleich morgens früh."

Vor Cassies Haustür – Teddy war bereits in sein Zimmer hinaufgegangen – küsste J. K. sie erstaunlich sanft und zärtlich, aber es war mindestens so erregend wie die wilden leidenschaftlichen Küsse, die sie in der Nacht zuvor ausgetauscht hatten.

„Ich komme sehr, sehr früh", versprach er zum Abschied.

J. K. rief Cassie am Samstag aus Clearwater an – und sofort nach seiner Rückkehr am Sonntagabend, teilweise, um sie zu beruhigen, aber auch, weil er sie sehr vermisste.

„Hallo, Schlafmütze", sagte er fröhlich, als sie sich meldete. „Entschuldige, dass ich so spät anrufe, aber wir sind gerade erst zurückgekommen. Ich habe dich vermisst."

„Habt ihr gewonnen?", erkundigte sie sich mit verschlafener Stimme, was alle möglichen Erinnerungen in J. K. weckte. Neben Cassie aufzuwachen könnte mir zur Gewohnheit werden, dachte er, als sein Körper auf ihre vom Schlaf heisere sinnliche Stimme zu reagieren begann.

„Neun zu zwei. Was hast du heute gemacht?"

„Gewaschen, geputzt, das Übliche. Dann war ich mit Teddy im Eiscafé."

„Bananasplit?", erkundigte J. K. sich lächelnd und dachte an jenen Bananasplit, bei dem ihm zum ersten Mal bewusst geworden war, was für eine begehrenswerte Frau Cassie war.

„Nein, nur ein Hörnchen."

Die Vorstellung, wie Cassie ihr Eis leckte, war ungeheuer erotisch für J. K., so erotisch, dass sein ganzer Körper vor Begierde brannte. „Tu es mir nicht an, Cassie", flehte er.

„Was?", fragte sie in unschuldigem Ton.

„Du willst mich reizen", warf er ihr vor.

„Unsinn! Ich bin viel zu müde dazu."

„Dann sollte ich dich vielleicht weiterschlafen lassen."

„Ja", erwiderte sie ohne große Überzeugung.

„Willst du immer noch, dass ich morgen früh komme?"

„Ja", antwortete Cassie schon bedeutend begeisterter. Der sehnsüchtige Klang in ihrer Stimme ließ Jack Kevins Herz schneller schlagen.

„Ich rufe vorher an", versprach er. „Gute Nacht, Darling."

„Gute Nacht."

Er hatte schon fast aufgelegt, als er Cassie seinen Namen rufen hörte. „Ja, Darling?"

„Du hast mir auch gefehlt."

Ihr leises Eingeständnis hielt ihn die ganze Nacht wach. Um sechs Uhr morgens verließ er seine Wohnung, um Kaffee zu trinken und eine Tüte Donuts zu kaufen. Um sieben parkte er vor Cassies Haus. In der Hoffnung, dass sie schon auf war und allein, ging er ums Haus herum zur Küchentür.

8. KAPITEL

Cassie war wach, aber zu J. K.s Bestürzung nicht allein.

Ryans Anblick, wie er an der Wohnzimmertür stand, einen Arm besitzergreifend um Cassies Schultern gelegt, traf J. K. wie ein Fausthieb in den Magen. Ryan redete auf Cassie ein, und sie schaute fasziniert zu ihm auf und schien ihm jedes Wort von den Lippen abzulesen.

Verdammt! dachte J. K. erbost. Ryans Erscheinen kam nicht völlig unerwartet für ihn. Er wusste seit Beginn des Frühjahrstrainings, dass Ryans Team bald zu einem Nachtspiel in die Stadt kommen würde. Er hatte sich sogar darauf gefreut, seinen Freund wiederzusehen und wie früher, als sie in derselben Mannschaft waren, ein Bier mit ihm zu trinken.

Aber das war gewesen, bevor Cassie zu einem so wichtigen Bestandteil seines Lebens geworden war. Jetzt war es ein schwerer Schock für ihn, Ryan zu dieser frühen Stunde in Cassies Haus anzutreffen.

Was für ein Spiel trieb Ryan schon wieder mit ihr? Sie hatte so viel überwunden in den vergangenen Wochen, und auch Teddy schien seine Unsicherheit verloren zu haben. J. K. wollte nicht, dass ihnen erneut wehgetan wurde, falls es sich wieder um eins von Ryans gedankenlosen Spielchen handelte. Das unangenehme Gefühl, das sich in seinem Magen breitmachte, schrieb J. K. allerdings nur seinem Beschützerinstinkt zu.

Mach dir doch nichts vor, dachte er angewidert. *Du bist verrückt nach der Frau, und der Gedanke, sie könnte dich abservieren und zu Ryan zurückgehen, macht dich ganz krank.*

Er war nicht sicher, was ihn mehr erstaunte – die Intensität seiner Gefühle für Cassie oder sein Mangel an Selbstvertrauen. Beides erlebte er zum ersten Mal. Er hatte sich noch nie stark genug an eine Frau gebunden gefühlt, um sich Gedanken darüber zu machen, ob sie ging oder blieb. Auf den Tribünen wartete immer genug Ersatz.

Aber das ist vorbei, dachte er verblüfft. *Ich will keinen Ersatz, sondern Cassie.*

Er holte tief Luft, bevor er klopfte und dann die Moskitogittertür aufstieß. Cassie schaute sich nach ihm um. Der schuldbewusste Ausdruck in ihren Augen ließ seinen Puls noch schneller schlagen. Gewissensbisse konnte sie nur haben, falls Ryan etwas bei ihr erreicht hatte.

„Hallo, mein Freund, wie geht's?“, sagte er betont heiter, während er durch die Küche ins Wohnzimmer ging, auf den blonden Riesen zu, der neben Cassie stand.

Ein vertrautes Lächeln erschien auf Ryans Gesicht, als er seinen Freund erblickte.

„J. K.! Was machst du denn hier um diese Zeit? Ich dachte, du stehst nie vor Mittag auf?"

„Ich ... hm, ich wollte Teddy eine Tüte Donuts zum Frühstück bringen. Er ist doch noch nicht zur Schule unterwegs, Cassie?"

Sie schüttelte den Kopf und wirkte verlegen.

„Wie ich hörte, J. K., habt ihr ein hartes Spiel gegen die ‚Yankees' gehabt. In der Zeitung stand, du würdest alt. Du weißt ja, wie diese Reporter sind. Ein, zwei schlechte Tage, und schon machen sie ein Drama daraus."

„Ja", stimmte Jack Kevin zu. „Ein Reporter schrieb mich letztes Jahr in Ohio völlig ab. Wenn er dieses Spiel gesehen hätte, würde er vermutlich meine Grabrede aufsetzen."

„Mach dir keine Gedanken, mein Junge. Du hast noch viele gute Jahre vor dir."

J. K. schüttelte den Kopf, verblüfft über Ryans allzu joviale Haltung. „Die Saison ist noch nicht vorbei. Es kann noch viel geschehen", entgegnete er ruhig.

Ryan nahm den Arm von Cassies Schulter und umfasste ihre Taille. Er drückte sie an sich, und Jack Kevins Blutdruck stieg. „Bescheiden wie immer, nicht wahr, Cassie? Ist J. K. der Größte, oder ist er es nicht?"

J. K. beobachtete, wie Cassie versuchte, sich Ryans Arm zu entziehen. Sie vermied es, die beiden Männer dabei anzusehen.

„Möchtet ihr Kaffee? Ich habe gerade welchen aufgebrüht. Ich hole ihn." Sie ging in die Küche, ohne eine Antwort abzuwarten.

„Was ist los mit ihr?" Ryan blickte ihr nach, dann zuckte er die Schultern. „Na ja, du kennst die Frauen ja. Wer versteht sie schon? Komm, setz dich und erzähl mir, wie es dir ergangen ist."

Es ärgerte J. K., dass Ryan sich immer noch als Hausherr zu betrachten schien. Einen Moment lang fühlte J. K. sich versucht, seine eigenen Ansprüche anzumelden, aber der Gedanke an Cassie hielt ihn davon ab. Sie empfand die Situation offenbar als ausgesprochen peinlich, und es wäre ihr sicherlich unangenehm gewesen, eine Auseinandersetzung zwischen zwei erwachsenen Männern über Besitzansprüche verfolgen zu müssen. Wahrscheinlich hätte sie beide vor die Tür gesetzt, um ihnen zu zeigen, wer der eigentliche Herr im Haus war. Deshalb fragte er nur: „Hast du Teddy schon gesehen?"

„Nein. Er schläft noch. Ich habe Cassie gesagt, sie solle ihn nicht wecken, damit wir ein bisschen Zeit für uns allein haben."

„Wozu?“, fragte J. K. unverblümt.

„Hey, was glaubst du? Sie ist meine Frau.“

„Deine geschiedene Frau“, wies J. K. ihn empört zurecht.

„Mann, was ist los mit dir?“

„Nichts. Ich finde nur, du hast kein Recht, hierherzukommen und deine Spielchen mit Cassie zu treiben.“

„Wer spielt hier? Du kennst meine Gefühle für Cassie.“

„Nein, die kenne ich nicht. Was empfindest du für sie?“

„Sie ist die Größte.“

„Warum hast du dich dann von ihr scheiden lassen?“

Ryans Augen wurden schmal. „Du benimmst dich ausgesprochen komisch, weißt du das? Wenn ich es nicht besser wüsste, würde ich sagen, du bist scharf auf meine Frau.“

In Jack Kevin kochte es. „Ich mag es nicht, wenn du so über Cassie sprichst, Ryan.“

„Wieso? Ich sprach von dir. Hast du beschlossen, dich auf dem nächstliegenden Spielfeld umzusehen?“

J. K. warf Ryan einen feindseligen Blick zu. Zum Glück kam in diesem Moment Cassie aus der Küche zurück. Die Röte auf ihren Wangen verriet, dass sie jedes Wort gehört hatte. Ihr zuliebe, und nur ihr zuliebe, setzte J. K. sich hin und zwang sich, ruhig zu bleiben.

„Wusste Teddy, dass du heute kommen würdest?“, fragte er, um zu einem weniger gefährlichen Thema überzugehen. „Nein, ich wollte ihn überraschen.“

Was bedeutet, dachte J. K. gehässig, dass er nicht sicher war, ob er bereit sein würde, seine Bettgefährtin rechtzeitig zu verlassen, um hierherzukommen. Bevor er jedoch etwas dazu sagen konnte, machte Cassie den Vorschlag, hinaufzugehen und Teddy zu wecken.

„Lass Ryan ihn doch wecken“, schlug J. K. vor. „So ist die Überraschung noch größer.“

Ryan war verblüfft über den Vorschlag. „Klar. Gute Idee. Ich komme gleich zurück.“

Cassie setzte sich J. K. gegenüber und drehte nervös eine Serviette in den Händen. „Was ist los, Cassie?“

„Was soll schon los sein?“, entgegnete sie verdrossen. „Ryan taucht aus dem Blauen heraus hier auf, praktisch mitten in der Nacht, und tut, als wäre nichts geschehen. Welche Reaktion erwartest du von mir?“

„Freust du dich, ihn zu sehen?“, forschte J. K.

Cassie errötete. „Wie kannst du so etwas Verrücktes fragen? Natürlich freue ich mich nicht. Wenn Teddy nicht wäre, hätte ich nichts dagegen, wenn ich Ryan nie wiederzusehen brauchte."

„Warum kannst du mir dann nicht in die Augen schauen?"

„Weil ..."

„Weil was?"

„Es ist einfach komisch, das ist alles. Stell dir vor, er besaß die Frechheit, hereinzuspazieren und mich küssen zu wollen. Kannst du dir so etwas vorstellen?"

J. K. konnte sich noch viel mehr vorstellen und hätte Ryan dafür am liebsten eine Tracht Prügel verabreicht.

„Es sind Monate vergangen, seit er weg ist", fuhr Cassie fort. „Er hat seine verdammte Scheidung bekommen und bildet sich trotz allem ein, ich würde mit ihm ins Bett gehen, wann immer es ihm in den Sinn kommt."

Was die gespannte Atmosphäre erklärte, die bei J. K.s Eintreten geherrscht hatte. Ryans Annäherungsversuche waren anscheinend mit Cassies neu gefundenem Unabhängigkeitsbewusstsein zusammengeprallt. J. K. hätte darüber lachen können, wenn er nicht so versessen darauf gewesen wäre, Ryan für seine Unverschämtheit eine Lektion zu erteilen, die er nie vergessen würde.

„Du hast Grund, wütend zu sein, Cassie, aber was hat das mit mir zu tun? Du benimmst dich, als hätte auch ich etwas falsch gemacht."

„Mag sein", gab sie zu. „Du und Ryan, ihr wart immer so gute Freunde. Sein Gerede heute Morgen zu hören – als wäre ich ein Tribünenhäschen wie all die anderen, mit denen er herumzieht – erinnerte mich an alles, was ich während unserer Ehe durchgemacht habe. Er wird sich nie ändern, solange er dieses Trikot trägt."

„Und du glaubst, bei mir wäre es nicht anders?"

Sie schaute ihn trotzig an. „Ist es vielleicht nicht so? Kann eine Katze das Mausen lassen? Ryan jedenfalls nicht."

„Ich bin nicht Ryan. Du hast erlebt, wie ich mich bei dir geändert habe. In den letzten Wochen habe ich keine andere Frau angeschaut."

Seine hitzige Erklärung rang Cassie ein Lächeln ab. „Ein paar Wochen, J. K. Das ist wohl kaum ein Beweis. Soll ich meine gesamte Zukunft aufs Spiel setzen, weil es dir gelungen ist, mir während der ersten Wochen des Frühjahrstrainings treu zu bleiben? Was geschieht, wenn die Mannschaft nach Norden zieht?"

„Ich weiß es nicht", gab er ehrlich zu. „Was ich für dich empfinde, ist noch ziemlich neu für mich. Ich habe keine Ahnung, wie ich mich auf lange Sicht verhalten werde. Wer weiß das schon?"

„Möglich, aber bei dir stehen die Chancen ziemlich schlecht. Ich glaube, du gehörst in die Kategorie mit dem höchsten Risiko."

„Und was hast du jetzt vor?", fragte er gespannt. Ryan hätte keinen schlechteren Zeitpunkt für sein Erscheinen wählen können. Das schwache Vertrauen, das Cassie zu J. K. gefasst hatte, war nur allzu leicht zu zerstören. Ryan schien es in wenigen Minuten geschafft zu haben.

„Ich weiß es nicht", antwortete sie unglücklich. „Vorerst muss ich mich bemühen, die nächsten vierundzwanzig Stunden zu überstehen, schon Teddy zuliebe. Es regt ihn immer sehr auf, wenn er seinen Vater sieht. Wie soll ein Siebenjähriger auch begreifen, dass sein Daddy nur einen einzigen Morgen im Jahr Zeit für ihn hat?"

J. K. schüttelte den Kopf. „Wenn wir es nicht verstehen, dann Teddy erst recht nicht. Wir können nur für ihn da sein und ihm klarmachen, dass es nichts mit ihm zu tun hat und Ryan nicht anders sein kann."

„Wir sollen Ryan also vor seinem Sohn in Schutz nehmen?"

„Glaubst du, er ändert sich, wenn wir seine Fehler aufdecken?"

„Nein, obwohl ich es oft genug versucht habe."

„Dann lass uns das Beste daraus machen und dafür sorgen, dass Teddy eine möglichst schöne Zeit mit seinem Vater hat."

„Es stört dich nicht?"

„Ich bin nicht begeistert davon", gab J. K. zu, „aber Teddy zuliebe werde ich es schon überleben."

Cassie schaute mit tränenfeuchten Augen zu ihm auf. „Manchmal denke ich, du bist ein ganz wunderbarer Mensch."

„Dann halte den Gedanken fest, Sweetheart. Ich gebe mir die größte Mühe." Er breitete die Arme aus, und Cassie schmiegte sich für einen Moment an seine Brust. Dann zog sie sich zurück.

Auf J. K.s fragenden Blick hin zuckte sie die Schultern. „Ich komme mir komisch dabei vor, wenn Ryan in der Nähe ist."

„Cassie, er ist in Teddys Zimmer. Außerdem wird er es ohnehin bald erfahren. Wir waren zusammen bei Davey. Wenn er und Maria nichts sagen, werden es die anderen tun."

„Das ist mir klar."

„Aber es beunruhigt dich, wie er reagieren könnte?"

„Ich glaube schon."

J. K. fühlte etwas in sich erstarren. „Oder hast du Angst, er könnte überhaupt nicht reagieren?"

„Was willst du damit sagen?", fragte Cassie zurück.

„Vielleicht bin ich hier derjenige, der stört. Würdest du zu Ryan zurückgehen, wenn ich nicht wäre?"

„Auf gar keinen Fall."

Er horchte auf einen falschen Ton, aber Cassie schien es ehrlich zu meinen. „Cassie, hast du mit ihm über das Geld gesprochen?"

Das war ein wunder Punkt. Sie schüttelte den Kopf. „Ich wollte nicht gleich eine Auseinandersetzung beginnen."

„Dann lass mich mit ihm reden."

„Nein. Wir hatten vereinbart, dass ich meine Kämpfe allein ausfechte, oder?"

„Es stört mich nicht."

„Mich aber."

Cassie und J. K. hatten noch keine Einigung erzielt, als Ryan und Teddy hereinkamen. Teddy redete begeistert auf Ryan ein. „Dann habe ich Onkel Jake gerufen, und er … Was war es, was du gemacht hast, Onkel Jake?"

„Einen Fehler."

„Ja, und der Läufer kam und schnappte den Ball, und alle waren furchtbar wütend und schrien den Schiedsrichter an. Aber es nützte nichts. Wir haben trotzdem verloren."

„Soso." Ryan warf Cassie einen nachdenklichen Blick zu. „Ich freue mich, dass du noch zum Sportplatz gehst. Hast du in letzter Zeit auch gespielt?", fragte er Teddy.

„Mom spielt manchmal Baseball mit mir, aber sie ist nicht besonders gut. – Entschuldige, Mom. Onkel Jake hat mir allerdings sehr viel geholfen."

„Soso", sagte Ryan wieder und drehte sich zu J. K. um. „Danke, dass du so gut für meine Familie sorgst, alter Freund."

J. K. wollte etwas entgegnen, aber Cassie warf schnell ein: „Wir sind nicht mehr deine Familie, Ryan. J. K. ist ein guter Freund, aber ich sorge für Teddy. Wir kommen sehr gut zurecht."

„Und das haben sie nicht dir zu verdanken", bemerkte J. K. Sein Ärger war nicht zu überhören.

Ryan warf ihm einen fragenden Blick zu.

„Vielleicht sollten wir uns einmal in Ruhe unterhalten", sagte J. K., ohne Cassie anzusehen.

Und schon spürte er ihre Hand auf seinem Arm. Sie grub ihm die Nägel ins Fleisch, und J. K. schüttelte den Kopf. „Entschuldige, Cassie, aber so geht es nicht weiter. Es wird Zeit …"

„Lass es, J. K.", unterbrach sie ihn bittend.

Ryan nahm ihm die Entscheidung ab. „Vielleicht hast du recht, alter Junge. Ich glaube, du und ich haben tatsächlich einiges zu besprechen."

Teddy musterte die beiden Männer besorgt. „Daddy, du wirst dich doch nicht mit Onkel Jake streiten? Ich dachte, ihr wärt gute Freunde?"

Ryan sah aus, als verlangte es ihn nach einer anständigen Prügelei, aber J. K. klopfte Teddy beruhigend auf die Schulter. „Nein, wir werden uns nicht streiten. Du kannst unbesorgt sein. Wir reden nur miteinander, das verspreche ich dir. Dein Dad kommt gleich wieder herein."

Cassie hätte die beiden Männer am liebsten erwürgt; sie sagte gepresst: „Teddy, wenn du mit deinem Daddy zur Schule fahren willst, solltest du dich jetzt rasch anziehen."

Teddy nickte und ging langsam zur Treppe. Cassie wandte sich an die beiden Männer. „Habt ihr vor, meinen Namen bei eurer Unterhaltung mit ins Spiel zu bringen?"

„Nun ja …", begann J. K. unbehaglich. „Dar…"

„Ich bin nicht mehr dein Darling, Ryan Miles. Ich bin deine geschiedene Frau", unterbrach sie ihn fauchend, ehe sie sich zu J. K. umdrehte. „Und was dich betrifft, so habe ich dir deutlich genug gesagt, dass ich keine Einmischung in mein Leben dulde."

„Ich glaube, ich habe ein Recht dazu."

„Nein", widersprach sie entschieden. „Das hast du nicht."

„Dann hatte jene Nacht also nichts für dich zu bedeuten?"

„Was ist geschehen in jener Nacht?", warf Ryan hitzig ein.

„Nichts", antworteten Cassie und J. K. wie aus einem Munde, um sich dann verblüfft anzusehen.

„Nun, wenigstens darin sind wir uns einig", bemerkte Cassie trocken. „J. K., ich finde, du solltest jetzt gehen."

„Nicht bevor Ryan und ich miteinander gesprochen haben."

„Was soll dieses Machogetue? Ich habe dir gesagt, du sollst es lassen."

„Na schön. Wenn du es wirklich willst, dann gehe ich. Aber erwarte nicht, dass ich wieder angerannt komme."

„Was redet ihr da?", mischte Ryan sich ein. „Ich komme mir vor wie in einem dieser verdammten ausländischen Filme, bei denen sie die Untertitel vergessen haben."

„Ja, ich weiß, was du meinst", stimmte J. K. zu. „Cassie ist eine Frau, die schwer zu begreifen ist."

„Cassie?", fragte Ryan verwundert. „Sie ist doch wirklich nicht schwer zu verstehen."

„Vielleicht braucht man mehr Übung, als ich bisher hatte. Wir sehen uns auf dem Sportplatz."

Als J. K. in seinem Wagen saß, nahm er sich vor, die nächsten zwei Stunden mit Gewichtheben zu verbringen. Vielleicht konnte er so ein bisschen Dampf ablassen, bevor er abends Cassie und Ryan auf dem Sportplatz sah. Denn er zweifelte nicht daran, dass sie mit ihm erscheinen würde. Er – J. K. – hatte sie ihm ja praktisch in die Arme getrieben.

Abends, während Ryans Spiel gegen die „Orioles", saß J. K. auf seinem Tribünenplatz und kämpfte gegen das Gefühl der Übelkeit, das ihn schon den ganzen Tag quälte. Es erfüllte ihn mit maßlosem Zorn, an Cassie und Ryan zu denken. Er verfolgte Ryans Bewegungen auf dem Spielfeld und kam zu dem Schluss, dass sie genauso glatt und geschmeidig waren wie der Mann selbst. Wenn Ryan Cassie zurückgewinnen wollte, würde es ihm nicht schwerfallen, sie dazu zu überreden. J. K. kannte Ryans Überredungskünste und wusste, wie überzeugend er sein konnte.

Und er hatte Teddy auf seiner Seite. Cassie würde alles tun, um ihren Sohn glücklich zu machen.

Aber würde sie auch zu einem Mann zurückkehren, der sie wiederholt betrogen und gedemütigt hatte?

Nein, Starr, das wird sie nicht ... sei nicht albern! sagte J. K. sich beruhigend.

Aber sooft er sich auch wiederholte, dass ihn nur die Eifersucht quälte, wurde er das Gefühl nicht los, dass Cassie ihm entglitt und auf dem besten Wege war, sich großen Ärger einzuhandeln.

Seine Stimmung wurde auch nicht besser, als er beim Hinausgehen Cassie, Ryan und Teddy sah, die in Ryans Wagen stiegen. Davey hatte sie auch gesehen.

„Ich finde, wir sollten ein Bier trinken gehen, *amigo*", schlug er mitfühlend vor.

„Gute Idee", meinte J. K. „Eine verdammt gute Idee sogar."

„Ist Ryan immer noch dein bester Freund?", fragte Davey später, als sie ihr erstes Glas getrunken hatten.

J. K. zuckte die Schultern. „Das glaubte ich. Aber anscheinend habe ich mir ein falsches Bild von ihm gemacht. Verstehst du?"

„Er ist reichlich unzuverlässig, wenn es sich um Frauen handelt. Ist es das, was dich beunruhigt?"

„Ich habe Angst, dass er Cassie wieder wehtun könnte."

„Dann sag es ihr. Du solltest sie warnen. Das erwartet man doch von einem Freund, oder?"

„Von einem Freund, ja."

„Aber du willst mehr als das für sie sein", schloss Davey scharfsinnig. „Befürchtest du, sie könnte deine Absichten falsch auslegen?"

„Sie würde mich wahrscheinlich auffordern, mich um meine eigenen Angelegenheiten zu kümmern."

„Wäre das so schlimm? Ist es nicht wichtiger, dass sie erfährt, was du zu sagen hast?"

„Ja", stimmte J.K. nachdenklich zu. „Du hast ganz recht, mein Freund. Es macht nichts, wenn sie wütend auf mich wird, solange sie bereit ist, sich anzuhören, was ich ihr zu sagen habe."

Leider beeinflussten die sechs Bier, die J.K. trinken musste, um zu diesem Entschluss zu kommen, auch seinen Gleichgewichtssinn und sein Denkvermögen. Er stolperte die Stufen zu Cassies Veranda hinauf, lehnte sich an die Klingel und wartete, dass Cassie aufmachte.

Sie kam im Nachthemd und Morgenmantel an die Tür und sah verschlafen und unglaublich begehrenswert aus. Aber sie wirkte auch etwas verärgert über die Störung.

Kein gutes Zeichen, dachte J.K. benommen. *Kein guter Anfang.*

„Es ist drei Uhr morgens", bemerkte sie kühl. „Was machst du hier?"

„Ich kam, um dir zu sagen …", begann er, verlor jedoch den Faden, als sein Blick auf den v-förmigen Ausschnitt ihres Bademantels fiel. „Ich wollte dir sagen, wie schön du bist", sagte er dann mit heiserer Stimme. Aber es klingt wenigstens aufrichtig, dachte er.

Cassie betrachtete ihn stirnrunzelnd und zog den Morgenmantel über der Brust zusammen. „Vielen Dank. Aber konnte das nicht bis morgen früh warten?"

„Nein. Es ist ungeheuer wichtig, dass ich …" Er schwankte leicht. „Oh!"

Cassie seufzte gereizt. „Komm herein, J.K. Ich hole dir eine Decke."

„Ich bin nicht zum Schlafen hier, Cassie. Meine süße Cassie. Ich muss mit dir reden."

„Später, wenn du wieder nüchtern bist", entgegnete sie schroff.

J.K. blieb auf unsicheren Beinen an der Tür stehen, während Cassie in der Diele verschwand. Sie kam mit einer Decke und einem Kissen zurück, warf beides auf die Couch und zeigte darauf. „Schlaf deinen Rausch aus."

„Könnte ich nicht vorher einen kleinen Kuss haben?"

„Kommt überhaupt nicht infrage!", fauchte sie und verzog sich in ihr Zimmer.

Schade, dachte J. K., als er auf der Sofakante saß und versuchte, seine Schnürsenkel aufzuknoten. Aber das war eine Aufgabe, der er in seinem gegenwärtigen Zustand nicht gewachsen war. Er streifte die Schuhe nur ab und zog an der Decke. Sie schien unter ihm festgeklemmt zu sein. Schließlich gab er es auf und rollte sich auf die Seite.

Der letzte Gedanke, der ihm durch den Kopf ging, galt Cassie und ihrem zu erwartenden Zorn am nächsten Morgen. Ich habe es nicht anders verdient, dachte J. K. beschämt, bevor er einschlief.

J. K. hatte das Empfinden, als spielte eine ganze Kapelle Marschmusik in seinem Kopf.

Bum! Das war die Trommel.

Bum! Bum! Bum! Es schien nicht verstummen zu wollen.

Er rappelte sich mühsam auf, schleppte sich in Cassies kleines Gästebadezimmer und spritzte kaltes Wasser in sein Gesicht. Ein Blick in den Spiegel verriet ihm alles, was er über sein lächerliches Verhalten in der vergangenen Nacht wissen wollte. Und dabei hatte er gehofft, nur einen Albtraum gehabt zu haben.

Verdammt! Warum ließ er auch zu, dass es ihm so naheging? Was hatte es schon zu bedeuten, dass Cassie den Sportplatz mit Ryan verlassen hatte? Mit welchem Recht kam er, J. K., halb betrunken hierher, um Cassie zu warnen, dass sie im Begriff war, den größten Fehler ihres Lebens zu machen? Was natürlich stimmte, aber es war trotzdem nicht seine Sache, wenn sie dumm genug war, Ryan Miles eine zweite Chance zu geben.

Das einzig Positive an seinem albernen nächtlichen Auftritt war – soweit er sich erinnern konnte –, dass Ryan nicht da gewesen war, um ihn zu sehen. Selbst in seinem angetrunkenen Zustand hatte J. K. aus der Tatsache Mut geschöpft, dass Cassie Ryan ganz offensichtlich nicht gestattet hatte, die Nacht in ihrem Haus zu verbringen.

Heute Morgen, sobald ich einen halben Liter Kaffee getrunken und einen klareren Kopf habe, gelingt es mir vielleicht, sie zur Vernunft zu bringen, dachte J. K. zuversichtlich.

Falls sie überhaupt noch mit ihm sprach. Denn dass sie J. K. auf der Wohnzimmercouch hatte übernachten lassen, war nicht unbedingt als Beweis ihrer versöhnlichen Stimmung zu werten. Eher das Gegenteil, wenn man bedachte, wo er das letzte Mal geschlafen hatte, als er über Nacht in Cassies Haus geblieben war.

Es bewies im Grunde nur, dass Cassie trotz ihres Zorns zu gutmütig und zu vernünftig gewesen war, um ihn in seinem angetrunkenen Zustand noch einmal hinters Steuer zu lassen.

Heute kann es ganz anders sein. Heute ist sie imstande, mir eine Strafpredigt zu halten und mich dann eiskalt vor die Tür zu setzen, ging es J. K. durch den Kopf.

Mit heftig dröhnendem Schädel ging J. K. in die Küche, um sich Kaffee zu machen. Während er wartete, dass das Wasser durchlief, hockte er grübelnd am Küchentisch.

Es vergingen mehrere Minuten, bis ihm bewusst wurde, dass er nicht allein war. Er merkte es erst, als er Teddys warmen kleinen Körper an seiner Schulter spürte. Er hob den Kopf und stellte fest, dass der Junge ihn mitleidig betrachtete.

„Du hast dich gestern Nacht mit Mom gestritten, nicht wahr?"

„Wie kommst du denn darauf?"

„Ich habe euch gehört. Sie hat dich auf dem Sofa schlafen lassen."

J. K. nickte.

„Das hat sie früher bei Dad auch getan. Möchtest du etwas essen? Vielleicht Cornflakes?"

Beim Gedanken an in Milch schwimmende Cornflakes drehte sich J. K. der Magen um. „Nein danke, Teddy. Später vielleicht."

„Ich glaube, was dein Onkel Jake viel dringender braucht, ist ein gewaltiger Nasenstüber", sagte Cassie von der Tür her.

J. K. horchte auf ein Anzeichen von Belustigung, aber Cassies Stimme war völlig sachlich und ruhig, ohne jeglichen Humor, ohne Zorn, ohne jegliches Gefühl. Es war also noch viel schlimmer, als er befürchtet hatte.

„Teddy, wie wäre es, wenn du deine Cornflakes isst und dann ins Wohnzimmer gehst?", schlug Cassie vor. „Heute Morgen läuft der Comic, den du so gern siehst. Du kannst fernsehen, bis es Zeit wird, dich auf den Weg zur Schule zu machen."

„Ich bleibe lieber hier bei dir und Onkel Jake."

„Heute Morgen nicht."

Die leise Warnung, die in ihrer sonst beherrschten Stimme mitklang, schien Teddy nicht entgangen zu sein. Er aß sein Frühstück und ging ohne Widerworte hinaus.

Cassie schenkte zwei Tassen Kaffee ein, reichte J. K. eine und ging zum Herd. Wenige Minuten später erfüllte das kräftige Aroma gebratenen Specks die Küche.

„Du willst es mir heimzahlen, was?", fragte J. K. argwöhnisch und deutete auf die Bratpfanne. Der Geruch drehte ihm den Magen um.

„Warum sollte ich das tun?"

„Weil ich mich gestern Abend wie ein Idiot benommen habe."
„Da kann ich dir leider nicht widersprechen."
„Würde es etwas nützen, wenn ich dir sagte, dass es mir leidtut?"
„Es würde mehr nützen, wenn du mir erklärtest, warum du es für nötig gehalten hast, dich zu betrinken, um dann hierherzustürmen wie Ritter Lancelot. Meine Ehre war nie in Gefahr."
„Da bin ich nicht so sicher. Was ich gestern hier gesehen habe, gefiel mir gar nicht."
„Was hast du denn gesehen, wenn ich fragen darf?"
„Ryan hat versucht, sich wieder an dich heranzumachen. Du hast es selbst zugegeben."
Cassie schwenkte abwehrend eine Gabel. „Ich kann mit Ryan umgehen."
„Nicht, wenn du ihn noch liebst."
„Wer hat gesagt, dass ich ihn noch liebe?"
J. K. musterte sie kurz. „Du liebst ihn also nicht?", fragte er zweifelnd.
„Natürlich nicht", antwortete Cassie entschieden und wandte sich wieder ab, um den Pfannkuchenteig umzurühren. Dann begann sie munter vor sich hinzusummen. Gleich würde sie anfangen zu singen, und das war das Letzte, was J. K. seinem Kopf antun durfte. Er beschloss, ganz schnell nüchtern zu werden.
„Hast du Kopfschmerztabletten im Haus, Cassie?"
„Im Medizinschränkchen."
„Eine mitfühlendere Frau würde anbieten, die Tabletten für mich zu holen."
„Wenn du eine findest, schlage es ihr vor. Ich habe zu tun. Einige von uns müssen nämlich heute Morgen arbeiten."
„Ich hole sie schon."
„Du bist ein kluger Mann", bemerkte Cassie ironisch.

9. KAPITEL

J.K. nahm gleich drei Tabletten und setzte sich wieder an den Tisch, in der Hoffnung, dass Cassie nicht zu singen begann, bevor die Tabletten wirkten. Er trank seinen Kaffee und dachte über sie und Ryan nach.

Es hatte ziemlich überzeugt geklungen, was sie gesagt hatte, und J.K. kannte Cassie gut genug, um zu wissen, dass sie nicht irgendetwas daherredete.

Er schaute auf und bemerkte beiläufig: „Ryan will dich zurückhaben."

„Das ist nicht wahr", entgegnete sie ebenso beiläufig.

„Cassie, ich habe gesehen, wie er dich anschaut, und ich weiß sehr gut, was Lust ist, glaub mir."

„Dann wirst du auch wissen, dass Lust und Liebe nicht das Gleiche sind. Ryan litt unter einem vorübergehenden Anfall von Eifersucht. Er merkte, was sich zwischen uns abspielte, und beschloss, sein Territorium zu verteidigen."

„Er hat versucht, sich dir zu nähern, bevor ich kam", erinnerte J.K. sie.

„Das war bedeutungslos. Es war keine Sekunde ernst gemeint. Es ist Instinkt bei ihm, mehr nicht. Ich bin eine Frau, und er ist ein Mann. Das ist Grund genug für ihn."

„Bist du darauf eingegangen?", fragte Jack Kevin. In ihm kochte wieder alles, als er daran dachte.

„Worauf soll ich eingegangen sein?"

„Auf seine Annäherungsversuche."

„Du scheinst einem schweren Irrtum zu unterliegen. Mein geschiedener Mann interessiert mich nicht im Geringsten. Was ihn angeht, so garantiere ich dir, dass er mich sofort vergisst, wenn ihm ein süßes junges Ding von den Tribünen zuzwinkert."

Cassie stellte einen Teller mit Eiern, Speck und Pfannkuchen vor J.K. hin. „Du weißt, dass es stimmt, und deshalb frage ich dich noch einmal: Warum hast du dich so aufgeregt?"

„Ich wollte nicht, dass er dir wieder wehtut", antwortete er leise und steckte probeweise die Gabel in ein Eigelb. Der Anblick der herausquellenden gelben Flüssigkeit gab ihm fast den Rest. Er deckte das Ei rasch mit einem Pfannkuchen zu und schaute rechtzeitig auf, um Cassies belustigtes Lächeln mitzubekommen. Sie schien etwas zu wissen, was ihm nicht bekannt war, oder es zumindest zu glauben. J.K. konnte sich beim besten Willen nicht vorstellen, was es sein mochte.

„Das glaube ich nicht“, erwiderte sie, bevor sie sich mit ihrem Frühstück beschäftigte. Sie schien jedenfalls nicht unter Appetitlosigkeit zu leiden.

Für J. K. war die Unterhaltung viel zu interessant, um sich aufs Essen konzentrieren zu können. Cassies Verhalten verwirrte ihn beträchtlich. „Glaubst du, ich möchte zusehen, wie du leidest?“, fragte er empört.

„Natürlich nicht. Ich glaube nur, dass das noch längst nicht alles ist, und bis du den Rest begriffen hast, wäre es besser, wenn du nicht so häufig kämst.“

J. K. starrte sie verständnislos an. „Wie kommst du jetzt auf so etwas Albernes? Ich dachte, wir versuchten, eine echte Beziehung aufzubauen.“

„Das dachte ich auch.“

„Wo liegt dann das Problem?“, wollte J. K. wissen.

„Ich habe kein Problem. Du bist derjenige, der trinkt und sich wie ein unreifer Teenager aufführt.“

„Ein kleiner Anfall von Eifersucht“, brummte J. K., „und schon bauschst du es gleich so auf.“

„Grundlose Eifersucht“, korrigierte sie. „Wie wäre es, wenn du dir einmal in aller Ruhe überlegen würdest, warum es dich so aufgeregt hat, mich mit Ryan zu sehen?“

„Weil …“ Es fiel ihm kein einziges sinnvolles Argument ein.

„Weil was?“

„Verdammt, Cassie! Ich hätte nie gedacht, dass ich es einmal sagen müsste, aber du bist ganz schön hart“, entgegnete er ungehalten. „Ich leide, und du treibst Wortspiele mit mir.“

Cassie zuckte gleichmütig die Schultern und änderte damit für immer Jack Kevins Bild von ihr. Sie war nicht zart und verwundbar, sondern hart wie Stahl. Ihre nächsten Worte bestätigten es nur. „Vielleicht“, sagte sie, als genieße sie die Vorstellung, ihn leiden zu sehen. „Aber ich weiß, was ich sehe.“ Wieder erschien ein geheimnisvolles Lächeln auf ihrem Gesicht. „Und das wäre?“

„Das musst du schon selbst herausfinden. Ich werde es dir nicht verraten.“

„Cassie!“

„Iss jetzt.“

Sie frühstückten schweigend. J. K. versuchte, zu ergründen, was Cassie sonst noch an Überraschungen für ihn bereithielt. Er begriff nicht, wie sie es derart genießen konnte, in Rätseln zu sprechen.

„Ich glaube, ich gehe jetzt“, sagte J. K. irgendwann, in der Hoffnung, Cassie damit zum Sprechen zu bringen oder wenigstens einen schwachen Protest bei ihr auszulösen.

„Ich hoffe, es geht dir besser“, erwiderte sie freundlich, „obwohl du es nicht verdienst.“

Er bedachte sie mit einem ärgerlichen Blick. „Ich verabschiede mich noch schnell von Teddy.“

„Gut.“

J. K. ging ins Wohnzimmer und murmelte wütend, als er Cassie ein fröhliches Lied anstimmen hörte. Ihre unmelodische Stimme kratzte unangenehmer im Ohr als Kreide auf der Tafel. Warum war sie so verdammt fröhlich? Da ihm keine Antwort darauf einfallen wollte, hockte J. K. sich neben Teddy, der bäuchlings auf dem Teppich lag und fasziniert auf den Bildschirm starrte. Für J. K. hatte er kaum einen Blick. Offensichtlich war die ganze verdammte Familie an diesem Morgen nicht an seiner Gesellschaft interessiert.

„Was schaust du dir an?“, fragte J. K., nachdem er das bunte Drunter und Drüber des Zeichentrickfilms einige Minuten verfolgt hatte.

„Es sind Rieseninsekten“, erklärte Teddy begeistert. „Sie verwandeln sich manchmal in Menschen, und niemand weiß, dass sie richtig böse sind, bis es zu spät ist und sie jemanden vergiftet haben.“

J. K. nickte. Teddys Erklärung ergab ungefähr den gleichen Sinn wie seine Unterhaltung mit Cassie.

„Willst du mit mir zuschauen?“, fragte Teddy hoffnungsvoll.

„Einen Moment nur“, sagte J. K., und Teddy rutschte näher.

„Siehst du“, sagte Teddy und deutete auf den Bildschirm, „das ist einer der Bösen. Gleich wird er einen Guten töten, falls nicht Lionel rechtzeitig kommt, um ihn zu retten.“

„Lionel?“ Was ist aus Helden wie Tarzan geworden? dachte J. K. und fühlte sich hoffnungslos veraltet.

„Ja, Lionel ist super. Er ist in Comics und überall.“ Teddy machte eine kurze Pause. „Darf ich dich etwas fragen, Onkel Jake?“

„Du kannst mich alles fragen.“

„Was ist Liebe?“

Oh nein. Das war keine Frage für einen Mann, in dessen Kopf es wie in einem Bienenkorb summte. „Warum fragst du nicht etwas, was leichter zu beantworten ist?“

„Weißt du es denn nicht?“, entgegnete Teddy, erstaunt über diese Wissenslücke.

„Ich bin nicht sicher, ob ich es weiß“, antwortete J. K. aufrichtig.

„Was sagt deine Mom dazu?“

„Sie sagt, es gäbe verschiedene Arten von Liebe. Sie sagt, Dad könnte mich trotzdem lieben, obwohl er sie nicht mehr liebt. Meinst du, das stimmt?“

J. K. spürte das Gewicht aller kindlichen Ängste, die hinter der Frage steckten. Teddy wartete mit ernster Miene auf eine Antwort. „Selbstverständlich“, sagte J. K. energisch. „Ich glaube, dein Dad liebt dich sehr, Teddy.“

„Ich wünschte, er käme mich öfter besuchen“, sagte der Junge traurig. „Es ist super, einen Dad zu haben, der im Fernsehen erscheint und in den Zeitungen, aber er fehlt mir hier, weißt du. Ich wäre gern öfter mit ihm zusammen. Es war schön, dass er gestern kam, findest du nicht? Warum leben Mom und er nicht mehr zusammen, Onkel Jake?“

„Erwachsene verstehen sich nicht immer so, wie es sein sollte, wenn sie verheiratet sind. Wenn das geschieht, ist es manchmal besser, dass sie nicht zusammenbleiben.“

„Du hast keine Frau, nicht? Ist es deshalb? Weil du dich nicht mit ihr verstanden hast?“

„Nein. Du weißt, dass ich nie verheiratet war.“

Plötzlich leuchteten Teddys Augen auf. Er legte seine Hände auf J. K.s Knie und beugte sich gespannt vor. „Ich weiß was, Onkel Jake.“

„Na?“, erkundigte J. K. sich vorsichtig.

„Du und Mom, ihr könntet heiraten!“, verkündete er, scheinbar sehr begeistert über seinen schlauen Einfall. „Wäre das nicht super? Dann wärst du auch mein Vater, und ich hätte gleich zwei Dads.“

Hätte J. K. etwas Derartiges erwartet, wäre er vielleicht nicht so betroffen gewesen. Aber so reagierte er, als hätte Teddy eine Reise zum Mond vorgeschlagen.

Heiraten? Cassie? Er war nicht sicher, welche der beiden Ideen ihn mehr verblüffte. Natürlich hatte er damit gerechnet, irgendwann eine Ehe einzugehen, vielleicht, nachdem er das professionelle Baseballspielen aufgegeben hatte. Aber jetzt? Und Cassie?

„Nein, nein, das geht nicht“, protestierte er entschieden. Teddys Strahlen verwandelte sich in Enttäuschung, und J. K. wurde von heftigen Gewissensbissen gepackt. „Tut mir leid, Sportsfreund.“

Teddy presste die Lippen zusammen, aber er wirkte mehr beleidigt als verletzt. „Wieso nicht? Du magst Mom doch, oder? Du kommst so oft zu uns. Da musst du sie doch mögen.“

„Natürlich mag ich sie.“

„Na dann?“ Er wirkte auf einmal sehr verunsichert. „Ist es wegen mir, Onkel Jake? Ich würde auch ganz brav sein und dir keinen Ärger machen."

Verdammt!

„Teddy, es hat nichts mit dir zu tun", beeilte sich J. K. zu versichern. „Du bist der großartigste Junge auf der ganzen Welt, und ich wäre liebend gern dein Daddy. Aber ..." Er wusste beim besten Willen nicht, wie er es ausdrücken sollte.

„Es ist diese Geschichte mit der Liebe, nicht wahr?", bemerkte Teddy altklug. „Du liebst Mom nicht?"

„Ja, es hat etwas damit zu tun", stimmte J. K. leise zu, aber als Teddy sich abwandte und wieder auf den Bildschirm schaute, wurde J. K. sehr nachdenklich.

Und wenn ...

Die Vorstellungen, die J. K. durch den Kopf gingen, waren eindringlich und verlockend. Cassie besaß alles, was er je bei einer Frau gesucht hatte, zumindest jene Qualitäten, die er sich bei jenen seltenen Gelegenheiten, wenn er einen Blick in die Zukunft tat, aufzuzählen pflegte.

Cassie war intelligent, schön und eigensinnig wie ein Maulesel. Langweilig würde es mit ihr bestimmt nicht werden, und sie war liebevoll und zärtlich. Wie er Ryan um die Zärtlichkeit in ihren Augen beneidet hatte, mit der sie ihn an jenem Tag, an dem Teddy geboren wurde, angesehen hatte. Eines Tages, hatte J. K. sich geschworen, wirst du auch eine solche Frau haben. Eine Frau, die so ganz anders war als seine untreue oberflächliche Mutter.

Ja, warum eigentlich nicht? Und warum nicht Cassie?

Weil sie ihn ganz bestimmt nicht haben wollte. So einfach war das. Cassie suchte Sicherheit, Zuverlässigkeit und ein standhaftes Herz. Keine dieser Eigenschaften vermutete sie bei ihm. Obwohl er sich in den vergangenen Wochen anständiger aufgeführt hatte als nie zuvor in seinem Leben, neigte sie noch immer dazu, ihm beim geringsten Anlass zu misstrauen.

Mit Recht, dachte J. K. schuldbewusst. *Schließlich habe ich sie bei der ersten Gelegenheit, die sich bot, verführt und dabei mit keinem Wort eine gemeinsame Zukunft erwähnt.*

Was nicht bedeutet, dass ich mich nicht ändern könnte, dachte er.

Er würde sie schon umstimmen. Sie fühlte sich bereits sehr stark zu ihm hingezogen. Das war mit Sicherheit kein Problem. Er musste ihr nur beweisen, dass er auch der zuverlässigste, treueste und beständigste Mann sein konnte, den sie je gekannt hatte. Und da er nun einen

Plan hatte, konnte J. K. es kaum erwarten, ihn in die Tat umzusetzen.

Nur ein kleines Problem blieb noch zu lösen. Wie sollte er beginnen, all das einer Frau zu beweisen, die ihn bereits sehr viel besser kannte als er sich selbst?

J. K. hatte kein schwierigeres Baseballmatch gekannt als sein Bemühen, Cassie dazu zu bringen, ihn ernst zu nehmen. Es dauerte eine Woche, bis er seine ersten taktischen Schritte geplant hatte, eine endlose Woche, in deren Verlauf er sich nicht einmal gestattete, Cassie anzurufen.

Seine Laune war entsprechend. Er schrie jeden an, der ihm auf dem Spielfeld zu nahe kam. Seine Mannschaftskameraden gingen ihm aus dem Weg. Maria allerdings besaß keinen solchen Selbsterhaltungstrieb.

„Du bist ein Narr, wenn du nicht siehst, was du vor dir hast, J. K. Starr", sagte sie eines Tages mit blitzenden Augen zu ihm. „Wie soll ich das verstehen?"

„Cassie – sie ist verliebt in dich."

„Nein, das ist sie nicht", widersprach er sofort.

Maria beachtete seinen Einwand nicht. „Und du bist in sie verliebt, *si*?"

J. K. musterte sie argwöhnisch. „Wie kommst du darauf?"

„Du zeigst sämtliche Symptome, mein Lieber." Er sah Maria ungläubig an. „Ist es wirklich so offensichtlich?", fragte er.

„Für mich schon. Ich beobachte, wie du ihr nachschaust, wie du sie anhimmelst. Es ist ganz ohne Zweifel Liebe, was aus deinen Blicken spricht. Mein Davey schaute mich auch so an, bevor ich so dick und rund wurde", sagte sie und rieb ihren umfangreichen Bauch.

J. K. glaubte einen wehmütigen Ton aus ihrer Stimme herauszuhören, den er vielleicht nie bemerkt hätte, wenn er in letzter Zeit nicht so empfänglich für Stimmungsumschwünge gewesen wäre. Er umarmte Maria kurz. „Davey wird dich immer so anschauen."

Maria strahlte. „Meinst du?"

„Ich weiß es."

„Siehst du, deshalb liebt Cassie dich, weil du so charmant bist und so gut mit Worten umgehen kannst."

„Ich bin nicht sicher, ob sie das als Plus betrachtet", entgegnete J. K. trocken.

Maria schüttelte den Kopf und lächelte nachsichtig. „Cassie sieht dich, wie du bist. Aber das ist doch gut, oder? Sie wird nie etwas von dir erwarten, was du ihr nicht geben kannst."

„Oh, ich glaube, sie erwartet eine ganze Menge, und das hat sie auch verdient."

„Aber nicht mehr, als du ihr geben kannst", beharrte Maria. „Hast du ihr gesagt, was du für sie empfindest?"

„Noch nicht", gestand J. K.

„Warum nicht? Du solltest mit ihr darüber sprechen, nicht mit mir."

„Mit Worten allein werde ich sie nicht überzeugen."

„Dann zeige es ihr."

Er lachte. „Es klingt so einfach, wenn du es sagst."

„Es sollte auch einfach sein, auszusprechen, was dein Herz bewegt."

Aber das war es nicht. Zum ersten Mal in seinem Leben fühlte J. K. sich von seinem Charme im Stich gelassen. Er schickte Blumen. Er rief an. Er dachte sich ein Dutzend verschiedene Mittel aus, sie zu überraschen. Cassie reagierte ganz so, wie er erhofft hatte – mit Begeisterung und Entzücken. Aber nie gab sie ihre Zurückhaltung auf. Es war fast so, als wartete sie noch auf etwas anderes.

J. K. war mit seiner Weisheit am Ende. Wie sollte er ihr sonst noch zeigen, dass er sie liebte? Das ewige Hin und Her entnervte ihn allmählich. Einerseits beunruhigte ihn der Gedanke, nie zu einem klaren Einverständnis mit Cassie zu kommen, und andererseits – wenn er es auch sich selbst gegenüber nicht zugeben wollte – hatte er schreckliche Angst davor, dass es doch so sein könnte.

Cassie entdeckte zu ihrer Überraschung, dass sie eine ausgeprägte sadistische Ader besaß. Es bereitete ihr Vergnügen, J. K. leiden zu sehen. Nachdem sie nun erkannt hatte, wie tief seine Gefühle für sie gingen, konnte sie ganz in Ruhe abwarten, wie die Dinge sich entwickelten.

Vom psychologischen Standpunkt aus betrachtet war es interessant, festzustellen, dass J. K. immer seltener Blumen schickte, je ernster seine Absichten wurden. Ohne Tulpen, Astern, Nelken und Iris schien er völlig hilflos zu sein. Cassie betrachtete es als gutes Omen, dass er dieses Stadium ganz offensichtlich noch in keiner anderen Beziehung erreicht hatte. Sie wusste auch, wie wichtig es für ihn war, diese Periode der Unsicherheit durchzumachen. Entweder glaubte er an die Macht ihrer Liebe, oder es würde nie mit ihnen klappen. J. K. glaubte, er brauchte nur ihre Zweifel zu beseitigen, aber Cassie war klar, dass er zuerst seine eigenen überwinden musste.

Kurz nach Mitternacht läutete das Telefon – wie vorhergesehen. J. K. schien diese späten nächtlichen Anrufe als Mittel zu betrachten, ihr zu beweisen, dass er ständig an sie dachte. Sie fragte sich, ob ihm bewusst war, dass er sie damit auch kontrollierte, weil er nach all dieser Zeit bezweifelte, dass eine Frau längere Zeit hindurch treu sein konnte. Entweder begriff er bald, dass ihre Beziehung auf gegenseitigem Vertrauen beruhte, oder Cassie würde demnächst durch die Gegend schleichen wie jemand, der unter chronischer Schlaflosigkeit litt.

„Hallo, J. K.", murmelte sie in den Hörer. Ein Lächeln klang in ihrer Stimme mit.

„Woher weißt du, dass ich es bin?"

„Wer sonst sollte um diese Zeit schon anrufen? Wo bist du?"

„In Tampa, in meinem Hotelzimmer", fügte er rasch hinzu. „Allein." Offensichtlich wollte er von vornherein alle Fragen klären, alle Zweifel ausschalten.

„Weißt du, ich schätze deine Berichte wirklich sehr. Aber was mich am meisten interessiert, ist, warum du sie mir gibst."

„Du sollst nur wissen, dass du die einzige Frau bist, die mir etwas bedeutet. Ich dachte, wenn ich anrufe, begreifst du allmählich, was ich für dich empfinde."

„Ich verstehe es schon, aber nicht, weil du mich ständig anrufst."

„Nein?"

„Darling, woher soll ich wissen, ob du nicht – während du mit mir sprichst – eine andere Frau im Zimmer hast? Du könntest nach dem Anruf dein Zimmer verlassen, in die nächste Bar gehen und bis zum Morgengrauen trinken. Ich würde es nie erfahren, es sei denn, Davey oder Kyle verrieten dich, und das wird nie geschehen, wie wir beide wissen."

„Oh", sagte J. K. enttäuscht. „Daran habe ich nicht gedacht. Soll ich später noch einmal anrufen? Oder öfter? Willst du mich anrufen?"

Cassie lachte. „Nein. Begreifst du es denn wirklich nicht? Es ist eine Frage des Vertrauens. Wenn ich kein Vertrauen zu dir hätte, könntest du mich stündlich anrufen, und es würde nichts ändern. Auf deiner Seite ist es nicht anders. Fragst du dich nie, was ich mache, wenn du nicht in der Stadt bist?"

„Natürlich nicht."

„Warum?"

„Weil ich unbeschränktes Vertrauen zu dir habe. Du würdest mich nie betrügen."

„Bei Ryan hast du es geglaubt", warf Cassie ein.

„Das war ein dummer Irrtum." Ein langes Schweigen entstand. Dann fragte J. K. leise: „Das war es doch, oder?"

„Natürlich“, bestätigte Cassie schnell.

„Du willst mir also zu verstehen geben, ich verschwendete meine Zeit mit diesen Anrufen.“

„Keineswegs – falls du nur eine Gelegenheit suchst, mir Gute Nacht zu sagen.“ Sie senkte verführerisch die Stimme. „Ich höre dich sehr gern, bevor ich einschlafe.“

Ein schwerer Seufzer am anderen Ende der Leitung. „Du fehlst mir, Cassie.“

„Du mir auch.“

„Gute Nacht, mein Liebling.“

„Gute Nacht.“

Als J. K. aufgelegt hatte, nahm er noch eine kalte Dusche und stieg dann in das viel zu große Doppelbett. Er schüttelte die Kissen auf und zog die Laken zurecht, bis sie knapp seinen nackten Körper bedeckten. Dann machte er das Licht aus. Und prompt drängten sich ihm Gedanken an Cassie auf. Lockende, sinnliche, erregende Gedanken. Gedanken, die ihn veranlassten, zum dritten Mal innerhalb kürzester Zeit unter die kalte Dusche zu gehen.

Vielleicht wurde es allmählich Zeit, mit all diesen diskreten Annäherungsversuchen aufzuhören, die ohnehin nicht viel Erfolg zu haben schienen, und Cassie offen zu sagen, was er vorhatte.

Vielleicht war es das, was Maria ihm hatte sagen wollen. Er konnte es ertragen, abgewiesen zu werden, bestimmt. Und auslachen würde sie ihn schon nicht, denn so gemein war Cassie nicht.

Gut, dass sie am nächsten Tag nach dem Spiel endlich wieder nach Hause fuhren. Vielleicht ging es ihm besser, sobald er Cassie in den Armen gehalten und sie geküsst hatte. Möglicherweise gelang es ihm sogar, die Frage, ob sie ihn heiraten wollte, zurückzuhalten, bis sie einsah, dass er sich geändert hatte.

Gut, beschloss er, als er wieder im Bett lag und das Licht ausgemacht hatte, ich werde mich also in Geduld fassen, bis die Zeit reif ist für einen Antrag.

10. KAPITEL

Heirate mich, Cassie", platzte J. K. schon wenige Sekunden nach seiner Ankunft in ihrem Haus heraus.

Cassie schaute ihn dabei nicht einmal an. Sie kniete auf dem Boden und suchte irgendetwas unter der Couch.

J. K. wusste, dass es nicht der richtige Augenblick war, aber die Worte waren ihm ganz spontan über die Lippen gekommen. Vermutlich hatte es etwas mit ihrem hübschen kleinen Po zu tun, den sie ihm so einladend entgegenstreckte. J. K. wartete und hielt sekundenlang die Luft an.

Cassie lachte nicht.

Das konnte er sehen. Sie rührte sich auch nicht. Vielleicht atmete sie nicht einmal. Wahrscheinlich hatte sie einen Schock erlitten.

„Cassie?" Er beugte sich zu ihr herab. „Hast du gehört, was ich gesagt habe?"

Sie richtete sich halb auf und starrte J. K. an. „Es ist dir ernst damit, nicht wahr?"

Da er seiner Stimme nicht traute, nickte er nur und hoffte, dass sie spüren könnte, wie stark seine Gefühle für sie waren.

„Warum? Warum auf einmal?"

„Weil … Warum macht man jemandem einen Heiratsantrag? Du weißt …"

„Ich kann mir eine Menge Gründe denken, warum die Leute heiraten – für Geld oder um ihre gesellschaftliche Stellung zu verbessern. Manche heiraten aus Verantwortungsbewusstsein der Familie gegenüber. Oder sie heiraten, weil sie nicht aus dem Bett herauskommen und es für besser halten, die Sache zu legalisieren. Was ist also der Grund bei dir?"

Ihm fiel nur eine Möglichkeit ein, sie zum Schweigen zu bringen und all dieses alberne Gerede über Vernunftehen und Zweckheiraten zu beenden. Er küsste sie lange und hart und fordernd, bis beide so außer Atem waren, dass keiner etwas sagen konnte.

Cassies Augen waren dunkel vor Verlangen, als sie zu ihm aufschaute. „Das ist zweifellos ein Grund", flüsterte sie mit rauer Stimme.

„Ein guter Grund?"

„Nicht schlecht."

„Nicht schlecht? Anscheinend habe ich mir doch nicht genug Mühe gegeben. Lass es mich noch einmal versuchen", sagte er und küsste Cassie mit einer Leidenschaft, die einen Eisberg zum Schmelzen gebracht hätte.

„Oh, oh!“, murmelte Cassie schwach.

Er betrachtete sie entrüstet. „Soll das heißen, dass es schon besser war?“

Cassie schenkte ihm ein verführerisches Lächeln. „In etwa gleich“, antwortete sie betont herausfordernd, und Jack Kevin dachte, dass es vielleicht doch keine gute Idee gewesen war, ihr eine Heirat vorzuschlagen. Oder wollte er etwa den Rest seines Lebens mit einer Frau verbringen, die sich ständig über ihn lustig machte?

Natürlich wollte er das.

„Möchtest du auf die Arme genommen, ins Schlafzimmer getragen und achtundvierzig Stunden ohne Unterlass geliebt werden?“, fragte er auf der Suche nach einer erfolgreicheren Strategie mit schöner Offenheit.

Cassie lachte. „Du wirst zunehmend wärmer.“

„Das kann man wohl sagen. Ich verbrenne, und dir geht es nicht anders. Was reden wir überhaupt noch? Oder muss ich dich verführen, um dich zu überzeugen?“

Cassie schüttelte seufzend den Kopf. „Das wäre sicher nicht schlecht, aber es ist nicht die Antwort.“

Er sprang auf und begann unruhig durch das Zimmer zu gehen. „Ich begreife es nicht. Ich habe alles getan, was in meiner Macht stand. Bist du etwa doch nicht in mich verliebt? Maria meinte, du wärst es, aber vielleicht hat auch sie geirrt. Ist es so, Cassie?“

Sie trat ihm in den Weg, nahm seine Hand und küsste ihn auf die Fingerknöchel. Ihre samtweichen Lippen liebkosten seine raue Haut und lösten ein erregendes Prickeln in ihm aus.

„Cassie?“

„Du bist auf der falschen Fährte. Ich liebe dich und habe Vertrauen zu dir. Es fing vor einigen Wochen an, als du meine bissigen Bemerkungen und mein hysterisches Getue ignoriertest und bliebst, um uns zu helfen. Ich glaube, ich habe mich in dich verliebt, als du Erdnussbutter und Marmelade in meinen Einkaufswagen legtest. Da erkannte ich zum ersten Mal, wie reizend du sein konntest, wie liebevoll und fürsorglich.“

„Du liebst mich?“, wiederholte J. K. verblüfft. Er schloss Cassie in die Arme und betrachtete sie forschend. „Wirklich? Bist du ganz, ganz sicher?“

„Absolut.“

Er ließ ihre Hände los und strich sich über das Haar. „Dann begreife ich es nicht. Warum hast du nicht einfach Ja gesagt?“

„Weil ich hören will, wie du es aussprichst, J. K. Du sollst zugeben, dass du mich liebst. Ich weiß, was du für mich empfindest. Das sehe ich daran, wie du mich behandelst und wie du mit Teddy umgehst. Aber ich muss sicher sein, dass es wirklich wahr ist."

„Warum würde ich dich sonst bitten, meine Frau zu werden?"

Cassie lächelte. Seine sichtbare Frustration schien sie zu belustigen. „Soll ich dir die möglichen Gründe noch einmal aufzählen?"

„Nein. Vergiss es. Einmal war genug."

„Warum kannst du es nicht aussprechen? Hast du eine Antwort darauf?"

Er ließ sich auf das Sofa fallen und dachte lange nach. „Ich glaube, es hat etwas damit zu tun, was du vor einiger Zeit gesagt hast", gab er schließlich zu.

„Über deine Mutter?"

„Ja. Ich glaube schon. Seit ich herausfand, wie sie wirklich war, konnte ich einfach nicht mehr daran glauben, dass eine Frau zu einer aufrichtigen Bindung fähig ist."

„Und doch scheinst du zu glauben, ich könnte es."

„Du bist anders, Cassie."

Sie schüttelte den Kopf. „Bin ich wirklich anders? Oder beginnst du endlich einzusehen, dass du es dein ganzes Leben lang darauf angelegt hast, dass sich deine negativen Erwartungen erfüllen?"

J. K. drehte und wendete ihre Erklärung, um schließlich einzusehen, dass er kein Wort davon verstand. „Cassie, ich bin nicht hier, um mich von dir analysieren zu lassen. Rede Klartext, oder wir können die ganze Sache vergessen."

„Denk doch einmal nach, J. K. Du hast dir unbewusst immer Frauen ausgesucht, von denen du wusstest, dass sie dich enttäuschen würden. Dann hast du sie verlassen, bevor sie es tun konnten."

Es war etwas unangenehm Vertrautes an dem Verhaltensmuster, das sie beschrieb. „Das ist ja krankhaft!"

„Nicht ganz", widersprach Cassie rasch. „Es ist eine ganz normale Reaktion auf den Schmerz, den du damals bei deiner Mutter empfunden hast. Aber wenn wir wirklich zusammenbleiben wollen, J. K., ist es ungeheuer wichtig, dass wir uns gegenseitig vertrauen. Falls du beschlossen haben solltest, mich zu heiraten, weil du eine Familie gründen willst, dann wird es uns nie gelingen, etwas aus unserer Beziehung zu machen."

„Das ist es nicht, Cassie. Ich schwöre es: Ich liebe dich."

„Halleluja! Endlich!"

J. K. schmunzelte über ihre Überschwänglichkeit. „Na schön, ich habe also eine Weile gebraucht, um aufzuwachen. Es hat sogar eine Zeit gegeben, als ich dachte, du könntest nicht anders sein als andere Frauen, wenn du dich zu mir hingezogen fühltest, obwohl du Ryan noch immer liebtest …" Er brach ab, als ihm bewusst wurde, was er gesagt hatte.

Cassie nickte, als hätte sie es die ganze Zeit gewusst.

„Deshalb habe ich mich so aufgeregt, als ich glaubte, du gingst zu Ryan zurück, nicht wahr? Ich dachte, du wärst auch nur eine untreue Ehefrau, mehr nicht, und das hat mich innerlich zerrissen."

Er fühlte sich plötzlich wie ausgelaugt. Seine verborgensten Gefühle auszugraben war härter als irgendetwas anderes bisher in seinem Leben. Doch das war es wert, wenn damit die Schatten der Vergangenheit gebannt wurden, die ihre Liebe bedrohten.

„Ich liebe dich", beteuerte er noch einmal, und diesmal war er sich der vollen Bedeutung der Worte bewusst. „Werde meine Frau."

Cassies Augen glänzten, und noch bevor sie etwas sagte, erkannte er die Antwort an ihrem strahlenden Lächeln. „Ja, J. K., ja!" Sie schlang ihm die Arme um den Nacken und küsste ihn heiß.

Als er wieder zu Atem kam, fragte er: „Ist Teddy zu Hause?"

„Nein."

„Meinst du, er könnte in der nächsten halben Stunde kommen?"

„Halbe Stunde?", wiederholte sie schmollend.

„Na schön", gab J. K. schmunzelnd nach „Dann eben eine Stunde. Sind wir mindestens eine Stunde lang allein?"

„Ich glaube, darauf können wir uns verlassen. Warum?"

„Weil ich etwas mit dir vorhabe, Cassie Miles. Ich habe in der letzten Woche Nacht für Nacht daran gedacht und bin fast wahnsinnig dabei geworden."

„Klingt interessant."

„So kann man es auch nennen. Lass dir zeigen, was ich meine."

Er hob sie auf die Arme und trug sie durch die Diele. „Zuerst eine Dusche", bestimmte er. „Weißt du eigentlich, wie viel Zeit ich in der vergangenen Woche unter der Dusche verbracht habe?"

„Bist du sicher, dass es die Lösung deiner Probleme ist, wenn ich mich überreden lasse?", fragte Cassie zurück.

„Es löst auf jeden Fall mein momentan dringendstes Problem."

Er drehte die Dusche auf und begann Cassie langsam auszuziehen. Dann folgten seine eigenen Kleider. Er zog Cassie in die Duschkabine, nahm ein Stück Seife und begann, Cassie einzuseifen. Ihre Haut prickelte – allerdings weniger vom Schaum als von den zarten kundigen Berührungen seiner Hände. Berührungen, die schon bald zu immer erregenderen Liebkosungen wurden und sie trotz der Hitze erschauern ließen.

J. K. reizte Cassie, bis er es selbst nicht mehr aushielt. Er lehnte sich an die Wand, um sich abzustützen, dann hob er Cassie leicht an und zog sie auf seine Hüften. Sie schlang bereitwillig die Beine um seinen Körper und schmiegte sich an seine Brust. Dann begann er, sich ganz langsam und behutsam zu bewegen.

„Cassie", flüsterte er zärtlich. „Wie oft habe ich davon geträumt, Nacht für Nacht. Ich konnte einfach nicht vergessen, wie es war, dich in den Armen zu halten."

Dichter Wasserdampf erfüllte die Kabine, und ihre Körpertemperaturen stiegen unaufhaltsam an. „Es ist wie in dem Film", sagte Cassie verwundert und mit verschwommenem Blick.

„Aber wir sind Wirklichkeit, Cassie."

Sie warf den Kopf zurück, und er presste seine Lippen auf ihren Hals. „Meine süße Cassie. Ich habe mich so nach dir gesehnt."

Sein Atem beschleunigte sich, als er den Kopf senkte und die Lippen über ihre Schulter zu ihren Brüsten hinuntergleiten ließ. Jede neue Bewegung löste lustvolle Schauer in ihm aus, und schließlich hielt es ihn nicht mehr länger. Er bewegte sich schneller, fordernder, steigerte sich mit Cassie in einen wilden Rausch, der erst sein Ende fand, als sie beide auf dem Höhepunkt ihrer Ekstase laut aufschrien.

J. K. griff hinter sich und stellte die Dusche ab. Als die Kraft in seine Beine zurückgekehrt war, wickelte er Cassie in ein Badetuch und trug sie zum Bett. „Ich will keine Nacht mehr ohne dich verbringen", sagte er, während er ihr zärtlich die feuchten blonden Strähnen aus der Stirn strich.

„Kein sehr realistischer Wunsch", entgegnete sie seufzend.

„Das ist auch etwas, worüber wir noch sprechen müssen."

„Ich will jetzt nicht reden, J. K."

„Aber wir müssen es. Wirst du es ertragen können, allein zu sein, während ich unterwegs bin? Du hast von Vertrauen gesprochen, und ich weiß, dass du jetzt von meiner Treue und Aufrichtigkeit überzeugt bist. Aber wie lange wird es dauern, bis die ersten Zweifel einsetzen?"

Cassie wollte sich zur Seite drehen, aber J. K. hielt sie fest. „Bitte, Darling, sei ehrlich."

„Das kann ich nicht beantworten. Ich glaube, es liegt an dir."

„Wieso?"

„Als ich Ryan heiratete, spielte er schon Baseball. Ich wusste, wie mein Leben mit ihm aussehen würde, mehr oder weniger jedenfalls. Es war nicht allzu schwer für mich, so oft von ihm getrennt zu sein. Aber das änderte sich, als ich merkte, dass er mich betrog. Das hat unsere ganze Beziehung zerstört."

„Du wirst mir also vertrauen, bis ich dich enttäusche?"

„So ist es."

J. K. legte sich zurück und zog Cassies Kopf an seine Brust. „Ich wünschte, ich könnte es dir glauben."

„Es stimmt. Du bist anders als Ryan."

„Das hast du nicht immer gedacht."

„Du hast mich eben überzeugt", sagte sie lächelnd.

„Auf die Gefahr hin, wieder zur Psychoanalyse zurückzukehren – ich glaube, die Leidenschaft trübt deine Sicht. Die Wahrheit ist, dass du sehr verletzt worden bist, von einem Mann, der wie ich sehr viel unterwegs war und seine Reisen zum Vorwand nahm, sich mit anderen Frauen zu amüsieren. Ich möchte nicht, dass du jedes Mal, wenn ich meine Koffer packe, nervös wirst, Cassie. Sei ehrlich. Du hast Angst davor."

„Mag sein", gab sie schließlich zu. „Aber ich werde es überwinden."

„Es muss doch einen besseren Weg geben."

„Nenn mir einen."

„Du und Teddy, ihr müsst mich begleiten", sagte J. K. prompt, begeistert über die Aussicht. „Ich bin auch nicht glücklich über den Gedanken, dich zurücklassen zu müssen."

„Das wäre nicht sehr praktisch", wandte sie ein.

„Ich suche keine praktische Lösung, Cassie, sondern eine Garantie für das Gelingen unserer Ehe."

„In der Liebe gibt es keine Garantien, J. K."

„Vielleicht nicht, aber wir können zumindest unsere Chancen verbessern. Ihr müsst mich begleiten", beharrte er.

„Das ist im Sommer gut und schön, aber Teddy muss zur Schule, und ich habe meine Arbeit."

„Du brauchst nicht mehr zu arbeiten."

„Ich weiß nicht, ob ich von dir oder irgendeinem anderen Mann abhängig sein möchte."

„Sweetheart, wenn du einen Beruf ausüben willst, bin ich dafür. Aber kann das nicht warten, bis ich in ein paar Jahren das Spielen aufgebe und wir uns irgendwo richtig häuslich niederlassen können? Vielleicht kannst du in der Zeit, wenn ich nicht spiele, Unterricht nehmen und deinen Collegeabschluss nachholen? Dann hättest du die Möglichkeit, einen wirklich guten Job zu bekommen."

„Sicher könnte ich das. Aber was ist mit Teddys Schule?"

Darauf hatte J.K. wirklich keine Antwort. „Ich sehe ein, dass wir damit etwa vier Monate im Jahr getrennt sein werden – April, Mai, Juni und vielleicht einen Teil des Septembers und Oktobers."

„Es sei denn", begann Cassie langsam, „wir ziehen in den Norden um. Du wärst dann nur einige Wochen zum Frühjahrstraining hier unten. Den Rest der Zeit wärst du zu Hause, abgesehen von kurzen Spielen außerhalb, zu denen wir dich an den Wochenenden begleiten könnten."

J.K. überlegte kurz. Die Idee war nicht schlecht. „Das wäre zu machen", sagte er. „Aber willst du Florida verlassen?"

„Ich habe dir doch schon gesagt, wie ich das Klima dort vermisse. Für immer möchte ich nicht zurückgehen, aber für ein paar Jahre wäre es einfach wunderbar. Was glaubst du?"

„Ich glaube, du bist eine wunderbare Frau."

„Du bist auch nicht schlecht, J.K."

„Also, Cassie Miles, meinst du, es könnte klappen mit unserer Ehe?" Sie bedeckte seine Brust mit zärtlichen Küssen. „Ist das deine Antwort?", fragte J.K. und spürte, wie sich sein Puls beschleunigte.

„Ja", flüsterte Cassie. „Meine endgültige Antwort. Ich frage mich bloß, was Teddy dazu sagen wird."

„Er wird begeistert sein", meinte J.K. zuversichtlich.

„Das klingt sehr überzeugt."

„Das bin ich auch. Es war schließlich seine Idee."

„Was?"

„Es mag etwas ungewöhnlich sein, aber dein Sohn hat mir schon vor Wochen einen Antrag gemacht."

„Das ist nicht dein Ernst."

„Doch. Er ist ein sehr aufgeweckter Junge und erkannte damals schon, was uns noch gar nicht aufgefallen war."

„Erinnere mich daran, sein Taschengeld zu erhöhen", meinte Cassie schmunzelnd. Sie schwieg eine Weile, dann schmiegte sie sich in J.K.s Arme und sagte leise: „Danke."

„Wofür?"

„Dass du mich liebst."

„Oh, das ist ganz natürlich für mich", entgegnete er.

„Weißt du, wie selten das ist, was wir gefunden haben?", fragte

Cassie; dann lachte sie. „Wie viele Frauen würden alles dafür geben, jede Nacht neben J. K. Starr schlafen zu können."

„Ach, Cassie", sagte J. K. lächelnd, „wir werden eine fantastische Zeit zusammen haben, glaubst du nicht?"

Sie kuschelte sich noch enger an ihn. „Und ob", erwiderte sie glücklich. „Sie hat schon begonnen."

– ENDE –

Band-Nr. 20038
9,99 € (D)
ISBN: 978-3-86278-496-7
496 Seiten

Sherryl Woods
Die Schwestern von Rose Cottage

Rose Cottage – ein besonderer Zauber scheint diesem Ort innezuwohnen. Es heißt, dort findet jeder sein Glück. Die vier D'Angelo-Schwestern lassen es auf einen Versuch ankommen:

Melanie

Im idyllischen Rose Cottage will Melanie ihren betrügerischen Exfreund vergessen. Kopfüber stürzt sie sich in einen stürmischen Flirt mit dem Landschaftsgärtner Mike. Doch er will mehr …

Maggie

Dass sie mit diesem Rick aber auch jedes Mal im Bett landet! Maggie flüchtet in das Landhaus ihrer Familie, um in Ruhe über alles nachzudenken. Doch wie soll sie Ruhe finden, wenn er sie bis in den Schlaf verfolgt?

Ashley

Bloß weg von diesem Presserummel, denkt Anwältin Ashley D'Angelo. Und wo könnte man besser entspannen als in Rose Cottage? Doch schon auf dem Weg dorthin begegnet sie dem geheimnisvollen Josh …

Jo

Im Landhaus ihrer Großmutter hat Jo D'Angelo ihre erste große Liebe kennengelernt. Als sie Pete jetzt wiedersieht, erwacht sofort die Sehnsucht in ihr. Gibt es diesmal eine Chance für eine gemeinsame Zukunft?

Band-Nr. 20039
9,99 € (D)
ISBN: 978-3-86278-514-8
480 Seiten

Carly Phillips,
Janelle Denison,
Julie Kenner
Wo Träume wahr werden

Janelle Denison:
Ein süßes Früchtchen

Alexis begegnet einem echten Traummann! Warum nicht mit ihm einen Karibikurlaub voller Leidenschaft genießen? Sie ahnt nicht, dass ihre Begegnung mit Jackson zu seinem raffinierten Racheplan gehört …

Carly Phillips:
1000 Wünsche hast du frei

Niemand auf der Tropeninsel weiß, in welchen Skandal Juliette verwickelt war. Sie will nur vergessen, am liebsten in den Armen von Doug. Er ist zärtlich, leidenschaftlich – und ein neugieriger Reporter!

Julie Kenner: Lass dich unter Sternen lieben

Was für ein Mann! Sein Blick verspricht heiße Nächte, als Kyra auf der Karibikinsel dem geheimnisvollen Michael begegnet. Soll sie sich zum ersten Mal in ihrem Leben auf ein Abenteuer einlassen?

Janelle Denison: Lustvolle Fantasien

Im Inselparadies leben Nicole und Mitch ihre erotischen Fantasien hemmungslos aus. Fast vergessen sie, dass sie hier an einem Wettbewerb teilnehmen. Danach werden sich ihre Wege trennen – oder doch nicht?

Band-Nr. 20037

9,99 € (D)

ISBN: 978-3-86278-480-6

592 Seiten

Linda Howard,
Linda Winstead Jones,
Beverly Barton
Die Raintree-Saga

Linda Howard:
Aus dem Feuer geboren

Lorna kann es nicht fassen, als sie in das Büro des Kasinobesitzers Dante Raintree geführt wird. Was will dieser rätselhafte Mann von ihr? Irgendwie scheint er ihre Gedanken zu lesen – und Lorna fühlt sich wie magisch zu ihm hingezogen …

Linda Winstead Jones: Dem Mond versprochen

Gideon Raintree will den Fall allein läsen – ohne neue Partnerin. Hope Malory ist zwar schlagfertig und sieht gut aus. Aber damit sie nicht hinter sein dunkles Geheimnis kommt, muss Gideon sie ablenken … vielleicht mit einem heißen Kuss?

Beverly Barton: Der Liebe geweiht

Was will Judah Ansara hier? Mercy Raintree zittern die Knie, als sie ihm nach Jahren gegenübersteht. Doch sie darf ihrem Verlangen nicht nachgeben. Schließlich ist er ihr Erzfeind – und hat mit ihr eine Tochter, von der er nichts weiß …